BASTEI
LÜBBE

GRAHAM EDWARDS

Der Basilisk

Die Saga vom Ende der Zauberdrachen

Fantasy-Roman

Ins Deutsche übertragen
von Sabine Lorenz
und Felix Seewöster

BASTEI LÜBBE

BASTEI-LÜBBE-TASCHENBUCH
Band 20276

Erste Auflage:
Februar 1996

Deutsche Lizenzausgabe 1996
Bastei-Verlag
Gustav H. Lübbe GmbH & Co.,
Bergisch Gladbach
Originaltitel: Dragoncharm
Lektorat: Stefan Bauer
Titelbild: Harper Collins Publishers,
London
Kartenzeichnung: Helmut W. Pesch
Umschlaggestaltung:
Quadro Grafik, Bensberg
Satz: Fotosatz Schell, Hagen a.T.W.
Druck und Verarbeitung:
Brodard & Taupin,
La Flèche, Frankreich
Printed in France

ISBN 3-404-20276-7

Der Preis dieses Bandes
versteht sich einschließlich der
gesetzlichen Mehrwertsteuer.

Für Helen
zum Dank für all Deine Liebe.
Ohne Dich könnte ich nicht fliegen.

DER · BASILISK
NORDMEER
TORR
Südkap
Die Säule
Aethers Schlucht
Die

Zitadelle
Das Kernland
DAS
WESTLICHE
MEER
Der Große See
Freistatt
Die Trollfestung
Der Schimmernde
Berg
Covamere
Die Verletzten Berge

PROLOG

Das flache steinige Ufer schimmerte im Licht der fernen Sterne.

Der Strand war übersät mit Steinen und Felsblöcken, die auf die Morgenflut warteten. Jeder dieser Steine war einzigartig. Keiner glich dem anderen, und einer von ihnen war ein Drache.

Welkin saß zwischen den Felsbrocken und beobachtete nachdenklich die blaß leuchtenden Sterne. Einst waren sie hell und strahlend gewesen, doch nur ein verschwommenes Flickenmuster war noch davon übrig. Und von Jahr zu Jahr verloren sie an Bedeutung für den alten Drachen.

»Ach«, sagte Welkin zu den Wogen. »Damals gab es mehr Magie auf der Welt.« Er lachte in sich hinein. »Aber vielleicht liegt es auch nur daran, daß meine Augen schlechter werden.«

Er reckte seine ledrigen Drachenflügel und schob ein Stück Treibholz zur Seite, das unter seinem Schwanz gelegen hatte, um es sich auf seinem steinernen Lager gemütlich zu machen. Seine rissigen gelben Klauen fanden die Mulden, die er im Lauf der Jahre in den Fels gekratzt hatte, und liebevoll umarmten ihn die vertrauten abgeschliffenen Vertiefungen, die als Welkins Mulde bekannt waren. Das nächtliche Meer schmiegte sich an den kalten und fernen Horizont, und bis auf die Wellen, die sanft gegen das Ufer schlugen, war nichts zu hören.

Betagt und im Frieden mit sich selbst, döste Welkin vor sich hin, von Zeit zu Zeit erwachte er, schlummerte erneut wieder ein und wartete darauf, daß die Nachtdrachen zu fliegen begannen.

Ein wesentlich jüngerer Drache verharrte hoch über ihm am Rand der Klippe und betrachtete irritiert das Gewirr der Felsen, die dort unten lagen ... bis einer der Felsen hustete. Da erkannte er sein Ziel und machte sich auf den Weg zum Strand.

Welkin erwachte und starrte nach oben, als er der polternden Schuttlawine gewahr wurde, die den Hang herabrollte. Um ihn herum ging ein Schauer aus Erde und scharfkantigen Steinen nieder, als der junge Drache die trockene Rinne herunterrutschte, die dem braunen Abhang das Aussehen eines lachenden Gesichts verlieh. Der Eindringling schrie aufgeregt und übertönte mit seiner heiseren Stimme sogar das Rauschen des Meeres, während er mit schlagenden Flügeln über das lockere Geröll tanzte.

»Welkin!« rief er. »Sir ... oh, Welkin, Sir!«

Die rechte Flügelspitze des Jünglings verfing sich in einem Haufen getrockneten Seegrases, und er verlor die Balance. Mit dem Kopf voran rutschte er auf einer Wolke losen Gerölls wenig elegant bis zu Welkins Lagerstatt.

»Wel...« stieß er noch hervor, bevor er der Tatsache Rechnung tragen mußte, daß er völlig außer Atem war und hustend zusammenbrach. Welkin lächelte.

»Was gibt es, junger Wood?« fragte er und vergnügte sich am Klang der eigenen Worte, die das sanfte Murmeln der Wogen übertönten. »Laß dir ruhig Zeit, Sohn«, fügte er hinzu, als Wood zu einer Antwort ansetzte. »Deinem ... hm ... spektakulären Auftritt nach zu urteilen, muß es sich um äußerst wichtige Nachrichten handeln.«

Wood duckte sich, als eine verspätete Steinlawine über sie hinwegprasselte, dann wandte er sein junges Gesicht dem alten Drachen zu und betrachtete dessen Falten und Furchen. Welkins Augen tanzten unter den knochigen Wülsten seiner Brauen, die sich über seine Stirn bis hinauf zu den rissigen, geschwungenen Hörnern zogen. Die graue Schuppenhaut um seine Mundwinkel zog sich zurück, als er lächelte, und Wood wurde endlich seine Botschaft los.

»Es geht um Clarion, Sir. Sie ist ... Welkin, Ihr habt einen Sohn!«

Welkin schloß seine alten Drachenaugen, als er die Botschaft vernahm, auf die er so lange gewartet hatte. Ein Sohn! Endlich hatte er einen Sohn!

Ein Sturm der Erinnerungen tobte in seinem Innern. Die kurzen Jahre der Kindheit, die Freiheit, in die Welt hinausfliegen zu können, die Jahre des Lernens und der Übungen, um zu den Erleuchteten, zu den Magiern zu gehören ... und dann sein Scheitern. Die von Schatten umhüllte Rückkehr nach Hause und ein neuerliches Scheitern. Scheitern im Leben, in der Liebe. Dann überfiel ihn das Älterwerden und riß ihn wie eine Springflut mit sich ... und plötzlich war Clarion da. Als sein Leben fast schon vorüber schien ... als alles gescheitert schien ... Clarion.

Wie selbstverständlich war sie plötzlich im Herbst in Südkap aufgetaucht. Alt wie er und mit einer Vergangenheit, die für alle unbekannt blieb. Für alle bis auf Welkin. Sie schlossen augenblicklich Freundschaft, und mit der Zeit hatte sich eine Liebe zwischen ihnen entwickelt, die ebensoviel Zärtlichkeit in sich trug wie bei den jungen Paaren, die oben am Himmel mit ihren Flugkünsten um einander warben. Sie wurden unzertrennlich.

Und jetzt war Clarions Ei, das alle höhnisch als taub bezeichnet hatten, als alt und unpassend, jetzt war dieses Ei ausgebrütet worden, und Welkin hatte die Gewißheit, daß sein Leben endlich noch einen Sinn erhalten hatte.

Wenn es einen Augenblick im Leben gibt, in dem das gesamte Dasein eine Wende erfahren kann, dachte Welkin, *dann ist dies mein Augenblick.*

Und so saß er nun dort, alt und abgeklärt, und lauschte entspannt dem Geräusch der gegen das Ufer brandenden Wellen. Er schloß die Augen und fühlte sich eins mit dem Pulsschlag dieser Welt, die sich im All drehte und ihn und Wood und alle anderen Drachen einem fernen, zukünftigen Licht zuwandte.

»Ähh, Sir?«

Wood gab ihm einen sanften Stoß in die faltige graue Flanke.

»Schlafen Sie nicht ein, Sir. Wollen Sie ihn denn gar nicht sehen?«

Welkin öffnete ein Auge und betrachtete den beflissenen Jüngling.

»Clarion wird mich rufen, wenn sie bereit ist«, entgegnete er. »Gedulde dich.«

Wood hüpfte auf den Felsbrocken herum und ließ die

noch nicht vollkommen ausgebildeten Flügel in der Luft tanzen. Noch waren seine Flugversuche unbeholfen und tolpatschig. Er stolperte zurück zur Mulde und stieß Welkin erneut an, unzufrieden damit, daß der alte Drache sich einfach wieder in sein steinernes Nest bettete.

»Ich war noch nie bei einer Geburt dabei«, sagte er, um Welkins Aufmerksamkeit zu erringen. »Alles war ziemlich glitschig ...«

»Still, junger Wood«, murmelte Welkin. »Komm und setz dich zu mir.«

Wood hüpfte gehorsam zu ihm und kauerte sich an der warmen Flanke des alten Drachen nieder. Gedankenverloren ließ er seine Schwanzspitze nach vorne über den Hals schwingen, um sich damit träge die Wange zu streicheln.

»Du bist völlig zu Recht aufgeregt, Wood.«

Wood schaute ihn mit aufgerissenen Augen an. Er war ein ernsthafter junger Drache, und es bedurfte in der Tat einer bedeutsamen Sache wie einer Geburt, um ihn in Aufregung zu versetzen. Welkin hatte sich schon häufig gefragt, was den Jüngling derart in Unruhe versetzte, daß seine kindlichen Gesichtszüge diesen merkwürdig erwachsenen, nachdenklichen Ausdruck annahmen. Ganz ohne Zweifel trauerte er noch immer um seine Mutter, doch das allein war noch keine hinreichende Erklärung. Die Schuppen seines glatten Gesichts glänzten und waren faltenlos, aber dahinter ...

Und dann drängte sich ihm ein neuer Gedanke auf. *Mein Sohn und er werden Freunde sein.*

»Junger Wood«, fuhr er fort. »Ich komme jedes Jahr in dieser einen Nacht hierher in mein altes Lager. Siehst du, wie meine Klauen dort den Fels abgeschliffen haben? Wir haben uns aneinander gewöhnt, der Felsen und ich.«

Er machte eine Pause. »Hast du jemals einen Nachtdrachen gesehen?«

»Ein- oder zweimal«, erwiderte Wood mit festem Blick. Dann aber schlug er die Augen nieder und murmelte: »Mein Vater sagt, daß es Sternschnuppen sind.«

»Was auch immer sie in Wahrheit sein mögen, sie erscheinen während des ganzen Jahres nur vereinzelt. Einer hier, zwei dort. Aber es gibt eine Nacht, junger Wood, in der erscheinen sie zu Zehntausenden!«

Welkin zog ihn dicht zu sich heran, und der junge Drache lauschte gespannt.

»Es sind die Nachtdrachen, die hoch oben schnell über unsere Welt fliegen. Viel zu hoch, als daß wir sie jemals erreichen könnten. Und wenn sie fliegen, stoßen sie ihren Atem als Feuerstürme aus, die so heiß sind, daß wir davon nur einen weißen Streifen am Himmel sehen. Sie fliegen unerreichbar hoch, unsere fernen Vettern, doch sie sind Drachen, denen wir niemals in unserem Leben begegnen werden. Und sie fliegen, fliegen.

Doch es gibt eine Nacht, in der sich alle Nachtdrachen treffen. Tausende kommen zusammen, sie drehen sich im Fluge, steigen auf und schießen wieder herab. Sie kommen zusammen, weil sie für ihr Leben und ihre Seele nur eine einzige Entsprechung finden können: das Fliegen. Und wenn sie fliegen, stoßen sie feurigen Atem aus.

Jedes Jahr tun sie dies in einer einzigen Nacht. Diese Nacht ist heute, junger Wood, diese Nacht ist heute.«

Welkin war gerade mit seiner Ansprache fertig, als ein Stern am dunklen Nachthimmel aufblitzte.

»Ein Nachtdrache«, stieß Wood ehrfürchtig hervor.

»Der erste von vielen.«

Und so saßen sie dort in der Sommernacht, zwei Drachen, einer am Beginn, der andere am Ende seines Lebens, während der Himmel über ihnen in hellen Blitzen erstrahlte. Ein Zauber lag in jener Nacht in der Luft, und wer vermag schon zu sagen, was genau die beiden Drachen am Himmel sahen. Wood wußte es selbst nicht. Er starrte hinauf, ohne den Blick abwenden zu können, hin- und hergerissen in seinem Denken. Sein Herz war mit Welkin dort oben bei den Nachtdrachen. Aber tief in seinem Innern war eine andere Stimme. Es war die seines Vaters, und sie sagte, daß es Felsbrocken seien, die vom Himmel fielen. Worte, die über diesen Hauch von Magie spotteten.

Obwohl das unlängst geschlüpfte Junge in dem warmen

Versteck unter den Schwingen seiner Mutter die Lichter nicht sehen konnte, spürte es vielleicht die Gegenwart der Nachtdrachen. Und der junge Drache begann die Rätsel der Welt zu entdecken.

Was auch immer diese Lichter einst waren oder was sie jetzt bedeuteten, sie waren wunderschön anzusehen. Spielerisch wirbelten sie durcheinander, bis sie allmählich verblaßten und weniger wurden. Die Drachen schliefen ein.

Wood erwachte, als im Osten der Morgen graute. Neben sich hörte er das heisere Atmen Welkins. Die Spitze seines knochigen Schwanzes fuhr ruhelos über die Steine, die Wood auf seinem Weg bergab losgetreten hatte.

Bemüht, den alten Drachen nicht zu stören, erhob sich Wood und begann, die Rinne hinanzusteigen. Er erreichte schließlich die Zinnen der Klippen und sah mit gerunzelter Stirn hinunter zum Ufer.

Welkin war ein großer dunkler Schatten auf dem grauen Strand. Alles dort unten schien leblos zu sein. Während oben auf den Klippen das Gras im frühen Gold des Tages erglänzte, war am Ufer nicht ein einziger Farbtupfer zu erkennen. Aber er konnte die schweren Atemzüge Welkins hören, die im Takt mit dem Wellenschlag erklangen. Der alte Drache schien eins mit dem Meer zu sein. Wood erschauderte und machte sich auf den Weg nach Hause.

Die Sonne stieg höher und schien auf Welkins graues Gesicht. Er spürte, daß etwas seinen Schatten auf ihn warf und öffnete die Augen. Dicht über ihm kreiste ein hornloses Weibchen, das gerade zur Landung ansetzte. In ihrem Maul trug sie ein winziges braunes Bündel.

»Ich bin so müde, Clarion«, seufzte er.

»Ich weiß, mein Geliebter«, erwiderte sie und legte das Bündel zu seinen Füßen nieder. »Dein Sohn.«

Welkins Augen füllten sich mit Tränen, als er auf das kleine Paket sah. Er beugte sich vor und schob die winzigen

Flügel vom Gesicht des kleinen Drachen. Seine Augen, gestern noch fest geschlossen, waren heute offen und schauten ihn neugierig an.

»Er hat glänzende Augen, wie ich«, kicherte Welkin.

»Ich mußte ihn zu dir bringen, bevor du ...«

»Ich weiß. Und er muß einen Namen erhalten.« Welkin hustete und streckte seine steifen Glieder. »Gestern abend ging es mir so gut, aber heute morgen ...« Erneut hustete er, seine Rippen drückten schmerzhaft gegen die faltige Haut. Die Luft war heute dünn und feucht und schien wie alles andere in seiner Umgebung keinen Geschmack zu haben.

»Sag nichts, Welkin«, versuchte sie ihn zu beruhigen.

Welkin berührte das Drachenjunge mit seinem Maul. »Die Welt dreht sich, mein Kleiner«, flüsterte er. »Ordinal hat mir erzählt, daß große Veränderungen bevorstehen. Und die Magier wissen das nur zu gut ...«

Er bekam einen Hustenanfall, doch sein Sohn sah ihn weiterhin ruhig an.

»Mein Sohn«, fuhr Welkin fort, wenngleich es nun so schien, als ob nur seine Stimme weitersprach und er selbst weg von der Welt in eine entfernte Dämmerung glitt. »Mein Sohn, suche die Magier. Vielleicht gibt es einen Weg, einen Weg in die Zukunft. Ordinal könnte es wissen. Und trotzdem ...«

Während Welkin schwächer und seine Rede unzusammenhängender wurde, spürte er, daß Stimme und Seele sich immer weiter voneinander entfernten. Er sah seinen Sohn wie aus weiter Entfernung, als ob er von den Klippen auf den Strand hinunterschaute oder sogar von den Sternen herabsah. Mit einem letzten Kraftaufwand schaffte er es, eine seiner Klauen zum Gesicht des Jungen zu schieben und es zu berühren. Ihre Blicke trafen sich, und Welkin sah in die schwarzglänzenden Augen seines Sohnes.

Einen Moment schien die Zeit stillzustehen. Und in diesem einen endlosen Augenblick sah Welkin in den Augen des Drachenjungen Magie und Natur, Schmerz und Leiden und grenzenlose Freude. Er sah Kampf und neues Leben entstehen, Schrecken und Liebe. Er sah, wie sich das Antlitz der Erde änderte.

Und dann sah er einen breiten unendlich verschlungenen Weg; ein Labyrinth, zugleich fremd und vertraut, dessen Gänge sich im Nebel verloren. Diesen Weg ging sein Sohn, einsam und verlassen, umgeben von dunklen und bedrohlichen Schatten.

In der nebligen Weite bewegte sich etwas mit der Kraft der Sterne.

Welkin stieß einen Atemhauch aus ...

»Fortune. Dein Name ist Fortune.«

... und dann starb Welkin friedlich.

Clarion weinte lautlos und zog ihren Sohn an sich, während sie Welkins leblosen Körper mit einer Schwinge bedeckte. So lagen sie dort. Ein Toter, ein Neugeborenes und ein Drache in der Mitte seines Lebens, während die Sonne den Strand in ein goldenes Leuchten tauchte und mit ihren warmen Strahlen das Grau vertrieb.

Weit draußen auf dem Meer wechselten die Gezeiten, und als der letzte Stern dem Licht wich, erhob sich am Horizont ein einzelner Nachtdrache und stieg in den Himmel. Hinter sich zog er eine strahlend weiße Spur durch die kühle Morgenluft.

TEIL 1

SÜDKAP

Kapitel 1

Wood

Jeder junge Drache, der sich auf den von Gras bewachsenen, seewärts gewandten Hängen vom Südkap sonnt, sieht sich der Versuchung ausgesetzt, seine Gedanken davonfliegen zu lassen, anstatt sich selbst in die Lüfte zu erheben. Vielleicht konzentriert er sich aber auch auf den Geruch der salzigen See und das Geräusch der sich brechenden Wellen und bündelt seine ziellos umherwandernden Gedanken, um sie mit den Windströmen, die an den Klippen aufsteigen, in den Himmel hinaufzuschicken. Dort oben würde er möglicherweise eine Kehre fliegen und hinunter auf seinen Körper sehen, der reglos im Gras läge, und er würde seine Augen mustern, die mit der bewegungslosen Leichtigkeit eines Sommernachmittages in den Himmel starrten.

Jeder junge Drache konnte sich auf diese Weise in seiner Phantasie in die Lüfte erheben, um sich dann von den Windströmen emportragen zu lassen und Flugmanöver zu vollführen, zu denen er in der Realität aufgrund seines Alters und mangelnder Erfahrung noch gar nicht in der Lage war.

Wood war anders.

Er lag zwischen seinen träumenden Gefährten.

Während die anderen Drachen sich ausruhten, lag er angespannt im Gras. Während sie gähnten, stieß er nervöse Rauchwölkchen aus.

Inmitten dieser absoluten Zufriedenheit, die rundum zu herrschen schien, war Wood ein Musterbeispiel von vollkommener Frustration.

Der Tag hatte nicht gut begonnen. Er war früh aufgewacht, und aus einem Grunde, den er nicht näher beschreiben konnte, äußerst unruhig gewesen. Vielleicht braute sich über dem Meer gerade ein Unwetter zusammen. Aber als er seinen Kopf aus dem Nest steckte, sah er sich einem kristallklaren Morgen gegenüber. Die Drachensiedlung war durch die Zweige der Büsche, die um sein Lager wuchsen, bis ins kleinste Detail zu erkennen. Noch war Sommer, aber der Anbruch des Winters stand bald bevor, so daß man ihn schon fast riechen konnte.

Durch die bemerkenswert klare Luft musterte Wood die Drachensiedlung. Das Nest seiner Familie, jetzt natürlich kalt und verlassen, lag auf der Spitze eines langen und hohen Kreidefelsens, der die Nordgrenze von Südkap markierte. Zur Linken und Rechten konnte er auf dem Bergrükken die Ansammlung der aus Holz gebauten Nester und der zwischen ihnen verlaufenden Verbindungen erkennen, die die Hauptsiedlung der Kolonie bildete. Aber im Moment war nicht die geringste Bewegung zwischen den weit auseinander liegenden Nestern zu sehen. Südkap lag an diesem klaren und kalten Morgen noch tief im Schlaf, und Tongue hatte noch nicht die Zuleitung zum Aquädukt geöffnet.

Im Süden dieses besiedelten Streifens fiel das Land sanft ab und ging in ein bewaldetes Tal über. Auf der anderen Seite stieg es steil an, dort, wo die Kreidefelsen auf eine Granitformation stießen, die in grauer Vorzeit aus der Erdkruste hervorgebrochen war und nun die hoch aufragenden Klippen an der südlichsten Spitze der Insel Torr formte. Eine kahle, halbmondförmige Graniterhebung durchbrach das Gras der Klippen und bildete einen Damm, hinter dem sich ein kleines Reservoir befand. Gespeist wurde es durch die vielen kleinen Rinnsale, die die Klippenhänge herunterrieselten. Dies war das Becken, von dem aus sich das schlanke hölzerne Aquädukt über das Tal spannte. Diese Wasserleitung war das bedeutendste Bauwerk des Drachenarchitekten Tongue und führte über das Dach des dichten Waldes hinweg, um sich schließlich in ein System aus vielen kleinen Wasserkanälen aufzuteilen, die die meisten der Nester versorgten.

Hinter dem Becken lagen die breiten Hänge der Klippen, und wieder dahinter war das Meer und der Himmel und weit, weit entfernte Orte, die zu sehen Wood nicht beabsichtigte. Es waren kalte Orte, tief im Süden.

Nie zuvor hatte er die bestechende Präzision und Symmetrie des Holzgeflechts der Drachennester in dieser Deutlichkeit vor sich gesehen. Die Schatten der Wolken zogen über das Land wie träge dahinfließendes Wasser. Auf dem blanken Granit des Beckens zeichnete sich das feine Netz der Risse ab, die der Frost im vergangenen Winter in den Fels gesprengt hatte, und die ganze Welt schien ihm scharfkantig wie eine Drachenklaue zu sein.

Die meisten Drachen hätten diesen Anblick aufmunternd, wenn nicht sogar erhebend gefunden, doch nicht so Wood.

Unversehens wurde die Stille zerrissen. Jemand hatte seinen Namen gerufen.

Es war sein Vater: Barker, der Bellende. Er trug diesen Namen, weil seine Stimme derart laut war, daß man fast taub wurde, wenn sie in der Nähe erscholl. Und wenn er auch in letzter Zeit nicht mehr viel sagte, laut war es auf jeden Fall immer.

Wood konnte sich noch gut an die Zeit erinnern, als sein Vater ein sehr eloquenter Drache gewesen war; ein warmherziger Drache, dessen Augen Funken sprühten und der nächtelang über die Welt reden konnte, über Drachen, über Natur und Magie, über die Jagd und die Liebe. Das war damals, als er ihm noch ein echter Vater gewesen war.

Dann war das Jahr der Stürme gekommen. Woods Mutter Eleken war während eines Sturmes ertrunken, fortgerissen von einer See, die so wild war, daß die Wellen sich Gebirgen gleich auftürmten. Und dann war Welkin gestorben. Welkin, der für Wood zu einer Art Onkel geworden war, nachdem Woods Vater sich in seinen Kummer vergraben hatte. Er war ganz friedlich am Ufer des gleichen Meeres eingeschlafen, das Woods Mutter verschlungen hatte. Man konnte sich auf das Meer nicht länger verlassen; gleichgültig, ob es nun stürmisch oder friedlich war. Dem Sterben war furchtbarer Kummer gefolgt, und darauf, was noch schwerer wog, Schweigen.

Während der letzten acht Jahre hatte sich dieses Schweigen seine heimtückische Bahn gebrochen. Es beherrschte schließlich das Nest und hatte zwischen Wood und Barker eine Mauer aufgerichtet, die aufgrund ihrer Unsichtbarkeit nur noch undurchdringlicher wurde.

Anfangs hatten sie noch miteinander gestritten. Aber dann hatte sich Barkers Beredsamkeit zuerst in Schweigen und schließlich in Streitlust gewandelt. Jedes beliebige Objekt war zum willkommenen Ziel seiner Schuldzuweisungen geworden – und natürlich war Wood ein willkommenes Ziel. Er hatte sich gewehrt. Und nur allzu deutlich konnte er sich an jede Nacht erinnern, die er nach langen hysterischen Wortgefechten allein im Nest verbracht hatte. Immer wieder hatten sie sich die gleichen Vorwürfe an den Kopf geworfen: Eigentlich hätte Eleken sich immer eine Tochter gewünscht; Barker hätte Eleken an diesem Tag niemals allein fischen gehen lassen dürfen; Woods Ungehorsam habe sie wahnsinnig gemacht; Barkers lautes Gehabe und die ewigen Treffen mit seinen alten Freunden hätten sie zur Verzweiflung getrieben.

Schuld, immer wieder Schuld. Jedes Gespräch war in leidenschaftlichen Streit ausgeartet. Die ewig gleichen, titanischen Kämpfe hatten sie abstumpfen lassen, und so hatten sie schließlich aufgehört, miteinander zu reden. Vater und Sohn teilten ihr Nest in gespentischer Stille; Wood konnte es seiner Mutter nicht verzeihen, daß sie ihn verlassen hatte, und Barker suchte jede Nacht Zuflucht bei den Treffen mit seinen Freunden, wo er sich mit anderen Dingen, vor allem aber neuen Schuldzuweisungen ablenken konnte. Keiner von beiden half dem anderen, über die Sache hinwegzukommen.

»Wood«, ertönte wieder Barkers wütender Schrei. Er war gerade von einer seiner Zusammenkünfte am Wasserbecken zurückgekehrt und hatte Wood dabei angetroffen, wie dieser in den Morgen starrte. Die weiche Bauchhaut am Körper seines Sohnes wies abgeschliffene Schuppen und eine lange rote Schramme auf. »Ich habe dir verboten zu fliegen! Entweder gehorchst du mir oder ...«

Sein Vater hielt ihn für zu jung zum Fliegen. Ständig warnte er ihn in langen Predigten davor, zu den Klippen zu gehen und dort zu üben. Aber meistens ging Wood trotzdem, und jedesmal kehrte er fiebrig vor Erschöpfung und mit Prellungen und Blutergüssen übersät zurück. Der trotzigen Haltung seines Sohnes wußte Barker nicht mehr zu begegnen. In letzter Zeit zog er sich daher immer häufiger schweigend zurück, wenn er nicht, was noch öfter vorkam, einfach wortlos das Nest verließ, um den Rest des Tages am Becken zu verbringen.

»Oder was? Was geht es dich überhaupt an, was ich mache?« gab Wood lauthals zurück.

Als er über die Schulter sah, begegnete er dem verärgerten Blick seines Vaters. Schweigend starrten sie sich an, bis Wood aufstand und auf dem Weg davonstapfte, der durch den Wald zu den Klippen führte.

Er hatte Tränen in den Augen. Selbstverständlich erklärte er sie zu Tränen der Wut. An diesem Tag verließ er die Klippen nicht mehr. Allerdings nicht, weil er sich fürchtete, seinen Vater herauszufordern. Wenn er gewollt hätte, wäre er auch trotz des ausdrücklichen Flugverbots geflogen.

Die morgendliche Kühle wurde von einem schweren heißen Wind hinweggefegt, der vom Meer herüberwehte, und um Wood wurde die Luft so schwer und zäh wie sein Herz. Ein paar andere Jungdrachen erschienen, um sich auf den grünen Hängen zu sonnen. Mit der Zeit machten sie sich nach und nach wieder auf den Rückweg zu ihren Nestern, zu ihren warmen und behaglichen Nestern.

Auf einmal war Wood allein, und als der Himmel um ihn herum zu einer beständigen Form gefunden hatte, schlief er schon den leichten Schlaf des Unruhigen.

Als er erwachte, stand die Sonne bereits niedrig am Himmel und war von Dunst ummäntelt. Die Luft war feucht und schwer. Abends schien es noch heißer geworden zu sein als am Nachmittag. Schnell schätzte Wood die Zeit, dann sprang er auf die Füße.

»Fortune«, murmelte er und machte sich auf den Weg zur Siedlung.

Wood schlug den Weg ein, der an der Westseite des Beckens entlangführte. Auch wenn es in einiger Entfernung von der Hauptsiedlung lag, stellte das Becken doch das eigentliche Zentrum von Südkap dar. Es wirkte nicht nur wegen des breiten Grasgürtels so anziehend, der sein südliches Ufer begrenzte, sondern eher noch durch die vielen Risse und Vertiefungen an der Nordseite des Walls. Hier lagen die geheimen Versammlungsorte, die je nach Größe zwei oder auch zweihundert Drachen Raum boten. Hier trafen sich die Drachen, wenn sie miteinander reden oder streiten wollten oder einen verschwiegenen Ort für ein Rendezvous suchten. Für alle war das Becken ein Treffpunkt, eine Art Arena, ein gesellschaftliches Forum ... für alle, außer einen.

Wahrscheinlich traf sich Barker, wie fast immer um diese Tageszeit, mit seinen alten Freunden am Becken und schimpfte wie üblich über die Jugend von heute oder debattierte über dringende Fragen der Politik. Wood legte keinen Wert darauf, seinem Vater zu begegnen.

In seinem Rücken wich die Sonne einer schwer lastenden Dunkelheit. Noch wurde es nicht Nacht, so daß diese Dunkelheit nur ein Gewitter ankündigen konnte. Regenwolken türmten sich am Himmel auf und wuchsen zu düsteren Schatten, die über den immer dunkler werdenden Abendhimmel zogen. Durch die schwül-stickige Luft wurden aus der Richtung, in der der Wall lag, Stimmen zu Wood herübergetragen, Stimmen, die laut und aufgeregt klangen.

Er duckte sich und lauschte, konnte aber nicht viel verstehen. Satzfetzen hingen in der sirrenden Hitze ...

»... überraschend ...«

»... die Zeit ist gekommen ...«

»... Volence kann nicht weitermachen ...«

Und das unverkennbare Knurren seines Vaters: »... die Magier.«

Intrigen, immer wieder Intrigen, dachte Wood. *Der Kampf gegen die Magier ist ihm wichtiger als sein eigener Sohn.*

Wood war sich der Tiefe des Hasses sehr wohl bewußt, den nicht nur sein Vater, sondern viele der erdgeborenen Drachen von Südkap für die Magier empfanden. Warum das so war, hatte er allerdings nie richtig verstanden. Da er – wie die meisten anderen auch – noch nie einen Magier gesehen hatte, waren sie für ihn, falls es sie überhaupt gab, nichts weiter als abenteuerliche, schillernde Gestalten eines vergangenen Zeitalters. Sie und ihr machtloses und altmodisches Parlament spielten keine Rolle mehr in dieser Welt. Mythische und geheimnisvolle Wesen waren sie, märchenhaft in den Augen eines jungen Drachen wie Wood. Er verstand nicht, warum man ihnen mit einem solchen Maß an bitterer Verachtung begegnen mußte.

Andererseits ließ sich nicht ignorieren, was unlängst mit den Eiern geschehen war ...

Lange bevor die Erdgeborenen in diese Gegend gekommen waren und ihre Nester auf dem schmalen Kamm des Kreidefelsens errichteten, hatten die Zauber- oder die Magierdrachen Südkap und den größten Teil von Torr besiedelt. Obgleich sie jünger als die Trolle waren, gehörten diese Drachen doch zu den ältesten magischen Lebewesen, die die Erde ursprünglich bevölkert hatten. Die Himmel waren von goldenem und silbernem Leuchten erfüllt gewesen, als Tausende der geflügelten Ritter sich im Sonnenlicht der neuen Welt näherten, auf der Suche nach einer Heimat in diesem fruchtbaren, aufblühenden Landstrich.

Damals hatte die Schöpfung noch über dem Planeten gelegen wie ein erster Tauschleier, damals schien alles möglich zu sein. Das Zeitalter der großen Wanderungen war ein goldenes gewesen.

Noch während die Magier die Lüfte eroberten und die Erde besiedelten, waren sie auf der Suche nach neuen Gebieten. So wagten sie sich unter die Erde, und hier glaubten sie sich endlich am Ziel angekommen, hier schien sich zuletzt ihre Bestimmung zu erfüllen. Unter der Erde konnten sie ihre magischen Kräfte bündeln. Nur unter der Erde ließ sich der Geist vollkommen auf den Zauber konzentrieren, ohne daß man den ermüdenden Ablenkungen ausgesetzt war, die der Wechsel von Tag und Nacht und die beständige Aufruhr der Elemente mit sich brachten. So entstand das weitläufige unterirdische Tunnel- und Höhlensystem, und so gelangte die Magie dieser Zauberdrachen zu nie dagewesener Schönheit und unerhörter Komplexität. Die Gesetze, die von ihrem Parlament verabschiedet wurden, waren unbeugsam, ihre Moralmaßstäbe streng und die von ihnen ausgeübte Magie immer auf das Gute gerichtet. Unter allen Lebewesen mit magischen Fähigkeiten waren sie die Geachtetsten.

In diese Welt der Drachenritter begannen allmählich die erdgeborenen Drachen einzudringen. Die ersten, die sich in Südkap ansiedelten, erkannten die Führerschaft der Magier noch bereitwillig an. Die Magier waren mächtig, aber zugleich auch freundlich und gerecht, sie sorgten sich um das Land, und so wurden sie, zumindest damals, von den Erdgeborenen verehrt.

Doch im Laufe der Jahre und Jahrzehnte kamen immer mehr Erdgeborene nach Südkap, und schon bald waren jene Tage, in denen die Magie geherrscht hatte, nur noch Geschichte; nichts war mehr so wie früher, doch über die Gründe für diese Veränderungen wurde nicht gesprochen. Die Magier hatten sich schon vor langer Zeit in ihre Höhlen im Westen, jenseits des Waldes, zurückgezogen, während die Erdgeborenen, deren Zahl inzwischen beträchtlich angewachsen war, nun offen ihre unsichtbaren Nachbarn kritisierten und darüber sprachen, wie man gegen sie vorgehen konnte.

Verschiedene aufrührerische Gruppen planten immer wieder, die Magier anzugreifen. Dennoch war es bisher nie zum Ausbruch offener Feindseligkeiten gekommen. Denn obwohl die Magier schwach geworden zu sein schienen und vollkommen zurückgezogen lebten, gelang es ihnen doch, den entscheidenden Trumpf in der Hand zu behalten, der ihnen die Kontrolle über die Gemeinschaft sicherte – die Furcht vor ihren übernatürlichen Kräften, mit der jeder erdgeborene Drache groß wurde. Über Jahre hinweg war es diese Furcht gewesen, die die Erdgeborenen davor hatte zurückschrecken lassen, den letzten vernichtenden Schlag gegen die Magier zu führen.

Doch allmählich begann die Angst zu verblassen. Die Magier verließen ihre unterirdischen Höhlen nicht mehr, und die Erzählungen über die magische Vergangenheit klangen in den Ohren eines jungen Drachen wie Wood nur noch wie Märchen.

Barker gehörte einer Gruppe militanter Erdgeborener an, deren Anführer ein Drache namens Shatter war. Früher war Wood seinem Vater oft unbemerkt gefolgt, wenn er sich des Nachts aus dem Nest geschlichen hatte, und hatte seine geheimen Besprechungen mit den anderen erdgeborenen Drachen belauscht. In diesen Gesprächen drehte es sich immer um den Haß auf die Magier, aber das war nichts Neues und auch nicht besonders beunruhigend gewesen. Bei diesen Treffen machten die Drachen ihrer Anspannung und ihren Aggressionen Luft, indem sie große Reden schwangen ... ohne daß darauf jemals Taten gefolgt wären.

Wenn sich aus den Gesprächsfetzen, die Wood heute abend aufgeschnappt hatte, irgend etwas folgern ließ, dann unterschied sich dieses Treffen kaum von den unzähligen anderen, die er in der Vergangenheit belauscht hatte. Doch trotz der drückenden Hitze lief ihm plötzlich ein kalter Schauer über den Rücken. Seine Gleichgültigkeit, sein mangelndes Interesse schienen ihm auf einmal vollkommen unangemessen. Er hatte kaum etwas von dem Gespräch mitbekommen, und doch war er sich sicher, daß seine Sorglosigkeit ein Fehler war. Welche geheimen Pläne schmiedeten sie dort heute abend? Was hatte sein Vater vor?

»... *überraschend* ...«

»... *die Zeit ist gekommen* ...«

»... *Volence kann nicht weitermachen* ...«

Die Stimmen der debattierenden Drachen verloren sich in dem immer stärker werdenden Wind, doch die Satzfetzen, die Wood zufällig aufgeschnappt hatte, klangen wie ein Echo in seinem Kopf nach und kündeten von düsteren Entschlüssen und Verderben.

Hinter ihm lauerte der Sturm. Als er an den dunklen

Umrissen der Baumkronen vorbei in die Dämmerung sah, hatte er das Gefühl, als ob die Dunkelheit ihn jeden Augenblick verschlucken müßte, um ihn in einer Welt der Schatten und der Angst wieder auszuspucken. Gewitterwolken zogen über den Abendhimmel, und der immer stärker werdende Wind flüsterte ihm zu, daß die Welt sich sehr bald verändern würde. Seine Welt. Vielleicht die ganze Welt.

Woods Blick fiel auf die Krallen seiner Vorderpfoten. Der Anblick der kräftigen Flügelhäute erfüllte ihn mit Stolz. Gleichzeitig wurde er aber auch gewahr, daß sich seine Klauen verkrampft in den Boden gegraben hatten. Unter Aufbietung all seiner Willenskraft gelang es ihm, seine Muskeln zu entspannen, und er schlug den Weg ein, der am Wald entlanglief und in den alten Teil der Drachensiedlung von Südkap führte.

Nach Westen hin, dort, wo sich die Baumreihen bis in das Tal hinunter erstreckten, verengte sich der Wald zu einem Keil, der schließlich in einer Spitze auslief, die nur noch aus wenigen Bäumen bestand. Dahinter lag eine kleine Wiese, die bereits nach wenigen Metern durch eine hohe, steile Mauer begrenzt wurde. Lediglich eine einzige Öffnung unterbrach das düstere Grau der Steine. Diese Mauer markierte die Grenze zwischen den beiden Teilen Südkaps: die Grenze zwischen dem inneren und äußeren, dem ober- und dem unterirdischen Bereich, zwischen dem Licht und der Dunkelheit. Und die Öffnung in der Mauer stellte die einzige Verbindung zwischen diesen beiden Bereichen dar.

Das Gefühl der Angst verließ Wood auch nicht, als er den steilen Weg ins Tal hinunterlief. Im Gegenteil, durch die Umgebung wurde es eher noch verstärkt. Hier hatten etliche der ersten erdgeborenen Siedler ihre Nester gebaut und dafür teilweise den Urwald gerodet. Ganze Bäume waren in die riesigen, ovalen Nester eingearbeitet, die Zweige zu Wänden geflochten und die Stämme als Vorratskammern ausgehöhlt worden. Nest reihte sich an Nest. Die, die nicht mehr bewohnt wurden, waren von Gestrüpp und Pilzen überwuchert, die aus dem vermodernden Holz wuchsen. Es roch faulig.

Was hat Shatter heute nacht vor? Warum muß sich etwas ändern?

Für Wood war der Gedanke an Veränderung geradezu monströs; er hatte den Eindruck, als ob Veränderung in seinem Leben bisher immer nur Veränderung zum Schlechten bedeutet hätte. Er lief schneller, um den Stimmen, dem Bekken und dem Sturm zu entfliehen. Und der Veränderung.

Während er durch die engen Gänge zwischen den Nestern rannte, nahm er durch die Spalten und Ritzen in den Wänden die geduckten Formen der alten Drachen wahr, deren graue Haut, trocken und rissig wie Baumrinde, kaum von dem Holz der Nester zu unterscheiden war, das sie schützend umgab. Die, die noch hier lebten, weigerten sich beharrlich, einer Säuberung dieses alten Viertels zuzustimmen, so daß es inzwischen so etwas wie ein Ghetto geworden war. Die Mehrheit der Drachen, die oben auf dem Kreidefelsen lebten, stimmte darin überein, daß es nur eine Frage der Zeit war, bis auch der letzte der Alten gestorben war. Dann würde man das ganze Viertel dem Erdboden gleichmachen und neu bepflanzen. Bis dahin ließ man es verkommen und sah zu, wie es jeden Tag ein wenig mehr starb.

Während die Drachen husteten und sich in ihren uralten Betten hin und her wälzten, ächzte und seufzte das Holz. Die Geräusche verschmolzen zu einem merkwürdigen, harmonischen Stakkato. Die Bewohner und ihre Umgebung schienen eins geworden zu sein. Wood schlängelte sich zwischen den gewaltigen Nestern hindurch und wünschte, er könnte gut genug fliegen, um den Treffpunkt aus der Luft zu erreichen.

Grollend näherte sich das Gewitter, und Wood rannte in seiner Panik noch schneller.

In einem Sturm kann man sowieso nicht fliegen!

Während er wie blind durch die engen Gassen des alten Viertels stolperte, bemühte er sich, seine Sorgen und Ängste so gut es ging zu ignorieren. Hervorstehende Äste peitschten ihm gegen die Flanken, und der Schmerz half ihm, seine wachsende Furcht zu unterdrücken; er war ein

Drache, der es gewöhnt war, seine Gefühle zu verleugnen. Und so schluckte er auch jetzt seine Panik herunter, verbannte sie an irgendeine Stelle in seinem Unterbewußtsein, wo sie ihn nicht länger störte.

Gerade als er glaubte, das Labyrinth der Gänge werde nie enden, stolperte er um eine letzte Ecke, streifte einen letzten Vorhang aus Ästen und hatte sein Ziel erreicht. Lässig gegen die Mauer gelehnt, die nicht nur das Ende des alten Viertels markierte, sondern in der Tat auch die westliche Grenze von Südkap darstellte, saß, sich die Zähne mit einer Klaue reinigend, ein Drache. Nach Luft ringend, blieb Wood stehen. Seine Beine zitterten, und sein Schwanz war wundgeschlagen von den endlosen Windungen der Gänge im Labyrinth der Nester.

Die letzten Strahlen der untergehenden Sonne zeichneten einen hellen Streifen auf die düstere Mauer und erleuchteten das Gesicht des jungen Drachen, der dort saß. Seine Schuppen glänzten, die Nase war lang und elegant geschwungen, und Wood knurrte innerlich, während er den Gedanken beiseite schob, daß dieser Drache schön war.

»Hallo«, sagte Fortune. »Was hat dich aufgehalten?«

Kapitel 2

Der Führer

Es war Fortunes Idee gewesen, heimlich eine Expedition in die unterirdischen Höhlen der Magier zu machen.

Er und Wood hatten faulenzend im Licht der Spätsommersonne gelegen und den anderen bei ihren Flugübungen zugesehen, die darin bestanden, so dicht am Boden wie möglich über die Ebene nördlich der Siedlung zu gleiten. Die Sonne ließ ihre Schuppenpanzer glänzen, während die blaßbraunen Gestalten wie Pfeile auf den schwarzen Baumstumpf zuschossen, der in diesem althergebrachten Spiel das Ziel darstellte. Man hatte einen Flug dann erfolgreich absolviert, wenn es gelang, den vom Blitzschlag verbrannten Baumstumpf zu berühren. Zum Beweis mußte man ein Stückchen verbranntes Holz zwischen den Klauen zurückbringen. Weder Fortune noch Wood waren alt genug, um an diesem Wettbewerb teilzunehmen, auch wenn Wood verbissen auf dem Übungsplatz für die Kleineren trainierte und es kaum erwarten konnte, sich endlich an diesem verkohlten, unbeweglichen Ziel beweisen zu können.

Wood, der drei Jahre älter als Fortune war, hatte zwölf Sommer gesehen und war damit beinahe volljährig. Vom Alter her stand er den Jungen, die auf der Ebene ihre Jagd- und Balzflüge übten, näher als dem jüngeren Freund. Doch während Fortune den gewagten Flugübungen der anderen noch mit interessierter Gelassenheit zusah, brannte Wood darauf, es ihnen endlich gleichzutun.

Fortune beobachtete seinen Freund und lächelte verständnisvoll. Wood hatte sich gespannt vorgebeugt, seine ausgebreiteten Flügel bebten im Wind, und es war offensichtlich, daß er es kaum erwarten konnte, sich mit den anderen Drachen in die Lüfte zu erheben. Aber heute vermittelte er noch etwas anderes als nur Ungeduld: Wood machte einen mürrischen Eindruck. Warum?

Die Vorführungen der Flugkünste der anderen begannen Fortune zu langweilen, und er streckte sich mit zusammengefalteten Flügeln im Gras aus. Im Gegensatz zu Wood verspürte er nicht den geringsten Drang, seine Flugfähigkeiten auszuprobieren. Sein Körper war jung und kräftig genug, und wenn die Zeit kam, das Fliegen zu lernen, dann würde er fliegen, nicht vorher. Seine Mutter hatte einen Namen für ihn: »Fortune, der Rationelle Drache«, und dieser Name gefiel ihm.

Das rationelle, effektive Einsetzen seiner Kräfte zeigte sich in den verschiedensten Dingen, in der Leichtigkeit seines Ganges, seinem gelassenen Lächeln, in der ruhigen und entspannten Art, mit der er sein Leben anging. Diese Eigenschaften schätzte er an sich, und er wußte, daß er sie seiner Mutter zu verdanken hatte. Sie liebte ihn von ganzem Herzen, und doch ermutigte sie ihn, unabhängig und selbständig zu werden. Wäre er nicht ohne Vater aufgewachsen, vermutlich wäre er so geworden wie die anderen, die in beständigem Wettstreit miteinander lagen. Doch so machte er sich dank des Einflusses seiner Mutter recht wenig aus der typisch männlichen Rivalität, die das Leben seiner Kameraden bestimmte.

Fortunes Unabhängigkeit – das, was seine Mutter ›Effektivität‹ nannte – unterschied und distanzierte ihn zugleich von den anderen. Aber das machte ihm nichts aus; im Gegenteil, es gefiel ihm, ein Einzelgänger zu sein, es entsprach seinem romantischen Wesen. Denn er war ein Träumer, der stundenlang durch die nördlich gelegenen Wiesen zog und sich ausmalte, wie das Leben früher gewesen war und was es ihm in der Zukunft bringen würde. Doch vor allem träumte er von der Vergangenheit, von der Zeit, in der sein Vater gelebt hatte.

Seine Mutter, Clarion, hatte ihm selbstverständlich von seinem Vater erzählt. Begierig hatte Fortune jedesmal den Geschichten über Welkin gelauscht, in denen sie von seinem Witz, seiner Güte und ein wenig auch von seiner Einsamkeit sprach. Aber diese Erzählungen waren immer nur kurz gewesen, allzu schnell schweiften sie ab und mündeten in andere Geschichten. Seine Mutter war nie in der Lage gewesen, ihm in die Augen zu sehen, wenn sie von Welkin sprach; sein Vater war nicht nur tot, er schien für Fortune auch wenig greifbar zu sein.

Er entzieht sich mir, dachte Fortune dann jedesmal, und das Loch in seinem Herzen wurde noch ein wenig größer.

Daß seine Mutter so wenig über seinen Vater sprach, führte er auf ihre Traurigkeit zurück, und vermutlich war das tatsächlich die Ursache. In letzter Zeit schien sie sich danach zu sehnen, Südkap zu verlassen und möglichst weit weg zu gehen. Vielleicht hatte sie das Gefühl, von diesem Ort nicht loszukommen, wenn sie ausführlich über ihren Gefährten sprach.

Aber da war noch etwas anderes, das Fortune aufgefallen war. Jedesmal, wenn Clarion in ihren Erzählungen über Welkin abschweifte, kam sie unweigerlich auf Magie und

Zauberei, auf die Magier zu sprechen. Gab es eine Verbindung zwischen seinem Vater und den Magiern?

Als Fortune seine Mutter danach fragte, erhielt er von ihr keine Antwort. Statt dessen zog sie sich schweigend in sich selbst zurück, als ob sie in ihrem Innern, in der Vergangenheit gefangen sei. Es war Fortune unmöglich, Genaueres von ihr zu erfahren, und so blieb ihm nichts anderes übrig, als darauf zu warten, daß sie ihm einmal wieder etwas von seinem Vater erzählte, und zu hoffen, daß sie ihm dann mehr von Welkin offenbarte.

An diese gelegentlichen Hinweise klammerte sich Fortune in seinem Bemühen, sich ein Bild von seinem Vater zu machen, das er in sich tragen konnte. Aber die Bruchstücke blieben viel zu fragmentarisch, und so blieb ihm nur ein ewig klaffendes Loch in seinem Herzen, ein Loch in der unbekannten Form eines Drachen, den er nie gesehen, nie kennengelernt hatte und den er dennoch sehnlich vermißte.

So verbrachte Fortune die Tage seiner Kindheit friedlich träumend, einsam und nachdenklich, während sich der Wesenszug der Unabhängigkeit, der Effektivität in ihm immer mehr verfestigte.

Doch das Loch in seinem Herzen blieb, schlimmer noch, es wurde immer größer.

Dann begann die Zeit der Freundschaft mit Wood.

Wood hatte er schon seit seiner Kindheit flüchtig gekannt, wie einen Cousin, der einem in manchem nah und vertraut ist, in vielen anderen Dingen jedoch auch unendlich fremd. Ihre Wege hatten sich im Laufe ihres jungen Lebens oft gekreuzt, doch erst im Verlauf dieses letzten Jahres waren sie Freunde geworden. Warum Wood sich gerade ihn zum Gefährten gewählt hatte, wußte Fortune nicht mit Sicherheit zu sagen, aber er vermutete, daß es damit zu tun hatte, daß Wood sich an Südkap gefesselt fühlte – während Fortune ständig davon sprach, daß er das Nest verlassen und sich auf die Suche nach Abenteuern begeben wollte. Fortune hatte den Verdacht, daß Wood dazu nie in der Lage sein würde. Zumindest vorerst schien es ihm genug zu sein, wenn er Fortunes Träumereien lauschte, um seine eigene Abenteuerlust zu befriedigen.

Der Grund, warum er selbst an dieser Freundschaft interessiert war, war denkbar einfach: Wood hatte Welkin gekannt.

Auch wenn Wood ihm nicht mehr über seinen Vater erzählte als seine Mutter Clarion, entdeckte Fortune, daß sich ihm durch das bloße Zusammensein mit Wood etwas von Welkins Geist mitteilte. Fortune spürte die Liebe, die sie geteilt hatten: Wie ein Zauber leuchtete sie ihm aus Woods Augen entgegen.

Es war also Welkin, der die beiden jungen Drachen miteinander verband. Ein ganzes Jahr lang erkundeten sie gemeinsam die Gegend um Südkap, sie lachten miteinander, sie stritten und sie vertrugen sich wieder. Fortune machte immer abenteuerlichere Pläne für die Zukunft, denen der vorsichtige Wood anfänglich nur zögernd zustimmte, bis auch er schließlich Gefallen an ihnen fand. Es war ein erfülltes und glückliches Jahr für die beiden jungen Drachen, die wahre Freunde geworden waren, obwohl sie in ihrem Wesen so gegensätzlich schienen.

Aber wie jedes Jahr neigte sich auch dieses seinem Ende zu, und Fortune wurde bewußt, daß Erwachsenwerden offenbar auch bedeutete, daß man sich von seinen Freunden allmählich entfremdete.

Es zeigte sich in den kleinen, alltäglichen Dingen. Fortune erkannte die Anzeichen und akzeptierte sie in der ihm eigenen, ruhigen und effizienten Art, da in seinen Augen die Tatsache, daß er und Wood in vielen Punkten verschiedener Ansicht waren, kein Hindernis für ihre Freundschaft darstellte. Bis jetzt schien Wood noch nicht bemerkt zu haben, daß sich zwischen ihnen ein Graben aufgetan hatte, der immer größer wurde. Aber wenn er es tat, fürchtete Fortune, würde sein Freund diese Entfremdung nicht so leicht hinnehmen können wie er selbst. Und das war die einzige zu erwartende Differenz zwischen ihnen beiden, die Fortune Sorgen machte.

Wir dürfen unsere Freundschaft nicht aufgeben, sagte er sich selbst, *gleich, wohin wir gehen und was wir tun werden*.

Er konnte nur hoffen, daß Wood diese Ansicht teilte,

wenn auch er die rauhen Kanten und Unebenheiten in ihrer Freundschaft entdeckte.

Als Fortune daher sah, mit welcher Ungeduld Wood die Flugübungen der anderen beobachtete, und die eigenartige, zugleich nervöse und düstere Stimmung seines Freundes registrierte, weihte er ihn in einen Plan ein, über dem er schon seit Wochen gebrütet hatte: die Erkundung der Höhlen der Magier.

Zu Fortunes Überraschung war Wood von dieser Idee geradezu begeistert.

Doch schon im nächsten Augenblick richtete sich Woods Aufmerksamkeit auf ein hübsches, junges Drachenweibchen, das sich in elegantem Flug aus der Wolke der männlichen Drachen hervorhob. Er wandte sich zu Fortune um und grinste, was bei ihm höchst selten vorkam. »Wer weiß, was wir da unten in der Dunkelheit alles entdecken werden, bei all der Magie, die dort herrscht.«

Fortune schüttelte den Kopf. »Ich kann dir nicht sagen, was wir finden werden, aber bestimmt nicht das, woran du jetzt denkst.«

Wood knurrte enttäuscht, aber die Spur eines Lächelns lag noch immer auf seinem Gesicht, während er dem Weibchen nachsah, das sich wieder in die Lüfte hob.

Wie auch immer, sie hatten ihren Entschluß gefaßt.

Und als ob die Aussicht auf Abenteuer und Magie nicht schon aufregend genug gewesen wäre, wurde ihr Plan noch am selben Abend, kurz nachdem er und Wood sich voneinander verabschiedet hatten, durch ein vollkommen unerwartetes und höchst ungewöhnliches Ereignis auf die eigenartigste Weise besiegelt. Ein Ereignis, das Fortune bis ins Innerste erschütterte und seinen Entschluß unwiderruflich machte, die Erkundung der verbotenen Höhlen der Magier zu wagen.

Nachdem er sich von Wood getrennt hatte, hatte er Hunger verspürt und deshalb den Weg eingeschlagen, der am Waldrand entlang zwischen der Siedlung und dem Becken durch das Tal führte. Hier, zwischen den ersten Baumreihen, traf man abends häufig auf Kaninchen, die sich im

Schutz des hölzernen Aquädukts in Sicherheit wähnten. Die meisten Drachen jagten nicht im Wald, da bereits die kleinste Unachtsamkeit zur Folge haben konnte, daß man sich die Flügel an den Bäumen verletzte.

Doch Fortune stellte, wie in so vielem, auch in diesem Punkt eine Ausnahme dar. Als er ein Kaninchen entdeckt hatte, erwachte das Jagdfieber in ihm, und er stellte ihm nach.

Sobald es ihn gewittert hatte, schoß das Tier an ihm vorbei. Fortune versuchte, sich mit einem großen Sprung auf es zu stürzen, während sich seine Flügel instinktiv ausbreiteten und ihn ein Stück weit im Gleitflug durch die Luft trugen.

Das Kaninchen lief einen kleinen Hügel hinauf, schlug einen Haken und verschwand zwischen den Bäumen. Auf dem losen Waldboden rutschte Fortune beinahe aus, als er den Hügel hinaufjagte und schließlich, heftig mit den Flügeln schlagend, auf dessen Kuppe zum Stehen kam.

Geblendet vom Licht der untergehenden Sonne kniff er die Augen zusammen.

Vor der rotglühenden Scheibe der Sonne hob sich der Umriß einer Gestalt ab, die auf einem zweiten Hügel stand, nicht mehr als eine Baumlänge entfernt.

Es war die Silhouette eines Drachen, daran bestand kein Zweifel, aber sie sah irgendwie eigenartig und fremd aus. Nicht *natürlich*.

Fortune hielt vor Spannung die Luft an, während er den Kopf erst zur einen, dann zur anderen Seite neigte, in dem nutzlosen Versuch, mehr zu erkennen. Die Gestalt begann zu sprechen, mit tiefer Stimme, schnell und eindringlich. »Höre!« befahl sie. Und dann, wie in einem Atemzug:

Der fremde Drache sagte, er sei Fortunes Führer.

Er sagte, er werde ihn beim nächsten Vollmond im alten Viertel erwarten, an einer Stelle, an der er ein Zeichen für ihn hinterlassen werde.

Er sagte, daß die Welt vor großen Veränderungen stand.

Und er sagte, sein Name sei Cumber.

Dann schob sich die Sonne hinter der Gestalt des Drachen

hervor und tauchte sie in eine Aureole, deren blendende Helligkeit Fortune zwang, die Augen noch enger zusammenzukneifen. Einen Augenblick lang tanzte in dem Licht ein verwirrendes Durcheinander von Schatten. Fortunes geblendete Augen füllten sich mit Tränen, so daß er sie einen Moment lang schließen mußte. Als er sie wieder öffnete, war die eigenartige Gestalt verschwunden.

Das war alles.

Doch Fortune wußte, daß er einen Magierdrachen gesehen hatte.

Noch lange nachdem die Dunkelheit hereingebrochen war, blieb er dort draußen im Wald. Vor ihm, versteckt am westlichen Ende des Tales, lagen die große Mauer und der Zugang zu dem Tunnel, durch den er die jedem Sterblichen verbotenen Höhlen betreten würde. Die Tradition gebot es, daß außer den Magiern niemand durch diesen Eingang in die Höhlen vordringen durfte, selbst wenn diese ihn in letzter Zeit nicht mehr benutzt zu haben schienen. Doch Fortune war entschlossen, sich der Regel zu widersetzen. Der Gedanke, in die Höhlen zu gelangen, hatte von ihm Besitz ergriffen, und das nicht nur in seinen Träumen.

Das Tal wurde nach Westen hin immer schmaler und verengte sich auf einen Punkt, als ob es den jungen Drachen wie in einem Strudel unerbittlich zum Eingang der Höhlen ziehen wollte; einen Augenblick lang hatte er das Gefühl, als ob er sich ohne sein Zutun unwillkürlich darauf zu bewegte. Es kam ihm vor, als ob die Bäume vor ihm zurückwichen und die dunkler werdenden Wolken sich am Nachthimmel teilten, um ihm den Weg frei zu geben, während eine verborgene Macht ihn zu den Höhlen zog.

Die Vorstellung verblaßte, und übrig blieb nur ein Gefühl von Bewegung. Doch jetzt schien *er* stillzustehen, und die Welt um ihn herum bewegte sich, raste auf ihn mit furchterregender Geschwindigkeit zu, während er nicht in der Lage war, sich vom Fleck zu rühren.

Die Welt kam auf ihn zu.

Die Welt veränderte sich.

Das folgende Warten war unerträglich. Drei Tage dauerte es noch, bis Vollmond war, und während dieser Tage mied er Wood. Obwohl er wußte, daß sein Freund dadurch unzweifelhaft in noch düsterere Stimmung verfiel, ging Fortune ihm aus dem Weg. Er hatte Angst, sein Geheimnis zu verraten und dadurch ihr Vorhaben zu vereiteln. Denn sollte Wood auch nur ahnen, daß bei ihrer Expedition in die verbotenen Höhlen ein Magier die Hände mit im Spiel hatte, würde er nichts mehr damit zu tun haben wollen, dessen war Fortune sich sicher. So nannte er Wood lediglich die Zeit und den Ort, an dem sie sich treffen würden, und hielt sich dann fern von ihm. Er vertraute darauf, daß Wood neugierig genug war, um ihr Treffen nicht zu versäumen, auch wenn er nicht weiter mit ihm darüber redete. Und wie sein Freund dann auf das Erscheinen Cumbers reagierte ... nun, das würde man sehen.

Drei Tage vergingen, der Mond nahm zu, und vor der Küste braute sich ein furchtbarer Sturm zusammen, der schließlich über das Land wie eine Plage hinwegfuhr.

Den Gefahren des Sturms zum Trotz flog in dieser Nacht unter dem Vollmond ein Drache über den Himmel, der anders war als die Erdgeborenen, die unten auf dem Land zusammengekommen waren, um ihre Intrigen zu spinnen. Ein Drache, für den das Fliegen weniger eine Übung des Körpers als des Geistes war, weniger eine Anstrengung als ein Gedanke.

Der Name dieses Drachen war Ordinal, und sie war eine Magierin.

Neben anderen magischen Eigenschaften besaß Ordinal die Fähigkeit, Gefühle zu sehen. Sie zeigten sich ihr als Lichtstrahlen, und während sie jetzt über das Land hinwegflog, konnte sie deutlich erkennen, wie ein solcher Lichtstrahl am Großen Becken aufleuchtete. Er hatte die Farbe des Zorns, der Aggression. Immer mehr Drachen rotteten sich dort zusammen und rüsteten sich für den Kampf.

Erschaudernd wandte sie sich von diesem verhängnisvollen Licht ab und stieg noch höher in die Lüfte, um die ganze Siedlung überblicken zu können.

Winzige Lichtpunkte funkelten in den Nestern unter ihr, Lichter des Streits, der Liebe und der unzähligen Gefühle, die die Flügel des Lebens erfüllten. Ein großer Sternenteppich breitete sich vor ihr aus, den nur sie sehen konnte, und jeder Stern war ein Drache. Ein erdgeborener Drache.

Es gab eine Zeit, in der all diese Lichter Magier gewesen wären, dachte sie ohne Bitterkeit. *Diese Zeit ist vorbei.*

Ordinal hatte im Goldenen Zeitalter der Zauberdrachen gelebt, das viele Jahrhunderte gedauert hatte. Nun war es endgültig vergangen, und das erfüllte sie mit Trauer. Ein Gefühl von Bitterkeit jedoch ließ sie nicht zu.

Aber wie schwer war dies!

Während sie sich nach Westen wandte, konzentrierte sie sich wieder auf ihre magische Seherfähigkeit. Auch tief unter der Erde, in den Höhlen der Magier, leuchtete das Licht des Zorns, das durch den geheimen Eingang zu ihr drang. Wie am Großen Becken bereiteten sie sich auch hier auf die Schlacht vor.

Vielleicht bringt diese Nacht das Ende. O Mantle, kann unser Vorhaben denn überhaupt gelingen? Ist die Aufgabe nicht viel zu groß?

Doch irgendwo tief in ihrem Innern, in einem verborgenen Winkel ihres Herzens, gestattete sie sich Hoffnung.

Endlich hatte der Sturm das Kap erreicht. Die Blitze, die durch die Luft zuckten und Himmel und Erde mit ihrem grell leuchtenden Netz verbanden, und das Krachen des Donners rissen Ordinal aus ihren Gedanken. Selbst für sie wurde es in der Luft nun allmählich gefährlich. Sie wandte sich in die Richtung der Höhlen, von wo sie gekommen war. Und während sie in dieser furchtbaren Nacht zu den Ihren zurückflog, war ihr Herz mit tiefer Trauer erfüllt.

Sie machte einen Umweg, um über die Nester der alten Siedlung hinwegzugleiten. Das Blut hämmerte in ihren Schläfen, während sie das Land unter sich mit den Augen absuchte und zuließ, daß sich ein winziger Hoffnungsfunke in ihr Bewußtsein stahl. Ganz auf die Fähigkeit ihres Zweiten Gesichts konzentriert, suchte sie den Boden ab.

Als sie genau über den Nestern stand, verlangsamten die Wolken, die der immer stärker werdende Sturm vor sich hertrieb, für einen Moment ihren Flug und teilten sich. Ein Mondstrahl fiel auf Ordinal und tauchte ihren glänzenden Schuppenpanzer in weißes Licht.

Dort!

Ihr Mondschatten glitt über das skelettartige Gebilde eines Nestes, nicht mehr als ein winziger schwarzer Fleck auf dem Flechtwerk. Der Wind erhob sich, und eine Sturmböe zerrte an ihren Flügeln, als plötzlich unter ihr ein Lichtstrahl aufflammte, den sie alleine sehen konnte. Grell, fast wie ein Schlag, traf der Widerschein ihre Augen, so daß sie sich, den tosenden Sturm vergessend, unwillkürlich duckte und erschauderte ... während der Lichtstrahl sich in den Himmel ergoß und nach den Sternen griff.

Für den Bruchteil einer Sekunde schien der Sturm innezuhalten und eine unsichtbare Macht den fernen Blitzen Einhalt zu gebieten. Dann schoben sich die Wolken wieder vor den Mond, und der Regen begann zu fallen.

Ordinal flog weiter, und ihr Herz hämmerte. Etwas in ihr war von dem Licht, das sie gerade gesehen hatte, wie von einer Flamme berührt worden, und sie wußte, daß sie Zeugin des Ereignisses geworden war, das sie seit so langer Zeit vorbereitet hatte.

In dieser dunkelsten aller Nächte hatte in der alten Siedlung ein Treffen stattgefunden, das aus der Verzweiflung, die über dem Land lag, einen hell leuchtenden Hoffnungsstrahl in den Himmel sandte. Das Licht, das zu sehen einzig Ordinal vorbehalten blieb, verblaßte allmählich hinter ihr, und die Leere, die es hinterließ, füllte nun wieder der Sturm. Noch heftiger als zuvor kreisten jetzt die Blitze und die Flammen des Hasses und des Zorns über dem Becken und den Höhlen.

Doch Ordinal hatte mit ihrem magischen Blick das Feuer der Hoffnung erspürt – auch wenn es jetzt bereits in ihr erkaltete.

Wood wurde allmählich ungeduldig. Seine Abenteuerlust war schnell verflogen, als sie sich nicht sofort auf den Weg zu den Höhlen machten und Fortune darauf bestand, an ihrem Treffpunkt auf jemanden zu warten, den er ihren ›Führer‹ nannte.

»Zu dritt kommt man viel leichter in Schwierigkeiten als zu zweit«, murrte Wood. »Einen Führer hast du letzte Woche mit keinem Wort erwähnt.«

»Seitdem hat sich einiges geändert.«

Fortune sah sich aufmerksam um.

Über ihnen zogen die Wolken langsam und lautlos dahin wie die Lebewesen auf dem Grund des Meeres. Nur gelegentlich zeichnete ein Blitz feine weiße Linien über den Himmel, in dem vergeblichen Versuch, die düstere Wolkenmasse zu erhellen.

Dann riß plötzlich die Wolkendecke auf und gab den Blick auf den hell leuchtenden Vollmond frei, vor dem sich der schwarze Umriß einer langsam über den Himmel ziehenden Gestalt abzeichnete.

Wood wußte, daß dies ein Drache sein mußte – nur ihnen gehörte der Himmel. Aber daß er es wagte, in so einem Sturm zu fliegen! Außerdem sah die Form seiner Flügel irgendwie eigenartig, wie falsch proportioniert aus. Wood fragte sich, was für ein Drache das war, der im Flug eine derart merkwürdige Silhouette werfen konnte. Dann wußte er es.

Ein Magier!

Einen Moment lang drang das Licht des Mondes nur noch gedämpft zu ihnen, während der Schatten des Drachen direkt über sie hinwegzog. Dann schloß sich die Wolkendecke, und es herrschte wieder Finsternis.

Der Regen begann in Sturzbächen aus den Wolken zu strömen und prasselte auf Woods ungeschützten Kopf nieder. Mit einem mürrischen Schulterzucken rückte er näher an die Mauer heran, gegen die Fortune sich gedrückt hatte, in der vergeblichen Hoffnung, sie könne wenigstens einen notdürftigen Schutz vor den Wassermassen bieten.

»Jetzt werden wir auch noch vollkommen durchnäßt«,

knurrte Wood und hob seine Flügel schützend über den Kopf. Noch geblendet vom Mondlicht, blinzelte er und sah zu Fortune hinüber. Fassungslos schnappte er nach Luft.

Sie waren nicht mehr allein.

Im strömenden Regen stand ein dritter Drache. Fortune erhob sich, und Wood sah, wie er den Fremden nervös, aber doch mit einer gewissen Vertraulichkeit begrüßte. Inzwischen war es ihm egal, ob er naß wurde, und noch immer wütend darüber, daß Fortune eigenmächtig ihren Plan geändert hatte, stapfte er zu den beiden hinüber.

»Wie wär's, wenn du uns einander vorstellst«, knurrte er grimmig und schnaubte, weil ihm der Regen über das Maul in die Nase lief.

»Wood«, sagte Fortune, »das ist Cumber.«

In diesem Augenblick wandte Cumber sich um und sah Wood an.

Auf ein Zusammentreffen mit einem Magier war Wood, der noch nie im Leben einem solchen Wesen begegnet war, nicht vorbereitet. Daß sie anders, fremd waren, wußte er. Aber einem Magier Auge in Auge gegenüberzustehen! Den Mund vor Staunen weit aufgerissen, ließ Wood sich auf den regendurchweichten Boden fallen.

Wood, genau wie Fortune und alle anderen erdgeborenen Drachen, stellte die Variation eines Grundthemas der Natur dar: sein blaßbrauner Körper wurde vervollständigt durch vier Gliedmaßen und einen langen, spitz zulaufenden Schwanz. Die Flügel, leichte und zugleich elastische Membranen, reichten von den Knöchelgelenken bis zur Rumpfmitte, während die Hinterbeine kurz und muskulös waren. Für einen Drachen wie Wood bestand kein Zweifel daran, daß alle Lebewesen, ausgenommen die Raupen und Fische, dieser Grundregel der vier Gliedmaßen entsprachen: die Kaninchen hatten vier Beine, die Bären zwei Beine und zwei Arme, die Drachen zwei Beine und zwei Flügel.

Nur bei den Magiern war das anders, und natürlich wußte Wood das auch. Denn wovon sonst erzählten die alten Geschichten, wenn nicht davon, daß die Magier über übernatürliche Kräfte verfügten, die es ihnen ermöglichten, nicht nur die Formen der Welt, in der sie lebten, sondern auch die Formen ihrer Körper zu verändern?

Die widersprüchlichsten Gedanken jagten durch Woods Kopf, während er Cumber wie ein Idiot und mit offenem Mund anstarrte.

Ein Drache? Es mußte ein Monster sein, so wie es da, gegen alle Regeln der Natur, vor ihm auf vier Beinen auf dem Erdboden hockte und trotzdem noch ein paar Flügel hatte! Irgend etwas in Woods Innerem revoltierte gegen diese Widernatürlichkeit von sechs Gliedmaßen, und obwohl er sich nach außen hin nichts anmerken ließ, stieß ihn dieser Anblick genauso ab, wie es der eines fliegenden Kaninchens oder eines pelzbewachsenen Fisches getan hätte. In seinen Augen gab es auf dieser Welt immer nur richtig oder falsch ... und Cumber war eindeutig falsch.

Während die Haut der erdgeborenen Drachen braun und stumpf war, glänzte Cumbers Haut golden. Hörner hatten groß und kräftig zu sein. Die dieses Eindringlings dagegen sahen spindeldürr aus, zu schwach, um selbst ihr eigenes Gewicht zu tragen. Woods und auch Fortunes Flügel waren kräftige, muskeldurchzogene und effiziente Flughilfen, und hier stand nun dieser Magier vor ihm, mit Flügeln, die eher den Eindruck von vergoldeten Blättern machten und mit Sicherheit zu schwach waren, um mehr als überflüssiger Zierat zu sein.

Und um dem Ganzen die Krone aufzusetzen, lächelte ihn dieses Ungeheuer auch noch an. Nein, er lächelte nicht, er *grinste*!

Schweigend starrte Wood dieses metallisch glänzende Ding an, um das selbst die Regentropfen einen Bogen zu machen schienen; es war, als ob sie von ihm abgestoßen würden.

Abgestoßen. Genau so fühle ich mich. Und mehr noch als abgestoßen – beleidigt!

Fortune dagegen hielt Cumber für den schönsten Drachen, den er je gesehen hatte, und er gab sich alle Mühe, auch Wood davon zu überzeugen.

»Siehst du«, sprudelte er hervor, »sie können ihre Schuppen verfärben. Die alten Geschichten sind alle wahr. Cumbers Haut ist jetzt goldfarben, aber sie könnte genausogut auch grün oder rot sein. Er kann auch die Formen seines Körpers verändern, das ist für ihn ein Kinderspiel ...«

»Um die Wahrheit zu sagen, ein Kinderspiel ist es nicht gerade«, korrigierte Cumber. »Im Gegenteil, man muß viel üben.«

»Darauf wette ich«, murmelte Wood, der erst allmählich die Sprache wiederfand.

»Es freut mich, dich kennenzulernen«, sagte Cumber und nickte ihm zu. »Du bist der zweite Erdgeborene, dem ich von Angesicht zu Angesicht gegenüberstehe. Langsam sollte ich mich also daran gewöhnen, obwohl ich zugeben muß, daß ich nie begreifen werde, wie ihr mit diesen riesigen Flügeln zurechtkommt. Und wie ihr es aushalten könnt, unter freiem Himmel zu leben, wird mir ewig ein Rätsel bleiben ...«

»Übrigens, Cumber macht nie ein Pause, um Luft zu holen«, unterbrach Fortune ihn mit einem entzückten Grinsen. »Ist er nicht toll?«

Gespannt starrten sie beide Wood an und warteten auf eine Antwort. Und obwohl Wood am liebsten den Ekel, den er empfand, ausgespuckt und auf dem Boden zermalmt hätte, siegte schließlich doch seine Neugier und er sagte: »Du bist ein Magier.«

Cumber lächelte. »Ich bin ein Drache.« Und nach einer kurzen Pause fügte er hinzu: »Worauf warten wir noch? Gehen wir!«

Ohne weitere Umstände drehte er sich um und begann, auf die Mauer loszumarschieren. Fortune beeilte sich, ihm zu folgen, so daß Wood nichts anderes übrigblieb, als hinter ihnen herzutrotten. Cumber führte sie auf einen schmalen Pfad, der an der Mauer entlanglief, bis sie an die große, halb mit Efeu überwucherte Öffnung eines Tunneleingangs gelangten.

»Durch diesen Eingang wolltet ihr in die Höhlen der Magier eindringen.« Das war keine Frage, sondern eine Feststellung.

»Na ja ...« begann Fortune, wurde aber sofort von dem übereifrigen jungen Zauberdrachen unterbrochen.

»Das wäre natürlich vollkommen falsch, denn ihr müßt wissen, daß dieser Eingang nur zum Schein dort ist. Der richtige ist dort drüben. Kein Erdgeborener kann ihn jemals finden.«

Cumber hob einen seiner absurd kleinen, goldenen Flügel, und dahinter wurde in den Steinen der Mauer ein zweiter Eingang sichtbar, der vorher nicht dagewesen war.

»Wie hast du ...?« platzte es aus Wood heraus.

»Ich bin ein Magier.«

Er wandte sich um, um durch die Öffnung zu treten, und runzelte dann die Stirn.

»Was ist los?« fragte Fortune, der dicht hinter ihm stand und es kaum noch erwarten konnte, seinem neuen Freund in die Höhlen zu folgen.

»Äh«, murmelte Cumber. »Das ist der falsche.«

Vor sich hin murmelnd, trottete er durch den Regen die Mauer entlang in seinem eigenartigen Gang, bei dem er seine Beine in alle Richtungen schleuderte, als würden sie von einer wildgewordenen Maschine im Innern seines mageren Körpers angetrieben.

Regentropfen zerbarsten auf dem Boden rund um die beiden Erdgeborenen, während sie Cumber zusahen, wie er an der Mauer schnüffelte und stocherte. Sie hatten die Nester der alten Siedlung hinter sich gelassen, und selbst der Wald war von hier aus nicht mehr zu sehen. Um sie herum existierten nur noch der tosende Sturm und die hohe, unüberwindliche Mauer. Fortune hatte das Gefühl, als ob sie zwischen beiden gefangen wären, Mächten ausgeliefert, über die sie keine Kontrolle hatten. Er beobachtete Cumber, der noch immer nach einem Eingang suchte, und hoffte, daß dieser verzauberte Drache nicht nur vorgab, ihr Freund zu sein.

Neben ihm kauerte sich Wood zitternd zusammen.

»Führer!« höhnte er. »Wo hast du denn diesen Verrückten aufgegabelt?«

»Er ist kein Verrückter«, erwiderte Fortune. »Er ist ein Magier. Die sind alle so, sagt er – na ja, so ähnlich wenigstens. Sie verändern ihre Gestalt. Das hat etwas mit Tradition und Ehre zu tun. Ist das alles nicht einfach phantastisch?«

Wood zeigte sich wenig beeindruckt.

»Du redest beinahe schon so wie er«, bemerkte er. »Ich dachte, dies sei *unsere* Expedition.«

»Ist es ja auch. Aber Cumber kennt sich in den Höhlen aus, er weiß, wie wir da hineinkommen. Abgesehen davon ...« Und obgleich niemand sonst ihn über das Tosen des Sturms hinweg hören konnte, sah Fortune sich mißtrauisch nach allen Seiten um und beugte sich dicht an Woods Ohr, bevor er weitersprach. »Heute nacht wird etwas passieren. Hier, in den Höhlen.«

»Was meinst du damit?« fragte Wood und täuschte Überraschung vor. Um keinen Preis der Welt würde er sich anmerken lassen, daß er Angst hatte.

»Hast du es nicht erahnt?« beharrte Fortune. »Hast du nicht die Gerüchte gehört, die in letzter Zeit umgehen?«

Doch Wood brachte es nicht über sich, Fortune von dem Gespräch am Becken zu erzählen, das er belauscht hatte. Aus Gründen, die er selbst nicht zu benennen wußte, mußte er diese Information zumindest vorerst für sich behalten.

»Was für Gerüchte?« fragte er daher ausweichend.

»Sie wollen sich dem Rat entgegenstellen«, erklärte Fortune. »Shatter will Volence stürzen und ...«

Durch den Regenvorhang wurde ein Knäuel Beine sichtbar.

»Kommt ihr beide jetzt, oder wollt ihr die ganze Nacht hier stehenbleiben und über Politik diskutieren, hm?« fragte Cumber, der vor ihnen aufgeregt von einem Bein auf das andere tanzte, während er mit seinen lachhaft winzigen, goldenen Flügeln herumwedelte. »Nun macht schon, beeilt euch. Hier werden bald Wachposten aufgestellt, wenn sie nicht schon da sind. Diese Nacht wird so schnell keiner vergessen. So, hier ist der Eingang!«

»Aber das ist der Tunnel, den Wood und ich von Anfang an benutzen wollten«, sagte Fortune überrascht, als Cumber mit großer Geste auf die efeuüberwachsene Öffnung in der Mauer wies.

»Na ja«, antwortete Cumber verlegen, »allem Anschein nach haben sie den Scheineingang in einen echten verwandelt, obwohl ich mir keinen Grund denken kann, warum man das getan hat, da es immerhin bedeutet, daß jeder Natürliche jederzeit durch den Tunnel ...«

»Gehen wir jetzt rein oder was?« unterbrach Wood ihn entnervt. »Ich bin nämlich vollkommen durchgeweicht.«

»Mm«, erwiderte Cumber geistesabwesend und starrte besorgt auf die Öffnung. »Eigenartig ...«

Als sie den Tunnel betraten, der sich gleich hinter dem Eingang zu verbreitern schien, glaubte Fortune irgendwo tief im Innern dieses Schlundes ein leises, keuchendes Geräusch zu vernehmen, vielleicht das Flüstern eines Lufthauches, vielleicht aber auch nur ein Drache, der sich – zumindest für Fortunes Augen – unsichtbar durch den Gang bewegte.

So tauschten sie das Dunkel der Nacht gegen das Dunkel, das im Innern der Erde herrschte, und machten sich auf die Reise in die Unterwelt der Magier.

Kapitel 3
In der Unterwelt

Drohend ragte der Damm des Wasserbeckens über den Drachen auf, die sich in seinem Schatten versammelt hatten. Bevor es zu regnen begann, waren kleine Luftwirbel über die nackten Felsen gekreiselt und hatten Staub und Sand hoch in die Lüfte geworfen. Ein feiner, feuchter Schleier lag wie ein Leintuch über der Versammlung. Der von der Bucht herüberwehende Wind peitschte das Wasser des großen künstlichen Sees auf und ließ es über den riesigen Granitwall schwappen, an dessen Fuß die Drachen zusammengekommen waren. Der Pegelstand im Reservoir war sehr hoch, und das Wasser schien wie ein wartendes Monster hinter dem Damm zu lauern.

Nur vereinzelt drang etwas Mondlicht durch die Wolken, die Luft fühlte sich schwer und heiß an.

Tongue, der Architekt, sprach wortgewandt über das großartige Erbe der Magier und argumentierte behutsam für eine friedliche Auseinandersetzung, statt einen offenen Krieg zu riskieren. Aber selbst er vermochte nichts gegen den tief schwelenden Haß auszurichten, der immer stärker zutage trat, je weiter die Nacht voranschritt.

»Du verteidigst sie auch noch!« höhnte Tumely, ein hitzköpfiger junger Drache, der begierig auf einen Kampf war. Er stand für die Mehrheit dieser Versammlung, ganz im Gegensatz zu dem ehrwürdigen Tongue. »Die Magier haben dir geholfen, deine Kanäle zu bauen, sagt man.«

»Das ist wahr«, gab Tongue zu. Seine Stimme klang auf einmal unerwartet boshaft. »Aber ich werde keine Drachen verteidigen, die sich des Mordes an Drachenjungen schuldig gemacht haben! Dafür verurteile ich sie mit aller Schärfe!«

Und so ging es immer weiter. Die Wogen der Erregung schlugen hoch und legten sich wieder, bis schließlich der Punkt erreicht war, an dem eine Entscheidung gefällt werden mußte.

Erst in diesem Moment schaltete sich Shatter in die Diskussion ein.

Er war das Auge des Sturms. Shatter schien alterslos; weder Jugend- noch Altersmerkmale zeichneten seine Stirn. Er war ganz einfach da. Sein mit starken Schuppenplatten bewehrter Rücken glänzte dunkel vor Nässe, und tief in seinen roten Augen glomm ein Funke des Wahnsinns.

»Ihr glaubt vielleicht, daß ich sie hasse«, polterte er. Er hielt einen Moment inne. »Aber das ist nicht der Fall. Nein, ganz bestimmt nicht. Sie sind alt. Sie sind schwach. Sie haben nichts von der Stärke, die wir fürchten. Ihre Zeit ist vorbei, meine Freunde; und dies ist unsere Stärke. Unsere Zeit ist gekommen. Sie haben keine Macht mehr über uns. Ich hasse sie nicht. Ich habe nichts als Mitleid mit ihnen!«

Sein Blick glitt über die Versammelten, während er seine geschickten Lügen kundtat. Weit aufgerissene Drachenaugen starrten ihn an. Er kannte all ihre Namen: Dort war

Peal und dort Tongue, den alle den Großen Tongue nannten ... Aber die Namen einzelner interessierten ihn nicht. Er zielte auf den Pöbel, auf die Macht der Mehrheit und auf seine Macht über sie.

»Ja, ich habe Mitleid mit ihnen«, donnerte er. Seine Stimme durchschnitt machtvoll den Lärm, den der Wind verursachte. »Sie sind alt. Sie stammen nicht aus dieser Zeit. Sie sind Geschichte! Wir nicht. Wir sind jetzt!«

Eine Woge der Zustimmung durchlief die Menge. Das waren die Sätze, die sie hören wollten. Aber trotzdem war da noch immer etwas ...

Die Furcht vor den Magiern hält sie noch zurück, dachte Shatter. *Ausgezeichnet.*

Er holte tief Luft, während sich die Krallen seiner Hinterbeine zusammenzogen, als ob er eine unsichtbare Beute schlagen wollte. Er hob seine Flügel, um sicherzustellen, daß die Gegenstände, die er darunter verborgen hatte, auch weiterhin versteckt blieben. Die Zeit war fast gekommen. Beinahe hatte er sie soweit. Der Felsen war kurz davor, herunterzustürzen, schon wankte er – aber noch nicht, noch nicht ... Aus Gründen, die nur Shatter kannte, wartete er darauf, daß es zu regnen begann.

Als Shatter die Höhlen bei den weiter entfernt gelegenen Klippen im Osten von Südkap das erste Mal verließ, war er bereits ein Erwachsener. Seine ganze Kindheit und Jugend hatten seine Eltern ihn in ihrer kleinen, verrückten Welt gefangengehalten. In all diesen Jahren hatte Shatter nichts anderes gekannt als den Anblick der ihn umgebenden Felsen und das schweigsame Schnaufen der beiden Drachen, die ihm Futter brachten.

An jenem unglaublichen Tag der Offenbarung hatte Shatter endlich die Steinwälle eingerissen, die ihn so lange gefangengehalten hatten. Der schmale Spalt der freigelegten Öffnung offenbarte ihm die schockierende Weite der Außenwelt, und seine Augen, die unter den Strahlen der unerwarteten Sonne zu brennen begannen, richteten sich instinktiv wieder zurück in die Höhle, die ihn bis zu diesem Augenblick schützend wie eine Eierschale umgeben hatte. Verwirrt und voller Schmerzen schwankte er im Sand hin und her, die glitzernde neue Umgebung erfüllte ihn mit Angst, drohte sie ihn doch mit ihren schier unendlichen Möglichkeiten ins tiefste Chaos zu stürzen. Seine Eltern, die er nun als seine Kerkermeister ansah, bewegten sich wie ruhelose Schatten in den Tiefen der Höhle, und als seine schmerzenden Augen sie schließlich wahrnahmen, entdeckte er den Haß.

Seine erste Tat als neuer Bewohner dieser unbekannten Welt war ein Mord.

Die Exekution seines Vaters, eines wahren Bullen von einem Drachen, war nicht ohne weiteres zu vollziehen gewesen. Ein Erdrutsch, den Shatter vorbereitet hatte, zeitigte schließlich das gewünschte Ergebnis, auch wenn es ein paar Tage dauerte, bis der alte, verrückte Krieger seinen letzten Atemzug getan hatte. Seine einfältige Mutter riß Shatter einfach in Stücke.

Er hielt das alles nicht für verwerflich oder moralisch falsch, weil diese beiden Drachen in seinen Augen nicht wirklich gewesen waren. Nur der Fels war wirklich, der dunkle, alles umhüllende Fels. Der Fels und Shatter, der aus dem Felsen kam.

Und dann hatte er herausgefunden, daß es andere Drachen gab, ja sogar eine ganze Drachensiedlung, die nur einen kurzen Flug entfernt lag. Diese Entdeckung war fast schon zuviel für den jungen Shatter. Jedenfalls war der Lebensstil dieser ›neuen‹ Drachen so außerordentlich merkwürdig, daß seine Neugier erregt wurde. Durch aufmerksames und hartnäckiges Beobachten lernte er allmählich die Sprache der Drachen, die ihm seine Eltern vorenthalten hatten. In seiner Isolation gelang es ihm, die Siedlung dieser erdgeborenen Drachen in seine Welt verzerrter und absurder Vorurteile einzubeziehen. Nach vielen Jahren wagte er dann endlich den entscheidenden Schritt aus seiner verborgenen Höhle in ein dunkles Nest. Es war ein großer und schwerer Bau, den er selbst konstruiert hatte und der auf der Ostspitze von Südkap lag.

Aufgrund seiner Beobachtungen war er zu der Erkenntnis gekommen, daß erdgeborene Drachen harmlos waren. Schwatzhaft und voneinander abhängig, lebten diese Drachen nur für ihr Vergnügen. Allein dieses Wort war Shatter schon fremd genug. Sie jagten, paarten sich, vertrödelten gemeinsam die Zeit und schenkten dem Fels unter ihren schuppigen Pfoten nicht die geringste Beachtung. Für den Fels und auch für Shatter stellten sie keine Bedrohung dar. Mit den Magiern verhielt es sich natürlich vollkommen anders.

Sie waren ihm ein Rätsel, ein ärgerliches obendrein. Seine wiederholten Besuche in dem vertrauten Höhlensystem an der Ostküste gaben ihm die Gewißheit, daß die Felsen, die ihn, Shatter, hervorgebracht hatten, noch immer dort und noch immer real waren. Doch auch die Magier lebten in Höhlen. Und dieser Umstand störte Shatter.

Nur er allein war würdig, vom Fels umfangen zu sein. Die Magier waren eine Heimsuchung und eine Gefahr, und obendrein waren ihre übernatürlichen Kräfte eine Provokation. In ihm nahm der Gedanke Gestalt an, daß diese hohlköpfigen Erdgeborenen ein Geschenk waren, ein Werkzeug, das nur auf die Welt geworfen worden war, um ihm in seinem Kampf gegen die Magier zu dienen.

Es war nicht sehr schwer gewesen, Gleichgesinnte für seinen Feldzug gegen die Magier zu finden. Die Erdgeborenen waren mittlerweile ihrer einst so stolzen Führer überdrüssig geworden, die sie verlassen hatten, um sich in ihre Höhlen zurückzuziehen. Der Zehnte wurde schon längst nicht mehr entrichtet, und auch die Zeremonien und Rituale wurden nicht mehr abgehalten. Die Magier zeigten keinerlei Interesse mehr an ihren erdgeborenen Vettern. Ja, sie kamen nicht einmal mehr an die Oberfläche.

Aber dennoch waren sie dort unten irgendwo, daran zweifelte kein Drache, und sie hatten noch immer, wenn sie es nur wollten, die Kontrolle über die Erdgeborenen. Das Nest eines erklärten Magier-Gegners konnte jederzeit auf mysteriöse Weise Feuer fangen, und es war sogar schon vorgekommen, daß unbequeme Drachen von Zeit zu Zeit verschwanden. Obendrein hielt man es für höchst verdächtig, daß in letzter Zeit merkwürdige Lichter im Westen aufgetaucht waren, in der Nähe jenes einen bekannten Zugangs zu den Höhlensystemen.

In dieser Atmosphäre der Rebellion hatte Shatter seine Argumente für eine Veränderung vorgetragen, und zu seinem großen Erstaunen hörte man ihm zu. Als er seine mittlere Lebensphase erreicht hatte, stellte er fest, daß er auf diese merkwürdigen, in Gemeinschaft lebenden Drachen eine gewisse Anziehungskraft ausübte. Ihm entging nicht, daß sie ihn, den sie den ›Einzelgänger‹ nannten, mißtrauisch beobachteten. Doch zugleich hatte er auch schon gehört, daß man über ihn sagte, er habe Charisma und sei edelmütig.

Die Drachen hörten auf ihn, sie folgten ihm, nahmen begierig seine Gedanken auf und machten ihn schließlich zu einem Bestandteil ihres Lebens. Sogar bei den Drachen, die ihren Daseinszweck in Müßiggang und Faulenzen sahen, hatte er Erfolg und vermochte sie durch seine Bestimmtheit und Hartnäckigkeit aus ihrer Lethargie zu reißen. Die neue Erfahrung, mit anderen Lebewesen zu kommunizieren, und die Verlockung, vielleicht sogar deren Führer zu werden und sie zu kontrollieren, wurden zu einer Droge für ihn. Früher hatte es ihn gestört, daß diese Drachen realitätsfremd waren, was er auf ihren Mangel an Beharrlichkeit zurückführte. Nun wurde diese Tatsache immer unwichtiger. Sie war nur ein Beweis mehr, daß er dazu ausersehen war, diese Welt zu beherrschen.

Der Aufstand war schon so gut wie sicher und schwebte drohend über den Magiern, aber nun war es an Shatter, die Kräfte der Revolte in die richtigen Bahnen zu lenken, auf daß sie nicht wirkungslos verpufften.

Der Sturm war das Stichwort. Das heraufziehende Unwetter zeichnete sich überdeutlich ab, und während der letzten Tage hatten der beständig steigende Luftdruck und eine schwer auf den Drachen lastende Hitze die Bewohner von Südkap an den Rand des Wahnsinns getrieben.

Unzählige Male waren die Argumente gegen die Magier in

den nicht enden wollenden Debatten wiederholt worden. Daß die alten Zeremonien schon lange aufgegeben worden seien, daß die Magier eine untergehende und bald vergessene Rasse seien, daß sie schlechte Administratoren seien und verrückte Hexenmeister. Aber obwohl viele der Drachen in allem zustimmten, was er oder andere gesagt hatten, konnte sich doch keiner zum Handeln entschließen. Sie hatten Angst und immer noch einen nicht zu erschütternden Respekt vor den Magiern und ihren sagenumwobenen Kräften.

Aber Shatter hatte einen Traum. Und in diesem Traum war er in der Lage, mit ihren Zauberkräften fertig zu werden. Er verhieß ihm außerdem, möglicherweise selbst einmal über Zauberkräfte zu verfügen.

Ganz deutlich sah er sich selbst in der verschlungenen Landschaft seines Geistes, wie er gerade einen Berg erstieg, um auf dessen Gipfel einen riesigen Findling zu entdecken, der auf einem Haufen kleinerer Steine lag. Er begann, diese kleinen Steine fortzunehmen, und je mehr er unter dem großen Felsbrocken hervorklaubte, desto weiter rutschte der Felsen auf den Abgrund zu.

Der Felsbrocken war die Revolte, und die kleineren Steine standen für die Angst: die Angst vor dem Zorn der Magier. Wenn er die Steine bewegte, würde der Felsen ins Rollen geraten. Aber was kam danach? Aus den Trümmern der Revolution würde sich ein Drache erheben und seine Schwingen ausbreiten wie gewaltige Wolken, und er wäre der Herrscher über den Fels und alle Drachen. Und sie würden vor ihm im Staub kriechen.

Daß er genügend Macht besaß, dieses Ziel ohne fremde Hilfe zu erreichen, stand für ihn außer Frage. Die Entscheidung, diese armseligen Kreaturen, die sich Drachen nannten, für seine Zwecke einzuspannen, hatte er schon vor längerer Zeit getroffen. Er berauschte sich daran, sie zu beherrschen. Die Macht über sie schien ihm – so wie der Findling in seinem Traum – Ausdruck vollendeter Schönheit zu sein.

Der Felsen würde ins Rollen geraten. Nur die ihn umgebenden Steine hinderten ihn noch daran, und in dieser

Woche war es Shatter schließlich gelungen, sie fast alle zu entfernen.

Er hatte zwei Eier und ein Junges von einer unachtsamen jungen Mutter gestohlen und sie heimlich zum Höhleneingang der Magier gebracht. Dort hatte er im Angesicht der Sterne dem wehrlosen Jungen den Hals gebrochen und die beiden Eier über dem Leichnam aufgebrochen. In der unmittelbaren Nähe dieser Bluttat hatte er dann sorgfältig einen kostbaren Schatz plaziert, den er für diese Gelegenheit gehütet hatte. Vor vielen Jahren war er auf vier goldene Schuppen gestoßen, die halb verborgen im Morast unweit seiner Höhlenwohnung gelegen hatten. Nun markierten sie unübersehbar den Ort des Verbrechens. Einer plötzlichen Eingebung folgend, nahm er eine der goldenen Schuppen wieder an sich und verbarg sie an einem geheimen Platz in der Felsenhöhle, in der er aufgewachsen war.

Noch einmal war er zum Schauplatz der grauenhaften Tat zurückgekehrt und hatte einen letzten Blick auf die widerliche Szene geworfen. Er war zufrieden.

•

Shatters Blick wanderte über die Köpfe der aufmerksam lauschenden Drachen hinweg, während er zärtlich den Gegenstand drückte, den er in seinen Klauen verborgen hielt. Der Sturm würde bald losbrechen.

»Ja, meine Freunde«, schrie er. »Nichts von dem, was die Magier euch versprochen haben, ist eingetroffen. Ihre Führerschaft haben sie nicht wahrgenommen, und was ist übriggeblieben von ihrer Ehre, von ihrer Weisheit und ... von ihren Zauberkräften? Sie besitzen sie nicht mehr. Wenn sie sie noch besäßen, müßten sie wohl kaum Zuflucht zu so feigen Mitteln suchen wie diesem ...«

Endlich, endlich war es soweit.

Shatter schlug seine Schwingen zurück und hielt ein Stück zerbrochene weiße Eischale hoch. Die Ränder waren zersplittert. Auf der Schale konnte man selbst bei Mondlicht deutlich Spuren von getrocknetem, geronnenem Blut erkennen. Und dann hielt Shatter die letzte goldene Drachenschuppe empor.

Lautes Geheul erhob sich unter den Versammelten. In diesem Moment begann es zu regnen, und Shatter stimmte sich auf die abschließenden Worte seiner Rede ein.

Aber es war gar nicht notwendig. Am Himmel grollte der Donner, und mit einemmal kam Bewegung in die Drachen. Ohne Rücksicht zu nehmen, drängten und schoben sie sich aneinander vorbei, stießen und schlugen sich, so groß war mittlerweile ihre Raserei. Der Einzelne ging unter in dem wütenden Mob, und wie ein großes, sich windendes Ungeheuer wälzten sich die rasenden Drachen den Hang hinab, der zum Damm führte. Sie brachen sich einen Weg durch die Ausläufer des Waldes, hin zum Eingang der Magierhöhlen, zu dem Eingang, der bis zu dieser Nacht nichts weiter als eine bloße Attrappe gewesen war. Die Stimmen der Drachen klangen wie eine einzige Stimme, und ihre Flügel schienen ein einziger Flügel zu sein; das große Ungeheuer war in Bewegung geraten und bahnte sich den Weg aus dem Schatten des Dammes hinaus in die unheilvolle Nacht.

Shatter wich zurück und verbarg sich in der Dunkelheit, als der wütende Mob sich an ihm vorbeischob. Verschwommene, namenlose Gesichter stürzten durch die Nacht und wurden in seiner Vision zu Felsen, zu einem Erdrutsch aus Drachen, der alles zerstörte, was in seinem Weg lag. Das Donnern des Sturms mischte sich mit ihrem wütenden Schnauben, und Shatters bösartiges Herz jauchzte vor Freude über die Gewalt, die nun in seinen Händen lag.

Jeder Zweifel war weggewischt, und alle vielleicht noch vorhandenen Unwägbarkeiten waren von der Rage der Menge beseitigt worden. Der Felsen war ins Rollen geraten und wurde durch sein eigenes Gewicht den Hang hinabgetrieben. Und in Shatters roten Augen brach eine Lawine über die ganze Welt.

Wie von Zauberhand betraten die jungen Abenteurer die Höhlen der Magier. »Wie auch sonst?« murmelte Fortune vor sich hin, als er die Grenze zwischen Ober- und Unterwelt passierte.

Hinter sich hörte er den Regen auf den nassen Lehm schlagen. Einen Moment lang blieb er am Eingang stehen, um die ungewohnte Umgebung in sich aufzunehmen. Doch seine Sinne registrierten lediglich verschwommene Bilder, verzerrte Geräusche und nicht identifizierbare Gerüche, als ob irgendeine feine Membrane diese merkwürdige Vorhöhle von den Realitäten der Außenwelt abschloß.

»Beweg dich, ich werde hier draußen völlig durchnäßt!«

Wood schob ihn vorwärts. Und dann war Cumber wieder da, tauchte aus der Dunkelheit des Tunnels auf, in die er zuvor verschwunden war.

»Von jetzt an müssen wir leise sein«, flüsterte er. Dann warf er einen bezeichnenden Blick über Fortunes Schulter hinweg auf Wood. »Obgleich mir irgend etwas sagt, daß nicht alle von uns dazu in der Lage sein werden. Ich kann mir vorstellen, daß ihr euch als Erdgeborene in den Gängen unbehaglich fühlen werdet, obwohl ich nicht einsehe, warum das so ist, aber tröstet euch damit, daß uns hier zumindest der Sturm nicht länger belästigen wird.«

Cumber wandte sich zum Gehen, und Fortune begann ihm zu folgen. Als er bemerkte, daß Wood unschlüssig am Eingang ausharrte, blieb er jedoch stehen.

»Komm schon, Wood«, drängte er seinen Freund.

»Nein. Ich bleibe hier so lange stehen, bis du mir genau erzählst, was eigentlich los ist.«

»Aber das weißt du doch. Wir machen genau das, was wir vorhatten. Wir werden die Höhlen erkunden. Es ist nämlich so, daß ... na ja, rein zufällig wird in dieser Nacht etwas Außergewöhnliches stattfinden.«

Aber Wood war noch nicht überzeugt. Er ignorierte Cumber, der inzwischen damit begonnen hatte, unruhig vor ihnen hin und her zu schreiten, und sprach leise und eindringlich auf Fortune ein:

»Wir hatten vor, uns hier hereinzuschleichen, sie ein wenig bei ihrem Tun und Treiben zu beobachten und dann so schnell wie möglich wieder zu verschwinden. Etwas

Besonderes, wie in *besonders gefährlich* war nicht vorgesehen. Und ein Führer erst recht nicht.«

Die letzten Worte hatte er heftig und verbittert hervorgestoßen, aber Cumber schien die Äußerung zu ignorieren.

»Und nach dem, was letzte Woche passiert ist ...«, fuhr Wood fort.

Nun konnte Cumber sich nicht länger beherrschen. Schneidend sog er die Luft ein und wollte gerade ansetzen, Wood zurechtzuweisen, als zu ihrer beider Überraschung Fortune das Wort ergriff. »Ich glaube nicht, daß die Magier für diese Untat verantwortlich sind.«

Dankbar, einen Verbündeten gefunden zu haben, beruhigte Cumber sich wieder. »Selbstverständlich nicht. Wir schlachten ganz bestimmt keine Kinder außerhalb unserer Höhlen.«

»Wo macht ihr es dann?« spottete Wood.

Cumber wollte sich gerade auf Wood stürzen, als Fortune erneut eingriff.

»Hör mir zu, Wood«, begann er und nahm seinen Freund beiseite. Selbst in diesem Dämmerlicht konnte Wood deutlich erkennen, daß Fortune einmal ein sehr stattlicher und schöner Drache werden würde. »Wir haben zwar den Plan für diese Expedition schon vor einiger Zeit geschmiedet, aber die Umstände haben sich geändert. Cumber hat sich entschlossen, uns zu unterstützen, was auch immer seine Gründe dafür gewesen sein mögen, und ich bin froh, daß er es getan hat. Wir brauchen sowohl sein Wissen über das Höhlensystem als auch über die Magier. Und dich und deine Körperkräfte brauchen wir ebenso, Wood. Vielleicht passieren heute nacht furchtbare Dinge. Bitte, begleite uns. Und wenn du es nicht für Cumber tun willst, dann tu es für mich.«

Fortunes Worte berührten Wood in einer Weise, die ihn beschämte. Er hatte den Eindruck, als ob Welkin aus ihnen spräche. In letzter Zeit hatte er große Angst gehabt, daß seine Freundschaft mit Fortune an einem Endpunkt angekommen wäre, daß Fortune sich tatsächlich auf eine Abenteuerreise machen und ihn, den einfachen, geradlinigen

Wood in Südkap zurücklassen würde, wo er bis an das Ende seiner Tage versauern müßte.

Aber nun sah er in Fortunes Augen ein Licht glimmen, das völlig neu für ihn war. Es war nicht das heiße Licht, das zuweilen aus den Augen der Drachen sprach, wenn sie ihre Kunststücke in der Luft vollführten, sondern ein Licht, das aus seiner Seele zu kommen schien und freundschaftliche Liebe bedeutete.

Er fühlte sich unsicher und wußte nicht, wie er seinem Freund antworten sollte. Als er Fortunes eindringlichem Blick auswich, bemerkte er, daß auch Cumber ihn aufmerksam beobachtete, als habe er erkannt, was sich zwischen den Freunden abspielte. Wood fühlte sich bloßgestellt, er kam sich vor, als stünde er völlig nackt vor diesem Fremden, den er ganz entschieden nicht mochte.

In seiner Verwirrung aus Scham und Ärger übersah er, daß Cumbers Blick voller Sympathie war.

»Also«, knurrte Wood schließlich mürrisch. »Dann kommt schon, falls wir noch gehen wollen.«

Die Gänge erschienen den beiden Erdgeborenen fremd und beängstigend. Ein merkwürdiges Licht ermöglichte es ihnen, zumindest ansatzweise zu erkennen, wohin sie ihre Schritte setzten. Doch ansonsten herrschte undurchdringliche, tiefschwarze Finsternis. Selbst das Labyrinth der Wege in der alten Drachensiedlung war nichts dagegen. Die Höhlendecke lastete schwer auf ihnen. Es war, als ob der Himmel auf sie herabgefallen wäre. Sie fühlten sich plump und unbeholfen auf dem engen Raum, und dazu hatten sie auch allen Grund. Ihre Schwingen waren groß und unhandlich, reichten sie doch von der Vorderklaue bis zur Flanke. Und ihre Klauen und Ellenbogen stießen an jeden noch so kleinen Vorsprung, der aus den Wänden der engen Korridore ragte. Der raumgreifende Gang, den sie gewohnt waren und der auf der Erdoberfläche kein Problem für sie bedeutete, behinderte sie nun in einem irritierenden Ausmaß. Selbst Wood begann, wenn auch widerwillig, Cumber um seine schlanke Statur und die kleinen Flügel zu beneiden.

Die beiden Drachen machten eine völlig neue Erfahrung: Klaustrophobie.

»Sieh dich vor«, flüsterte Cumber. »Hier vorne wird es eng.«

»Es ist hier überall eng«, erwiderte Wood schneidend.

Die Dunkelheit schluckte seine Stimme, und Fortune stöhnte, als er mit dem Kopf gegen die Decke stieß. Er preßte seine Flügel so dicht wie möglich an die Brust und stemmte sich mit aller Kraft gegen einen unsichtbaren Widerstand, bis ihm plötzlich eine massive Felswand den Weg versperrte.

»Hier entlang«, rief eine gedämpfte Stimme zu seiner Rechten.

Vorsichtig kroch Fortune in die angegebene Richtung. Der Gang wies nun eine abrupte Biegung nach der anderen auf, so daß nicht nur er, sondern auch Wood, der noch immer nörgelnd hinter ihnen hertrottete, kaum noch wußte, wo sie sich befanden. Als sie endlich nach der letzten Kehre eine kleine Kammer betraten, stellten sie zu ihrer Überraschung fest, daß sie fast zum Ausgangspunkt ihrer Reise zurückgekehrt waren. Hier war es so hell, daß man deutlich etwas erkennen konnte.

Die Höhle war so klein, daß die drei Drachen kaum hineinpaßten. Sie wurde durch ein seltsames, violettes Licht beleuchtet, dessen Quelle kurz unter der niedrigen Decke zu schweben schien. Wie gebannt starrte Fortune auf die Flamme, die ihm wie das Stück eines Regenbogens vorkam.

»Magie?« fragte er leise.

Cumber nickte und zeigte auf die verschiedenen Gänge, die aus der Höhle herausführten.

»Diese beiden Gänge sind uns verboten. Der dort, durch den wir gekommen sind, führt zurück nach draußen. Also bleibt uns nur dieser hier, der vierte, auch wenn wir ihn strenggenommen eigentlich nicht betreten dürften.«

Als Wood sich diesem Ausgang näherte und einen Blick in den dahinterliegenden Tunnel warf, wurde Cumber nervös.

»Na großartig, wieder nur ein schwarzes Loch«, maulte er. »Was ist das hier eigentlich für ein Raum?«

»Der Wachraum«, antwortete Cumber.

»Und warum ausgerechnet dieser Gang?« fragte Fortune. »Du scheinst dir selbst nicht sicher zu sein.«

Unruhig tänzelte Cumber hin und her, bevor er antwortete. »Es ist zwar verboten, diesen Tunnel zu benutzen, aber die anderen beiden Gänge werden bewacht. Nur auf diesem Weg haben wir eine Chance, ungehindert zum Großen Saal zu gelangen. Wenn wir weitergehen wollen, müssen wir diesen Gang nehmen. Andererseits bin ich mir nicht ganz sicher, ob …«

»Aber ich sehe hier weit und breit keine Wachen«, warf Wood ungeduldig ein. »Führen die anderen Gänge nicht auch zum Großen Saal?«

»Alle Gänge führen zum Großen Saal.«

»Warum stehen wir dann noch hier rum?« fragte Wood und setzte sich in Richtung des breiteren Gangs in Bewegung, der ihm am nächsten gelegen war.

»Halt!«

Fortune blieb vor Schreck das Herz stehen, und es dauerte einen kurzen Moment, bis er begriff, daß die ehrfurchtgebietende Stimme, die Wood zum Innehalten gebracht und ihn selbst fast in Panik versetzt hatte, dem zierlichen Cumber gehörte. In dieser Stimme schwang etwas mit, das die beiden Erdgeborenen noch nie zuvor gehört hatten. Es waren die Harmonien der Magie; es war der Befehl eines Magiers, dem man unbedingt Folge zu leisten hatte. Cumber hatte sie beide buchstäblich verhext, und es blieb ihnen nichts anderes übrig, als stehenzubleiben.

»Ihr würdet die Begegnung mit einem Wächter der Magier nicht überleben«, erklärte er, und in seiner Stimme schwang noch immer dieser eigenartige, drohende Unterton mit.

Und so kam es, daß Wood sich gezwungen sah, Fortune zu folgen, der seinerseits Cumber in den engsten der drei Schächte gefolgt war. Zum zweiten Mal hatte Cumber dafür gesorgt, daß Wood sich wie ein Dummkopf fühlte. Wütend trottete er hinter ihnen her, und während er sich durch den dunklen Eingang zwängte, hatte er das Gefühl, als ob er von der Dunkelheit dahinter verschlungen würde.

Waren der Boden und die Wände des ersten Tunnels, durch den sie die unterirdische Welt betreten hatten, noch ungleichmäßig und zerklüftet gewesen, so verfügte dieser

Gang über glatte Wände und war fast rund. Cumber erklärte ihnen, daß es bequemere Wege zum Großen Saal gab, doch daß in der heutigen Nacht dieser ausgediente Wasserkanal am sichersten wäre.

»Du hast gesagt, der Gang ist verboten«, flüsterte Fortune. »Warum?«

»Du wirst es verstehen, wenn du den Großen Saal siehst«, lautete Cumbers wenig erhellende Antwort.

Schweigend krochen sie weiter, bis schließlich das Ende des Ganges in Sicht kam. Angestrengt in die Dunkelheit starrend, erkannte Wood einen kreisrunden, schwachen Lichtschein, der immer wieder durch die Gestalten seiner vor ihm gehenden Begleiter verdeckt wurde. Als sie sich ihm bis auf etwa eine Baumlänge genähert hatten, blieb Cumber stehen.

»Der Große Saal, nehme ich an?« fragte Wood und sah, wie Cumber nickte. Der Magier zeichnete sich vor dem hellen Hintergrund des Lichtflecks als schwarzer Umriß ab. Das Spiel der Schatten rief ihm die Silhouette des eigenartigen Drachen in Erinnerung, den er früher am Abend vor der weiß leuchtenden Scheibe des Mondes beobachtet hatte, und er fragte: »Bist du heute nacht geflogen?«

Cumber schnaubte entrüstet. »In dem Sturm? Ich bin zwar ein Magier, aber nicht verrückt! Sag mir, was du gesehen hast, Wood.«

Der Erdgeborene schwieg.

»Was hast du gesehen? Du mußt es mir sagen!«

In Cumbers Stimme lag wieder dieses gefährliche Beben, das seinen Worten eine magische Kraft verlieh, der man sich nicht widersetzen konnte. Wütend biß Wood die Zähne zusammen, als er spürte, welch unglaubliche Macht dieser Drache über ihn ausüben konnte. Doch schließlich gab er nach.

»Na schön«, knurrte er mißmutig. »Ich habe einen Drachen gesehen, das ist alles, kurz bevor wir dich getroffen haben. Er flog vorbei, und vor dem Mond war er recht deutlich zu erkennen. Er sah irgendwie ... eigenartig aus. Sogar noch eigenartiger als du.«

»Ordinal«, flüsterte Cumber, ohne auf Woods Beleidigung zu reagieren. »Wenn Ordinal fliegt, ist die Zeit wahrhaftig gekommen.«

Fortune verstand nun gar nichts mehr.

»Ordinal? Welche ›Zeit‹?« fragte er aufgeregt. Über keinen anderen Drachen sprach seine Mutter so oft wie über Ordinal.

»Ich glaube«, sagte Cumber und setzte sich wieder in Bewegung, »es wird das beste sein, wenn wir in den Großen Saal gehen. Folgt mir.«

Sich vorsichtig nach allen Seiten umsehend, führte er sie aus dem Gang hinaus auf einen Sims, von dem aus man den Großen Saal überblicken konnte. Durch eine Geste gab Cumber ihnen zu verstehen, daß sie sich ducken sollten. Als Fortune auf den Sims kroch, hielt er vor Aufregung und Spannung die Luft an und sah sich um.

Jener Große Saal, den seine Mutter Clarion so oft in ihren Erzählungen vor seinen Augen hatte entstehen lassen, war riesengroß gewesen. Durchflutet von einem magischen Licht, war er erfüllt vom schweren Flügelschlag jener Zauberdrachen, die seine Mutter als Ritter bezeichnete. Und an einem Ende des unermeßlich großen Gewölbes hatte der mächtige Rat der Magier gesessen. Der Rat, der weise, wissend und gut war und ein gerechtes Urteil über alle entscheidenden Fragen des Gemeinwesens fällte.

Doch das, was Fortune nun sah, war nur noch der Scherbenhaufen des Zaubers, den diese Geschichten beschrieben. Der Große Saal war eine Ruine.

Die Größe der Höhle war jedoch beeindruckend. Soviel stimmte mit Fortunes Vorstellungen überein. Leuchtendes Gestein formte die Wand, die unterhalb des Vorsprungs, auf dem sie standen, in sanftem Aufwärtsschwung in den tief unter ihnen liegenden glänzenden Boden überging. Dicht über ihren Köpfen glitzerten die in den Stein gehauenen Verzierungen der Decke, die das violette Licht des Regenbogens reflektierte, der im Zentrum der Höhle zu schweben schien.

Doch abgesehen von dieser Lichtquelle und dem unheimlichen Glanz, den sie in der Höhle verbreitete, war der Große

Saal nur von Gespenstern, Finsternis und dem Hauch des Todes erfüllt.

Auch am entgegengesetzten Ende des Raumes ging der Boden kaum merklich in die nach außen gewölbte Wand über, nur daß er hier noch sanfter anstieg als an den anderen Wänden, so daß sich etwas Ähnliches wie eine Arena bildete. Riesige Findlinge, die ursprünglich einmal in Reihen gestanden haben mußten, lagen nun umgestürzt und durcheinander. Als Fortunes Blick auf sie fiel, dämmerte ihm, wozu diese Felsen einst gedient hatten.

»Diese Steine«, wandte er sich flüsternd an Cumber, »sind das ...?«

»Die Sitze des Rats? Ja, vierundzwanzig Mulden in vierundzwanzig Felsbrocken, und jeder von ihnen war der Platz eines Ratsmitgliedes. Jetzt sind sie alle umgestürzt. Und dort oben, über allen anderen, befand sich der Hohe Sitz.«

Wood schnaubte verächtlich angesichts von Cumbers inbrünstigem und ehrfürchtigem Tonfall. Fortune schenkte dem keine Beachtung, sondern beugte sich statt dessen gemeinsam mit Cumber über den Rand des Felsvorsprungs, auf dem sie kauerten. Beiden Drachen war der kalte und zornige Blick entgangen, der in den Augen ihres Weggefährten lag und mit dem er abwechselnd die Reihen der umgestürzten Steine und Cumber bedachte.

Als Fortune die Augen zusammenkniff, um nicht von dem schwebenden Regenbogen geblendet zu werden, erkannte er den großen Monolithen, der aus der Mitte der umgestürzten Felsen herausragte. Der hohe, schlanke Stein schien das einzig Intakte in dieser Trümmerstätte zu sein, zu der diese ehedem so stolze Halle geworden war. Von hier oben hatte es fast den Anschein, als ob das schillernde magische Licht die Spitze des Steins kaum beleuchtete, aber bei genauerem Hinsehen konnte er auf der Säule eine schemenhafte Gestalt ausmachen.

»Ist das Volence?« fragte er beklommen.

»Ja.«

»Pff«, schnaubte Wood, während sein feindseliger Blick nun fest auf Cumber gerichtet war.

Fortune wollte gerade fragen, wo die übrigen Mitglieder des Rates waren, als ein fernes Grollen durch die Höhle hallte. Die drei jungen Drachen erstarrten und versuchten, den Ursprung des seltsamen Donnerns zu ergründen.

»Das ist die aufgebrachte Menge«, stieß Cumber ungläubig hervor. »Sie müssen dicht hinter uns gewesen sein, sind uns aber nicht bis nach hier oben gefolgt. Allerdings ist es mir ein Rätsel, wie sie ungehindert den Wachraum passieren konnten.« Er richtete die Augen zur Decke, um seiner Hilflosigkeit Ausdruck zu verleihen. »Jedenfalls sind wir hier, auf dem verbotenen Sims einigermaßen sicher«, sagte er schließlich. »Aber seht euch vor, niemand darf uns entdekken. Ich weiß nicht, was sie mit uns tun werden, wenn sie es herausbekommen … vielleicht gar nichts. Obgleich ich das Schlimmste befürchte, und möglicherweise …«

Aber seine Angstphantasien wurden jählings unterbrochen. Mit flackerndem Blick wirbelte Wood plötzlich herum und drückte Cumbers scheinbar zierlichen Körper gegen die Höhlenwand. Seine Stimme bebte vor nur mühsam unterdrückter Wut. »Hör zu, du Schwachkopf! Ich bin durchnäßt und zerschunden, du hast mich beleidigt und ignoriert … Du und deine sogenannte Magie können mir gestohlen bleiben. Wenn du mich fragst, ist dieses ganze Gerede von euren Zauberkräften der reine Unsinn! Ich will ein paar konkrete Erklärungen von dir und nicht dieses Geschwafel von Mob und Zauberei! Also, was ist hier los?«

Fortune versuchte, Wood zurückzuziehen, aber dieser wich keinen Zoll breit von der Stelle und fixierte seinen Freund mit einem zornigen Blick. Fassungslos taumelte Fortune zurück, erschrocken über die blanke Wut in Woods Augen. Soviel Zorn … Aber was verbarg sich dahinter? Schmerz?

»Warum ist es verboten, dieses Sims zu betreten?« knurrte Wood. »Was wird passieren, wenn sie uns hier finden? Warum sind wir überhaupt hier? Und wo ist dieser sogenannte Hohe Rat? Der Große Volence! Wo sind all die Drachen, die er angeblich anführt?«

Wood atmete schwer und machte seinem Ärger in kurzen,

stoßartigen Atemzügen Luft. Obwohl er Cumber mit einem kräftigen Griff festhielt, brauchte dieser lediglich einmal den Kopf zu wenden und die Schultern zu drehen, und schon stand er frei auf der gegenüberliegenden Seite des Felssims, während der überraschte Wood heftig nach Luft ringen mußte. Cumber fixierte seinen fassungslosen Gegner und begann schnell und betont zu sprechen.

»Dieses Sims und der Tunnel, durch den wir hierher gelangten, sind deswegen verboten, weil sie der höchste begehbare Platz der Halle sind, noch höher als der Hohe Sitz. Und weil kein Drache über dem Anführer stehen soll, darf auch nur er diesen Ort aufsuchen. Es gibt nur einen einzigen Grund, warum wir hier oben sind: Das, was heute nacht passieren wird, darf nicht ohne Zeugen bleiben. Und glaub mir, Wood, du wirst hier oben sicherer sein als dort unten im Großen Saal.«

Aus dem Innern der Höhlen war immer deutlicher der Lärm schwerer Schritte und aufgeregtes Geschrei zu hören.

»Sicherer?« erwiderte Wood wütend und lief aufgebracht auf dem gefährlich schmalen Sims hin und her. »Wie sollten wir uns jemals in der Gegenwart von Drachen sicher fühlen, die Eier stehlen und Neugeborene töten? Man hat die Schuppen von Magiern entdeckt! Ihr seid keine Ritter, ihr seid Mörder!«

Fortune schüttelte betrübt den Kopf, während sich sein ältester und sein jüngster Freund vor seinen Augen stritten. Die hohen Erwartungen, die er an den Großen Saal gestellt hatte, waren unerfüllt geblieben. Wo er mit strahlendem Weiß gerechnet hatte, war alles grau; anstelle edler Ornamente hatte er nur noch Trümmer vorgefunden, und Schatten waren dort, wo gleißendes Licht von Ruhm hätte künden sollen. Seine Freunde waren zerstritten: Auf einem schmalen Felssims in einer verlassenen Trümmerhöhle aus zerbrochenen Träumen fiel ein aufgebrachter Erdgeborener über einen jungen Magier her.

Obgleich es Fortune gelungen war, seinen Sinn für das Wunderbare bis hierher zu retten, sah er sich nun mit der harten Realität konfrontiert. Aus seinem Auge rollte eine dicke Träne und tropfte auf den tief unter ihnen gelegenen Boden.

Aus dem Gang brandete eine Woge des Lärms zu ihnen herauf, schwoll stetig an und brach sich an den Felswänden.

Die Drachen kamen.

Schreiend und grölend stürmte der Mob in den großen Saal. Das Flügelschlagen und Stampfen der erdgeborenen Drachen füllte die Halle und kündigte den nahenden Krieg an. Fortune erstarrte, während sein Herz vor Schreck stehenzubleiben drohte. Wood und Cumber hielten inne in ihrem Streit und starrten ungläubig auf die dichtgedrängten Drachen. Schwänze und Flügel schlugen auf den Boden, und die kreischende Stimme des Mobs durchbrach die Totenstille, die bis dahin über dem Saal gelegen hatte. In diesem ohrenbetäubenden Lärm fand die Wut der Erdgeborenen ein Ventil; der Schrei nach Vergeltung und Gerechtigkeit brach sich lauthals Bahn.

Im schwachen magischen Licht der großen Halle erhob sich die Stimme des Todes.

Kapitel 4

Im Großen Saal

Erst jetzt erkannte Fortune die wahre Bedeutung der leeren Stelle in seinem Herzen. Jetzt, da das Licht der tief in seinem Innern entstandenen plötzlichen Erkenntnis diese Leere erhellte und ausfüllte. Während er träumend über die Wiesen gewandert war, hatte er der Tatsache keine Beachtung geschenkt, daß seine Mutter Welkins Namen stets auch in Zusammenhang gebracht hatte mit den Namen der großen, bedeutenden Magier: mit Ordinal, Destater und dem uralten Halcyon. Er hatte nicht verstanden, welche Bedeutung die alten Geschichten von den heldenhaften Rittern früherer Zeiten für einen jungen, erdgeborenen Drachen haben sollten, der am Beginn seines Lebens stand.

Doch jetzt begriff er, was Clarion ihm damit hatte sagen wollen. *Um etwas über meinen Vater zu erfahren, muß ich die Magier kennenlernen!*

Doch wo waren die Magier? Verschwunden!

Es war zu spät, das wurde ihm nun schmerzlich bewußt. Er war schon immer fasziniert von den Magiern gewesen, doch erst jetzt begriff er, wo der Grund dafür zu suchen war. Jetzt, da die Magier ihm nicht mehr helfen konnten.

»Was ist hier vorgefallen?« flüsterte er, während er dem Mob unten im Saal und der zusammengekauert auf ihrem steinernen Postament hockenden, nur unscharf zu erkennenden Gestalt von Volence den Rücken zuwandte. Er starrte auf die Öffnung des Ganges, durch den sie zur Plattform gelangt waren, ein schwarzes Loch, das die Leere in seinem Herzen widerspiegelte. Unter ihm erfüllten die Erdgeborenen die Höhle mit Lärm und Geschrei, und trotzdem suchte er nach den Drachen aus seinen Träumen, nach flüchtigen Schatten, die sich in den Tiefen des Tunnels verbergen mochten ... und vielleicht doch nicht dort waren.

Die Leere des Tunnels weitete sich aus, um ihn zu umfangen, und plötzlich war Fortune mit dem Schatten seines Vaters allein, mit seinem Geist, der sich ihm entzog, sobald er sich ihm nähern wollte, gefangen in der unerreichbaren Vergangenheit. Fortune zitterte, als wäre es um ihn herum Winter geworden. Er war so gefangen von seinen eigenen Gedanken und Ängsten, daß er nicht bemerkte, wie Cumber ebenfalls zu beben begann.

Denn auch Cumber war in die Vergangenheit eingetaucht, nur daß seine Erinnerungen klar und deutlich waren. In seiner Vorstellung beschwor er das Bild von Ordinal herauf, die Erinnerung an ihr letztes Treffen und die Furcht, die sich seinem jungen Herzen eingegraben hatte. Denn nun stand er vor dem schwersten und zugleich wichtigsten Teil der Aufgabe, die Ordinal ihm anvertraut hatte. *Sie müssen glauben, was ich ihnen sage,* dachte er verzweifelt, *selbst wenn ich es kaum zu glauben vermag. Woher nur soll ich die nötige Überzeugungskraft nehmen, derer es bedarf?*

Er hatte Ordinal nicht mehr gesehen seit jenem Tag, an dem sie ihm die Worte aufgetragen hatte, die er nun an Fortune und Wood weitergeben mußte. Er fürchtete, daß sie ihn und vielleicht auch Südkap verlassen haben könnte. Doch Woods Behauptung, er habe einen Magier gesehen, der dem Sturm zum Trotz in einer Nacht wie dieser flog, gab ihm die Hoffnung, daß sie doch noch hier war.

Sie hatte von der fremden Welt gesprochen, in die Cumber aufbrechen sollte, und von dem furchtbaren Zeitdruck, unter dem sie standen. Sie hatte ihn losgeschickt, um Fortune zu suchen. »Meine Bestimmung ist es, hierzubleiben. Doch Südkap wird schon bald kein sicherer Ort mehr sein für dich und für den erdgeborenen Drachen. Du mußt ihn mit zu Halcyon nehmen.

Die Welt steht vor dem Umbruch, Cumber. Die Knochen der Trolle haben sich bereits in Bewegung gesetzt.«

Dann sprach sie von Halcyon, dem großen und weisen Drachen, Herrscher über Covamere, der Zitadelle weit im Süden des Landes. Dort wurde über alle weltlichen Angelegenheiten der Drachen bestimmt, und dort fand sich vielleicht auch das Mittel gegen die Seuche, die die Magier von Südkap vernichtet hatte – noch lange bevor Shatters Lügen und Hetzkampagnen sie hatten zu Fall bringen können. Wenn es einen Drachen gab, der all dem Einhalt gebieten konnte, dann war es Halcyon. Soweit es in seiner Macht stand, würde er ihnen zu helfen versuchen, dessen war sich Ordinal sicher.

Dennoch schwang in ihren Worten eine Spur von Resignation und Enttäuschung mit, die Cumber Angst bereitete. Doch schon bald hatten seine jugendliche Begeisterungsfähigkeit und sein Optimismus wieder die Oberhand gewonnen. Als er Ordinal aufzumuntern versuchte, seufzte sie.

»Es sind eben diese Eigenschaften, wegen derer ich dich für diese schwere Aufabe erwählt habe«, erklärte sie.

»Aber was kann Halcyon denn tun? Schließlich ist er auch nur ein Drache.«

»Für Südkap kann er nichts tun, fürchte ich. Du wirst Zeuge der Ereignisse sein, um Halcyon von dem Schicksal zu berichten, das die Drachen hier ereilt. Aber unsere Siedlung ist nur eine von vielen, und trotz der Konflikte, die zwischen uns Magiern und den Erdgeborenen herrschen, sind wir doch alle Drachen. Nur Halcyon ist in der Lage, den endgültigen Untergang zu verhindern.«

Aber selbst während Ordinal dies sagte, sah sie mit abgewandtem Kopf in die finsterste Ecke der Höhle.

»Was muß ich noch wissen?« fragte ihr junger Schüler. »Etwas hast du mir verschwiegen, nicht wahr?«

»Du weißt jetzt alles, was du wissen mußt. Finde deinen Begleiter, und geh mit ihm zu Halcyon. So sieht es dein Schicksal vor.«

Plötzlich wirkte sie sehr alt.

In seinem Innern wußte Cumber, daß Ordinal ihm etwas vorenthalten hatte, und dieses Wissen lastete nun schwer auf ihm, als er versuchte, all seine Überzeugungskraft für die Geschichte zu sammeln, die er Fortune und Wood erzählen mußte. Auch er würde ihnen eine höhere Wahrheit verschweigen, auch wenn er nicht die geringste Ahnung hatte, worin sie bestand. Sein Gewissen sagte ihm, daß er begonnen hatte, ein gefährliches Spiel zu spielen.

Darüber hinaus bereitete es ihm Sorge, daß er sich jetzt zwei Erdgeborenen gegenübersah, während Ordinals Prophezeiungen doch nur von einem gesprochen hatten. Wie ein Dämon erhob sich die unvermeidliche Frage: *Welchen von beiden werde ich zurücklassen müssen?*

Im ersten Moment war Wood von dem Schauspiel der Macht begeistert gewesen, das die Erdgeborenen in der Festung der Magier darboten, denn nun würde der Kampf, den er mit Cumber auf dem Sims auszufechten versuchte, von dieser Armee in großem Maßstab fortgesetzt werden. Endlich würde der Sache der Erdgeborenen Gerechtigkeit widerfahren.

Aber dann wuchsen die Zweifel in ihm, und seine Begeisterung wurde durch ein Gefühl von Furcht getrübt, als er die Gesichter der Erdgeborenen sah und die Blutrünstigkeit, die sich darin widerspiegelte und die sie antrieb. Auch einige der Drachen dort unten im Saal schienen Angst zu empfinden, als sie sich in dem Ehrfurcht gebietenden Raum umsahen. Doch auf den Gesichtern der meisten lag Entschlossenheit, und sie stießen und schoben sich grölend hin und her, während immer mehr Rebellen in den Saal drängten. Sie bildeten ein kriegerisches Heer, das die Höhle nicht eher verlassen würde, bis Blut – das Blut der Magier – auf diesen alten Steinen vergossen sein würde.

Doch in dem Moment, in dem in Wood der Zweifel aufkeimte, in dem Moment, in dem er Cumber näher rückte, der mit weit aufgerissenen Augen neben ihm kauerte, erkannte er unter den kampfbereiten Drachen ein vertrautes Gesicht.

Ein Gesicht, das sich einst lächelnd über ihn gebeugt und ihm über das Heulen des Nachtwindes hinweg Schlaflieder gesungen oder zufrieden an der Seite seiner Mutter geschlummert hatte. Nun schaute es nicht mehr freundlich, dieses Gesicht, sondern war vor Wut verzerrt, während es sich Woods Blick in der wogenden Menge der lärmenden Krieger immer wieder entzog.

Schlagartig kehrte Woods ganze Sympathie wieder zu dem Mob zurück, während ihm gleichzeitig bewußt wurde, was die Wut seines Vaters nährte: Es war nicht Rachsucht, nicht Haß auf die Magier, sondern der Schmerz über den Verlust Elekens. Sein Vater litt! Endlich begriff Wood, daß er litt!

Er fühlte instinktiv, daß er zu seinem Vater gehen und an seiner Seite gegen die Magier kämpfen mußte. Gleichzeitig jedoch erkannte er, daß die Wut Barkers falsch war, und diese Erkenntnis hielt ihn zurück. Im Widerstreit mit sich selbst war er unfähig, eine Entscheidung zu fällen, was er tun sollte.

Unten hatten sich vor jedem der vier Eingänge zum Großen Saal je zwei kräftige Drachen postiert; die anderen drängelten unruhig hin und her. Aus ihrem Geschrei war inzwischen ein gedämpftes Murmeln geworden, während sie auf die Anweisungen ihres Anführers warteten. Als immer mehr von ihnen allerdings merkten, daß Shatter nicht bei ihnen in der Höhle war, wurde das Gemurmel immer aufgeregter und lauter.

Jetzt, da die Höhle nicht mehr mit dem Geschrei der Erdgeborenen erfüllt war, gelang es Cumber endlich, durch leises Zischen Wood und Fortune auf sich aufmerksam zu machen. Er ließ ihnen keine Zeit, um Fragen zu stellen, und kümmerte sich auch nicht darum, daß Wood immer wieder zu dem Mob unten im Saal hinuntersah, sondern begann mit leiser, schneller Stimme zu sprechen.

»Hört mir zu«, fing er an und hob einen Flügel, um Fortune zum Schweigen zu bringen, als dieser ihn unterbrechen wollte. »Hört mir bitte nur zu. Ich habe euch vieles zu sagen, und ich muß es euch jetzt sagen, bevor die dort unten anfangen, Ärger zu machen.«

Wood rückte ein paar Schritte von dem jungen Magier ab, obgleich offensichtlich war, daß er aufmerksam zuhörte. Wie Fortune hatte auch er die Stirn gerunzelt, nur daß dies bei ihm Ausdruck eines inneren Konfliktes war, während sich auf dem Gesicht seines Freundes Spannung und sogar Hoffnung widerspiegelten.

Jetzt wird er alles erklären, dachte Fortune und hoffte inständig, daß er recht hatte. *Er wird erklären, was hier vor sich geht, und alles wird wieder gut werden.*

Allmählich wurde das Raunen der Erdgeborenen wieder lauter, als etliche von ihnen nach Shatter riefen, aber keine Antwort erhielten. Endlich fuhr Cumber fort.

»Die Zeit drängt, und ich habe viel, zu viel zu sagen, aber ich werde es trotzdem versuchen. Ich bin einer von jenen Magierdrachen, von denen euch, wenn ich sie richtig verstehe, eure alten Mythen erzählen. Wir leben auf eine Art und Weise *durch* unseren Zauber, durch die Magie, die ihr nie begreifen, geschweige denn am eigenen Leib erfahren werdet. Es gab Zeiten, in denen die Magier und die Erdgeborenen in Frieden miteinander lebten, ja, einige von euch haben sogar versucht, so zu werden wie wir. Aber diese Zeiten sind lange vorbei. Die erdgeborenen Drachen haben jeglichen Respekt vor dem magischen Leben verloren. Und jetzt sind die Magier einer rätselhaften Krankheit erlegen!

Einst lebten in diesen Höhlen zweitausend Magier, aber bald war nur noch die Hälfte von ihnen übrig. Zugleich mußten unsere Anführer mit ansehen, wie die Zahl der Erdgeborenen wuchs und sie immer weiter in unsere Bereiche vordrangen. Und das hat sie verbittert.«

»Es hat ihnen Angst gemacht, wäre wohl treffender gesagt«, knurrte Wood.

Unten im Saal war unter einigen Drachen ein Streit ausgebrochen, so daß die drei auf dem Sims einen Moment lang abgelenkt wurden und hinuntersahen. Schließlich einigte sich der Mob darauf, zwei kräftige männliche Drachen durch den Haupttunnel zurückzuschicken, um nach Shatter zu suchen, der ja vielleicht nur deshalb zurückgeblieben war, weil er versuchte, noch mehr Drachen zu ihrer Unterstützung zusammenzurufen.

»Gebt nicht auf, Drachen!« war eine Stimme aus der Menge zu hören. »Er läßt uns nicht im Stich.«

»Aber wie ist das alles passiert?« flüsterte Fortune wieder an Cumber gewandt. »Was ist die Ursache für den Niedergang der Magier?«

Nervös verlagerte Cumber sein Gewicht von einem Bein auf das andere. Obgleich er wußte, daß man sie hier oben im Schatten der Höhlenwände nicht sehen konnte, fühlte er sich schutzlos und unruhig.

»Es sind Kräfte am Werk, die das Verständnis jedes Drachen, sogar der Magier übersteigen.« Cumber erschauderte. Die Worte Ordinals schienen sich in seiner Erinnerung zu einem unentwirrbaren Knäuel verdichtet zu haben.

»Du sagst, nur die Hälfte von euch hätte überlebt«, wandte Fortune ein, »aber dann stehen tausend Magier gegen nicht mehr als siebenhundert Erdgeborene hier in Südkap. Zahlenmäßig seid ihr uns noch immer überlegen. Warum kommt ihr nie aus euren Höhlen heraus? Alle Kämpfe ließen sich vermeiden, wenn ihr wieder mit den Erdgeborenen reden würdet. Vielleicht wäre es nicht wieder so wie früher, aber ...«

»Fortune«, unterbrach Cumber ihn, »nur in einem Punkt gebe ich dir recht: Es wäre nicht so wie früher, denn das ist unmöglich. Verstehst du, bis vor kurzem lebten hier in der Tat noch etwa tausend Magier, aber jetzt ... jetzt sind es sogar noch weniger.«

»Was spielt das für eine Rolle?« beharrte Fortune beinahe bittend. »Ein paar tausend, ein paar hundert – egal, wie viele ihr seid ...«

»Fortune, Fortune«, versuchte Cumber ihn zu beruhigen, weil er fürchtete, man könnte sie hören, da die Drachen unten im Saal im Augenblick etwas ruhiger geworden waren. »Du verstehst mich nicht, wir sind nicht einmal mehr ein paar hundert, wir sind so gut wie ausgestorben!«

»Vierundzwanzig Mitglieder des Hohen Rates«, zählte Fortune mit trotziger Beharrlichkeit auf, als ob er es auswendig gelernt hätte, »dazu kommt der Vorsitzende, macht fünfundzwanzig. Ihnen untergeordnet folgen die fünfzig Administratoren und ...«

Zum letzten Mal unterbrach Cumber seinen erdgeborenen Begleiter und brachte ihn endgültig zum Schweigen.

»Sieben«, sagte er mit ausdruckslosem Gesicht. »Wir sind jetzt noch sieben.«

Brüllend stürmten in diesem Moment die beiden Drachen, die auf die Suche nach Shatter geschickt worden waren, in den Großen Saal.

»Shatter ist nirgendwo zu finden!« schrie der eine wütend. »Die Magier müssen ihn überwältigt haben!«

»Die Gänge schienen irgendwie verändert zu sein«, fügte sein Kamerad mit Panik in der Stimme hinzu. »Als ob sie plötzlich dichter an der Erdoberfläche wären. Wir waren uns nicht sicher, ob wir uns nicht verlaufen hatten.«

Wie ein Donnerschlag brach die vertraute Stimme Tongues aus der Menge hervor. »Unser sogenannter Führer hat uns im Stich gelassen, wie ich es vorausgesagt habe. Also, Brüder und Schwestern, da wir nun schon einmal hier sind, laßt uns versuchen, mit den Magiern zu *reden*.«

Fortune und Wood achteten nicht auf den Hagel an Protesten, der auf Tongue niederging, sie waren noch immer vollkommen gefesselt von Cumbers Enthüllung.

»Sieben?« riefen sie wie aus einem Mund.

Cumber stieß den Seufzer eines Drachen aus, dem man eine zu schwere Last aufgebürdet hat. Wie sollte er ihnen das alles erklären? Warum hatte Ordinal ausgerechnet ihn für diese Aufgabe ausgewählt?

Vermutlich doch nur deswegen, weil es außer ihm niemanden mehr gab. Es war zum Verzweifeln.

Fortune war sprachlos, doch Wood reagierte auf eine Art und Weise, die Cumber nicht nur eigenartig, sondern geradezu bedrohlich fand.

»Das Zahlenverhältnis scheint ideal zu sein«, flüsterte er in gespielter Vertraulichkeit. »Was glaubst du, wieviel erdgeborene Drachen dort unten sind, Cumber? Siebzig vielleicht? Dazu noch etwa siebenhundert draußen vor den Höhlen? Und ihr seid sieben? Sieht nicht gut für euch aus, Cumber, überhaupt nicht gut.«

Für einen Augenblick verlor Cumber die Beherrschung.

»Du hast recht, Wood, das Zahlenverhältnis ist ideal!« zischte er. »Aber nicht für die Erdgeborenen, das kann ich dir versichern. Sicher, ihr zählt viele, und wir sind nur eine Handvoll. Aber glaub mir, die Magier werden in diesem Kampf Kräfte einsetzen, die so furchtbar und zerstörerisch sind, daß ihr euch wünschen werdet, sie nie zu Gesicht bekommen zu haben!«

»Sieben gegen siebzig?« spottete Wood höhnisch. »Gegen siebenhundert?«

»Ordinal und ich werden nicht kämpfen«, gab Cumber mit eisiger Stimme zurück. »Du kannst also von der Zahl der Magier noch zwei abziehen. Und trotzdem«, fuhr er unbeirrt fort, während Wood fassungslos den Kopf schüttelte, »und trotzdem sind diese fünf in der Lage, siebenhundert Erdgeborene zu vernichten, als wären es bloß ein paar Insekten. Glaube meinen Worten, Wood, denn ich sage die Wahrheit.«

»Sollten wir tatsächlich untergehen, werden wir ein paar von euch mitnehmen«, knurrte Wood und spürte, daß seine Augen brannten und wie verschleiert waren. Hatte dieser Drache ihn mit einem Zauber belegt?

»Denk nach, bevor du leichtfertig Partei ergreifst«, antwortete Cumber kühl. »In dieser Schlacht werden auch Magier umkommen. Doch der entscheidende Punkt ist, daß alle Drachen sterben werden. Wood, der Kampf scheint unausweichlich, aber er wird alle Drachen in Südkap vernichten, Magier genauso wie Erdgeborene. Es wird keine Sieger geben, vielleicht noch nicht einmal Überlebende!«

Außer uns, hoffe ich! Aber auch wir haben nur eine Chance, wenn sie meinen Worten Glauben schenken, wenn sie mir vertrauen!

»Hört mir jetzt beide gut zu, achtet auf jedes meiner Worte«, fuhr er fort, ohne sich um den Lärm zu kümmern, der nun wieder von der Armee der Erdgeborenen zu ihnen aufstieg. Einige hatten begonnen, den Großen Saal durch die verschiedenen Ausgänge zu verlassen. Ob sie sich aufgemacht hatten, um sich den Magiern entgegenzustellen oder einfach wieder an die Erdoberfläche zurückkehren wollten, ließ sich nicht sagen. »Südkap ist verloren. Das ist die einfache und zugleich furchtbare Wahrheit. Die Drachen, die hier leben, sind alle verloren.

Und die bevorstehende Schlacht ist nur der Beginn eines großen Krieges, an dessen Ende die Vernichtung aller Drachen dieser Erde stehen könnte!«

In wenigen Worten erzählte er ihnen von der Seuche des Wahnsinns, die den Tod so vieler Magier zur Folge gehabt und schließlich dazu geführt hatte, daß sie annähernd ausgerottet worden waren. Krankheit, Hysterie – worauf auch immer dieser Wahnsinn beruhte, er hatte in den Reihen der Magier gewütet wie ein Waldbrand, und nur wenige waren ihm entkommen. Die Drachen, die von ihm erfaßt wurden, verloren ihre Intelligenz, litten unter Verfolgungswahn, kämpften gegen ihre Freunde und ermordeten ihre Verwandten. In dicken Strömen floß das Blut durch die Höhlen der Magier, und die vom Wahnsinn befallenen Drachen wateten schwachsinnig lachend hindurch.

Zuerst war Cumbers Vater, dann auch seine Mutter in den Wahnsinn hinübergeglitten, bis schließlich beide in einer der endlosen Streitereien ums Leben kamen, die in den labyrinthartigen Gängen und Höhlen so viele das Leben kosteten. Seine Freunde, seine Familie, alle waren sie von dem Irrsinn verschlungen worden, der über die Magier von Südkap gekommen war.

Es war Ordinal gewesen, die ihn in diesen furchtbaren und grausamen Zeiten beschützt hatte, die einen vollkommen verwirrten Cumber in ihre Schwingen geschlossen und mit ihm geredet hatte, bis er wieder in der Lage war, vernünftig zu denken.

Es hatte nicht lange gedauert, bis der Rat sich aufgelöst hatte, da auch seine Mitglieder dem Wahnsinn anheimfielen. Cumber war jedoch ein aufmerksamer Beobachter, und er wußte, daß der Rat schon Jahre vor dem Auftreten dieser mysteriösen Krankheit immer weiter an Bedeutung verloren hatte, als ob die Seuche nur noch den Endpunkt einer Entwicklung markierte, die schon vor langem begonnen hatte.

Ein Endpunkt oder vielleicht auch ein Wendepunkt.

Während er sprach, starrten Fortune und Wood ihn mit weit aufgerissenen Augen an. Wieviel sie allerdings von dem, was er sagte, wirklich verstanden, vermochte Cumber nicht zu beurteilen.

Ich verstehe es ja selbst kaum, dachte er verzweifelt.

»Aber...«, fuhr er noch gehetzter als zuvor fort, da die Unruhe unten im Saal jetzt fieberhaft anstieg. Es konnte nicht mehr lange dauern, bis der Funke übersprang, der das Feuer zum Lodern brachte. Er mußte sich beeilen. »Aber es gibt vielleicht noch eine Hoffnung. Im Süden, auf der anderen Seite des Meeres, liegt die alte Stadt Covamere, einst das Zentrum der Drachenwelt. Dort regiert der große Halcyon, der Oberste aller Drachen, und obgleich auch er nicht mehr über die gleiche Macht wie früher verfügt, ist er der einzige, der in der Lage ist, diesen Krieg zu verhindern und Frieden zu stiften.

Deswegen muß er von den Ereignissen hier unterrichtet werden.

Es ist unsere Aufgabe, das, was in der heutigen Nacht in Südkap geschieht, zu beobachten und ins Gedächtnis zu schließen, um Halcyon davon zu berichten, bevor die Flutwelle des Krieges die Welt überspült. Wenn wir, Magier und

Erdgeborene, gemeinsam vor ihn treten und ihm von den Schrecken der Zerstörung in Südkap erzählen, wird er eingreifen.«

Bevor Fortune oder Wood antworten oder sich auch nur ihrer Reaktion auf Cumbers Worte bewußt werden konnten, sogar bevor Cumber nach diesem langen Monolog Luft holen konnte, dröhnte eine Stimme wie eine Explosion durch den Großen Saal, eine Stimme von einer derart kolossalen Stärke, daß die drei auf dem Sims im ersten Augenblick dachten, sie müsse einem Magier gehören. Doch nein, es war die Stimme eines Erdgeborenen, und Wood war der erste, der sie erkannte: Sie gehörte seinem Vater.

»Volence!« donnerte Barker und erschütterte die Höhle mit seiner Stimme wie ein Erdbeben. Dann brüllte er den Namen ein zweites und schließlich ein drittes Mal heraus, und es herrschte absolute Stille im Großen Saal.

»Vater«, flüsterte Wood.

Die Drachen wichen zurück, als Barker sich seinen Weg zum Fuß des Obersten Sitzes bahnte, dem steinernen Monolyth, der am anderen Ende des Großen Saales in die Höhe ragte. Sie folgten seinem Blick zur Spitze hinauf, und ein Raunen des Schreckens ging durch die Reihen, als sie sahen, was noch keiner von ihnen bemerkt hatte: Volence, der Anführer der Magier von Südkap, war hier, mitten unter ihnen.

Der Vorsitzende des Hohen Rates der Magier hockte zusammengekauert auf der Steinsäule, bewegungslos, wie versteinert. Seine großen, metallisch glänzenden Flügel, die er wie einen Mantel um sich geschlagen hatte, als wolle er die Welt um sich herum ausschließen, reflektierten das spärliche Licht in der Höhle.

»Volence!« erscholl noch einmal Barkers donnernde Stimme, und als er keine Antwort erhielt, wandte er sich wieder dem Mob zu. »Wie könnt ihr jetzt noch zögern? Wollt ihr vor Angst vor ihm erzittern wie Tongue? Ich kann nicht so gut mit den Worten umgehen wie Shatter, aber ich fühle, was wir alle fühlen. Wir müssen Shatter befreien. Die Zeit zum Reden ist um, laßt uns handeln, laßt uns angreifen!«

Und noch einmal füllte er seine Lungen mit Luft und ließ den Großen Saal unter seinem Kriegsgeheul erzittern. »Zum Angriff!«

Ihre Blicke folgten ihm, als er auf die Säule des Obersten Sitzes zustürmte, mit seinen kräftigen Flügeln die Luft peitschte und halb fliegend, halb kletternd schließlich auf der Spitze der hoch emporragenden Säule landete. Seine ausgebreiteten Flügel hoben sich drohend über die Gestalt von Volence, die im Vergleich zu ihm zwergenhaft aussah.

Einzig Wood bemerkte das leichte Stirnrunzeln, das wie ein Blitz über Barkers Gesicht fuhr, bevor er seine Flügel zurückzog und brüllte:

»Tod den Magiern!«

Mit einem kräftigen Schlag stieß er Volence von der Säule.

Der Mob stürmte vor, blutdürstig und mordlüstern ... doch Volence stürzte nicht hinab.

Statt dessen löste sich sein Körper in einer lautlosen Explosion auf, während Barker noch darum kämpfte, sein Gleichgewicht wiederzugewinnen. Von Volence blieb nur eine Wolke metallisch glänzenden Staubes übrig, die leuchtend und glitzernd aufstieg und schließlich unter dem Deckengewölbe des Großen Saales wie ein schwereloser Schleier schwebte.

Erschrocken wich Fortune auf dem Sims zurück und starrte fasziniert in den Saal hinunter.

»Volence war bereits tot!« flüsterte er entgeistert.

Cumber schüttelte kaum merklich den Kopf. »Jetzt ist nichts mehr zu retten.«

Barker kauerte noch immer auf der Säule des Anführers. Auf einmal sah er verloren und schutzlos aus. Die anderen Drachen zogen sich verstört vom Fuß der Säule zurück.

In diesem Augenblick fegte ein eisiger Windstoß durch die Höhle, wirbelte die Überreste von Volence auf und trieb die glitzernden, tanzenden Staubkörner durch die Luft auf die drei jungen Drachen auf dem Sims zu. Doch bevor der goldglänzende Staub sie erreichte, löste er sich in nichts auf. Unter Krachen riß die Felswand hinter den Reihen der Ratssitze auf, und in dem sich öffnenden, finsteren Spalt wurde verschwommen die leuchtende Gestalt eines Drachen sichtbar.

»Volence ist tot«, verkündete der Drache und trat ins Licht der Höhle. »Aber ich lebe noch.«

Cumbers Herz schien stillzustehen. Das Gefühl unendlicher Erleichterung ergriff von ihm Besitz, als er sah, daß Ordinal lebendig und in aller Pracht vor ihm stand. Doch sie war in höchster Gefahr!

Ihre Stimme versetzte ihn in eine Art Trance, und für einen Augenblick ließ er sich in seinen Erinnerungen treiben, die sich aus den zahllosen Rissen seines scheinbar zu Stein erstarrten Gedächtnisses ergossen.

»Ich glaube, selbst die Knochen der längst ausgestorbenen Trolle finden keine Ruhe mehr und haben sich auf den Weg gemacht.« Das Echo von Ordinals Stimme klang in seiner Erinnerung nach, die nun die Form von Ordinals Höhle angenommen hatte ... einem Ort, den er liebte, beinahe sphärisch, mit Tausenden von unregelmäßigen Löchern und Vertiefungen in den gewölbten Wänden. An einem Ende öffnete sich die Höhle, um zwei Flüsse aufzunehmen, die sich vereinten und als ein einziger Strom am anderen Ende wieder herausflossen. Und in seiner aufgewühlten Seele hörte Cumber das beständige Rauschen des Wasserfalles, über den sich der Strom außerhalb der Höhle ins Meer ergoß.

Ordinal hatte ihm erklärt, daß ihre Höhle eine Grabkammer der Trolle war. Diese Riesen der Vorzeit waren lange schon verschwunden, doch einst hatten sie hier auf Torr gelebt, und die Löcher in den Wänden der fast kugelförmigen Höhle legten noch Zeugnis von ihren Ritualen ab.

In ihnen lagen Knochen.

»Die Trolle besaßen magische Kräfte – in jenen Zeiten verfügten alle Wesen über die Fähigkeit des Zaubers –, und da sie aus dem Fels geboren wurden, übergaben sie ihre Knochen nach dem Tod auch wieder dem Fels.«

Als Cumber sich die Knochen genauer ansah, hatte er festgestellt, daß sie mit dem Stein der Höhlenwände verschmolzen waren.

Er stellte sich vor, wie einer dieser mythischen Riesen den

Schädel eines seiner Vorfahren in den Felsen preßte und beide miteinander durch einen sinnreichen Zauber verband, der die tölpelhafte Erscheinung der Trolle Lügen strafte.

»Werden die Knochen bis in alle Ewigkeit hier liegen?«

»Ja. Zumindest haben wir daran in der Vergangenheit immer geglaubt. Doch es hat den Anschein, als ob die Zukunft sogar an ihnen ihr zerstörerisches Werk vollbringen wird wie an allem anderen auch. Die Welt befindet sich in Aufruhr.«

Cumber zwang sich, mit seinen Gedanken in die Gegenwart zurückzukehren.

Die Welt befindet sich in Aufruhr.

Ordinal war sehr alt, und trotzdem glänzte und leuchtete sie. Metallische Blau- und Grüntöne schimmerten unter ihrer Haut, und die Schuppen auf ihrem Rücken und Schwanz glitzerten scharlachrot. Ein Zackenkamm lief ihre Wirbelsäule entlang, der sich bis in die Flügelspitzen verzweigte, und als Ordinal erneut den Mund öffnete, um zu reden, sah man das Feuer, das tief in ihrer Kehle glühte.

Verglichen mit den grauen, muskulösen Körpern der erdgeborenen Drachen wirkte Ordinals schlanke, zierliche Gestalt wie ein Edelstein in einem Berg von Kohlen. Die Erdgeborenen wußten das, und sie fürchteten sich.

»Hey, Mißgeburt!« schrie einer von ihnen, der mutiger sein wollte als die anderen. »Du bist zwar schön bunt, aber dir fehlt was an der entscheidenden Stelle!«

Die Umstehenden brachen in rauhes Gelächter aus.

Ordinal wandte kaum merklich den Kopf, und aus der Nase des Drachen, der sie beleidigt hatte, schoß Blut. Er stieß einen panischen Schrei aus und begann wie wild um sich zu schlagen, während sein Blut in die Gesichter der Umstehenden spritzte, die erschreckt vor ihm zurückwichen.

Dann schloß Ordinal für einen Moment die Augen, und genauso plötzlich, wie das Blut hervorgeschossen war, versiegte es wieder. Verlegen befühlte der Erdgeborene vorsichtig seine Nase.

»Es ist nicht mein Wunsch, Blut zu vergießen«, sagte Ordinal mit ruhiger, eindringlicher Stimme. »Aber seid versichert, ich werde mich zu verteidigen wissen, wenn es nötig ist.«

Oben auf dem Sims ergriff Cumber Woods Ellbogen und flüsterte: »Ist dir das Beweis genug für die Macht der Magie, Wood? Blutige Nasen sind erst der Anfang.«

Während Wood verärgert Cumbers Hand von seinem Flügel schüttelte, versuchte Fortune angestrengt zu verstehen, was sich vor seinen Augen abspielte.

Er wußte nicht, ob er Cumber vertrauen sollte oder nicht, und war verwirrt, daß dieser Zauberdrache so nervös und gleichzeitig so sicher zu sein schien. Solange Fortune denken konnte, hatte er davon geträumt, etwas zu erleben. Aber nun, da das Abenteuer vor ihm lag, fürchtete er sich.

Die Welt verändert sich, dachte er. *Bin ich bereit, mich auch zu verändern?*

Ordinal begann erneut zu sprechen.

»Ich rate euch dringend, friedlich abzuziehen«, sagte sie. »Euch wird nichts geschehen, wenn ihr jetzt geht. Wenn ihr jedoch bleibt ...«

»Wir werden bleiben!« bellte Barker von der Säule herab. »Wir werden den Mord an unseren Jungen rächen!«

Ordinal musterte ihn kühl.

»Bedenke, wo du stehst, bevor du von Rache sprichst, Drache«, murmelte sie. »Die größten unserer Führer haben diesen Sitz innegehabt. Glaubst du wirklich, du kannst dich mit ihnen messen?«

»Eure großen Führer haben sich in Staub aufgelöst!« höhnte Barker. »Liefert uns den aus, der unsere Jungen ermordet hat, und wir könnten euch anderen verschonen.«

»Keiner von uns hat eure Jungen ermordet.«

Der einfache, sachliche Ton, in dem Ordinal diese Feststellung machte, duldete keinen Widerspruch. Und obwohl ihre leise Stimme kaum gegen die von Barker ankam, hallten ihre Worte im Großen Saal noch nach, als seine Anschuldigung schon längst von den Wänden der Höhle verschluckt war.

In der Zwischenzeit war Wood ins Licht, an den Rand des steinernen Simses gekrochen, wo er mit angespannten Muskeln und bebenden Flügeln begierig darauf wartete, daß der Kampf begann.

Unten in der Arena standen sich die beiden Drachen gegenüber, Barker und Ordinal, der Erdgeborene und die Magierin.

Unter den anderen herrschte gespannte Stille.

»Mörder!« brüllte Barker.

Mit kräftigen Flügelschlägen, die durstig große Schlucke Luft zu trinken schienen, stürzte er sich von der Säule herab auf den alten Drachen. Aller Schmerz der vergangenen Jahre lag in diesem Angriff, und für einen Augenblick glaubte er, nicht Ordinal, sondern Eleken, seine einzige, schöne Eleken vor sich zu sehen, die während eines furchtbaren Unwetters weit draußen im Meer ertrunken war. Und als ob er ihn heraufbeschworen hätte, war in diesem Augenblick ein ferner Donnerschlag zu hören. So heftig tobte der Sturm draußen, daß seine Auswirkungen sogar bis in diese altehrwürdigen Tiefen vordrangen.

Ordinal wich ein wenig zur Seite und fixierte ihren Gegner.

Einem Speer gleich schoß ein Feuerstrahl aus ihrem Mund, und Wood sah, wie die Flügel seines Vaters von leuchtend roten Flammen umhüllt wurden, in die sein Körper eintauchte wie in fließendes Wasser. Das Feuer fraß Löcher in die Membranen seiner Schwingen und verzehrte sie, während seine Schmerzensschreie den Großen Saal erfüllten und noch furchterregender und schrecklicher klangen als der Donner.

»Vater!« rief Wood.

Mit einem Aufschrei der größten Pein stürzte er sich von dem Sims in die Tiefe und breitete seine Flügel aus. Kein verbrannter Baumstumpf war jetzt sein Ziel, sondern die Mörderin seines Vaters, jene Macht, die ihm seine Mutter genommen und kaltblütig die Drachenjungen getötet hatte ... sein Ziel waren die verfluchten Magier.

Zum ersten Mal in seinem Leben wußte er genau, was er zu tun hatte. Alle Enttäuschung und Unentschlossenheit der Vergangenheit wurden durch den Luftzug auf seiner

Haut und das rasende Blut in seinen Adern ausgelöscht. Das Leben seines Vaters war bedroht, Woods Aufgabe war klar.

Angriff!

Jetzt setzte sich auch der Mob in Bewegung. Einige Drachen stürmten über die Reihen der steinernen Sitze zu Ordinal hinauf, andere erhoben sich in die Luft, wieder andere drängten sich um Barker, der von der Säule gestürzt war, und versuchten, die Flammen zu ersticken, die an ihm fraßen.

Und in das Zentrum dieses wahnwitzigen Chaos flog Wood mit einer Sicherheit, die er schon immer zu erreichen gehofft hatte. Er hatte nur ein einziges Ziel: Ordinal.

Sie sah zu ihm auf, als er auf sie herabschoß und öffnete den Mund. Er erwartete einen neuerlichen Feuerstoß und zuckte instinktiv zurück. Doch sie schloß einfach nur die Augen und senkte den Kopf.

Bevor Wood sie erreichte, hatten sich die anderen bereits auf sie gestürzt und rissen ihren wehrlosen Körper in Stücke. Ihre glänzenden Schuppen flogen durch die Luft und lösten sich in Staub und Flammen auf. Tosender Donner erfüllte die Gänge des unterirdischen Tunnelsystems, doch er war nicht in der Lage, die schrecklichen Laute des Todes zu überdecken.

Entsetzt sah Fortune, wie Wood in dem brodelnden Hexenkessel verschwand, und auch vor ihm tat sich nun die Zukunft in kalter Gewißheit auf. Zu sehen, wie alles, woran die Magier geglaubt hatten, wie ihre Traditionen, ihre Riten und ihre Ehre durch brutale Gewalt ausgelöscht wurden, war abstoßend. Was seine Artgenossen taten, war zuwider. Hilfesuchend wandte er sich zu Cumber um – und konnte gerade noch verhindern, daß auch dieser sich von dem Sims hinunter in die Menge stürzte.

»Sie haben sie getötet! Sie haben sie getötet!« heulte Cumber mit geröteten, irre blickenden Augen. Aus seinen Mundwinkeln traten kleine Flammen, und unwillkürlich wollte Fortune entsetzt zurückweichen.

Er ist ein Ungeheuer! Nicht besser als die anderen!

Doch so plötzlich ihn die Panik überfallen hatte, so schnell verschwand sie auch wieder und machte der Vernunft Platz, die wie ein riesiger Felsbrocken auf ihn herniederbrach. Er packte Cumber und zerrte ihn von der Kante des Simses weg.

»Laß mich los!« schrie Cumber. Fortune senkte den Kopf und stieß ihn mit seinen Hörnern gegen die Wand, daß Cumber die Luft wegblieb. Nach Atem ringend, sank er zu Boden.

»Es hat angefangen«, keuchte er, während seine Augen allmählich wieder klar wurden. »Wir müssen weg, Fortune – auf der Stelle!«

Fortune riskierte einen Blick nach unten in den Saal. Von Ordinal war nichts mehr übriggeblieben, und die marodierenden Erdgeborenen hatten begonnen, sich auf der Suche nach den anderen Magiern in den Gängen zu zerstreuen. Falls es ihnen gelang, den Weg auf das Sims zu finden, waren er und Cumber verloren. Sie würden sie ohne zu zögern töten.

Wood war nicht zu sehen.

»Wo sollen wir hin, Cumber?«

Aber Cumber war wieder in diesen merkwürdigen Zustand der Geistesabwesenheit gesunken. Fortune packte und schüttelte ihn.

»Wo sollen wir hin?« wiederholte er.

»In den Wachraum. Zurück in den Wachraum.«

»Also gut!«

Fortune schob Cumber in den Gang – er war erstaunlich leicht – und schubste ihn, ohne große Umstände zu machen, vor sich her. Es dauerte nicht lange, bis Cumber von dieser Art der Behandlung genug hatte und beschloß, aus eigenem Antrieb vorwärtszugehen.

»Wohin gehen wir, wenn wir im Wachraum sind? Zurück an die Erdoberfläche?«

Fortune versetzte Cumber einen Rippenstoß, um ihn zu einer Antwort zu bewegen.

»Entschuldige, aber könntest du vielleicht aufhören, mich herumzustoßen? Ich halte das für vollkommen überflüssig. Ihr Erdgeborenen seid doch wirklich alle gleich«, knurrte Cumber mürrisch.

Fortune lächelte. Das klang schon eher wieder wie der alte Cumber!

Außer Atem erreichten sie den Wachraum und standen zu ihrer Überraschung plötzlich im Wasser. Ein Sturzbach hatte den Gang geflutet, der zur Oberfläche führte, war bis in den kleinen Raum gedrungen und hatte ihn halb vollaufen lassen. In wilden Wirbeln schlug ihnen das Wasser gegen die Brust, bevor es durch die beiden Tunnel abfloß, die in den tiefer gelegenen Teil der Höhlen führte.

»Damit wäre diese Frage beantwortet«, sagte Fortune und schaute unglücklich in den Gang, durch den sie die unterirdischen Höhlen betreten hatten. »Da hindurch kommen wir nicht mehr an die Oberfläche. Also, wohin jetzt?«

»Nach unten.«

Skeptisch sah Fortune zu den beiden anderen Gängen hinüber, die beide überflutet waren. Wasser drang in seinen Mund, und angewidert spuckte er es aus.

»Ich wußte, daß du das sagen würdest«, murmelte er.

Doch bevor er noch ein weiteres Wort sagen konnte, drang ein eigenartiges Geräusch zu ihnen.

Es kam aus dem Gang zu ihrer Linken. In Fortunes Ohren klang es wie das Prasseln eines riesigen Feuers, doch zugleich schien es irgendwie ... lebendig.

Cumber wußte genau, was es war.

»Sie haben den Zugang zum *Reich* geöffnet«, sagte er. »Die letzten fünf Magier sind aus dem Versteck gekommen und haben sich in den Kampf mit deinen Freunden gestürzt.«

»Das sind nicht meine Freunde«, erwiderte Fortune.

»Ich entschuldige mich. Größere Mächte sind am Werk, als sie je ein Drache ...«

»... begreifen wird. Ja, ja, das sagtest du bereits. Erklär mir lieber, was du meinst, wenn du vom *Reich* sprichst, Cumber. Was ist das ...?«

»Keine Zeit! Ich werd's dir ein andermal erzählen – falls es für uns noch ein anderes Mal gibt. Beeil dich, es kommt direkt auf uns zu.«

Sie schlüpften in den anderen Tunnel, und im gleichen

Augenblick erlosch das Regenbogenlicht, das im Zentrum des Wachraums geschwebt hatte. Sein Zauber war verbraucht. Jetzt herrschte vollkommene Dunkelheit in dem kleinen Raum, die nur von Zeit zu Zeit durch den Funken eines Blitzes erhellt wurde, der sich seinen Weg von der Oberfläche durch die Wassermassen bis hierher gesucht hatte. Und ab und zu leuchteten die dunklen Farben der Magie auf, die von geheimnisvollen Winden aus den Tiefen der Zauberdrachenhöhlen getragen wurden.

Dort unten tobte bereits die Schlacht. Es war eine Schlacht im Verborgenen, und was in ihrem Verlauf im einzelnen passierte, würde nie ans Tageslicht dringen. Ihre Auswirkungen jedoch sollten die Welt schon bald in das gleiche furchtbare Licht tauchen, in das sie jetzt den Wachraum tauchten.

Je weiter Fortune und Cumber vor dem Kampf flohen, desto näher rückte er an sie heran.

Wie Cumber vorausgesagt hatte: Es hatte angefangen.

Kapitel 5

Flucht

Die Flucht durch die unterirdischen Höhlen würde keiner von ihnen so schnell vergessen. Unzählige Male waren sie gezwungen, umzukehren, weil ihnen der Weg durch Schlachtgetümmel oder auf dem Boden liegenden Leichen versperrt war. Immer wieder mußten sie Steinlawinen ausweichen. Was sie ins Rollen gebracht haben mochte – ob das Donnern, der Schlachtenlärm oder in den Fels eingeschlossene Magie –, war schwer zu sagen. Das Donnern begleitete sie auf ihrem Weg, und es rührte nicht immer nur von dem Gewitter her.

Überall boten sich Szenen kämpfender Drachen, und aus allen Richtungen gellten entsetzliche Todesschreie durch die Gänge.

Für einen Augenblick kauerten sie sich in einer dunklen

Ecke nieder, während ein Magier zehn Erdgeborene mit einem Feuerstrahl auf Distanz hielt. Dann kamen sie an einem Erdgeborenen vorbei, der in Stein verwandelt worden war. Die Verwirrung, die er im Moment seines Todes empfunden hatte, spiegelte sich in seinem steinernen Gesicht wider. Ein anderer Drachen war zu Eis erstarrt. Er schmolz bereits, und Fortune glaubte einen Moment lang, Tränen aus seinen sich langsam auflösenden Augen fließen zu sehen.

Hinter jeder Ecke, die sie passierten, hoffte Fortune auf Wood zu treffen. Er wollte ihn zur Rede stellen, aber auch bitten, sich ihnen wieder anzuschließen. Doch tief in seinem Herzen wußte er, daß sein Freund entweder tot war oder mit den anderen Erdgeborenen zurück an die Erdoberfläche gedrängt wurde. In jedem Fall war er für sie verloren.

Auf ihrem Weg hatten sie bis jetzt etwa dreißig leblose Körper gefunden. Wood war nicht darunter gewesen und ebensowenig ein Magier.

Sie befanden sich nun tief unter der Erde, unterhalb der Klippen von Südkap, und als sie endlich langsamer gehen konnten, bemerkten sie, daß abgesehen von dem Geräusch ihrer eigenen Schritte Stille herrschte. Nach einer Weile aber war deutlich ein Rauschen zu vernehmen. Es wurde durch das im Tunnel fließende Wasser verursacht. Zuerst nur ein Rinnsal, schwoll der Wasserstrom stetig an, bis sie sich schließlich gezwungen sahen, durch die immer stärker ansteigenden Wassermassen zu waten.

Fünf gegen siebzig! Feuerzauber! Das Reich!

Fortunes Sorge galt nun nicht mehr so sehr ihrer eigenen Sicherheit, als vielmehr dem Geschehen über der Erde. Clarion, seine Mutter, war alt und gebrechlich. Sie lebte allein in einem Nest, das in einiger Entfernung von der Drachensiedlung landeinwärts lag. Er hoffte inständig, daß sie weit genug entfernt vom Kampfgeschehen war und daß sie ins Landesinnere fliegen würde, falls Gefahr drohte. Möglicherweise konnte sie sogar bis zu den Bergen fliehen, die sich auf der im Westen Torrs gelegenen Halbinsel befanden. Es hieß, daß dort ebenfalls Drachen lebten.

Als sie eine Rast einlegten, um wieder zu Atem zu kommen, machte Fortune keuchend seinem Kummer Luft. »Meine Mutter ... sie lebt am anderen Ende von Südkap. Glaubst du, daß ...?«

Cumber schien ihn nicht gehört zu haben.

Fortune mußte plötzlich daran denken, wie es wohl war, wenn man zusehen mußte, wie jemand, den man liebte, in Stücke gerissen wurde.

»Nicht alle Erdgeborenen sind so grausam und brutal«, sagte er schließlich und berührte Cumbers Schulter.

Cumber sah ihn aufmerksam an, und Fortune fragte sich, wie er es anstelle des Zauberdrachen wohl ertragen hätte, mitanzusehen, wie die eigene Rasse langsam dem Wahnsinn und der Raserei anheim fiel.

Rätselhaft. Das ist es, was du bist, Cumber, dachte Fortune. Es war ein Wort, das seine Mutter zuweilen zu gebrauchen pflegte.

Aber er mußte den Gedanken an seine Mutter erst einmal auf später verschieben.

»Wohin gehen wir?« fragte er endlich.

Anstelle einer Antwort führte ihn Cumber zu einem nahe gelegenen Durchbruch, der sich in der linken Hälfte der Felswand vor ihnen auftat. Aus der Dunkelheit erscholl ein Dröhnen, und nachdem sie sich mühsam durch die enge Öffnung gezwängt hatten, standen sie plötzlich in einem großen Kessel. Es war Ordinals Höhle, und sie war fast zur Gänze überflutet.

Die beiden hereinströmenden Flüsse, die noch durch den Sturm angeschwollen waren, ergossen sich wie eine gigantische Sturzflut in die Höhle und lösten mit ihrer Gewalt ganze Steinbrocken aus der Wand. Zahlreiche Wirbel tanzten in dem See, der die Höhle inzwischen ausfüllte. Der Abfluß lag außerhalb ihrer Sichtweite, vermutlich befand er sich unterhalb des Wasserspiegels, der zusehends anstieg. Ein magischer Regenbogen warf sein blasses Licht über das gurgelnde Wasser, und es schien, als ob die flackernde Lichtquelle um ihr Leben kämpfte.

Der Lärm war ohrenbetäubend.

Fortune reckte sich in die Höhe, um über den Sturzbach hinwegblicken zu können und nach einem anderen Ausgang zu suchen. Plötzlich bemerkte er, daß Cumber wie erstarrt und mit offenem Maul zur Decke der Höhle blickte.

Ein riesenhaftes Wesen starrte zu ihnen herunter.

Der silbrig glänzende Körper hing an der Decke. Die Krallen hatten sich tief in die Spalten und Risse gebohrt, mit denen die Felsdecke übersät war. Eine schimmernde Schuppe fiel von seinem Rücken und wurde von dem schaumigen Wasser fortgespült. Einer der Flügel schlug in krampfhaften Zuckungen hin und her, während von dem anderen nur ein blutiger Stumpf übriggeblieben war.

Es war ein tödlich verwundeter Magier.

»Pander«, keuchte Cumber.

Langsam drehte der Drache seinen Hals. Fortune wich erschrocken zurück, als er bemerkte, daß Panders Augen nur noch leere Höhlen waren. Dennoch starrten sie ihn unverwandt an. Cumber stand noch immer reglos neben Fortune.

Als der Drache sein Maul öffnete, begann die Luft vor Hitze zu flimmern, obwohl keine Flammen aus seinem Rachen schlugen. »Hilf mir, Cumber!« zischte er kläglich.

Der verletzte Drache drehte sich in ihre Richtung und versuchte dabei sein Gleichgewicht zu halten. Er ließ eine Pranke über die Decke der Höhle scharren. Die Klauen trommelten einen grausigen Rhythmus auf den Fels, während sie die Vorsprünge der Decke abwechselnd losließen und erneut umfaßten. Ein schrecklich hinterlistiger Zug stahl sich auf sein Gesicht, während weiterhin Blut aus seinen leeren Augenhöhlen in den See tropfte.

Cumber hatte sich immer noch nicht gerührt.

»Deine Haut, Cumber.« Der verstümmelte Magier preßte die Worte nur mühsam durch seine brennende Kehle. Doch plötzlich schien er etwas von seiner ursprünglichen Kraft zurückzugewinnen. Unter seiner Haut bewegte sich etwas wie ein Wurm unter der Erde.

Jetzt endlich erwachte Cumber aus seiner Erstarrung. »Nein«, rief er entsetzt.

Aber auch seine Haut warf sich nun in Wellen auf und sah ebenso wie die des verletzten Drachen aus. Wie ein Stein stand Cumber im steigenden Wasser, das mittlerweile gegen seine Brust schlug. Seine Augen hatten sich verschleiert.

Ein roter Schimmer fiel aus den leeren Augenhöhlen des Magiers, der nun direkt über ihnen an der Decke hing. Unter seiner zerfetzten Haut schillerte es ebenfalls rötlich, und je intensiver dieses Leuchten wurde, desto träger wurde Cumber.

»Hör auf damit!« kreischte Fortune und fletschte die Zähne. Er war völlig machtlos, und was auch immer diese bösartige Kreatur mit Cumber anstellte, lag außerhalb seiner Vorstellungskraft.

Sein Schrei hallte durch die Höhle und die umliegenden Gänge. Auf einmal hörte er eine rauhe Stimme vom gegenüberliegenden Ende des Eingangs antworten.

»Hier unten«, dröhnte es. Den Worten folgten Geräusche von Drachenschritten. Angst zeichnete nun das entsetzlich entstellte Gesicht des verwundeten Drachen, und er stieß einen Klageschrei aus, in dem unendliche Trauer und maßloser Schmerz lagen. Fortune handelte augenblicklich.

»Hier entlang!« schrie er. Als Cumber sich noch immer nicht rührte, versetzte Fortune ihm einen Stoß, und der junge Magier fiel in die reißenden Fluten. Das eiskalte Wasser brachte ihn unverzüglich wieder zu Bewußtsein, und er begann wie wild um sich zu schlagen, um nicht unterzugehen.

Der rötliche Lichtschimmer, der bisher von dem Drachen ausgegangen war, wurde nun deutlich schwächer, bis er schließlich ganz erstarb. Fortune fühlte fast so etwas wie Mitleid mit dem Wesen. Dann sprang er selbst ins Wasser, und die Kälte raubte ihm den Atem. Das Wasser drang ihm in Nüstern und Ohren. Sofort erfaßte ihn die heftige Strömung und trug ihn fort vom Schauplatz dieser bizarren Begegnung.

Halb tauchend, halb schwimmend wurde er neben seinem Gefährten von dem wild dahinschießenden Wasser in Richtung des Abflusses getrieben. Fortune konnte nur ein paar flüchtige Blicke auf den sich hinter ihnen abspielenden Kampf werfen. Als er wieder einmal an die Wasseroberfläche gespült wurde, sah er, daß ein Erdgeborener wie Salz zerrieselte. Durch einen Schleier des gischtigen Wassers sah er die zerfetzten Beine des Magiers. Dann tauchte er unter, um einen Moment später erneut hochzukommen und einen anderen Erdgeborenen zu erblicken, dem die Haut vom Körper gerissen worden war und der nun wie eine geschälte Frucht aussah. Er war jedoch noch am Leben, denn er schrie erbärmlich.

All dies und noch sehr viel Schlimmeres sah Fortune mit an. Als er zum letzten Mal auftauchte, bevor er in den unsichtbaren Tunnel unter der Wasseroberfläche gerissen wurde, konnte er noch einen Blick auf den zerfetzten Magier werfen, um den herum die Leichen von vier toten Erdgeborenen lagen.

Doch ein fünfter Drache hatte das Gemetzel überlebt. Keuchend stand er inmitten seiner gefallenen Kameraden. Aus Dutzenden von Wunden rann Blut. Es war ein noch junger Drache, kräftig und stolz.

Wood!

Fortune versuchte, den Namen seines Freundes zu rufen, aber die Wogen schlossen sich über ihm, und die Welt wurde dunkel.

Die starke Strömung zog ihn in den unterirdischen Fluß.

Er wurde förmlich in den Abgrund hineingerissen und stand kurz davor, das Bewußtsein zu verlieren. Instinktiv breitete er seine Flügel aus. Ein junger Drache, der noch nie wirklich geflogen war, dessen einzige Erfahrung darin bestand, zögernd ein paar Meter zu segeln, versuchte nun, durch das schäumende Wasser zu gleiten.

Seine Lungen drohten zu zerplatzen, während sich sein Kopf leer und leicht zugleich anfühlte und in seinen Ohren das Blut pochte. Er öffnete die Augen und sah durch den flüssigen Sturm über sich ein Licht. Es huschte vorbei, verschwand und erschien erneut. Es dauerte nicht lange, bis Fortune merkte, daß nicht das Licht sich bewegte. Seine eigenen Bewegungen waren der Grund dafür, daß es vor seinen Augen hin und her tanzte.

Es bewegte sich nicht mehr, kam nun aber stetig näher. Oder richtiger, er kam ihm näher.

Das Licht des Todes, dachte er, während die reißende Strömung die letzte Atemluft aus seinen Lungen preßte.

Mit einem verzweifelten Schrei öffnete er den Mund, um seine Lungen mit dem zu füllen, was – wie er wußte – nur ein tödlicher Schwall eisigen Wassers sein konnte ... und in seinen Rachen strömte die süßeste Luft, die er jemals im Leben eingeatmet hatte.

Um ihn herum explodierte der Fluß zu Millionen kleiner Tropfen und schleuderte ihn in die nächtliche Luft.

Und als ob seine Flügel unabhängige und selbständige Wesen wären, entfalteten sie sich und hoben ihn ins Freie. Ein instinktiver Überlebenswille befähigte ihn zu fliegen und trug ihn höher und höher. Bisher hatten Wissen und Erziehung ihn immer daran gehindert, nun glitt er wie selbstverständlich durch die Lüfte. Er drehte sich im Fluge, um einen Blick auf den Ort zu werfen, der beinahe sein Grab geworden war.

Gut die Hälfte der Klippen war verschwunden.

Wo einst ein Wasserfall gewesen war, ergoß sich nun eine Sturzflut und schoß inmitten eines mächtigen Sprühregens aus der geborstenen Felswand heraus. Es sah aus wie ein Meer auf der Flucht. Als er nach unten schaute, bemerkte er einen gigantischen Trümmerhaufen, dessen Spitze aus der See ragte.

Bevor es ihm noch recht bewußt war, hatte Fortune schon einige hundert Flügelschläge zurückgelegt. Als sein Kopf endlich registrierte, was sein Körper zu leisten imstande war, begannen seine Schwingen zu zucken. Während er in der Luft zu taumeln anfing, tauchte über ihm ein Schatten auf, und Cumber war plötzlich neben ihm.

»Na bitte, du fliegst! Kümmere dich nicht darum und denk nicht darüber nach. Tu es einfach!«

Fortune fiel auf, daß Cumber lediglich einen Flügelschlag machte, wo er selbst drei benötigte, um die gleiche Strecke zurückzulegen. Dann bemerkte er das Licht, das überall um sie herum war, obwohl es doch Nacht war.

Fast verschlug es ihm den Atem, als er auf der Suche nach der Quelle des Lichts zurück auf die zerschmetterten Klippen blickte. Es wurde von den Unterseiten der Sturmwolken reflektiert und tauchte die Nacht in einen grellen orangeroten Schimmer.

Südkap stand in Flammen.

Die beiden Drachen ließen sich von der Luftströmung näher an die Siedlung herantragen. Es regnete nur noch leicht, aber Fortune war klar, daß selbst der zurückliegende Wolkenbruch dieses Feuer nicht hätte löschen können. Die trockenen, vom Sturm entlaubten Bäume brannten lichterloh, und so weit das Auge reichte standen die Nester der Siedlung in Flammen. Die Wälder waren ein einziges Flammenmeer.

Die Flammen, die aus den alten Nestern schlugen, waren so hoch wie Eichen, und dazwischen lagen die gekrümmten, verkohlten Leichen ihrer Bewohner. Wie im Leben waren die Körper der alten Drachen nun auch im Tod untrennbar mit ihren hölzernen Wohnstätten verbunden.

Fortune folgte Cumber durch die heiße Luft, die in gefährlichen Wirbeln von den brennenden Nestern aufstieg. Cumber war es gelungen, einen Schutzzauber aufzubauen, der den Ascheregen und die Funken abwehrte, die ständig ihre Flugbahn kreuzten.

Im Augenblick war es Fortune noch unmöglich, sich das Ausmaß der Zerstörung klarzumachen. Statt dessen brütete er über die alptraumhafte Begegnung in Ordinals Höhle nach. »Dieser Drachen in der Höhle, was wollte er von dir?«

»Er wollte mich«, gab Cumber zurück und schüttelte sich angewidert. Sie flogen gerade über Tongues mächtiges Aquädukt, als eine rasend schnelle Flammenzunge den Wasserkanal der Länge nach entlangfuhr. Der hölzerne Bau zerbarst in einer riesigen Explosion zu unzähligen kleinen Splittern, und die beiden Drachen mußten seitwärts ausweichen, weil eine gigantische Wolke aus Dampf und Rauch sie einzuhüllen drohte.

»Er war schwer verwundet«, keuchte Cumber. »Seine einzige Chance zu überleben bestand darin, den Körper eines anderen Magiers zu übernehmen. Nebenbei bemerkt, ist das ein ziemlich schwieriger Zauber.«

»Das bezweifle ich nicht«, erwiderte Fortune angewidert. »Aber was wäre dann mit dir passiert?«

»Ich wäre in seinen sterbenden Körper geschlüpft und verendet. Pander war einer der letzten fünf magischen Drachen und genauso wahnsinnig wie die anderen. Schau nur nach unten und sieh dir an, welche Zerstörungen eine Handvoll Magier anrichten kann ...«

Sie flogen über das Wasserbecken, oder besser gesagt, über das, was davon übriggeblieben war. Der große Granitkessel, in dem sich über Jahrhunderte das Trinkwasser für Südkap befunden hatte, lag nun in viele Stücke geborsten als Trümmerhaufen unter ihnen, durch den das Wasser längst abgeflossen war, um sich in die schäumenden Flüsse zu ergießen, die die Höhlen geflutet hatten.

Als er das zerstörte Becken sah, wurde Fortune endgültig bewußt, daß in Südkap nur noch der Tod wohnte.

Die hochzüngelnden Flammen des riesigen Feuers beleuchteten das Ende seiner Heimat, der Welt, die er gekannt hatte. Aber es schien Fortune, daß sie auch reinigten und den Haß auslöschten; jenen Haß, der das Feuer erst entzündet hatte. Der Sturm bewegte sich nun landeinwärts. Seine Gewalt hatte nachgelassen, und ein seltsamer, unerwarteter Friede legte sich über die Überreste der Siedlung.

Cumber fiel Ordinals Prophezeiung ein. Deren Erfüllung ließ das alte Drachenweibchen so klar wie ein Tautropfen vor seine Augen treten. Südkap war nicht länger mehr ein Ort für Drachen. *Halcyon muß von Südkap erfahren. Wir müssen unsere Mission erfüllen*, spornte er sich an. *Wir müssen zu ihm fliegen!*

»Covamere liegt südlich des Meeres«, rief er Fortune zu, der sich nordwärts hielt, um dem Sturm zu folgen.

»Aber, meine Mutter ...«, protestierte Fortune.

»Wir haben keine Zeit – *keine Zeit*!«

Fortune erwiderte nichts. Er flog statt dessen trotzig weiter in nördliche Richtung und entschwand langsam aus Cumbers Gesichtsfeld.

Cumber verharrte eine Weile reglos in der Luft und dachte über die Verluste nach, die er und Fortune erlitten hatten. Beide hatten sie unendlich mehr verloren als je ein Drache zuvor, dabei waren sie doch noch so jung, kaum erwachsen. Und nun hatte Fortune Angst um seine Mutter und drohte Cumber ohne einen einzigen Freund und Kameraden zurückzulassen.

Der Zauberdrache faßte einen Entschluß.

Die Flammen erstarben langsam inmitten der Toten.

Weder Fortune noch Cumber hatten Überlebende erblickt, aber es gab sie. Es waren nur wenige, und sie waren schwach, aber sie lebten, und langsam sammelten sie sich in den schlammigen Überresten des früheren Wasserbeckens.

»Meine Kinder«, wandte sich Shatter flüsternd an die sechs, die vor ihm niederkauerten. »Wenn ich nur an eurem Triumph hätte teilhaben können.«

Er hinkte stark und war mit Blut besudelt. So wie er aussah, mußte jeder glauben, er habe bis zur Erschöpfung gekämpft und den Rückzug vom Schlachtfeld nur mühsam kriechend zurückgelegt.

Sein Auftritt war perfekt.

Das Blut an seinem Körper stammte nur zum geringen Teil von ihm und rührte keineswegs von einem Kampf her. Seine einzige Wunde befand sich am linken Hinterbein. Es war eine oberflächliche Schnittverletzung, die er sich selbst beigebracht hatte, um damit Eindruck zu schinden. Doch das vorgetäuschte Hinken und die Geschichten, die er von sich gab, überzeugten die Überlebenden von der wichtigen Rolle, die er im Kampf gespielt hatte.

In Wahrheit hatte er von dem Kampf so gut wie gar nichts mitbekommen und sich statt dessen in einer kleinen Höhle unterhalb des Beckendamms verborgen. Als der Damm zerstört wurde, erlitt er einige unbedeutende Kratzer und Schrammen. Da bis dahin die Schlacht nahezu ihr Ende gefunden hatte, war es ihm ein leichtes, den wenigen Scharmützeln aus dem Wege zu gehen, die noch vereinzelt stattfanden.

In der Sicherheit seines Verstecks hatte er sogar Gelegenheit gehabt, ein wenig zu schlafen. Die Wände der winzigen Höhle waren zwar aus scharfkantigem Granit, aber trotzdem hatten sie ihn liebevoll umhüllt und beschirmt. In ihrer kalten, schützenden Umarmung träumte er von dem großen Felsen.

Nur war der Felsen jetzt größer als jemals zuvor. Es war nicht mehr der Stein, den er auf Südkap hatte herabrollen lassen. Dieser hier, diese mächtige Todesfalle, hing über dem Land, gehalten nur von einer einzigen versteinerten Klaue. Er wartete nur auf den Drachen, der seine Macht erkannte und bereit war, ihn zur Zerstörung einzusetzen. Was aber wären die Folgen? Die endgültige Vernichtung der Magier selbstverständlich. Nicht nur die Ausrottung der Magier von Südkap, sondern die der ganzen Welt.

In seinem Traum war die Todesfalle wunderschön und stolz und mächtig, und sie harrte seiner Befehle. Er sah sie lebhaft vor sich und erkannte auch das kleinste Detail: Sie stand in einem Tal, vor einem Berg, über dem gerade die niedrige Wintersonne aufging. Die ganze Gegend war von Eis überzogen. Alles lag klar und deutlich vor seinem inneren Auge, und plötzlich wußte er, daß es die Todesfalle gab, daß sie so real war wie er selbst. *Sie liegt im Süden*, dachte er.

Es gab außer ihm noch sechs Überlebende. Shatters Blick fiel auf jeden einzelnen von ihnen. Ihre Namen hatten sie ihm zwar gesagt, aber er würde sie bald vergessen haben. Sie bedeuteten ihm nichts, sie waren einfach Drachen: Poon, ein schwerer, begriffsstutziger Drache, dessen Haut zerkratzt und aufgerissen war; Torque und … Tumely? – Brüder, die Seite an Seite gekämpft und einen Magier zwischen sich zu Staub zermahlen hatten; der vierte, dessen Namen er schon vergessen hatte, war ein schlitzäugiger Dieb, der sich in den Höhlen herumgedrückt hatte und – genau wie Shatter – dem Kampf aus dem Weg gegangen war.

Mindestens auf zwei dieser vier Drachen konnte er sich verlassen, und auch mit dem fünften, Barker, konnte er rechnen. Barkers Körper wies an mehreren Stellen schwere Verbrennungen auf, und seine Flügel waren zusammengeschrumpft wie Herbstlaub. Auch sein Gesicht war beträchtlich zerschunden. Aber trotzdem hatte er irgendwie überlebt, um seinem geliebten Anführer Bericht zu erstatten. Nun blickte er mit kompromißloser Loyalität zu Shatter auf.

Der sechste Drache war Wood.

Unbeweglich stand er neben seinem Vater. Sein Körper schien während der langen Stunden des Kampfes an Reife gewonnen zu haben. Zahlreiche Schnitte und Quetschungen verliehen ihm ein abgehärtetes Aussehen. Im Vergleich zu dem jungen Drachen, der er vorher gewesen war, wirkte er um Jahre gealtert. Von den sechs Drachen war er der einzige, in dessen Augen Shatter das Funkeln der Unabhängigkeit entdeckte.

Wood, dachte Shatter. Aus irgendeinem Grund grub sich der Name tiefer in sein Gedächtnis ein als die der anderen. *Ich muß ihn im Auge behalten.*

»Unsere Gemeinschaft hat einen furchtbaren Verlust erlitten«, begann er laut und deutlich mit wohlüberlegten Worten. Diese schwachen Drachen würden niemals verstehen, warum er die Todesfalle unbedingt finden mußte. »Jeder von uns hat jemanden verloren, der ihm nahestand. Es sind die Magier, die dafür verantwortlich sind. Und es sind die Magier, die dafür bezahlen werden. Wir werden der Kern einer Armee sein, die sie bis in den hintersten Winkel dieser Welt verfolgen und vernichten wird. Erst dann werden wir wieder Ruhe finden und uns eine Wohnstatt suchen.«

Doch noch während er sprach, bemerkte er, daß diese Drachen für seine Worte nicht mehr empfänglich waren. Sie benötigten dringend Schlaf. Vielleicht war es besser, wenn sie sich erst erholten.

»Brüder«, fuhr er fort und gab sich dabei ebenso entkräftet wie sie. »Wir alle sind tapfere Krieger. Laßt uns unsere Rache für eine Weile vergessen und schlafen. Heute nacht haben wir Südkap vom Bösen befreit. Bald werden wir uns erholt haben, und dann werden wir aufbrechen, um Frieden in eine Welt ohne Magier zu tragen.«

Als die erschöpften Krieger endlich ihren Schlaf gefunden hatten, kehrten Shatters Gedanken zu Wood zurück. Der junge Drache war zwar noch nicht richtig erwachsen, aber seine breiten Schultern und die mächtigen Muskeln ließen darauf schließen, daß einmal ein ansehnlicher Drache aus ihm werden würde. Shatter faßte den Entschluß, ihn beim ersten Anzeichen von Auflehnung zu töten. Aber bis dahin würde er Woods beachtliche Kampfqualitäten für seine eigenen Zwecke einzusetzen wissen.

Der erste Schritt in die Zukunft war getan, und Shatter legte sich zu seinen Kriegern, um das, was von der Nacht verblieben war, zum Schlaf zu nutzen. Unter dem freien Himmel rollten sich die Drachen auf dem blanken Boden zusammen. Der Sturm war vorüber, und es wehte nur noch ein leichter, frischer Wind. Im Süden waren bereits wieder die Sterne zu erkennen, sie wurden nur ab und zu von den vorbeiziehenden Wolken verdeckt.

Shatter sah sich um. Um ihn herum herrschte Zerstörung. Der Felsen aus seiner Vision hatte die Siedlung dem Erdboden gleichgemacht, und als er an die Eier und das Drachenjunge dachte, die er geopfert hatte, ergötzte er sich daran, wie leicht es doch gewesen war, aus einem einzigen Akt der Gewalt ein wahres Blutbad erwachsen zu lassen.

Der Tod war in dieser Nacht sein Bettgenosse, und Shatter glaubte fest daran, daß er ewig leben würde, wenn er ihm die Treue hielt.

Wood war wie betäubt. Er wußte lediglich, daß er wieder mit seinem Vater zusammen war und daß dies gut war. Shatter, soviel stand für ihn fest, war verrückt und gefährlich ... aber dies war ein Problem, mit dem er sich auch noch morgen auseinandersetzen konnte.

Dennoch nagte etwas an ihm und ließ ihn keinen Schlaf finden. Nachdem seine Schar in der wassergefüllten Höhle mit dem verwundeten Drachen auf Leben und Tod gekämpft hatte, war sein Blick auf eine Stelle gefallen, wo der Fluß in einem Wirbel verschwand.

Was hatte er dort gesehen?

Ein Drache, der gegen die Strömung kämpfte? Ein vertrautes Gesicht, das verzweifelt nach Atem rang, bevor es unter Wasser gedrückt wurde?

Fortune? Oder war es der Geist seiner Mutter gewesen, der ihm in diesem unterirdischen Grab noch einmal den Tod vor Augen führte, den sie im Meer gefunden hatte?

Er schüttelte den Kopf, unfähig weiter darüber nachzugrübeln. Es war besser, alles zu vergessen. Und es war auch besser, bei seinem Vater zu bleiben. Sie hatten endlich ihre Familienbande wiederentdeckt, und um nichts in der Welt würde Wood dies wieder aufs Spiel setzen. *Ich will nicht* alles *verlieren*, dachte er.

Und so verbannte ein junger Drache, der älter war, als er an Jahren zählte, den Zweifel aus seinem Herzen und schmiegte sich an seinen Vater. Er war der letzte der sieben Drachen, der in dieser Nacht einschlief.

Wenn die Magier von der Erde verschwunden sind, werden mein Vater und ich Frieden finden, war sein letzter bewußter Gedanke.

Zumindest in diesem Augenblick war er fest davon überzeugt.

Cumber fand Fortune schließlich in der Nähe der alten Siedlung. Der junge Drache kauerte neben einem Haufen schwarzer Asche und schaute auf, als der Magier neben ihm landete.

»Mein Zuhause«, erklärte er und wies auf den Trümmerhaufen, der einmal ein Drachennest gewesen war.

»Ich weiß«, erwiderte Cumber.

»Sie ist nicht hier, auch kein Leichnam.«

»Vielleicht konnte sie fliehen. Wir könnten sie suchen, aber ...« Cumber verstummte. Die rauchende Wüstenei, zu der Südkap geworden war, sprach für sich selbst.

»... aber wir haben eine Mission zu erfüllen«, vollendete Fortune den Satz. Er sah mit Tränen in den Augen zu Cumber auf. »Sie lebt. Ich fühle es.«

Die Bestimmtheit, mit der er das sagte, beeindruckte Cumber. Diese Sicherheit war bei einem Erdgeborenen nicht selbstverständlich. Die glühenden Überreste des Nests spiegelten sich in Fortunes Augen. Einen Moment lang fühlte sich Cumber von Fortunes Blick derart gefangen, daß er sich fragte, wer eigentlich wen auserwählt hatte, mit auf die große Reise zu gehen.

Fortune seufzte schwer.

»Ich werde sie wiedersehen. Irgendwann, aber jetzt müssen wir aufbrechen.«

Er sah auf, als ob er von irgendwoher ein Geräusch hörte. Ein Windstoß fegte plötzlich über sie hinweg und nahm die Überbleibsel des Nests auf, um sie in die dunkle Nacht zu tragen.

»Auch Wood habe ich verloren«, fuhr Fortune fort, als sie sich zum Gehen umwandten. Cumber fielen keine Worte des Trostes ein, und so legte er Fortune freundschaftlich einen Flügel auf die Schulter.

Irgend etwas explodierte im Tal, in dem sich früher die Siedlung befunden hatte, und schleuderte Funken in den Himmel. Als ob dies ein Zeichen gewesen wäre, erhoben sich die beiden Drachen in die Lüfte, um erneut über die rauchenden Trümmer von Südkap und dann über die Klippen und das Meer zu fliegen.

Nach Covamere, zu Halcyon.

Das Schlachtfeld war noch immer in rötliches Licht getaucht, welches das dunkle Braun von Fortunes Haut in ein tiefes Rot verwandelte, während Cumbers staubige Goldschuppen schimmerten, als ob sie aus tausend winzigen Flammen bestünden. Unter ihnen zerstieben glimmende Trümmerstücke und vergingen in einem Funkenregen. Es schien Fortune, als ob eine außergewöhnliche, alles überdeckende Farbe von dort unten ausginge. Als ob das Rot der Flammen und das finstere Schwarz der ausgebrannten Ruinen für den Kampf des Lebens gegen den Tod ständen, für Licht gegen Finsternis und für Hoffnung gegen Verzweiflung.

Die Hitze erfaßte sie von neuem, als sie tief über die Walstatt flogen und vergebens nach Überlebenden suchten. Nachdem sie die Klippen hinter sich gelassen hatten, wurde die Luft jählings kühler, da ein kalter Wind von der See her wehte. Sie ließen die Ruinen von Südkap hinter sich, und ihr eigenes, von Zuversicht genährtes Feuer verwandelte sie in Funken am nächtlichen Himmel. In Funken, die langsam erloschen und schließlich ganz verschwanden.

TEIL 2

AETHERS ZITADELLE

Kapitel 6

Gossamer

Aethers Schlucht war ein Ort mit vielen Geschichten.

Eine davon erzählte, daß vor vielen Jahren der mächtige Trollkönig Aether die große Schlucht durch die Niedrigen Berge gegraben hatte, um eine Route zu schaffen, die von den Verletzten Bergen im Süden, von wo die Trolle ursprünglich kamen, zum Nordmeer und damit zu ihrer ewigen Wohnstätte führte, dem kalten Land von Chaemen. Viele Tage, so erzählte man sich, hatte der Riese gebraucht, um den Weg zu graben, und dies in einer Zeit, in der man die Natur nur ahnen konnte und andere, ältere Mächte die Welt regierten. Die Gesteinsbrocken, die er mühsam aus dem Felsen scharrte, zermalmte er mit seinen rauhen Händen zu Staub, den er nach Norden blies, wo er auf die Erde niedersank, um die feinen, grauen Strände der nördlichen Küste des Kernlands zu bilden. Es war ein Zauber, den er damit auf das Land legte, und dieser Zauber verlieh ihm eine furchtbare Macht.

Durch den Paß, den Aether geschaffen hatte, zogen die Trolle auf ihren Reisen. Unermüdlich waren sie in ihren Wanderungen, und dank Aethers Schlucht und tausend ähnlicher Wege und Passagen bereisten sie die ganze Welt und machten sie sich untertan.

Doch in jenen fernen Zeiten schienen Äonen nur kurz zu sein, und selbst damals schon begann die Welt sich zu verändern. Im Laufe der Jahre verschwanden die Trolle ebenso wie die Berge, die sie geboren hatten. In das kalte Chaemen flohen sie und ließen das Feuer hinter sich, das einst ihr Blut erwärmt hatte. Die einzigen sichtbaren Zeichen, die noch an sie erinnerten, waren Knochen und die Narben, die sie der Landschaft zugefügt hatten. Narben wie beispielsweise Aethers Schlucht. Statt der Trolle zogen nun andere Wesen durch das Land, bis schließlich die Drachen kamen, sich in dieser Gegend niederließen und die Zitadelle von Aethers Schlucht wieder mit Leben erfüllten.

So lautete die Geschichte, die sich die Zauberdrachen von Aethers Schlucht erzählten.

Die erdgeborenen Drachen, die hier lebten, hatten von dieser Legende gehört, doch die Geschichten, die sie sich über die Entstehung der Schlucht erzählten, lauteten anders. In ihnen war nicht von einem Troll die Rede, sondern von einem mächtigen Strom, der sich im Laufe unzähliger Jahre seinen Weg durch den Fels gebahnt und so eine natürliche Passage durch die Berge geschaffen hatte. Diesen Geschichten zufolge, waren es nicht Riesen, sondern die Gewalten der Elemente gewesen, die die Risse und Höhlen in den Felsen geformt hatten, und einige behaupteten sogar, daß einst ein Gletscher aus dem Norden das Land überrollt und dadurch den Boden des Canyons geebnet habe. Die, die so redeten, glaubten nicht länger an die Geschichten über die Riesen und ihr Feuer, sondern verehrten andere Helden: Sturm und Fluten, Wetter und die Zeit.

Keine dieser Geschichten ließ sich beweisen, und so lebten sie alle nebeneinander fort.

Aethers Zitadelle war im Grunde nichts anderes als ein großer, weiter Platz in der tiefen, schmalen Schlucht, die die Niedrigen Berge von Norden nach Süden teilte. Im Gegensatz zu dem, was ihr Name versprach, waren diese Berge alles andere als niedrig. Sie waren steil und hoch und äußerst gefährlich. Selbst die Drachen zogen es vor, den Weg durch die Schlucht zu nehmen, statt über die Gipfel des Gebirges hinwegzufliegen, wo die Luft kalt und dünn war.

Dieser geräumige, sichere Platz, stellte in dem engen Spalt der Schlucht, die sich in unendlichen Mäandern dahinschlängelte, eine willkommene Abwechslung dar und diente einer Drachengemeinschaft als Heimstatt, die ähnlich wie in Südkap in zwei Gruppen geteilt war. Denn auch hier gab es erdgeborene Drachen und Magier. Doch anders als in Südkap, wo es trotz allen Fehden immer noch einen Kontakt zwischen diesen beiden Gruppen gegeben hatte, stellten sie hier vollkommen getrennte Welten dar.

Die Magier bewohnten das Tunnelsystem, das ihre Vorfahren in die Felswand östlich der Schlucht gegraben hatten. Von außen sah die Wand karg und abweisend aus, ihre kalte Monotonie wurde nur unterbrochen von den herabstürzenden Tauwasserbächen, den zahllosen Rissen und Spalten und den sieben schwarzen Löchern, durch die die Magier ihre Höhlen betraten und verließen. Wie viele ihrer über die ganze Welt verstreuten Artgenossen lebten sie zurückgezogen und kümmerten sich kaum um ihre Nachbarn, die Erdgeborenen der gegenüberliegenden Westwand.

Anders als die Ostwand, stieg diese Wand wesentlich sanfter und in großen, terrassenförmigen Stufen an, auf denen die Erdgeborenen sich niedergelassen und ihre Nester errichtet hatten. So wie die Nester sich an dem Hang gegenseitig stützten, vertrauten auch die Drachen dieser Ansiedlung darauf, daß sie sich aufeinander verlassen konnten: die Erdgeborenen der Zitadelle waren loyal und zuverlässig, weil sie um die Verletzlichkeit ihrer Ansiedlung in dieser unwirtlichen Gegend wußten. Das Wohlergehen der Gemeinschaft besaß für jeden einzelnen von ihnen die gleiche Bedeutung wie die Sorge für ihre eigenen Familien und sich selbst.

In den frühesten Zeiten, als noch alle Drachen über Zauberkräfte verfügten, war Aethers Zitadelle eine Ansiedlung von Magiern gewesen, die allen, die quer durch das Kernland reisten, einen willkommenen Anlaß zur Rast bot. Hier hatten die edlen Magier von einst während des Goldenen Zeitalters Hof gehalten, lange bevor die Erdgeborenen die Bühne der Geschichte betraten.

Das Eindringen der Erdgeborenen war ganz allmählich und kaum merklich vor sich gegangen. Zuerst hatten sich immer mehr fremde Drachen eingefunden, die durch ihre grobe Gestalt und die farblose braune Haut auffielen. Sie hatten sich zwischen den Felsen der Westwand niedergelassen. Dann waren plötzlich häufiger Junge aus den Eiern der Magier geschlüpft, die dieselben Abnormitäten zeigten. Sie im Geiste der Magie zu erziehen, erwies sich als schwierig und schließlich sogar als gänzlich unmöglich, so daß immer mehr junge Drachen aus der Gemeinschaft der Magier verbannt und zu ihren erdgeborenen Artgenossen auf der anderen Felswand geschickt werden mußten. Diese nahmen die Jungen anstandslos bei sich auf und zogen sie wie ihre eigenen Kinder groß, so daß schon bald die Zahl der Erdgeborenen stetig anwuchs, während die der Magier immer kleiner wurde.

Die Welt veränderte sich.

Und wie die Magier in Südkap wußten auch die Drachen von Aethers Zitadelle, daß sie sich nicht zu ihren Gunsten veränderte.

Sie zogen sich in die Tiefen ihrer Höhlen zurück, die wie Bienenwaben in den östlichen Wall des heimtückischen Canyons von Aethers Schlucht gebaut waren. Lange Zeit ertrugen sie den furchtbaren Gedanken, daß sie vor dem Aussterben standen, mit der allen Drachen der Zitadelle eigenen stoischen Ruhe und Ergebenheit, bis sich schließlich im Laufe der Jahre in den Höhlen ein eigenartiger, zerstörerischer Wahnsinn ausbreitete. Ob er das Symptom einer schrecklichen Seuche oder das Produkt ihrer unterdrückten Ängste war, vermochte kein Drache zu sagen. Und während in ihrem unterirdischen Refugium die ehedem edlen Ritter der Magier ihrer Paranoia und Aggressivität unterlagen, blühte oben die Gemeinschaft der Erdgeborenen auf, wuchs und gedieh, bis sie die Existenz ihrer zurückgezogen lebenden Nachbarn fast vergessen hatten. In den Höhlen herrschte immer größere Spannung, da immer mehr Magier zu der Ansicht gelangten, daß es die Erdgeborenen waren, die den Wahnsinn in Aethers Schlucht getragen hatten. Einzig diese Eindringlinge, diese Krüppel ohne magische Kräfte, waren Schuld am Untergang ihres ruhmreichen Erbes.

Also war es nur folgerichtig, daß sie die Erdgeborenen vernichten mußten, wollten sie das Blatt ihres Schicksals wieder zum Besseren wenden.

So hatten sie es beschlossen, und so drohten sich die Ereignisse von Südkap wie in zahlreichen Drachensiedlungen auf der ganzen Welt auch hier zu wiederholen.

Aber dazu kam es nicht.

Für Aethers Zitadelle hatte das Schicksal andere Pläne.

Der Strom, der durch die Schlucht floß und nach dem Troll Aether benannt worden war – gleich, ob dieser ihn nun durch den Canyon gelenkt haben mochte oder nicht –, war reißend und gefährlich. Er wurde gespeist von den zahlreichen Wasserfällen und Schmelzwasserbächen, die sich über die blanken Felsen in die Tiefe ergossen: lärmende und glänzende Schleier über Mauern grauen Steins.

Weiter oben, über dem Sprühnebel und dem ewigen Donnern der herabstürzenden Wassermassen, lebten die Drachen. Doch während auf der einen Seite, an der Westwand, eine ganze Drachengemeinschaft von Erdgeborenen ihre Nester, Wege und Landeplätze gebaut hatte, zeigte die gegenüberliegende Seite am Ostrand des Talkessels nur die Eingänge zu den scheinbar verlassenen Höhlen der Magier: schwarze Löcher in der steilen Wand, die in ihrer Kargheit eher an blanke Knochen als an Fels gemahnten. Auf der Westseite wurde das Bild von Lebendigkeit bestimmt, auf der Ostseite von Tod.

Aber die meisten Erdgeborenen von Aethers Zitadelle schenkten dem Kommen und Gehen ihrer Nachbarn kaum Beachtung. Als es schließlich so aussah, als ob die Zauberdrachen gänzlich verschwunden wären, vergaßen die meisten Erdgeborenen bald, daß die Magier jemals hier gelebt hatten. Es gab wichtigere Dinge, um die sie sich zu kümmern hatten.

Während die Magier ein recht einförmiges, doch gleichwohl bequemes Leben führten – die Höhlen sahen mehr oder weniger alle gleich aus, und ihre magischen Kräfte verschafften ihnen Annehmlichkeiten, die außerhalb des Vorstellungsvermögens eines gewöhnlichen Drachen lagen –, war Aethers Zitadelle für die Erdgeborenen ein unwirtlicher

Ort. Die Vegetation war spärlich, und die rauhen Felsen boten kaum Schutz: Der beständig wehende eisige Nordwind fuhr ungehindert in die Nester auf den Terrassen des Westhangs. Die einzige Nahrungsquelle stellte der reißende Strom mit seinen Fischen am Grunde des Canyons dar. In ihm zu jagen war gefährlich, und nicht umsonst genossen die Drachen, die für diese Aufgabe speziell ausgebildet worden waren und das Wagnis auf sich nahmen, besonders großes Ansehen in der Gemeinschaft. Überdies ereigneten sich an dem Hang, an dem sie siedelten, häufig Erdrutsche, so daß dadurch Nester beschädigt und manchmal auch Drachen getötet wurden.

Die Lebensbedingungen in Aethers Zitadelle waren also wahrlich feindlich zu nennen, gleichwohl blieben die Erdgeborenen. Einige wenige verließen den Canyon zwar jedes Jahr, zumeist Alte und Schwache, doch die Mehrheit harrte aus: Die Luft war frisch und sauber und roch nach den Bergen und dem Wasser der Wildbäche. Aethers Schlucht war lebendig.

Und selbst die Gefahren, die hier lauerten, hatten ihr Gutes. War durch sie nicht eine Drachengemeinschaft entstanden, die allen anderen überlegen war, die über robuste Gesundheit, erfolgreiche Überlebensstrategien und ein unerschütterliches Gefühl der Zusammengehörigkeit verfügte? Bildeten sie nicht eine Gemeinschaft, in der sie gemeinsam mit den Problemen des Alltags fertig wurden und sich jeder um den anderen kümmerte? In der sogar *Liebe* herrschte?

Für die Erdgeborenen, die Aethers Zitadelle die Treue hielten, gab es keine andere Heimat. Für sie lag hier das wahre Zentrum der Welt.

Es gab nur wenige Drachen, die so charakteristisch für die Bewohner von Aethers Zitadelle waren wie Gossamer, zumindest nach außen hin. Wenn man allerdings hinter die Fassade blickte, konnte man an ihr noch wesentlich andere Züge entdecken als das pure Interesse am Überleben. Denn Gossamer hatte ein Geheimnis.

Daß sie sich für Magie interessierte, verbarg sie nicht, im Gegenteil. Ihre Freunde machten sogar schon Witze darüber, daß sie von allem, was mit Zauberei zu tun hatte, derart fasziniert war. Aber es gab einen Traum, der immer wiederkehrte und sie im Schlaf verfolgte. Einen Traum, in dem sie auf die andere Seite des Canyons und in einen der Höhleneingänge flog. Jedesmal hatte sie das Gefühl, als ob sie eine Ewigkeit lang in der Dunkelheit der Höhlen herumirrte, um etwas zu suchen, das sie nicht fand. Und erst dann wachte sie auf, enttäuscht und zugleich unendlich auf die Folter gespannt.

Es gab ein unausgesprochenes Gesetz, daß es den Erdgeborenen verbot, zum Ostwall und den Höhleneingängen hinüberzufliegen. Die meisten Drachen hatten sowieso kein Interesse an den Magiern. Nur wenige, besonders die Jüngeren – und unter ihnen vor allem Gossamer –, fanden, daß die gähnenden schwarzen Löcher eine im wahrsten Sinne des Wortes magische Anziehungskraft ausübten. Wie hypnotisiert beobachteten sie von ihrer Seite aus die Öffnungen in der gegenüberliegenden Felswand und warteten, in der Hoffnung, wenigstens einen kurzen Blick auf das werfen zu können, was sie in sich bargen: Magier.

Und so war für die jungen Drachen daraus etwas Ähnliches wie ein heimlicher Zeitvertreib entstanden: das Lochbeobachten.

Besonders beliebt waren dafür die späten Nachmittage, zwischen Unterricht und Abendessen, wenn die Sonne untergegangen war und sich der Himmel allmählich verdunkelte. Auf einer der zahlreichen Terrassen in der Westwand pflegten sie sich nebeneinander hinzusetzen und zu den Löchern hinüberzustarren. Normalerweise zogen sie unverrichteter Dinge wieder ab. Nur manchmal, wenn einer lange genug ausharrte, dann konnte er etwas sehen …

Gossamer und ihr jüngerer Bruder Brace zählten nicht nur zu den routinierteren Beobachtern, sie waren – vor allem was die Ausdauer anging – sogar so etwas wie die heimlichen Champions.

Daß die beiden Geschwister waren, sah man ihnen nicht

an. Brace behauptete zwar von sich, daß er ›gut gebaut‹ war, aber in Wahrheit war er fett. Seine Mutter erzählte ihren Freundinnen immer wieder gerne, was für ein kräftiges Junges er schon beim Schlüpfen gewesen war, und sie schien beweisen zu wollen, daß er auch ein kräftiger Erwachsener werden konnte, wenn sie ihm nur genug zu essen gab. Gossamer dagegen war so zierlich und spinnwebenleicht wie ihr Name, der ›Sommerfäden‹ bedeutete, besagte. Schon jetzt war zu erkennen, daß aus ihr einmal eine Schönheit werden würde, und dieses Wissen ließ Brace zwischen Zuneigung und Eifersucht hin und her schwanken. Denn obgleich er sein Leben gegeben hätte, um seine Schwester zu beschützen, beneidete er sie um ihre Anmut und grazile Leichtigkeit. Er war zwar derjenige, in den ihre Mutter geradezu vernarrt zu sein schien, aber er wurde den Verdacht nicht los, daß ihre wahre Zuneigung allein ihrer Tochter gehörte.

Gossamer dagegen liebte ihren jüngeren Bruder mit der schlichten Aufrichtigkeit, die ihr ganzes Leben bestimmte. Wenn es einen Drachen gab, der Ähnlichkeit hatte mit der klaren Luft der Berge, die von den Gipfeln herab in die Schlucht von Aethers Zitadelle drang, dann war dieser Drache Gossamer. Mit ihrem hübschen Gesicht und ihren schon jetzt beachtlichen Flugkünsten verdrehte sie so manchem Drachen den Kopf. Ihre Haut war für einen Erdgeborenen ungewöhnlich farbenfroh, der Rücken und die Flügel mit Mustern in Ocker und Rot bedeckt, Erdfarben, die keineswegs dem gleißenden Schuppenschmuck der Magier glichen.

An jenem Sommerabend ließ die untergehende Sonne ihre Haut in einem goldenen Licht erstrahlen.

So dezent die Färbung ihrer Haut auch war, so liebte sie es doch, sich vorzustellen, sie verliehe ihr eine gewisse natürliche Nähe zu den magischen Wesen. Gossamer hockte an ihrer Lieblingsstelle, von der aus sie die gesamte Ostwand überblicken konnte, als ihr Blick auf einen der zahlreichen Wasserfälle fiel, die direkt unter ihr in Kaskaden über die Felsen schossen und sich in den tosenden Fluß auf dem Grunde des Canyons ergossen, der im Dunst verborgen lag.

Kleine silberne Gestalten tanzten durch den Sprühnebel: Wassergeister. Sie spielten miteinander und jagten sich gegenseitig. Unter ihnen waren auch Ant und Gnoll, denn obwohl Gossamer die Sprache der Wassergeister nicht beherrschte, hatte sie sich doch ein paar Namen und Gesichter eingeprägt. Und umgekehrt schienen die Kobolde beinahe alles zu verstehen, was sie ihnen sagte. Trotzdem waren die Begegnungen mit ihnen jedesmal eine Enttäuschung für Gossamer, denn die Wassergeister waren so winzig und huschten derart schnell hin und her, daß sie ihre Bewegungen kaum mit den Augen verfolgen, geschweige denn ihre hohen, pfeifenden Stimmchen hören konnte.

Ihr seid zwar Zauberwesen, dachte sie, *aber müßt ihr deshalb so zappelig sein?*

Ihre magischen Kräfte waren wie die aller Erdwesen harmlos und nur auf das Gute gerichtet. Sie konnten schwimmen, ohne Luft zu holen, durch ihren Gesang Steine bewegen und mit ihren Zaubersprüchen Heilung bewirken. Sie waren Meister der Erdmagie, und so wie die Erde selbst, war ihre Magie freundlich, schützend und kühl, ganz anders als die Zauberkräfte der magischen Drachen.

Denn die Magier waren die Herren des Feuerzaubers.

»Es gibt vier verschiedene Arten der Magie«, hatte Gossamers Mutter einmal während einer Unterrichtsstunde ihren gespannt lauschenden Schülern erklärt. Gossamer hatte fasziniert an ihren Lippen gehangen, während Brace friedlich eingeschlafen war. »Aber eigentlich sind diese vier nur zwei. Zum einen gibt es die Magie der Erde, der Luft und des Wassers, die wir jedoch alle der Erde zuordnen können. Die Magie der Erde ist die Magie unserer Welt, es ist die Zauberkraft der Riesen, Kobolde und Nymphen, einfach aller Wesen der Erde. Sie ist stark und freundlich und richtet nur selten Schaden an.

Die vierte Art der Magie ist die des Feuers. Sie ist der Zauber unserer Verwandten, der magischen Drachen. Anders als die Magie der Erde kann man mit ihr jedoch nicht nur Gutes bewirken, sondern auch furchtbares Unrecht begehen und schrecklichen Schaden anrichten. Aber es gibt noch einen weiteren Unterschied. Die Magie des Feuers ist nicht von dieser Welt: Sie ist die Magie des *Reiches*.«

»Was ist das, das *Reich*?« hatte Gossamer gefragt und bemerkt, daß die Augen ihrer Mutter seltsam verschleiert wirkten.

Die gesamte Klasse kleiner Drachen hatte geduldig auf eine Antwort gewartet. Alle waren sie gespannt gewesen, alle, außer Brace, der gejammert hatte, daß es schon spät sei ... und Gossamers Mutter hatte die Unterrichtsstunde für beendet erklärt.

Später am Abend dann, als sie zu Hause in ihrem Nest waren, hatte Gossamer ihre Mutter gefragt. »Sind Drachen die einzigen Wesen, die die Magie des Feuers beherrschen?«

»Früher gab es noch andere«, lautete die Antwort, »aber jetzt scheinen sie alle verschwunden zu sein. Die Trolle, so erzählt man sich, waren die ersten, denn sie wurden aus dem Feuer geboren und starben im Eis. Aber ich glaube, daß es vor ihnen noch andere gab, die jedoch nicht von dieser Welt waren.«

»Sondern aus dem *Reich*?« hatte Gossamer geraten. Ihre Mutter hatte sie angesehen, als ob sie ahnte, was nun kam. Und Gossamer hatte diesen Blick als Ermutigung gedeutet und gefragt: »Was ist das *Reich*?«

»So viele Fragen«, hatte ihre Mutter geseufzt, während ihre Augen wieder diesen merkwürdig entrückten Ausdruck annahmen. Dann schien sie sich wieder gefangen zu haben. »Du bist viel neugieriger als dein Bruder, soviel ist sicher«, sagte sie zögernd. »Das *Reich*? Nun, das Wissen darum wird wohl immer ein Rätsel bleiben – jedenfalls für uns Erdgeborene. Nur soviel kann ich dir sagen: Es ist ein Ort, an den wir nie gelangen werden. Einzig die Magier haben Zugang zu ihm. Und es ist der Ort, an dem das Feuer ist.«

»Das Feuer, auf das sich ihre Magie gründet?«

»Ich glaube schon, ja.«

Und kopfschüttelnd hatte ihre Mutter sie ihren Fragen

überlassen. Wer mochten diese Herrscher über die Magie des Feuers aus grauer Vorzeit gewesen sein? Und wie sah dieser Ort, den ihre Mutter das *Reich* nannte, wohl aus? In der Folge hatten diese Fragen Gossamer immer wieder beschäftigt und schließlich fast ihr ganzes Leben bestimmt. Sie begann, die Höhleneingänge in der Ostwand noch gründlicher zu beobachten, als sie es ohnehin schon tat, bis diese Beschäftigung fast so etwas wie eine Obsession wurde. Manchmal glaubte sie in einem der Löcher etwas gesehen zu haben, das Aufleuchten eines goldenen Flügels, das Glitzern silberner Schuppen. Und dies allein reichte, um sie für den Rest des Tages an ihren Beobachtungsposten zu fesseln. Brace langweilte sich für gewöhnlich schon nach kurzer Zeit, doch er blieb, weil Gossamer blieb. Sie konnte Tage damit zubringen, darauf zu warten, daß sich im Dunkel der Höhleneingänge etwas bewegte, und wenn sie auch nur die kleinste Regung wahrnahm, war ihr dies Beweis genug, daß die Magier existierten, daß sie tatsächlich noch dort unter der Erde lebten. In der Nähe des *Reiches*. Daß die Magier die Dunkelheit ihrer unterirdischen Höhlen den Wundern der überirdischen Welt vorzogen, konnte doch nur bedeuten, daß es dort unten noch viel größere Wunder gab, in der Nähe des *Reiches*. Im *Reich*!

Kurz darauf hatte Gossamer eine aufregende Entdeckung gemacht. Von dem aufgewühlten Strom unten in der Schlucht war dichter Nebel aufgestiegen, und Gossamer hatte einen Augenblick lang geglaubt, auf der anderen Seite eine blasse, geisterhafte Gestalt zu erkennen … ein schönes, schlankes Drachenweibchen mit strahlend weißen Flügeln, durchsichtig wie ein Spinnengewebe, vielleicht kaum älter als Gossamer selbst mit ihren zehn Jahren …

»Ich könnte hinüberfliegen«, hatte sie leise zu sich selbst gesagt, »und wir könnten uns unterhalten und miteinander spielen. Ich würde ihr sagen, wie ich heiße, und vielleicht würde sie mir auch ihren Namen verraten!«

Doch der Nebel hatte sich gelichtet, und ihre neue Freundin war im Dunkel des Höhleneingangs verschwunden, nicht länger ein magischer Drache, sondern lediglich ein Phantom.

Gossamer hörte nicht auf, von dem Tag zu träumen, an dem sich die Magier und Erdgeborenen miteinander in die Lüfte erheben würden, gleich wie kurz dieser Augenblick auch sein mochte. Das war ihr geheimer Traum.

Dann, nur wenige Tage später, hatte Gossamer gegen Abend wieder auf ihrem Beobachtungspunkt gesessen und zugesehen, wie die Schatten auf der Ostwand immer länger wurden, während die Dämmerung sich allmählich über den Himmel stahl. Die Wassergeister waren wie Lachse stromaufwärts gezogen, und aus den Tiefen des Canyons begann die Nacht aufzusteigen. Brace zappelte unruhig neben ihr hin und her. »Ich habe Hunger«, jammerte er.

»Du langweilst dich«, berichtigte Gossamer. »Du bildest dir nur ein, du hättest Hunger, weil du nicht weißt, was du sonst tun sollst.«

»Warum gehen wir nicht nach Hause?«

»Laß uns nur noch ein bißchen bleiben«, drängelte sie. »Vielleicht entdecken wir doch noch etwas.«

»Ha! Ich wette, daß wir überhaupt nichts sehen werden ...«

Braces Stimme stockte, als er in den Himmel hinaufsah. Dort, wo im Osten das letzte Licht des Tages von der Dunkelheit verschluckt zu werden drohte, schien der Berg plötzlich eine zweite Spitze bekommen zu haben.

Sie sahen, wie sich aus dem zerklüfteten Kamm des Felsmassivs der Ostwand ein Stück löste und auf sie herunterstürzte. Ein Schatten, der Gestalt gewonnen hatte und die Dämmerung durchschnitt, ein Teil der Nacht, der aus dem Himmel auf sie fiel. Doch dann landete die Erscheinung lautlos auf dem Sims vor dem größten der Höhleneingänge der Magier. Und Gossamer wurde klar, daß die Gestalt ein Drache war.

Kaum konnte sie seine Umrisse erkennen. Er hatte schwere Flügel und allem Anschein nach mehr als zwei Beine. Wie eine Spinne.

Und er war schwarz. Vollkommen schwarz.

Und *schön*.

Er neigte seinen klauengleichen Kopf und wandte ihn zu ihnen herüber. Der Drache sah sie aus ausdruckslosen gelben Augen an, den einzigen Farbflecken an diesem Körper, der ansonsten schwarz wie die tiefste Nacht war. Gossamer wich gegen den Fels zurück und warf Brace einen Blick zu. Er war vor Schreck wie versteinert. Sie konnte den Atem des Drachen hören, tief und gleichmäßig, und spürte, daß er sich wie ein eisiger Mantel auf sie legte und die Wärme aus ihrem Körper sog.

Als sie wieder hinübersah, hatte der Drache sich umgewandt, um die Höhle zu betreten. Einen kurzen Augenblick lang hielt er seine riesigen Flügel ausgebreitet vor den Eingang und verschmolz vollkommen mit der Finsternis des Tunnels, so daß es aussah, als ob er selbst die Höhle sei. Dann faltete er diese furchterregenden Schwingen zusammen und verschwand in dem Berg.

Gossamer, die erst jetzt bemerkte, daß sie die ganze Zeit über die Luft angehalten hatte, atmete tief und hörbar ein. Allmählich hörte ihr Herz auf zu rasen, und sie zog Brace an sich. Sie zitterten beide, aber als Gossamer sah, welche Mühe sich ihr Bruder gab, einen furchtlosen Eindruck zu machen, mußte sie lächeln.

»War das …?« platzte er heraus.

»Ein Magier? Ja.«

»Er war …«, stotterte er, »er war … riesig!«

»Sie sehen nicht alle so aus«, erwiderte Gossamer. »Du brauchst keine Angst zu haben.«

Aber sie könnten alle so aussehen, wenn sie wollten, dachte Gossamer. *Magier können jede beliebige Gestalt annehmen. Sogar eine wie dieser: furchterregend … und doch wundervoll!*

»Ich habe keine Angst«, sagte Brace entrüstet und schob sie mit zur Schau gestellter Unabhängigkeit von sich. »Schließlich sind das auch nur Drachen. Ich fürchte mich nicht vor ihnen.«

Gossamer schlug ihm spielerisch auf die Schulter.

»Du wirst mich beschützen, nicht wahr, Brace?«

»Selbstverständlich!« antwortete er zuversichtlich. Als er sich auf den Heimweg machte und mit geschwellter Brust davonstolzierte, entdeckte Gossamer einmal mehr an ihm diese eigenartige Mischung aus Treue und Neid, für die sie ihn so sehr liebte. Doch noch während diese Liebe sie mit Wärme füllte, durchbohrte ein Eiszapfen ihr Herz. *Wer war dieser Drache? Ein Fremder, ein reisender Magier, der nach Aethers Zitadelle gekommen war. Aber warum?*

Gossamer nahm sich vor, gleich am nächsten Morgen ihren Eltern von dem Fremden zu erzählen. Sie verließ ihren Beobachtungsposten und ging auf dem gewundenen Weg über die Terrassen zurück zu dem komplizierten Geflecht aus ineinander verwobenen Ästen, das ihr Zuhause war. Das schwache Licht der Sterne ließ die Welt wie eine Anhäufung von Schemen und Umrissen erscheinen, als ob sie aus nichts als Schatten bestünde. Jedes Detail, alles, was Genauigkeit bedeutet hätte, schien sich auf einmal aufgelöst zu haben, so daß nichts blieb außer dem Unbestimmten. Andere Drachen bewegten sich durch ihr Gesichtsfeld, doch in ihren Augen waren sie lediglich wie flüchtig dahingeworfene Umrisse, unkenntliche Figuren, die jemand unbeholfen aus Lehm geformt hatte, namenlos. Der Wind hatte sich gelegt, und in der dadurch entstandenen Atmosphäre der Bewegungslosigkeit empfand Gossamer die sie umgebende Enge als noch erdrückender.

Die Drachensiedlung kam ihr auf eigenartige und furchterregende Weise erstarrt vor. Beinahe unwirklich.

Wie versteinert.

Plötzlich hatte Gossamer das sichere Gefühl, daß etwas Schreckliches passieren würde. Etwas, das sie den anderen mitteilen mußte, obwohl sie es nicht benennen konnte. Doch sobald sie von der kühlen Abendluft in die Wärme des Nestes trat, schien ihr das alles nicht mehr so wichtig. Ihre Eltern waren noch nicht zu Hause, und Brace schien bereits zu schlafen. Während ihr Herz noch mit derselben entrückten Unbestimmtheit schlug, die sie draußen in allem gespürt hatte, beschloß sie, als erstes am nächsten Morgen ihren Eltern von ihren Vorahnungen zu berichten.

Doch noch bevor der Morgen graute, wurde die Nacht zum Tage, das Feuer schlug aus den sieben Gängen der Magier, und die Erdgeborenen von Aethers Zitadelle erfuhren, daß Schrecken, Tod und Zerstörung über sie gekommen waren.

Sie erfuhren, daß der Schwarze Drache da war.

Kapitel 7

Das Kernland

Es war Vormittag. Unter ihnen lag das unermeßlich weite Meer, und Fortune spürte jede Faser seines Körpers. Bereits jetzt erschienen ihm die Ereignisse der vergangenen Nacht fern und unwirklich.

Was für ein merkwürdiges Paar wir doch sind, dachte er.

Sowohl die Erdgeborenen als auch die Magier waren Drachen, zugleich aber waren sie so verschieden wie Tag und Nacht. Während Fortunes Körper schlank und aerodynamisch war, sah Cumber kantig und gedrungen aus; Fortunes Flügel waren wuchtig und auf Kraft ausgelegt, Cumbers hingegen erschienen unglaublich klein; Fortune flog mit seinem Körper, Cumber mit seinem Geist.

Cumber erzählte ihm von den magischen Ritualen, die er zu lernen hatte, um seinem Körper die althergebrachte Gestalt eines Magiers zu geben.

»Wir lernen, wie wir uns ein Paar zusätzlicher Beine wachsen lassen und unsere Flügel auf den Rücken versetzen können«, erklärte er. »Später tragen wir Metall auf Haut und Schuppen auf, die Vielzahl der möglichen Farben ist dabei unendlich.«

»Ohne die Magie würdest du also genauso aussehen wie ich?« fragte Fortune voller Neugier.

»Mehr oder weniger, ja. Verstehst du, all diese Dinge gehören zu der neuen Realität, die unser Leben bestimmt. Vor langer Zeit wurde ein Magier als Magier geboren. Jetzt aber müssen wir hart daran arbeiten, um unsere Gestalt zu erlangen. Unsere magischen Kräfte sind auch nicht mehr so wirkungsvoll und mächtig. Wir müssen uns schon anstrengen, um auch nur den einfachsten Zauber durchzuführen.«

»Eure Kräfte haben aber immerhin noch ausgereicht, um Südkap dem Erdboden gleichzumachen.«

»Es ist einfach, mit Magie zu zerstören, zum Beispiel mit Feuerzauber. Aber schöpferischer Zauber fällt uns von Tag zu Tag schwerer, und bald wird er ganz unmöglich sein. Selbst das *Reich* wird kleiner, sagt Ordinal.«

»Das *Reich*, was ist das? Und warum geschieht in letzter Zeit dies alles?«

Cumber runzelte die Stirn.

»Ordinal hat einmal gesagt, ›die Welt streift ihre Haut ab.‹ Vielleicht sind die Magier diese Haut.«

»Sehr aufschlußreich. Aber was hat es nun mit diesem *Reich* auf sich? Das wollte ich eigentlich wissen.«

»Ich bin nicht der, den du fragen mußt«, erwiderte Cumber kurz angebunden. In seiner Stimme lag so etwas wie Schmerz, und danach herrschte Schweigen zwischen ihnen, das nur durch das Geräusch ihrer Flügelschläge unterbrochen wurde. Fortune vermied es, seinen Freund weiter mit bohrenden Fragen zu behelligen.

Dann tauchte eine dünne graue Linie am blauen Horizont auf. Die Aussicht auf das Festland verlieh ihren schmerzenden Muskeln neue Kräfte, auch wenn es nur mit quälender Langsamkeit näher kam.

Hinter ihnen war der vertraute Küstenstreifen, der bis vor kurzem ihre Heimat gewesen war, schon lange verschwunden. Vor ihnen lag die Zukunft in Form einer sandigen Bucht, die noch unzählige peinvolle Flügelschläge entfernt war. Und je näher sie dem Land kamen, desto deutlicher wurde Fortune, daß Südkap nicht länger existierte.

Später an diesem Tag lagen sie zusammen auf einer Böschung in einem flachen, spärlich bewaldeten Flußtal. Fortunes Muskeln entspannten sich allmählich, und er freundete sich mit dem Gedanken an, die Nacht an diesem Ort zu verbringen.

»Wir sollten heute nicht mehr weiterfliegen«, sagte er. Trotz der Anstrengung fühlte er sich wohlig leicht, was ihn ziemlich verwunderte. Sein Begleiter lag ausgestreckt auf der Erde und starrte zu den Wolken empor, die über den tiefblauen Himmel zogen. Seit ihrer Landung war eine leichte Brise aufgekommen, und Fortune hoffte, daß sich nicht wieder ein Sturm zusammenbraute.

»Wie heißt dieses Land?« wollte Fortune wissen. »Ist es eine Insel wie Torr?«

»Wie ihre Bewohner diese Gegend nennen, weiß ich auch nicht, aber Ordinal bezeichnete sie immer als das Kernland. Es ist groß, viel größer als Torr. Wir müssen einen halben Kontinent überqueren, um nach Covamere zu gelangen. Keine ganz einfache Reise, wie du siehst.«

»Wie weit ist es?«

»Vielleicht acht oder neun Tage, wenn wir günstigen Wind haben. Aber das Land um Covamere ist kalt und unfruchtbar, heißt es. Wir haben Glück, daß wir im Sommer reisen.«

Wie, um ihm zu widersprechen, fuhr in diesem Moment ein Windstoß in die Bäume und wirbelte einen Haufen Blätter zu ihnen herüber, die langsam zu Boden fielen.

»Der Herbst ist nah. Vielleicht hält schon bald der Winter seinen Einzug«, kommentierte Fortune. »Wie dem auch sei, wir sollten uns noch etwas zu essen besorgen, ehe es Nacht wird.«

Cumber gähnte und streckte sich.

»Was würdest du lieber machen«, fragte er. »Das Lager vorbereiten oder jagen?«

»Gibt es im Kernland Kaninchen?«

»Kaninchen und noch vieles mehr«, erwiderte Cumber geheimnisvoll. »Geh du jagen. Ich werde uns eine Unterkunft gebaut haben, bevor du auch nur die Spur eines Kaninchens aufgenommen hast.«

Und damit machte er sich ins Unterholz auf und überließ es Fortune, seinen müden Körper noch einmal aufzuraffen und auf dem Hügel nach Beute zu suchen.

Das Tal wand sich sanft unter ihm und ging an einem Ende in einen relativ hohen Berg über. Doch Fortune schenkte der Landschaft wenig Beachtung, nur ganz am Rande registrierte er, daß die Form des Berges äußerst merkwürdig war, irgendwie lang und gestreckt. Statt dessen versuchte er eine Fährte aufzunehmen.

Die Luft war anders hier. Auf den Hängen der Täler von Südkap roch es nicht nur nach Kaninchen, Mäusen und Heide, sondern über allem lag noch der Geruch von Salz und Drachen. Es war das charakteristische Aroma, das von der Drachensiedlung kam, und es war für ihn wie Parfüm. Früher war Fortune dieser Geruch kaum aufgefallen. Aber hier, in einem fremden Land, in dem es keine Spur von Drachen zu geben schien, vermißte er ihn schmerzlich.

Kein Leben, dachte er und versuchte, sich wieder auf seine Aufgabe zu konzentrieren.

Aber alles, was er roch, war der Duft des Waldes, und alles, was er sah, waren grüne Hügel. Er mußte wieder an die Schlacht denken, aber inzwischen waren die Bilder davon merkwürdig nebelhaft und weit entfernt.

Was ist mit mir? Warum empfinde ich keinen Schmerz?

Aus dem Augenwinkel sah er ein Stück braunen Fells, und mit dem Instinkt des Jägers machte er sich augenblicklich an die Verfolgung und verschwand in einem Gebüsch. Dankbar ließ er sich nun vollständig von dem Gedanken an Nahrung ablenken.

Kurz darauf hatte er fünf Kaninchen gefangen. *Fünf reichen für heute abend*, dachte er, während er den Hügel hinabstieg und sein Magen in froher Erwartung knurrte. Er schlug gerade einen Bogen, der ihn zurück zum Lager am Ufer des Flusses bringen sollte, als er innehielt und hinter einen Busch schlüpfte, um eine Szene am Ufer zu beobachten.

Auf einer freien Stelle hatte Cumber einen Holzstoß aufgeschichtet und stand mit geneigtem Kopf davor. Dann spreizte er seine Kieferknochen und spuckte ohne jede Vorwarnung einen gelben Feuerball in den Holzstoß. Die Zweige knackten, als sich die Flammen ausbreiteten. Im Nu brannte der ganze Holzhaufen, spie Funken in die Luft und ließ Cumber in einer Qualmwolke verschwinden.

Einen Moment lang dachte Fortune, daß Cumber mit Sicherheit das fremdartigste Wesen war, das er je gesehen hatte. Aber dieser Gedanke verging schnell wieder, und Cumber war einfach wieder Cumber und stand vor einem Feuer. Fortune verließ sein Versteck hinter dem Busch und trottete zu seinem Freund hinab.

»Warum hast du ein Feuer gemacht?« fragte er gutgelaunt, während er voller Stolz seine Beute zu Boden legte.

»Fortune, wenn du mit mir reist, wirst du die Vorzüge einer gekochten Mahlzeit schätzen lernen.«

Fasziniert beobachtete Fortune, wie Cumber eins der Kaninchen mit den Zähnen aufnahm und mit einer ruckartigen Kopfbewegung in die Luft schleuderte. Dann fing er es wieder auf, und es war abgezogen. Mit einem dumpfen Geräusch fiel das Fell zu Fortunes Füßen nieder.

»Ein Kochzauber«, erklärte Cumber. »Einer der ersten, die man lernt. Es ist natürlich ein bißchen extravagant, die Tiere in die Luft zu werfen, aber genau um Extravaganz und Luxus geht es ja beim Kochen, wenn du mich fragst.«

Im Nu waren alle fünf Karnickel abgezogen und hingen auf Stöcken über dem Feuer. Verwundert nahm Fortune zum ersten Mal in seinem Leben den Geruch von gebratenem Fleisch wahr und mußte sich eingestehen, daß ihm dieser Kochzauber zwar höchst fremd war, er aber auf jeden Fall ein ausgesprochen gutes Aroma verbreitete.

»Machst du das immer so? Ich meine, das Essen verbrennen?«

»Normalerweise schon«, erwiderte Cumber. »Es wird dir auch schmecken, da bin ich sicher.«

Und in der Tat, es schmeckte ihm. Konsistenz und Geschmack des Fleisches waren so delikat, daß Fortune am liebsten seine Portion auf einmal hinuntergeschlungen hätte. Aber Cumber überzeugte ihn, langsam zu essen und den Geschmack zu genießen, und Fortune mußte zugeben, daß es das wert war. Sie aßen gut, genossen frisches Flußwasser, und zu guter Letzt machten sie es sich im weichen Gras der Uferböschung bequem.

Als die Nacht anbrach, wurde es merklich kühler im Tal,

und Fortune lernte zum ersten Mal die eigenartige Kraft des Feuers schätzen. Er und seine Artgenossen empfanden dem Feuer gegenüber eine irrationale Furcht, nun aber mußte er feststellen, daß die Wärme der Flammen genau das war, was er brauchte. Das Feuer verschaffte ihm ein Gefühl von Schutz und Geborgenheit, obwohl er sich immer davor gefürchtet hatte.

Cumber hatte zwei Nester gebaut: eine flache, offene Schale für Fortune und für sich eine geschlossene Kugel. Aber noch lagen sie zusammen am Feuer, ohne den Drang zu verspüren, schlafen zu gehen. Sie begannen über Südkap zu reden und versuchten, die Welt heraufzubeschwören, die sie verloren hatten. Aber diese Welt gab es nicht mehr. Es war beiden unmöglich, sich auf die letzte schreckliche Nacht zu konzentrieren. Ihre Erinnerungen daran waren verwischt, und nur allzu gern ließen sie ihre Gedanken abschweifen. Statt dessen kamen sie immer wieder auf die vor ihnen liegende Mission zurück. Fortune wollte wissen, warum Cumber ausgerechnet ihn zu seinem Begleiter auserkoren hatte.

»Es war eigentlich nicht meine Entscheidung«, bekannte Cumber. »Ordinal hat mir gesagt, daß ich an einem bestimmten Tag an einer bestimmten Stelle warten sollte. Ich sollte den ersten Drachen, der dort erschien, bei Vollmond in den Großen Saal bringen. Dieser erste Drache warst du, und den weiteren Verlauf der Geschichte kennst du. Jedenfalls war ich ziemlich überrascht, als zwei von euch auftauchten.«

»Aber woher wußte Ordinal das alles?«

»Sie konnte Dinge sehen, die anderen Drachen – selbst Magiern – verborgen blieben. Ich glaube, sie konnte sogar in die Zukunft schauen.«

»Hat sie dir auch etwas über das Kernland erzählt?«

»Sie sagte, daß hier mehr magische Kräfte wirken als auf unserer kleinen Insel. Deswegen ist Covamere auch unser Ziel. Der Verfall ist noch nicht bis dorthin gelangt. Zumindest hat sie das geglaubt.«

Obwohl die Nacht recht kühl war, summten ein paar Insekten.

»Glaubst du, daß es hier Magier gibt?« fragte Fortune besorgt. Sein instinktives Vertrauen in die Magier war durch die Ereignisse der letzten Nacht schwer erschüttert worden.

»Zweifellos. Und auch noch andere magische Dinge.«

Cumber gähnte und erhob sich, um zu seinem Nest zu schlendern, aber Fortune bestand auf weitere Informationen.

»Was meinst du mit ›andere magische Dinge‹?«

»Du kennst doch die Legenden«, antwortete Cumber und unterdrückte ein Gähnen. »Sie beruhen auf tatsächlichen Ereignissen und sind wahr, doch jetzt können derartige Dinge nicht mehr in Torr stattfinden. Aber hier, im Kernland, sind diese Legenden noch allgegenwärtig und haben Gültigkeit. Jedenfalls hoffe ich, daß hier die Magie noch wirksam ist.«

Mit diesen Worten verschwand er in seiner provisorischen hölzernen Höhle und überließ Fortune seiner Verwirrung.

Fortune ließ noch einmal seinen Blick durch das Tal wandern. Er bemerkte den merkwürdig geformten Hügel, der im blassen Licht der Sterne gerade noch zu erkennen war. Irgendwie schien er sich verändert zu haben – als ob er eine andere Form angenommen oder sich die Silhouette der Baumreihen verschoben hätte. Müde schüttelte Fortune den Kopf und sank in sein Nest.

»Berge können sich nicht bewegen«, murmelte er, bevor ihn bleierner Schlaf übermannte.

Es war noch tiefe Nacht, als Cumber ihn wachrüttelte.

»Was ...?« begann Fortune, doch Cumbers goldener Flügel fuhr ihm über den Mund und brachte ihn zum Schweigen.

»Psst!«

Nebel war aufgezogen, der sich über das Tal gelegt hatte, und am Nachthimmel stand der Mond. In dem gespenstischen Licht sah die Gestalt Cumbers merkwürdig unwirklich aus. Fortune rieb sich die Augen und folgte ihm widerstrebend hinunter zum Fluß.

»Ich kann nur hoffen, daß du einen guten Grund hast, mich mitten in der Nacht aufzuwecken«, knurrte er.

»Einen sehr guten sogar«, erwiderte Cumber lächelnd. »Erinnerst du dich, daß ich davon sprach, daß es hier noch andere magische Wesen gibt?«

»Ja, sicher. Und wenn wir schon dabei sind, warum ...?«

»Halt den Mund und schau dort rüber.«

Cumber wies das Tal hinauf.

Der Hügel war verschwunden.

Fortune traute seinen Augen nicht und blinzelte. Das Tal schien jetzt doppelt so lang zu sein wie vorher, und die Berge, die es in der Ferne begrenzten, waren durch den Dunst der Nacht kaum zu erkennen. Der eigenartige Hügel war gänzlich verschwunden.

»War das ein magischer Hügel?« fragte er staunend.

»In gewisser Weise.«

Plötzlich begann der Boden unter ihren Füßen zu beben, und ein Zittern durchlief die Erde, das sie bis in die Zähne spürten. Das Wasser des Flusses geriet in Aufruhr, und die Bäume ringsum begannen zu schwanken.

»Komm«, flüsterte Cumber und zog Fortune den Hügel hinauf.

Die Nacht war ziemlich kalt, und das Mondlicht zeichnete lange, kaum sichtbare Schatten von den beiden Drachen, während sie im Schutz der Bäume den Hang hinaufstiegen.

»Was ist los?« fragte Fortune.

»Ich weiß es auch nicht genau, vermute aber, daß es sich um Erdmagie handelt. So hat Ordinal es jedenfalls genannt, als sie mir ein wenig über diese Dinge erzählte. In Torr hat es so etwas lange nicht mehr gegeben, aber hier ...«

Ein erneutes Beben durchlief die Erde. Inzwischen war der Buschbewuchs hohem Gras gewichen, und die Drachen traten unter den Bäumen hervor, als sie den heidebewachsenen Gipfel des Höhenrückens erreichten, der das Tal begrenzte.

»Sei auf der Hut«, warnte Cumber.

»Ist es gefährlich?«

Es gab erneut einen Erdstoß, doch dieses Mal wesentlich

heftiger und lauter. Feiner Staub stieg wie ein dünner Schleier von der Erde auf, um gleich darauf wieder zu Boden zu sinken.

Langsam krochen sie gemeinsam bis an den Rand des Bergrückens. Das dumpfe Geräusch war mittlerweile in regelmäßigen Intervallen zu hören. Über dem zerklüfteten Bergkamm stand die bleiche Scheibe des Mondes und tauchte die Landschaft in ein fahles Licht, das Fortune allein schon magisch erschien. Wie erstarrte Flammen zitterte das Mondlicht im Nebel.

Als sie die höchste Stelle erreicht hatten, sahen sie, daß der Berg auf der anderen Seite jählings abfiel. Dahinter lag ein anderes Tal, in dem sich ein ausgetrocknetes Flußbett befand. Durch den Nebel konnte man schemenhaft die dahinter liegenden Hügel sehen. Der Mond, der mit einer schimmernden Aura umgeben war, schaute wie ein großes Auge auf sie herab.

In der Mitte des trockenen Flußbettes stand ein bleichhäutiger Erdriese. Er war mindestens so groß wie zehn Bäume, schätzte Fortune. Die mächtigen Beine staken wie Baumstämme im Nebel, während die Füße unsichtbar blieben. Die Muskeln seiner kräftigen Schultern spannten sich, als er sich hinunterbeugte, um einen riesigen Felsen aufzunehmen.

Fortune konnte sich kein fremdartigeres Wesen vorstellen. Er fragte sich, was Wood angesichts dieses Kolosses wohl gedacht hätte. Cumber war, trotz seiner ungewöhnlichen Erscheinung, doch immerhin ganz eindeutig ein Drache. Aber dieser Erdriese, der es fertigbrachte, nur auf seinen Hinterbeinen zu balancieren, und dessen Haut nackt war bis auf einen Haarkamm, der den Rücken entlanglief, dieses Wesen war wirklich anders als alles, was Fortune je gesehen hatte. In seinem Gesicht, das rund und platt war wie der Mond, arbeitete es heftig, während er den Felsen auf seine Schultern hievte.

Mit einem gewaltigen Kraftaufwand schleuderte er den Felsblock in den Himmel. Fassungslos starrten die beiden Drachen auf den Granitbrocken, der größer als zehn Drachen zusammen war und nun mit erstaunlicher Leichtigkeit durch die Luft trudelte, bis er schließlich mit einem lauten Krachen wieder auf der Erde landete. Darin also lag die Ursache der schweren Erschütterungen.

Um den Riesen lagen in einem großen Halbkreis weitere Felsblöcke auf dem Boden. Es war offensichtlich, daß mit der Zeit ein vollständiger Ring aus Steinen entstanden sein würde, sobald er seine Aufgabe beendet hatte. Er fuhr sich mit seiner riesigen Pranke über die Stirn, und wie ein Regenschauer ergoß sich sein Schweiß in die dunstige Luft.

Cumber verdrehte die Augen, als Fortune endlich die unvermeidliche Frage stellte.

»Was macht er da?«

Obwohl die ständigen Fragereien Fortunes ihm schmeichelten, vermittelten sie Cumber auch das Gefühl der eigenen Inkompetenz. Ordinal hatte ihn nicht im geringsten darauf vorbereitet, die Rolle des Orakels zu übernehmen. Zugleich aber nötigte ihn sein Stolz, wenigstens so zu tun, als ob er alles wüßte.

»Er, ähh, wirft die Steine so, daß sie einen Kreis bilden«, erklärte Cumber.

Der Riese hob den Kopf, als ob er lauschte, und die beiden heimlichen Zuschauer duckten sich in die Heide, wo der Nebel sie einhüllte.

»Glaubst du, er hat uns gehört?« war Fortunes nächste Frage.

Cumber warf Stolz gegen Aufrichtigkeit in die Waagschale und gelangte zu dem Schluß, daß es einfacher war, ehrlich zu sein.

»Offen gesagt – und ich gebe das nur höchst ungern zu –, weiß ich über das Hörvermögen von Erdriesen noch weniger als über Erdriesen selbst. Mit absoluter Bestimmtheit weiß ich eigentlich nur, woher er kommt.«

»Aus dem Hügel«, rief Fortune, einer plötzlichen Eingebung folgend.

»Fortune, er *ist* der Hügel!«

Diese Feststellung traf Fortune wie ein Schock.

Noch vor einem Monat hatte er die Tage wie hinter einem

Schleier aus den Träumen eines Heranwachsenden verbracht, und seine Ideen und Gedanken waren mit dem Wind davongeflogen. Er war mit geschlossenen Augen durch eine Welt gleißenden Lichts gewandelt.

Und dann hatte er Cumber kennengelernt. Zum ersten Mal war er in die Wirklichkeit geworfen worden, und im Großen Saal waren ihm die Augen endgültig mit aller Härte geöffnet worden.

Viele der Geschichten, die ihm seine Mutter über die alten Magier erzählt hatte, drehten sich um einen mächtigen Drachenritter, der Destater hieß. Er war für den Himmel erschaffen. Die alten Legenden behaupteten, daß er über den Wolken aus einem Ei geschlüpft war und daß das Neugeborene in nur drei Flügelschlägen das Fliegen lernte. Seine Klauen berührten niemals den Erdboden, und deswegen war er auch unsterblich. Als ständiges Mitglied des Großen Rates nahm er an jedem Treffen teil und schwebte mit ein paar leichten, mühelosen Schlägen der weiten silbernen Schwingen über seinem Platz.

Einige Drachen waren größer als Destater. Aber nur er war unsterblich, und zwar so lange, wie er den Erdboden zu berühren vermied. Seine Weisheit war grenzenlos.

Unter den vielen Geheimnissen, die Fortune zu sehen und ergründen gehofft hatte, als er in der Nacht der blutigen Auseinandersetzung zum ersten Mal den Großen Saal betrat, war auch Destater gewesen.

Doch einen Drachen wie ihn hatte es dort nicht gegeben.

In jener Nacht hatte er gesehen, wie Volence zu Staub zerfiel, wie sich sein Freund Wood in ein kämpfendes Ungeheuer verwandelte, und er hatte mit ansehen müssen, wie andere Drachen, die er seit seiner Kindheit kannte, durch finstere Magie in Stücke gerissen wurden.

Seine Heimat war verwüstet, sein Geburtsort vollständig niedergebrannt und sein ganzes bisheriges Leben war in einem einzigen Augenblick weggewischt worden. Aus dem Drachen Fortune war ein versteinertes Wesen ohne Vergangenheit und Empfindungen geworden. *Ich muß doch etwas fühlen können*, dachte er. *Irgend etwas.*

Destater ist tot. Er hat die Erde berührt. Aber vielleicht hat er auch niemals gelebt.

Mein Vater ist gestorben, bevor ich die Chance hatte, ihn kennenzulernen.

Und meine Mutter ist verschwunden. Aber ich werde sie wiederfinden.

Diese irrationale Gewißheit war nur ein Samenkorn, das vom Sturm davongeweht wurde. Und plötzlich kehrte die Erinnerung an die blutige Schlacht mit all ihren schauderhaften Einzelheiten zurück. Mit jedem donnernden Krachen, mit dem unten in dem ausgetrockneten Flußbett ein riesiger Felsbrocken zu Boden fiel, holte ihn ein weiteres Bild jener schrecklichen Ereignisse ein.

Krach!

Vater! schrie Wood und stürzte sich in das grausige Knäuel reißender Zähne und zuschlagender Klauen, das eher einem zuckenden vielgliedrigen Monster ähnelte als den schreienden Drachen, aus dem es bestand.

Krach!

Ein enthaupteter Magier, aus dessen Hals Blut und Flammen schossen, tanzte wie ein Wirbelsturm in eine Erdspalte, während seine Schlächter ihn festzuhalten versuchten.

Krach!

Fortunes Nest brannte lichterloh.

Und endlich brach Fortune in Tränen aus, weinte um all jene Drachen, die er gekannt hatte und die nun tot waren, um all die Träume, die die Wirklichkeit zerstört hatte.

Fortunes Weinen steckte Cumber an, und auch er ließ seinen Gefühlen freien Lauf.

Und so kam es, daß Fortune und Cumber sich in die Arme fielen und ihre Toten und das, was sie gemeinsam verloren hatten, beklagten. Endlich hatten sie den Schock überwunden und ergaben sich in ihren Kummer. Doch je deutlicher ihnen die schrecklichen Ereignisse vor Augen standen, desto sicherer wurden sie in ihrem Entschluß. Und obgleich sie in dieser Nacht nach außen hin Schwäche zeigten, wurden sie in Wahrheit stärker und reifer. In ihnen wuchs ein Licht, während der sinkende Mond ein dunkles Netz über die Welt legte.

Unter dem Mantel der Dunkelheit ließ ihr Schluchzen nach, und sie sanken in einen tiefen traumlosen Schlaf.

Als der Erdriese sein nächtliches Werk vollendet hatte, schlug er seine staubigen Pfoten mit einem lauten Donnern zusammen und trottete zurück in sein Tal. Als die Morgendämmerung ihre ersten vorsichtigen Strahlen in den Himmel sandte, hatte er sich niedergelassen und die Augen, die groß wie Seen waren, geschlossen.

Die Metamorphose ging so allmählich vor sich wie Tau entsteht. Einem Lichtstrahl gleich, der in einem Wasserbekken gefangen ist, lief ein Beben durch seinen Körper, und er verwandelte sich wieder in den Hügel, den Fortune gesehen hatte. Von neuem war die Hüfte mit Kaninchenbauten durchzogen und das Haar ein dichtes Gebüsch. Der Riese hörte auf zu atmen, und für mindestens einen Tag wurde er wieder zu Erde und einem Teil der Landschaft.

Das Licht des anbrechenden Tages weckte die beiden Drachen langsam und sanft. Sie fanden sich dort in der Heide wieder, wo sie sich nachts versteckt hatten. Cumber fiel das alte Wort der Magier für *Morgen* ein, das eigentlich *Anfang* bedeutete.

Na schön, dachte er. *Der heutige Tag sieht nach einem guten Anfang aus.*

Er lächelte Fortune verschwörerisch zu. Gemeinsam waren sie durch den Sturm ihres Schmerzes geflogen und – wenn auch mit Narben – wieder sicher gelandet. Sie mußten die Bürde ihres Kummers weiter tragen, aber sie *lebten*.

Zusammen schlenderten sie den Hügel hinab, um die Spuren des Lagers zu beseitigen und sich auf ihre Reise ins Innere des Landes zu machen. Doch als sie ihrem Lager näher gekommen waren, entdeckten sie, daß jemand in den qualmenden Resten ihres Feuers herumstocherte. Es war ein Drache!

Der Fremde beobachtete sie, während sie zum Lager hinabgingen. Er war ein Magier, soviel war sicher. Sein Rumpf leuchtete in einem metallischen Grün, wies aber sonst keine

Verzierungen auf. Der eigentliche Schmuck waren seine Flügel. Sie waren nicht nur wesentlich größer als die von Cumber, sondern auch mit kunstvollen Ornamenten versehen. Die Sonnenstrahlen spielten auf dem Mosaik aus farbigen Schuppen.

»Ich hoffe, er ist uns freundlich gesonnen«, flüsterte Fortune, während sie sich dem Fremden mit gespieltem Selbstbewußtsein näherten. Von den Magiern, denen Fortune bisher begegnet war, hatten sich nur Cumber und Ordinal als friedfertig erwiesen. Unangenehme Erinnerungen an das Ungeheuer, das über die Höhlendecke gelaufen war, um Cumber das Leben auszusaugen, wurden in ihm wach und steigerten sein Mißtrauen.

Je näher sie dem fremden Drachen kamen, desto spürbarer wurde die Spannung zwischen ihnen. *Schon einmal waren wir zu dritt*, dachte Cumber. *Und es ist nicht gutgegangen*.

Der Fremde nickte bedächtig, als sie ihm gegenüber am Lagerfeuer stehenblieben. Dann legte er die Stirn in Falten und setzte ein Gesicht auf, das Mißfallen signalisierte. Während die Sekunden sich in die Länge zogen, betrachteten Fortune und Cumber aufmerksam dieses seltsame Wesen mit Juwelenflügeln, das plötzlich begann, ruckartig Luft zu holen, als ob es gleich platzen müßte

»Haaatschi!«

Ein gewaltiges Niesen warf den Fremden fast zu Boden, während es gleichzeitig Fortune mit einem Ascheschauer bedeckte. *Dem Himmel sei Dank*, dachte er, *daß Magier nicht auch noch Feuer niesen*.

»Entschuldigung«, sagte der Fremde schlicht. »Hab' wohl zuviel Rauch geschluckt. Konnte noch nie viel mit diesem ganzen Feuerkram anfangen. Scoff.«

»Entschuldigung?« erwiderte Fortune.

»Nein, ich entschuldige mich. Und ich bin Scoff«, wiederholte der Drache. »Das ist mein Name«, schob er erklärend nach.

»Ah, ich verstehe«, fiel Cumber ein, erleichtert darüber, daß der Drache friedlich zu sein schien. »Ich heiße Cumber, und dies ist mein Freund Fortune.«

»Angenehm. Ihr seid nicht aus dieser Gegend, was?«

Scoff war, wie sich bald herausstellen sollte, ganz offensichtlich ein Drache, der keine großen Umschweife machte.

»Wir sind aus Torr. Von jenseits des Meeres«, erklärte Cumber und machte mit einem Flügel eine vage Geste in die Richtung, aus der sie gekommen waren. Im Vergleich zu Scoffs prächtigen Schwingen kamen ihm seine eigenen reichlich gewöhnlich vor.

»Schön«, Scoff nickte beifällig, als ob ihn die Antwort befriedigte, ansonsten aber nicht weiter interessierte. »Ihr seht nicht so aus, als ob ihr verrückt seid. Wohin reist ihr?«

»Wer hat etwas davon gesagt, daß wir auf der Reise sind?« entgegnete Fortune, dessen Mißtrauen noch nicht gänzlich verflogen war.

»Wenn sie nicht verrückt sind, sind sie argwöhnisch«, murmelte Scoff vor sich hin. »Behelfsmäßiges Lager«, fuhr er mit lauter Stimme fort und zeigte auf ihre provisorischen Nester. »Ringe unter den Augen. Ihr seid auf der Reise. Hab' ich recht?«

Cumber wurde dieser Drache langsam sympathisch. Obwohl es keine einfache Sache war, das Alter eines Magiers richtig einzuschätzen, hielt er Scoff für wesentlich älter als er selbst oder Fortune. Er mußte in den mittleren Jahren sein. Vielleicht wären die Ratschläge eines erfahrenen Drachen zu einem solch frühen Zeitpunkt ihrer Reise durchaus beachtenswert.

Auch Fortune mußte sich eingestehen, daß er Scoff trotz aller Skepsis mochte. Von den Falten um seine Augen ging etwas Freundliches aus, und in dem Zug um seinen großen Mund lag Vertrauenswürdigkeit. Trotzdem schien Fortune ein wenig Zurückhaltung angebracht. Sie waren hier im Kernland, wo nicht alles so war, wie es auf den ersten Blick aussah.

»... frische Luft schnappen, was?« sagte Scoff, während er unruhig am Fluß hin- und hertänzelte. »Sie sind verrückt, alle. Ich bin froh, daß ich nichts mehr mit ihnen zu tun habe, jawohl, das bin ich. Na schön, ich versuch's noch mal: Wohin wollt ihr?«

»Nach Süden«, erwiderte Fortune vage. Er zog es vor, im Augenblick nicht zu viel zu verraten.

»Hmm, da gibt's nicht viel zu sehen. Ich rate euch, nach Norden zu fliegen. Wenn ihr nach Süden wollt, müßt ihr an der Zitadelle vorbei.«

»An der Zitadelle?«

»Sicher, Aethers Schlucht. Habt ihr denn gar keine Ahnung?«

»Aethers Zitadelle, lebst du da?« fragte Cumber.

»Lebte. Alle verrückt da. Ich würde nach Norden gehen.«

Allmählich fragte sich Fortune, ob Scoff nicht selbst ein wenig verrückt war.

»Wir müssen nach Covamere«, erklärte Cumber.

Scoff riß die Augen auf und blieb stehen.

»Nach Covamere? Recht weit. Ihr müßt über die Berge und dann noch weiter. Was will ein so ungleiches Paar wie ihr in Covamere?«

Fortune stieß Cumber an, um ihn daran zu hindern, ihre ganze Geschichte auszuplaudern. Doch als Cumber erst einmal begonnen hatte, war es auch Fortune unmöglich, sich länger zurückzuhalten, und die Geschichte erzählte sich wie von selbst. Als sie endlich fertig waren, hatten sie das Gefühl, als ob ihnen ein Gewicht von den Schultern genommen worden wäre. Scoff hatte die ganze Zeit aufmerksam zugehört und begann erst wieder zu reden, als sie mit ihrer Erzählung zum Schluß gekommen waren.

»Interessante Geschichte«, pflichtete er ihnen bei. »Ich hab's mir doch gedacht, Wahnsinn überall. Alle Magier sind verrückt. Wir haben Glück, daß es uns noch nicht erwischt hat, Comber.«

»Cumber heiße ich.«

»Wie auch immer. Zumindest wir sind noch bei Verstand.«

Dann blickte Scoff zu Fortune hinüber. »Du solltest gut auf dich aufpassen. Erdgeborene sind hier nicht besonders beliebt. Ich geb' euch einen guten Rat. Fliegt nach Norden. Von mir aus, bis ihr das Eis erreicht. Aber vergeßt Covamere. Sollte Halcyon noch am Leben sein, ist er genauso verrückt wie alle anderen.«

»Du hast gesagt, daß auch hier der Wahnsinn umgeht ...« begann Cumber und hoffte inständig, daß es nicht der Wahrheit entsprach. Daß die Krankheit das Kernland noch nicht im Griff hatte.

»Was bei euch in Südkap passiert ist, geschieht auch in der Schlucht«, unterbrach Scoff ihn. »Die Zauberkräfte lassen nach. Die Magier verfallen dem Wahnsinn, und die Erdgeborenen werden zu ihren Gefangenen. Es ist überall das gleiche.«

Cumber stöhnte, als er diese Enthüllung hörte.

»Sogar hier«, murmelte er. »Sogar hier.«

»Wie bitte?« fragte Scoff irritiert, weil er den Faden verloren hatte.

»Es wird zu einem Wettlauf mit der Zeit«, sagte Cumber, der jetzt eher zu sich selbst als zu Scoff sprach. »Genau das wird es. Ich habe geglaubt, wir hätten den Wahnsinn mit Südkap hinter uns gelassen, verstehst du. Aber er hat bereits das Kernland erreicht und breitet sich weiter aus wie eine Seuche.«

»Was plapperst du da vor dich hin?« schimpfte Scoff. Doch Cumber hatte sich bereits Fortune zugewandt.

»Unsere Mission ist ein Wettlauf mit der Zeit, und das Schlimmste daran ist, daß ich es von Anfang an geahnt habe. Verstehst du? Was auch immer dahintersteckt, daß die Drachen sich gegenseitig umbringen, der Wahnsinn verbreitet sich schneller, als ich dachte. Und vor allem ist er schneller als *wir*! Ordinal hat zu mir gesagt: ›Der Stein ist ins Wasser geworfen worden, und ihr müßt euch beeilen, um vor den Wellen am Ufer zu sein.‹ Und sie hatte recht. Fortune, wir dürfen keine Zeit verlieren!«

Cumber breitete seine goldenen Schwingen aus und erhob sich in die Luft.

»Wartet!« schrie Scoff, als auch Fortune seine Flügel entfaltete. »Fliegt nicht durch die Schlucht. Wenn ihr schon nach Süden fliegt, umgeht sie wenigstens. Das dauert zwar ein paar Tage länger, aber ...«

»Tage? Soviel Zeit haben wir nicht!« rief Cumber und flog ärgerlich ein paar Kreise über Scoff, der zu ihm aufsah. Mit

Mühe gelang es Fortune schließlich, sich auch in die Luft zu erheben.

»Hört auf mich«, rief Scoff ihnen hinterher, während sie immer höher stiegen. »Fliegt nach Norden, fliegt nach Hause!«

»Unser Zuhause gibt es nicht mehr«, schrie Cumber zurück. »Komm schon, Fortune, überlassen wir diesen ... diesen Pessimisten seinen Spinnereien!«

Während sie immer höher in die Luft kreiselten, überlegte sich Fortune, daß für Cumber das Wort ›Pessimist‹ offenbar die schlimmste Beleidigung war, die er sich vorstellen konnte. Denn er selbst war ein unverbesserlicher Optimist. Wer außer einem Optimisten würde es auf sich nehmen, einen Wettlauf gegen den Wahnsinn quer durch die ganze Welt auf sich zu nehmen? Wer außer einem Optimisten konnte sich auf die Suche nach einem Drachen machen, der vielleicht gar nicht mehr lebte – falls es ihn überhaupt jemals gegeben hatte?

Hab Vertrauen, Fortune. Hab Vertrauen, hörte er die Stimme seiner Mutter.

Scoff unternahm noch einen letzten Versuch, um die beiden aufzuhalten. Und beinahe hatte er Erfolg.

»Schlagt meinen Rat nicht in den Wind, so wie der andere Drache!« schrie er.

Fortune gelang es, seine Flügel so vor dem Körper zu halten, daß er über dem Magier in der Luft verharrte. Die Anstrengung ließ ihn schmerzhaft seine Rücken- und Brustmuskeln spüren. Vielleicht würde er eines Tages ja doch noch richtig fliegen lernen.

»Was für ein anderer?« verlangte er zu wissen.

»Ein alter Drache«, antwortete Scoff. »Weiblich. Erdgeboren wie du. Hat mich einfach nicht beachtet. Wahrscheinlich hat sie mich nicht mal gesehen. Flog auch nach Süden, wie ihr.«

»Du kannst nicht sicher sein, daß es deine Mutter war, Fortune. Es könnte irgendein anderer Drache gewesen sein.« Cumber versuchte verzweifelt, seinen Gefährten zum Weiterfliegen zu überreden, da er Fortunes Zögern bemerkt hatte.

Fortune verharrte noch einen Moment über dem Lager und sah zu Scoff hinab. Dann wandte er sich nach Süden, und gemeinsam flogen sie auf die Berge zu.

»Noch ein Grund mehr, diesen Weg zu nehmen«, murmelte er mit zusammengebissenen Zähnen.

Selbst als sie Scoff und den Fluß schon weit hinter sich gelassen hatten und der Drache nur noch wie eine kleine Perle auf dem grünen Kissen des Tales wirkte, schrie er ihnen noch etwas nach.

»Fliegt an der Westwand des Canyons entlang, und haltet euch von den Höhleneingängen fern! Der Schwarze ...«

Aber den Rest konnten sie nicht mehr verstehen. Scoff, das halb erloschene Feuer und die leeren Nester wurden immer kleiner, bis sie schließlich ganz ihren Blicken entschwanden.

Vor ihnen zeichnete sich die imposante Silhouette der Niedrigen Berge am Horizont ab, und ein tiefer Einschnitt in der sonst massiven Gebirgskette wurde sichtbar. Das mußte Aethers Schlucht sein. Fortune fragte sich, ob auch diese Berge wie der Hügel in der Nähe ihres Lagers eine eigene, verborgene Identität hatten.

Was würde geschehen, wenn er – und sei es nur für einen Augenblick – die Augen schloß? Würde das Gebirge verschwinden und sich ihm ein neuer Zauber offenbaren?

Kapitel 8

Die Zitadelle

Wäre Scoff noch etwas länger am Fluß geblieben, hätte er mit an Sicherheit grenzender Wahrscheinlichkeit eine weitere Gruppe von Drachen beobachten können, die ebenfalls nach Süden in Richtung Aethers Schlucht unterwegs war. Hätten sich ihre Wege gekreuzt, hätte Scoff möglicherweise schon eher den Entschluß gefaßt, Position in der Auseinandersetzung zu beziehen. Doch vielleicht hätte sich dadurch auch eine völlig andere Entwicklung ergeben, die nicht zwangsläufig zu einer Verbesserung der Situation geführt hätte.

Statt dessen starrte Scoff noch lange, nachdem Fortune und Cumber bereits verschwunden waren, in den leeren Himmel hinauf. Endlich, als am Horizont die Sonne aufging, wandte er sich ab und machte sich daran, sorgfältig die Spuren des Lagers, die Nester und die Überreste des Feuers zu beseitigen.

»Diese Jungen!« murmelte er, während er mit einem seiner faszinierend schönen Flügel Sand auf die Asche häufte. »Kennen nicht mal die einfachsten Regeln des Reisens!«

Dann erhob er sich in die Lüfte und flog über den Bergkamm, den Fortune und Cumber am Abend zuvor hinaufgeklettert waren. Als er über dem Tal war, schenkte er den kreisförmig angeordneten Steinen, die seit letzter Nacht hier lagen, keine weitere Beachtung. Statt dessen flog er geradewegs nach Norden, bis er die kleine, unscheinbare Höhle erreichte, in der er während der letzten zwei Nächte geschlafen hatte. Er zwängte sich durch den schmalen Eingang, um den Rest des Tages dort zu verbringen und mit seiner Magie die Wunden an seinen Beinen zu heilen. So dämmerte er vor sich hin, halb wach, halb schlafend, bis es Nacht wurde.

Scoff mußte zugeben, daß er in den letzten Jahren faul und bequem geworden war. Nachdem Halcyon ihn vor etlichen Jahren in Aethers Schlucht abkommandiert hatte, war er seinen Pflichten zuerst gewissenhaft nachgekommen. Das war zu einer Zeit gewesen, in der die Boten von Covamere noch regelmäßig eingetroffen waren. Wenn ein Bote kam, hatte Scoff ihn ein oder zwei Tage bei sich beherbergt und bewirtet, bevor er seinen Bericht ablieferte und seinen Gast – bei dem es sich zu Scoffs Freude nicht selten um eine *Botin* handelte – wieder nach Covamere zurückschickte. Die Nachrichten, die die Boten brachten, hatte er in den Höhlen der Zitadelle zu verbreiten. Die anderen Drachen freuten sich jedesmal, ihn zu sehen. Als Gesandter Halcyons war Scoff allgemein beliebt, und die Magier von Aethers Zitadelle respektierten ihn. Auch er kam gut mit ihnen aus und führte ein angenehmes und bequemes Leben und fühlte sich wohl. Und eben darin, das war ihm jetzt klar, lag die Wurzel des Problems. Mit der Zeit wurde sein Leben *zu* angenehm und bequem. Denn seine Arbeit erforderte, offen gesagt, keine großen Anstrengungen. Sie war leicht.

Solange er zurückdenken konnte, war seine Arbeit leicht gewesen, bis er mit seinen abgestumpften Sinnen endlich Notiz von den Gerüchten nahm, die von einer furchtbaren Seuche sprachen. Schlagartig wurde ihm bewußt, daß möglicherweise schreckliche Veränderungen bevorstanden. Wenn er es recht bedachte, hatte er schon lange keine Nachrichten mehr aus Covamere erhalten … schon seit über einem Jahr nicht. Und trotzdem, ihm ging es immer noch einzig um seine Ruhe und Bequemlichkeit.

Dann hatten die Drachen der Zitadelle angefangen, davon zu reden, daß die Magier vom Aussterben bedroht seien, daß sie sich dagegen auflehnen würden und daß es an der Zeit sei, den Erdgeborenen eine Lektion zu erteilen. Nur dem ersten dieser Themen schenkte Scoff Beachtung, denn es war in der Tat nicht zu leugnen, daß die Zahl der Magier immer weiter abnahm – und zwar nicht nur in der Schlucht, sondern auf der ganzen Welt. Soviel hatte er zumindest den letzten Berichten Halcyons entnehmen können. Aber was konnte ein einfacher Drache wie Scoff schon dagegen unternehmen? Nichts, selbstverständlich. Warum also sollte er nicht sein Leben genießen, solange das noch möglich war? Was hatte es schon für einen Zweck, wenn er sich Sorgen darüber machte, daß die Wassergeister die Gebirgsbäche verlassen hatten, seit neuestem Einhörner die weiten Ebenen im Süden bevölkerten, die kein Horn mehr hatten, und die Magier das gleiche Schicksal ereilte wie einst die Trolle?

Hauptsache, ihm ging es gut.

Doch dann war der Schwarze Drache gekommen, das Feuer hatte sich in den Höhlen ausgebreitet, und auf die leise gemurmelten Unzufriedenheiten waren Schreie der Wut gefolgt und – noch schlimmer – schließlich auch Taten!

Als Scoff allmählich bewußt wurde, was unter den Drachen vor sich ging, war er zunächst nur wütend darüber gewesen, daß sein beschauliches Leben gestört wurde. Aber als er dann sah, wie sie den ersten Erdgeborenen in die Höhlen schleppten, wich die Wut der nackten Angst. Später schämte er sich dafür, doch er fürchtete sich vor den einstigen Gefährten und vor allem vor dem Schwarzen Drachen, und da er nicht in der Lage war, sich ihnen entgegenzustellen – denn wie sollte ein einzelner Drache eine ganze Armee aufhalten? –, floh er nach Norden. Mit Hilfe seiner Magie siegte er nach kurzem Kampf über einen der wachsamen Posten, die an beiden Enden der Schlucht aufgestellt worden waren, um die Erdgeborenen an der Flucht zu hindern, und gelangte schließlich zu der kleinen Höhle im äußersten Norden von Kernland, in der er sich seitdem versteckt hielt.

Zwei Nächte war das alles her, die dritte Nacht in der Höhle stand bevor, und noch immer herrschte in der Zitadelle keine Ruhe.

Sie sind alle verrückt geworden! Alle! Wären sie sonst darauf verfallen, die Erdgeborenen zu ihren Gefangenen zu machen?

Die, die über so viele Jahre hinweg seine Freunde und Gastgeber gewesen waren, hatten sich mit einem Schlag in ein brutales, herzloses Heer verwandelt, dem es innerhalb kürzester Zeit gelungen war, alles Leben auf der Westseite der Schlucht auszulöschen. Scoff war der Ansicht, daß es dafür keine Entschuldigung gab, aber tief in seinem Herzen wußte er, daß der Schwarze Drache derjenige war, der die Dinge ins Rollen gebracht hatte. Und das war das eigentlich Erschreckende.

Wenn der Schwarze Drache nicht gekommen wäre, hätte Scoff sein angenehmes und bequemes Leben zumindest noch ein, zwei Jahre länger genießen können.

Er war schon beinahe wieder eingedöst, als er sich noch einmal in der kargen Höhle umsah. *Morgen werde ich weiter nach Norden fliegen*, beschloß er. *Vielleicht könnte ich es mir aber auch hier bequem machen*. Und das war sein letzter Gedanke, bevor er in einen leichten, unruhigen Schlaf verfiel.

Am zweiten Tag ihrer Reise erreichten Fortune und Cumber früh am Morgen das Vorgebirge der Niedrigen Berge. Wie Scoff ahnten auch sie nicht, daß ihnen eine zweite Drachengruppe folgte. Sie hatten während ihres Fluges nur kurze Pausen eingelegt, um zu essen und zu trinken, und in der vergangenen Nacht ihr Lager bei einem von Nadelbäumen umsäumten See aufgeschlagen. Seit sie sich von Scoff verabschiedet hatten, waren sie auf keinen Drachen mehr gestoßen, und das einzig Ungewöhnliche, das sie hatten entdekken können, waren ein paar Steinzirkel gewesen, Felsbrokken, die gelegentlich in merkwürdiger Anordnung auf dem Boden weit unter ihnen lagen und weiteres Zeugnis für die Anwesenheit von Riesen ablegten. Aber da sie keine Bedrohung darzustellen schienen, hatten sie ihnen keine weitere Beachtung geschenkt.

Je höher sie flogen, desto kälter wurde die Luft. Mit einemmal sahen die Niedrigen Berge gar nicht mehr niedrig aus, und Fortune und Cumber ließen schon bald ihren kühnen Plan fallen, den Paß von Aethers Schlucht zu umgehen, indem sie über das Gebirge hinwegflogen. In ihrer gleißenden Rüstung aus Schnee und Eis sahen die Berge massiv und bedrohlich aus, todbringend wie die bittere Kälte, die hoch über ihren Gipfeln zu herrschen schien.

Ehrfurcht gebietend stellte sich ihnen der Gebirgszug in den Weg. Er erstreckte sich von der Küste im Westen bis zu den gespenstischen, hinter Nebelschleiern verborgenen Gipfeln einer gigantischen Gebirgskette im Osten, in der Cumber die Berge der Säule erkannte.

»Sei froh, daß wir nicht dorthin müssen«, sagte er erschaudernd. »Selbst Ordinal hat sich nie bis zur Säule gewagt. Wenn man über dessen Gipfel hinweg zunächst nach Osten und dann nach Norden fliegt, gelangt man an das Dach der Welt, so wird erzählt. Aber mir sind, ehrlich gesagt, schon diese sogenannten Niedrigen Berge zu hoch.«

»Und zu kalt«, fügte Fortune hinzu. »Kannst du nicht einen Zauber anwenden?«

»Das wird schwierig. Vielleicht würde es mir gelingen, uns eine Zeitlang in einen Mantel aus warmer Luft einzuhüllen, aber lange könnte ich das nicht durchhalten. Was ihr Erdgeborenen nämlich nicht zu begreifen scheint, ist die Tatsache, daß das Ausüben von Magie einiges an Energie erfordert, verstehst du. Ein Wärmezauber würde meinen Flugzauber beeinträchtigen, dadurch würden wir langsamer und noch dazu ...«

»Schon gut, schon gut, ich hab' ja nur gefragt. Also, dann müssen wir wohl oder übel durch Aethers Schlucht fliegen.«

Sie folgten dem Lauf eines breiten Stromes und kamen schließlich an einen riesigen Wasserfall, der aus einer Felsspalte tosend in die Tiefe stürzte und sich in den Strom ergoß. Der Eingang zu der Schlucht lag weit über ihnen, fast schon in den Wolken. Bangen Herzens kämpften sie sich durch den Sprühnebel der herabdonnernden Wassermassen und gelangten so endlich an den tiefsten Punkt von Aethers Schlucht.

Die mächtigen Felswände, die sie umgaben, ließen die beiden Drachen wie Zwerge erscheinen, und unter dem Blick der düsteren, grauen Berge fühlten sie sich winzig und klein. Dann kamen sie an eine Stelle, an der die Schlucht eine Kehre nach Süden machte, während der Fluß unter ihnen allmählich schmaler wurde, je weiter sie sich seiner Quelle näherten. Die zerklüfteten Felswände rückten immer näher, so daß die beiden Drachen schließlich nur noch hintereinander fliegen konnten.

Für kurze Zeit zeigte sich hoch und kalt über ihnen die Sonne – gefangen an dem schmalen Streifen des Himmels zwischen den schneebedeckten Wänden des Canyons – und zeichnete Fortunes und Cumbers Schatten auf das Wasser des Flusses. Obwohl es um die Mittagszeit war, fühlte sich die Luft dünn und kalt in ihren Lungen an, und Fortunes Muskeln schmerzten von der Anstrengung, die es ihn kostete, unter diesen Umständen weiterzufliegen.

Was hatte Scoff ihnen noch geraten? Sich möglichst weit westlich zu halten? Nun, im Westen gab es nichts außer dieser blanken Felswand zu ihrer Rechten, und links, im Osten also, sah es auch nicht anders aus. Eine Seite schien genauso trostlos wie die andere.

Bist du hier entlanggeflogen, Clarion? Oder habe ich auch meine Mutter verloren?

Schon bald war die Sonne von dem Stückchen Himmel wieder verschwunden, und sofort wurde es spürbar kälter. Vor ihnen machte die Schlucht eine scharfe Biegung, so daß ihr weiterer Weg hinter den Felsen verborgen lag. Nun überliefen Fortune nicht nur Schauer der Kälte, sondern auch der Angst.

Nachdem sie um den vorspringenden Felsen herumgeflogen waren und auch noch eine zweite Kehre hinter sich gelassen hatten, schienen die Wände des Canyons noch enger zusammenzurücken. Weit unter ihnen raste der Fluß dröhnend und schäumend durch die Schlucht, während seine schlangengleichen Windungen von dem schmalen Spalt hoch über ihren Köpfen gespiegelt wurden, durch den der Himmel kaum noch zu sehen war.

Hypnotisiert von dem Anblick einer derart überwältigenden Landschaft, trieb Fortune unversehens ein wenig zu weit nach links ab, so daß sein Flügel die Felswand streifte. Ein paar kleinere Steinbrocken lösten sich und verschwanden tief unter ihm im tosenden Wasser. Erschrocken wich Fortune zurück und bemühte sich, wieder genau in der Mitte der Schlucht weiterzufliegen.

»Paß auf!« rief Cumber ihm zu. »Hier ist nicht genug Platz, um sich auch nur den kleinsten Fehler zu erlauben.«

»Ich wollte versuchen, etwas höher zu fliegen!« schrie Fortune ihm über den Lärm des Flusses hinweg zu. »Aber weiter oben wird es noch enger, und die Luft ist schrecklich dünn. Ich glaube kaum, daß meine Flügel mich dort noch tragen.«

»Du hast ja keine Ahnung, wie hoch ein Drache fliegen kann!«

»Ich bin nicht wild darauf, es herauszufinden. Mir reicht schon die Höhe, in der wir jetzt fliegen, danke!«

Der Schlund der Schlucht wurde immer schmaler, bis sie glaubten, nicht mehr weiter zu können. Schließlich verengten sich die Felswände zu einem Spalt, einem lebensgefährlich aussehenden Engpaß. Unter ihnen jagte hungrig der

Fluß dahin, während der Himmel über ihnen scheinbar unbeteiligt zusah. Aber es blieb ihnen nichts anderes übrig: Sie mußten den Flug durch die Felsspalte wagen. Einen Augenblick lang verloren sie sich aus den Augen, und Fortune hatte das Gefühl, als ob er durch die Hölle müßte.

Doch dann öffneten sich die Felslippen und spuckten die beiden Drachen, einen nach dem anderen, aus. Sie blickten sich um und stellten fest, daß die Felsspalte, die sie gerade durchquert hatten, nicht mehr als ein bloßer Riß im Gestein war. Im Vergleich dazu war der Teil der Schlucht, durch den sie jetzt flogen, geradezu geräumig. In Wahrheit war er zwar nicht einmal so breit wie der Paß am Anfang der Schlucht, dort, wo das Vorgebirge auf die Niedrigen Berge traf. Doch den beiden Abenteurern ermöglichte er es endlich, befreit aufzuatmen.

Fortune lachte erleichtert, während Cumber hinter ihm wie trunken durch die Luft taumelte. *Wir müssen uns ausruhen,* dachte Fortune, erschrocken über das Maß an Erschöpfung, das er spürte. Er wandte sich nach Westen und ließ Cumber hinter sich, der vor lauter Freude eine Überschlagrolle nach der anderen flog. *Wir müssen uns ausruhen und überlegen, wie es weitergehen soll.*

»Nester!« schrie Cumber plötzlich und jagte über Fortunes Kopf hinweg. Und tatsächlich, an der Westwand der Schlucht klebten wie Kletten eine Reihe von Nestern an den rauhen Felsen. Die Nester der Erdgeborenen von Aethers Zitadelle.

Und sie waren leer. Alle.

Fortune gelang es nicht im ersten Anlauf, auf dem schmalen Felsvorsprung zu landen, auf dem sich Cumber niedergelassen hatte. Während Cumber einfach einen Flugzauber benutzt hatte, mußte Fortune mit den trügerischen Böen und Windstößen fertig werden, die gegen die Wand des Canyons peitschten. Als er endlich herausbekommen hatte, in welchem Winkel er sich gegen den Wind stellen mußte, und auf dem Sims gelandet war, empfand er einigen Respekt für die Drachen der Schlucht – wo auch immer sie sich jetzt befinden mochten –, die tagtäglich mit diesen Schwierigkeiten kämpfen mußten.

Erschöpft klammerten sie sich an den Felsen und sahen sich um. Was vor ihnen lag, war zweifelsohne einmal eine blühende Drachensiedlung gewesen. Über die gesamte Westwand, selbst dort, wo sie extrem steil war, zog sich ein Netzwerk von Terrassen, Felsspalten und -vorsprüngen, in das die Drachen die Fäden ihrer Gemeinschaft gewebt hatten.

Rings um sich herum sahen Fortune und Cumber Nester, die sich an die Felswand schmiegten; die Äste, aus denen sie gebaut worden waren, waren leicht und ließen auf eine effiziente Bauweise schließen. Doch über ihnen schien eine Aura der Bedrohung zu liegen. Die Nester sahen unaufgeräumt und unordentlich aus, als ob die Drachen von Aethers Zitadelle sie Hals über Kopf verlassen hätten. Obwohl nichts auf die Einwirkung von Gewalt hinwies, auch nirgends Leichen oder Spuren eines Kampfes oder eines Feuers zu entdecken waren, hatten die beiden jungen Drachen das untrügliche Gefühl, daß Gefahr drohte und sie auf der Hut bleiben mußten.

Die gegenüberliegende Wand des Canyons war noch wesentlich steiler – beinahe senkrecht – und fast vollkommen glatt bis auf einen einzigen terrassenartigen Vorsprung, der sich in Mäandern über ihre ganze Breite hinzog. Direkt über diesem Sims befanden sich sieben Löcher, die verschieden groß, jedoch alle beinahe kreisrund und tiefschwarz waren ... gefährliche Zyklopenaugen, die sie anstarrten. Es waren die Eingänge zu den Höhlen der Magier!

Was mag hier geschehen sein?

»Wir sollten sehen, daß wir weiterkommen«, platzte es schließlich aus Cumber heraus. »Ich meine, Scoff hat uns schließlich gewarnt, und ich finde es hier ... unheimlich.« Er warf einen skeptischen Blick auf Fortune. »Was auch immer hier geschehen sein mag, wir können nichts tun. Fortune, wir müssen weiter. Wir haben keine Zeit, um uns in die Probleme der Drachen hier einzumischen.«

Kann er etwa Gedanken lesen? fragte sich Fortune.

»Nein«, fuhr Cumber fort, »ich kann nicht Gedanken lesen, falls du dich das gerade gefragt hast. Ich sehe es deinem Gesicht an, daß du Nachforschungen anstellen willst. Also schön, du bist neugierig und willst wissen, was hier geschehen ist. Das will ich auch. Aber im Gegensatz zu dir glaube ich nicht, daß wir etwas herausfinden werden.«

»Wie kommst du darauf, daß ich ...?«

»Du brauchst einen Beweis dafür, daß die Erdgeborenen von Aethers Zitadelle in Sicherheit sind, weil du nicht glauben willst, daß alle Magier verdorben und schlecht sind. Nun, sie sind nicht alle schlecht ... nur verrückt.«

Bitterkeit lag in Cumbers Stimme, als er diese letzten Worte sprach, und für einen Augenblick erkannte Fortune das Maß seiner Verzweiflung. Ihm wurde klar, daß die finsteren Höhleneingänge Cumber nicht nur Furcht einjagen, sondern in seinen Augen auch eine gewisse Anziehungskraft besitzen mußten. Schließlich stellten sie für ihn so etwas wie ein Zuhause dar.

Aber dann sah Fortune wieder die verlassenen Nester an. Etwas Furchtbares war hier geschehen, das *spürte* er einfach. Und außerdem ...

»Ich weiß, daß du glaubst, deine Mutter könnte hier sein«, fuhr Cumber in versöhnlicherem Tonfall fort. »Aber wir können nichts, absolut nichts tun.«

Fortune schauderte. Cumber schien besser zu wissen, was er dachte, als er selbst. »Dieser Ort ist gefährlich für Erdgeborene«, sagte er. »Falls sie hier war, haben sie sie vielleicht gefangengenommen. Sie könnten auch uns überwältigen.«

»Noch ein Grund mehr, so schnell wie möglich weiterzufliegen«, drängte Cumber. »Wenn es uns gelingt, Halcyon zu erreichen, wird er diesem Wahnsinn Einhalt gebieten und dafür sorgen, daß *alle* Erdgeborenen befreit werden. Oder hattest du vor, einfach durch einen der Eingänge in die Höhlen zu fliegen und mit einem Flügel voller Drachen wieder herauszukommen, die du aus den Klauen der verruchten Magier befreit hast? Und wenn du Glück hast, ist deine Mutter auch dabei?«

Fortune seufzte.

»Ich hatte eben gehofft, daß unser Abenteuer nicht nur darin bestehen würde, daß wir nach Süden fliegen, um diesem Halcyon unsere Geschichte zu erzählen. Ich hatte gehofft, wir könnten vielleicht selbst etwas tun, irgendwie helfen und wenigstens ein *paar* Drachen retten. Anstatt immer nur wegzulaufen.«

»Aber dadurch können wir nicht nur ein paar, sondern *alle* Drachen retten! Abgesehen davon, wenn du ein Abenteuer suchst, Fortune, dann wirst du dir einen anderen Begleiter suchen müssen, weil ich nämlich nicht zum Vergnügen hier bin, sondern um den Auftrag zu erfüllen, den Ordinal mir gegeben hat, und ich fürchte, daß ›Abenteuer‹ – ich sehe deinen Augen an, daß du damit nichts anderes als ›Gefahr‹ meinst – das letzte sind, womit ich mich herumschlagen möchte. Gegen jeden Drachen zu kämpfen, der uns über den Weg läuft, und Gefangene zu befreien, das entspricht ganz und gar nicht meiner Vorstellung davon, wie wir unsere Mission erfolgreich zu Ende bringen können. Ich möchte sogar so weit gehen und behaupten, daß ...«

»Halt den Mund!«

»Was?«

»Halt den Mund, Cumber. Hör doch mal!«

Cumber verstummte auf der Stelle. Seine Sinne waren in höchster Alarmbereitschaft, doch außer dem Tosen des Flusses hörte er nichts.

»Was ist los?« zischte er. »Demnächst siehst du noch Gespenster.«

»Das habe ich wahrscheinlich eben schon«, flüsterte Fortune. »Da drüben, auf der anderen Seite, in der Nähe der Eingänge.«

Cumber versuchte, durch den Nebel hindurch etwas zu erkennen und mit seinen müden Sinnen zu erspüren, ob Magie in der Luft lag.

»Die Felswand dort drüben strahlt eine starke magische Kraft aus«, murmelte er. »Schwer zu sagen, ob ... Warte!« Er schnüffelte ein wenig in der Luft und schüttelte dann den Kopf.

»Du hast Gespenster gesehen!« verkündete er laut, während er sich wieder an Fortune wandte. »Was ist nun, kommst du mit mir?«

Fortune sah erst seinen Freund, dann wieder die Höhleneingänge an. Die Luft vor den Löchern flimmerte, als ob dort große Hitze herrschte.

Gespenster?

»Nein«, erwiderte er langsam. »Erst müssen wir den Drachen hier helfen.«

»O Fortune!« rief Cumber gereizt. »Und kannst du mir vielleicht verraten, wie du das anstellen willst?«

»Ich weiß nicht! Ich weiß nur, daß wir etwas tun müssen. Warum wurden die Erdgeborenen der Zitadelle gefangengenommen und nicht einfach getötet wie in Südkap? Cumber, hier hat nicht einmal ein Kampf stattgefunden. Die Erdgeborenen sind verschwunden, einfach so. Warum?«

»Ich habe keine Ahnung, und es interessiert mich auch nicht! Ich weiß nur eins, Fortune, und du solltest es auch nicht vergessen: Wir müssen Covamere erreichen, bevor diese Welle des Wahnsinns uns eingeholt hat oder wir selbst gefangengenommen werden. Und je länger wir hier rumstehen, desto größer wird die Wahrscheinlichkeit, daß genau das passiert. Also komm jetzt!«

»Nein«, wiederholte Fortune mit ruhiger Stimme, als Cumber seine Flügel ausbreitete und an den Rand des Felsvorsprungs trat.

Grimmig starrten sie sich an, während jeder darauf wartete, daß der andere nachgab. Doch der Streit zwischen ihnen wurde nie entschieden. Denn in diesem Moment brach der Himmel auf.

Mit einemmal kochte und brodelte die Luft, und es erschienen vier Magier am Himmel, die den Zauber der Unsichtbarkeit, der sie wie ein Mantel umgeben hatte, abwarfen und mit der Macht von Blitzen aus den Wolken hervorschossen. Auf ihren metallischen Panzern glänzte blau der Flugzauber, mit dem sie sich in der Luft hielten, ohne ihre Flügel bewegen zu müssen. Mit der Wucht eines Gewitters stürzten sie auf Fortune und Cumber nieder.

Schon hatten ein paar scharfe Krallen Fortune ergriffen, während Cumber noch versuchte, zu entkommen, indem er seinen Gegnern Feuer entgegenspie. Doch es dauerte nicht lange, bis ihm einer der Angreifer einen derart heftigen Schlag mit dem Flügel versetzte, daß Cumber bewußtlos zu Boden stürzte.

Der Zauber, den die Magier benutzt hatten, um sich unsichtbar zu machen und sich so unbemerkt ihren ahnungslosen Opfern zu nähern, war noch nicht ganz verbraucht, sondern flackerte wie ein unruhiges Licht immer wieder auf. Daher konnte Fortune nur einige wenige flüchtige Blicke auf seine Gegner werfen. Aber was er sah, war furchterregend genug: Eine halb unsichtbare Kralle, durch die hindurch verschwommen die Umrisse der Ostwand erkennbar wurden, ein Paar Vorderbeine, über deren ganze Länge gefährlich aussehende, scharfkantige Zacken liefen, ein finster blickendes, vor Gemeinheit leuchtendes Auge.

Dann spürte Fortune, daß ihn etwas hochhob, und er flog – vielmehr *wurde* er über den Abgrund auf die andere Seite der Schlucht geflogen. Reste des Unsichtbarkeitszaubers fielen in leuchtenden Kaskaden von den Drachen ab, die ihn und Cumber derart brutal überfallen hatten, so daß es ihm allmählich gelang, wenigstens ihre Umrisse zu erkennen, auch wenn diese immer wieder vor seinen Augen zu verschwimmen drohten. Und über das Heulen des Windes hinweg hörte er sie einen Namen erwähnen: »Brutace!«

Wie eine Lawine kam das finstere Loch eines der Eingänge auf sie zu und verschlang sie. Fortune, der seine Augen nicht so schnell an die Dunkelheit gewöhnen konnte, schlug mit dem Kopf gegen einen vorspringenden Felsen. Um ihn herum herrschte tiefste Finsternis, doch er sah plötzlich ein wahres Feuerwerk von Lichtern vor sich. Und dann wurde er bewußtlos.

Die Sonne war kaum am Himmel weitergerückt, als eine zweite Gruppe Drachen durch die Schlucht und über die verlassene Zitadelle der Erdgeborenen hinwegflog. Doch diese Drachen zogen ungehindert weiter, in den südlichen Paß hinein. Ihre kräftigen Flügelschläge trugen sie an der Westwand des Canyons vorbei, ohne daß sie die leeren Nester bemerkten, geschweige denn ihren Flug verlangsamten.

Es war Shatter, der die Gruppe anführte und ihr Tempo bestimmte. Hinter ihm flogen Torque und Tumely, und den Schluß bildete Wood, der dafür sorgte, daß sein verletzter Vater nicht zurückfiel. Mit seinen verbrannten und gebrochenen Flügeln quälte dieser sich weiter, entschlossen, dem Drachen, den er noch immer verehrte, zu folgen. Der sechste aus ihrer Gruppe, der Dieb, hatte sich bereits aus dem Staub gemacht.

So flogen sie durch die Schlucht, ohne auch nur zu ahnen, welches Drama sich hier kurz zuvor abgespielt hatte.

Abgesehen vielleicht von Wood. Denn in dem Moment, in dem er durch den schmalen Felsspalt in den südlichen Paß flog, flüsterte er Fortunes Namen, ohne zu wissen, warum ihm gerade jetzt der Freund einfiel.

Doch sicher war Fortune längst tot. Wenn er nicht in der Schlacht ermordet worden war, mußte er in den unterirdischen Höhlen ertrunken sein.

Auch Fortune glaubte in diesem Moment, er sei tot. Um ihn herum herrschte absolute Leere. Irgendwo hinter seinen Augen tanzten träge ein paar bunte Punkte und Kreise.

Du bist auf einer Reise.

Er hörte die Stimme deutlich in seinem Kopf, aber es war nicht seine eigene.

Es gibt einen Ort, an dem man die wiederfindet, die man verloren hat.

Traumbilder entstanden, die jedoch verwässert und verzerrt waren. Kreise zogen vorbei, Spiralen, komplexe Muster, die in einer endlosen Parade durcheinanderwirbelten: ein Rad, das sich drehte, die Welt in endlosem Kreisen.

Dann hörten die Bilder auf, sich zu bewegen, und verschmolzen zu einem einzigen Bild, einem Ring, der aus winzigen, unregelmäßig geformten Figuren bestand, blassen Inseln im Meer der Dunkelheit.

Plötzlich wußte er, wem diese Stimme gehörte.

Es war die Stimme seiner Mutter.

Er schwebte über einem Inselring im Meer. Im Zentrum befand sich ein Riff. Er ließ sich ein wenig höher treiben, so daß er alles überschauen konnte.

Diesen Ort hat es schon immer gegeben, sagte die Stimme seiner Mutter. *Das ist Freistatt, unser Zufluchtsort, hier bist du sicher. Und hier findest du die Verlorenen wieder ...*

Die Stimme driftete davon – entweder in die Vergangenheit (hatte Fortune dort seine Mutter diese Worte bereits einmal sagen hören?), oder weil ein neues Geräusch, ein stetiges Hämmern, die Stimme verdrängte. Fortune trieb immer höher hinauf und ließ den Inselring mit dem Riff in seinem Zentrum unter sich, bis sich alles in der Dunkelheit des Meeres verlor.

Das Hämmern wurde unerträglich laut, es trommelte in die Leere hinein, in der er schwebte, und endlich erkannte er, woher dieses Geräusch stammte.

Flügelschläge.

Es waren die Schläge von Flügeln, die größer waren als die Welt, die Flügelschläge eines Drachen, der mächtiger war als die Leere. Es waren die Flügelschläge des Verderbens.

Immer weiter reichte Fortunes Blick. Jetzt war das Meer nur noch ein Schatten in einem riesigen, gelben Auge. Das Auge schloß sich langsam, während aus seinen Lidern Tränen quollen, dann öffnete es sich wieder, und durch das gelbliche Licht drang donnernd eine andere Stimme.

Ich weiß, daß du da bist, Erdgeborener.

Es kann mich nicht sehen, dachte Fortune in mühsam unterdrückter Panik. *Es will mich zu fassen bekommen, aber es kann mich nicht sehen.*

Und er wußte, daß dieses ›es‹ der Feind war.

Das Auge zerplatzte, es explodierte in seinem Zorn darüber, daß seine Suche erfolglos geblieben war.

Ein Wutanfall, dachte Fortune.

Das Auge schleuderte ihm Drachen entgegen, Magier und Erdgeborene, und alle trugen sie Zeichen des Krieges. Entweder waren sie für den Kampf gerüstet oder durch ihn verstümmelt: Gliedmaßen waren von den Leibern getrennt und lösten sich auf, Flügel waren zerrissen und verbrannt, Münder waren zerschmettert und schrien. Um Hilfe flehend, zogen die gepeinigten Drachen an Fortune vorbei, doch er verschloß sein inneres Auge vor dem Bild des Schreckens. Denn wenn er ihnen die Hand entgegenstreckte, offenbarte er sich auch dem Feind.

Er kann mich riechen, aber er sieht mich nicht!

Mit größter Anstrengung gelang es ihm, sich zur Seite zu wenden und das Pandämonium zu umfliegen.

Er nahm ein sanftes Leuchten wahr, ein mattrotes Licht, das ihm merkwürdig vertraut vorkam. Vor seinem Auge zogen bunte Farben vorbei – wie die eines Regenbogens –, und er kehrte in die Welt zurück, in der er zu Hause war.

Der Regenbogen schwebte über ihm. Ein Zauber, der so wie in den unterirdischen Labyrinthen der Magier von Südkap Helligkeit verbreitete, indem er sein rosafarbenes Licht auf die Wände der Höhle warf ...

Höhle?

»Cumber!« schrie er und richtete sich auf. Doch schon im nächsten Moment bereute er diese heftige Bewegung, denn wie ein Speer schoß der Schmerz durch seinen Kopf. Stöhnend sank er auf den kalten, harten Boden zurück.

»Schsch«, beruhigte ihn eine sanfte, weibliche Stimme. »Du darfst dich nicht bewegen.«

Mutter?

Fortune wandte den Kopf und erkannte eine junge Erdgeborene, die ihn bekümmert anlächelte. Besorgnis ließ ihr Gesicht in einer Schönheit erstrahlen, wie Fortune sie noch nie gesehen hatte, und sein Herz öffnete sich, um sie zu begrüßen.

»Hallo«, sagte sie und strich ihm sanft mit einer Flügelspitze über das Gesicht. »Ich bin Gossamer.«

Kapitel 9

Die wahnsinnigen Drachen

Cumber rieb sich die Augen und blickte in eine Reihe Zähne. Die Zähne waren gelb und sahen äußerst scharf aus. Sie waren Teil eines Lächelns, das das Gesicht eines Zauberdrachen in zwei Hälften teilte, der sich zu Cumber hinabbeugte. In der Luft hing heißer, ätzender Atem, und Cumber mußte heftig niesen. Zur Strafe erhielt er einen brutalen Schlag auf den Kopf, der noch immer heftig von dem Sturz auf den Stein schmerzte.

»Na schön, Rotznase«, knurrte der Magier. »Wer bist du?«

»Cum...«, begann Cumber, überlegte sich aber schnell, daß es vielleicht ratsamer wäre, seinen richtigen Namen zu verheimlichen, und setzte erneut an. »Cummion.«

»Ich bleibe lieber bei Rotznase«, lachte der Drache.

Schwerfällig drehte er sich um und machte einen Satz auf die hintere Höhlenwand zu, auf der sich undeutlich ein paar Schatten abzeichneten. Cumber konnte lediglich erkennen, daß dort irgend etwas hing. Durch den Schlag auf den Kopf war seine Sehfähigkeit noch immer eingeschränkt, und er konnte nicht genau ausmachen, was es war.

Gerade als Cumber zu erkennen glaubte, daß es sich um irgendwelche runden, braunen Gegenstände handelte, hörte er, wie der andere Drache etwas mit seinen Zähnen zermalmte und schmatzend verschlang. Dann drehte er sich wieder zu Cumber um und grinste noch wesentlich unangenehmer als zuvor, während er genußvoll kaute. In seinem halb geöffneten Maul entdeckte Cumber Fellreste und Knochen, die er gierig herunterwürgte. Mit einemmal wurde Cumber klar, daß der andere gerade dabei war, eine tote Ratte zu verschlingen. An ihren Schwänzen aufgehängt, baumelten sie zu Tausenden an den Wänden und der Decke der kleinen Höhle.

Ein Futterlager, dachte er und versuchte angestrengt, einen klaren Kopf zu bekommen. Der Drache war inzwischen dicht vor ihn getreten und rülpste ihm grinsend ins Gesicht.

»Du denkst, du bist im Vorratslager«, sagte er, während er mit einer Kralle, die so scharf wie Eis schien, Reste von Rattenfleisch aus seinen Zähnen bohrte. »Da liegst du richtig, Rotznase. Hier unten bewahren wir die Lebensmittel auf, und ich wette, du wirst nicht schlechter schmecken als eine Ratte, wenn ich dich erst mal, ähh, weich geklopft habe. Vier Drachen werden von dir allerdings nicht satt. Also werde ich dich alleine verspeisen.«

Cumber wich gegen die Wand zurück, als der stinkende Drache sich über ihn beugte und mit ausgestreckten Klauen nach ihm griff. Von einer seiner gelben Krallen perlte der winzige Augapfel einer Ratte wie ein Wassertropfen von einem Eiszapfen, und Cumber machte sich zur Flucht bereit, obwohl er nicht die geringste Ahnung hatte, in welcher Richtung der Ausgang lag.

»Hex!« donnerte in diesem Moment eine Stimme. »Zur Wachablösung auf die Gefängnisebene, und zwar sofort!«

Die Wirkung, die der Klang dieser Stimme auf Cumbers widerwärtigen Bewacher hatte, war erstaunlich. Mit weit aufgerissenen Augen zuckte er zusammen und schloß erschreckt den Mund. Augenblicklich ließ er von Cumber ab und schob sich mit gesenktem Kopf aus der Höhle hinaus, wobei er einen respektvollen Bogen um die dunkel schimmernde Gestalt des Drachen machte, der unbemerkt das Vorratslager betreten hatte.

»Ich hab' den Kleinen nur ein bißchen aufgezogen. War nur ein Scherz, Brutace.«

»Halt den Mund, Hex«, herrschte Brutace ihn an. »Und jetzt raus hier, bevor ich dich wie die Ratten mit dem Schwanz an die Wand nagele.«

»Jawohl, Brutace. Tut mir leid, Brutace.«

Mit starr auf den Boden gerichtetem Blick schob er sich rückwärts durch den Ausgang, bis er außerhalb von Brutaces Blickfeld war. Bevor er ganz verschwand, starrte er Cumber noch einmal kurz mit blitzenden, haßerfüllten Augen an.

Die Gedanken wirbelten nur so durch Cumbers Kopf. *Ich mag zwar kein Erdgeborener sein, aber ich wurde zusammen mit einem von ihnen gefangengenommen. Immerhin haben sie mich noch nicht umgebracht.*

»Sprich!« herrschte Brutace ihn an.

Einen Moment lang brachte Cumber kein Wort heraus. Er brauchte Zeit zum Nachdenken. Wenn das, was Scoff gesagt hatte, der Wahrheit entsprach, dann lebte Fortune vielleicht noch und wurde zusammen mit den anderen Erdgeborenen von Aethers Zitadelle in den Höhlen der Magier gefangengehalten. Und wohin war Hex geschickt worden? Auf die Gefängnisebene!

Es war klar, was er zu tun hatte: Er mußte Fortune finden und mit ihm fliehen. Aber wie?

Einer Eingebung folgend, die wer weiß woher kommen mochte, begann er schließlich zu reden. Während er sprach, fühlte er den Druck des drohend über ihm schwebenden Unheils, und er vermochte kaum, die eben gewonnene Fassung aufrechtzuerhalten. Dieser Brutace war ein allmächtiger Heerführer der Drachen. Wie konnte er, Cumber, es überhaupt wagen, diesen Kriegsherrn überlisten zu wollen?

Ich muß es versuchen!

Und dann hatte er die Idee.

»Mylord«, begann er und beugte den Kopf. Es war die typische Ehrenbezeugung, die ein Magier einem Höherstehenden entgegenbrachte. Allerdings ließ er den Gruß nicht so unterwürfig ausfallen, daß Brutace zu dem Schluß gelangte, Cumber hielte ihn für den höchsten aller Drachen. »Der Meister wird sehr zufrieden sein, wie du die Situation gemeistert hast.«

Augenblicklich wurde ihm klar, daß er genau das Richtige gesagt hatte.

Bevor er noch mit der Lüge aufwarten konnte, daß er mit Fortune – einem Magier, der seine Gestalt so verändert hatte, daß er wie ein Erdgeborener aussah – vom ›Meister‹ nach Aethers Zitadelle gesandt worden war, um die Kampfbereitschaft der hiesigen Magier zu überprüfen, riß Brutace erstaunt die Augen auf.

»Der Gebieter?« stieß er hervor. »Er hat dich gesandt?«

Obwohl er nicht das Gefühl hatte, die Situation schon voll

im Griff zu haben, war Cumbers Selbstvertrauen nach dieser Eröffnung derart gewachsen, daß er seinen Bluff ungeniert fortsetzen konnte.

»Der Meister hat mich gesandt«, wiederholte er, während er sich im stillen fragte, wer ›der Gebieter‹ wohl sein mochte. »Der Drache, der bei mir war, ist kein Erdgeborener …«

Und so fuhr er fort, den Faden seiner Geschichte zu spinnen und versäumte es nicht, immer wieder diesen geheimnisvollen ›Meister‹ zu erwähnen. Anfänglich spiegelte Brutaces Gesicht noch Furcht wider, doch je länger Cumber erzählte, desto mehr wich diese Angst dem Mißtrauen. Daß er sich vor ›dem Meister‹ fürchtete, war offensichtlich, aber Cumber erkannte, daß es mehr als einer klug ausgedachten Geschichte bedurfte, um Brutace von der Wahrheit seiner Worte zu überzeugen. Brutace, der unzweifelhaft einen hohen Rang bekleidete und die Macht besaß, Urteile zu verhängen, war mißtrauisch genug, um nicht dem bloßen Augenschein zu trauen.

Cumber war mit seiner Geschichte fertig, und Brutace nickte nachdenklich, während er seinen Gefangenen eindringlich musterte. *Nicht zittern*, dachte Cumber und hielt dem Blick stand.

Aber es fiel ihm nicht leicht. Brutace stand wie ein Felsblock vor ihm, unglaublich muskulös und mit starken, knochigen Schulterblättern. Seine rauhe Haut war silbergrau und schimmerte unter dem magischen Licht, das die Höhle beleuchtete. Im Gegensatz zu Cumber hatte er große, kräftige Flügel, deren Glanz auf unerhörte Flugfähigkeiten schließen ließ.

Das ist ein Drache, der Macht hat, dachte Cumber. *Ein Drache des Krieges*.

»Eine interessante Geschichte«, sagte Brutace schließlich. »Wenn sie wahr ist, wird dein Freund freigelassen. Auch du bist frei, allerdings nur innerhalb der Höhlen. Wenn du versuchst, deinen Freund auf eigene Faust zu befreien, werdet ihr beide sterben. Ich muß mich nun um ein paar wichtige Angelegenheiten kümmern. Morgen nacht werden wir wissen, ob deine Geschichte stimmt. Wenn nicht, töte ich euch beide.«

Mit überraschender Leichtigkeit schob er seinen massigen Körper aus der Höhle und verschwand in der Dunkelheit des Korridors.

Schock und zugleich Erleichterung ergriffen von Cumber Besitz und verursachten ein unkontrollierbares Zittern. Als er sich erschöpft gegen die Wand in seinem Rücken fallen ließ, schaukelten die Rattenkadaver um ihn herum wie verfaultes Obst. Allmählich beruhigten sich seine bebenden Muskeln wieder, und er begann, über Brutaces Worte nachzudenken.

»Morgen nacht«, hatte der Kriegsherr der Magier gesagt. Ein Blick auf das schwebende Zauberlicht bestätigte Cumber, daß es bald Mitternacht sein mußte. Wie in Südkap wies auch dieses Licht ein System von Farbsequenzen auf, und wenn er sich nicht irrte, bedeutete der blaue Ring, der sich um die ansonsten violette Kugel gelegt hatte, daß die Tageswende bevorstand.

Mir bleiben nicht einmal vierundzwanzig Stunden.

Wenigstens hatte Brutace ihm die Gewißheit verschafft, daß Fortune noch lebte. Wahrscheinlich wurde er irgendwo in diesem Labyrinth von Höhlen gefangengehalten. *Und was hat Hex vorhin gesagt? »Vier Drachen werden an dir allerdings nicht satt ...«* Die Garnison der Magier hier war also relativ klein.

Trotzdem, das hieße immer noch vier gegen zwei. Nicht gerade ideale Voraussetzungen, aber wenn es ihnen gelang, überraschend zuzuschlagen ...

Unwillkürlich mußte Cumber lachen. Hier stand er und überlegte sich eine Strategie, wie er Magier besiegen und Gefangene befreien konnte! Fortune war es also doch noch gelungen, ihn zu einem Abenteurer zu machen!

Zumindest war die Lage, in der sie sich befanden, eindeutig. *Wenn es mir nicht gelingt, uns hier rauszuholen, sind wir beide tot.*

Nur eins war merkwürdig: Warum hatte Brutace ihn

derart erschreckt angesehen, als Cumber vollkommen ahnungslos das Wort ›Meister‹ hatte fallenlassen?

Wie war es möglich, daß ein so mächtiger Drache wie Brutace eine geradezu bodenlose Angst zu haben schien?

Wer – oder was – war dieser ›Meister‹?

Während Gossamer sprach, sog Fortune durstig jedes ihrer Worte auf, versank in ihrem Blick und verfolgte auch die kleinste ihrer Gesten. Er war vollkommen gefangen, und obwohl er aufmerksam zuhörte, als sie ihm ihre grausame Geschichte erzählte, fühlte er sich zugleich doch auch merkwürdig entrückt, als ob er gar nicht ganz hier wäre. Nur sie zählte noch, zumindest in diesem Augenblick war sie der Mittelpunkt seiner Welt. Gossamer.

Das also sind die Gefühle, von denen Wood mir zu erzählen versuchte. Fortune erinnerte sich an eine Situation, in der sich der Freund ungewöhnlich sentimental, fast poetisch gezeigt hatte. Gemeinsam hatten sie in Südkap faulenzend im Gras gelegen und den Flugübungen der anderen zugesehen. Die jungen Männchen hatten ihr Turnierspiel beendet und den Weibchen das Feld überlassen, die jetzt im Wettstreit auf den verbrannten Baumstumpf zuflogen.

Eines der jungen Drachenweibchen, schlank und mit schönen, langen Flügeln, hatte es Wood besonders angetan. Sie hieß Caprice. Während sich ihre Konkurrentinnen darin gefielen, sich in dramatischem Sturzflug zu Boden fallen zu lassen und dem Stumpf erst im letzten Moment auszuweichen, zog Caprice es vor, sekundenlang über ihrer Beute in der Luft zu verharren, reglos bis auf die gleichmäßigen, geradezu lässigen Schläge ihrer Flügel. Dann griff sie behutsam mit ausgestreckter Kralle nach dem Baumstumpf, brach ein Stück ab und schwebte hocherhobenen Hauptes, wie von einem Lufthauch getragen, wieder in die Höhe.

Fortune hatte sie damals für eine Angeberin gehalten. Aber in diesem Moment, als er Gossamer beobachtete, verstand er, was Wood bei Caprices Anblick empfunden, und warum er sie als ›wunderbares Wesen‹ bezeichnet hatte.

Mit Gossamer war es genauso. Sie war *sein* wunderbares Wesen, und wenn sie sprach, hörte er ihr zu, wie er noch niemals zuvor jemandem zugehört hatte.

»Es begann in jener Nacht, als wir den Schwarzen Drachen sahen. Er – ich nehme jedenfalls an, daß es ein männlicher Drache war – fiel geradezu aus dem Himmel. Er sah mächtig und furchteinflößend aus, aber zugleich war er auch ... schön ...«

Sie runzelte die Stirn. Offensichtlich schien sie die Widersprüchlichkeit der Situation noch im nachhinein zu verwirren: die tiefschwarze und zugleich geheimnisvolle Gestalt des Schwarzen Drachen, seine fremde und überirdische Schönheit.

»Beinahe hätte man ihn für unseren Retter halten können, aber statt dessen überzog er die Zitadelle mit Krieg.«

Fortune hörte ihr entsetzt zu, als sie beschrieb, wie in jener Nacht plötzlich Feuerzungen aus den sieben Höhleneingängen schossen. Es waren nur kurze Feuerstöße, die kaum bis zur Mitte des Canyons reichten und die Nester der Drachen nicht gefährdeten. Aethers Zitadelle blieb von der Feuersbrunst verschont, die Südkap vernichtet hatte. Dieser Drachensiedlung stand etwas Schlimmeres bevor!

Den Flammen waren die Magier gefolgt. Sie fielen über ihre Nachbarn her und banden die gesunden und jungen Drachen mit Fesseln aus flüssigem Feuer. Dann hatten sie die bewegungslosen Körper über die Schlucht in ihre Höhlen geschleppt, als ob sie bloß Bündel trockener Blätter wären. Erst als das Morgengrauen die Nacht zu vertreiben drohte, hatten sie auch die Kinder und Alten geholt. Unter ihnen waren auch Gossamer und Brace.

»Wir sahen mit an, wie sie unsere Familien und unsere Freunde mitnahmen«, schluchzte Gossamer. »Es tut mir leid, Fortune. Aber bis zu diesem Augenblick hatte ich verdrängt, was in Aethers Zitadelle wirklich passiert ist ...«

»Ist schon gut«, tröstete Fortune sie und legte vorsichtig einen Flügel um ihre Schultern. Die Empfindungen, die ihn dabei überfielen, verwirrten ihn. Sie schmiegte sich dicht an ihn und schluchzte noch eine Weile, bis schließlich ihre Tränen versiegten.

»Es geht mir schon wieder besser«, sagte sie leise. »Ich kann mich nicht einmal daran erinnern, wie lange das alles her ist. Der Sinn für Zeit ist mir hier unten verloren gegangen.«

»Glaubst du, daß es viele Tage her ist?« schlug Fortune vor.

»Nein, fünf oder sechs vielleicht.«

Fortune hatte erwartet, daß sie sich seiner Umarmung entziehen würde, sobald sie ihre Fassung wiedergewonnen hatte. Doch sie schmiegte sich nur noch dichter an ihn, während sie mit ihrer Erzählung fortfuhr.

»Brace und ich hatten uns inzwischen ein Versteck gesucht. Auf unserer Seite der Schlucht gibt es keine Höhlen, sondern nur ein paar kleinere Vertiefungen und Felsspalten. Wir hatten uns in eines dieser Löcher verkrochen und warteten darauf, ebenfalls gefangengenommen zu werden. Überall um uns herum patrouillierten die Magier ...«

Zwei riesige Magier waren auf sie zugeflogen, und Gossamer und Brace hatten sich erschreckt gegen den Felsen gedrückt. Doch als die Magier landeten, hatte sich ihnen Thant, ein alter, gebrechlicher Erdgeborener, mit letzter Kraft in den Weg gestellt. Der größere der beiden Magier hatte ihn gar nicht weiter beachtet und war geradewegs auf Gossamer zugegangen, während der andere mit einem arroganten Grinsen zu überlegen schien, wen er für würdiger erachtete, sein Gefangener zu sein: den Alten oder Brace.

»So unglücklich wie in diesem Moment habe ich Brace noch nie gesehen«, sagte Gossamer mit einem Schaudern. »Weißt du, er ist sehr stolz. Er war schon wütend darüber gewesen, daß sie ihn nicht gleich beim erstenmal mitgenommen hatten. Und als sich jetzt auch noch dieser Magier nicht sofort für ihn entschied, drehte er einfach durch.«

»Er *wollte*, daß sie ihn gefangennehmen?«

»Selbstverständlich nicht. Aber andererseits wollte er auch nicht einfach übersehen werden. Also hat er die Magier auf sich aufmerksam gemacht.«

Der erste der Aggressoren hatte Gossamer bereits gefesselt und sich mit ihr in die Luft erhoben, als Brace aus dem Versteck hervorgesprungen war und sich vor Thant gestellt hatte. Doch bevor Brace auch nur ein herausforderndes Wort hatte sagen können, hatte der zweite Magier ihn beiseite gestoßen, sich Thant geschnappt und war seinem Kameraden nachgeflogen.

»Den Dicken holen wir uns später«, hatte er dem vor ihm fliegenden Magier zugerufen.

»Ich bin sicher, daß Brace diese Worte gehört hat«, schloß Gossamer. »Ich habe dann nur noch gesehen, daß er uns nachgeflogen ist. Er sah so wütend aus ... und so *verletzt*. Ich nehme an, daß sie ihn kurz darauf geschnappt haben.«

Sie schwieg, als ob sie an das Ende eines Kapitels ihrer Geschichte gelangt wäre. Angesichts der Stille wagte Fortune kaum zu atmen, so gebannt fühlte er sich von ihr. Eine ganze Zeit lang saßen sie einfach nur da und genossen das Gefühl der Wärme und des Schutzes in den Armen des anderen.

»Dieser Schwarze Drache«, begann Fortune schließlich, »hast du ihn danach noch einmal gesehen?«

»Nein, aber ich weiß, daß er die Magier unter seiner Kontrolle hat. Die Magier sind an sich nicht schlecht, Fortune, aber wenn das Böse Macht über sie gewinnt, werden die furchtbarsten Dinge geschehen. Besser gesagt, sie sind bereits geschehen.«

Fortune nickte. Er hatte Gossamer bereits erzählt, daß Südkap untergegangen war und er und Cumber auf dem Weg nach Covamere waren. Angesichts der Situation, in der sie sich befanden, sah er keinen Grund, ihr das weiter zu verheimlichen. Und abgesehen davon, war Gossamer nicht auf ihrer Seite? Trat nicht auch sie für den Frieden zwischen Magiern und Erdgeborenen ein? Sie war ... *wunderschön*!

»Wir sollten lieber von der Wand abrücken«, sagte sie seufzend und löste sich mit einer anmutigen Bewegung aus seiner Umarmung. »Es kann nicht mehr lange dauern, bis das Wasser kommt.«

Fortune folgte ihr auf die andere Seite der Höhle. Die

Zelle, die sie teilten, war doppelt so lang wie breit und hatte erstaunlich glatte Wände. An der Decke schimmerte ein kleines Felsstück und warf sein blasses Licht auf die milchig weißen Wände, die ansonsten glatt und schmucklos waren. Nirgendwo war auch nur die kleinste Ritze oder Fuge zu entdekken.

»Wie sind wir hier hereingekommen?« fragte Fortune verwundert und begriff zum ersten Mal die Ausweglosigkeit ihrer Situation. »Woher bekommen wir Luft zum Atmen?«

»Oh, das ist Magie«, antwortete Gossamer leichthin. »Entweder ist irgendwo ein Loch in der Wand, das wir nicht sehen können, weil es uns durch einen Erdzauber oder Ähnliches verborgen bleibt. Oder es gibt tatsächlich keinen Eingang, und sie zaubern uns einfach hier hinein.«

Sie sprach mit einer solchen Autorität, daß Fortune unwillkürlich lächeln mußte.

»Du scheinst viel über Magie zu wissen«, bemerkte er.

»Das alles interessiert mich sehr«, erwiderte sie begeistert.

»Mich auch.«

Wieder herrschte dieses vertraute Schweigen zwischen ihnen. Sie sahen sich an und spürten, wie sie eine Wärme durchströmte, die ihnen in der Enge ihrer Gefängniszelle Trost spendete.

»Dort, wo ich herkomme«, stammelte Fortune, überwältigt von den Gefühlen, die dieses junge, schöne Drachenweibchen in ihm weckte, »gibt es nicht mehr viel Magie, verstehst du. Ich wollte schon immer mehr darüber erfahren. Hier, im Kernland, scheint die Magie um so vieles *wirklicher* zu sein. Ich habe das Gefühl, als ob vor meinen Augen die alten Legenden zum Leben erwachen.«

»Magie ist etwas Phantastisches«, pflichtete Gossamer ihm bei. »Ich wünschte, ich könnte dich Ant vorstellen.«

»Ant?« fragte Fortune mißtrauisch, und sein Herz schlug schneller. »Wer ist das?«

Sie musterte ihn mit aufmerksamen, ernsten Blicken und brach in Gelächter aus.

»Oh, Fortune! Wir kennen uns kaum, und schon bist du

eifersüchtig! Ant ist ein Wassergeist und winzig klein. Von ihm hast du nichts zu befürchten!«

Fortune senkte beschämt den Kopf. Ein Wassergeist! Wie hatte er sich nur so dumm anstellen können!

»Dann nehme ich an, daß ...«

Aber weiter kam er nicht. Wie zur Antwort auf ihr Gespräch über Magie, schien die Höhle um sie herum auf einmal lebendig zu werden. An der gegenüberliegenden Wand zeigte sich ein greller Lichtstrahl, der sich wie ein Spinnennetz verästelte und ausbreitete. Dann kam aus dem Lichtnetz ein knackendes Geräusch, und die Luft wurde auf einmal schwer und roch nach Blitzen.

Mit einem schrillen Kreischen riß der Fels entlang der Linien des Netzes wie eine Wunde auf, und für Sekundenbruchteile konnte Fortune durch die Wand in den dahinterliegenden Korridor blicken.

Doch ebenso schnell, wie sich der Fels geöffnet hatte, schloß er sich wieder, die feinen Risse waren verschwunden, als ob sie nie dagewesen wären, und die Wand sah wieder aus wie zuvor.

Nur daß jetzt aus einem Loch ein schmales Rinnsal floß und durch ein etwas tiefer gelegenes zweites Loch wieder verschwand.

»Das geschieht zweimal täglich, soweit ich es beurteilen kann«, sagte Gossamer. »Trinkwasser.«

»Wer zuerst da ist!« rief Fortune, und für einen Moment vergaßen sie ihre Schwierigkeiten, und die beiden rannten zu dem kleinen kristallklaren Wasserfall, der an der weißen Wand ihrer Zelle herunterrann.

Cumber war zufällig auf den Wachraum gestoßen, als er versuchte, Brutace zu folgen. Er hatte geradewegs den stinkenden Vorratsraum mit seinen Girlanden toter Ratten verlassen und war den Gang entlanggegangen. Doch der Führer der Drachen war auf irgendeine nicht nachvollziehbare Art und Weise verschwunden wie schon zuvor der hinterlistige Hex. Nun stand Cumber den beiden anderen Drachen gegenüber, die an diesem verlassenen Ort ihren Dienst als Gefängniswärter versahen.

Unter anderen Umständen wäre er bei dem Anblick, der sich ihm bot, als er den Wachraum betrat, in schallendes Gelächter ausgebrochen.

Das Material, aus dem die Wände und Decken der Höhlen von Aethers Zitadelle bestanden, war Cumber fremd. Es gab hier weder den vertrauten Granit noch Schiefer, sondern ausnahmslos Kalkstein, dessen großporige und transparente Oberfläche unter dem Licht der pulsierenden Zauberlampen wie gefrorene Milch aussah.

Gut erkennbar vor dem hellen Hintergrund, waren zwei Drachen in einen hin und her wogenden Kampf verstrickt. Zwei Paare metallisch grauer Krallen zerrten an den Enden eines Gegenstandes, den offenbar jeder der beiden unbedingt für sich haben wollte. Das Objekt ihrer Begierde war eine tote Ratte.

Das Erscheinungsbild der beiden Drachen war ebenso unterschiedlich wie komisch. Während man den einen als geradezu fett bezeichnen mußte, war der andere bis zur Auszehrung dünn. Just in diesem Moment hatte der größere der beiden trotz seiner körperlichen Überlegenheit beträchtliche Schwierigkeiten, sich zu behaupten, geschweige denn, die Ratte den Klauen seines Gegners zu entreißen.

Vom Rücken des dünnen Drachen stieg ein Schauer blauer Funken auf, als er sich mit Hilfe eines Zaubers unbeweglich zu machen versuchte, während hingegen der dicke Drache sein Heil in reiner Gewalt suchte. Am erstaunlichsten bei dieser merkwürdigen Auseinandersetzung aber war, daß die Ratte nicht einfach zerriß.

Cumber räusperte sich, und beide Drachen wandten ihm ihren Blick zu. In ihrer Überraschung über den unerwarteten Eindringling vergaßen sie für einen Moment ihren Kampf. Die Zähne des Dünnen ließen die Ratte los, und der größere der beiden Drachen kippte nach hinten um, wobei er sich mehrmals überschlug. Erst ein Haufen trockener Äste, die wie Herbstlaub im Sturm in alle Richtungen davonstoben, hielt seinen Fall auf.

Stille.

Doch dann brach der dünne Drache in ein gackerndes Gelächter aus, während die nun überflüssige magische Kraft aus seinem Körper entwich und Staub vom Boden wie bei einem Gewittersturm hochwirbelte.

Die tote Ratte baumelte zwischen den Zähnen des Dicken, er warf den Kopf zurück und schluckte sie ganz herunter. Ein zufriedenes Grinsen breitete sich auf seinem häßlichen Gesicht aus.

»Hahaha!« Der dünne Drache lachte lauthals weiter. Doch völlig unvermittelt hielt er inne, und er gab ein gefährliches Knurren von sich.

»Wir könnten ihn töten, Rite«, sagte er. »Aber Brutace hat's verboten. Was meinst du, Cummion?«

Die letzte Frage hatte er an Cumber gerichtet, der einige Augenblicke brauchte, bis ihm klar wurde, daß er gemeint war. Fast hätte er vergessen, daß er Hex diesen Namen genannt hatte. Die Gewißheit, daß sein Täuschungsmanöver noch immer zu funktionieren schien, gab ihm sein Selbstvertrauen zurück, und er holte tief Luft. Schweigend ließ er den Blick über die beiden seltsamen Gesellen wandern und bemerkte ihre rasiermesserscharfen Schuppen und gefährlich spitzen Kampfsporne. Und er erkannte in ihnen zwei der vier Drachen wieder, die ihn und Fortune am gestrigen Tag angegriffen hatten.

Der dicke Drache saß noch immer stumm und mit gerunzelter Stirn in seinem Nest aus zerbrochenen Zweigen und starrte vor sich auf den Boden, als ob ihn ein kompliziertes Problem beschäftigte. Bis auf die Schwanzspitze, die in der Luft kleine, präzise Kreise beschrieb, war er völlig bewegungslos. Als er Anstalten machte, etwas zu sagen, wechselte der Gesichtsausdruck des Dünnen erneut. An die Stelle der offenen Streitsucht trat nun die pure Schadenfreude.

»Brutace hat gesagt, daß wir ihm nichts erzählen sollen« krächzte er. »Also, Rite. Dann solltest du ihm auch nicht erzählen, daß Brutace gesagt hat, daß wir ihm nichts erzählen sollen. Oder nicht? Fette Ratte! Fette Ratte! Hahaha.«

Allmählich wurde Cumber klar, daß Scoff es ganz offensichtlich wörtlich gemeint hatte, als er ihnen erklärte, daß alle hier verrückt geworden seien. Die Magier von Südkap waren durch die Seuche – oder was auch immer es war – träge und übellaunig geworden. Hier dagegen hatte sie die Zauberdrachen offenbar zu geifernden Idioten gemacht.

Wie zum Beweis dieser These trat nun aus dem Maul des dicken Rite Speichel aus, und er begann zu sabbern.

Cumber musterte die beiden Drachen, und einen Moment lang hatte er fast Mitleid mit ihnen. Dann holte er tief Luft. »Also, Drachen. Habt ihr Hunger?«

Plötzlich schauten sie ihn folgsam und wißbegierig an. Und also brachte er ihnen das Kochen bei.

Daß sie diesen grundlegenden Zauber niemals gelernt hatten, erstaunte ihn. Aber auch die Gier, mit der sie in das dampfende Rattenfleisch bissen, das er über einem kleinen Feuer gegrillt hatte, sprach für ihre Unzivilisiertheit. Es dauerte nicht lange, bis sie ihre Bäuche gefüllt hatten, und selbst der dünne Drache, der Stition hieß, hatte jetzt einen respektablen Kugelbauch.

Cumber aß genug von dem übelschmeckenden Fleisch, um satt zu werden. Schließlich war es schon mehr als einen Tag her, daß er eine Mahlzeit zu sich genommen hatte. Darüber hinaus brachte er in Erfahrung, daß Hex den ganzen Tag Wache hatte, während Brutace einen entfernt gelegenen Winkel der Drachensiedlung durchstreifte, um vielleicht noch verborgene Drachen aufzuspüren. Aber bedauerlicherweise gelang es Cumber nicht, den Aufenthaltsort Fortunes aus Stition herauszubekommen.

Nachdem sie sich den Bauch vollgeschlagen hatten, schliefen Stition und Rite ein. Cumber, der nun immerhin etwas klüger als zuvor war, konnte sich also an die Erkundung des Höhlensystems machen.

Doch das Triumphgefühl war nur von kurzer Dauer, denn wie sich bald herausstellte, bestand Aethers Zitadelle aus einer ausgespochen komplizierten Höhlenanlage.

Zunächst schien alles noch ganz einfach zu sein. Zufrieden, daß es ihm nicht sonderlich schwer gefallen war, Rite und Stition außer Gefecht zu setzen, folgte Cumber einem breiten Korridor, der von der Oberfläche bis tief in den Berg führte. Es war der einzige Zugang zu den tiefer gelegenen Gängen, in denen die Magier lebten. Die Hauptkreuzung dieser Tunnel schien eine große runde Höhle zu sein, in der sich der erste Korridor in drei kleinere Gänge verzweigte. Den ersten dieser Gänge war Cumber heraufgekommen. Er führte zum Wachraum, dem großen Nahrungsmittellager und den meisten Wohnquartieren. Ihm blieben also nur die beiden anderen Gänge, um weiterzukommen.

Er entschied sich für den kleineren der Tunnel und fand heraus, daß er zu einem Großen Saal führte, der viel größer als der von Südkap war, wenn auch ebenso leer und verlassen. Zwar schienen hier die Sitze des Rates noch intakt zu sein, aber dennoch konnte Cumber sich bei ihrem Anblick des Gefühls nicht erwehren, daß sie schon seit langem nicht mehr benutzt wurden. Er hielt sich nicht länger in dieser Sackgasse mit ihrem kalten Licht und ihrer Einsamkeit auf und kehrte zum Kreuzungspunkt zurück.

Der dritte Weg zog ihn geradezu magisch an, aber irgend etwas hielt ihn davon ab, ihn zu betreten. Er sog prüfend die Luft ein. *Erdgeborene!* Er konnte sie riechen. Dies mußte der Weg zu den Gefängniszellen sein. Und zu Hex! Also war auch Fortune hier irgendwo in der Nähe. Aber wie sollte er ihn finden und befreien? *Ich könnte zurück zum Wachraum gehen und sie töten, während sie schlafen*, dachte er. *Und dann töte ich Hex und rette Fortune ... und die anderen Drachen.*

Wenn Brutace zurückkehrte, würde er sich den befreiten Erdgeborenen gegenübersehen, die sicher darauf brannten, ihm mit aller Entschiedenheit entgegenzutreten. Der Kriegsherr der Magier würde es mit einer ganzen Armee von Drachen zu tun bekommen.

... von erdgeborenen Drachen.

Drachen, die den ersten Magier, den sie zu Gesicht bekamen, töten würden. Selbst wenn es derjenige war, der sie befreit hatte. Als einer der Ihren konnte Fortune sie vielleicht überzeugen, Cumber am Leben zu lassen. Aber in welcher Zelle mochte er stecken? Keiner der Wächter hatte sich das Geheimnis entlocken lassen, und ohne dieses Wissen konnte Cumber beim Öffnen einer Zelle ebensogut auf einen mordlüsternen und von Rachegedanken besessenen Drachen stoßen statt auf seinen Freund.

Zugleich aber war ihm klar, daß hinter diesen Überlegungen auch noch eine tiefere Erkenntnis steckte. Er selbst war nicht dazu fähig, kaltblütig einen anderen Drachen zu töten. Und er würde es vermutlich auch nie sein.

Schöner Abenteurer!

Die einzige Lösung bestand also in der Flucht. Aber bevor er Fortune befreite, mußte er einen Weg ausfindig machen, der ihnen eine sichere Flucht garantierte. Vielleicht gelang es ihnen, durch den Hauptgang und aus einem der sieben Ausgänge an den Ostklippen zu entkommen. Doch als Cumber dieser Möglichkeit nachging, fand er heraus, wie tückisch das Höhlensystem wirklich war.

Die sieben Öffnungen, die in die Gänge von Aethers Zitadelle führten, waren in einem System angeordnet, das nur einem einzigen Zweck diente: Verwirrung zu stiften. Die Siedlung in Aethers Schlucht war an einer strategisch wichtigen Stelle erbaut worden, die an der einst wichtigsten Reiseroute durch das Kernland lag. Die Verteidigungsanlagen waren sorgfältig geplant worden, und ihre Hauptaufgabe bestand darin, jedem Eindringling den Zugang zu den Hauptgängen in die Höhlen zu verwehren. Kurz hinter jedem der sieben Zugänge verzweigte sich der Gang in zwei weitere Korridore, die sich bald darauf wiederum in zwei Tunnel teilten. Dies wiederholte sich so lange, bis sich schließlich jeder Zugang in sechzehn Gänge verästelt hatte. Diese Gänge liefen nach oben und nach unten, beschrieben Kurven und führten in die Irre, so daß zuletzt jegliche Orientierung unmöglich wurde. Als Musterbeispiel für ein sicheres Eingangssystem suchte Aethers Zitadelle seinesgleichen.

Während Cumber bei seiner Erkundungstour durch den großen Tunnel, der ihn zu diesem Labyrinth geführt hatte, noch voller Zuversicht gewesen war, stellte ihn die Komplexität des äußeren Tunnelsystems vor ein Rätsel. Er konnte lediglich drei der sieben Tunneleingänge ausfindig machen.

Jeder von ihnen befand sich am Ende eines verwirrenden Labyrinths und, was noch schlimmer war, alle drei waren von einem mächtigen Zauber geschützt, der ein ungehindertes Passieren unmöglich machte. Die beiden ersten waren durch unsichtbare Mauern blockiert, als er sich aber dem dritten näherte, sah Cumber ein kleines Dreieck aus Licht, das ihm wie ein Willkommensgruß von der Außenwelt vorkam.

Langsam kroch er vorwärts. Seine Nerven waren aufs äußerste gespannt, um beim geringsten Anzeichen einer Gefahr sofort reagieren zu können. Die Flügel und die Vorderarme hielt er dicht an den Körper gepreßt, sein Herz raste vor Aufregung.

Die Luft hier war schwer und unbewegt, als käme sie aus dem Felsen selbst. Ein Geruch nach Sumpfgas drang in seine Nase.

Hier stimmte etwas nicht.

Und so war es auch. So nah an einem Ausgang hätte man einen Luftzug spüren müssen. Da Aethers Zitadelle ziemlich hoch in den Bergen lag, hätte es außerdem kalt sein müssen.

Aber hier stand die Luft.

Und es war heiß.

Cumber glaubte zu wissen, warum.

Vorsichtig streckte er eine Klaue aus und prüfte die Luft vor sich. Nichts geschah.

»Es muß hier irgendwo sein«, murmelte er und schob sich langsam vorwärts. Nun trafen seine Krallen auf einen leichten Widerstand. Die Luft vor ihm wurde zäh und schwammig. Der ranzige, sumpfige Geruch wurde stärker, und Cumber drohte sich der Magen umzudrehen. Er hielt die Luft an und drückte seine ausgestreckten Krallen vorsichtig in die unsichtbare Barriere.

Einen kurzen Augenblick verschwand der Geruch, und die Luft wurde klar und rein, als ob die Kraft, die den Geruch verursachte, ihr Interesse auf irgend etwas anderes lenkte. Dann kehrte der Geruch jedoch zurück, diesmal doppelt so streng wie zuvor. Und er nahm Gestalt an …

Cumber hatte bereits seine Klauen zurückgezogen und wich von dem kleinen Fleck Tageslicht in den Gang zurück, als sich der Boden vor ihm wie das Wasser eines sturmgepeitschten Sees aufzuwerfen und zu brodeln begann. Große wabernde Blasen stiegen aus dem zitternden Gestein auf. Sie leuchteten in einem schrecklichen Licht, und während er immer weiter vor ihnen zurückwich, begannen sie zu zerplatzen. Dunkle, verschwommene Schatten wurden sichtbar, die darum zu kämpfen schienen, dem gelben Licht zu entkommen, das sie gefangenhielt.

Dann ging ein Seufzen durch den Tunnel. Die riesigen Felsblasen erstarrten ... und fielen allmählich wieder in sich zusammen. Und auch die Risse, die ihre glänzende Oberfläche durchzogen hatten, schlossen sich.

Schließlich sanken sie zurück in den Boden, während das eigentliche Licht, das sie erfüllt hatte, erlosch. Sie wurden wieder zu einem Bestandteil des weichen, weißen Felsgesteins, in dem er beinahe versunken wäre, hätte eine Ahnung ihn nicht zur Vorsicht gemahnt.

Das Seufzen verlor sich, erstarb wie das Keuchen eines enttäuschten Raubtieres.

Cumber selbst mußte einen tiefen Seufzer ausstoßen. Die Luft im Tunnel war jetzt wieder erträglich, und er lehnte sich erschöpft gegen die Felswand.

Seine Vermutung war also richtig gewesen: Brutace hatte die Höhlen gegen jeden Fluchtversuch gesichert.

Er dachte über die Felsblasen nach, während er durch den Gang zurückging. Die Magie des Feuers hatte er zwar schon früher kennengelernt, aber dieser Zauber hier war anders. Er *lebte*.

Wir sind im Kernland , dachte er. *Magie hat hier mehr Macht. Wenn ich mich dagegen verteidigen will, muß ich mir die Kräfte des Reichs zunutze machen. Zum ersten Mal in meinem Leben muß ich die Magie des Feuers tatsächlich einsetzen!*

Was befand sich innerhalb der Blasen? *Dürre gelbe Schatten, die sich in gebrochenem Licht bewegten.*

Er war absolut ratlos. Ihre Flucht war in jedem Fall bedeutend schwieriger, als er sich vorgestellt hatte. Selbst wenn es ihm gelang, Fortune vor Mitternacht zu befreien – wie kamen sie dann an den Wachzaubern vorbei, die die Ausgänge absicherten? Er war vielleicht in der Lage, einen Gegenzauber zu schaffen, der die Sicherungen ausschalten konnte. Aber würde dieser Zauber stark genug sein? Er mußte es versuchen. Und noch immer hatte er nicht die geringste Ahnung, wo Fortune festgehalten wurde.

Cumber hastete weiter zurück in die tiefer gelegenen Bereiche des Höhlensystems. Angst hatte von ihm Besitz ergriffen. Aus dem Wachraum war lautes Schnarchen zu vernehmen, und er entschied sich, einen Blick auf Stition und Rite zu werfen. Als er den Raum betrat, schaute er sich genau um und musterte die blassen, schimmernden Kalksteinwände. Vielleicht fand er hier den Schlüssel, vielleicht hatte er hier die entscheidende Idee für einen erfolgversprechenden Plan.

Nackte Wände, schlafende Wachen. An der gegenüberliegenden Wand entdeckte er in halber Höhe einen schmalen Kanal, in dem Trinkwasser floß.

Nichts.

Das plätschernde Wasser zog Cumber an, und dankbar trank er in tiefen Zügen. Er war froh, den ekelhaft sumpfigen Geruch loszuwerden, der immer noch in seinen Nüstern hing. Er tauchte seine Nase ins Wasser und genoß die erfrischende Kühle und den klaren, reinen Geschmack.

Plötzlich erstarrte er und hielt den Atem an.

Direkt unter der Wasseroberfläche wirbelten dünne silberne Schatten umher. Er neigte den Kopf und versuchte die schmalen glitzernden Figuren zu fixieren.

Es waren winzige Lebewesen, kaum größer als Kaulquappen. Jedes verfügte über einen silbrigen Fischschwanz sowie einen schlanken Körper mit dünnen, äußerst beweglichen Armen. Um den ausgeprägten und fein geformten Kopf spielte silbernes Haar und verlieh ihnen eine Aura aus Licht.

Die Wassergeister sahen Cumber mit sanften, intelligenten Augen an.

Fasziniert beobachtete er, wie sie durch das Rinnsal tanzten. Selbstverständlich hatte er schon von solchen Lebewesen gehört. Aber hier, im Kernland, sah er sie zum ersten Mal und war sofort von ihrer archaischen Schönheit entzückt.

Wie gebannt starrte er sie an, während ihm das Wasser aus den Nüstern rann.

»… am … ba …«

Ein hoher, sirrender Ton durchschnitt die Luft. Erstaunt sah sich Cumber um, dann erst erkannte er den Ursprung der Laute.

»Am … ba …«

Er beugte sich vor und versuchte das Geräusch des plätschernden Wassers von den seltsamen Wortfetzen der Wassergeister zu trennen. Einer von ihnen durchbrach für einen Moment die Oberfläche und kämpfte gegen die Strömung wie ein Drache, den eine Windböe erfaßt hatte.

»K … am … ba«, wisperte das Wesen mit aller Kraft.

K … am … ba. Kamba. Cumber?

Cumber!

»Ja«, sagte Cumber. Die Geister drehten und wanden sich in den Strudeln des glasklaren Wassers, während sie weiter gegen die Strömung kämpften.

»K … am … ba … geh.«

»Gehen? Wohin?«

» … geh … Was … ser … fall.«

Wasserfall?

Eine Welle lief durch die Wasserrinne und wirbelte die Geister durcheinander. Mit aller Macht mühten sie sich, nicht hinweggeschwemmt zu werden, während die Strömung sie hin und her warf.

»… Fels …« erscholl es leise, dann nahm der Wasserstrom plötzlich ab und versiegte. Die Wassergeister wurden davongetragen. Cumber lief neben der Rinne her. Es gelang ihm aber nur noch, zu beobachten, wie der Rest des eisigen Wassers in einer dunklen Öffnung in der Wand verschwand.

Offenbar war die Zeit zum Trinken vorbei.

Sein Herz pochte heftig. Nun hatte er doch noch einen Hinweis erhalten und wußte, wohin er gehen mußte. Die

Botschaft war von Fortune, daran hatte er nicht den geringsten Zweifel. Sein Ziel war ein Wasserfall. Wenn er ihn fand, würde er auch seinen Freund wiedersehen.

Über ihm, an der Decke der Höhle, wechselten die Farben der Beleuchtung, als der Nachmittag anbrach. Stition und Rite schliefen noch immer fest. Und Cumber machte sich daran, den ersten ernstzunehmenden Zauber seines Lebens auszuführen.

Kapitel 10

Magie des Feuers

Vielleicht war es besser, daß Cumber das Ausmaß des von ihm ausgelösten Einsturzes nicht voraussehen konnte, sonst wäre er schon vorher verzweifelt.

Die große runde Höhle, in der sich der Hauptgang in drei kleine Gänge verzweigte, hatte er ›Höhle der Entscheidung‹ getauft. Dort stand er nun und starrte in den einzigen Gang, der als Fluchtweg in Frage kam. Durch ihn nach draußen zu entkommen, würde sehr schwierig werden. Aber etwas anderes blieb ihnen nicht übrig, wollten sie sich nicht buchstäblich durch den Berg hindurchgraben. Ein Magier hätte das sicherlich schaffen können. Allerdings nur, wenn er ein oder zwei Jahre Zeit dazu gehabt hätte …

Hinter ihm, im linken der drei Tunnel, setzte sich langsam der Staub, den sein Zauber verursacht hatte. Er hatte den Eingang zum Wachraum zum Einsturz gebracht und dadurch die beiden schlafenden Wachen eingeschlossen. Wenn er sie richtig einschätzte, waren sie noch nicht einmal aufgewacht.

Das wird Stition und Rite erst einmal eine Weile beschäftigen.

Wie Rite ihm glücklicherweise erzählt hatte, streifte Brutace den Tag über auf der Suche nach Erdgeborenen im Canyon umher und würde nicht vor Sonnenuntergang wieder hier sein.

Damit blieb nur noch Hex.

Der rechte Gang sah vielversprechend aus. Dies konnte der Weg zur Gefängnisebene sein, wo Hex sich aufhalten mußte und – wie Cumber hoffte – auch sein Freund Fortune.

Wenn ich nur diesen Wasserfall finde!

Aus dem Gang stieg weder das Geräusch von plätscherndem Wasser zu ihm herauf noch irgendein anderes Lebenszeichen. Der Tunnel war durch schillernde Lichtmagie recht gut beleuchtet, aber da er einige Krümmungen aufwies, konnte Cumber nur etwa drei oder vier Baumlängen in ihn hineinspähen. Der junge Magier stand in der ›Höhle der Entscheidung‹ und versuchte, sich auf das vorzubereiten, was vor ihm lag und wovor er sich so lange gefürchtet hatte. Er schüttelte sich, aber selbst dieses altbewährte Mittel half nicht, die innere Unruhe loszuwerden, die ihn erfaßt hatte.

Cumber hatte den Felssturz, mit dem er Rite und Stition im Wachraum gefangengesetzt hatte, ausschließlich durch den gezielten Einsatz von Erdmagie bewerkstelligt. Es war das erste Mal, daß er Magie eingesetzt hatte, um etwas zu zerstören, und er hatte dabei ein merkwürdiges Verlangen tief in seinem Innern verspürt. Es war wie ein Stechen am Schwanzansatz, eine Stelle, die er nicht erreichen konnte, oder wie ein Summen, das er kaum hörte und das gleichwohl darauf bestand, gehört zu werden. Es hatte an ihm genagt, als er den Felsen zum Einsturz brachte, und es nagte noch immer an ihm, während er den Gang zum Gefängnis hinunterschaute und sich fragte, was ihn dort erwarten mochte.

Man konnte es als kitzelndes Abenteuer bezeichnen oder als einen Widerstreit der Gefühle. Cumber nannte es das *Reich*.

Erdzauber und Feuerzauber: Die Magier beherrschten beide Formen. Erdzauber war relativ einfach zu handhaben, und etwas anderes hatte Cumber bisher noch nie versucht. Wenn er Feuer spuckte, war das lediglich so etwas wie die Blitze bei einem Gewitter: ein Erhitzen der Luft und die Verwandlung von ein paar natürlichen Elementen in übernatürliche Formen.

Aber Feuerzauber war sehr viel schwieriger, und er hatte sich immer davor gefürchtet. Als Drache, der sich darum bemühte, die Welt zu verstehen, das Wesen der Dinge zu begreifen, und der von Haus aus eher nachdenklich war, fürchtete er vor allem das *Reich*. Es schien seine Nähe nicht zu suchen, und also hatte auch er schon vor langer Zeit beschlossen, seinerseits das *Reich* zu meiden.

Aber obwohl er niemals seine Erfahrungen mit dieser rätselhaften Kraft gemacht hatte, wußte er genau, wozu sie diente. *Die Quelle des Feuers. Eine andere Welt, die hinter unserer Welt liegt*. Das *Reich* spürte sein Verlangen, die magischen Kräfte einzusetzen, und es bohrte in seinem Bewußtsein, begierig darauf, daß er es freisetzte, hungrig auf die Freiheit, die er ihm geben konnte.

»Wir benutzen das *Reich*«, hatte Ordinal ihm einst gesagt. »Aber wenn wir uns nicht vorsehen, benutzt es uns. Seine Kräfte sind nicht leicht zu beherrschen.«

Die Angst begleitete Cumber, als er die ›Höhle der Entscheidung‹ verließ und sich auf den Weg zum Gefängnis machte.

Ohne es zu bemerken, hatte Cumber bereits einige der magischen Netze zerstört, die Brutace und seine Wächter benutzten, um die verschiedenen Versorgungseinrichtungen der einzelnen Zellen zu überwachen. Diese Netze liefen an einer Wand des Wachraums zusammen und kontrollierten von dort aus die meisten der automatischen Systeme, die man im Gefängnis installiert hatte. Mindestens die Hälfte dieser Anlagen hatte Cumber zerstört. Die Folge davon war, daß nun viele der Gefangenen in Lebensgefahr schwebten.

Die unregelmäßige Öffnung, durch die das Wasser wieder aus der Höhle abfloß, in der Gossamer und Fortune gefangengehalten wurden, wurde kleiner und kleiner. Unter ihren entsetzten Blicken zog sie sich immer weiter zusammen.

Bis sie sich schließlich ganz geschlossen hatte.

Bis jetzt war Fortune durch die Schmerzen, die ihm seine

Kopfverletzung bereitete, ziemlich benommen gewesen, aber nun fühlte er sich plötzlich hellwach.

Durch das eine Loch, das sich noch in der Zellenwand befand, lief ein kontinuierlicher Strom kalten Wassers in die Höhle. Dieses Loch zeigte allerdings keinerlei Anzeichen, daß es ebenfalls kleiner werden und schließlich ganz verschwinden würde. Das Wasser, das in die Zelle strömte, hatte keinen Abfluß mehr.

»Sieht so aus, als ob wir in Schwierigkeiten wären«, kommentierte Fortune.

In den Zellen war es still. Hinter den massiven Kalksteinwänden wußte keiner der Gefangenen etwas vom Schicksal seines Nachbarn. In alle Zellen rann mittlerweile aus den Wänden Wasser, und es stieg stetig an. Die Wirkung des Zaubers, der die Versorgungsfunktionen geregelt hatte, nahm stufenweise ab und schwand schließlich ganz. Erdstöße, die Zeichen von Schwäche und Verfall, kündeten von dem vollständigen Zusammenbruch des Systems. In manchen Zellen war keine Atemluft mehr, andere lagen im Dunkeln. Eine der Zellen war mittlerweile auf die Hälfte ihrer ursprünglichen Größe zusammengeschrumpft und wurde noch immer kleiner. Und sechs Zellen von Gossamer und Fortune entfernt, war ein junger Drache gefangen, der um sein Leben kämpfte.

Die Zelle von Brace war ziemlich klein und hatte sich daher schnell mit Wasser gefüllt. Schon lange mußte der junge Drache schwimmen, und sein Kopf stieß inzwischen gegen die Decke der Felsenkammer, während das Wasser höher und höher stieg. Innerhalb weniger Augenblicke würde er ertrinken.

Es war so kalt!

Die Hoffnung hatte ihn verlassen, doch sein Haß war ihm geblieben. Die Magier hatten ihn hier eingesperrt, damit er starb, und es sah ganz so aus, als ob dies auch bald geschehen würde. Sie hatten ihm keinerlei Beachtung geschenkt und den alten Thant zuerst mitgenommen. Erst ganz zum

Schluß waren sie zu ihm gekommen, und er war einer der letzten Drachen, die gefangengesetzt wurden. Die Wut über diese Zurücksetzung ließ ihn nicht los.

»Wenn ich jemals hier rauskomme«, schimpfte er vor sich hin und schleuderte die Worte wie Schläge gegen die Decke der Zelle, als ob er damit den Fels zerschmettern könnte, »dann wird mich nie wieder ein Drache übersehen!«

Doch in seine Wut stahlen sich Schuldgefühle.

Ich habe zugelassen, daß sie Gossamer mitnehmen. Sie ist meine Schwester, und ich hätte sie beschützen müssen!

Das Wasser drückte ihn gegen das weiße Gestein. Eins seiner Hörner berührte den Lichtzauber, wodurch dieser erlosch und ihn in völliger Dunkelheit zurückließ. Im gleichen Maß wie das Wasser stieg, wuchs auch seine Angst vor dem Sterben. In seiner Verzweiflung trat und schlug er wie wild um sich, bis ihm schließlich ein Rest an Vernunft sagte, daß er mittlerweile vollkommen von der eisigen Kälte eingeschlossen war und den letzten Atemzug seines Lebens machen würde, wenn er jetzt Luft holte.

Aber tief in seinem Innern, neben seiner Wut und seinen Schuldgefühlen, war noch etwas anderes, eine Stimme, die ihm sagte, daß er noch nicht bereit zum Sterben war. Er preßte die Flügel gegen den Körper und drehte die Flügelspitzen nach außen, um auf den Zellenboden zu tauchen. Brace öffnete die Augen und suchte in der eisigen Kälte nach einer Fluchtmöglichkeit.

»Ich habe Angst, Fortune«, sagte Gossamer mit zitternder Stimme.

»Weißt du was?« erwiderte er. »Ich auch.«

Sie klammerten sich fest aneinander, um sich gegenseitig zu wärmen. Fortune schien es, als ob die drohende Todesgefahr seinen Verstand geschärft hatte. Nein, sein Herz war stärker geworden. Die Möglichkeiten, zwischen denen er wählen konnte, unterschieden sich kaum voneinander. Es gab nur ein Kriterium, mit dessen Hilfe er entscheiden konnte, was für ihn von Bedeutung war: die Wahrheit. Und diese Wahrheit war, daß er sich in Gossamer verliebt hatte.

Gossamer ihrerseits hatte den Eindruck, daß die Wärme, die sie sich gegenseitig im eisigen Wasser gaben, größer und stärker als bloße physische Wärme war, und unwillkürlich dachte sie in diesem Moment an die Kraft der Magie. Zwischen ihr und Fortune war mehr, als die natürliche Welt entstehen lassen konnte. Selbstverständlich handelte es sich dabei nicht um Feuerzauber, vielmehr war es ein eigener, komplexer Ausdruck von Magie. Möglicherweise war dieser naheliegende Weg auch der einzige, wie ein erdgeborenes Wesen das Wunder der Magie erfahren konnte.

Aber man sagt doch, daß es einst Erdgeborene gab, die zu Magiern wurden, dachte sie. *Warum ist uns dies nicht möglich? Oder war das alles schon immer nur eine Legende, ein Traum aus einem anderen Zeitalter?*

Sie klammerte sich an Fortune, und sie spürte, daß er sie liebte. Und ebenso sicher wußte sie, daß auch sie ihn bald lieben würde.

Der Gang wies eine leichte Krümmung auf. Er führte in einer Rechtskurve wie eine Spirale stetig nach unten. Die Wände waren weich und weiß, und mit ihrem milchigen Schimmer sahen sie aus, als ob sie naß wären. Doch waren sie trocken, wie Cumber feststellte, als er sie berührte. Im Gang war außer dem Geräusch, das seine Klauen auf dem Boden verursachten, kein anderer Laut zu vernehmen.

Einen Wasserfall müßte ich doch hören, dachte Cumber besorgt. Außerdem beunruhigte ihn, daß er den Geruch von Erdgeborenen nicht mehr wahrnehmen konnte. Er hatte bis jetzt weder eine Zelle gefunden noch irgendeinen anderen Hinweis, daß hier unten Drachen waren. Dennoch war er sicher, daß sie sich irgendwo hier befinden mußten. Nur konnte er sie nicht aufspüren, wenn sie von einem magischen Schirm verborgen wurden. Die flackernden Lichtzauber jedenfalls beleuchteten nur kahle Wände.

Wo ist Hex?

Als er an seinen Gegner dachte, fühlte er wieder dieses seltsame Prickeln. Diesmal war das Gefühl noch stärker, und es war ihm unmöglich, es zu verdrängen.

»Na schön«, murmelte er. »Wenn ich es nicht ignorieren kann, werde ich dafür sorgen, daß es merkt, wer hier das Sagen hat!«

Er blieb stehen und prüfte vorsichtig, ob hinter der nächsten Biegung sein Feind lauerte. Als er sicher war, daß er allein war, setzte er sich auf die Hinterbeine. Er mußte bloß befolgen, was Ordinal ihm gesagt hatte. Es kam ihm vor, als ob ihr Gespräch vor einer Ewigkeit stattgefunden hätte:

»Der einzig sichere Weg ins *Reich* liegt in dir selbst«, hatte sie erklärt. »Du erschaffst das Tor, du öffnest es, und du kontrollierst es. Alles geschieht in deinem Innern. Wenn du diesen Rat nicht befolgst, wird es dich auffressen. Der Weg in das *Reich* ist nicht schwer, aber er ist gefährlich. Du mußt unter allen Umständen vorsichtig und genau vorgehen. Wie du das Tor öffnest, ist ganz allein deine Sache. Ich stelle mir immer eine Klaue vor. Eine Klaue, die in einem Augenblick auseinanderreißen und im anderen heilen kann. Die Membrane ist empfindlich, aber sie wird dir gehorchen. Allerdings nur, wenn du ihr vom ersten Augenblick an demonstrierst, daß du in der Lage bist, die nötige Kontrolle auszuüben.«

Cumber dachte gründlich über diese Worte nach. Damals hatte ihn das alles nur verwirrt, aber das war nun anders. Jetzt konnte er fühlen, wie nah das *Reich* war. Er konnte spüren, wie es sich über diese Welt ausdehnte, und als er sich mit aller Kraft darauf konzentrierte, erschien vor seinem geistigen Auge ein Bild.

Eine Haut. Eine bauchige, leicht geriffelte und dampfende Haut streckte sich vor ihm in alle Richtungen aus. Sie war lebhaft rot und an einigen Stellen fleckig. An anderen Stellen wiederum schillerte sie in glitzernden, unwirklich schönen Farben. Sie war wie ein Beutel, so groß wie die Welt und von Leben erfüllt. Nein, nicht mit Leben, mit Magie. Aus dem Innern drückten Schatten gegen die Oberfläche und verzerrten sie zu Formen, die er noch nie gesehen hatte.

Andere hingegen erschienen ihm auf eine erschreckende Weise vertraut. Wieder andere waren wie riesige deformierte Köpfe, von denen viele über gewaltige Zahnreihen verfügten. Und alle schienen sie verzweifelt bemüht zu sein, zu entkommen.

Die Haut zwischen dieser Welt und dem Reich, dachte Cumber mit trockenem Mund. *Ich muß sie nur durchdringen.*

Im seiner Vorstellung hob er eine Klaue.

Mit aller Kraft konzentrierte er sich auf die Klaue, wollte, daß sie vor seinem geistigen Auge Gestalt annahm. Dann sah er sie. Lang und schwarz war sie und scharf wie der Winter. Unendlich vorsichtig schob er sie vorwärts, bis sie die pulsierende Oberfläche der Membrane berührte.

Und auf einmal schienen die Schatten, die zuvor unter der Haut hin- und hergehuscht waren, zu dieser Stelle zu eilen und sich dort zu sammeln. Jenseits der Membrane entstand ein Chaos an Bewegungen, ein schrecklicher Ansturm der Schatten, die gierig nach der Spitze der Klaue griffen. Alle Magie jener Welt konzentrierte sich an einem einzigen Punkt, um die Haut des *Reichs* an der Stelle zu durchbrechen, an der der Eindringling seine Waffe angesetzt hatte, und um ihre Kräfte in die Welt zu entlassen. Die Membrane bildete Beulen und streckte sich. Rötliche Linien bildeten sich um den Punkt, wo Cumbers Klaue tiefer und tiefer in die zähe Masse eindrang. Es bedurfte nur noch eines Atemzugs, und die Haut würde aufreißen und ihren Inhalt freigeben.

Cumber zog die Klaue zurück, löschte ihr Bild aus seiner Vorstellung und zerstörte damit die gefährliche Verbindung. Ein mächtiges Zittern erfaßte das *Reich* und lief über die rollende Membrane. Die zuckenden Schatten zogen sich zurück, ihre Bewegungen wurden ruhiger, als ob sie eingesehen hätten, daß ihre Chance vorüber war. Doch ganz kamen sie nicht zur Ruhe. Sie tanzten ihren Tanz, bereit für das nächste Mal.

Mit einem tiefen Atemzug verließ Cumber dieses irreale Szenarium und richtete sein Augenmerk zurück auf den

Gang, der sich vor ihm in einer blassen, milchig weißen Ferne verlor. Mit sicherem und festem Schritt nahm er die Suche nach Freund und Feind wieder auf.

Die Blitze verwandelten das Wasser zu Dampf, während sie durch die eisigen Wogen zuckten. Sie erzeugten einen tosenden Sturm von Wasser und Luftblasen, der sich durch das große Loch ergoß, das in die Wand gerissen worden war. Durch die plötzliche Entleerung der Felskammer entstand ein Unterdruck, der zum explosionsartigen Einsturz der Zellenwand führte. Die Ladung aus eiskaltem Wasser und Drache wurde in den Gang gespült, während noch immer Feuerzungen über das Wasser tanzten und es in Dampf verwandelten, bevor es in kleinen Kanälen im Fels abfließen konnte.

Brace hustete keuchend und spuckte Wasser. Er versuchte sich aufzurichten und auf die Flügel zu stützen, doch er war am Ende seiner Kräfte und fiel sofort wieder in das brodelnde Wasser zurück.

Hinter ihm ertönte ein eigenartiges Geräusch. Auf dem steinernen Fußboden klickte es hart, metallisch und rhythmisch.

Dann hörte er jemanden ausgiebig gähnen, bis schließlich Kieferknochen zusammenschlugen und eine Stimme sagte: »Wir scheinen ein Problem mit dem Wasser zu haben, oder? Na ja, wenigstens bist du schön fett!«

Brace wirbelte herum. Vor ihm stand der Drache, der ihn zugunsten des alten Thant zurückgewiesen hatte. Der, der ihn Dicker genannt hatte. Er kannte den Namen des Drachen nicht. Aber es war natürlich Hex. Noch immer schwer keuchend, zog Brace die Brauen zusammen und versuchte, die Last seines Körpers auf die Hinterbeine zu stemmen. Hex brach angesichts dieses Manövers in ein donnerndes Lachen aus.

»Bleib da liegen, kleine Ratte«, kommandierte er. Als ob ihn schon die bloße Bewegung langweilte, warf er den Kopf zurück und spuckte einen kleinen Feuerball in die Rinnsale, die noch immer von Braces Körper herabliefen. Das Wasser wurde orangerot und nahm die Form eines Bandes an, das kreuz und quer um Braces Körper lief. Es fesselte seine Flügel dicht an den Körper und hielt ihn hilflos und halb erstickt am Boden fest.

Hex grinste, und kleine Funken erschienen zwischen seinen gelben Zähnen. In seinem Rachen loderte ein Feuer, und sein Grinsen wurde unermeßlich breit, bis Brace außer diesem Schlund nichts mehr sah. Ob Hex ihm so nahe gekommen war oder einen Zauber benutzt hatte, um sein Maul in diesen furchterregenden Schlund zu verwandeln, vermochte Brace nicht mehr festzustellen, denn er hatte bereits das Bewußtsein verloren.

In der Ferne war plötzlich ein donnerndes Grollen zu hören, und Blitze zuckten durch das Dunkel. Mengen von Wasser schienen sich durch einen Gang zu ergießen.

Cumber duckte sich und schlich den Tunnel entlang, hin zu dem blitzenden Licht. Er hatte Glück, denn vor ihm tauchte ein Schutthaufen auf, durch den ein paar kleinere Rinnsale strömten. Das war zwar kein Wasserfall, doch zumindest eine Deckung.

Als er die Trümmer erreicht hatte, preßte er sich dicht dagegen und schob vorsichtig seinen Kopf über den Rand. In sich spürte er deutlich das Drängen des *Reichs*. Die Szene, die sich ihm jenseits des Trümmerhaufens bot, versetzte ihn in höchste Alarmbereitschaft, und einen Moment lang befürchtete er, von seiner Angst überwältigt zu werden. Aber dieses Gefühl schwand und machte einer seltsamen Gelassenheit Platz.

Hinter den Steinen lag ein dicklicher und offensichtlich bewußtloser Erdgeborener, der von magischen Fesseln gehalten wurde. Hex beugte sich drohend über ihn. Tief in seinem Innern spürte Cumber, wie sich das Tor zum *Reich* öffnete. Doch noch konzentrierte er sich auf das, was sich vor seinen Augen abspielte.

Hex streckte das rechte Vorderbein nach seinem Opfer aus. Bläuliches Licht verteilte sich wie ein Spinnennetz über das Bein, und innerhalb eines kurzen Augenblicks wuchs es um seine doppelte Länge. Es streckte und streckte sich, die Klauen verschmolzen miteinander, die Sehnen flochten sich zu einem einzigen Strang zusammen. Kurz, die Anatomie wand sich unter dem grausamen Griff von Feuerzauber. Funken und Schweiß tropften von der Spitze des aufs furchtbarste veränderten Beins.

Hex bewegte sich nun weiter auf den Erdgeborenen zu, merkwürdig hinkend auf seinen drei Beinen. Das vierte hatte sich inzwischen in eine riesige, peitschende Zunge verwandelt, deren Unterseite mit gefährlichen Stacheln besetzt war: eine dicke purpurrote Schlange, die mit faszinierender Gewandtheit nach ihrer Beute griff. Sie hob sich hoch über seinen Kopf, wo sie kurz verharrte, dann knallte sie wie eine Peitsche mit unvorstellbarer Kraft zu Boden, um das hilflose Opfer zu enthaupten.

Cumbers Geist war eins mit dem *Reich*. Ohne daß es ihn große Anstrengung kostete, ließ er die Klaue neu entstehen, riß in die Membrane eine große klaffende Spalte, deren gekrümmte Ränder zuckten und pulsierten, und drang ein.

Er fühlte Feuer, und er fühlte Eis. Es dauerte nur den Bruchteil einer Sekunde, um das zu finden, was er suchte.

Aber in dieser kurzen Zeitspanne berührte er Millionen Quellen der Kraft, Millionen von lebenden magischen Wesenheiten, die in dem vergeblichen Versuch, sich Zugang zur realen Welt zu verschaffen, übereinander hinwegkrochen und sich gegenseitig aus dem Wege drängten. Während die Klaue im schillernden Dunkel nach ihrem Ziel suchte, beschützte sein Geist die Welt vor der Invasion durch das Chaos der Magie.

Da war es!

Die Klaue griff nach dem Zauber, den Cumber gesucht hatte, und zog ihn in diese Welt. Mit der Kraft seiner Gedanken schloß er die Öffnung zum *Reich*, und donnernd wie das Grollen eines fallenden Baumriesen schnappte sie zu.

Als Hex sein zur Waffe mutiertes Bein auf den am Boden liegenden Erdgeborenen fallen ließ, traf er statt seiner ein

Schwert aus magischem blauen Feuer, das Cumber ihm in den Weg geschleudert hatte.

Dieses Feuer war ein Mosaik aus einzelnen kleinen Flammen von geradezu vulkanischer Hitze, die wie aus dem Nichts auftauchten, um bereits im nächsten Augenblick die Form eines brennenden Schwertes anzunehmen. Mit einem einzigen, erschreckend genauen Schnitt trennte es das mutierte Bein vom Rumpf des Drachen.

Hex schrie auf, als das Schwert sich wieder in einzelne Flammen auflöste, die über ihm zusammenschlugen, den abgetrennten Stumpf gegen seine Brust schleuderten und seine Schwingen zur Seite rissen, so daß er das Gleichgewicht verlor.

Der Zauber, der mittlerweile die Form eines ausgebeulten Sacks voller Feuer angenommen hatte und Hex vollständig umhüllte, verharrte einen Moment, als Cumber hinter den Trümmern auftauchte, hinter denen er sich bis jetzt verborgen hatte. Mit schmerzverzerrtem Gesicht starrte Hex ihn durch die Flammen an. Neben ihm am Boden lag noch immer bewußtlos der Erdgeborene. Das abgetrennte Bein hing ihm wie ein toter Wurm um den Nacken.

Dann bewegte sich das Feuer mit dem eingeschlossenen Magier seitwärts und drang langsam in die Wand des Gangs ein. Hex schrie wie aus großer Entfernung, doch als der tote Stein ihn umfing, erstarb seine Stimme abrupt.

Stille.

In Cumbers Geist legte sich allmählich der Sturm. Vorsichtig überprüfte er die Nahtstelle zwischen der Welt und dem *Reich*. Sie war fest verschlossen. Sein Werk war vollbracht.

Gleichermaßen entsetzt wie begeistert über das, was er getan hatte, schüttelte sich Cumber und ging zu dem jungen Drachen hinüber, den Hex hatte töten wollen. Er beseitigte den orangeroten Fesselzauber, indem er ihn in den Boden fahren und wieder im *Reich* verschwinden ließ, als ob er niemals existiert hätte. Er bemerkte kaum noch, daß er dazu einen kleinen Schnitt in die Membrane zum *Reich* hatte machen müssen, so selbstverständlich war dieser Vorgang nun für ihn. *Du wirst noch zu einem richtigen Abenteurer!* kommentierte er still mit einer merkwürdigen Mischung aus Triumph und Entsetzen.

Aber der Spuk war noch nicht vorüber. Die Wände des Gangs dehnten sich aus, und das riesige, grotesk verlängerte Vorderbein eines Drachen brach aus der Wand. Es schien aus durchsichtigem Stein zu bestehen, und Cumber konnte kochende weiße Magma erkennen, das wie schimmerndes Blut in ihm pulsierte. Immer weiter schob sich dieses seltsame Bein auf Cumber zu.

Eine steinerne Klaue schloß sich schmerzhaft um seinen Hals und zerrte ihn über den Boden. Immer näher kam die Wand, an der Cumber zerdrückt werden mußte, und das eben noch ausgekostete Triumphgefühl wich blankem Entsetzen, als dem jungen Zauberdrachen bewußt wurde, daß Hex noch am Leben war.

Plötzlich geschah alles auf einmal. Cumber spürte den Einsatz mächtiger magischer Energien, als Hex sich mit aller Macht bemühte, mit seiner Klaue wieder Halt in der realen Welt zu finden.

Weißer Fels füllte Cumbers Blickfeld, und seine Krallen schleiften kreischend über den Boden, als Hex ihn zu sich zerrte und schließlich in die Wand zog.

Bevor es ihm überhaupt bewußt wurde, hatte Cumber wieder das Tor zum *Reich* geöffnet. Doch diesmal war es anders. Anstatt Magie herausströmen zu lassen, schob er sich selbst hinein. Die Kreaturen des *Reichs* griffen nach ihm und zogen ihn hinab. Eifersüchtig auf seinen Zugang zur realen Welt, versuchten sie verzweifelt ihrem Gefängnis zu entkommen. Aber es gelang Cumber, sie zurückzudrängen.

Hex' Griff war innerhalb des *Reichs* schwächer, und Cumber erkannte plötzlich, daß der Drache starb. Diese Attacke war der letzte verzweifelte Schlußakt, das Todesröcheln eines Schwerverwundeten. Mit einer leichten und mühelosen Bewegung machte Cumber sich von Hex frei und glitt durch das *Reich*. Schwerfällig versuchte Hex, ihm zu folgen, und schlug noch einmal mit letzter, verzweifelter Kraft auf Cumbers geistige Gestalt ein, die durch imaginäre Räume im Fels tanzte. Hex taumelte durch das *Reich*, das plötzlich zu seinem Feind geworden war, das ihm auch den letzten Rest von Zauberkraft aussaugte und ihn schließlich wieder in den Fels zurückstieß.

Der Stein nahm ihn in sich auf. Er brachte das Herz des Drachen zum Stillstand und schloß sein Blut für immer in den Venen ein, während sein Geist in einem leblosen Gefängnis aus Haß gefror. Hex wurde zu Stein. Er würde den Geschmack der Luft nicht mehr genießen können, bis in einer fernen Zukunft die Berge zu Staub zerfielen und das Echo seines Körpers freigaben. Viele, viele Äonen später.

Einen Augenblick später verließ Cumber das *Reich* und gab seinem Körper die alte Gestalt zurück. Als er in den Gang zurückkehrte, war die Luft dünn und leicht. Er fühlte sich stark, als ob er ohne Anstrengung älter und ohne zu lernen erwachsen geworden wäre. Das *Reich* wartete an den Grenzen seines Geistes, begierig darauf, daß er es benutzte.

Weder jetzt noch in Zukunft, dachte Cumber, *werde ich mich seiner bedienen, wenn ich eine andere Wahl habe.*

Die Macht, die er verspürte, ließ ihn seine Gedanken sammeln, und er wandte seine Aufmerksamkeit wieder dem Drachen zu, den er gerettet hatte und der sich nun zu bewegen begann. Hinter ihm befand sich eine große unregelmäßige Öffnung in der Wand. Ganz offensichtlich hatte Hex sie geschaffen, um den Drachen herauszuholen und anzugreifen.

Jetzt begriff Cumber endlich, warum er die Zellen nicht gefunden hatte. Sie lagen verborgen hinter den Wänden des Ganges, und die Eingänge konnten nur durch den Gebrauch von Magie geöffnet werden.

Er beobachtete, wie Brace erwachte und ... mit wirrem Blick zu schreien begann!

Brace starrte an Cumbers Schulter vorbei, und als der junge Magier sich umdrehte, sah er, daß die Wand hinter ihm zwar auch milchig weiß wie die anderen Wände des Ganges war, daß sich aber auf ihr ein merkwürdiger Schatten abzeichnete. Als Cumber den Kopf ein wenig drehte, um seinen Blickwinkel zu verändern, wurde ihm klar, daß er in den Fels schaute. Der Schatten war Hex, im Berg gefangen.

Auf seinem Gesicht lag der Ausdruck ewigen Todeskampfes. Noch einmal stand Cumber also seinem Gegner von Angesicht zu Angesicht gegenüber … beziehungsweise dem, was von ihm übrig geblieben war.

Cumber schauderte und trat einen Schritt zurück. Dann riß er plötzlich verwundert die Augen auf und trat noch einen weiteren Schritt zurück.

Die Felsformation, in die Hex eingeschlossen war, glich einem Kristall, in dem sein Körper wie eine Blase wirkte. Nein, kein Kristall!

Das, was Cumber im Schein des Lichtzaubers sah, der hinter seinem Kopf an der Decke hing, war ein hoch aufgetürmtes Gebilde aus Kalkstein. Ein Monument aus Kalkrückständen, aus Röhren, Kugeln und langen Sturzkanälen, das hell und durchsichtig schimmerte. Es war ein Überbleibsel des Wassers, die Erinnerung an einen früheren Durchfluß. Eine Säule aus Kalk, die schöner als alles war, was Cumber je zuvor gesehen hatte.

Ein Wasserfall aus Stein.

Kapitel 11

Ein Wettlauf zum Licht

Brutace beeilte sich, zu den Höhleneingängen zu kommen. Mit eisernen Schwingen peitschte er die Luft und jagte über den Himmel.

Eine Ahnung hatte sich plötzlich seiner bemächtigt, eine Ahnung, daß er sich unbedingt beeilen mußte. Wie erhofft, hatte sich sein Kontrollflug durch die Schlucht als überflüssig erwiesen. Keiner der ehemaligen Bewohner der Zitadelle war noch in Freiheit, dessen konnte er jetzt sicher sein. Und auch kein anderer Drache hatte es gewagt, Schutz in den verlassenen Nestern zu suchen. Die Siedlung der Erdgeborenen von Aethers Schlucht existierte nicht mehr.

Die beiden Besucher, der Magier und der Erdgeborene,

waren allerdings ein merkwürdiges Paar. Nicht eine Sekunde lang hatte Brutace die Geschichte des jungen Magiers geglaubt. Wie hatte er sich noch genannt? Cummion? Wer wußte schon, ob es sein richtiger Name war! Doch er hatte den Meister erwähnt, und deshalb mußte man auf der Hut sein. Vielleicht war ja doch etwas dran an dem Märchen, das er ihm aufgetischt hatte.

Brutace war ein unsentimentaler und phantasieloser Drache, und auf diese Eigenschaften war er besonders stolz. Denn während er hilflos zugesehen hatte, wie viele der Magier von Aethers Zitadelle dem Wahnsinn verfielen, waren ihm seine Stärke und seine Wachsamkeit erhalten geblieben. Dann war der Meister zu ihnen gekommen, und Brutace war der erste gewesen, der dessen Forderung unterstützt hatte, die Erdgeborenen zu vernichten. Für ihn bestand nicht der geringste Zweifel daran, daß sie die Ursache für den Untergang der Magier waren.

Genau einhundert Drachen hatten sich in jener Nacht im Großen Saal versammelt, doch nur etwa die Hälfte von ihnen war noch ganz bei Verstand. Der Irrsinn der anderen äußerte sich vor allem in ihrem Verfolgungswahn. Dies hatte dazu geführt, daß sie in viele kleine, rivalisierende Gruppen zersplitterten. Fast jeder beäugte den anderen mißtrauisch, und die Atmosphäre im Saal war zum Zerreißen gespannt. Einen Führer gab es nicht mehr, seit die alte Wast im Delirium geistiger Umnachtung etwa einen Mond zuvor gestorben war. Danach hatte kein anderer Drache ihren Platz eingenommen.

Die Ankunft des Meisters war ihnen einige Tage zuvor durch einen aufgeweckten, drahtigen Drachen angekündigt worden, der sich als Insiss vorgestellt hatte. Die Wirkung, die er auf die Gemeinschaft der Magier hatte, war eigenartig. Denn obwohl jeder, der ihn kennenlernte, schwor, daß er ihm nicht über den Weg traute, glaubten sie ihm doch jedes Wort, wenn er über den Großen Meister und dessen bevorstehenden Besuch sprach.

»Er wird euch das Ziel geben, nach dem ihr sucht«, hatte Insiss mit seiner leisen, aalglatten Stimme gegurrt, und nicht einer der Magier der Zitadelle hatte durchschaut, welche Klugheit und Raffinesse dahintersteckte, daß der Schwarze Drache gerade einen derartig verdächtigen Boten zu ihnen schickte. Denn je mehr sie Insiss mißtrauten, desto sehnlicher warteten sie auf einen Drachen, dem sie trauen konnten. Gerade das Zweifelhafte an Insiss' Charakter war es, das seinem Meister den Weg ebnete.

Und in diese zwischen Mißtrauen, Hoffnung und Streit hin- und hergerissene Drachengemeinschaft war der Schwarze Drache gekommen. Doch nicht durch einen der Tunneleingänge war er zu ihnen gelangt, er war direkt aus dem *Reich* heraus in ihre Mitte getreten, hinter sich ein gleißendes Licht, so daß seine riesenhafte Gestalt einen noch gigantischeren Schatten warf. Im Großen Saal gab es keinen Drachen, der nicht vor Staunen und Ehrfurcht erschaudert wäre. Aethers Zitadelle war nicht die erste Magiergemeinde, die der Schwarze Drache auf diese Weise heimsuchte, und so hatte er sich mit einer Selbstverständlichkeit, aus der jahrelange Erfahrung sprach, auf dem leeren Sitz des Führers niedergelassen und sich zu ihrem neuen Meister erklärt. Alle hatten sich vor ihm verneigt. Und dies nicht nur, weil sie sich vor ihm fürchteten, sondern auch, weil er ihnen genau das gab, wonach sie sich so lange gesehnt hatten: Einheit, ein gemeinsames Ziel und das Versprechen auf den Kampf gegen die Drachen, die sie so sehr zu hassen gelernt hatten, die Erdgeborenen der Westwand.

»Dies ist die Nacht«, hatte der Schwarze Drache verkündet. »In dieser Nacht soll es geschehen.«

Noch bevor der Morgen graute, war der Kampf vorüber gewesen, und mit einem einzigen grandiosen Schlag waren die Erdgeborenen besiegt worden, wie der Schwarze Drache es versprochen hatte.

Wäre es nach Brutace gegangen, hätte ›besiegt‹ zugleich ›vernichtet‹ bedeutet. Die Anordnung des Schwarzen Drachen, daß die Erdgeborenen nicht getötet, sondern nur gefangengenommen werden durften, war der einzige Punkt, mit dem Brutace nicht einverstanden war. Aber das Wort des Meisters war Gesetz. Abgesehen davon, daß er mit dieser Demonstration der Milde auch die weniger kriegslüsternen Drachen auf seine Seite gebracht hatte. Brutace war davon überzeugt, daß hinter all dem ein größerer Plan stand, der zu gegebener Zeit für die endgültige Vernichtung der Erdgeborenen sorgen würde. Bis es soweit war, gab er sich voller Vertrauen in seine eigene Stärke und die Autorität des Meisters damit zufrieden, der Oberste Kerkermeister von Aethers Zitadelle zu sein.

Zwei Nächte später hatte der Meister fast alle Magier der Schlucht mit sich auf den Weg nach Süden genommen. Einzig Brutace und drei weitere Drachen, Hex, Stition und Rite, hatte er zurückgelassen und Brutace das Kommando über sie erteilt. Die drei waren zwar nicht besonders intelligent, dafür aber um so brutaler und grausamer. Doch im Laufe der Tage, in denen sie die Erdgeborenen bewacht hatten, waren sie immer weiter dem Wahnsinn verfallen. Brutace war sich bewußt, daß er sich eigentlich nur noch auf Hex verlassen konnte. Vorausgesetzt, daß nicht auch er während Brutaces Abwesenheit der Seuche zum Opfer gefallen war. Trotzdem machte sich Brutace deswegen nicht allzu viele Gedanken. Sobald sein Auftrag hier erledigt war, sollte er in die Zitadelle im Süden versetzt werden und dort einen hohen Posten erhalten. Das hatte der Meister ihm in Aussicht gestellt. Dorthin hatte der Meister auch die Magier von Aethers Schlucht geführt ... Dort lag ihre Zukunft.

Ich werde die drei so bald wie möglich beseitigen müssen, überlegte Brutace, während er sich den Höhleneingängen näherte. *Ich komme auch ohne sie zurecht, bis der Meister neue Befehle erteilt.*

Aber da waren immer noch diese Neuankömmlinge, diese beiden Reisenden. Sie rochen geradezu nach Ärger. Er zweifelte keinen Augenblick daran, daß er mit ihnen leicht fertig werden konnte, schließlich waren sie bloß ein paar erbärmliche Jungdrachen. Und trotzdem, sie hatten etwas an sich, was ihm nicht ganz geheuer war, etwas, das sogar ein Gefühl bei ihm auslöste, das er bis dahin nicht zu kennen geglaubt hatte: Angst!

Angst? In Brutaces Herz ist kein Platz für Angst!

Irgend etwas war hier nicht in Ordnung. Aus der Tunnelöffnung zur Zitadelle schlug ihm der Geruch des Todes entgegen, und Brutaces Angst wandelte sich in Wut. Er hätte nicht so lange wegbleiben dürfen.

Vor Zorn glitten seine Klauen in die Tatzen zurück, nur, um sofort darauf wieder gefährlich scharf und lang daraus hervorzuschnellen. Wer oder was auch immer sich ihm in den Weg stellte, er war zum Kampf bereit. Tödliche Stachel traten entlang der Wirbelsäule aus dem Rückenpanzer, und seine Flügel verwandelte er durch einen Zauber in messerscharfe Waffen.

Es war keine Zeit mehr zu verlieren. Mit wachsendem Zorn stürzte er sich in die Dunkelheit der Höhlen.

»Ein Wasserfall aus Stein!« flüsterte Cumber überwältigt. »Und ich hätte ihn beinahe übersehen!«

Er wandte dem glänzenden Gebilde den Rücken zu. Bei seinem Streifzug durch das *Reich* war ihm bereits klar geworden, daß sich auf dieser Seite des Tunnels keine Zellen befanden. Also versuchte er, den Fels der gegenüberliegenden Wand zu durchdringen. Es war sehr schwierig, denn das in den Stein gewobene magische Netz war dicht geknüpft und komplex. Irgend etwas schien seine Sinne zu trüben. Seine intuitive Fähigkeit, Magie zu erspüren, war nachhaltig beeinträchtigt, und die Bilder, die sich vor seinem geistigen Auge von den Verknüpfungspunkten des Netzes formten, waren undeutlich und verwischt. Hinter dieser Wand befand sich eine Zelle, dessen war er sich sicher. Doch wo genau lag sie, und warum war das Bild davon undeutlich und völlig verschwommen, als ob er es durch einen Schleier sähe?

»Wie unter Wasser!«

Natürlich, die Zelle stand unter Wasser! Cumber warf einen erschreckten Blick auf die Trümmer, die vor dem Eingang der Zelle des Drachen lagen, den er vor Hex' grausamen Zauber gerettet hatte. Der junge Erdgeborene war allmählich wieder zur Besinnung gekommen und starrte

Cumber mit unverhohlenem Haß an. In seinem Blick lag allerdings auch Furcht, was ihn zumindest daran hinderte, auf Cumber loszugehen. Cumber hatte jetzt keine Zeit, sich um ihn zu kümmern. Dem von Wasser überfluteten Raum hinter der Felswand konnte er ein paar Hinweise entnehmen. Er mußte sie nur mit dem verbinden, was sich aus dem Schutt rückschließen ließ, der auf dem Boden des Tunnels lag. Fehler im Stein, die Dicke der Wand zwischen Zelle und Tunnel und physikalische Gesetze bei der Zersplitterung des Felsens waren ebenfalls zu bedenken. Dann war er sich halbwegs über die richtige Vorgehensweise im klaren, und Cumber setzte zu einem tiefen Schnitt an. Er richtete einen Energieblitz auf die Wand und holte einen zylindrisch geformten Brocken Kalkstein aus dem Felsen, den er weit in das wartende *Reich* hineinschleuderte, wo er auf der Stelle zu Staub zerfiel und verschwand. Das *Reich* spie Feuer und Qualm, und wieder schloß Cumber die Wunde, die er in seine Haut gerissen hatte.

Mit jedem Mal wird es einfacher. Ich wünschte, das wäre nicht so!

Einen Augenblick lang schien die Zeit stehenzubleiben. Durch das kreisrunde Loch, das exakt die Tiefe der Wand hatte, konnte man in das Innere der Zelle blicken. Das Wasser stand darin wie eine massive Steinmauer. Doch dann hatte die reale Welt den Zauber eingeholt, der über sie gelegt worden war, und in einer einzigen Flutwelle stürzte das Wasser aus dem kreisrunden Loch, ergoß sich über Cumber und Brace und lief den Tunnel entlang, um schließlich irgendwo in den Tiefen des Berges zu versickern. Mit dieser Flutwelle wurden aber nicht nur ein paar Steinbrocken aus der Zelle herausgespült, sondern auch zwei Drachen. Sie waren völlig durchnäßt und zitterten vor Kälte. Zugleich aber waren sie starr vor Freude, als sie merkten, daß sie noch am Leben waren.

»Cumber!« rief Fortune, als er durch den Druck des Wassers gegen seinen Freund geschleudert wurde, so daß beide das Gleichgewicht verloren und über den Boden rollten. Erst der steinerne Wasserfall stoppte sie. Sie spuckten, husteten und lachten gleichzeitig, während sie zur Begrüßung spielerisch ihre Köpfe aneinanderschlugen. Der Wasserpegel sank rasch, und sie warfen einen Blick auf das Loch, das Cumber in die Wand geschnitten hatte. »Ich wette, das ist der allerbeste Zauber, den du je hinbekommen hast!« rief Fortune begeistert aus.

Wieder umarmten sie sich lachend und rollten übermütig durch die Reste des Wassers, das in großen Pfützen auf dem Tunnelboden stand. Vollkommen außer Atem standen sie sich schließlich gegenüber und sahen sich an, noch immer fassungslos, daß sie sich wiedergefunden hatten.

»Nicht ganz«, antwortete Cumber, rang nach Luft und lächelte dabei derart geheimnisvoll, daß Fortune nicht schlau daraus wurde. Cumber schien irgendwie größer, erwachsener geworden zu sein, und Fortune war beeindruckt von dieser Veränderung.

Cumber wird uns hier rausbringen, dachte er voller Überzeugung. *Er hat die Macht dazu!*

»Ich erzähl's dir später«, fügte Cumber hinzu, denn er sah seinem Freund an, daß er drauf und dran war, ihn mit Fragen zu überhäufen. »Aber bis dahin müssen wir ...«

»Brace!«

»Gossamer!«

Cumber und Fortune wandten sich um und wurden Zeugen einer weiteren Wiedersehensfeier, als Gossamer ihren zitternden Bruder so fest in den Arm nahm, daß sie ihn dabei hochhob und ihm fast die Augen aus den Höhlen traten. Dann vollführten die beiden einen wilden Freudentanz, bevor sie schließlich, um ihr Gleichgewicht kämpfend und nach Luft ringend, überglücklich vor Cumber und Fortune stehenblieben.

»Fortune«, keuchte Gossamer. »Ihm geht es gut. Ist das ...?«

»Das ist Cumber«, bestätigte Fortune, während er Brace musterte. Dem Blick nach zu urteilen, mit dem dieser Cumber bedachte, hatte er nicht allzuviel übrig für Magier. Weder für den, der hier vor ihm stand, noch für irgendeinen anderen. Cumber seinerseits schenkte Braces ablehnender

Haltung keinerlei Beachtung. Ihm war nur daran gelegen, die anderen zur Eile anzutreiben.

»Das förmliche Bekanntmachen wird noch eine Weile warten müssen. Würdet ihr bitte dort entlang den Gang hinaufgehen, wir können uns auch noch unterwegs einander vorstellen. Aber jetzt müssen wir uns beeilen. Bitte, macht schnell. Wir dürfen keine Zeit mehr verlieren.«

Seine Nervosität steckte die anderen an, und bevor sie sich versahen, schob Cumber bereits Gossamer und Fortune vor sich her den Gang hinauf. Erst als sie Braces Stimme hörten, blieben sie stehen und sahen sich um.

»Wollt ihr die anderen etwa im Stich lassen?« schrie er wütend. Er hatte sich nicht von der Stelle gerührt und stand noch immer vor dem steinernen Wasserfall.

Cumber, Fortune und Gossamer sahen sich an.

»Er hat recht«, sagte Gossamer, ohne zu zögern. »Wie konnte ich sie nur vergessen? Unsere Eltern, Freunde ... Fortune, hast du nicht gesagt, deine Mutter sei vielleicht auch hier ...«

Bei diesem letzten Satz warf Cumber seinem Freund einen fragenden Blick zu, doch Fortune schüttelte nur den Kopf. *Später*, schien er damit sagen zu wollen. *Mach dir um mich keine Sorgen*.

»Cumber?« fragte Fortune in einem Ton, der seinem Freund deutlich machte, daß er seine Entscheidung akzeptieren würde, gleichgültig, wie sie ausfiel.

Das Vertrauen, das Fortune in ihn setzte, rührte Cumber, und einen Augenblick lang wußte er nicht, was er sagen sollte. Doch dann gewann der ihm angeborene Realitätssinn die Oberhand, und anstatt große Worte zu verlieren, handelte er.

Er trat an die Wand, hinter der die Zellen lagen, und preßte seinen Kopf dagegen. Im Innern des Felsens konnte er noch Bruchstücke von Magie spüren. Erst jetzt wurde ihm klar, welchen Schaden er dem gesamten System zugefügt hatte, als er Rite und Stition im Wachraum eingesperrt hatte. Das Netzwerk des Zaubers war zu komplex, als daß er es jetzt in aller Eile hätte durchschauen könne. Also tat er etwas, was ihm im Augenblick als das einzig Richtige erschien. Er setzte das ganze System außer Kraft. Gleichzeitig entdeckte er im *Reich* einen Zauber, mit dem er Millionen winzig kleiner Löcher in die Wand stieß. Gerade so viele, daß nicht alles zum Einsturz gebracht wurde, und doch genug, um ausreichend Luft in die Zellen gelangen zu lassen. Er konnte nur hoffen, daß dieser Zauber auch wirklich alle Zellen erreichte.

»Hört mir gut zu«, sagte er energisch, als er sich wieder zu den anderen umwandte. »Ich habe dafür gesorgt, daß die Zellen nicht weiter überflutet werden und eure Freunde Luft bekommen. Mehr kann ich im Moment nicht tun, auch wenn mir klar ist, daß ihr euch wünscht, ich würde alle befreien. Doch ihr müßt mir einfach glauben, wenn ich sage, daß uns keine Zeit mehr bleibt. Wenn wir noch länger bleiben, gelingt es mir zwar vielleicht, ein paar von euren Freunden herauszuholen, aber wenn Brutace uns hier überrascht, sitzen wir alle wie die Ratten in der Falle. Und ihr könnt mir glauben, daß es völlig gleichgültig ist, ob wir bis dahin viele Drachen befreit haben werden oder nicht, er wird uns alle zusammen töten. Abgesehen davon bin ich mir nicht sicher, ob eure Freunde mich nicht auf der Stelle zerreißen werden, nach all dem, was ihnen die Magier angetan haben.«

»Du hast wohl Angst, was?« höhnte Brace.

»Brace!« zischte Gossamer. »Vielleicht hat er recht. Fortune hat mir erzählt ...«

»Fortune, ist das der da?« unterbrach ihr Bruder sie mit einer Bitterkeit in der Stimme, die Bände sprach. Er musterte Fortune mit unverhohlener Abneigung.

»Um deine Frage zu beantworten«, hob Cumber mit der ihm eigenen Beharrlichkeit an, »ja, ich habe Angst. Und die solltest du auch haben. Vor Brutace und dem, was er dir antun wird, wenn du ihm hier unten in die Falle gehst, denn das wird schlimmer sein, als alles, was Hex sich je ausgedacht haben könnte.«

Er schloß seine Rede, indem er mit grimmigem Gesicht auf den versteinerten Wasserfall deutete. Fortune und Gossamer runzelten verwundert die Stirn und konnten ihren

Schrecken kaum verbergen, als sie merkten, daß ihnen aus dem Wasserfall das schmerzverzerrte, zu Stein erstarrte Gesicht eines Drachen entgegenstarrte. Brace überlief ein Schauder beim Anblick seines im Fels gefangenen Peinigers.

»Was ...?« begann Fortune, doch Cumber ließ ihn nicht ausreden.

»Auch das werde ich dir später erklären. Kommt jetzt endlich, wir müssen so schnell wie möglich hier raus. Uns bleibt nicht mehr viel Zeit!«

»Langsam wird das zur Gewohnheit«, murmelte Fortune achselzuckend. Er sah Gossamer an. In ihren Augen spiegelte sich ein derart bedingungsloses Vertrauen, daß er glaubte, sein Herz müsse stehenbleiben.

Sie vertraut mir, sie wird mit mir kommen! Ist es möglich, daß sie mich auch liebt?

Und irgendwo tief in ihren Augen sah er die Antwort, die ihm den Mut und die Kraft gab, die er jetzt so dringend brauchte.

»Komm«, sagte er, ohne den Blick von ihr zu wenden. »Wenn es uns gelingt, hier herauszukommen, haben wir vielleicht später noch eine Chance, die anderen zu befreien. Im Augenblick sind sie hier sicher, denn dieser Brutace ist hinter *uns* her. Bist du bereit, Gossamer?«

Sie schloß die Augen und nickte.

»Und was ist mit dir, Brace?« fragte Cumber.

Der rundliche, junge Drache trat von einem Bein auf das andere, bis er sich endlich zu einer Antwort durchringen konnte. »Ich werde mitkommen, Gossamer«, stieß er trotzig hervor. »Aber nur, weil dich schließlich einer vor diesen beiden Kriechern beschützen muß. Aber ich werde zurückkommen, das schwöre ich!«

»Wenn ich sehe, wie du dich uns gegenüber verhältst, bereue ich es fast schon, dir das Leben gerettet zu haben«, erwiderte Cumber verstimmt. »Ganz abgesehen davon, daß ich auf dich als Reisebegleiter gut und gern verzichten kann.«

»Cumber, wenn du willst, daß wir von hier verschwinden, solltest du langsam mit dem Meckern aufhören und die Führung übernehmen!« fauchte Gossamer.

Cumber wich erschrocken ein paar Schritte zurück und schüttelte den Kopf, als ob er einen Schlag bekommen hätte. Gossamer starrte ihn noch immer wütend an.

Doch schon bald hatte Cumber seine Fassung zurückgewonnen und setzte sich in Bewegung. Er lief so schnell den Gang entlang, daß es den Erdgeborenen schwerfiel, mit ihm Schritt zu halten. Fortune war glücklich. Ungeachtet der Gefahr, in der sie sich befanden, war er froh, wieder in Cumbers Gesellschaft zu sein. In der Hoffnung, Gossamers Bruder für sich zu gewinnen, wandte er sich zu ihm um und lächelte ihn an. Aber Brace, der als letzter hinter ihnen hertrottete, starrte nur mit finsterer Miene zurück.

Am Eingang zur Höhle, in der sich die Gänge teilten, holten sie Cumber schließlich ein.

Der junge Magier wandte sich an Gossamer und Brace. »Glaubt mir, ich bin zwar ein Magier, aber dennoch bin ich euer Freund«, sagte er mit leiser, eindringlicher Stimme. »Wir haben jetzt nur noch einen Feind, doch der ist wahrscheinlich stärker als wir vier zusammen. Stärker sogar, als alle Erdgeborenen hier unten in den Höhlen zusammengenommen.«

»Aber was ist mit den anderen Wärtern?« wollte Fortune wissen.

»Es gab nur drei andere Wächter. Hex habe ich getötet«, erklärte Cumber und war überrascht über die Teilnahmslosigkeit, mit der er davon reden konnte. »Die beiden anderen, Stition und Rite, schlafen im Wachraum, wo ich sie eingesperrt habe. Sie sind von dicken Felsmauern umgeben. Ich gehe davon aus, daß Brutace zuerst zum Wachraum gehen und versuchen wird, die beiden freizubekommen. Das hoffe ich zumindest. Denn dadurch verliert er Zeit, und wir gewinnen einen Vorsprung für unsere Flucht durch ...«

Cumber zögerte einen Moment. »Durch was?« wollte Fortune wissen.

»Nichts«, log Cumber, dem es bei dem Gedanken an den Zauber, der den Ausgang schützte, eiskalt den Rücken hinunterlief. »Ich werde mich darum kümmern, wenn wir da sind.«

Die kurze Unsicherheit war Gossamer nicht entgangen. *Dann ist er auch nur ein gewöhnlicher Drache,* dachte sie. »Wie hast du uns eigentlich gefunden?« fragte sie verwirrt. Daß Cumber magische Fähigkeiten besaß und andererseits trotzdem ein ganz normaler Drache zu sein schien, faszinierte sie, und plötzlich wurde ihr bewußt, daß sie ihn vermutlich gerade deswegen mochte.

»Die Wassergeister haben mir gesagt, wo ihr seid«, erwiderte Cumber. »Hattet ihr sie damit beauftragt?«

Gossamer wechselte einen Blick mit Fortune und schüttelte den Kopf.

»Nein, wir haben zwar ein paar kleine Wesen in dem Rinnsal gesehen, das durch unsere Zelle floß, aber sie waren zu schnell wieder verschwunden. Sie können nur Sekunden in unserer Zelle gewesen sein.«

»Auf jeden Fall lange genug, um mir mitzuteilen, wo ich euch zu suchen habe.«

»Nur schade, daß die anderen nicht auch das Glück hatten«, warf Brace bitterböse ein.

»Das haben wir doch alles schon besprochen«, sagte Cumber. »Du kannst mir glauben, mir gefällt es genausowenig wie dir. Und jetzt seid bitte alle einen Moment still. Ich muß herausfinden, ob Brutace schon zurückgekehrt ist.«

Er bedeutete seinen Begleitern, im Gang stehenzubleiben, während er vorsichtig in die große Höhle trat. Aus dem breiten Tunnel, der nach draußen führte, schlug ihm ein trockener Lufthauch entgegen, der den Duft von Blumen mit sich trug und die düsteren Höhlen auf eigenartige Weise mit einem Hauch von Leben erfüllte. Im Schein des Lichtzaubers, der unter der Decke schwebte, glänzten die blassen weißen Wände.

Es herrschte absolute Stille.

Nichts rührte sich in dem Gang, durch den sie von der Gefängnisebene heraufgekommen waren.

Die Eingänge zu den beiden anderen Tunneln, die in den

Berg hineinführten, waren bloß gähnende, schwarze Löcher.

Und auch der Korridor, der nach draußen führte, lag in vollkommener Dunkelheit.

Wo war Brutace?

»Ich glaube ...«, begann Cumber, aber im gleichen Augenblick wurde aus dem sanften Lufthauch plötzlich ein kräftiger Windstoß, der mit Gewalt in die Höhle drückte. Rückwärts stolpernd, zog Cumber sich wieder in den niedrigen Gefängnistunnel zurück und brachte seine Begleiter dazu, sich dicht an die Wand zu pressen. Der Duft nach Blumen wurde von einem ranzigen Geruch überlagert, in den sich der Gestank von Schweiß und Feuer mischte. Aus dem Lufthauch wurde ein Windstoß, dann ein wahrer Sturm, der heulend durch die Höhle fegte, und das tausendfach widerhallende Echo steigerte sich zu einem ohrenbetäubenden, überirdischen Crescendo.

Die vier Flüchtenden wichen in den Schatten der Wand zurück, als sich ihnen das Zentrum dieses Sturmes näherte. In einer Wolke aus beißendem Staub und unvorstellbarer Hitze drang Brutace in die Höhle ein.

Doch schon im nächsten Moment war er nicht mehr zu sehen. Er verschwand wie ein vorüberjagender Hurrikan in dem Tunnel, der zum Wachraum führte. Keiner von ihnen würde je den Anblick vergessen, den Brutace in diesem Bruchteil einer Sekunde geboten hatte. Blind vor Wut peitschte er mit seinen riesigen, ausgebreiteten Schwingen die Luft, und wo sie gegen die Wände oder die niedrige Decke stießen, zermahlte das blaue Feuer, das sie wie ein Schild umgab, den Stein zu Staub. Er hinterließ glühende Hitze und unzählige Narben in dem Tunnel. Überall brachen Steine aus den Wänden, rauchende Zeugen seines wütenden Fluges.

Und obwohl er es zu diesem Zeitpunkt unmöglich wissen konnte, lag auf seinem Gesicht die Gewißheit, daß die beiden Drachen, die er zuletzt gefangengenommen hatte, geflohen waren.

Einzig die Tatsache, daß Brutace buchstäblich blind vor

Wut und Zorn war, hatte die vier Drachen gerettet. Er war wie ein Blitz durch die Höhle gefahren, ohne sie zu bemerken.

»Kommt weiter!« flüsterte Cumber, und sie verließen ihr Versteck. Halb liefen, halb flogen sie den großen Tunnel hinunter, der nach draußen führte und nach Brutaces unglaublichem, zerstörerischem Flug noch breiter war. Cumber flog voran, dicht gefolgt von Gossamer und Fortune, der selbst in dieser Situation die Zeit fand, die schöne Zeichnung von Gossamers Flügeln in reichen Rot- und Ockertönen zu bewundern.

Den Schluß bildete Brace, wütend auf sich selbst, weil er so feige war und floh. Zugleich aber war er zu Tode verängstigt.

In der Ferne wurde ein heller Fleck sichtbar, eine Ahnung des Tageslichts, die das Versprechen auf eine geglückte Flucht in sich trug. Die Tunnelwände waren von Brutaces gewaltsamem Flug verwundet und zerrissen, Spalten durchliefen den Boden wie grinsende Münder. Die Steine stöhnten und bebten unter der Last der Felsmassen, die auf sie herniederdrückten.

Für die Erdgeborenen war dies ein gefährlicher Marsch. Denn während Cumber mit Hilfe eines Flugzaubers keine Schwierigkeiten hatte, unbeschadet genau in der Mitte des zerstörten Tunnels zu fliegen, hatten sie nicht genug Raum, um ihre wesentlich größeren Flügel auszubreiten. So mußten sie fast die ganze Strecke laufend zurücklegen. Und wenn sie es ab und zu wagten, wenigstens ein kurzes Stück zu fliegen, liefen sie Gefahr, gegen die zerklüfteten Wände des Tunnels zu stoßen, an dessen Ende das Freiheit verkündende Licht nur langsam, sehr langsam heller wurde.

Dann hörten sie hinter sich ein furchtbares Brüllen. Brutace kehrte zurück.

Endlich erreichten sie das Labyrinth. Hier wirkte sich das gewaltsame Eindringen Brutaces zu ihrem Vorteil aus. Denn anstatt sich damit aufzuhalten, den verschlungenen Pfaden zu folgen, die den Ausgang schützten, hatte Brutace sich einfach einen Weg quer durch den Fels gebahnt und so einen neuen Gang geschaffen, als ob der Berg bloß ein Schwamm wäre. Dieser Gang lag nun vor ihnen. Und obwohl er eine Hitze abstrahlte, die ihnen die Haut zu verbrennen drohte, waren sie froh, ein Hindernis weniger überwältigen zu müssen.

Und immer heller schien vor ihnen das Licht, das die Freiheit versprach!

Cumber sah sich zu seinen nur mühselig vorankommenden Kameraden um, lauschte dem ohrenbetäubenden Wutgeheul, das sich ihnen gefährlich rasch näherte, und versuchte abzuschätzen, ob Brutace vor ihnen das Tunnelende erreichen würde.

Er kam zu dem Ergebnis, daß seine Begleiter die vor ihnen liegende Strecke nicht in der erforderlichen Zeit würden bewältigen können.

Also verlangsamte er seinen Flug und blieb dann plötzlich stehen. Der Flugzauber erlaubte es ihm, ohne auch nur einen einzigen Flügelschlag in der Luft zu verharren. Seine Freunde rannten ihn beinahe um und waren gezwungen, auf den glühendheißen Steinen stehenzubleiben, als er ihnen mit ausgebreiteten Flügeln den Weg versperrte.

»Was zum Teufel …?« bellte Brace und klammerte sich mit ausgestreckten Krallen an einen Felsvorsprung. Aus dem hinter ihnen liegenden Tunnel fegte ein heißer Wind über sie hinweg.

»Dort entlang!« befahl Cumber und wies auf einen Seitengang. Dann gab er Fortune genauere Anweisungen. »Ihr nehmt den ersten Gang rechts, dann sofort links, dann den zweiten Gang links, wieder den ersten links und sofort noch einmal links. An der Ecke vor dem Ausgang wartet ihr auf mich. Versucht unter *keinen* Umständen, ohne mich die Höhle zu verlassen. Wiederhole, was ich gesagt habe!«

Fortune gehorchte widerspruchslos und wiederholte jedes Wort. Seit ihrem Streit wegen der verlassenen Nester von Aethers Zitadelle war Cumber merklich erwachsener geworden, und Fortune dachte nicht daran, seine Befehle in Frage zu stellen. Dies war jetzt Cumbers Abenteuer.

»Aber dort vorne sieht man doch schon das Licht«, wandte Gossamer ein.

»Wir müssen ihm vertrauen«, sagte Fortune und schob sie und Brace in den Seitengang. »Paß auf dich auf«, fügte er an seinen Freund gerichtet hinzu.

Cumber nickte wortlos ... und verschwand.

Fortune schüttelte den Kopf. Es kam ihm vor, als hätte Cumber plötzlich seine eigentlichen Fähigkeiten erkannt, und der Gedanke, daß sein Freund vielleicht ebenso mächtig war wie die grausamen und brutalen Magier, die Fortune bisher gesehen hatte, erfüllte ihn mit Furcht. Doch dann erinnerte er sich an seine eigenen Worte: ›Wir müssen ihm vertrauen.‹

»Ich vertraue dir, Cumber«, flüsterte er.

Blaues Licht erfüllte den Hauptgang, und zum zweiten Mal drückte sich Fortune erschreckt in den Schatten einer Wand, als Brutace wie ein Donnerschlag an ihm vorüberzog. Diesmal flog der Anführer der Magier langsamer, zielgerichteter, und wirkte dadurch noch viel bedrohlicher. In tiefen Zügen sog er schnüffelnd die Luft ein, und Fortune konnte nur hoffen, daß der Brandgeruch der versengten Steine stärker war als der Geruch der Furcht, der von ihm und seinen Gefährten ausging. Ohne das geringste Geräusch zu verursachen, zogen sie sich in die Gänge des zerstörten Labyrinths zurück.

Die Tunnel dort waren schmaler und niedriger, zugleich herrschte in ihnen eine wohltuende Kühle. Fortune ging voran, indem er Cumbers Anweisungen genau befolgte, bis schließlich der schwache Schein des Tages draußen zu einem hellen, leuchtenden Licht wurde, das die Luft erfüllte.

»Vergeßt nicht, wir dürfen noch nicht hinausgehen«, warnte Fortune seine Begleiter und blieb an einer Biegung des Ganges stehen, die die letzte vor dem Ausgang sein mußte. Doch Brace, überwältigt von der Aussicht, daß ihn nur noch wenige Schritte von der Freiheit trennten, rannte an ihm vorbei. Gossamer unternahm noch den Versuch, sich auf ihn zu stürzen und ihn an der Schwanzspitze festzuhalten, doch leider verfehlte sie ihn knapp.

»Nein!« schrie sie.

Wie ein Schleier legte sich das gleißende Licht um Braces Gestalt.

»Alles in Ordnung, Gossamer!« rief er ihr zu. »Hier ist nichts, wovor man sich ...«

Er sprach nicht weiter. Statt dessen war ein schriller Schrei und dann ein grauenhaftes, unnatürliches Stöhnen zu hören, dessen Ursache Cumber nur zu gut erkannt hätte. Ein beißender Geruch hüllte Fortune und Gossamer ein, während sie um die Ecke des Ganges liefen, von Furcht erfüllt, welcher Anblick sich ihnen bieten würde.

Vor der dreieckigen Öffnung des Ausgangs, durch die das Sonnenlicht derart gleißend fiel, daß ihnen die Augen tränten, war die Silhouette von Brace zu erkennen, der wie gekreuzigt mit ausgestreckten Armen und Beinen wimmernd in einem Netz aus Feuer hing. Um ihn herum brodelten die Steine in eitrigem, gelblichem Licht, als ob aus ihnen jeden Augenblick das Grauen hervorquellen würde wie aus einem Vulkan.

»Helft mir!« schrie Brace.

Sie starrten ihn entsetzt an. Aber sie wußten nur zu gut, daß sie hilflos waren.

Cumber hatte inzwischen das *Reich* betreten.

Nach einem Flug durch einen Alptraum chaotischer und lärmender Magie trat er am Ende des Ganges, den Brutace in den Fels geschnitten hatte, wieder in die reale Welt. Nur wenige Schritte vom Ausgang entfernt.

Mit atemberaubender Leichtigkeit setzte er den Zauber außer Kraft, der den Eingang schützte.

Hier war die magische Waffe das Eis. Jeder Drache, der versuchte, die Höhlen zu verlassen, wäre auf der Stelle zu einem Eisblock gefroren und dann von Zähnen zermalmt worden, die sich aus dem Boden und der Decke des Tunnels schraubten. Doch Cumber zog einen Gegenzauber aus dem *Reich*, mit dem er die zerstörerischen Kräfte aufheben konnte.

Das Hindernis, vor dem er sich am meisten gefürchtet hatte, war beseitigt.

»Paß auf dich auf, Cumber«, murmelte er vor sich hin. »Zuviel Selbstvertrauen kann gefährlich sein.«

Dann hörte er aus dem benachbarten Ausgang Braces verzweifelte Schreie.

»Helft mir!«

Verdammt, dachte Cumber, *muß ich diesen dummen Drachen denn jedesmal retten?*

Er flog in das helle Licht des Tages hinaus und wollte sich gerade in die Richtung wenden, aus der die Schreie kamen, als Brutace mit der Kraft eines Vulkans aus der Tunnelöffnung hinter ihm brach.

Brutaces Krallen gruben sich in Cumbers linken Flügel und zerrissen die empfindliche Haut. Cumber stieß einen furchtbaren Schmerzensschrei aus, sein Blut spritzte hoch in die Luft und ging in einem goldenen Regen auf die Felsen nieder. Er schoß in den Himmel hinauf, Brutace auf dem Rücken. Cumbers Körper brannte unerträglich vor Magie, während er versuchte, sich wieder unter Kontrolle zu bringen.

Je höher Cumber stieg, desto tiefer gruben sich Brutaces Krallen in sein Fleisch. Cumber wandte den Kopf zu seinem Gegner um, der jetzt nur noch aus Zähnen zu bestehen schien, und spie ihm einen verheerenden Feuerstoß ins Gesicht. Violette Flammen erfüllten den Canyon mit einem gleißenden Licht, das noch heller war als die Sonne, und Brutace war gezwungen, den Griff seiner Fänge zu lockern, so daß es Cumber gelang, sich zu befreien und noch höher in den Himmel hinaufzusteigen.

Doch die Flammen waren noch nicht verlöscht, als Brutace erneut ein furchterregendes Wutgeheul ausstieß. Mit unglaublicher Geschwindigkeit schoß der mächtige Drache auf seinen geschwächten Gegner zu. Der Schlag seiner Flügel war kräftig und unaufhaltsam. Um ihn herum zuckten Blitze seines Zaubers, während seine Krallen immer länger und die Zähne immer schärfer zu werden schienen. Aus seinem anschwellenden Nacken traten gefährliche, messerscharfe Zacken, die wütend durch die Luft schnitten. Voller Schrecken sah Cumber, wie Brutace sich vor seinen Augen verwandelte.

Trotzdem vergaß er seine Gefährten nicht.

Aus den Augenwinkeln bemerkte er, daß sich in einem der Höhleneingänge etwas bewegte. Dann blitzte dort ein Licht auf, und das darauffolgende Donnern ließ die ganze Felswand erbeben. Ein Zauber, der den Eingang schützen sollte, war ausgelöst worden.

Mit einem Seufzer wandte Cumber sich um und schoß wie ein Pfeil zurück in Richtung Ostwand auf das gelbliche Feuer zu, das aus der Tunnelöffnung loderte. Auch Brutace änderte daraufhin seine Flugrichtung und fing seinen Gegner mit weit aufgerissenem Schlund ab, kurz bevor Cumber den Felssims vor dem Eingang erreichte. In dem unendlich groß erscheinenden Drachenmaul brodelten hungrige Flammen.

Doch diesmal war Cumber gegen den Angriff gewappnet. Er öffnete das *Reich*, und das Feuer wurde aufgesogen und verwandelte sich in Nichts.

Brutace heulte vor Wut und schlang mit aller Macht seine Flügel um Cumber, daß dieser nicht mehr entkommen konnte. Gefangen mußte er sich durch die Luft tragen lassen. Cumbers Zähne gruben sich tief in den Flügel seines Gegners, und aneinander gefesselt entfernten sie sich taumelnd wie Blätter, die der Wind aufwirbelt, von dem Felsvorsprung. Sie vollführten dabei einen merkwürdigen Tanz, in dem keiner bereit war, den anderen aus seinen Klauen freizugeben. Man konnte keine Einzelheiten mehr erkennen, lediglich ein Knäuel aus glänzender, ledriger Haut, in dem zwei Drachen um ihr Leben rangen. Wie trunken torkelten sie durch die Luft, während verborgen unter den riesigen Schwingen Brutaces ein tödlicher Kampf stattfand. Ab und zu drangen grelle Blitze gewaltiger magischer Energie nach außen und warfen ihr Licht auf glühende, leuchtend rote Haut und das sich darunter dunkel abzeichnende Netz der Adern.

Brace hatte das Bewußtsein verloren. Das Flammennetz, das ihn im Tunnelausgang gefangenhielt, hatte sich eng um seinen Hals zusammengezogen, und die Haut an seinem Nakken war flammend rot. Von Zeit zu Zeit lief ein Beben durch den gesamten Berg und ließ Braces reglosen Körper erzittern.

Hilflos sah Gossamer mit an, wie vor ihr auf dem Tunnelboden der Fels zu einer großen Blase anschwoll und schließlich mit einem schmatzenden Geräusch aufplatzte. Gelbes Licht quoll hervor und ergoß sich über ihren Bruder. Dann krochen unzählige winzige spinnenartige Wesen aus der Blase hervor. Sie waren durchsichtig wie Wasser, und ihre Beine schieden Gift aus. Sie verließen ihre Brutstätte und schwärmten aus, bis sie sich wie ein kriechender, krabbelnder Teppich über den Boden des Tunnels gelegt hatten. Gossamer sah, wie ihre Körper allmählich miteinander verschmolzen, als ob sie zu einem größeren Wesen von undefinierbarer Gestalt zusammenwachsen wollten.

Regungslos vor Schrecken starrte sie auf diese obszöne Szene einer Geburt. Dann schob sich ein Schatten vor das Stückchen Himmel, das durch den schmalen Felsspalt hinter Braces lebloser Gestalt zu sehen war. Gleißendes, magisches Licht ließ einen Augenblick lang die Sonne verblassen, als Brutace Cumber direkt vor dem Ausgang der Höhle abfing und mit sich riß. Nichts in ihrem bisherigen Leben hatte Gossamer auf ein derart schreckliches Erlebnis vorbereitet, und doch wurde ihr schlagartig bewußt, daß sie genau diese Situation bereits in dem Moment vorausgesehen hatten, als sie und Brace Zeugen der Ankunft des Schwarzen Drachen geworden waren. Und sie konnte nichts tun, um ihrem Bruder zu helfen.

Als sie sich zu Fortune umwandte, sah sie, daß in seinen Augen die gleiche Frage brannte, die sie sich stellte. *Sind wir so schwach, daß die Magie uns immer besiegen wird? Können wir nichts gegen den Zauber tun?*

Sie dachte an die Wassergeister, aber deren Magie war die des Wassers und der Erde. Sie dachte an die Liebe, die sie für ihren Bruder empfand, aber die konnte ihn jetzt nicht mehr retten. Sie dachte an den Schwarzen Drachen und fühlte sich wie betäubt.

Während Gossamer noch diese Gedanken durch den Kopf schossen, hatte Fortune einen Entschluß gefaßt.

Auf dem Boden hatten sich noch mehr Steinblasen gebildet, die nun allerdings wieder in sich zusammenzufallen begannen. Es war, als ob die erste der Blasen, der es gelungen war, ihre scheußliche Ladung loszuwerden, so etwas wie ein Rennen gewonnen hatte und ihr Sieg die anderen zur Aufgabe zwang. Zehntausende durchsichtiger Spinnen wuchsen zu einem unförmigen, größeren Wesen zusammen, unter dessen glasklarer Oberfläche gelbe Funken sprühten und todbringendes Leben pulsierte.

Erst als die übrigen Steinblasen sich gänzlich zurückgebildet hatten, wurde das Ausmaß des Schadens sichtbar, den sie und die Spinnen aus dem *Reich* angerichtet hatten. Boden und Wände waren von tiefen Rissen durchzogen, und die gewölbte Decke des Tunnels sah aus wie ein ausgetrocknetes Flußbett. Als Fortune einen Blick nach draußen warf, sah er, wie der Fels rings um den Ausgang bröckelte. Riesige Gesteinsbrocken lösten sich und verschwanden in den Tiefen der Schlucht, so daß das Tageslicht in immer breiteren Strahlen in die Höhle drang. Und über ihm stöhnte und ächzte der Berg.

Der gesamte Tunnel geriet in Bewegung, während die Ostwand allmählich auseinanderbrach.

Doch Fortune blieb ruhig.

Wie in einem Traum sah er den Spinnen dabei zu, wie sie zu einer riesigen Masse aus Chitin zusammenwuchsen. Allmählich war ein Maul zu erkennen, in dem sich die einzelnen Zähne den Platz streitig zu machen schienen. Ein ewiger Kampf um Vorherrschaft. Und in dem Augenblick, in dem sich das Monster dem wehrlosen Brace näherte, wurde Fortune etwas Entscheidendes klar.

Noch während dieses Wesen im Entstehen begriffen war, *verlor es bereits seine magischen Kräfte.*

Magie hatte es erschaffen, aber es selbst war nicht magisch. Je größer es wurde, um so mehr wurde es Teil dieser Welt, und indem es sich immer weiter von der Welt entfernte, die es hervorgebracht hatte, verlor es immer mehr an magischer Kraft.

Jeder Funke, den es versprühte, bedeutete einen Verlust; es verströmte seine Magie wie Schweiß; mit jeder Bewegung büßte es etwas von seinem Zauber ein – und wurde wirklicher.

Und damit ist dieses Wesen am Ende genauso wirklich wie ich selbst.

Fortune nahm sich nicht die Zeit, seine Vermutungen zu hinterfragen. Das alles war ohnehin eher eine Frage der Intuition und hielt einer kritischen Analyse wahrscheinlich kaum stand. Aber vielleicht hatte er damit doch eine grundlegende Wahrheit der Magie entdeckt – und zugleich auch ihren wunden Punkt.

Das hieß, falls er recht hatte ...

Fortune stürzte sich jedoch nicht direkt auf das Monster. Mit einem Schrei, aus dem Angst und Hoffnung zugleich sprachen, setzte er zum Sprung an. Die Langsamkeit, mit der das riesige Spinnenmonster sich daraufhin zu ihm umwandte, verriet seine wachsende Schwäche. Im letzten Moment zog Fortune den Kopf ein, spürte jedoch gleichzeitig einen stechenden Schmerz im Rücken, als er gegen die bröckelnde Höhlendecke stieß. Ein lautes Krachen sagte ihm, daß er sich mindestens eine Platte seines Rückenpanzers gebrochen hatte, aber er achtete nicht weiter darauf. Das Wesen schien verwirrt.

Fortune sprang über das Monster hinweg direkt in das Netz hinein, das Brace gefangenhielt. Das Beben war im gesamten Höhlensystem inzwischen so stark geworden, daß der Tunnel Stück um Stück einbrach. Das Netz zerriß, und seine Lichtfäden schlangen sich um Fortune. Doch sie waren nicht mehr imstande, ihn zu fesseln, sondern fielen von ihm ab, als zöge eine unsichtbare Macht sie fort. Fortune ergriff Brace mit den Hinterbeinen und preßte ihn an sich, bemüht, nicht auf das Monster zu stürzen, das direkt unter ihm gierig auf seine Beute wartete.

»Lauf!« schrie er Gossamer zu, die vor Schreck wie

gelähmt war. Zugleich holte er mit seinem Schwanz zum Schlag aus und zertrümmerte den Kopf des Monsters. Die Splitter verwandelten sich in Millionen kleiner Spinnen zurück, die durch die Luft geschleudert wurden und sich schließlich auflösten.

Von der Decke des Tunnels hagelte es Steine, während das gesamte Höhlensystem in sich zusammenfiel. Verzweifelt schlug Fortune mit den Flügeln, um sich und Brace in der Enge des Tunnels in der Luft zu halten. Zugleich trat er nach dem sich windenden, kopflosen Monster, zerkratzte mit seinen Klauen dessen schleimige Haut und zwang es auf diese Weise, sich aufzulösen. Die Last von Braces leblosem Körper wog immer schwerer, und mit schmerzenden Muskeln kämpfte Fortune sich durch die niederprasselnden Steine aus der Höhle heraus ans Licht.

Gossamer!

Er wandte den Kopf nach ihr um und sah durch einen Nebel von Staub und Feuer, wie sie in Panik versuchte, an den Überresten des Monsters vorbeizukommen, die wie die zerrissenen Fäden des Netzes in einer Reihe von kleinen Explosionen verpufften. Der Zauber zerstörte sich selbst. Fortune legte Brace auf den Felsvorsprung vor der Höhle und kehrte in den einstürzenden Tunnel zurück. Als er Gossamer erreicht hatte, schlug er einen Flügel um sie und schob sie auf den Ausgang zu, während um sie herum immer größere Felsbrocken niederstürzten.

»Ich kann nicht …« keuchte sie.

»Du mußt!« befahl Fortune. »Sieh nach vorn. Gleich sind wir draußen!«

Hinter ihnen prasselte ein weiterer Steinschlag herab, und mit letzter Kraft stieß Fortune Gossamer aus dem Tunnel heraus. Kaum hatte er sich selbst in Sicherheit gebracht, als die Decke unter dem Gewicht des Berges nachgab und vollends einstürzte. Das blinde Auge des Ausgangs hatte sich für immer geschlossen.

Dann wurden sie von einer Staubwolke eingehüllt, der Sims unter ihren Füßen bebte und drohte nachzugeben. Mit einem tiefen, ohrenbetäubenden Donnern stürzten auch die anderen sechs Ausgänge ein. Die Erschütterung war so heftig, daß sie die drei Drachen förmlich in die Luft hob. Es hatte den Anschein, als ob die ganze Schlucht auseinanderbrechen würde, aber noch hielten die Felswände stand, und der Sims hatte sich zwar gefährlich zur Seite geneigt, war aber nicht abgebrochen.

Die Staubwolke breitete sich in der Schlucht aus und verdunkelte den Himmel. Es dauerte lange, bis auch die letzten Wellen des Bebens verebbt waren. Suchend starrte Fortune in den Abgrund ... da waren sie!

Ihm blieb fast das Herz stehen. Durch den Staub konnte er nichts genau erkennen, doch der große Schatten dort unten konnte nur Brutace sein, der drohend über der kleineren, hilflosen Gestalt Cumbers schwebte. Sein Freund bewegte sich nicht. Es mußte irgendein Zauber sein, der seinen schlaffen Körper wie gelähmt in der Luft hielt, während Brutace ihn umkreiste. Wahrscheinlich dachte der Magier noch über eine besonders ausgefallene Art der Qual für sein Opfer nach. Und dann begann er, seine Gestalt zu verändern.

Er hatte zweifellos vor, aus dem Mord an Cumber ein ganz besonderes Schauspiel zu machen.

Doch gerade in dem Moment, in dem die gespenstische Erscheinung Brutaces sich mit weit aufgerissenem Schlund auf Cumber stürzen wollte, um ihm den Todesstoß zu versetzen, sah Fortune eine Bewegung in der Luft, und das Gefühl, sich in einem Traum zu befinden, kehrte zurück.

Lautlos schoß eine dunkle Gestalt aus dem Himmel in die Schlucht hinunter und verschwand sofort wieder, wurde von der Staubwolke verschluckt.

Doch mit ihm kam die Rettung.

Wie ein Stein fiel Brutaces Kopf in die Tiefen der Schlucht. Seine mächtigen Schwingen schlugen noch ein paarmal hilflos und matt durch die Luft, dann hingen sie reglos herab, und Brutaces enthaupteter Leib stürzte blutüberströmt in die Tiefe.

All das geschah in vollkommener Stille.

Mit dem Magier starb auch sein Zauber, und Cumber

folgte Brutace auf seinem Sturz in die Tiefe. Einen Augenblick lang glaubte Fortune, sein Freund sei aus dem Zustand der Reglosigkeit erwacht und habe zu fliegen begonnen. Doch dann erkannte er, daß Cumbers Flügel nur durch den Luftzug bewegt wurden. Nutzlos flatterten sie im Wind, während Cumber in die Staubwolke tauchte und verschwand.

Und noch immer herrschte absolute Stille.

Sie saßen auf dem Felsvorsprung und warteten darauf, daß sich der Staub legte. Gossamer hielt den Kopf ihres noch immer bewußtlosen Bruders im Schoß, während Fortune seinen Flügel schützend um sie geschlungen hatte. Obwohl ihm danach zumute war, konnte er nicht weinen.

Was war passiert? Was hatte Brutace getötet?

Wie soll ich ohne Cumber weitermachen?

Aus den Augenwinkeln nahm Fortune einen grauen Schatten wahr und sah sich erschrocken um. Nichts.

Dann hörte er eine Stimme.

»Verflucht schwer … für so einen mageren Zwerg.« Zwischen den Worten hörte man immer wieder ein Ächzen und Keuchen. »Ich hab' euch ja gewarnt … oder etwa nicht? Ihr hättet … wieder nach Hause gehen sollen. Nach Covamere … so ein Blödsinn!«

Der Staubvorhang teilte sich, und zum Vorschein kam Scoff. Zwischen den Vorderbeinen hielt er Cumber, während die kräftigen Schläge seiner Regenbogenschwingen ihn durch die Luft trugen.

In diesem Augenblick wachte Cumber auf und blickte sich verwirrt um, während Scoff ihn erstaunlich behutsam auf dem Felsvorsprung neben Fortune absetzte und dann selbst dort landete und seine farbenprächtigen Flügel zusammenfaltete.

»Das hier ist die Ostwand«, sagte er vorwurfsvoll. »Ich habe gesagt, ihr sollt euch an die Westwand halten. Diese Jugend! Hört einfach nie zu! Ich muß euch den Weg wohl persönlich zeigen.« Er zog seine Nase kraus. »Was habt ihr bloß an euch«, begann er schniefend, »daß ich in eurer Gegenwart jedesmal … Hatschi!«

Scoffs gigantischer Niesanfall vertrieb nicht nur den Staub, sondern auch die Angst. Und er brachte Brace wieder zu Bewußtsein. Er und seine Schwester beobachteten verwundert, wie Fortune und Cumber einen Blick wechselten und dann in schallendes Gelächter ausbrachen, bis der Felsvorsprung zu beben begann.

Sie hatten dieses Abenteuer überlebt, und sie hatten nicht nur an Stärke gewonnen, sondern auch neue Freunde gefunden.

Denn jetzt waren sie fünf.

Kapitel 12

Die Botschaft

Unter Stöhnen und Ächzen protestierten die uralten Knochen des Schimmernden Berges gegen diese neuerliche Laune, die ihn bis ins Mark erschütterte. Und der Berg tat, was er seit ewigen Zeiten getan hatte. Er begann sich zu bewegen.

In seinem Versteck im Berg, eingeschlossen wie in einem Kokon, bewegte sich auch Mantle.

Unter den Höhenzügen der Verletzten Berge war der Schimmernde Berg nicht nur der größte, sondern auch der einzige, der noch aktiv war. Ein jähes Beben ließ alte Wunden aufbrechen, obschon auch das Land müde und sein Feuer beinahe verbraucht war. Es taten sich Risse und Abgründe auf, die sich genauso schnell wieder schlossen, wie sie entstanden waren.

Als das Beben aus dem Innern des Berges aufstieg und sich wie eine Welle über das Land breitete, setzte Mantle seinen Zauber ein.

Endlich hatte er einen Überbringer für seine Botschaft.

Lange hatte er auf ein solches Erdbeben gewartet, um es sich zunutze zu machen. In Wellen drang die Energie an die Erdoberfläche und breitete sich nach Norden aus. Unter diesen Wellen bebte das Land, sie ließen Seen über die Ufer treten und erschütterten Gräben und Schluchten. Und immer weiter ließ Mantle sie nach Norden wandern.

Als sein seismischer Botschafter die südlichen Ausläufer der Niedrigen Berge erreichte, schickte Mantle ihn wieder unter die Erdoberfläche, wo er auf seinem Weg in die Tiefe selbst massive Felsen erzittern ließ. Mantle konzentrierte jetzt das Beben in einer einzigen machtvollen, dichten Welle, die auf ihr Ziel zurollte: auf den Canyon.

Auf die Zitadelle.

Die Felsen öffneten sich bereitwillig den Erdstößen, als ob sie sie begrüßen wollten. Und schließlich erreichte das Beben, Mantles Botschaft, die Drachen von Aethers Schlucht.

Der Tag nach ihrer Flucht aus den Höhlen war ein Tag der Ruhe. Wie betäubt von den Schrecken der letzten Stunden, hatten sich die erschöpften Drachen unter Mühen zur Westwand hinübergeschleppt und in den verlassenen Nestern der Erdgeborenen niedergelassen. Die riesige Staubwolke, die beim Einsturz der Höhlen aufgewirbelt worden war, senkte sich allmählich auf den Grund der Schlucht, wo sie vom Fluß fortgerissen wurde. An ihre Stelle trat ein Gefühl tiefen Friedens, das sich über die Schlucht legte. Die Drachen fielen in einen langen und tiefen Schlaf. Die ersten, die am folgenden Tag erwachten, waren Fortune und Gossamer. Im Licht des Vormittags schlichen sie sich davon, und Gossamer führte Fortune an ihren Lieblingsplatz: die Stelle, von der aus sie in der Vergangenheit die Höhleneingänge zu beobachten pflegte.

Dort saßen sie jetzt dicht beieinander und sahen über die Schlucht auf die zerklüftete Ostwand mit ihren zerstörten Höhlen hinüber. Es war kalt, und sie fröstelten. Die Luft war klar, so daß sie weit unter sich den reißenden Gebirgsfluß ausmachen konnten. Der plötzlich aufkommende Nordwind riß ein Loch in den immerwährenden Sprühnebel, und sie sahen, daß das Wasser des Flusses merkwürdig braun und trübe war.

»Ich glaube, es sind Blätter, die auf dem Wasser treiben!« rief Gossamer, und beide reckten den Hals, um zu erkennen, warum der Fluß derart modrig aussah. »Herbstblätter!«

»Aber es ist doch noch Sommer«, flüsterte Fortune erschrocken.

Die beiden Drachen sahen sich an, und wieder lief ihnen ein Schauer den Rücken hinunter, doch diesmal nicht nur vor Kälte. Der Nordwind streifte sie, und in ihm lag bereits ein Vorgeschmack auf Schnee und Eis und einen langen, harten Winter.

»Gossamer«, platzte es aus Fortune heraus. »Ich glaube, ich liebe dich!«

Sie gab ihm keine Antwort, sondern stand einfach auf und streifte dabei mit der Nase zärtlich seinen Nacken. Er lächelte sie an und wollte sie gerade an sich ziehen, als sie sich zu seiner Überraschung in die Lüfte hob und ihm mit dem Schlag ihrer Flügel kalte Morgenluft ins Gesicht blies.

Immer höher flog sie, hinauf zu dem schmalen Streifen des Himmels über den steilen Wänden der Schlucht. Vor dem Hintergrund der blaßgrauen Felsen leuchteten ihre Flügel in warmen Farben, während Gossamer in verführerisch verschlungenen Kreisen über den Himmel zog. Dann verharrte sie einen Moment, bevor sie sich spielerisch fallen ließ und dicht über Fortunes Kopf hinwegflog.

Als sie ihm wieder entwich, erhob auch er sich in die Luft, um ihr nachzufliegen. Fortune hatte nur noch Augen für sie, und tanzend flogen sie zwischen den Wänden der Schlucht in den Himmel hinauf.

Ihr Schwanz streifte sein Gesicht, und im gleichen Moment schob sich eine leichte, helle Wolke zwischen die beiden. Fortune versuchte, Gossamer zu fassen, doch sie war verschwunden. Verwirrt flog er weiter, bis Gossamer sich plötzlich direkt vor ihm aus dem Schleier der Wolke schob und Fortune neckend mit dem Kopf vor die Brust stieß. Dann beschrieb sie einen weiteren Kreis und verschwand irgendwo hinter ihm. Fortune lachte benommen, fasziniert von ihren Flugfähigkeiten und betört von ihrer Schönheit.

Bald hatte sie sich so weit von ihm entfernt, daß sie nur noch ein winziger kleiner Fleck vor der grauen Felsmasse war. An ihren Flügelspitzen bildete sich ein feiner Kondensnebel, während sie hoch in die kühle, immer dünner werdende Luft stieg. Dann beschrieb sie einen Kreis und kam wieder zu Fortune herunter. Laut lachend versuchte er schließlich, ihr zu folgen, und sie bedeutete ihm, daß sie in die Schlucht hinuntertauchen würden. In immer schnellerem Flug stürzten sie fast senkrecht auf den Fluß zu, bevor sie sich im letzten Moment abfingen und mit unglaublicher Geschwindigkeit dicht über dem tosenden, braunen Wasser hinwegflogen, um dann wieder an Höhe zu gewinnen. Dabei bewegten sich ihre beiden Flügelpaare in perfekter Harmonie: Der Flug der beiden jungen Drachen sah anmutig wie ein Pas de deux aus.

Immer näher kamen sie sich, immer schneller flogen sie. Fortune wurde es unendlich leicht ums Herz. Er sah weder die Felsen, noch spürte er die Luft, die sie beide trug. Er nahm nur noch Gossamer wahr, ihren schlanken, schillernden Körper, der geschmeidig vor ihm auf und ab tanzte, und er roch den köstlichen Duft ihrer Haut, wenn sie dicht an ihm vorüberflog. Und schließlich wagte Fortune es und kam ihr noch näher, umarmte sie und trug sie durch die Luft. Sein Herz schlug schneller, und gleichzeitig fühlte er sich plötzlich unglaublich stark, so stark, daß er mit seinen Flügeln die ganze Welt hätte tragen können. Dagegen schien Gossamer ihm leicht wie eine Feder.

Er tauchte mit ihr in eine Wolke ein. Auf einmal leuchtete um sie herum alles in strahlendem Weiß, und Fortune stieß einen Jubelschrei aus – aus Freude darüber, daß sie das Abenteuer in den Höhlen von Aethers Zitadelle überlebt hatten und seine Liebste bei ihm war. Sein Schrei erfüllte den Himmel, während er mit Gossamer immer höher stieg, bis sie von der Erde aus nicht mehr zu sehen waren und eine Sphäre erreicht hatten, zu der außer ihnen niemand Zutritt hatte.

Ein Drache jedoch sah, wie sie verschwanden.

Mit versteinertem Gesicht beobachtete Brace, wie seine innig geliebte Schwester mit diesem Eindringling, diesem Fortune in den siebten Himmel schwebte, und er wurde eifersüchtig. Er schloß die Augen, während er auf ihre Rückkehr wartete. Aber er schlief nicht.

Als die jungen Liebenden zur Westwand zurückkamen, waren ihre Gefährten bereits hellwach und in ein offensichtlich überaus ernstes Gespräch vertieft. Besser gesagt, Scoff und Cumber redeten miteinander, Brace hielt sich schmollend abseits und tat so, als ob er in den Ruinen der Nester nach etwas suchte. Verlegen ließen sich Fortune und Gossamer neben ihren Freunden nieder, und Scoff nickte ihnen zur Begrüßung kurz zu.

»Ihr zwei gebt ein nettes Pärchen ab«, bemerkte er.

Cumber grunzte nur, und Fortune fand, daß sein Freund zerstreut, sogar ein bißchen ärgerlich aussah. Er konnte sich allerdings nicht erklären, wo der Grund für dieses Verhalten zu suchen war.

»Cumber?« begann er, wurde jedoch von Scoff unterbrochen.

»Haben etwas Interessantes herausgefunden«, kündigte der Magier an und streckte seine farbenprächtigen Flügel. »Könnte sein, daß die Höhlen nicht zerstört sind.«

Fortune wies auf die gegenüberliegende Felswand. »Aber … es ist doch alles in sich zusammengebrochen!«

»Könnte sein, daß sie noch intakt sind«, wiederholte Scoff. »Ich habe gesagt, *könnte* sein. Sicher sind wir nicht.«

»Aber wie ist das möglich?« wollte Fortune wissen.

»Magie«, erwiderte Cumber ungewohnt knapp, und Fortune begann sich zu wundern, ob Scoffs Gewohnheit, in kurzen Halbsätzen zu sprechen, allmählich auf seinen Freund abfärbte.

»Hört mal«, sagte er entnervt, »wenn es eine Möglichkeit gibt, wie wir den Drachen helfen können, solltet ihr uns das sagen.«

Jetzt war es Brace, der ihn unterbrach. Bei Fortunes Worten war er endlich zu den anderen herübergekommen. Es war offensichtlich, daß er jedes Wort ihrer Unterhaltung gehört hatte.

»Wenn unsere Freunde wirklich noch leben«, sagte er in aggressivem Tonfall, »dann müssen wir etwas unternehmen. Und zwar jetzt, solange wir gegenüber diesen Ungeheuern von Magiern noch im Vorteil sind!«

Scoff und Cumber wandten sich beide zu dem jungen Erdgeborenen um und starrten ihn zornig an. Brace trat vorsichtshalber ein paar Schritte zurück, gab sich aber alle Mühe, nicht eingeschüchtert zu wirken.

»Das will ich lieber nicht gehört haben!« knurrte Cumber. Fortune runzelte die Stirn. Irgend etwas stimmte ganz entschieden nicht mit seinem Freund. Er konnte nur vermuten, daß Cumber wahrscheinlich noch unter dem Eindruck seines Kampfes mit Brutace stand. Aber gleichzeitig war Fortune überzeugt, daß dies nicht der einzige Grund für sein eigenartiges Verhalten war.

Bis jetzt hatte Gossamer ihrer Unterhaltung nur schweigend zugehört, doch jetzt ergriff sie das Wort.

»Scoff, Cumber«, bat sie, »sagt uns doch einfach, was ihr herausgefunden habt. Dann werden wir gemeinsam entscheiden, was wir tun können.«

Gossamers Worte schienen Cumber etwas versöhnlicher zu stimmen, und mit einem Seufzer setzte er zu einer Erklärung an: »Im Innern des Berges ist noch Magie spürbar – und zwar eine ganz beträchtliche Menge. Möglicherweise befand sich zum Zeitpunkt des Einsturzes noch genug Magie in der Nähe der Zellen, um sie zu schützen.«

»Aber werden die Drachen in ihnen nicht trotzdem verhungern oder ersticken?« fragte Gossamer.

»Vielleicht nicht«, schaltete Scoff sich ein. »Vielleicht wird durch die noch verbliebene Magie so etwas wie ein Zustand des völligen Stillstandes geschaffen. Schwer zu sagen.«

»*Schwer zu sagen*!«, schrie Brace ungeduldig. »Dann tut endlich etwas, um das herauszufinden! Können wir ihnen nun helfen oder nicht?«

Die beiden Magier reagierten nicht.

»Was spricht dagegen, daß wir noch ein paar Tage hierbleiben?« schlug Fortune vor. Er begriff einfach nicht, warum Cumber in einer derart eigenartigen Stimmung war. Er, der doch sonst immer so gesprächig gewesen war, brütete jetzt nur noch finster schweigend vor sich hin.

Was ist mit ihm geschehen?

Als ob er Fortunes Gedanken erraten hätte, wählte Cumber genau diesen Moment, um einen Wutausbruch zu bekommen.

»Wir haben nicht tagelang Zeit, Fortune, und das weißt du genau! Wir müssen weiter. Wir müssen nach Covamere, wie wir es abgesprochen haben. Daran hat sich nichts geändert!«

»Ich weiß, aber ...«

»Nichts aber! Wir fliegen, sofort!«

Jetzt wurde auch Fortune allmählich wütend. Er und Cumber führten den gleichen Streit, den sie schon vor Tagen nicht hatten entscheiden können, als Brutace und seine Drachen sie überwältigt hatten. Hatten sie all das durchgemacht, nur um jetzt wieder am Ausgangspunkt anzufangen?

Und was war mit den bemitleidenswerten Erdgeborenen? Es mußten Hunderte sein, die dort im Fels der Ostwand eingeschlossen waren! Was war mit ihnen? Sollte wirklich eine Chance bestehen, daß sie noch am Leben waren, dann mußte man doch wenigstens versuchen, sie zu retten.

Aber nur Magie kann ihnen helfen. Und das heißt, daß wir auf Scoff und Cumber angewiesen sind.

Cumber.

Er dachte über seinen Freund und die Ereignisse der letzten Tage nach; darüber, was sie alles durchgemacht hatten, seit sie sich kannten, und darüber, was sie in der Zukunft erwarten mochte. Und plötzlich begann Fortune sich zu fragen, ob Cumber möglicherweise nicht doch recht hatte.

Vielleicht haben wir tatsächlich keine Zeit mehr.

Südkap lag in Schutt und Asche, Aethers Zitadelle war zerstört.

Der Schwarze Drache!

Die Welt, sie verändert sich.

Er sah die Freunde an, einen nach dem anderen, und hatte den Eindruck, als ob sie in einer Sackgasse steckten.

Der Ausdruck auf Cumbers Gesicht war verschlossen und kalt – und undurchdringlich.

Und Scoff machte einen nicht weniger abweisenden Eindruck. Es war klar, daß er Cumbers Meinung teilte. Ob es gelingen würde, ihn umzustimmen?

Brace. Seine Eifersucht auf Fortune stand ihm geradezu ins Gesicht geschrieben. Genauso deutlich war ihm allerdings auch anzusehen, daß er große Loyalität für seine Leute empfand. Er würde alles tun, um die Drachen aus ihrem steinernen Gefängnis zu befreien.

Und schließlich Gossamer, seine einzige, geliebte Gossamer, die in sein Leben getreten war, um es auszufüllen, mit der er von einem Augenblick zum anderen die Grenze zum Erwachsenwerden überschritten hatte. Wie würde ihre Entscheidung lauten?

Alle sahen sie ihn an und erwarteten seine Antwort.

Weiterfliegen oder bleiben?

»Ich ...« fing Fortune an.

Und genau in diesem Augenblick erreichte sie Mantles Botschaft.

Der Felsvorsprung, auf dem sie standen, erzitterte ein letztes Mal, und ein lautes, metallisches Stöhnen entrang sich dem Innern des Berges. Innerhalb von Sekundenbruchteilen bildete sich rings um die eingestürzten Höhleneingänge auf der anderen Seite der Schlucht ein Netz von Rissen, das sich so schnell über die gesamte Ostwand ausbreitete, daß Fortune beim bloßen Zusehen die Augen schmerzten. Hoch über ihren Köpfen begannen die Bergkämme zu bröckeln, Felsbrocken um Felsbrocken löste sich von den Gipfeln und stürzte in tödlichem Tanz in die Tiefe.

Die Erde wand sich wie unter Schmerzen.

Erschreckt erhoben sich die Drachen in die Luft, und im nächsten Moment gab der Fels unter ihnen endgültig nach. Durch den dichten Vorhang herniederprasselnder Steine und Felsbrocken war der schmale Streifen des Himmels kaum noch zu sehen.

Was geht hier vor? Wir müssen fliehen! Aber wohin?

Die einstürzenden Wände der Schlucht begannen sie einzuschließen.

Zunächst nur langsam, beinahe verführerisch, dann immer schneller schob sich der Spalt zu, durch den Fortune und Cumber von Norden kommend in diesen Abschnitt von Aethers Schlucht geflogen waren. Fortunes Frage, wohin sie fliehen sollten, war damit entschieden. Er wandte sich nach Süden, und die anderen folgten ihm. Hinter sich ließen sie eine Szene der Zerstörung. Herunterfallende Felsbrocken begruben den Fluß unter sich, und die Wände der Schlucht wurden durch das Beben in ihren Grundfesten derart erschüttert, daß sie schließlich nachgaben und sich einander näherten, bis der schmale Spalt zum Himmel endgültig geschlossen war.

In diesem Aufruhr war es unmöglich geworden, zu unterscheiden, was Himmel und was Berg war. Einen Augenblick lang hatte Fortune den Eindruck, als ob die niederfallenden Steine sie vollständig eingeschlossen hätten. Und trotzdem flogen sie ungehindert weiter. *Werden wir von irgendeiner Macht geführt?* Der Gedanke schoß ihm durch den Kopf, ohne daß er Zeit hatte, ihm nachzugehen. Vor ihm tauchte der südliche Ausgang der Schlucht auf, noch zehn Baumlängen entfernt, dann nur noch fünf …

Der Felsspalt war so schmal, daß er ihnen kaum Platz zum Atmen ließ. Hinter ihnen stürzte der letzte Abschnitt der Schlucht ein, und die dadurch entstehende Druckwelle schleuderte die Drachen mit Gewalt durch den engen Paß. Ein letztes, ohrenbetäubendes Donnern war zu hören.

Dann gab es Aethers Schlucht nicht mehr.

Sie war verschwunden – und mit ihr Aethers Zitadelle!

»Na bitte!« schrie Scoff über den Lärm hinweg. »Damit ist unser Streit entschieden. Selbst wenn wir wollten, könnten wir die anderen jetzt nicht mehr retten.«

»Also gut, fliegen wir nach Süden«, murmelte Fortune.

»Uns bleibt keine andere Wahl«, flüsterte Gossamer, die

so dicht neben ihm flog, daß er jeden ihrer Atemzüge hören konnte. Und sie hatte recht. Die Entscheidung war gefallen.

Nur allmählich erholten sie sich von diesem letzten Abenteuer. Trotzdem machten sie nicht halt, sondern flogen immer weiter, um so schnell wie möglich die Schlucht hinter sich zu lassen. Schweigend flohen die Drachen aus dem Gebirge. Nur ein einziges Mal noch während dieses scheinbar nie enden wollenden Fluges wurde die düstere Stille unterbrochen.

»Sie leben!« rief Brace laut und fügte dann ruhiger hinzu. »Ich werde euch befreien. Ich werde zurückkommen, das schwöre ich.«

Sie flogen nach Süden, in den Winter.

Nach Covamere.

Der Schimmernde Berg war zur Ruhe gekommen, seine Kraft vorerst erschöpft. Er hatte Mantles Botschaft überbracht, und sie waren auf dem Weg zu ihm.

Mantle schloß die Augen und lenkte seine Gedanken auf das, was sich unter seiner Höhle, noch tiefer im Innern des Berges verbarg.

TEIL 3

IM INNERN DES BERGES

Kapitel 13

Der Schwarze Drache

Eine einzelne Spitze ragte hoch und stolz aus den Verletzten Bergen.

In eben diesem Gebirge waren vor langer Zeit die Trolle geboren worden, ausgestoßen vom Urfeuer, das die Erde in ihren Anfängen zerrissen hatte. Die ebenen Flächen im Süden des Kernlandes hatten gezittert und gebebt, als ungezügelte Magie aus dem tiefen Erdinnern an die Oberfläche gebrochen war. Sie hatte die Luft zum Brennen gebracht und eine neue Gebirgskette entstehen lassen. Wieder und wieder hatten diese Berge Feuer gespien, und nach jeder neuen Eruption war die Lava zu Fels geworden zwischen den ewig aufragenden Bergspitzen.

Und mit jeder neuen Eruption war ein Troll geboren worden.

Sie waren schwarz wie der Fels, der sie ausgespuckt hatte. Langsam im Geist, aber ungeheuer stark waren sie, und sie besaßen Magie. Wie der flüssige Stein durch ihre Venen kroch, so krochen auch sie über das Land und gaben ihm dabei eine neue Form, die ihrem Daseinszweck entsprach. Die Trolle waren ruhelose Reisende, und in Äonen durchwanderten sie die ganze Welt, bis diese ganz zu ihrem Reich geworden war. Bis es schließlich keinen Ort mehr gab, zu dem sie noch hätten gehen können.

Also kehrten sie zurück in die Berge, die ihnen das Leben geschenkt hatten, unfähig, diesem rätselhaften Trieb zu widerstehen, der sie schließlich wieder zusammenführte und in einer Reihe titanischer Schlachten aufeinander einschlagen ließ. In diesen langen, schrecklichen Tagen setzten sie einen Feuerzauber frei, wie ihn die Welt noch nicht gesehen hatte. Sie zerbrachen die Berge und gaben ihnen auf diese Weise den Namen, mit dem man sich an sie erinnern konnte: die Verletzten Berge.

Die wenigen Trolle, die überlebt hatten, zogen sich in den Norden zurück und wurden nie mehr gesehen. Nur ein einziger Berg überdauerte die Schlachten der Trolle und ragte in den Himmel. Einsam stand er dort, der karge Fels, der niemals einen Troll geboren hatte. Die Lava, die er einst ausgespien hatte, war schon lange zu Felstürmen und steinernen Spiralen erstarrt und hatte die Hänge mit gefrorenen Flüssen aus Gestein bedeckt. Gestein, das im Laufe der Jahre abgeschliffen wurde, bis es so glatt wie die Schuppen auf dem Rücken eines Drachen war und im wechselnden Licht des Tages schimmerte. Und daher rührte auch sein Name: Schimmernder Berg.

Dann kamen die Drachen.

Als die Magier erschienen, war die Ära der Trolle nur noch eine Legende der Geschichtenerzähler. Es gab eine Reihe von auf der Hand liegenden Gründen, warum die Drachen gerade von diesem Berg so angezogen wurden, beispielsweise seine großzügigen Tunnel und Höhlen, der immergrüne Wald, der den konischen Fuß des Berges umgürtete. Aber auch weniger deutliche Vorzüge nahmen die Magier für diesen Ort ein. Und hier bauten sie Covamere.

Ein weit ausgedehntes Labyrinth von Höhlen und Kammern, Freiflächen und überdachten Passagen, das war Covamere. Es wurde im Laufe der Zeit zur Hauptstadt der stetig wachsenden Drachenwelt. Der Große Rat der Drachen bestimmte Covamere zum Regierungssitz. Die Gesandten des Großen Rates standen mit Drachen in der ganzen Welt in Verbindung, und durch seine Gesetze und Lehren herrschte für viele Jahre Friede.

Die meisten Mitglieder des Großen Rates behaupteten, die ersten Drachen auf der Welt gewesen zu sein. Ihr enormes Alter und ihre Weisheit konnte niemand in Frage stellen, aber nur einer von ihnen war wirklich so alt: Halcyon, der Führer des Großen Rates. Man respektierte und gehorchte ihm. Er war der Hüter des geheimen Wissens, das er sich durch seine Stellung erworben hatte. Er allein wußte die Antwort auf die Frage, was sich im tiefsten Innern des Schimmernden Berges befand. Er allein wußte, warum die Welt im Wandel begriffen war.

Und nun, da die Zeit des großen Wandels nahe war, zog er sich in seine Höhlen zurück, um den Zauber zu weben, den zu weben seine Aufgabe war. Dieser vollständige Rückzug in die Einsamkeit war notwendig, weil er unbedingte Ruhe brauchte, um sich restlos auf seine Aufgabe zu konzentrieren. Er bewirkte allerdings auch, daß er zum ersten Mal in seiner langen und von großer Machtfülle gekennzeichneten Regierungszeit potentiellen Angriffen schutzlos ausgeliefert war.

Und dann erschien ein Drache, der bereit war, Halcyons Schwäche auszunutzen. Der Schwarze Drache.

Vor allem einer Tatsache verdankte Halcyon seine Position als Führer. Er war der erste Magier, der das Große Labyrinth von Covamere überlebt hatte. Das Große Labyrinth befand sich unter dem Schimmernden Berg, und es war eigentlich der Grund, warum Covamere sowohl das spirituelle als auch das administrative Zentrum der Drachenwelt wurde. Nur wenige Drachen wußten, was tatsächlich hinter dem Eingang zum Labyrinth lag, aber alle hegten ihre eigenen Ansichten zu diesem Thema ...

Dort stößt das Reich an unsere Welt ...

Dort stößt unsere Welt an alle Welten ...

Dort, mitten im Labyrinth, liegt die Macht der Sterne ...

Halcyon hatte niemals darüber gesprochen, was er in den rätselhaften Tiefen des Labyrinths gesehen hatte, und so blieben seine Geheimnisse gewahrt. Von Neugier und vor allem von Ehrgeiz getrieben, wollten sich viele junge Drachen nicht mit dieser Situation abfinden, und sie forderten ihren ehrwürdigen Führer heraus. Diese Forderungen wurden mit aller gebührenden Achtung angenommen. Die Verfassung von Covamere gestand jedem Drachen das Recht zu, mit Halcyon um die Führerschaft zu kämpfen. Man hatte sogar eine Akademie mit der fest umrissenen Aufgabe gegründet, diese jungen Drachen zu unterweisen und auf ihre Prüfung durch das Große Labyrinth vorzubereiten.

Jedem Absolventen wurde gestattet, das Labyrinth zu

betreten. Aber nur der, dem gelang, was Halcyon vor Jahrhunderten gelungen war, nur wer das Große Labyrinth unverletzt wieder verließ, konnte als Führer des Großen Rates anerkannt werden. Dieser Drache hätte die Führerschaft verdient, und Halcyon hatte sein Ehrenwort gegeben, in einem solchen Fall zurückzutreten.

Und obwohl es sehr, sehr viele Drachen versucht hatten, war in all den Jahren niemals ein Magier erfolgreich gewesen. Alle Herausforderer scheiterten. Und im Labyrinth von Covamere zu scheitern, das bedeutete den Tod.

Nur eine Ausnahme hatte es gegeben. Die Magier sprachen viele Jahre von dem Tag, als nicht nur ein, sondern zwei Drachen lebend aus dem Labyrinth zurückgekehrt waren. Aber die Umstände ihrer Rückkehr waren so ungewöhnlich und bizarr, daß keiner der beiden als Führer anerkannt werden konnte.

Der eine der beiden stand bei allen in hohem Ansehen, obwohl er nie ihr Führer hätte werden können. Der zweite fiel der Schande und Lächerlichkeit anheim. Beide Drachen waren nicht in Covamere geblieben. Und Halcyon regierte weiter.

Aber selbst diese einzigartige und wichtige Geschichte geriet bald in Vergessenheit und wurde unter den vielen Geschichten von Halcyons großartiger Regentschaft begraben. Sie ging verloren in den Tiefen des Schimmernden Berges.

Ein schwarzer Fleck bewegte sich über den Morgenhimmel von Covamere. Sehr hoch flog dieser Fleck über den Abhängen an der Nordseite des Schimmernden Berges. Die Strahlen der aufgehenden Sonne streiften die Schwingen des Drachen, fingen sich in deren Haut und erwärmten das Fleisch, bis die Hitze zu Feuer wurde und das Feuer zu Magie. Die Magie füllte seinen Körper mit einem eigenen Schimmer, einem schwarzen Licht, das die Augen blendete. Es schien diesen Drachen zu einem Wesen zu machen, das nicht von der Sonne dieser Welt beschienen wurde, sondern seine

Kraft aus einer anderen, einer inneren Flamme bezog. Ein schwarzer Drache, der ein tiefes dunkles Licht ausstrahlte.

Wraith, der Schwarze Drache. Von seinen Legionen wurde er ›der Meister‹ genannt.

Seit ihm Covamere gehörte, hatte er viele einsame Flüge über den Schimmernden Berg unternommen. Der Berg war ihm wohlvertraut, denn hier war er bereits vor über hundert Jahren geflogen, als er noch ein junger Drache gewesen war. Nun, da er endlich zu den Fluggründen seiner lang zurückliegenden Jugend heimgefunden hatte, spürte er machtvoll den alten Ehrgeiz und die alten Sehnsüchte. Die Erinnerungen kehrten zurück.

Damals war seine Hautfarbe noch nicht schwarz gewesen. Er war ein schlanker, gelbbrauner Jungdrache gewesen, der all seine Altersgenossen in der Akademie des Labyrinths von Covamere weit überragte. Von allen Kandidaten seines Jahrgangs war es Wraith, von dem man sagte, daß er die Stärke und die Klugheit besaß, das Große Labyrinth zu meistern. Selbst Halcyon schien seine großartigen Anlagen anzuerkennen und wünschte ihm Glück, als er in die verborgenen Räume unter dem Schimmernden Berg geführt wurde. Wraith betrat das Labyrinth ... und er kehrte zurück! Aber keineswegs im Triumph.

Wraith war einer der beiden Drachen, die an jenem denkwürdigen Tag zurückgekehrt waren ... und er war von dem anderen Drachen gerettet worden. Selbst jetzt, als seine Schwingen die Luft über eben jenem Berg durchpflügten, erlebte er noch einmal voller Schmerzen die Schmach seiner Niederlage und die schreckliche Erniedrigung seiner Rettung durch den Drachen, der nach ihm das Labyrinth betreten hatte. Den Namen dieses Drachen hatte er niemals erfahren, da Wraith noch in der gleichen Nacht aus Covamere geflohen war. Sein Retter dagegen wurde von eben jenen Drachen gefeiert, die noch kurz zuvor Wraith in seiner Mission bestärkt hatten.

Aber obgleich Wraith den Namen seines Retters nicht kannte, würde er diesen Drachen niemals vergessen. Sein Gesicht, das Muster seiner Flügel und ganz besonders sein

Geruch würden auf immer in seinem Gedächtnis haften bleiben.

Als das Labyrinth Wraith ergriffen hatte und ihn zu zerreißen drohte und als dann ein anderer Drache aus dem Nichts aufgetaucht war und ihn befreit hatte, da hatte sich eine Tatsache unauslöschlich in sein Gehirn eingebrannt. Es gab nämlich etwas, das seinen Retter zu einem ganz außergewöhnlichen Drachen machte. Etwas, das auch verhinderte, daß er jemals der Führer der Magier werden konnte, obwohl er die Prüfung des Labyrinths bestanden hatte.

Er war ein Erdgeborener.

Seitdem hatte sich viel in der Welt geändert, und jetzt, da Wraith nach Covamere zurückgekehrt war, schien es ihm, als ob die Zeit immer langsamer verginge, als ob nicht hundert, sondern tausend, wenn nicht sogar eine Million Jahre seitdem vergangen wären. Die Magie der Zauberdrachen hatte allmählich an Macht verloren, und die Wälder rings um den Berg wurden jetzt von Erdgeborenen bevölkert.

Die Welt veränderte sich, und auch Wraith hatte sich gewandelt. Im Laufe der Jahre hatte er seine äußere Erscheinung radikal verändert. Seine Flügel waren dunkel geworden durch die unendlich vielen Farben, die er Schicht um Schicht aufgetragen hatte. Vom ursprünglichen Gelbbraun über ein tiefes Rot, über Gold und Mondblau und Grün bis zum leuchtenden Orange, der Farbe lodernden Feuers ... Jahr um Jahr fügte er eine neue Farbe hinzu, die mit den anderen verschmolz, bis er schließlich alle nur denkbaren Farben in sich vereinte. Das Ergebnis war ein faszinierend leuchtendes, nie zuvor gesehenes Schwarz.

Nur eines hatte sich nicht geändert. Die Jahre seines Exils waren lang und bitter gewesen, und die Erinnerung an sein Versagen saß tief. Aber sein alter Ehrgeiz war nicht erloschen. Die Aufgabe, die er hier zu erfüllen hatte, war immer noch die gleiche. Nur war seine Entschlossenheit ungleich größer geworden. Außer ihm gab es keinen Drachen auf der Welt, der sich noch an diesen jungen, gelbbraunen Verbannten erinnerte, so lange lag diese Geschichte schon zurück. Er war sich sicher, daß er diesmal das Labyrinth bezwingen würde. Denn diesmal legte *er* die Regeln für den Kampf fest.

Er kreiste höher und flog durch die sich auf die Berge senkende Morgendämmerung. Mit den Augen nahm er das Bild des Schnees auf, der wie Staub auf den Gipfeln lag, während er mit seinen anderen, übernatürlichen Sinnen die Muster der Magie ertastete, die tief unter der Erde verborgen lagen. Er tastete nach dem Labyrinth.

Sein Schatten glitt pfeilschnell über Covamere hinweg. Endlich gehörte es ihm. In der Zeit des Exils hatte er eine Armee aufgestellt und im Laufe der Jahre Drachen aus allen Teilen der Erde rekrutiert. Mit Hilfe von Insiss, seiner rechten Hand, hatte er die Klauen dieser Armee geschärft, bis sie sich in ein mächtiges Instrument der Zerstörung verwandelt hatte, das ihm so treu ergeben war wie ein Teil seines eigenen Körpers. Daß diese Treue einzig eine Frucht der Angst war, war Wraith gleichgültig. Seine Machtgier nährte die Furcht seiner Getreuen, und umgekehrt steigerte sich seine Lust an der Gewalt über andere, wenn er ihre Angst spürte. Und als ihn schließlich die Nachricht erreichte, daß Halcyon sich in das Innere des Schimmernden Berges zurückgezogen hatte, wußte er, daß die Zeit reif war.

Der Angriff auf Covamere war für die Siedlung verheerend gewesen. Mit einem einzigen Schlag hatten Wraiths Truppen Halcyons sträflich vernachlässigte Befestigungsanlagen zerschmettert und seine Armee besiegt. Gerüchte kursierten, der Schwarze Drache habe es darauf abgesehen, das Labyrinth zu übernehmen, so daß ein Großteil der Überlebenden aus Halcyons aufgeriebener Armee ängstlich die Seiten wechselte und dem Schwarzen Drachen die Treue schwor. Die wenigen, die sich gegen den Angreifer auflehnten und zu einer Gruppe zusammenschlossen, die sich erdreistete, den Namen ›Wraiths Bedrängnis‹ auf ihre Fahnen zu schreiben, waren in den Augen des Schwarzen Drachen vollkommen machtlos und ohne jede Bedeutung. Gegen den Ratschlag seiner Offiziere beschloß er, keinen weiteren Gedanken an die Rebellen zu verschwenden und ihre Existenz zu ignorieren.

Nach der Eroberung Covameres hatte Wraith sich gezwungen gesehen, seine Armee zu verstärken. Denn trotz seines überwältigenden Sieges waren einige seiner Krieger in den Höhlen unter dem Berg gefallen. Außerdem bedurfte die Siedlung nach der verheerenden Schlacht umfangreicher Wiederaufbaumaßnahmen, und Wraith war entschlossen, *sein* Covamere in eine uneinnehmbare Zitadelle zu verwandeln, die ihresgleichen suchte. Einige Monde waren bereits vergangen, in denen die Errichtung der Befestigungsanlagen gute Fortschritte gemacht hatte. Zugleich hatte Wraith in den Siedlungen des Kernlandes – so auch in Aethers Zitadelle – Rekrutierungskampagnen durchgeführt, während er auf den geeigneten Zeitpunkt wartete, um den letzten, entscheidenden Schlag gegen Halcyon selbst zu führen. Jetzt war dieser Zeitpunkt gekommen ... das fühlte er. Noch bevor der Mond wieder voll war, würde Wraith angreifen.

Bevor die Welt sich wandelte.

Als er aus Aethers Zitadelle zurückgekehrt war, mußte er allerdings feststellen, daß die Rebellen von ›Wraiths Bedrängnis‹ an Stärke gewonnen hatten. Sie waren nicht länger ein kleiner, unbedeutender Haufen – ihre Zahl ging jetzt in die Hunderte!

»Es geht das Gerede von Alternativen, Mylord«, erklärte Insiss, nachdem er einen Spion zu einer ihrer nächtlichen Versammlungen geschickt hatte. »In Eurer Abwesenheit haben sie Fragen aufgeworfen. Sie diskutieren, ob Eure Vorgehensweise die einzig mögliche ist, ob Gewalt überhaupt sinnvoll ist. Sie erörtern sogar den Sinn von Magie. Sie müssen vernichtet werden, Mylord.«

»Magie?« wiederholte Wraith nachdenklich. »Sprechen sie auch mit den Erdgeborenen?«

»Ich glaube nicht. Aber sie denken darüber nach. Und ihr Einfluß innerhalb der Armee wächst täglich. Ihr dürft sie nicht länger gewähren lassen. Sie müssen unter allen Umständen vernichtet werden.«

»Ich töte nicht, Insiss. Ich herrsche.«

Erdgeborene!

Das Sonnenlicht streifte den Körper von Wraith, während es die Berge unter ihm in helles Licht tauchte. Er schaute hinunter auf die Linien der Macht, die im Land verborgen waren, und er fühlte die Schnittstellen, in denen sie zusammenliefen. Und er spürte, daß er mit ihnen eins werden konnte. Die Ereignisse und ihre Geschichten zogen sich an einem Punkt zusammen, und dieser Punkt lag unter dem Schimmernden Berg. Auch seine eigene Geschichte lag dort unten. Diesmal würde er herrschen.

Diesmal würde Wraith im Triumph aus dem Großen Labyrinth zurückkehren.

Prüfend sog er die Luft ein. Es schien ihm, daß irgend etwas in ihr lag, irgendein Geruch, vor dem er einst geflohen war. *Der Erdgeborene,* dachte er in wohlvertrautem Haß. Der Geruch war nur schwach und flüchtig, dennoch erkannte er ihn wieder. Dann verschwand er und ließ Wraith mit der Frage zurück, ob seine Phantasie ihm nicht, wie schon so oft in der Vergangenheit, einen Streich gespielt haben könnte. Wie auch immer, wenn das Schicksal es wollte, daß er dem Erdgeborenen zusammen mit dem alten und schwachen Halcyon wiederbegegnete, um so besser. Dann wäre seine Rache noch umfassender.

Wraith riß sich aus seinen Gedanken und widmete seine Aufmerksamkeit wieder dem Berg. Dort unten ging etwas vor sich. Er mußte seine Rachegedanken auf einen späteren Zeitpunkt verschieben.

Die Erde bebte.

Es war nur eine leichte Erschütterung, aber dennoch überraschend, da Erdbeben in diesen Zeiten sehr selten geworden waren. Die Nordseite des Berges zitterte heftig. Nur einmal, aber das Eis auf den höher gelegenen Hängen zerbarst in ein zufälliges Muster aus Linien und Dreiecken. Ein einzelner breiter Riß lief von der Spitze hinunter und verschwand im Wald, ohne ihn jedoch auf der gegenüberliegenden Seite wieder zu verlassen.

Als der Lärm Wraith erreichte, hatte sich das Beben

bereits entfernt. Er hörte das donnernde Krachen der Erschütterung, es nahm jedoch schnell ab und wurde zu einem fernen Dröhnen, das sich in nördlicher Richtung verlor. Aufmerksam verfolgte Wraith den Weg, den das Beben nahm. Er hatte nicht den Eindruck, daß es sich nur um ein einfaches Erdbeben oder ein rätselhaftes Muskelspiel des Labyrinths handelte.

Irgend etwas an diesem Beben, an seinem Geruch und dem Geschmack, den es hinterließ, weckte in Wraith den Verdacht, daß es ganz gezielt auf eine Reise in den Norden gesandt worden war. Kontrolliert und gelenkt von einem Drachen.

Halcyon?

Es war ein naheliegender Gedanke, doch Wraith verfolgte ihn nicht weiter. Der Zauber wies nicht die entsprechenden Merkmale auf. Irgendein anderer Drache?

Er prüfte noch einmal eingehend den Geschmack der Luft.

Mantle? Lebte er noch?

Ausgezeichnet. Noch ein alter Gegner, mit dem man endlich abrechnen konnte. Der Hüter des Labyrinths höchstpersönlich!

Es war weitestgehend Mantle zu verdanken, daß der Schimmernde Berg, obgleich er über dem Labyrinth von Covamere stand, niemals etwas von dem Feuer verloren hatte, das unter ihm loderte. Zwar entstanden von Zeit zu Zeit winzige Lecks in dem riesigen Reservoir an Magie, das im Labyrinth gefangen war, dies wirkte sich jedoch einzig in dem breiten Waldgürtel aus, der den Berg umfaßte. Dort durchbrach das Labyrinth zuweilen die Erdoberfläche und hinterließ unverkennbare Zeugnisse seiner immensen Kräfte in der realen Welt. Nur im Wald zeigte es seine Krallen. Nur hier, im ewigen Schatten des unermeßlich weiten Baldachins, den die Pinienkronen bildeten, fand es die notwendige Abgeschiedenheit, die es für seine unfaßbaren Experimente benötigte.

Große Teile des Waldes waren voller Magie und noch weitgehend unerforscht. Die Geschichten über diejenigen, die sich in die verbotenen Zonen gewagt hatten, waren grauenerregend und abstoßend. Die Drachen sprachen stets voller Angst von den Erscheinungen, die gleichermaßen schön und entsetzlich waren: Geflügelte Wesen, die in flüssiges Metall gehüllt waren, schwebten zwischen den Bäumen entlang, um kurz darauf wieder im Erdboden zu verschwinden. Es gab Zonen, in denen die Luft besonders dicht und schwer und von Bewegungen erfüllt war, als ob sie ein eigenständiges Leben führte. Schwarze Speere schossen aus der Erde und bohrten sich in die Bäume, aus deren Wunden rotes Blut floß.

Wraith hatte diese Dinge noch nie gesehen. Aber nun, da das Erdbeben sich gelegt hatte, war er sich bewußt, Zeuge einer dieser Erscheinungen geworden zu sein.

Während er seine Flughöhe beibehielt, ließ er seinen Blick aufmerksam über die Landschaft schweifen und beobachtete atemlos, wie zwischen den Bäumen eine Lichtung entstand. Ein gewaltiges Krachen und Splittern drang bis zu ihm in den Himmel, als eine Kraft sich durch die Erdoberfläche drückte und dabei selbst die größten Pinien mühelos zermalmte. Eine Staubwolke breitete sich über dem Gebiet aus und raubte ihm die Sicht.

Alle Vorsicht außer acht lassend, segelte Wraith nach unten.

Er stieß in die Wolke, während das Geräusch splitternden Holzes seinen Höhepunkt erreichte. Kurz roch es stark nach geborstenem Holz, aber schon nach wenigen Augenblicken hatte Wraith die Wolke durchquert und befand sich wieder in der frischen Luft. Unter ihm lag eine große neue Lichtung, die aus dem Wald herausgeschnitten worden war. Der Boden zitterte immer noch ein wenig, aber Wraiths magischen Sinne sagten ihm, daß das Labyrinth sich wieder zurückgezogen und die Überbleibsel seines Experiments an der Erdoberfläche zurückgelassen hatte.

Es war ein in sich abgeschlossener Platz, auf dem überall steile Felsnadeln aufragten. Die ihn dicht umschließenden Bäume trugen dafür Sorge, daß der Ort lediglich von der Luft aus eingesehen werden konnte. Es sah wie ein Gefängnis aus. Hinter der am südlichsten gelegenen Felsnadel sah er den Schimmernden Berg aufragen, aber Wraith war im Moment eher an dem weiten Oval interessiert, das aus dem Wald herausgeschnitten worden war.

Die Bäume, die noch vor kurzem hier gestanden hatten, waren nicht einfach gefällt worden, sie waren zu Staub zerrieben. Keine Pflanze wuchs mehr auf diesem Boden. Nur eine feine Staubschicht bedeckte die ganze Fläche bis hin zu seinen scharf umrissenen Grenzen.

Aber noch interessanter war, was das Labyrinth hier an Stelle der Bäume zurückgelassen hatte.

In der Mitte der Lichtung befanden sich Hunderte blauer, flackernder Kugeln. Jede von ihnen hatte etwa die doppelte Größe eines ausgewachsenen Drachen. Sie schwebten knapp über dem Boden und waren durch eine dünne, glühende Ranke fest mit ihm verankert. Wraith schätzte ihre Zahl auf etwa vierhundert. Sie glitzerten und leuchteten, und in unregelmäßigen Abständen tauchten Energiebänder auf, die mit hoher Geschwindigkeit zwischen ihnen entlangschossen. Offensichtlich waren die Kugeln äußerst heiß, und sie bestanden aus reiner Magie.

Im Vertrauen darauf, daß das Labyrinth sich zurückgezogen hatte und er Herr der Lage war, ging Wraith zu einer der Kugeln, um in sie hineinzusehen.

Magische Kugeln, grübelte er, als er sie sich genauer besah. *Uralte Magie. Die älteste, mit der ich je in Berührung gekommen bin. Wie kann ich sie mir dienstbar machen?*

Während er zwischen den schimmernden Kugeln entlangging, überlegte er, daß hier vielleicht die Lösung seines dringlichsten Problems zu finden war. Er lächelte, dann breitete er seine großen schwarzen Schwingen aus und stieg in den weiten Himmel auf. Ein neuer, großartiger Plan nahm in seinem Gehirn Gestalt an.

›Wraiths Bedrängnis‹ wird untergehen. Bald wird kein einziger Drache es mehr wagen, sich dieser traurigen und fehlgeleiteten Gruppe anzuschließen. Ich werde ihnen die Konsequenzen ihrer Untreue vor Augen führen.

Der Schwarze Drache flog zurück nach Covamere. Nun

wußte er, wie er gegen die Rebellen vorgehen würde. Jetzt konnte ihn nichts mehr davon abhalten, Halcyon niederzuzwingen und das Labyrinth zu meistern.

Unter ihm flackerten die magischen Kugeln. Das Labyrinth, von dem sie erschaffen worden waren, hatte sein Interesse an ihnen verloren. Aber dennoch besaßen sie genügend Macht, um einem Drachen zu dienen, der wußte, zu welchen Zwecken man sie einsetzen konnte.

Kapitel 14

Schmerz

So weit Fortunes Auge reichte, erstreckte sich vor ihm eine karge Landschaft aus schwarzem, porösem Fels. Mit ihren Hügeln und Tälern, die wie Wellen in einem dunklen Meer aussahen, reichte sie bis zu der Erhebung am fernen Horizont – dem Schimmernden Berg! Bis auf ein paar kleine Baumgruppen und großblättrige Pflanzen, die sich an die etwas geschützteren Hänge duckten, schien es keinerlei Vegetation zu geben. Am Fuße des Berges glaubte Fortune einen Waldgürtel erkennen zu können, aber auch diese Entdeckung war nicht geeignet, seine Stimmung zu heben. Um ihn herum war alles tot, eine einzige schwarze Wüste, und vor ihnen lag die Gefahr.

Ohne sich eine Pause zu gönnen, hatten sie die Niedrigen Berge durchflogen. Sie hatten miterlebt, wie die Wände von Aethers Zitadelle eingestürzt waren. Die Angst, dieses Schicksal könne auch dem anderen Ende der Schlucht drohen, hatte sie erbarmungslos vorangetrieben. Selbst als sie schließlich auf die südlicher gelegenen weiten Ebenen des Kernlandes gelangten, hatten sie ihr Tempo beibehalten. Die Landschaft unter ihnen war karg und öde und bot ihnen keinen Anlaß, den Flug zu unterbrechen.

Die ersten drei Tage ihrer Reise folgten alle demselben eintönigen Muster. Tagsüber flogen sie so weit, wie ihre Flügel sie trugen, und abends fielen sie erschöpft in tiefen Schlaf. Wenn sie ihr Lager aufschlugen, beschränkten sie sich auf die absolut notwendigen Dinge. Aber niemand beschwerte sich darüber, daß es ungemütlich und lästig war, dazu waren sie alle viel zu müde. Nur selten nahmen sie sich die Zeit, sich um Nahrung zu kümmern. Meistens war Scoff derjenige, der für sie auf die Jagd ging. Er hatte ein besonderes Geschick darin, Kaninchenbauten oder fischreiche Flüsse aufzuspüren. Er war es auch, der für alle – außer Brace – kochte. Der junge Erdgeborene bestand weiterhin darauf, seine Nahrung roh zu sich zu nehmen. Cumber, der Scoff beim Kochen hätte ablösen können, zeigte wenig Interesse an all dem und schien nur noch zu essen, um nicht zu verhungern.

Schon bald hatten sich gewisse Beziehungsstrukturen herausgebildet, wer sich mit wem zusammentat. Fortune und Gossamer waren jetzt für alle sichtbar ein Paar, Scoff und Cumber verband die Tatsache, daß sie die beiden Magier der Gruppe waren, und Brace hielt sich von allen fern. In dieser Aufteilung flogen, aßen und schliefen sie, und nur Fortune und Gossamer schienen auch miteinander zu reden. Scoff und Cumber waren zwar fast immer zusammen, sprachen aber so gut wie nie, und Brace hüllte sich in seiner selbstgewählten Einsamkeit in vollkommenes Schweigen.

Am Morgen des vierten Tages entlud sich dann die unterschwellige Spannung und Feindseligkeit, die sich von Tag zu Tag gesteigert hatte, in einem offenen Streit.

Am Abend zuvor hatten sie ihr Lager am Ufer eines großen Sees aufgeschlagen, zu dem ihnen Scoff in der ihm eigenen Wortkargheit kaum mehr mitgeteilt hatte, als daß er der Große See hieß.

»Alter See«, hatte er noch hinzugefügt, ohne jemanden im besonderen anzusprechen. »Gute Nacht.«

Zumindest einen großen Vorzug hatte dieser See. Er bot ihnen den Anblick frischer, grüner Pflanzen, die sie in den letzten Tagen kaum gesehen hatten. In den Regionen, durch die sie gekommen waren, schien sich die gesamte Vegetation bereits auf den Winter vorzubereiten, und die Farben des Herbstes herrschten vor, obwohl der Sommer noch nicht ganz vergangen war. Deshalb hatten sie so etwas wie Erleichterung verspürt, als sie in der Nähe des grün leuchtenden Uferwaldes gelandet waren. Riesige, knorrige Eichen ließen die zierlichen Weiden wie Zwerge erscheinen, die sich zum Wasser hinunterneigten, als ob sie ihr eigenes Spiegelbild umarmen wollten. Selbst die Erde duftete köstlich. Es war schön hier und friedlich.

Bis zum nächsten Morgen.

Brace wachte vor allen anderen beim ersten, dunstigen Licht des Tages auf. Mit müden Augen warf er einen Blick auf seine Reisegefährten und stolperte schlaftrunken zum Wasser hinunter, bevor er bemerkte, wie sehr sich die Landschaft seit der letzten Nacht verändert hatte. Denn als er sich vorbeugte, um Wasser zu trinken, sah er, daß seine Klauen in nassen Blättern versanken, die den Boden bedeckten – toten, braunen Blättern.

Mit einem Schlag war er hellwach. Er richtete sich auf und sah sich um.

Die Bäume hatten all ihr Laub abgeworfen. Abgesehen von ein paar Koniferen standen sie mit gespenstisch kahlen Ästen da, während sich ihre braunen, toten Blätter auf der Erde rings um die Stämme häuften. Brace fuhr mit den Krallen durch das Laub, doch die Blätter raschelten nicht, so feucht waren sie. Und auch die herrlichen Rot- und Gelbtönungen des Herbstes fehlten ihnen. Sie waren nur braun. Tot und braun.

Der Anblick stimmte Brace unendlich traurig, so daß er an sich halten mußte, um nicht in Tränen auszubrechen. Schon die ganzen letzten Tage war er voller Trauer gewesen, während sie durch tote Landschaften reisten. Es war, als ob eine böse Macht sie alle im Griff hatte und in einen tiefen, dunklen Abgrund zog. Brace schniefte und hätte vielleicht doch noch seinem Bedürfnis zu weinen nachgegeben, wenn er nicht in diesem Augenblick gehört hätte, daß sich jemand durch den dichten Laubteppich näherte. Er riß sich zusammen und sah sich um. Als er seine Schwester erkannte, nahm sein Gesicht einen harten, trotzigen Ausdruck an.

»Oh, Brace!« rief Gossamer, während sie auf ihn zukam. »Was geschieht nur mit der Welt?«

Braces Züge verloren etwas von ihrer Kälte, als er spürte, wie bekümmert seine Schwester war. Trotzdem brachte er es nicht über sich, auf sie zuzugehen. So standen sie sich in einiger Entfernung gegenüber, starrten verlegen auf den Boden und froren in der kühlen, feuchten Luft.

»Das ist die Schuld der Magier!« platzte es schließlich aus Brace heraus. »Du wirst's schon sehen.«

Gossamer seufzte und trat an ihm vorbei ans Wasser, um zu trinken. Er beobachtete sie dabei und hätte am liebsten einen Flügel zu ihr ausgestreckt und sie umarmt. Doch dann richtete sie sich wieder auf, und der Augenblick der Schwäche war vorbei. Gossamer wandte sich wieder zu ihm um und sah ihn derart prüfend an, daß er glaubte, im Erdboden versinken zu müssen.

»Ich weiß, daß du Fortune nicht magst, Brace«, sagte sie leise. »Aber du bist ja nicht einmal bereit, ihn richtig kennenzulernen.«

»Red keinen Unsinn«, entgegnete Brace. »Ich habe überhaupt nichts gegen ihn.«

»Er hat dein Leben gerettet«, erinnerte Gossamer ihn. »Und meins auch.«

Aber ich hätte dir das Leben retten müssen, dachte Brace voller Verzweiflung, gefangen in seiner eigenen, verdrehten Logik. *Nicht er. Ich bin derjenige, der dich beschützen sollte.*

»Sieht so aus«, gab er zähneknirschend zu, und es war ihm anzusehen, daß er es nicht gerne tat. »Aber deswegen muß ich ihn nicht mögen.«

»Und die anderen ...«

»Das sind Magier!« fuhr er sie an. »Mehr gibt es dazu nicht zu sagen. Oder hast du vergessen, was sie uns allen angetan haben?«

»Aber doch nicht diese beiden«, flüsterte Gossamer traurig, weil ihr in diesem Moment klar wurde, daß sie nicht vermochte, zu ihrem Bruder durchzudringen. »Willst du nicht wenigstens heute morgen mit uns zusammen essen?«

»Ich ziehe es vor, allein zu bleiben«, antwortete er und drehte ihr den Rücken zu, um in den Nebel über dem See zu starren. Zärtlich streifte sie seine Flanke und ging dann zum Lager zurück. In die Sorge um ihren Bruder mischte sich die Sorge um das, was um sie herum geschah. Die toten, feuchten Blätter, die in einer einzigen Nacht gefallen waren und so weit das Auge reichte den Boden bedeckten.

Das ist das Ergebnis von Magie, dachte sie schaudernd. *Der Winter kommt schon bald. Aber warum?*

Auf diese Frage hatte sie keine Antwort. Also watete sie durch Berge feuchten Laubes zu Fortune zurück, der inzwischen wach geworden war, während um sie herum die Bäume anklagend ihre kahlen Äste in den Himmel reckten.

Fortune vergrub zärtlich seine Nase in ihrem Nacken, als sie sich neben ihm niederließ.

»Wie die Blätter auf dem Fluß«, sagte er traurig. Gossamer nickte nur. »Ich habe über etwas nachgedacht«, fuhr er fort. »Wärst du eigentlich auch mit mir gekommen, wenn du eine andere Wahl gehabt hättest?«

Gossamer sah ihn überrascht an, und er lächelte verlegen.

»Also«, erwiderte sie, »du stellst ja sehr direkte Fragen am frühen Morgen.«

»Und, wärst du mitgekommen?«

Gossamer legte den Kopf schief und kniff die Augen zu schmalen Schlitzen zusammen. Dann ließ sie ihren Blick über Fortunes Körper wandern, von seinen Augen über die Flanken und Flügel bis hin zur Spitze seines langen, zusammengerollten Schwanzes und wieder zurück zu seinem Gesicht. Je länger sie ihn derart prüfend ansah, desto unbehaglicher fühlte Fortune sich. Und als sie ihm schließlich wieder in die Augen blickte, wäre er aus lauter Verlegenheit am liebsten davongeflogen, nur um sich diesem schrecklichen und zugleich doch so wundervollen Blick zu entziehen.

»Hmm«, überlegte Gossamer und kostete das Spiel aus,

das sie mit ihm trieb. »Ich werde darüber nachdenken müssen.«

»Du ...!« rief Fortune und warf sich auf sie, so daß sie beide zu Boden fielen. Er umschlang sie mit seinen Flügeln, und sie rollten durch das feuchte Laub bis zum Ufer des Sees hinunter. Brace, der sie aus einiger Entfernung beobachtet hatte, wandte ihnen angewidert den Rücken zu und marschierte in den Wald, um sich sein Frühstück zu suchen.

Die beiden jedoch blieben liegen. Kichernd und außer Atem flüsterten sie sich Albernheiten zu.

»Tut mir leid, daß ich störe«, ließ sich Scoffs vertrautes Knurren hören. »Wir müssen reden.«

Die beiden Erdgeborenen lösten sich ungeschickt und verlegen aus ihrer Umarmung, wobei ihnen nicht entging, daß Scoff sich amüsiert lächelnd abwandte und diskret in eine andere Richtung sah.

»Ist Herbst geworden«, bemerkte Scoff, als Fortune und Gossamer endlich auch die letzten Blätter abgestreift hatten. »Dauert nicht mehr lange bis zum Winter. Wir müssen reden.«

»Das sagtest du bereits«, bestätigte Fortune. »Worüber willst du mit uns reden?«

»Ich glaube, es ist an der Zeit, daß wir *alle* miteinander reden«, schaltete sich Gossamer ein.

Scoff nickte.

»Wir drei haben damit kein Problem«, sagte er. »Aber dein Bruder ...«, er wies mit einem Kopfnicken zu dem Wäldchen hinüber, in dem Brace im Laub wühlte, »ist immer noch sehr verärgert. Und Cumber ...«

»Was ist los mit Cumber?« fragte Fortune sofort. Die Angst, die er um seinen Freund hatte, war im Lauf der Reise keineswegs geringer geworden. Im Gegenteil, er machte sich jetzt mehr Sorgen denn je. Es war offensichtlich, daß die Ereignisse von Aethers Zitadelle Cumber verändert hatten, auch wenn Fortune nicht verstand, was in seinem Freund vor sich ging. Er hatte sich immer weiter in sich selbst zurückgezogen, bis er schließlich mit niemandem mehr sprach. Nicht einmal mehr mit Scoff, der während der letzten drei Tage nicht von seiner Seite gewichen war. Sein Gesichtsausdruck war von Leere beherrscht, die ehedem leuchtenden Augen schimmerten trübe, und die für ihn typische Lebhaftigkeit schien er vollkommen verloren zu haben.

Es ist, als ob der Herbst auch Cumber im Griff hat, dachte Fortune düster. *Wenn ich doch nur wüßte, wie ich etwas für ihn tun kann.*

»Hab' versucht, ihm zu helfen«, fuhr Scoff fort und riß Fortune aus seinen Gedanken. »Ist mir nicht gelungen. Vielleicht kannst du's.«

»Aber was fehlt ihm denn?« fragte Fortune, und in dem Moment, in dem er die Frage stellte, stieg ein furchtbarer Verdacht in ihm auf.

O nein! Bitte, nicht das!

»Er ist doch nicht … bitte, sag mir, daß er nicht …?«

Scoff wußte, was Fortune meinte. »Wahnsinnig geworden?« fragte er daher. »Nein, so schlimm ist es glücklicherweise nicht. Aber schlimm genug – auf seine Art.«

»Was ist es denn?« drängte Gossamer, die genauso besorgt um Cumber war wie Fortune. Denn obwohl sie ihn noch nicht lange kannte, mochte sie den jungen Magier sehr gern. »Was fehlt ihm?«

Scoff stieß einen tiefen Seufzer aus, ließ sich auf dem Boden nieder und bedeutete den beiden Erdgeborenen, sich zu ihm zu setzen.

»An sich nichts Ungewöhnliches«, begann er. »Es ist etwas, das alle Magier irgendwann durchmachen. Wir nennen es den *Schmerz aus dem Reich*.«

»Das *Reich*!« flüsterte Gossamer ehrfurchtsvoll.

»Ist es das *Reich*, von dem Cumber gesprochen hat?« fragte Fortune. »Denn dann will ich genau wissen, was es damit auf sich hat. Bitte, Scoff, wenn wir Cumber helfen sollen, mußt du uns in ein paar von euren Geheimnissen einweihen.«

Und so erzählte Scoff Gossamer und Fortune vom *Reich*, von der Welt jenseits dieser Welt, wo der Feuerzauber geschmiedet wurde. Er erzählte ihnen von seinen eigenen

Erfahrungen mit dem Feuer, von dessen Macht, Gutes wie auch Böses zu bewirken, und davon, daß es ganz eigenen Gesetzen gehorchte. Und er erzählte ihnen vom *Schmerz aus dem Reich*.

»Hat mich damals schwer erwischt«, sagte er, während sich seine Augen in Erinnerung verschleierten. »Brauchte viele Tage, um damit zurechtzukommen. So wie Cumber. Es ist erschreckend, versteht ihr. Die Macht, die Verantwortung für die Macht, die man damit in Händen hält. Könnte die gesamte Erde zerstören, wenn man verantwortungslos damit umgeht.«

»Und das ist wirklich keine Übertreibung?« fragte Gossamer, obwohl sie bereits die Antwort kannte. Scoff schüttelte schweigend den Kopf.

»Ihr fangt an, zu verstehen«, stellte er sachlich fest. »Die meisten Drachen kommen über diesen Schock hinweg. Einige allerdings nicht. Sie werden verrückt. Cumber wird es schaffen, und es wird ihm helfen, wenn du ihm beistehst, Fortune. Er braucht dich jetzt. Mehr als mich, glaube ich.«

Fortune lächelte traurig und spürte Gossamers Flügelspitze, die sanft sein Gesicht streifte. Überrascht stellte er fest, daß ihm Tränen über die Wangen liefen.

»Geh zu deinem Freund«, sagte sie leise und sah zu der Lichtung hinüber, auf der Scoff und Cumber letzte Nacht ihr Lager aufgeschlagen hatten. Der junge Magier lag noch immer dort, zusammengekauert gegen die Kälte, während seine goldenen, taubedeckten Schuppen in der feuchten Morgenluft glänzten.

Fortune zitterte, denn obgleich die Sonne begonnen hatte, sich ihren Weg durch den Nebel zu bahnen, fror er erbärmlich. Er stand auf und ging auf die Lichtung zu. Als er näher gekommen war, sah er, daß Cumber nicht mehr schlief, sondern ihm mit einem stumpfen, desinteressierten Blick entgegensah. Unsicher, was er sagen sollte, blieb Fortune vor seinem Freund stehen und sah den kleinen Wolken nach, in die sein Atem sich in der kalten Luft verwandelte. Endlich brachte er den Mut auf, Cumber anzusprechen.

»Wir machen uns Sorgen um dich«, begann er ziemlich kraftlos.

»Nicht nötig«, erwiderte Cumber kurz angebunden und schloß die Augen. Fortune wandte den Kopf und sah zum Seeufer hinüber, wo die anderen standen und gespannt zu ihm herübersahen. Dann bemerkte er, daß Brace inzwischen aus den Bäumen hervorgetreten war. In einiger Entfernung von Gossamer und Scoff blieb er stehen und beobachtete aufmerksam, was vor sich ging.

Was soll ich ihm nur sagen? dachte er verzweifelt.

»Ich kann verstehen, was du durchgemacht hast«, fing er an, doch nur, um schon im nächsten Moment durch den entrüsteten Aufschrei seines Freundes unterbrochen zu werden.

»Verstehen?« rief Cumber und sprang mit erstaunlicher Behendigkeit auf die Füße. Durch die plötzliche Bewegung wurden Kaskaden von Blättern aufgewirbelt. Als Cumber ärgerlich auf ihn zukam, trat Fortune vorsichtig ein paar Schritte zurück. Tautropfen rannen in kleinen Rinnsalen über den goldenen Schuppenpanzer des jungen Magiers, blaue, magische Flämmchen züngelten um seine Flanken. Seine Augen waren weit aufgerissen und hatten einen irren Ausdruck angenommen.

Er ist wahnsinnig geworden! dachte Fortune entsetzt. *Genauso wie all die anderen. Er hat die Krankheit. Scoff hat sich geirrt!*

»Verstehen?« wiederholte Cumber mit donnernder Stimme. »Wie könntest du es jemals verstehen, Erdgeborener? Wie könntest du verstehen, was ich gesehen, was ich erlebt habe? Verstehst du, was das Feuer ist? Verstehst du das?«

Fortune machte einen Sprung zur Seite, als Cumber sein Maul weit öffnete und ihm fauchend seinen heißen Atem vor die Füße spie. Fortune glaubte, ein Reißen zu hören, als würde ein Hautlappen vom Körper eines gigantischen Wesens des Weltgerichts getrennt werden. Dann erzitterte der Boden unter seinen Füßen, und Blitze zerteilten die Erde. Direkt vor ihm schlugen Flammen empor …

Fortune wollte fliehen und sich in die Luft erheben, als er Scoffs Stimme hörte. »Bleibt alle, wo ihr seid. Keiner darf sich von der Stelle rühren!«

Entsetzt und fasziniert zugleich zwang Fortune sich dazu, stehenzubleiben.

Auch Cumber rührte sich nicht. Breitbeinig stand er da und hatte den Kopf so weit nach unten gesenkt, daß das Feuer, das aus seinem Mund schoß, im Boden zu verschwinden schien. Doch an anderen Stellen kam es wieder an die Oberfläche. Überall um sie herum schossen magische blaue Flammen aus dem Boden und verbreiteten sich in alle Richtungen, hinunter zum Ufer des Sees und in den Wald hinein. Wo das Feuer wütete, verwandelte es die feuchten Blätter am Boden in Asche und die Erde in eine kochende Masse. Nur unter den Füßen der Drachen blieb der Boden kalt.

Die Erdgeborenen sahen dem Schauspiel erstaunt zu, und Scoff machte eine finstere Miene. Auf Cumbers Gesicht dagegen spiegelte sich Schmerz und Qual wider, als ob es ihn unvorstellbare Energien kostete, diesen Sturm an Magie freizusetzen. Der Nebel wurde immer dichter, während die Flammen den Tau auf den Blättern verdampfen ließen, bis sich schließlich Rauch unter den Dunst mischte, als das Laub zu verkohlen begann. Bald war aus dem feuchten Blätterteppich eine dünne, schwarze Haut geworden, die sich schnell auflöste und in alle Winde zerstob, als der Nordwind in sie hineinfuhr.

Schließlich wurde das Feuer in Cumbers Kehle schwächer, und seine Beine begannen zu zittern. Dann, ohne jede Vorwarnung, gaben sie ganz nach, das Feuer erlosch, und Cumber fiel zu Boden. Ohnmächtig rollte er den Hang hinunter, bis er gegen einen alten Eichenstumpf prallte und reglos liegenblieb. Durch den Schleier aus Nebel und Asche, den der kalte Wind vor sich her trieb, liefen seine Freunde zu ihm hinüber, um ihm zu helfen.

Brace sah ihnen aus einiger Entfernung zu. Er hielt sich noch immer abseits, unfähig, seine trotzige Haltung aufzugeben und sich zu den anderen zu gesellen. Unsicher, was er tun sollte, hockte er sich auf den Boden und grübelte über seine widerstreitenden Gefühle nach.

Mich wird kein Drache je wieder übersehen, dachte er. *Und die Magier werden für das bezahlen, was sie uns in der Zitadelle angetan haben.*

Er beobachtete, wie seine Schwester sich über Cumbers scheinbar leblosen Körper beugte. Allein ihre Gegenwart hielt ihn davon ab, das zu tun, wonach er sich sehnte, nämlich die Gruppe zu verlassen und sich auf eigene Faust durchzuschlagen. Es mußte doch irgendwo noch andere Drachen geben, andere Erdgeborene, die den gleichen Haß auf die Magier empfanden wie er.

Aber er konnte seine Schwester nicht allein in der Gesellschaft dieses anderen Erdgeborenen, dieses Fortune, lassen, der ein Freund der Magier war und seine Schwester durch die Macht der Liebe gefangen hielt.

Früher oder später wird sie zur Besinnung kommen, dachte er. *Dann wird sie mich wieder an ihrer Seite brauchen. Und dann werden wir gemeinsam den Magiern entgegentreten.*

Und vielleicht eines Tages sogar zur Zitadelle zurückkehren.

Eines Tages.

Vielleicht.

Mit Cumbers verzweifeltem Zusammenbruch hatten sich auch die Spannungen innerhalb der Gruppe aufgelöst. Nur für Brace galt das nicht. Drei Tage und Nächte waren seitdem vergangen, und jetzt, nach sechs langen Tagen einer anstrengenden Reise, waren sie endlich in Sichtweite ihres Ziels angekommen, am Schimmernden Berg.

Cumber hatte seit jenem Morgen zwar immer noch nicht viel gesprochen, wirkte aber nicht mehr so in sich gekehrt wie zuvor.

Fortune hockte allein auf einem unbequemen Hügel aus kantigem, schwarzem Fels. Vor ihm lag das Ödland der Verletzten Berge und der alles überragende, bedrohliche Schatten des Schimmernden Berges. Fortune hatte lange nachgedacht, und ihm war klar geworden, daß er Cumber schrecklich vermißte. Die Tatsache, daß er mit Gossamer ein neues Gefühl des Glücks entdeckt hatte, bedeutete nicht, daß er nicht nach wie vor einen Freund brauchte.

Auch Wood vermisse ich, dachte er kummervoll.

Er warf einen letzten Blick auf das Meer aus schwarzen Steinen, das sich vor ihm ausbreitete, dann wandte er sich wieder dem Lager zu, in dem sie die Nacht verbracht hatten. Doch dort konnte er nur drei Drachen entdecken, die in Felsspalten und hinter Gesteinsvorsprüngen Schutz vor der Kälte gesucht hatten. Grossamer und Scoff lagen weit entfernt voneinander, und etwas abseits von ihnen war Brace …

Wo ist Cumber?

Bemüht, die anderen nicht aufzuwecken, kletterte er auf einen etwas höheren Felsen und sah sich in der trostlosen Landschaft um.

Hinter ihm lag das sandige Grau der Wüste, über die sie am vorangegangenen Tag hinweggeflogen waren. Dort hatte es kaum Wasser gegeben, so daß sie froh gewesen waren, als sie zwischen den zerklüfteten, schwarzen Felsen des Gebirges auf ein paar Bäche stießen.

Zu beiden Seiten und direkt vor ihm erstreckten sich die Verletzten Berge.

Und in der Ferne erhob sich der Schimmernde Berg.

Aber von Cumber keine Spur.

Fortune suchte noch einmal mit den Augen die Gegend ab, bis er schließlich nicht allzuweit von ihrem Lager entfernt im Licht der noch tiefstehenden Sonne etwas golden aufleuchten sah. Dort war er! Cumber hockte auf einem hoch aufragenden Felsen, nur einen kurzen Flug weit entfernt. Die Kluft war zu groß, als daß Fortune hätte erkennen können, was sein Freund dort tat, aber um ihn herum schien die Luft wie vor Hitze zu flimmern.

Spielte er etwa wieder mit dem Feuerzauber? dachte Fortune besorgt und hob sich in die Luft. Seine Flügel schmerzten unerträglich von den Anstrengungen der letzten Tage, und er glaubte fast schon, seine Muskeln jammern zu hören, während er die paar Baumlängen zurücklegte, die ihn von seinem Freund trennten. Lautlos landete er hinter Cumber auf dem Felsen und wollte ihn gerade ansprechen, als ihm der Gedanke kam, daß Cumber ihn vielleicht noch gar nicht bemerkt hatte. Also warf er einen vorsichtigen Blick über dessen Schulter und sah …

… Magie!

Vor ihnen schwebte ein Drache in der Luft. Er war nicht lebensgroß, sondern um ein Vielfaches verkleinert. Ihn umgab eine kreisrunde Luftblase von der Größe eines Kürbisses, die nach außen hin eine Haut aus glitzernden Funken zu haben schien. Wenn Cumber den Kopf bewegte, bewegte sich das Zauberbild mit. Der Drache, den es zeigte, war ein kräftiger Magierkrieger, der auf Posten stand. Dem blassen, verschwommenen Bild nach zu urteilen, mußte er sehr weit weg sein, und es war ganz offensichtlich, daß er nicht die geringste Ahnung davon hatte, beobachtet zu werden.

»Das ist ein Vergrößerungszauber«, verkündete Cumber, und seine Stimme ließ Fortune aufschrecken, um so mehr, als sein Freund seit Tagen kein Wort mehr gesagt hatte. »Verstehst du, ich dachte, wir sollten vielleicht ein bißchen vorsichtiger sein, jetzt, da wir uns dem Berg und Covamere nähern. Und aus diesem Grunde habe ich mir ihre Wachtposten mal näher angesehen. Allmählich frage ich mich, ob hier unten im Süden alles in Ordnung ist, denn die Drachen, die ich beobachtet habe, sehen eher aus wie die Drachen, die sich uns in Aethers Zitadelle entgegengestellt haben, und nicht wie die Sorte Drachen, die Halcyon als Wachen einsetzen würde. Obwohl ich andererseits annehme, daß …«

»Cumber!« unterbrach Fortune ihn.

Cumber blinzelte und ließ sich nur widerwillig von dem Zauberbild ablenken.

»Was?« fragte er unschuldig.

Und Fortune konnte nur wie ein Narr grinsen, denn da vor ihm saß Cumber – der echte Cumber, den er liebte, und nicht der finstere, verschlossene Drache der letzten Tage. Fortunes Herz hämmerte in seiner Brust, und nur zögernd begann er zu sprechen.

»Cumber, ich ...«

»Sag nichts«, fiel ihm Cumber ins Wort und hob einen Flügel, um ihn zum Schweigen zu bringen. »Ich weiß, daß ich mich abscheulich benommen habe und dir eine Erklärung schulde – obwohl ich mir vorstellen kann, daß Scoff dir bereits erklärt hat, was in mir vorgegangen ist. Denn schließlich hat er das auch einmal durchgemacht – wenn ich's recht überlege, macht das wahrscheinlich jeder Magier durch, früher oder ...«

»Cumber!« rief Fortune lachend. Sein Freund schien entschlossen, in einem einzigen Satz alles nachzuholen, was er durch sein Schweigen in den letzten sechs Tagen versäumt hatte. »Ist schon gut. Ich kann verst... nein, tut mir leid, ich kann nicht verstehen, was du durchgemacht hast, zumindest nicht vollständig. Aber soviel habe ich wenigstens verstanden, daß es dir sehr schlecht gegangen ist. Falls ich irgend etwas für dich tun kann ...«

»Nicht nötig, mein Freund«, erwiderte Cumber, löste den Vergrößerungszauber auf und wandte sich mit einem nachdenklichen Lächeln zu Fortune um. »Daß du mich nicht aufgegeben hast, ist mir Hilfe genug.«

»Möchtest du darüber reden?«

Cumber schüttelte den Kopf.

»Ich habe getötet«, seufzte er. »Der Feuerzauber legt sich auf die Seele eines Drachen. Irgendwie verunreinigt er sie. Ich kann das nicht erklären.«

»Hex wollte *dich* töten«, sagte Fortune.

»Ich weiß, aber das *Reich* gibt allem einen so merkwürdigen, bitteren Beigeschmack ... Es kann auch dem Guten dienen, das darf man nie vergessen, aber in diesen Zeiten ist es sehr schwer, gute Magie zu wirken, sehr schwer ...«

Cumber lächelte noch einmal. Es war ein trauriges, wissendes Lächeln. Und in diesem Moment war Fortune sicher, daß sein Freund wieder gesund werden würde. Vielleicht nicht heute und auch noch nicht morgen, doch die Wunden in seinem Innern würden verheilen.

Aber ihm macht noch etwas anderes Sorgen.

»Was verschweigst du mir, Cumber?« fragte er in der

Gewißheit, daß der Zeitpunkt gekommen war, an dem sie beide vollkommen ehrlich miteinander sein konnten. Er schlang einen Flügel um die Schulter seines Freundes. Verlegen entwand sich Cumber seiner Umarmung.

»Ich werde immer für dich da sein, Cumber«, beharrte Fortune. »Denk dran, wenn du wieder einen Drachen an deiner Seite brauchst. Aber wir dürfen uns gegenseitig nichts verschweigen, vor allem jetzt nicht, da wir uns dem Schimmernden Berg nähern. Es gibt etwas, das du mir nicht gesagt hast, habe ich recht?«

Cumber reckte seinen Hals, um über Fortunes Schulter zum Lager hinüberzusehen.

»Ich glaube, die anderen wachen auf«, sagte er. Sein Versuch, vom Thema abzulenken, war so durchsichtig, daß Fortune unwillkürlich grinsen mußte.

Du kannst einen wirklich in den Wahnsinn treiben! dachte er. *Vielleicht muß man dich deswegen so gern haben.*

»Erzähl's mir, Cumber«, beharrte er. »Was auch immer es ist, spuck's einfach aus.«

»Also gut, wenn du darauf bestehst«, murmelte Cumber. »Aber es ist eigentlich vollkommen unbedeutend.«

»Das werden wir ja sehen.«

»Schön. Es ist nichts, was ich wirklich erklären könnte, verstehst du? Ich glaube nur, daß Ordinal mir gegenüber nicht ganz ehrlich war.«

»Was meinst du damit?«

»Na ja, als sie mir die Einzelheiten unserer Mission beschrieben hat, da hat sie mir etwas verschwiegen. Und es ist die gleiche Sache, die ich dir jetzt verschweige.«

»Aber was ist es denn, Cumber?« Zu diesem Zeitpunkt hätte Fortune seinen Freund am liebsten erwürgt.

»Ich weiß es nicht. Sie hat's mir ja nie gesagt!«

»Oh, Cumber!«

»Aber«, fügte Cumber in ernsterem Tonfall hinzu, »ich habe mich die ganze Zeit über gefragt, was es wohl sein könnte. Und jetzt, kurz vor unserem Ziel, ahne ich es allmählich. Ich weiß zwar noch nicht, welche Form es hat, wohl aber, welche Farbe.«

»Cumber, wovon sprichst du?«

Doch in diesem Augenblick begann Fortune zu begreifen.

Farbe!

»Etwas, das Ordinal ebenfalls vorausgesehen, dir aber nicht erzählt hat?«

Cumber nickte.

»Etwas Schlechtes?«

Wieder nickte Cumber.

Fortune stieß geräuschvoll die Luft aus. Jetzt verstand er Cumbers Angst, denn er teilte sie. Es gab etwas, das sie alle fürchten mußten, Magier wie Erdgeborene. Etwas, von dessen Existenz sie noch nichts wußten, als sie Südkap verließen. Andernfalls hätten sie die Reise zu Halcyon möglicherweise gar nicht erst gewagt.

Dieses Etwas war ein Drache.

Der Schwarze Drache!

Kaum hörbar hauchte Fortune die Worte. »Glaubst du wirklich, daß Ordinal von ihm wußte, als sie uns auf diese Reise schickte?«

Cumber schüttelte den Kopf, doch nicht um Fortunes Frage zu verneinen, sondern weil er keine Antwort darauf wußte.

»Ich habe keine Ahnung«, sagte er. »Und ich werde es auch nie mehr erfahren. Aber ich bin überzeugt, daß sie mehr wußte, als sie mich hat wissen lassen. Und daß es noch einen anderen Grund gibt, warum sie mir nichts über den Schwarzen Drachen erzählt hat.«

Cumber verstummte. Dann seufzte er.

»Vielleicht ist das alles ja auch Unsinn«, bemerkte er wenig überzeugend.

»Hmm. Glaubst du, daß er hier ist, der Schwarze Drache?«

Cumber sah sich nach dem Berg in der Ferne um. Die Kälte, die Trostlosigkeit der Landschaft, der leere Himmel. Er war überzeugt, daß etwas nicht stimmte. Er wußte nicht, was es war, aber irgend etwas hatte den Wettlauf gewonnen und war schneller als sie gewesen. Wenn es nicht die Seuche war, dann war es etwas, das genauso verheerend war. Dort hinten, etliche Baumlängen entfernt, stand der Wachtposten, den er beobachtet hatte, bevor Fortune gekommen war. Dieser Drache war groß und stark gewesen, aber ... sein Panzer war dunkel und stumpf.

»Dessen bin ich mir sicher«, beantwortete Cumber Fortunes Frage. »Und ich bin mir auch sicher, daß er in diesem Moment seine Flügel hier irgendwo zwischen uns und dem Berg ausbreitet. Aber eines darfst du nie vergessen, Fortune: Wie schwierig unser Auftrag auch werden mag, das Ziel hat sich nicht geändert. Wir müssen Covamere erreichen und mit Halcyon reden. Denn das ist es, was Ordinal von uns wollte. Und das ist es auch, was ich tun werde!«

Während er dies sagte, sah Cumber derart stolz und unbezähmbar aus, daß Fortune erschrocken ein Stück zurückwich. Erneut erkannte er, wie sehr die Ereignisse von Aethers Zitadelle den jungen Magier hatten reifen lassen, und er war froh, daß er ihn zum Freund und nicht zum Gegner hatte. Nun war Cumber auch in der Lage, sich das Feuer zu unterwerfen, und das machte ihn unbezwingbar. Cumber war erwachsen geworden – wie schon zuvor sein Freund Wood, als er sich zum Kampf in den Großen Saal hinunterstürzte.

Bleibe nur noch ich, dachte Fortune ein wenig traurig.

»Wenn es einen Drachen gibt, der uns zu Halcyon bringen kann, dann bist du es, Cumber«, verkündete er voller Zuneigung. Dann stellte er sich gegen den Wind und erhob sich in die Luft.

Gemeinsam flogen sie zum Lager zurück. Dabei bemerkte Fortune allerdings nicht, daß sich auf Cumbers Gesicht ein Zweifel schlich. Denn Cumber spürte, daß dieser Ort noch einige unangenehme Überraschungen für sie bereithielt.

Die Sonne hing den ganzen Tag über tief am Himmel, so daß ihre spärlichen Strahlen die Luft kaum erwärmten. Der Himmel blieb klar, und es wurde ein kalter Tag. Noch fror es nicht, doch am Rande der Verletzten Berge zogen bereits Schneewolken auf.

Der Sommer war kurz gewesen, doch der Herbst würde noch kürzer werden. Die Drachen flogen dem Winter entgegen.

Kapitel 15

An der Schwelle zum Wandel

Wenn ein Drache, vorübergehend seines Augenlichtes beraubt, mitten ins Zentrum von Covamere geführt würde und dort wieder in den vollen Besitz seiner Sehkraft gelangte, hätte er ohne jeden Zweifel die Zitadelle als den Inbegriff mangelhafter Planung bezeichnet, als ein Bauwerk, dem jede durchdachte Anlage und gezielte Gestaltung fehlte.

Für viele Teile der Festung traf diese Einschätzung auch zu. Covamere war ein Labyrinth aus sich kreuzenden Durchgängen und breiten Bögen, über denen sich bizarre Dächer erhoben. Ein komplizierter Irrgarten, ein Netz aus Türmen, Wänden und Gängen, Brücken und Aushöhlungen sowie riesiger offener Plätze. All das war aus Stein errichtet oder aus dem Holz der endlosen Wälder, die den Schimmernden Berg umgaben. Es hätte ein Drachenleben in Anspruch genommen, eine Karte davon zu erstellen.

Es war eine fast wahnsinnig zu nennende Konstruktion, über Jahrhunderte gebaut und erneuert, so daß mittlerweile nicht mehr erkennbar war, wo die Anfänge Covameres lagen. Aus der einst schlichten Anlage war ein undurchschaubares System verschiedener Ebenen geworden, ein Wirrwarr von Haupt- und Nebenwegen, die einen, wollte man die Stadt durchqueren, in ständigem Auf und Ab in die Irre zu führen schienen. Auch die jüngst nach den Zerstörungen von Wraith in Auftrag gegebenen Wiederaufbaumaßnahmen hatten nicht dazu geführt, daß eine erkennbare Ordnung entstand.

Und doch, wenn ein Drache sich in die Luft erhob, seine Flügel ausbreitete und flog, was so viele Drachen neuerdings verabscheuten, würde er Covamere in einem ganz anderen Licht sehen. An Stelle der verwirrenden Details erkannte er dann vielleicht das dem Ganzen zugrundeliegende Muster.

Der Drache würde entdecken, daß Covamere eine große,

spitz zulaufende Klaue war, die sich am Berg hochzog. Ihre Wurzeln verloren sich in den Wäldern, während die Spitze sich etwa ein Viertel oberhalb vom Westabhang des Schimmernden Berges deutlich erkennbar einem bestimmten Punkt näherte. Ganz Covamere lief auf diesen einzigen Punkt zu, der die Augen des Drachen unerbittlich in diese eine Richtung lenken würde. Hin zu dem Ort, an den einst alle Drachen dieser Welt pilgerten: zum Portal.

Ein Riß im Gestein, ein großer einladender Spalt, der von Zinnen aus schwarzem Stein umkränzt war. Das Maul des Schimmernden Berges.

Tatsächlich war das Portal nur einer der sieben Eingänge zu den unterirdischen Höhlen von Covamere, die nicht mit den vergleichsweise kläglichen Tunneln zu verwechseln waren, die direkt unter der Stadt lagen. Die anderen Eingänge gruppierten sich in exakt gleichem Abstand rund um den Berg. Aber sie waren unscheinbar und wurden nur selten benutzt. Das Portal war der älteste Eingang in den Berg und zu den Höhlen. Die von ihm ausgehenden Gänge führten also auch zu den tiefsten Höhlen und Kammern, in denen man die ersten Wirbel des Labyrinths spüren konnte. Was dahinter lag, wußte nur das Labyrinth selbst.

Aber das Portal war auch der einzig mögliche Weg für einen Drachen, der zur Macht strebte. Für einen Drachen wie Wraith.

Und es war, wie die anderen sechs Eingänge auch, von einem Drachen gegen äußere Angriffe versiegelt worden, der so ganz anders war als Wraith, ihm möglicherweise aber an Stärke in nichts nachstand: Halcyon.

Vor dem klaren Himmel war deutlich die schmale Sichel des abnehmenden Mondes zu erkennen. Morgen nacht würde sie nicht mehr dort oben stehen und hätte ihr eines, auf die Welt gerichtetes Auge am Ende ihres Weges geschlossen.

Die Neumondnacht wird in der Tat sehr dunkel werden.

Wraith quälte die Erinnerung. Sie hatte ihn nicht ruhen lassen, sondern noch einmal in die Lüfte gezwungen, als der untergehende Mond den nahenden Morgen ankündigte. Immer deutlicher spürte er, daß sein ständiger Begleiter, die Vergangenheit, ihm in den letzten Tagen nähergerückt war, als er hatte wahrhaben wollen. Und sie würde ihm vielleicht noch näherrücken.

Einer Laune folgend, fand er sich auf einmal am tiefsten Punkt Covameres wieder, mitten zwischen den Bäumen des Waldes, der den Berg wie ein Ring umgab.

Voller Bedauern stellte er fest, daß der Wald vollkommen verlassen war. Er wanderte durch den Forst, den einst Leben und Magie erfüllt hatte, und stellte sich die Wesen vor, die ehedem hier zu Hause gewesen waren.

Sehr wenig Leben hier, grübelte er. *Und sogar wenig Magie.*

Die Drachen von Covamere hatten in den goldenen Zeiten hier unten ganze Herden gehalten, Herden von großen und schlanken Zirafaen. Die Beine dieser eleganten Zauberwesen waren unglaublich dünn gewesen, dennoch verfügten sie durch den sanften Zauber, der durch ihre Adern floß, über erstaunliche Kraft. Sie hatten im Wald gelebt und waren sogar in der Lage gewesen, durch die Stämme der Bäume hindurchzugehen, dort, wo sie so dicht standen, daß selbst sie mit ihren schlanken Körpern nicht zwischen ihnen wandeln konnten. Mit ihren leisen pfeifenden Gesängen verjagten sie die Waldnymphen aus den Baumwipfeln.

Aber als Wraith nach Covamere zurückgekehrt war, waren die Zirafaen fort. Ob sie ihren Herdenmeistern weggelaufen oder ausgestorben waren, vermochte er nicht zu sagen. Vielleicht hatten sie sich auch verwandelt, waren zu anderen Lebewesen geworden. Jedenfalls waren sie verschwunden, und niemand wußte etwas über ihr weiteres Schicksal.

Und die Magie, die sie erschaffen hatte? War auch sie einfach verschwunden, oder hatte sie sich in etwas Neues verwandelt?

Verwandelt – oder *in ihr Gegenteil verkehrt?*

Verschwand alle Magie von dieser Welt?

»Nein«, beantwortete Wraith flüsternd die eigene Frage. »Wenn die Magie im Schwinden begriffen ist, so wächst sie in mir. Die Magie wird nicht von dieser Welt verschwinden. Und wenn es auch scheint, als ob sie an Kraft verliert, dann nur, weil sie in *mich* fließt.«

Er lächelte ein dünnes, mondgleiches Lächeln und sah in Gedanken die Zirafaen in den Wipfeln der Bäume grasen. Eines Tages würde er sie vielleicht wieder neu erstehen lassen. Es lag in seiner Macht.

Dankbar nahm Wraith das morgendliche Sonnenlicht in sich auf, und während er dies tat, verließ wieder ein kleines Stück Magie die Welt, und Wraith wuchs um eben dieses Stück.

»... verletzter Drache!« rief eine Stimme hinter ihm. Sein Kopf wirbelte herum, und Wraith erkannte einen drahtigen, kleinen Drachen, der etwa eine Klauenspanne über dem Boden schwebte, dicht hinter Wraiths Schwanzspitze.

Insiss!

»Was hast du gesagt?« knurrte Wraith drohend.

»Der letzte Drache, Mylord«, antwortete sein Gehilfe prompt. Seine ausgebleichten, weißen Schuppen glitzerten im Sonnenlicht. Sie sahen dünn und krank aus. »Ich wollte Euch vom Aufmarsch in Kenntnis setzen. Dieser Drache dort«, erklärte er und zeigte auf den peitschenden Schwanz eines Drachen, der gerade um eine entfernte Klippe verschwand. »Dieser Drache ist der letzte.«

»Der letzte?«

»Des Aufmarsches, Mylord«, erwiderte Insiss. Nur die Spur eines höhnischen Lächelns verriet seine Gereiztheit.

»Du tätest gut daran, mir ein wenig mehr Respekt zu erweisen, Insiss«, polterte Wraith, den die angedeutete Insubordination offensichtlich wenig beeindruckte. Dazu fühlte er sich viel zu stark. »Begleite mich ein paar Schritte, und laß uns über den Angriff reden.«

Insiss flatterte in Wraiths Schatten wie eine Schneewolke in einem Gewittersturm. Er war es gewesen, der während dieser langen Jahre die geeigneten Wege gefunden hatte, den Ruf seines Meisters aufzubauen. Insiss war zu Wraith gestoßen, als dieser erst die Hälfte seines langen Weges nach Covamere hinter sich gebracht hatte. In irgendeinem Land im Osten, das aus weißen Wüsten und schrecklichen Gebirgen bestand, war er eines Nachts an seiner Seite aufgetaucht. Insiss war ein Wüstendrache und hatte schon bald unter Beweis gestellt, wie wertvoll er war, als er ein paar Drachen in Wraiths Armee, die schlecht über ihren Führer sprachen, denunzierte. Dann hatte er einige äußerst ausgeklügelte Methoden entwickelt, mit deren Hilfe der Schwarze Drache seine Truppen noch besser kontrollieren konnte.

Er hatte Gerüchte von Wraiths grenzenloser Macht in Umlauf gesetzt. Einige von ihnen waren wahr, andere nicht. Sich selbst hatte er als einen Drachen dargestellt, der sein Leben der Vernichtung von Verrätern widmete, und bald führte sein bloßes Erscheinen dazu, daß kein Drache es mehr wagte, den Mund aufzumachen.

Im Vergleich zu der beeindruckenden Gestalt seines Meisters war Insiss geradezu zwergenhaft. Seine ausgebleichten Schuppen verbargen einen schmächtigen Körper, dafür aber einen um so schärferen Verstand. Insiss war ein Genie unter den Drachen. Er war, und das wußten alle, ein Drache, den man zu fürchten hatte.

Mit seinen überragenden geistigen Fähigkeiten ließ sich auch das Selbstvertrauen erklären, das er in der Gegenwart seines Meisters an den Tag legte. Es war ihm ein leichtes, Wraith zu manipulieren, Jahre der Übung hatten ihm darin zur Perfektion verholfen. Was nicht bedeutete, daß Wraith dumm gewesen wäre, im Gegenteil, er war erschreckend intelligent und erbarmungslos entschlossen. Aber Insiss war schlauer.

Nie hatte er Wraith als Dummkopf bloßgestellt. Aber nahe daran war er schon oft gewesen ... sehr nahe.

Ein Spieler, das war Insiss.

Der ein sehr gefährliches Spiel spielt, dachte er, während er hinter Wraith herflog, dessen riesige Flügel ihn winzig erscheinen ließen.

Wraiths Größe allein erklärte schon seine Stärke und Macht. Sein Brustkorb war riesig, und es gab Drachen, die schworen, daß sie das Herz, das in ihm schlug, schon von weitem hören konnten. Sein Rumpf war dunkel und schmucklos bis auf den breiten Rückenschild, der als Verlängerung des langen, spitz zulaufenden Kopfes über den Körper lief. Dieser Panzer schützte Nacken und Rücken, wenn er flog, und umgab seinen Kopf wie eine schwarze Krone, wenn er sich auf der Erde bewegte. Die Größe seiner Flügel war einzigartig, der Glanz der in ihnen verborgenen Metalle und konzentrierten Magie bestechend. Es war offensichtlich, daß Wraith sowohl mit als auch ohne die Magie ein Meister der Kunst des Fliegens war.

Doch was Wraith vor allem auszeichnete, war seine Kontrolle über das *Reich*.

Die meisten Drachen begaben sich nur dann in das *Reich*, wenn es nötig war. Sich länger dort aufzuhalten, erschien ihnen zu gefährlich.

Nicht so Wraith. Er war *immer* dort.

Um das zu ermöglichen, hatte er seinen Körper verwandelt und seinen Schultern zwei zusätzliche Gliedmaßen entwachsen lassen. Diese Arme streckten sich zu beiden Seiten der Halswirbel aus dem muskulösen Nacken des Schwarzen Drachen in die Höhe, kaum mehr als lange, dünne Fühler, so mager, daß sie im wahrsten Sinne nur Haut und Knochen waren. Sie krümmten sich um jeweils zwei knorpelige Gelenke und endeten ... im Nichts.

Oder besser gesagt: Sie endeten im *Reich*.

Wraith war der einzige Drache, der die imaginären Klauen, die die meisten der anderen Drachen nutzten, um die Membrane des *Reichs* zu durchstoßen, materialisiert hatte. Seine zusätzlichen Arme verließen diese Welt und entzogen sich dem Blick jedes Sterblichen wie schmelzender Schnee. Doch zugleich tauchten sie in jene andere Welt ein, diesen brodelnden Abgrund, der die Quelle aller Magie des Feuers war. Diese Verbindung zwischen beiden Welten aufrechtzuerhalten, erforderte einen ungeheuren Kraftaufwand. Aber schließlich war Wraiths ganze Erscheinung ungeheuerlich und ließ keinen Zweifel daran, daß er über derartige, geradezu unwirklich anmutende Kräfte verfügte.

Und das macht ihn zum Monster, dachte Insiss. Jedesmal, wenn er sich Wraith näherte, vergegenwärtigte er sich aufs neue die gewaltige Stärke, die seinem Herrn zu eigen war. Ein einziger Blick auf jene langen, tastenden Klauen, deren Enden sich in der Luft aufzulösen schienen, genügte, um ihn zur Vorsicht zu gemahnen und einmal mehr daran zu erinnern, welch gefährliches Spiel er spielte.

»Ich erwarte deinen Bericht über den Aufmarsch«, befahl Wraith.

»Wie Ihr wünscht, Mylord. Wie Ihr wißt, haben wir den Großteil unserer Truppen innerhalb der Mauern von Covamere konzentriert, da das Portal das Hauptziel unseres ersten Vorstoßes sein wird. Nur zehn Drachen wurden zu den anderen Eingängen entsandt, und ich glaube ...«

»Zehn? Das sind zu viele.«

»Mylord?«

»Halcyon wird nicht versuchen, zu fliehen. Die anderen Eingänge haben also keinerlei strategischen Wert. Ich brauche alle verfügbaren Kräfte hier. Sorge dafür, daß vor jedem der kleineren Portale nur zwei Drachen postiert werden.«

»Wie Ihr befehlt, Mylord.«

Wraith dachte einen Moment lang über seine Entscheidung nach.

»Aber sieh zu, daß es kräftige Drachen sind, Insiss«, fügte er hinzu. »Du weißt, welche Qualitäten ich schätze.«

»Selbstverständlich, Mylord.«

Überall machten die Drachen ihnen den Weg frei, als Wraith und Insiss quer durch die Arena und dann durch die engen Gassen von Covamere schritten. Einige flohen sogar vor dem Schwarzen Drachen. Von Zeit zu Zeit blieb Wraith stehen, um Truppenteile zu inspizieren oder Befehle zu erteilen, doch durch nichts ließ er sich daran hindern, den steilen, gewundenen Weg emporzusteigen, der zu dem großen Platz führte, an dessen Ende das Portal stand. Solange die Drachen spürten, daß seine Blicke auf ihnen ruhten, bemühten sie sich, Eifer zu demonstrieren, um ihn zu beeindrucken. Sobald er aber an ihnen vorbeigegangen war, legten sie ihre Arbeit nieder und tauschten nachdenkliche Blicke aus. Denn alle waren sich bewußt, daß nun die größte Drachenoffensive aller Zeiten kurz bevorstand.

Der Angriff auf den Berg.

Auf seinem Weg durch Covamere richtete Wraith das Wort an viele Drachen, und mit jedem Gespräch, das er führte, wuchs in ihm das Vertrauen in seine eigene Macht. In seine Macht über Covamere, diesen Ort, den er einst gedemütigt verlassen hatte, diesen Ort, an den er schließlich zurückgekehrt war mit einer Armee von Drachen, die er in der ganzen Welt zusammengezogen hatte. Diesen Ort, den er endlich, in triumphalem Sieg erobern würde.

Ich bin unter den Drachen glücklich zu preisen, dachte er, während er stehenblieb, sich umdrehte und seinen Blick über die Häuser und Brücken der Stadt schweifen ließ. *Ich habe die Chance auf einen zweiten Versuch. Um diesen Augenblick zu erleben, war es mir vergönnt, das Große Labyrinth zu überleben. Jetzt werde ich den Sieg erringen, der mir zusteht. Denn diesmal besitze ich die Macht. Diesmal bin ich die Magie!*

Der steil ansteigende Platz vor dem Portal war weit genug, daß auf ihm zehn Drachen hätten nebeneinander hergehen können. Doch als Wraith ihn betrat und seine Flügel weit ausbreitete, füllte er ihn in seiner ganzen Breite aus, so daß Insiss gezwungen war, hinter ihm zu bleiben.

Der Abhang war so steil, daß sie vor sich nur einen Streifen des Nachmittagshimmels sahen, als sie ihn emporstiegen. Auf seinem Gipfel aber lief er in ein flaches Plateau aus, das ihnen eine überwältigende Aussicht auf das Portal gewährte. Tiefschwarz hob es sich gegen den polierten Granit des Schimmernden Berges ab.

Als sie auf dem Plateau angekommen waren, wandte Wraith sich um und sah auf Covamere herab.

Morgen nacht werden wir mit dem Angriff auf das Portal beginnen.

Ängstlich näherte sich einer der jüngeren Offiziere Insiss und flüsterte ihm etwas zu. Der dünne, weiße Drache nickte kurz, bedeutete dem Offizier zu warten und wandte sich an Wraith.

»Mylord, ich erhalte gerade die Nachricht, daß auch die letzten Mitglieder der ›Bedrängnis‹ gefaßt wurden. Neun sind es insgesamt, die alle in der Arena gefangengehalten werden. Was soll mit ihnen geschehen?«

»Das gleiche, wie mit ihren verräterischen Kameraden«, murmelte Wraith, der noch immer über die Zitadelle sah, als ob ihn diese Neuigkeiten wenig interessierten.

Drei Tage hatten sie gebraucht, um ›Wraiths Bedrängnis‹ aufzureiben, und nun würden sie die Organisation endgültig vernichten. An eben jenem Tag, an dem Wraith den Entschluß gefaßt hatte, gegen die Drachen der ›Bedrängnis‹ vorzugehen, hatte das Erdbeben den Berg erzittern lassen und ihm die Lichtung mit den blauen Feuerkugeln offenbart. Und zum ersten Mal in seinem Leben hatte der Schwarze Drache sich gefragt, ob nicht auch er durch eine höhere Macht gelenkt wurde.

Das Große Labyrinth hatte ihm die Lösung des Problems, wie mit den verräterischen Drachen zu verfahren sei, an die Hand gegeben.

Er hatte ›Wraiths Bedrängnis‹ in den Feuerkugeln verschwinden lassen.

»Mylord«, sagte Insiss mit gespielter Unterwürfigkeit, »erlaubt mir einen Einwand. Ist Eure Entscheidung weise? Es gibt noch so vieles, das wir nicht wissen. Durch diese Drachen könnten wir einiges in Kenntnis bringen.«

»Nichts, was wir nicht bereits wissen oder spätestens morgen nacht erfahren werden«, knurrte Wraith und warf seinem Adlatus einen drohenden Blick zu.

Insiss bemerkte, daß der Offizier an seiner Seite unglücklich von einem Fuß auf den anderen trat. Es war nicht zu übersehen, daß er sich bei diesem Disput zwischen seinen Vorgesetzten unwohl fühlte.

»Aber bedenkt, Mylord, das Portal ist gegen einen Angriff versiegelt, so viel ist uns bekannt. Doch was erwartet uns dahinter? Wir wissen es nicht. Wo versteckt sich Halcyon? Wir wissen es nicht. Verfügt er noch über weitere Streitkräfte? Wir wissen es nicht.«

»Was schlägst du also vor?«

»Lest ihre Gedanken, Mylord.«

Verflucht, Insiss! Dieses Mal bist du zu weit gegangen!

Wraiths angebliche Fähigkeit, Gedanken lesen zu können, war eine der wirkungsvollsten Waffen in seinem Arsenal des Terrors gegen seine Untergebenen. Es war natürlich Insiss gewesen, der das Gerücht darüber verbreitet hatte, und jetzt gab es nur noch wenige Drachen, die daran zweifelten, daß der Schwarze Drache in der Lage war, in sie hineinzusehen. Sie waren fest davon überzeugt, daß er feststellen konnte, ob sie ihm treu ergeben waren, um sie entsprechend zu bestrafen, wenn ihm ihre Gedanken nicht gefielen. Richter und Henker in einem. Eine furchtbare Waffe.

Doch nicht einmal Insiss wußte, daß Wraith tatsächlich, wenn auch nur in abgeschwächter Form, die legendäre Fähigkeit des Gedankenlesens besaß, die meisterhaft auszuüben schon lange kein Wesen mehr in der Lage war. Wraith konnte zwar nicht wirklich in den Kopf eines anderen hineinschauen, doch er konnte die Gedanken eines sterbenden Drachen stehlen. Zum Zeitpunkt des Todes, wenn der Geist eines Drachen seinen Körper verläßt und sich auf die Große Reise macht, liegen seine Gedanken für einen Moment lang offen, verfügbar für jeden, der schnell und klug genug ist, sie sich anzueignen.

Und Wraith, mit seinem ständigen Zugriff auf das Reich, war schnell und klug.

Bisher hatte er es nur einmal getan, doch morgen nacht würde sich ihm reichlich Gelegenheit bieten, es wieder zu versuchen.

Als Insiss nicht aufhörte, ihn vor den Augen des verängstigten und zugleich verlegenen Offiziers zu provozieren, überlegte Wraith, warum er nicht einfach seinen Adlatus tötete und ihm seine Gedanken stahl, um endlich zu verstehen, was in diesem dürren, bleichen Drachen vorging, der offenbar der Ansicht war, seinen Meister überlisten zu können – *den Meister, Wraith, den Schwarzen Drachen*.

»Hör zu, Insiss«, begann er mit bedrohlich leiser Stimme. »Diese Verräter wissen nichts, was für uns von Wert ist. Ich kenne bereits mehr Wahrheiten über den Berg als du oder irgendein anderer Drache je erfahren wird. Und ich kenne dich, Insiss, ich kenne dich besser als du glaubst.

Morgen ist der Mond neu, und nach morgen nacht wird vieles neu werden. Darüber solltest du nachdenken, Insiss, wenn du mich jetzt verläßt, gründlich nachdenken.«

Insiss hielt dem Blick seines Meister stand, solange er konnte, doch schließlich war er gezwungen, die Augen zu senken. Sein Hirn arbeitete fieberhaft, als ihm bewußt wurde, daß Wraith plötzlich seine Provokationen an sich abperlen ließ wie Wasser.

Der Schwarze Drache verändert sich, dachte er mit einem Gefühl, das an Furcht grenzte. *Wie lange werde ich das Spiel noch weiterspielen können?*

»Warum tötet Ihr sie dann nicht, Mylord?« schlug er vor, in der Hoffnung, Wraith zu einem Wutanfall zu provozieren.

Doch der Schwarze Drache ließ sich nicht drängen, sondern blickte nur mit undurchdringlicher Miene über Covamere hinweg.

»Ich töte nicht, Insiss«, erwiderte er kalt. »Ich herrsche. Und jetzt geh!«

»Wie Ihr wünscht.«

Verärgert wandte sich Insiss um und schob den zitternden Offizier vor sich her den Hang hinunter. Wraith würdigte sie keines Blickes mehr. Er war in den Anblick der Zitadelle versunken.

Morgen nacht wird vieles neu geboren. Ein neuer Mond, ein neues Zeitalter.

Während sein Körper das Licht der untergehenden Sonne in sich aufsog, wandte er sich zum Portal um und öffnete seine Flügel. Ihre Membranen erspürten die magischen Verteidigungsmauern, die Halcyon in den Eingang gewoben hatte. Ihr Zauber fühlte sich stark und alt an, sehr alt, und Wraith zwang sich, wenn auch nur für einen Moment, über das immense Alter und die nicht geringere Macht seines Gegners nachzudenken.

Das Zeitalter Halcyons ist vorüber, dachte er und verscheuchte den Anflug eines Zweifels. *Ein neues Zeitalter bricht an.*

Die Spur eines Lächelns lag auf seinem Gesicht, als er

einen kleinen Blitz in die Richtung des Portals schleuderte. Leuchtend zeichnete er die Konturen einer Zirafae nach, die anmutig durch imaginäre Wälder sprang. Das Bild tanzte auf das Portal zu und verblaßte allmählich vor der Dunkelheit des Eingangs.

Ihr werdet erneuert werden, dachte Wraith. *Ihr und andere Wesen werdet wieder zum Leben erweckt. Die Vergangenheit wird wiederauferstehen.*

Doch zu meinen Bedingungen.

Eine Feuerzunge fuhr durch die Dunkelheit des Portals, als Wraiths Zauber auf den von Halcyon traf. Sofort löste sich das Bild der Zirafae auf. Das Feuer erlosch.

Die Sonne verschwand am Horizont, und Nacht legte sich über Covamere. Doch Wraith, schwärzer als die Dunkelheit, schlief nicht.

Kapitel 16

Der Wald

Sie einigten sich darauf, das letzte Stück des Weges bis zum Schimmernden Berg zu Fuß zurückzulegen. Cumber hatte in dem vor ihnen liegenden Gebirge zu viele Wachtposten entdeckt, als daß sie es riskieren konnten, sich Covamere aus der Luft zu nähern. Obwohl sie dadurch Zeit verlieren würden, mußten sie sich schließlich wohl oder übel damit abfinden, daß ihre Sicherheit wichtiger war als ein schnelles Vorankommen.

»Es ist jetzt ohnehin nicht mehr weit«, machte Cumber den Versuch, seine Gefährten aufzumuntern. »Wenn wir erst einmal die Wälder am Fuß des Berges erreicht haben, werden wir ausreichend Deckung finden, und von dort aus ist es nur noch ein Katzensprung bis Covamere.«

Während des Tages zog die zerklüftete Landschaft nur mit quälender Langsamkeit an ihnen vorbei. Nachts, beim Licht des abnehmenden Mondes, kamen sie schneller voran, so daß sie am Morgen des zweiten Tages schließlich das Tal erreichten, das dem Schimmernden Berg vorgelagert war. Vor ihnen erhob sich der majestätische Gipfel mit seinen steilen, stetig ansteigenden Abhängen.

In den tiefer gelegenen Regionen des Tales wichen die zerklüfteten Felsen allmählich Abschnitten, in denen der Boden staubig und weicher war. Niedrig wachsende Büsche kündeten davon, daß sie das Gebirge, in dem es keinerlei Vegetation gab, endgültig hinter sich gelassen hatten. Der weiche Untergrund erleichterte ihnen das Vorankommen, und je näher sie dem Deckung verheißenden Waldgürtel kamen, desto zuversichtlicher wurden sie. Als Scoff dann auch noch entdeckte, daß die eigenartig länglichen, grünen Früchte, die die Büsche trugen, nicht nur eßbar waren, sondern zudem noch angenehm süß schmeckten, heiterte sich ihre Stimmung vollends auf. Um die Mittagszeit überquerten sie den Fluß, der sich seinen Weg durch das staubige Tal kämpfte, und schon bald begannen sie mit dem Aufstieg zum Fuß des Schimmernden Berges.

Während Brace aufgeregt allen voranlief und Scoff und Cumber ihm in ein offenbar wichtiges Gespräch vertieft folgten, ließen sich Fortune und Gossamer zurückfallen, bis sie den Schluß der Gruppe bildeten. Während sie den anderen in einigem Abstand folgten, kratzte Fortune mit den Pfoten über den Boden und wirbelte dabei schwarzen Staub und winzige Flocken von Bimsstein auf. Er spürte, wie sich eine Wolke der Melancholie über sein Herz legte. Sein Gesicht war verschlossen.

»Was ist los mit dir?« fragte Gossamer schließlich.

Fortune antwortete nicht. Gossamer kannte ihn inzwischen gut genug, um zu wissen, daß er Zeit brauchte, um sich seine Worte zu überlegen. Deshalb drängte sie ihn nicht zu einer Antwort, sondern betrachtete nachdenklich den Gipfel, der sich vor ihnen erhob.

Der Schimmernde Berg schien beinahe unter der Last der Magie zu stöhnen. Grossamer glaubte, spüren zu können, wie der Zauber aus ihm hervorquoll, eine konkrete Macht, ein Lebenselixier, das mit der gleichen Mühelosigkeit aus dem Fels hervorsprudelte, mit der die Geister durchs Wasser schwammen. Für ihre Sinne, die Sinne einer Erdgeborenen, war diese Magie nicht mehr als ein Hauch, ein vager Duft und der bloße Widerhall einer Macht. Aber die magische Kraft des Berges war da, sie umgab Gossamer, und sie rief nach ihr.

»Etwas ruft nach mir, Gossamer«, sagte Fortune, und sie war nicht einmal überrascht, daß seine Gedanken den ihren glichen. In diesem Augenblick fühlte sie ihre Liebe für ihn mit der gleichen plötzlichen Intensität aufflammen wie ein Sonnenstrahl, der die Wolkendecke durchbricht. Sie blieb stehen und schloß ihn fest in ihre Arme.

»Womit habe ich das denn verdient?« fragte Fortune lachend, als sie ihn wieder losließ.

»Ich will dich nicht verlieren«, erwiderte Gossamer und sah ihm ernst in die Augen.

»Du wirst mich nicht verlieren«, versicherte Fortune. Doch kaum hatte er dies gesagt, wehte ein frostiger Wind vom Berg herüber und hüllte sie ein. Zitternd vor Kälte hielten sie sich in den Armen. Ein allzu zeitiger Vorbote des nahenden Winters ...

»Das ist nur ein Windhauch, wird gleich vorbei sein«, versuchte Fortune sie zu beruhigen. Aber der Wind, der eigentlich mehr eine Stimme war, wurde immer stärker und nahm sie in seinen eisigen Griff. Ihre Gefährten schienen von all dem nichts bemerkt zu haben und marschierten unverdrossen weiter.

Fortune blinzelte in die Kälte und stellte sich schützend vor Gossamer. Vor seinem inneren Auge sah er das Bild von Wood, wie er sich von dem Sims in den Großen Saal stürzte und in einem Meer aus reißenden Zähnen und Klauen verschwand. Wood, der auf den Wogen des Krieges gegen die Magier davongetragen worden war. Wood, den er verloren hatte. Kälte und Leid, Kälte und Verlust.

Er vermißte Wood schrecklich.

Kälte und Verlust, flüsterte der Schimmernde Berg, *sie werden dich begleiten, wenn du weitergehst*.

Fortune hielt Gossamer fest umschlungen, während der

Atem des Berges sich auf sie legte und ihre Herzen zu Eis erstarren ließ.

Spricht wirklich der Berg? Oder ist es etwas anderes?

»Laß uns vorbei!« schrie Fortune herausfordernd.

Der Wind ließ nach und legte sich dann ganz. Doch noch in seinem letzten Hauch glaubte Fortune ein Kichern zu hören, das schließlich in einem tiefen, dunklen Seufzer erstarb, einem Seufzer, den Fortune für den Rest des Tages nicht vergessen konnte.

Er wandte sich zu Gossamer um und betrachtete sie liebevoll.

»Ja«, sagte sie auf einmal. Er runzelte die Stirn, weil er nicht verstand, was sie meinte. »Du hast mich gefragt, ob ich in jedem Falle mit dir gekommen wäre«, erklärte sie. »O Fortune, kennst du denn wirklich nicht die Antwort auf diese Frage? Selbst wenn Aethers Zitadelle nicht zerstört worden wäre, gäbe es keinen anderen Platz für mich auf der Welt als hier an deiner Seite. Mit dem ersten Atemzug, den ich in deiner Gegenwart getan habe, wußte ich, zu wem ich gehöre. Seit diesem Augenblick bin ich bei dir, und ich werde es immer sein.«

Nachdem der eisige Wind sich gelegt hatte, umgab sie nun eine Wärme der Nähe und Zärtlichkeit. In diesem Augenblick gab es nichts anderes auf der Welt als sie beide und ihre Liebe zueinander.

»Wir hatten so wenig Zeit miteinander«, seufzte er.

»Das sagst du so, als ob uns nicht mehr viel Zeit verbliebe, die wir gemeinsam verbringen können«, erwiderte Gossamer und erzitterte in seinen Armen.

»Nein«, lächelte Fortune. »Vor uns liegt eine ganze Ewigkeit.«

»Das hoffe ich«, sagte Gossamer mit bebender Stimme und sah zu dem schneebedeckten Gipfel des Berges empor. »Das hoffe ich aus ganzem Herzen.«

»Kommt schon, ihr beiden!« rief Scoff ihnen zu. »Jetzt ist nicht die Zeit zum Turteln!«

Ihre Herzen waren leicht von dem Gefühl der gegenseitigen Zuneigung, und doch lastete auf ihnen das Wissen von der Kälte des kommenden Winters, der ihnen seine Vorboten bereits gesandt hatte. Der Aufstieg war plötzlich mühsam geworden, begleitet von bösen Vorahnungen. Als sie den anderen folgten, kam ihnen der Schimmernde Berg wie ein Raubtier vor, das kalt und gelassen auf seine Beute lauerte.

Der Nadelwald wurde immer dichter und dunkler. Doch er barg auch eine Überraschung. Je tiefer sie in ihn eindrangen, desto mehr Spuren entdeckten sie, die auf die Anwesenheit von Drachen deuteten – erdgeborenen Drachen.

In den Schatten großer Felsen duckten sich alte, verlassene Nester, und an einigen Stellen waren Bäume gefällt worden, um Lagerstätten zu errichten.

»Nomaden«, erklärte Scoff. »Gibt nicht viel Nahrung hier. Zwingt die Drachen zum Wandern.«

»Hier leben Erdgeborene?« staunte Fortune.

»Ich dachte, der Berg sei nur von Magiern besiedelt«, sagte Brace aufgeregt, als sie eine Lichtung betraten. Durch das dichte Dach der Nadeln drangen ein paar Sonnenstrahlen und zeichneten ein Muster aus Licht und Schatten auf den Waldboden. Die Erde war hier dunkel und hart, nur eine dünne Schicht über dem porösen Fels des Berges. Es war nicht zu übersehen, daß das Leben hier hart sein mußte, insbesondere für alle erdgeborenen Wesen. Auf dem Schimmernden Berg schien das Kernland nur widerwillig jene zu dulden, die nicht über die Macht der Magie verfügten.

»Früher war das auch so«, bestätigte Cumber, während er Fortune und Gossamer zulächelte, die inzwischen die anderen eingeholt hatten. »Aber so wie es aussieht, sind die Erdgeborenen sogar bis hierher vorgedrungen.«

Mit leuchtenden Augen stöberte Brace in den Ruinen des verlassenen Lagers herum.

»Vielleicht treffen wir ja auf ein paar von ihnen«, sagte er.

»Ich könnte mir vorstellen, daß sie uns schon lange entdeckt haben und beobachten«, erwiderte Fortune, während er argwöhnisch mit den Augen das Dunkel des Waldes zu durchdringen versuchte. Doch außer dichtem Unterholz und Gräben und Wasserrinnen, in denen sich ganze

Armeen versteckt halten konnten, entdeckte er nichts. Er fühlte sich verletzlich, dem Unbekannten ausgeliefert. »Kommt weiter«, drängte er. »Bis zum Einbruch der Dunkelheit sollten wir diesen Wald hinter uns gelassen haben.«

Der Hang wurde immer steiler, und da es hier keine Tiere gab, fehlten auch die Wildpfade durch den Wald. Sie mußten sich also ihren Weg durch das Unterholz selbst bahnen. Je höher sie kamen, desto langsamer ging es voran. Cumber und Scoff hatten weniger Mühe, doch für die Erdgeborenen, die sich auch beim Gehen auf ihre Flügel verlassen mußten, wurde der Aufstieg immer beschwerlicher. Scharfkantiger Bimsstein, aus der Erde ragende Wurzeln und überstehende Äste waren eine ständige Gefahr für ihre empfindlichen Membranen.

»Erdgeborene! Wenn du mich fragst, die können sich ja nicht einmal auf der Erde vernünftig bewegen«, knurrte Scoff Cumber zu, während sie darauf warteten, daß ihre Gefährten sie einholten.

»Wir müßten's bald geschafft haben«, keuchte Fortune, während er sich Cumber näherte. Zum ersten Mal beneidete er den Freund um seine vier Beine, die es ihm erlaubten, die Flügel zu schonen, indem er sie beim Gehen einfach zusammenfaltete. Die Kronen der Bäume standen so dicht, daß sie kaum einen Lichtschimmer durchließen. Unter diesen Bedingungen ließ sich kaum sagen, wie spät es wohl war. Doch der zunehmenden Dämmerung und der aufkommenden Kälte nach zu urteilen, mußte es die Zeit des Sonnenuntergangs sein. Dieser Wald wurde Fortune immer unheimlicher, er roch geradezu nach Kälte.

»Wir sollten uns ein wenig ausruhen, Liebster«, flüsterte Gossamer. »Wir sind alle müde und erschöpft.«

»Nein, ich denke es ist besser, wir gehen weiter«, sagte Fortune. »Was meinst du, Cumber? Wer weiß, was ...«

Plötzlich hörten sie hinter sich ein Rascheln.

Doch nichts regte sich. Gespannt lauschten die Drachen in die Dunkelheit hinein.

»Komm raus, damit wir dich sehen können!« schrie Brace plötzlich. »Wir fürchten uns nicht!«

»Da sprichst du wohl nur für dich selbst«, murmelte Scoff.

»Psst!« zischte Gossamer.

Fortune starrte angestrengt in die Dämmerung. Schiefergraue Stämme ragten in die Dunkelheit, in der nur andeutungsweise ein Stückchen Himmel zu erkennen war. Kein Lüftchen wehte, nichts rührte sich.

»Wo bist du?« schrie Brace wieder.

Fortune wollte ihn gerade ermahnen, mit der Schreierei aufzuhören, als plötzlich etwas zwischen den Stämmen hindurchhuschte und im dichten Unterholz verschwand. Im nächsten Augenblick trug ein Windhauch leise flüsternde Stimmen zu ihnen herüber.

Brace nutzte die Gelegenheit, seinen Mut zu demonstrieren, und trat ein paar Schritte vor. Er wollte gerade wieder seine Gegner zum Kampf herausfordern, als sich eine der Stimmen zu einem rauhen Wispern erhob.

»Um des Berges willen, halt den Mund, junger Drache!«

Die Gestalten zweier Drachen lösten sich aus dem Schatten der Bäume. Es waren Erdgeborene, auch wenn ihre Flügel nur kleine Stummel waren, angepaßt an die Umgebung, in der sie lebten. Beide waren schon sehr alt. Die Haut war faltig, ihre Hörner abgestoßen, und ihren Panzern fehlten etliche Schuppen.

»Kommt hier herüber, schnell«, drängte der größere der beiden und winkte sie mit einer vergilbten Klaue zu sich.

»Warum?« fragte Brace herausfordernd.

Der alte Drache warf seiner Gefährtin einen Blick zu und rollte ungeduldig die Augen.

»Sieh dich doch um, Dummkopf«, sagte er erregt.

Sie folgten der Aufforderung und entdeckten, daß sie im Zentrum eines Rings aus Steinen standen, die kaum größer als Kiesel waren, aber doch sorgfältig zu Hunderten in genau abgemessenen Abständen auf den Boden gelegt worden waren, um einen großen Kreis zu bilden.

»Ihr seid zwar nicht unmittelbar in Gefahr«, meldete sich die Alte zu Wort, »aber wir wollen es doch nicht darauf anlegen, oder? Also kommt lieber mit uns. Von mir aus auch die Magier.«

Ihre Stimme klang warm und vertrauenerweckend, und als Fortune sah, daß Gossamer ihr zulächelte und aus dem Kreis trat, entspannte auch er sich ein wenig. Sorgfältig darauf bedacht, keinen der Steine zu berühren, verließen sie einer nach dem anderen den magischen Ring, während es um sie herum immer dunkler wurde. Die Nacht fiel herein.

»Ich heiße Tillery, und das ist mein Gefährte Loom«, sagte die Alte, als sie schließlich alle vor ihr standen. Fortune erzählte den beiden Alten, daß er und seine Freunde in dieser Gegend nur auf der Durchreise wären, nachdem der Fluß, an dem sie früher gesiedelt hätten, ausgetrocknet war. Den mißtrauischen Blicken nach zu urteilen, die die beiden Alten immer wieder auf Cumber und Scoff warfen, fanden sie diese Geschichte wenig überzeugend. Das änderte aber nichts an ihrer Freundlichkeit den Fremden gegenüber, und schließlich führten sie sie sogar zu ihrem auf einer Lichtung gelegenen Lager. Grob aus Ästen geflochtene Wände teilten einzelne Bereiche ab, die den Drachen als Nester dienten. Den Schnarchgeräuschen nach zu urteilen, die aus diesen provisorischen Nestern drangen, schliefen die meisten ihrer Bewohner bereits. Und als die Gefährten das Lager betraten, baten die beiden Alten sie, sich möglichst leise zu verhalten.

»Ihr könnt gerne ein oder zwei Tage bei uns bleiben«, flüsterte Tillery Fortune zu. Dann warf sie erneut einen skeptischen Blick auf Cumber und Scoff und fügte hinzu: »Danach werdet ihr euch sicher wieder auf den Weg machen wollen.«

»Ich danke euch für eure Gastfreundschaft«, entgegnete Fortune. »Wir werden euch keine Mühe bereiten, das verspreche ich. Aber sagt mir, warum habt ihr uns so gedrängt, den Ring aus Steinen zu verlassen? Wen hätten wir durch unsere Anwesenheit beleidigen können?«

»Die, die ihn gemacht haben«, war Looms wenig erhellende Antwort.

»Es ist besser, nicht zu viele Fragen zu stellen«, erklärte Tillery und blinzelte Fortune dabei auf eine Art und Weise an, als ob er die Antwort kennen müßte. Der junge Drache hatte aber keineswegs das Gefühl, daß ihre Andeutungen mehr Licht in die Sache brachten.

»Geht ihnen aus dem Weg ...«, fügte Loom hinzu.

» ... und sie werden euch auch nicht behelligen«, schloß Tillery.

Fortune sah Gossamer an und spürte, daß ihr der gleiche Gedanke durch den Kopf ging. *Wie sehr ich sie liebe*, dachte er. Er wußte, daß sie sich an seine Erzählung von den gigantischen Steinzirkeln der Riesen erinnerte, die er und Cumber während der ersten Tage ihrer Reise durch das Kernland gesehen hatten. Aber der Ring hier im Wald war um so vieles kleiner gewesen ...

»Geister vielleicht?« schlug Gossamer vor.

»Vielleicht«, stimmte Loom achselzuckend zu.

»Wir haben etwas zu essen, falls ihr wollt«, sagte Tillery und unternahm den Versuch, das Thema zu wechseln. Dann führte sie die anderen zu ihrem Nest.

»Das ist wirklich faszinierend«, flüsterte Cumber Fortune zu. »Diese Erdgeborenen leben in unmittelbarer Nachbarschaft zum Machtzentrum der Magier, und dennoch zeigen sie keinerlei Interesse an der Magie.«

Nein, dachte Fortune, *das trifft es nicht. Sie sind nicht einfach nur uninteressiert. Sie verdrängen den Gedanken an Magie bewußt.*

Als Fortune die anderen eingeholt hatte, machte Scoff, der Gierige, seinem Namen bereits alle Ehre und aß mit großem Appetit, während Loom und seine Gefährtin sich alle Mühe gaben, ihn zu ignorieren.

Während sie aßen, erzählten die beiden Alten ihnen ein wenig über die Drachengemeinschaft, in der sie lebten. Sie waren etwa zwanzig und erst heute morgen nach einer anstrengenden Wanderung aus einem weit entfernt gelegenen Teil des Waldes hier angekommen.

»Vier Tage lang waren wir Tag und Nacht unterwegs«, erklärte Tillery mit einem stolzen Seufzer. »Kein Wunder, daß die meisten fast den ganzen Tag über geschlafen haben! Wir sind Nomaden, und glaubt mir, das ist nicht das schlechteste Leben.«

Sie unterhielten sich noch eine ganze Weile höflich miteinander über mehr oder weniger belanglose Dinge, bis sich schließlich die Nacht über den Wald legte und Loom, nachdem er sich umständlich geräuspert hatte, Fortune fragte, ob sie wirklich vorhatten, weiter den Berg hinaufzuwandern. Fortune gab sich unwissend, da er hoffte, auf diese Weise vielleicht ein paar nützliche Informationen erhalten zu können.

»Spricht denn irgend etwas dagegen?«

Loom und Tillery sahen sich an und schüttelten fassungslos die Köpfe.

»Wenn ihr meinen Rat wollt, geht zurück zu eurem Fluß«, sagte Loom. »Ihr werdet nicht viel höher hinaufkommen, soviel kann ich euch versichern.«

»Warum nicht?« wollte Brace wissen.

»Zu anstrengend«, antwortete Loom verdächtig schnell.

»Zu steil«, fügte Tillery hinzu.

»Keine Nahrung.«

»Und kalt, sehr kalt ist es dort. Kein Ort für Drachen.«

»Aber dort oben leben doch Drachen«, wandte Fortune ein.

Wieder verdrehte Tillery in ihrer unvergleichlichen Art die Augen. Fortune mußte ein Lächeln unterdrücken. Obwohl diese beiden Alten auf alle wichtigen Fragen nur irritierend ausweichende Antworten gaben, fand er sie doch sympathisch.

»Immer ungestüm, diese Jugend. Hört auf unseren Rat und …«

»Wir wollen dort hinauf«, unterbrach Fortune sie entschlossen. »Sagt uns einfach, warum wir das nicht tun sollten.«

Die Frage schien ihre Gastgeber in Verlegenheit zu bringen. Im spärlichen Licht der Sterne, das durch die Baumkronen drang, spiegelten sich Argwohn und Vorsicht zugleich auf ihren Gesichtern.

»In letzter Zeit hört man schreckliche Geschichten von dort oben«, platzte es schließlich aus Tillery heraus.

»Was für Geschichten?« drängte Fortune.

Tillery schüttelte den Kopf.

»Ist gefährlich dort oben«, antwortete Loom, stand auf

und schob seine Gefährtin sanft, aber entschlossen zu ihrem Schlafplatz hinüber. »Vor euch sind schon andere Drachen dort hinauf gegangen, aber sie sind nie wiedergekommen. Wir gehen jetzt schlafen. Ich nehme an, daß ihr bis zum Morgen verschwunden sein werdet.«

Als die beiden Alten gegangen waren, ergriff Cumber das Wort.

»Nur wenigen Erdgeborenen war es in der Vergangenheit erlaubt, Covamere zu betreten. Sollte der Schwarze Drache bereits dort sein, dürfte die Stadt für einen Erdgeborenen der gefährlichste Ort sein, den man sich nur vorstellen kann ...«

Er holte tief Luft und spürte, wie sich ein Schatten des *Reichs* in sein Bewußtsein drängte. Plötzlich schien ihm die Nacht noch finsterer. *Die Schwingen des Schwarzen Drachen sind dunkler als die dunkelste Nacht*, dachte er erschaudernd.

»Was werden wir jetzt tun?« flüsterte Fortune, während er einen Flügel schützend um Gossamers Schultern schlang.

»Nun, ich schlage vor, daß wir noch heute nacht einen Erkundungsgang unternehmen. Es ist Neumond, wir nutzen den Schutz der Dunkelheit.«

»Muß es wirklich heute nacht sein?« stöhnte Gossamer. »Ich bin so müde.«

»Wenn wir bis morgen nacht warten, verlieren wir einen ganzen Tag. Nein, es muß heute nacht geschehen. Aber mach dir keine Gedanken, du mußt nicht mitkommen, Gossamer. Nur Scoff und ich werden gehen. Als Magier fallen wir nicht so auf, und sollten wir entdeckt werden, können wir uns schon irgendwie herausreden. Außerdem ...«

»Ich komme mit«, unterbrach Fortune ihn, bevor er noch recht wußte, was er da sagte. Das Blut hämmerte in seinen Ohren, kaum daß die Worte heraus waren, und er wagte nicht, Gossamer anzusehen.

Brace machte ein finsteres Gesicht, während Gossamer zusammenzuckte, als ob man sie geohrfeigt hätte. Aber sie sagte nichts.

»Na ja«, stammelte Cumber und ließ seinen Blick unsicher zwischen Fortune und der wie versteinert dasitzenden Gossamer hin und her schweifen. »Ich bin nicht sicher, daß ... ich meine, ich weiß nicht, ob ...«

»Cumber, ich komme mit«, wiederholte Fortune. »Wir sind zusammen auf diese Reise gegangen, und ich werde dich nicht so kurz vor dem Ziel im Stich lassen. Vergiß nicht, Ordinal hat uns beide mit dieser Mission betraut.«

Noch immer brachte er es nicht über sich, Gossamer anzusehen. Aber er spürte, daß sie neben ihm zitterte.

»Es handelt sich doch nur um einen Erkundungsgang«, wandte Cumber ein. »Es ist wirklich nicht nötig ...«

»Doch, es ist nötig. Ich komme mit, mein Entschluß steht fest.«

»Aber als Erdgeborener fällst du viel zu sehr auf«, hielt Cumber ihm entgegen und warf Gossamer einen verzweifelten, hilfesuchenden Blick zu.

»Ihr könnt mich doch irgendwie maskieren«, antwortete Fortune prompt. »Das müßte doch möglich sein, nicht wahr, Scoff? Es gibt bestimmt einen Zauber, mit dem ihr mein Aussehen verändern könnt.«

»Selbstverständlich«, murmelte Scoff.

»Dann ist ja alles klar«, schloß Fortune mit einem Seufzer. Erst jetzt, nachdem die Entscheidung gefallen war, sah er seine Liebste an. Tränen liefen ihr übers Gesicht. »Ich bin bald wieder bei dir«, versuchte er sie zu trösten, obwohl er selbst nicht restlos überzeugt war. »Wir werden versuchen, herauszufinden, wo Halcyon sich aufhält und wie wir am besten an ihn herankommen. Dann kommen wir zurück und machen gemeinsam einen richtigen Plan. Mach dir keine Sorgen. Ehe du dich versiehst, bin ich auch schon wieder bei dir.«

Er verstummte, als er spürte, daß auch ihm Tränen in die Augen stiegen. Die Traurigkeit, mit der sie ihn ansah, war beinahe unerträglich.

»Brace«, sagte er und glaubte, an seinen Gefühlen für Gossamer ersticken zu müssen, »du mußt deine Schwester beschützen. Wirst du das für mich tun?«

Selbstverständlich erklärte Brace sich einverstanden, auch wenn er sich insgeheim darüber ärgerte, daß es Fortune so schnell gelungen war, ihn um den Finger zu wickeln. Gleichzeitig war er allerdings auch erleichtert, daß nicht *er* dem Schwarzen Drachen gegenübertreten mußte ... zumindest noch nicht.

»Er hat recht, Gossamer«, knurrte er. »Laß ihn mit seinen Magier-Freunden gehen.«

Seine Stimme klang kalt und verbittert. Ohne ein weiteres Wort schob Brace sich an Fortune vorbei und verschwand in einer Ecke des Lagers, wo er sich auf einem Haufen Tannennadeln zusammenrollte. »Es bleibt uns nicht viel Zeit«, mahnte Cumber, als auch er und Scoff sich zurückzogen. »Wir müssen so schnell wie möglich aufbrechen.«

Fortune nickte. Wieder brachte er es nicht über sich, Gossamer anzusehen. Mit gesenktem Kopf stand er neben ihr in der Dunkelheit. Die Erinnerung an einen Traum drang bruchstückhaft in sein Gedächtnis ... wild wirbelnde Ringe aus Steinen ... ein Berg, der sich wie ein Auge öffnete ... Schatten, die nach ihm suchten ...

Freistatt!

Aufreißende Wolken gaben den Blick auf die Sterne frei: Inseln in einem riesigen, dunklen Meer. Das Bild riß Fortune aus seinen Gedanken.

»Freistatt«, flüsterte er. Gossamer sah ihn verwundert an. »Hast du je davon gehört?« fragte er, doch sie schüttelte nur den Kopf.

Also erzählte er ihr von seinem Traum, von dem Ring aus Inseln in einem fernen Meer und von der Stimme seiner Mutter, die ihm gesagt hatte, daß dies Freistatt sei, ein Ort, an dem er Sicherheit finden würde.

»Sollten wir einmal voneinander getrennt werden«, fuhr er behutsam fort, »warte dort auf mich. Freistatt wird unser Treffpunkt und unser Zufluchtsort sein.«

»Aber ...«

»Ich weiß, daß das verrückt klingt!« Fortune drückte sie an sich, in seinen Augen lag ein Ausdruck wilder Verzweiflung. »Ich weiß ja nicht einmal, wo Freistatt liegt, geschweige denn, ob es überhaupt existiert. Trotzdem bitte ich dich,

Gossamer, versprich mir, daß du dort hingehen wirst, sollten wir . . . sollten wir uns je aus den Augen verlieren.«

Erschrocken von der Leidenschaftlichkeit, mit der er dies sagte, nickte Gossamer.

»Ich verspreche es«, sagte sie und zauberte ein wundervolles Lächeln auf ihr Gesicht. »Ich werde dort sein. Wo auch immer es ist, ich werde dort sein und auf dich warten.«

Die Bäume, schwarze Giganten vor dem tiefblauen, sternenbedeckten Himmel, erhoben sich über ihnen wie Gefängniswärter, die zu verhindern suchten, daß ihre Liebe aus dem engen Verlies des Waldes ausbrach und sich über den Berg ergoß. In den Wipfeln der riesigen Fichten flüsterten Stimmen, doch da sie den Waldnymphen und Luftgeistern gehörten, hielten die Erdgeborenen sie bloß für das Rauschen des Windes.

Wir werden nicht mehr als einen Tag brauchen, dachte Fortune. *Morgen abend, spätestens übermorgen früh werde ich wieder bei ihr sein.*

Er sah sich noch einmal nach Gossamer um und lächelte ihr zu, doch sie mied seinen Blick. Schweren Herzens wandte er sich ab und ging zu den Kameraden.

»Es gibt zwei Möglichkeiten, dich zu maskieren«, erklärte Cumber ohne weitere Umstände.

»Erzwungenes Wachstum ist die eine«, ergänzte Scoff. »Würde deinen Körper so verändern, daß du aussiehst wie wir. Ist allerdings recht schmerzhaft. Und für uns sehr anstrengend. Daher kaum zu empfehlen.«

»Ein Verhüllungszauber ist für unsere Zwecke besser geeignet«, schloß Cumber. »Wir können dich, nun, nicht gerade unsichtbar machen, aber … erinnerst du dich daran, wie Brutace und seine Mordbuben sich uns näherten, als sie uns in Aethers Zitadelle angriffen? Wie sie plötzlich aus dem Nichts auftauchten?«

»Ja, sie schienen irgendwie … verschwommen. Als ob meine Augen von ihnen abglitten, jedesmal, wenn ich sie ansah. Es war, als ob man versuchte, einen Fisch zu fassen zu bekommen.«

»Genauso ist es!« rief Cumber triumphierend. »Als ob

man versucht, einen glitschigen Fisch zu fassen. Jedesmal, wenn du glaubst, jetzt könnte er dir nicht mehr entkommen, zappelt er in deinen Klauen und entgleitet dir wieder. Du wirst sehen, Fortune, wir werden dafür sorgen, daß du ihren Klauen entgleitest!«

Voller Trauer beobachtete Gossamer die drei, während sie ihr Vorgehen besprachen. Sie wußte, daß Fortune ein Drache war, der Wort hielt. Aber der Gedanke, daß sie voneinander getrennt sein sollten, drohte ihr das Herz zu zerreißen, und einen kurzen, schmerzlichen Augenblick lang wünschte sie, sie hätte ihn nie kennengelernt.

Doch dann sah sie, wie er lachte und Cumber freundschaftlich auf die Flanke schlug, und sie spürte, wie ihr Herz zu ihm flog.

In alle Ewigkeit vereint, dachte sie. *Wo wir auch sind, wie groß die Entfernung auch zwischen uns sein mag, wir bleiben vereint.*

»Gossamer«, sagte Cumber, der zu ihr herübergekommen war. »Sollten wir so lange wegbleiben, daß du das Schlimmste befürchten mußt, dann schließt euch Loom und Tillery an. Sie werden sich um euch kümmern.«

Es schnürte ihr die Kehle zu. »Ich will nicht hoffen, daß es dazu kommt«, brachte sie schließlich hervor.

Doch als sie sich voneinander verabschiedeten, flüsterte sie nur das eine Wort: »Freistatt.« Dann wandte sie sich ab und ging zu ihrem Bruder, während ihr die Tränen die Wangen hinunterliefen. Fortune warf noch einen Blick auf ihre Gestalt, die das Licht der Sterne umschmeichelte. Dieses Bild ihrer Schönheit wollte er nie vergessen.

Fortune war selbst überrascht davon, wie ruhig er sich fühlte, als er den beiden Magiern folgte, die sich bereits auf den Weg gemacht hatten. Mit aller Kraft wehrte er sich dagegen, sich umzusehen, bis er den Rand der Lichtung erreicht hatte. Dann warf er einen letzten Blick zurück.

Gossamer und Brace standen dicht beieinander und sahen den Gefährten nach. Der Glanz der Sterne zeichnete wunderbare Muster auf Gossamers Gestalt und tauchte sie in ein blasses, verzaubertes Licht.

Freistatt, dachte er. *Sie ist mein Freistatt.*

Dann verschlangen ihn die Bäume.

Es dauerte nicht lange, bis sie den Wald hinter sich gelassen hatten und den steilen Aufstieg über Felsen und durch Schluchten hindurch nach Covamere begannen. Unter ihnen erstreckte sich, so weit das Auge reichte, das Meer der Bäume, über ihnen thronte der Schimmernde Berg. Mühselig arbeiteten sie sich durch Gräben und über Felsvorsprünge hinweg immer weiter nach oben.

Hier oben, jenseits der Baumgrenze, besaßen die Felsen eine erstaunliche Farbenvielfalt. Obwohl das Licht der Sterne die Dunkelheit kaum zu erhellen vermochte, leuchteten die Steine in den verschiedensten Rot- und Gelbtönen, die allmählich in Blaugrau und sogar Grün übergingen, bevor das Schwarz des Bimssteins wieder die Oberhand gewann. Der Berg machte seinem Namen alle Ehre.

Während die Sterne um die Erde wanderten, stiegen die drei Drachen immer höher.

Ihr Plan war denkbar einfach. Sie würden vorsichtig versuchen, sich Covamere zu nähern, und so lange weitergehen, bis sie auf Magier trafen. Sollten sie eine größere Gruppe von Magiern entdecken, würden sie ihnen, in der Hoffnung, nicht gesehen zu werden, ausweichen und sich einen anderen Weg suchen. Trafen sie dagegen einen einzelnen Drachen, vielleicht einen gelangweilten Wachposten, so wollten sie versuchen, aus ihm so viel Informationen herauszubekommen wie nur möglich, ohne seinen Verdacht zu erregen.

Scoff und Cumber machten sich begreiflicherweise nur wenig Sorgen um ihre eigene Sicherheit. Fortune war derjenige, der in Gefahr war, sollte es zu einer Begegnung mit einem Magier kommen. Deshalb begannen sie bald, den komplizierten Zauber zu wirken, der jedes mißtrauische Auge von ihm ablenken sollte. An die Stelle seines sichtbaren Körpers mußte ein Loch, so etwas wie eine Leerstelle treten, die zu betrachten keinem Drachen in den Sinn käme.

Fortune selbst spürte von diesem Zauber nichts. Er hatte zumindest ein Kribbeln oder so etwas wie eine Gänsehaut erwartet, wenn nicht sogar einen dieser magischen Blitze. Doch von alledem geschah nichts.

Schließlich teilte Cumber ihm mit, daß er nun zwar nicht im eigentlichen Sinne unsichtbar, seine Gestalt aber so verschwommen sei, daß außer ihm selbst und Scoff kein Drache, gleich ob Magier oder Erdgeborener, ihn sehen konnte. Fortune glaubte, daß Cumber mal wieder Haarspalterei betrieb – wenn kein Drache ihn sehen konnte, was war er dann, wenn nicht unsichtbar?

»In gewisser Weise hast du recht«, pflichtete Cumber ihm bei. »Aber unser Zauber manipuliert die Sinne des Betrachters und nicht deinen Körper. Der Begriff ›unsichtbar‹ scheint naheliegend, aber er trifft den Sachverhalt nicht. Einzig Drachen können dich jetzt nicht mehr sehen. Für alle anderen Wesen bist du nach wie vor sichtbar. Wenn du also beispielsweise ein Kaninchen aufscheuchst, könntest du dich dadurch verraten.«

»Geh keine unnötigen Risiken ein«, faßte Scoff zusammen. »Sei vorsichtig, aber mach dir keine Sorgen. Wir sind bei dir.«

Ein Stein löste sich unter Fortunes Klauen, polterte lärmend den Abhang hinunter und wirbelte dabei eine beträchtliche Staubwolke auf. Wie trügerisch die Sicherheit war, die der Zauber ihm verlieh, wurde Fortune dadurch nur allzu deutlich. Er selbst war zwar unsichtbar, aber nicht die Spuren, die er hinterließ. Er würde sich sehr vorsehen müssen.

Und dann entdeckten sie die Türme, deren Spitzen hinter der vor ihnen liegenden Kuppe aufragten und bis in den Himmel reichten, der von den Lichtern der Stadt erhellt wurde.

»Covamere!« flüsterte Cumber und lief, gefolgt von den Freunden, den Hang hinauf. Doch auch von hier oben aus bot sich noch kein freier Blick auf die Stadt, da ein riesiger Felsen die Sicht versperrte. Dennoch, die Türme schienen zum Greifen nahe. Ihr Ziel lag in Sichtweite.

Die Kuppe, auf der sie standen, lief in ein Plateau aus, eine schwarze, staubige Arena, die sich bis zu dem Felsen erstreckte, der sich ihnen als letztes Hindernis vor der Stadt in den Weg stellte. Die Spitze dieses Felsens neigte sich über das Plateau und bildete einen gigantischen Baldachin. Daran, daß der Fels heller war als das übrige Gestein, konnte man erkennen, daß es sich um erstarrte Lava handelte, die aus dem Berg hervorgebrochen war wie ein Drachenjunges, das aus dem Ei schlüpft.

Genau in der Mitte des hoch aufragenden Felsens verlief ein breiter, senkrechter Riß. Quer über das Plateau führte ein Weg zu dieser Spalte, den die drei Drachen jetzt einschlugen. Mit eingezogenen Klauen, sorgsam darauf bedacht, keinen Lärm zu machen, folgte Fortune seinen Freunden, und auf einmal kam er sich schrecklich schutzlos vor.

Das Plateau bot weder Deckung noch irgendein anderes Versteck, fiel nach drei Seiten hin steil ab, und auf der vierten erhob sich der Felsen, der nur überwunden werden konnte, wenn man über ihn hinwegflog. Es herrschte eine bleischwere Stille.

Dann kam Bewegung in die Stille.

Aus der Dunkelheit am Fuß des Felsens, dort, wo sich die Spalte auftat, lösten sich zwei Drachen. Langsam traten sie in das dürftige Licht der Sterne, so daß Fortune ihre massiven, schwer gepanzerten Gestalten ausmachen konnte. Diese Drachen waren Kampfmaschinen. Mit der Gelassenheit siegessicherer Krieger stellten sie sich den Eindringlingen in den Weg.

Also dann, dachte Fortune, *ich kann nur hoffen, daß dieser Verhüllungszauber funktioniert und ich wirklich unsichtbar bin.*

Und auch der Mond war unsichtbar in dieser Nacht, eine leere, lichtlose Scheibe vor dem Meer der Sterne. Es war Neumond.

Kapitel 17

Das Portal zerbricht

Neunzehn tote Magier lagen im Schatten der unvorstellbar riesigen Flügel. Liebkosend strich der Schatten über die Körper der leblosen Drachen, während die Flügel in langsamem, schwerem Rhythmus durch die Luft schlugen.

Wraith schwebte über seinen Opfern und untersuchte ihre kläglichen Überreste, schnüffelte an ihren Wunden. Er öffnete ihre Leiber und brach ihre Schädel auf. Jeden einzelnen erforschte er in seinem Hunger nach Erkenntnis. Und doch hatte er noch immer nicht genug.

Noch einer!

Er würde die Antwort finden.

»Insiss!« donnerte er mit einer Stimme, die so schwarz war wie seine Flügel.

Sofort war sein Adlatus zur Stelle und erwartete mit gesenktem Kopf seine Befehle.

»Ja, Mylord?«

»Noch einer!« forderte Wraith ungeduldig.

»Aber, Mylord«, begann Insiss zaghaft, vorsichtig geworden, seitdem er die Launen seines Meisters nicht mehr einzuschätzen vermochte, »sie werden allmählich unruhig. Sie haben Angst …«

»Sie sollen Angst vor mir haben, Insiss, vergiß das nicht. So wie auch du mich fürchten solltest.«

»Wie Ihr wünscht, Mylord. Euer Urteil ist ohne Zweifel wie immer weise. Ich werde Euch noch einen bringen.«

Unter untertänigen Verbeugungen zog Insiss sich zurück. Er wandte dem Portal und dessen Überhang, der wie eine riesige Haube aussah, den Rücken zu und trat in die nur durch das Licht der Sterne erhellte Nacht hinaus.

Ich habe die Wahl, dachte er und ließ die Möglichkeiten, die ihm die Zukunft bot, vor seinem geistigen Auge Revue passieren. Doch dann runzelte er die Stirn. Wenn er den

Schwarzen Drachen verließ und aus Covamere floh, würde Wraith ihn verfolgen und töten lassen, denn er wußte zu viel über seinen Meister. Er mußte also bleiben? Aber es würde sich einiges ändern müssen, damit er nicht aus Covamere wegging.

Während er überlegte, glitt Insiss zwischen den Reihen der Drachen entlang, die auf der ganzen Länge der Straße, die zum Portal führte, Aufstellung genommen hatten. Der Mond hatte sein Auge vor der Welt verschlossen, doch die Nacht sah nicht neu aus. Ganz im Gegenteil, sie sah alt, sehr alt aus.

Der Schwarze Drache verharrte unter dem prächtigen, dunklen Dach des Portals und ließ sich mit grausiger Anmut auf dem Leichenberg nieder. Er breitete seine Flügel aus, als ob er seine toten Krieger vor den Blicken teuflischer Wesen schützen wollte. Dann ließ er mit Hilfe der Magie direkt über seinem Kopf einen in der Luft schwebenden Quecksilbersee entstehen.

Er sah auf und betrachtete sein Spiegelbild, das von der silbrigen Flüssigkeit reflektiert wurde. Seine dunkle Gestalt, der glänzende Schuppenpanzer und seine acht Gliedmaßen, alle dünn wie die Beine einer Spinne.

Du bist schön, dachte er und lächelte sein Spiegelbild zufrieden an. Lüstern streckte er seinem im Quecksilber gefangenen Ebenbild den Schwanz entgegen und breitete seine Flügel noch weiter aus, um das Farbenspiel seines Flugzaubers zu bewundern, der sich in kleinen Öltropfen sammelte, die seine Membranen wie Perlen zierten. Eitel sah er sich im Spiegel zu, wie er die mageren Arme reckte, um sich das Öl in die ledrige Haut zu reiben. Er konnte Halcyons Zauber riechen, er umgab ihn wie ein Duft, der ihn in seinen Bann zog. Halcyons Magie war herausragend, der alte Drache selbst ein würdiger Gegner.

Doch Wraith würde über ihn triumphieren.

Indem er die Stellung des Spiegels ein wenig veränderte, konnte er Insiss unbemerkt dabei beobachten, wie er die Reihen der Drachen abschritt, die vor der riesigen Wölbung des Portals aufmarschiert waren. Sobald er sich einem von ihnen näherte, wich der Betreffende zurück, senkte den Kopf und wandte sein Gesicht ab. Schließlich hatte Insiss seine Wahl getroffen und ließ seinen stahlharten Blick auf einem großen, stolzen Drachen ruhen. Sofort zogen sich die Umstehenden von dem Auserwählten zurück, als ob er eine ansteckende Krankheit hätte. Wie hypnotisiert von den kalten, starren Augen des Adlatus folgte der Unglückliche ihm gehorsam den Weg zum Portal hinauf, unter dessen Dach Wraith ihn erwartete. Durch die Reihen der Drachen ging ein kaum hörbarer Seufzer der Erleichterung über das Glück, noch einmal davongekommen zu sein.

Diesem muß es gelingen, dachte Wraith in einem Anflug von Besorgnis. *Einen Aufstand der Truppen kann ich mir nicht leisten. Sie würden es nicht hinnehmen, wenn ich noch mehr meiner treuen Gefolgsleute in den Tod schickte.*

Er ließ den Quecksilberspiegel verschwinden und wandte sich seinem neuen Opfer zu. Mit ausgestreckten Armen begrüßte er seinen nächsten Kundschafter.

Fortune hörte, wie Cumber und Scoff beinahe gleichzeitig erleichtert aufatmeten, als sie sahen, daß die beiden Wächter ihre wachsame Haltung aufgegeben hatten und mit dem Ausdruck größter Gelassenheit auf sie zugeschlendert kamen.

»Sie haben schon zu lange Wache geschoben«, flüsterte Cumber. »Genau das, was wir brauchen.«

Wie zur Bestätigung gähnten beide Wachtposten, als Cumber ihnen einen höflichen Gruß zurief.

»Fliegt über den Felsen und meldet euch im Hauptquartier, wenn ihr neu hier seid«, antwortete der größere der beiden, dessen rissige Haut in schönstem Türkis geleuchtet hätte, wäre sie nicht so dreckverkrustet und ungepflegt gewesen. Die Drachen waren inzwischen vor Cumber und Scoff stehengeblieben, und es war offensichtlich, daß sie von Fortunes Gegenwart nichts ahnten. Er stand ein wenig abseits, beobachtete alles und hörte zu. Es war eine recht kalte Nacht.

»Können wir uns hier ein wenig ausruhen?« fragte Scoff keuchend und spielte den Erschöpften. »Ist 'n ganz schön anstrengender Aufstieg.«

»Macht's euch bequem«, sagte der zweite Wachtposten, ein junger, silberfarbener Drache mit rissigen Klauen und einem leichten Schielen. »Das Ausbildungslager ist gleich jenseits des Felsens, aber wenn ihr euch erst ausruhen wollt, bitte.« Er machte den Eindruck, als ob es ihm recht gleichgültig wäre, was sie taten.

»Wird sowieso nicht mehr viel ausgebildet«, murmelte der Türkisfarbene.

»Wenn ihr die Bemerkung erlaubt, ihr kommt ein bißchen spät«, fügte sein Partner hinzu.

»Scheint mein Schicksal zu sein, immer zu spät zu kommen«, lachte Scoff, dem seine Rolle allmählich Spaß zu machen schien. »Schiebt ihr hier schon lange Wache?«

»Das kann man wohl sagen«, erwiderte der Türkisfarbene verbittert.

Cumber hielt sich im Hintergrund und überließ es Scoff, die beiden Wachtposten mit seinem Geplauder einzulullen. Er interessierte sich mehr für den überhängenden Felsen und vor allem für den eigenartigen Riß, der ihn der Länge nach teilte. Der Spalt wurde nach unten hin breiter und bildete den Eingang zu einer geheimnisvoll anmutenden Höhle.

Zu dunkel für eine normale Höhle, dachte Cumber erschaudernd. *Hier ist Magie im Spiel. Uralte Magie.*

»Was dagegen, wenn wir in der Höhle da drüben ein kleines Nickerchen halten?« fragte er beiläufig und machte einen Schritt an den Wachen vorbei auf den Felsen zu.

Sofort stellte sich ihm der Silberne in den Weg.

»Das würde dem Meister nicht gefallen«, knurrte er. Cumber warf Scoff einen Blick zu.

»Schon verstanden«, lenkte Scoff ein. »Ich nehme an, wir werden den Meister kennenlernen, wenn wir erst einmal zu seinem Heer gehören?«

»Wohl kaum.«

Uralte Magie!

»Durch diesen Spalt kann Halcyon also nicht entkommen«, sagte Cumber einer plötzlichen Eingebung folgend. Scoff warf ihm einen stirnrunzelnden Blick zu.

»Ha!« lachte der Türkisfarbene. »Da hast du recht. Wraith hat ihn in der Falle.«

Das ist also sein Name! dachte Fortune, dessen Herz raste. Auch wenn er ein ganzes Stück entfernt stand, hörte er jedes Wort der Unterhaltung, da die Nachtluft kalt und klar war.

»Je eher Halcyon erledigt wird, desto besser«, erklärte Scoff, indem er Cumbers Faden aufgriff.

»Das weiß ich nicht«, widersprach der Silberne. Offensichtlich wurde er langsam mißtrauisch »Wir befolgen nur unsere Befehle. Woher kommt ihr eigentlich?«

»Wir sind aus Aethers Zitadelle«, log Cumber rasch. »Wir haben von der Geschichte hier gehört und sind gekommen, um Soldaten zu werden.«

»Was habt ihr gehört, und von wem?« fragte der Silberne und nickte dem Türkisfarbenen zu. Der verstand das Zeichen und umkreiste Scoff und Cumber mit langsamen, lauernden Schritten, bis er in ihrem Rücken stand. Stachel traten aus seinen Flanken hervor und richteten sich drohend auf die verdächtigen Fremden. Der Silberne grinste kalt und leckte sich die Lippen.

»Ich glaube, ihr solltet uns ein paar Fragen beantworten«, sagte er mit einem gefährlichen Unterton in der Stimme. »Drachen, wie ihr es seid, sind uns hier noch nicht untergekommen. Vielleicht möchte Wraith sich euch persönlich ansehen.«

Hilflos sah Fortune mit an, wie die beiden Wachen seine Freunde immer weiter einkreisten. Ganz offenkundig waren sie nicht so dumm, wie sie sich anfangs gestellt hatten. Sie hatten Cumber und Scoff mühelos ausgetrickst und zeigten nun ihr wahres Gesicht.

Aber diese Einsicht hilft uns jetzt auch nicht weiter, dachte Fortune verzweifelt.

Er hatte nur wenige Atemzüge Zeit, einen Entschluß zu fällen.

»Hier bin ich!« schrie er und rannte los.

Über dem Portal erhob sich eine Art Baldachin, ein Felsüberhang, der aus dem Berg herausragte. Dahinter erstreckte sich eine Höhle, der eigentliche Eingang in den Schimmernden Berg, die nach etwa zehn Baumlängen abrupt in einer Mauer endete, die die gesamte Höhe und Breite der Höhle ausfüllte. Es war eine künstliche Wand, von Drachen errichtet. Sie diente dazu, den Zutritt zu den tieferen Regionen des Berges zu verwehren. Kein Spalt, kein Riß gab das Geheimnis preis, wie sie zu überwinden war.

Irgendwo hinter dieser Mauer wartete Halcyon.

Doch bevor Wraith die Wand einreißen konnte, mußte er den Schlüssel zu dem unsichtbaren magischen Labyrinth finden, das Halcyon ausgelegt hatte, um den Eingang zu schützen. Neunzehn Drachen hatte Wraith bereits in dieses Labyrinth geschickt, und jeder dieser Drachen hatte gewußt, welchen Weg sein Vorgänger genommen und an welcher Stelle er gescheitert war. Jeder neue Drache war ein Stück weiter in das Labyrinth vorgedrungen, doch schließlich waren sie alle von einer unbekannten Macht massakriert worden, von einem Zauber, den nicht einmal Wraith erkennen, geschweige denn bezwingen konnte.

Einer noch!

Er war sicher, daß er nur noch einen einzigen Kundschafter benötigte, um an sein Ziel zu gelangen.

»Du kannst gehen«, sagte Wraith zu Insiss, der sich wortlos und mit undurchsichtiger Miene zurückzog. Doch Wraith schenkte ihm keinerlei Beachtung. Er fragte sich schon lange nicht mehr, ob sein Adlatus seine Entscheidungen guthieß oder verurteilte. »Dein Name ist … Lapse?« fuhr er fort.

Der unglückliche Drache, den Insiss ihm in die Höhle gebracht hatte, nickte stumm. Woher der Meister seinen Namen kannte, wagte er nicht zu fragen.

»Komm!«

Es war für Wraith ein leichtes, durch einen Zauber seine Stimme so zu verstärken, daß seine Worte von allen vor dem Portal gehört wurden. Er sprach von Opfer und Ehre und dem triumphalen Sieg, den sie erringen würden, und die

Drachen, Lapse eingeschlossen, glaubten ihm. Mehr als das, sie liebten ihn.

Er regierte mit der Macht des Feuers. Er verfügte über das Feuer des Zorns und der Furcht. Und mit diesem Feuer sandte er nun seine Worte auf den Platz vor dem Portal hinaus.

»Treu ergebener Lapse«, schloß er, »nimm nun von mir das Wissen entgegen, welchen Weg deine Kameraden vor dir beschritten, auf daß du der erste sein mögest, der das Portal bezwingt!«

Während von draußen Jubelrufe zu hören waren, beugte Wraith sich zu Lapse hinunter und beschrieb ihm in knappen, präzisen Worten, welchen Weg die neunzehn Drachen vor ihm um den Preis ihres Lebens erkundet hatten. Seine Soldaten jubelten, doch ihre Rufe waren viel verhaltener als zu Beginn, da er die ersten Drachen ausgesandt hatte.

Wraith hoffte inständig, daß es seinem zwanzigsten Kundschafter endlich gelingen würde, das Rätsel des Portals zu lösen. Doch zugleich gärte in ihm der Zorn darüber, daß er, der mächtige Wraith, an einem Zauber des alten, senilen Halcyon scheitern könnte. Und mit dem Zorn kam die Furcht vor dem Großen Labyrinth im Innern des Berges, die Angst, im Angesicht dieser Aufgabe ein zweites Mal zu versagen.

Mit schreckgeweiteten Augen sah Lapse auf die vor ihm aufgetürmten neunzehn Leichen und trat dann unter den Flügeln des Schwarzen Drachen hervor in die Dunkelheit der Höhle. Obwohl die vor dem Portal wartenden Truppen ihn nicht sehen konnten, verstummten sie. Es herrschte gespannte Stille.

Lapse trat über ein paar parallel verlaufende Rinnen hinweg, die sich in den weichen, porösen Stein zu seinen Füßen gegraben hatten, und ihm wurde bewußt, daß dies die Spuren waren, die der Leichnam eines seiner Vorgänger hinterlassen hatte, als er, wahrscheinlich durch irgendeinen Zauber Wraiths, aus der Höhle herausgezerrt worden war. Flüsternd wiederholte Wraith seine Anweisungen, während Lapse sich vorsichtig vorantastete. Der Boden, über den er ging, gab keinerlei Hinweise darauf, in welche Richtung er sich wenden sollte, so daß er sich ganz auf die Kommandos des Meisters verlassen mußte. An manchen Stellen hatte er eine Kehrtwendung zu machen, an anderen im Kreis zu gehen, und dann wieder ging es ein ganzes Stück geradeaus. Die ganze Zeit über warnte ihn sein Instinkt vor magischen Fallen, die nicht nur auf dem Boden, sondern auch in der Luft auf ihn lauerten, ohne daß er hätte sagen können, wo sie sich genau befanden. Kein Wunder, daß selbst der große Wraith Kundschafter brauchte, um dieses unsichtbare Labyrinth zu überwinden. Welche grausamen Gefahren mochten hier auf ihn warten?

Lapse schluckte trocken und konzentrierte sich auf jeden seiner Schritte.

Er näherte sich einer Pfütze aus klebrigem Blut, das geronnen war, bevor der poröse Fels es hatte aufsaugen können. Eine Blutspur führte geradewegs zurück zu Wraith und dem Haufen toter Soldaten, auf dem er hockte. Auf einmal fühlte sich Lapse unendlich einsam und verlassen.

Das Blut, das er hier vor sich sah, war das Blut des neunzehnten Drachen. An diesem Punkt endete das Wissen über den Weg durch das unsichtbare Labyrinth. Von diesem Punkt an war er auf sich allein gestellt.

Cumber und Scoff sahen sich erschrocken an, als Fortunes Schrei über das Plateau hallte.

Der silberne Drachen riß den Kopf herum und starrte genau auf die Stelle, an der Fortune stand. Stirnrunzelnd versuchte er zu erkennen, was er in der Dunkelheit nur erahnte. Er legte den Kopf erst auf die eine, dann auf die andere Seite und kniff dabei die Augen zusammen wie jemand, der in die Sonne sieht.

Der türkisfarbene Drache stand einfach nur verblüfft und ratlos da.

Scoff stürzte sich auf den Silbernen. Mit wildem Kampfgeschrei rammte er ihm den gesenkten Kopf in die Brust. Nach Luft ringend fiel der Wächter rücklings zu Boden. Sein Kopf schlug auf einen Stein, einen Augenblick lang flatterten noch seine Lider, dann blieb er bewußtlos liegen. Mißtrauisch beugte Scoff sich über ihn. Der Panzer des Wächters war kräftig, vor allem im Bereich des Kopfes und des Nackens, und Scoff wollte sichergehen, daß sein Gegner auch wirklich außer Gefecht war.

Währenddessen näherte sich Cumber dem türkisfarbenen Drachen. Der zweite Wächter wich ein paar Schritte zurück und beobachtete seinen Gegner aus gefährlich engen Augenschlitzen. Blaue Flammen zuckten über seinen Rükken, während er die ihm innewohnende Feuermagie in eine Waffe verwandelte. Die Flammen krochen über seine Gliedmaßen und verwandelten sie in riesige, gefährliche Klauen.

Cumber duckte sich und wartete auf eine Gelegenheit zum Angriff.

Der Türkisfarbene holte zum Schlag aus. Doch in dem Moment, in dem er seine Feuerklaue auf den Gegner niedersausen lassen wollte, erstarrte er plötzlich. Sein Gesicht spiegelte Schmerz und zugleich Überraschung wider.

Denn anders als Cumber konnte er nicht sehen, daß Fortune über ihm schwebte und mit den Hinterbeinen auf seinen Kopf einschlug.

Während der Türkisfarbene abgelenkt war, schoß Cumber einen Flammenstrahl gegen seinen Körper, der ihn auf der Stelle bewußtlos machte. Mit einem dumpfen Aufprall landete er auf seinem bereits am Boden liegenden Kameraden.

Fortune kam zwischen seinen beiden Magier-Freunden wieder auf die Erde. Die beiden warfen sich einen Blick zu, zuckten mit den Schultern und hoben dann den Verhüllungszauber auf. Fortune war wieder in die Welt des Sichtbaren zurückgekehrt.

»Das ist jetzt wohl nicht mehr nötig«, sagte Cumber und grinste. »Gut gemacht, Fortune.«

»Idiotisch«, knurrte Scoff, der noch immer die beiden bewußtlosen Wachen im Auge behielt. »Aber trotzdem, ganz schön clever.«

»Ich glaube, das war ein Kompliment, Fortune«, erklärte Cumber, noch immer lächelnd. Doch dann bemerkte Fortune, daß sein Gesicht wieder einen ernsten Ausdruck annahm.

»Was ist los?« wollte er wissen.

Cumber wies an ihm vorbei auf den Felsspalt. »Ich weiß nicht«, erwiderte er. »Aber ich glaube, wir werden es gleich erfahren.«

Ein purpurrotes Licht begann aus dem Innern der Höhle zu dringen – oder war es doch eher ein Tunnel? Das Licht wurde immer stärker und flackerte unruhig. Ein Steinhagel löste sich hoch über ihren Köpfen aus dem Felsen und prasselte zu Boden.

Die Erde begann zu beben.

»Geh weiter. Ich werde dich reich belohnen.«

Dicht vor Lapse erhob sich die Mauer, die die Rückwand der Höhle bildete. Nichts auf ihrer glatten Oberfläche ließ auf einen Durchgang schließen, doch sein Instinkt sagte Lapse, daß sich ganz in seiner Nähe ein solcher befinden mußte.

Zu seiner Rechten glaubte er Magie zu spüren, also wandte Lapse sich nach links und ging entschlossen sechs Schritte diagonal auf die Mauer zu.

Nichts geschah!

Er blieb stehen und spürte der Magie nach, die ihn umgab. Sie war jetzt stärker und daher leichter zu lokalisieren. Behutsam wand er sich durch sie hindurch, bis ihn schließlich nur noch eine Flügellänge von der Mauer trennte.

Zu seinen Füßen zeichnete sich auf dem Boden ein kreisrunder, weißer Fleck ab, über dem die Luft vor Magie geradezu knisterte. Als Lapse den Fleck genauer betrachtete, erkannte er im Stein einen vagen Umriß … die Silhouette von etwas, das nicht wirklich dort war.

»Meister?«

»Geh weiter!«

Lapse trat in den weißen Kreis. Sein Schrei gellte durch die Höhle, als er aus dieser Welt gerissen wurde und etwas ihn aufsog und in einen anderen Bereich zerrte, vielleicht sogar in das *Reich* selbst. Doch ihm blieb keine Zeit mehr, darüber nachzudenken. Lapse war auf der Stelle tot.

Einzig Wraith wurde Zeuge dessen, was Lapse erreicht hatte, und er triumphierte. Obwohl er noch aus Lapses sterbendem Gehirn das Wissen um den Weg durch das Labyrinth stahl, wie er es schon zuvor bei den neunzehn anderen Drachen getan hatte, so war dieses Wissen jetzt völlig überflüssig. Denn sein zwanzigster Kundschafter hatte das Labyrinth endgültig vernichtet.

Riesige Flammen schlugen an der Stelle aus dem Boden, an der Lapse tot zusammengesunken war, und schwappten in einer gigantischen Welle über den Höhlenboden hinweg. Sie zerstörten die unzähligen Schutzzauber des Labyrinthes, die sich einer nach dem anderen in zischenden Explosionen auflösten. Ein sprühender Funkenregen eilte den Flammen voraus und fuhr an Wraith vorbei ins Freie, wo die erschreckten Drachen seiner Armee beteten, daß dies nicht die Boten des Zornes ihres Meisters waren, sondern die seines Triumphes.

Die Flammen schlugen in den Himmel, wo sie sich schließlich in einem ungeheuerlichen Donnerschlag auflösten und verschwanden.

Halcyons Schutzmauer war zerstört worden.

Das Portal stand offen.

Fortune, Cumber und Scoff warfen sich flach auf die Erde, als sich das tiefrote Licht in Feuer verwandelte und aus dem Spalt in dem Felsen Flammen über das Plateau schossen. So plötzlich wie sie entstanden waren, lösten die Flammen sich wieder auf. Was blieb, war das Beben, das die Erde erzittern ließ und den Fels unter ihnen mit einem Netz feiner Risse überzog.

»Lauft zum Tunnel!« schrie Cumber über das Donnern des Bebens hinweg. Sie hatten kaum den Spalt erreicht, als sich aus dem Felsvorsprung über ihren Köpfen ein riesiger Gesteinsbrocken löste und zu Boden stürzte.

Mit ohrenbetäubendem Getöse zerschellte er in tausend Stücke. Dann herrschte gespenstische Stille, die nur durch ein paar herabkullernde Steine gestört wurde. Ein Krater verunstaltete nun den Felsen hoch über ihren Köpfen.

In der Mitte des Plateaus erhob sich ein riesiger Steinhaufen.

Irgendwo unter ihm lagen der silberne und der türkisfarbene Drache begraben. Doch niemand trauerte über ihren Tod.

Der Gefahr nur knapp entronnen, preßten sich die drei Abenteurer noch immer am Eingang des Tunnels dicht gegen den Fels. Erst allmählich begriffen sie, was geschehen war und wohin dieser Tunnel führte.

Halcyons Schutzzauber hatte sich auch auf die sechs kleineren Portale erstreckt, so daß mit dessen Zerstörung folglich alle sieben Eingänge in den Schimmernden Berg offenstanden.

In einer der geheimen Kammern des Berges saß Halcyon. Er wartete, er beobachtete, was draußen vor sich ging, und er wunderte sich.

Er war alt und hatte in seinem langen Leben schon viel gesehen. Vielleicht zuviel. Aber hatte er sich dieses Schicksal nicht selbst aufgeladen in all den Jahren? Das Große Labyrinth hatte keinen Nachfolger geduldet, und er selbst hatte nie die Notwendigkeit zum Sterben gespürt.

Er war Halcyon, und er würde überleben, um die große Wende zu initiieren und in die vorbestimmte Richtung zu lenken.

Jetzt ruhte er sich aus, soweit er sich je wirklich ausruhen konnte, und wanderte durch die kleinen Kammern seiner Höhle tief im Innern des Schimmernden Berges. In vielerlei Hinsicht war er ein vollkommen unauffälliger Drache, alt und schwerfällig, mit braunen Schuppen, die im Laufe der Jahre trocken und pergamenten geworden waren. Wenn er sich irgendwo niederließ und nicht bewegte, konnte man glauben, er habe schon seit Ewigkeiten dort gesessen und sei mit seiner Umgebung verwachsen. Zumindest nach außen entsprach er wohl kaum den Vorstellungen, die sich ein Drache von dem unumschränkten Anführer aller Magier machte. Aber war dieser Titel andererseits inzwischen nicht ohnehin überflüssig geworden? Hatte die Welt sich nicht schon seit vielen Jahren langsam aber stetig gewandelt?

Hatte sie sich nicht verändert?

Selbstverständlich hatte sie das, wie sie es schon immer getan hatte. Aber die Zeit der sanften, kaum merklichen Veränderungen war jetzt endgültig vorüber. Die Veränderungen, die der vor ihnen liegende Winter mit sich bringen sollte, waren nicht sanft.

Dem Schwarzen Drachen war es gelungen, das Portal zu stürmen. Jetzt befand er sich auf dem Weg in das Innere des Berges. Halcyon konnte nur hoffen, daß seine restlichen Schutzzauber ihn lange genug aufhalten würden, damit auch der andere Teil der Geschichte seinen Lauf nehmen konnte.

Er sandte seine Gedanken zu Mantle, der tief unten im Berg in seiner Höhle saß. Er wollte mehr erfahren über diesen Drachen, den der ehrwürdige Mantle auserwählt hatte, um eine kleine, aber doch entscheidende Rolle in dem überaus komplizierten Drama der Verwandlung zu spielen …

Und er fragte sich, ob dieser Drache den Mut und die Stärke aufbringen würde, eines der kleineren Portale zu überwinden und in den Berg zu kommen.

Die rückwärtige Wand des Portals war von oben nach unten aufgerissen, so daß sich ein breiter Spalt auftat, durch den gut und gerne drei nebeneinander hergehende Drachen paßten. Triumphierend näherte sich Wraith dem Eingang in das Innere des Berges, während er befriedigt feststellte, daß die Luft um ihn herum von jedem Zauber gereinigt war. Als er die Stelle erreichte, an der Lapse zu Tode gekommen war, starrte er jedoch verwirrt auf den Boden.

Das sterbende Gehirn Lapses hatte ihm einen weißen, aus dem Boden schießenden Blitz gezeigt. Dahinter steckte ein Zauber, das war klar, aber irgend etwas daran war merkwürdig. Als ob er nicht von einem Magier, sondern von einem Troll stammte ...

Befand sich an dieser Stelle so etwas wie ein Auslöser?

Ein Auslöser, der, sobald man auf ihn trat, das gesamte Schutznetz des Labyrinthes außer Kraft setzte? Aber warum sollte Halcyon in seinem raffinierten, äußerst komplexen Sicherheitssystem ausgerechnet eine Vorrichtung zur Selbstzerstörung eingeplant haben?

Das ist zu einfach, beschloß Wraith grimmig. Offensichtlich wollte Halcyon seinen Gegner in Sicherheit wiegen und ihn dazu ermutigen, geradewegs durch das Portal zu marschieren, ohne auch nur einen Gedanken daran zu verschwenden, was ihn dort erwarten mochte.

Wraith richtete seinen magischen Sinn auf das Loch in der Mauer. Magie schlug ihm entgegen. Es war ihm gelungen, das Portal aufzubrechen, aber nur, um dahinter auf weitere Schichten unbekannten Zaubers zu stoßen, die ihm den Weg versperrten. Zauber, der noch stärker war als der, den er bereits überwunden hatte.

Glaubt er tatsächlich, ich gehe so einfach in die Falle? Offenbar kennt er den Schwarzen Drachen schlecht. Ich bin auf der Hut. Ich werde den Berg bezwingen und Halcyon finden, egal wie lange es dauert!

Trotzdem konnte er seine Wut darüber, daß er seine Pläne ändern mußte, nicht verbergen. Daß nicht er selbst, sondern Halcyon den Zeitplan für seinen Feldzug diktierte. Soviel zumindest war sicher: den Berg würde er weder heute noch morgen nacht erobern. Halcyons Verteidigungsmaßnahmen waren raffinierter und umfangreicher, als Wraith es sich je hatte träumen lassen.

»Ich werde ungeduldig, Halcyon«, murmelte er mit kaum verhohlenem Zorn. »Und wenn ich dich finde, wirst du mir teuer dafür bezahlen.«

Er stürmte aus der Höhle des Portals in die Nacht hinaus und brüllte seinen Kommandanten Befehle zu. Er brauchte jetzt die Drachen mit dem besten Instinkt für Magie. Sie mußten den Zauber jenseits der Mauer aufspüren, damit er ihn Stück für Stück schwächen konnte. Hektisch und verängstigt befolgten die Soldaten seine Befehle, während Wraith schreiend zwischen ihnen hin und her lief und jeden, der nicht schnell genug reagierte, mit Schlägen strafte. Das Blut der Getreuen floß unter der Knute seines Zorns, und selbst die Tapfersten duckten sich unter der Wucht seiner Wut.

Und trotzdem verweigerte sich ihm nicht ein einziger seiner Drachen, denn sie alle wurden von ihrer Liebe zu ihm und von ihrer Angst vor ihm beherrscht.

Ich werde einen Weg in den Berg finden, gleich wie breit oder schmal er sein mag. Ich werde Halcyon besiegen!

Ein ganzes Heer beeilte sich, seine Befehle zu befolgen. Die Nacht glühte vor Magie, während die speziell zu dieser Aufgabe abkommandierten Drachen sich auf die Suche nach Halcyons Fallen und Schutzmauern machten und gleichzeitig kleinere Einheiten zu den sechs kleineren Portalen geschickt wurden.

Ich werde einen Weg finden!

Annähernd dreihundert Drachen erhoben sich in die Lüfte und flogen über den Wald um Covamere. Sie gehorchten einem Befehl, der allerdings ein ganz anderes Ziel verfolgte als die Eroberung des Berges.

Auf den Gesichtern dieser Drachen spiegelte sich grimmige Entschlossenheit, denn die Aufgabe, die sie zu erfüllen hatten, war in der Tat grausamer als alles, was sie sich je vorgestellt hatten. Die erbarmungslose Brutalität dieses neuesten Schachzuges ihres Meisters offenbarte die wahren Ausmaße seines Zorns.

Sie flogen dicht über die Bäume hinweg und sammelten Feuer in ihren Kehlen.

Kapitel 18

Trennung

»War das Feuermagie?« fragte Fortune und blinzelte. Obwohl der grelle, leuchtend rote Blitz wieder erloschen war, waren seine Augen noch immer geblendet.

»Sicher«, antwortete Cumber. Dann schüttelte er den Kopf. »Aber da war noch etwas anderes, etwas, das ich nicht verstehe. Hast du es auch gespürt, Scoff?«

Scoff nickte. »Ist jetzt nicht mehr da. Was auch immer es war, es hat sich wieder zurückgezogen.«

»Wovon redet ihr? Was hat sich wieder zurückgezogen?« Fortune konnte seine Neugier nicht verbergen.

»Dieser Eingang wurde von einem sehr starken Zauber geschützt«, erklärte Cumber. »Das habe ich gleich gespürt, als wir das Plateau erreichten.«

»Ich würde auf Troll-Magie tippen«, knurrte Scoff in der ihm eigenen ruppigen Art. »Wenn ich es nicht besser wüßte.«

»Hmm. Nun, wer auch immer für diesen Zauber verantwortlich war, er wurde jedenfalls in die Flucht geschlagen. Außer uns versucht offenbar noch jemand, in den Berg einzudringen, und dieser Jemand ist uns zuvorgekommen.«

»Wraith«, flüsterte Fortune.

»Der Schwarze Drache, zweifelsohne«, stimmte Cumber zu. »Ohne es zu wollen, hat er uns Arbeit erspart. Ich nehme an, daß er Truppen entsenden wird, die den Eingang bewachen sollen, da der Schutzzauber außer Kraft gesetzt ist. Aber bis sie eintreffen, hindert uns nun nichts mehr daran, in das Innere des Berges vorzudringen ...«

»Falls uns drinnen nicht noch mehr magische Hindernisse erwarten«, unterbrach Fortune ihn. »Außerdem habe ich so meine Zweifel, ob wir auch genauso ungehindert wieder rauskommen werden.« Fortune brauchte nicht lange, um zu einem Entschluß zu kommen. »Scoff, du mußt zu den anderen zurückgehen. Sorge dafür, daß sie sich in Sicherheit bringen. Wenn es Wraith tatsächlich gelungen ist, Halcyons

Schutzzauber zu durchbrechen, wird er mit seinem Angriff nicht lange warten. Es könnte einige Zeit dauern, bis wir zurückkommen.«

»Falls ihr überhaupt wieder zurückkommt«, warnte Scoff.

Doch Fortune war von seinem Entschluß nicht abzubringen.

»Wie auch immer es ausgehen mag, unsere Aufgabe ist es, mit Halcyon zu reden, und wenn er im Innern des Berges ist, dann werden auch wir in den Berg gehen.«

»Ihr seid verrückt«, stellte Scoff fest, der ganz offensichtlich überzeugt war, daß sich diese Mission schon bald als zwecklos erweisen würde. »Aber du hast recht, Fortune, die anderen brauchen meine Hilfe. Sollte es im Wald zu Kämpfen kommen, wird ihnen der Schutz eines Magiers von Nutzen sein. Wo treffen wir uns wieder? Ich muß die anderen möglichst weit fort in Sicherheit bringen.«

»Gossamer weiß, wo wir uns treffen«, antwortete Fortune ruhig, und Cumber sah ihn verwundert an.

Scoff betrachtete die beiden Drachen und war berührt von der Nähe, die so offensichtlich zwischen ihnen herrschte. *Sie sind auch* meine *Freunde*, dachte er stolz, gleichzeitig empfand er die Sentimentalität, die ihn bei diesem Gedanken überwältigte, als höchst absonderlich. Zu lange hatte er sich in Aethers Schlucht vergraben, zu lange hatte er Halcyon und den Pflichten, die zu erfüllen er einen Eid geschworen hatte, den Rücken zugekehrt. Zu lange hatte er sich von allem und jedem distanziert und ein Leben ohne Freunde geführt. Aber das war jetzt vorbei.

Er war zurückgekehrt, er war wieder in Covamere, in Halcyons Machtbereich und unter Drachen, die er seine Freunde nennen konnte. Halcyon brauchte ihn, daran bestand kein Zweifel. Aber noch wichtiger war, daß es Freunde gab, die sich auf seine Hilfe verließen. Mehr noch als Halcyon brauchten jetzt Gossamer und Brace ihn.

Plötzlich war durch die Nachtluft ein tiefes, stetig anschwellendes Summen zu hören.

»Hört ihr das?« fragte Scoff als erster. »Das sind Drachen. Uns bleibt nicht mehr viel Zeit. Macht, daß ihr in den Berg kommt. Und viel Glück. Ich hoffe, wir sehen uns heil und gesund wieder, meine Freunde. Das hoffe ich wirklich.«

Jetzt erkannte auch Fortune das Geräusch kräftiger Flügelschläge. Eine ganze Armee von Drachen näherte sich ihnen.

»Du mußt dich beeilen, Scoff«, sagte er und schlug dem kauzigen Freund freundschaftlich auf die Schulter.

»Und paß auf deine Flügel auf«, rief Cumber.

Anstelle einer Antwort breitete Scoff seine prächtigen, regenbogenfarbenen Schwingen aus und erhob sich in die Luft. Schon bald hatte er das Ende des Plateaus erreicht und entschwand ihrem Blick auf seinem Weg in die am Fuße des Berges liegenden Wälder.

Fortune sah ihm noch einen Moment nach, dann wandte er sich um. Vor ihm lag die unergründliche Finsternis des Tunnels, der in den Berg hineinführte. Er fühlte sich irgendwie ... merkwürdig. Dieses Gefühl hatte er schon einmal gehabt, als ihn und Gossamer der beißend kalte Winterwind angeweht hatte, der aus dem Nichts zu kommen schien und schneller wieder verschwunden war, als daß er hätte natürlichen Ursprungs sein können. Es war ein Gefühl, als ob der Schimmernde Berg ihn erwartete, als ob er zu ihm spräche.

Wovor fürchte ich mich? fragte er sich entschlossen. *Halcyon ist im Berg.*

Aber wartete nicht noch etwas anderes auf ihn am Ende des Tunnels? Etwas, das sich mit ungeheurer Macht bewegte. *Mit der Macht der Sterne!*

»Vater!« flüsterte er so leise, daß nicht einmal Cumber ihn hörte.

»Also gut«, sagte Cumber und wandte sich tapfer dem Tunneleingang zu, »sieht ganz so aus, als ob wir jetzt wieder auf uns allein gestellt sind, Fortune. Vereint im Abenteuer bis zum Schluß.«

Gemeinsam wagten sie die ersten Schritte in die Dunkelheit.

»Ich glaube, das Abenteuer fängt gerade erst an, Cumber«, murmelte Fortune.

Der blutrote Blitz war grell genug, um die Drachen, die in Looms und Tillerys Lager schliefen, aufzuwecken. Es dauerte ein paar Augenblicke, bis auf das bereits wieder verblassende Licht ein ungeheurer Donnerschlag folgte, der den Wald buchstäblich erzittern ließ. Alarmiert sprangen die Erdgeborenen auf und sahen den Hang hinauf in Richtung Covamere, von wo das Licht gekommen war.

Als Gossamer aufwachte, stand ihr Bruder bereits neben ihr und hielt seine auseinandergefalteten Flügel über sie, als wolle er sie vor der unbekannten Gefahr schützen, die über sie zu kommen drohte. Er zitterte leicht.

Es war diese Geste, dieses Versprechen auf Schutz, an das Gossamer sich viel später erinnerte, als diese lange Neumondnacht endlich vorüber war und sie und Brace gewaltsam getrennt worden waren. Dort stand er, ein junger Drache, der noch bis vor kurzem klein und plump gewesen war … und sich nun aufs Erstaunlichste verändert hatte. Er war zweifellos noch immer von recht kräftiger Statur, aber doch um einiges schlanker als früher. Seine Flügel waren gewachsen und zu starken, brauchbaren Fluggeräten geworden. Er war im ganzen größer und kräftiger, und seine Haut schien selbst in dem spärlichen Licht der Sterne einen gesunden Glanz zu besitzen, den sie vorher nie bemerkt hatte.

Unsere Reise hat einen richtigen Drachen aus ihm gemacht, dachte sie zufrieden.

Und als er sich zu ihr wandte, sah sie, daß er sich nicht nur körperlich verändert hatte. In seinen Augen lag ein Leuchten, das neu war. So angetan war sie von seinem inneren und äußeren Wachstum, daß sie nicht erkannte, aus welchem Feuer sich dieses Leuchten speiste. Erst viel später, zu spät, sollte ihr das schmerzlich bewußt werden. Jetzt war sie nur stolz auf ihn.

»Wenn Mutter dich jetzt sehen könnte«, seufzte sie, als er sich zu ihr hinunterbeugte, um mit ihr zu sprechen.

»Hast du das gesehen?« rief er aufgeregt und wies mit einem Flügel auf den Berg. »Das war eindeutig Magie! Dort oben geht irgend etwas vor!«

»Das ist gut möglich, junger Drache«, ließ sich die zittrige

Stimme Tillerys vernehmen, »aber unsereiner sieht da am besten nicht so genau hin. Wir sollten von hier fortgehen, und zwar besser jetzt als gleich.«

Gossamer sah, wie das rote Licht allmählich hinter den riesigen Bäumen erlosch, und machte sich Sorgen um die Sicherheit von Fortune, Cumber und Scoff. Diese Explosion verhieß nichts Gutes, dort oben mußte etwas Schreckliches passiert sein, und sie konnte nur hoffen, daß ihren Freunden und ihrem Liebsten nichts zugestoßen war.

Brace dagegen schien regelrecht begeistert von all dem zu sein.

»Was sollen wir jetzt tun, Brace?«

Im gleichen Moment wurde ihr klar, daß dies das erste Mal war, daß sie ihn in einer entscheidenden Frage um seinen Rat fragte, und auch ihm war die Bedeutung der Situation bewußt. Er war jetzt ein Drache, dem man vertrauen konnte, ein Drache, den man um Rat fragte – und nicht mehr länger nur der kleine Bruder. Er war jetzt Brace.

Doch in eben diesem Augenblick verfinsterte sich der ohnehin dunkle Nachthimmel noch stärker, und es näherte sich ihnen eine Gruppe von Drachen. Während diese immer tiefer flogen, drückten sich die Geschwister ängstlich aneinander, zugleich dankbar dafür, daß der rote Lichtschein, der noch bis vor wenigen Augenblicken die Nacht erhellt hatte, erloschen war. Denn welch grausames Schicksal sie alle nun ereilen mochte, es war besser, wenn dessen Einzelheiten im Dunkeln verborgen blieben.

Fortune hatte in der blutroten Explosion sicher den Tod gefunden, und nun kamen Wraiths Krieger, um sie alle zu vernichten.

Grossamer schloß die Augen und dachte an Freistatt und daran, daß sie eines Tages mit ihrem Liebsten dort wieder vereint sein würde. Doch sicher nicht in diesem Leben.

»Hier geht irgend etwas sehr Merkwürdiges vor.«

Cumber blieb stehen, während sich das Echo seiner Worte in den Tiefen des Tunnels verlor.

»Etwas ganz außerordentlich Merkwürdiges!«

Stirnrunzelnd sah er Fortune an, der mit einem verträumten Ausdruck auf dem Gesicht neben ihm stehengeblieben war.

Ungehindert hatten sie den Tunnel betreten können. In dem Bewußtsein, daß bereits unzählige Magier auf dem Plateau gelandet waren, hatten sie sich entschlossen auf den Weg in die Finsternis gemacht, in der Hoffnung, wenigstens einen kleinen Vorsprung vor ihren Verfolgern zu bekommen oder sie womöglich ganz abzuschütteln, falls das Tunnelsystem im Innern des Berges verwirrend und unübersichtlich genug sein sollte.

Aber niemand folgte ihnen. Nicht ein einziger Drache.

Cumber glaubte zu wissen, was hier vor sich ging. Aber *warum* das geschah, verstand er nicht, und das stimmte ihn äußerst nachdenklich. Es war klar, daß irgend jemand – vermutlich Wraith – die magischen Sicherungen der Eingänge zum Berg durchbrochen hatte. Nur deshalb hatten er und Fortune so leicht Zugang gefunden.

Soweit war alles noch einleuchtend genug. Aber warum sich ihnen bei ihrem weiteren Vordringen keine Hindernisse in den Weg stellten, blieb Cumber ein Rätsel. Selbst wenn der Schutzzauber am Eingang des Tunnels außer Kraft gesetzt war, so hatte er doch erwartet, daß sie im Innern des Berges auf Tausende von magischen Hindernissen stoßen würden. Doch das war nicht der Fall. Zumindest dort nicht, wo sie entlanggingen.

»Worüber machst du dir Gedanken?« murmelte Fortune geistesabwesend.

»Ich werde dir sagen, worüber ich mir Gedanken mache«, erwiderte Cumber leicht gereizt, da er nicht verstand, warum sein Freund so wenig bei der Sache war. »Irgend etwas läßt uns hier ungehindert passieren, darüber mache ich mir Gedanken. Um uns herum knistert es nur so vor Magie – zweifellos Halcyons Schutzzauber, oder ich will kein Magier sein. Vor uns Magie, hinter uns Magie, nur dort nicht, wo wir gerade sind. Wenn wir auftauchen, verschwindet sie! Irgend jemand schützt uns, und ich weiß nicht, wer!«

»Vielleicht Halcyon?« schlug Fortune vor, der nur widerwillig seine Träume abschüttelte. »Aber was macht das schon, wer dahintersteckt? Etwas Besseres kann uns doch gar nicht passieren. Gehen wir weiter.« Und er setzte sich wieder in Bewegung.

Cumber stieß einen verzweifelten Seufzer aus.

»Erdgeborene!« stieß er hervor. »Sie sehen sich vor ein unerklärbares, vollkommen absurdes magisches Phänomen gestellt, und was sagen sie? Was macht das schon! Wenn es nach mir ginge, würden wir erst einmal gründlich nachdenken, bevor wir auch nur einen Schritt weitergehen.«

»Cumber!« rief Fortune bereits aus einigen Metern Entfernung. »Halt den Mund und komm! Wir haben noch einen weiten Weg vor uns und nicht mehr viel Zeit!«

»Pah!« knurrte Cumber. »Was verstehst du schon davon? Also gut, ich komme. Aber sieh dich bloß vor!«

Sie marschierten weiter durch den Gang, weiter hinein in die finstere Tiefe, die nur erhellt wurde von dem schwachen, flackernden Lichtzauber, für den Cumber gesorgt hatte. Unstet tanzte er vor ihnen auf und ab und verwandelte den rauhen, porösen Fels in eine Galerie von Schatten und Schemen, die an ihnen vorbeizogen, nur um schließlich in der Dunkelheit hinter ihnen zu verschwinden. Die Luft war kalt, und um sie herum herrschte vollkommene Stille.

Cumber murmelte irgend etwas vor sich hin, wie leicht die schützende Blase, die sie zu umgeben schien, zerplatzen könnte, während Fortune unbeirrbar vor ihm herging.

Der Tunnel beschrieb weder Biegungen und Windungen noch verzweigte er sich, sondern führte sie einfach geradeaus nach unten, immer weiter und tiefer in den Berg hinein. Keine Kreuzung, keine Abzweigung bot ihnen die Möglichkeit, eine andere Richtung einzuschlagen. Sie hatten keine Wahl, als seinem Verlauf zu folgen. Fortune kümmerte das wenig, denn im Grunde genommen war es genau das, was er sich erhofft hatte: auf direktem Wege zu Halcyon zu gelangen, dem Ziel ihrer Mission und dem Ende der Reise.

Aber ist dies nicht erst der Anfang?

Und war ihre Mission inzwischen nicht vollkommen sinnlos geworden, nichts weiter als ein geschmackloser Witz? Hier kamen sie und wollten Halcyon von der Zerstörung Südkaps und Aethers Zitadelle berichten, und dabei hatte die Welle der Gewalt sie schon lange überrollt. Der Schwarze Drache hatte den Schimmernden Berg bereits erreicht und Krieg über Covamere gebracht. Ihre eigene kleine Geschichte war doch nichts im Vergleich zu dem tragischen Epos, das sich um sie herum entfaltete.

Der Schwarze Drache hetzte die Magier gegen ihresgleichen auf, ein Magier vernichtete den anderen. *Die Erdgeborenen spielen bei dieser Mission schon lange keine Rolle mehr,* dachte Fortune traurig. *Dies ist jetzt nur noch eine Geschichte über Magie, denn sie wird immer stärker sein als wir. Die Magie wird immer die Oberhand behalten.*

Die Drachen um Tillery und Loom brachen in aller Eile ihr Lager ab. Doch Braces Ausruf ließ sie aufhorchen.

»Es sind Erdgeborene!« schrie er, als die Fremden tief über der Lichtung kreisten.

Es waren nur fünf und nicht eine ganze Armee, wie Gossamer zunächst befürchtet hatte. Mit lautloser Präzision landeten sie auf dem Waldboden. Sie hatten etwas Bedrohliches an sich, dachte Gossamer, etwas bedingungslos Martialisches.

»Was glaubst du, wer sie sind?« flüsterte jemand ängstlich an Gossamers Seite.

Als sie sich umdrehte, sah sie ein junges Drachenweibchen, das vorsichtig über ihre Schulter hinweg das Treiben auf der Lichtung beobachtete. Sie war klein und zierlich, mit großen, vor Spannung aufgerissenen Augen.

»Ich weiß nicht«, erwiderte Gossamer, und die Spur eines Lächelns glitt über ihr Gesicht. »Wer bist du denn?«

»Ich bin Velvet, und es freut mich, dich kennenzulernen«, antwortete sie. Dann wiegte sie nervös den Kopf hin und her und reckte neugierig den Hals. »Mir persönlich gefällt ihr Anblick ganz und gar nicht. Was meinst du?«

»Ich weiß nicht«, wiederholte Gossamer geduldig. »Was

hältst du davon, wenn wir erst einmal abwarten, was sie zu sagen haben?«

Velvet lächelte Gossamer an, dann widmete sie sich erneut stirnrunzelnd den Fremden, die sich einer nach dem anderen auf der Lichtung niedergelassen hatten.

Einen Augenblick lang herrschte absolutes Schweigen.

»Wer ist hier der Anführer?« fragte einer der Neuankömmlinge in militärisch knappem Tonfall.

Loom trat vor. »Wir haben keinen Anführer, bei uns besitzen alle die gleichen Rechte. Aber ich bin bereit, dich anzuhören. Was habt ihr uns zu sagen? Rede schnell, wir stehen im Begriff, von hier aufzubrechen.«

Unter allen war Brace mit Sicherheit derjenige, der am aufmerksamsten zuhörte, als der Fremde mit seiner Ansprache begann.

»Ihr tut recht daran, euer Lager abzubrechen«, rief er und schaute sich in der Runde um, damit auch jeder seine Worte hörte. »Ihr solltet diesen Ort so schnell wie möglich verlassen. Doch bevor ihr geht, bedenkt folgendes: Vom Berg herab schwärmt eine ganze Armee von Magiern in die Wälder aus. Was sie vorhaben, kann man nur vermuten. Aber seid versichert, sie werden Unglück über alle Erdgeborenen bringen.

Ihr habt die Wahl, ob ihr ohne Plan und Ziel loszieht, um am Ende doch von den Magiern und ihrem bösen Zauber eingeholt zu werden, oder ob ihr euch uns anschließt. Wir versprechen euch einen sicheren Zufluchtsort und die Möglichkeit, in den Kampf gegen den gemeinsamen Feind zu ziehen, um sich an ihm zu rächen.«

Brace war den Fremden immer nähergerückt, während ihr Anführer sprach, und erst jetzt wurde Gossamer klar, wie weit ihr Bruder und sie sich innerlich voneinander entfernt hatten. Sie wollte ihn gerade zurückrufen, als Velvet sie am Flügel zupfte.

»Glaubst du, daß sie unsere Feinde sind?« fragte sie leise.

»Wer? Diese Fremden?« fragte Gossamer zurück, während sie ihren Bruder nicht aus den Augen ließ. Vielleicht täuschte sie sich ja. Vielleicht hatte er sich doch nicht so sehr verändert, wie sie fürchtete.

»Nein, Dummkopf! Die Magier natürlich. Ich glaube das nämlich nicht, auch wenn du anderer Meinung bist.«

Gossamer sah überrascht zu ihr hinunter und empfand plötzlich so etwas wie Achtung für ihre neue Freundin.

Mittlerweile hatte Loom wieder seine Stimme erhoben und fragte den Anführer der Fremden, wo dieser sichere Zufluchtsort sein sollte, von dem er gesprochen hatte, und welche Beweise er dafür habe, daß die Magier im Anmarsch seien.

»Beweise! Bald wirst du keine Beweise mehr brauchen, du alter Narr!« herrschte der Drache ihn an. »Bald werdet ihr selbst den Beweis für ihre Mordlust liefern.«

Dies war der Augenblick, in dem Brace sich zu Wort meldete. »Ich komme mit euch«, sagte er zunächst recht leise. Dann räusperte er sich und wiederholte mit fester, lauter Stimme: »Ich komme mit euch! Und ich glaube, ihr alle solltet euch diesen Drachen anschließen. Sie haben recht, es ist an der Zeit, daß wir uns den Magiern entgegenstellen, bevor sie uns endgültig vernichten!«

»Brace, nein!« schrie Gossamer und stürzte auf ihn zu. Velvet, überrumpelt von der plötzlichen Bewegung und zugleich besorgt, daß ihre neue Freundin sie alleinlassen könnte, stolperte hinter Gossamer her.

»Bitte, warte auf mich«, rief sie. »Ich weiß noch nicht einmal, wie du heißt!«

»Gossamer«, antwortete sie automatisch. Und dann stand zum zweiten Mal in dieser Nacht der Himmel in Flammen.

Fortune war kaum in der Lage, sich zu konzentrieren. Obwohl seine Sinne ihm sagten, daß der Tunnel vor ihm unverändert geradeaus führte, sah er auf einmal alles nur noch verschwommen und hatte Mühe, das Gleichgewicht zu halten. Es schien, als ob die Luft um ihn immer schwerer wurde und der rissige Boden unter seinen Klauen wankte. Als ob er sich drehte!

Die Magie, die den Tunnel erfüllte, schien zu stöhnen, es klang wie das gewaltige Gähnen eines Riesen, und Fortune spürte, wie sie sich verschob und bewegte. Beinahe glaubte er, sehen zu können, wie die magischen Felder sich öffneten, ihn und Cumber in sich aufnahmen, um sich dann wieder hinter ihnen zu schließen.

Wer oder was läßt uns durch?

Fortune wußte keine Antwort auf diese Frage, doch in ihm wuchs die Überzeugung, daß er sie bald finden würde. Oder kannte er sie nicht schon bereits?

Und während diese Überzeugung in seinem Herzen wuchs, füllte sie das Loch aus, das dort klaffte, und nahm Gestalt an, eine Form, die er nicht sehen konnte, aber sofort erkannte.

Die Form des Loches in seinem Herzen entsprach der Gestalt seines Vaters.

Wie durch einen Schleier glaubte er zu sehen, daß der Tunnel sich vor ihm teilte, daß dort nun doch plötzlich eine Gabelung war, an der sie entscheiden mußten, welche Richtung sie einschlagen wollten. Doch der Fels schien hin- und herzuschwanken, so daß die beiden Gänge wieder zu einem einzigen verschmolzen – der sich im nächsten Moment jedoch erneut teilte.

Der Boden begann zu beben, die Wände drehten sich, und die Decke erzitterte. Aus allen Richtungen drang Magie auf Fortune ein, hungrig, als ob sie ihn verschlingen wollte.

»Cumber, welchen Weg sollen wir ...«

Doch als er sich umdrehte, sah er, daß sein Freund verschwunden war.

Wenn er ehrlich war, mußte Cumber sich eingestehen, daß er Angst hatte.

Für dich ist das alles kein Problem, dachte er verbittert und warf einen Blick auf Fortune, der scheinbar mühelos vor ihm durch den Tunnel lief. *Du weißt ja nichts über das Große Labyrinth, über Halcyon oder die Magie. Für dich ist das alles nichts weiter als ein großes Abenteuer, Fortune.*

Cumber hatte Angst, und zugleich beneidete er seinen Freund um dessen Arglosigkeit und Unwissenheit. Fortune würde nie die Schrecken des *Reichs* erfahren müssen und auch nicht die fürchterliche Verantwortung, die dieses jedem Drachen aufbürdete. Hier, tief im Innern des Schimmernden Berges, war das *Reich* so nahe, daß Cumber glaubte, es förmlich sehen, riechen und anfassen zu können.

Wie konnten sie sicher sein, daß sie nicht geradewegs in eine Falle liefen?

Es ist keine Falle – Halcyon würde uns nicht in eine Falle locken!

Doch was war, wenn es nicht Halcyon war, der sie durch diesen Tunnel führte?

Ein weiteres Mal drohte Fortunes Schwanz vor ihm in der Dunkelheit zu verschwinden, und wieder lief Cumber schneller, um ihn einzuholen. Doch er war so sehr in Gedanken versunken, daß er einen scharfkantigen Felsen übersah, der quer im Tunnel lag. Er stieß mit den Vorderbeinen dagegen, Schmerz durchzuckte ihn, er stolperte und schlug mit dem Kopf gegen die Wand des Tunnels. Grelle Lichtpunkte flammten vor seinen Augen auf.

Er hatte nur für wenige Augenblicke das Bewußtsein verloren. Doch als er wieder zu sich kam, war Fortune verschwunden.

»Fortune!« schrie er und eilte unbarmherzig weiter. »Fortune, bleib stehen! Warte auf mich!«

Die Bäume am südlichen Ende der Lichtung flammten unter der riesigen Feuerwalze auf, die über den Wald hinwegrollte und alles entzündete, was sich ihr in den Weg stellte. Es war hell wie bei Sonnenaufgang.

Grauenhafte Schreie gellten durch die Luft. Einige der Drachen brannten lichterloh. Diejenigen, die das Feuer noch nicht erreicht hatte, versuchten verzweifelt, sich in Sicherheit zu bringen, indem sie sich in die Lüfte hoben. Wild schlugen sie mit ihren Flügeln durch Rauch und Asche, die in den Himmel aufstiegen und die Nacht mit feuerfarbenen Wolken und glühenden Funken erfüllten. Sie stiegen höher, wandten dem Berg den Rücken zu und rasteten nicht eher, als bis sie den Feuersturm weit hinter sich gelassen hatten und die karge Erde unter ihnen den Flammen keine Nahrung mehr bot.

»Komm schon!« schrie Gossamer über das Brüllen des Feuersturms hinweg Velvet zu. Die Flammen unter ihnen waren weiß und wild und sahen aus, als stammten sie nicht von dieser Welt. »Du mußt schneller fliegen – wir dürfen den Anschluß zu den anderen nicht verlieren!«

»Ich versuch's ja«, keuchte Velvet und kämpfte gegen die vor Hitze flimmernde Luft.

Vor sich sah Gossamer ihren Bruder. Brace hatte sich hinter die Gruppe der anderen zurückfallen lassen und sah sich immer wieder um, um sicherzugehen, daß seine Schwester und ihre Begleiterin ihnen auch folgten.

»Wir müssen nicht mit ihnen fliegen, wenn wir nicht wollen«, stieß Velvet hervor.

»Ich fliege nicht mit ihnen«, korrigierte Gossamer. »Ich fliege mit Brace.«

Doch das Feuer hatte andere Pläne mit ihr.

Vor ihnen erhob sich ein Bergkamm, den die Flammen noch nicht erreicht hatten. Die anderen hatten den Kamm bereits überflogen, und nur Gossamer und Velvet kämpften noch gegen die aufsteigenden Winde, die ihnen von der anderen Seite des Berges her entgegenpeitschten. Erleichtert, daß sie wenigstens für einen Moment den Feuersturm überholt hatten, sahen sie nach unten. Von dort reckten sich ihnen hohe Fichten entgegen, als flehten sie verzweifelt um Rettung vor dem Schicksal, das ihrer harrte.

»Beeil dich«, drängte Gossamer, »wir dürfen die anderen nicht aus den Augen …«

Doch in dem Moment, in dem sie den Kamm erreichten, schlug ihnen das Feuer bereits entgegen. Die Flammen hatten sich weiter unten einen Weg um den Berg herum gesucht und breiteten sich jetzt an dem Hang jenseits des Kammes aus. Mit unglaublicher Geschwindigkeit fraßen sie sich den Abhang hinauf und loderten weit in den Himmel. Verzweifelt versuchten Gossamer und Velvet vorwärts zu kommen, doch die Feuerwand, die sich ihnen entgegenstellte, streckte gierig ihre weißen Flammen nach ihnen aus, um sie zu verschlingen.

Wie aus einem Mund schrien die beiden Drachen erschreckt auf. In der unvorstellbaren Hitze, die ihnen entgegenschlug, blieb ihnen nichts anderes übrig, als umzukehren. Erneut überflogen sie den lichterloh brennenden Wald und versuchten eine Passage durch die Feuerwalze zu finden. Unter ihnen zogen Heerscharen von Magiern in flügelförmigen Formationen tief über die Bäume hinweg. Wo sie auftauchten, stand der Wald in Flammen.

Das Feuer, das sie verbreiteten, war ein Feuer, das direkt aus dem *Reich* kam. Die Flammen waren schnell und intelligent. Sie verrichteten ihr Zerstörungswerk derart gründlich, daß nichts als Asche übrigblieb. Dann erstarben sie auf die gleiche unnatürliche Weise, wie sie entstanden waren.

Gossamer und Velvet flogen so niedrig wie nur eben möglich, in der wahnwitzigen Hoffnung, eine Stelle zu finden, an der die Flammen bereits erloschen waren. Sie mußten irgendwo landen, bevor die Hitze es ihnen unmöglich machte, weiterzufliegen.

Eine Zeitlang wartete Fortune in der Dunkelheit, während er angestrengt nach dem klickenden Geräusch lauschte, das Cumbers Klauen auf dem Felsboden verursachten. Doch er hörte nichts.

Sein Kopf war jetzt wieder klar, die Bilder vor seinen Augen nicht länger verschwommen. Vorher jedoch hatte er etwas gesehen, das ihm wie ein lang vergessener Traum vorgekommen war, wie die Vision einer Geschichte, die er früher einmal gehört hatte. Wenn er sich nur daran erinnern könnte ... Doch die Vision hatte sich in Nebel aufgelöst, und Fortune hatte sich plötzlich in die reale Welt zurückgeworfen gesehen, wachsamer als je zuvor, seit er den Berg betreten hatte. Er beschloß, auf Cumber zu warten.

Schließlich wurde er ungeduldig und begann, in die Richtung zurückzugehen, aus der er gekommen war. Er hatte nicht mehr als zehn Schritte gemacht, als er spürte, daß die

Luft um ihn herum schwerer wurde und irgend etwas ihn daran hinderte, weiterzugehen. Eine unsichtbare Barriere stellte sich ihm in den Weg, und je mehr er sich dagegenstemmte, desto unnachgiebiger wurde sie. Er ruhte sich einen Moment lang aus, um wieder zu Atem zu kommen, und versuchte dann noch einmal, sich mit aller Kraft hindurchzuzwängen, mußte aber schließlich aufgeben. Erschöpft ließ er sich auf den Boden fallen.

Auch sein letzter Versuch brachte ihn nicht weiter.

»Cumber!« rief er, erhielt jedoch keine Antwort.

Er war allein.

Plötzlich fiel ihm auf, daß es um ihn herum nicht vollkommen dunkel war, obwohl doch Cumber und sein Lichtzauber verschwunden waren. Er bemerkte ein schwaches Leuchten weit vor sich im Tunnel, ein blasses, blaues Licht, das wie eine sterbende Flamme flackerte. Und Fortune machte sich auf den Weg, um den Ursprung dieses Lichtes zu finden.

Der Gang, den er jetzt hinunterlief, war ganz anders als der, durch den er den Berg betreten hatte. Er führte auf und ab, wand sich mal in die eine, mal in die andere Richtung, wurde enger, dann wieder weiter. Und trotzdem sah Fortune immer das flackernde Licht vor sich, das ihn kreuz und quer durch den Berg zu führen schien. Zeit spielte für Fortune keine Rolle mehr. Für ihn zählte nur noch das Licht und das, was er finden würde, wenn er es einmal erreicht hätte.

Halcyon! dachte er aufgeregt, als der Tunnel plötzlich breiter wurde und sich vor ihm eine Höhle auftat. War dies der Saal, in dem der legendäre Anführer der Zauberdrachen seine Besucher empfing. Doch nein, am anderen Ende der Höhle ging der Tunnel weiter, und das blaue Licht flackerte einladend an der nächsten Biegung.

Während er durch die schwach erleuchteten Gänge lief, arbeitete Fortunes Verstand klar und scharf. Ihm fiel auf, daß die Intensität der Magie, die ihn umgab, nachgelassen hatte.

Anscheinend habe ich den magischen Verteidigungsgürtel hinter mir gelassen. Ich muß mich jetzt im Zentrum des Berges befinden!

Ein Haufen Findlinge versperrte ihm den Weg, doch Fortune schaffte die Steine beiseite, bis genug Raum vorhanden war, um auf die andere Seite der Barriere zu gelangen. Vor ihm verengte sich der Tunnel zu einem schmalen, senkrechten Schlitz, durch den gleißendes Licht drang.

Als Fortune sich durch den Spalt zwängte, spürte er eine unvorstellbare Hitze, die ihm die Haut zu verbrennen drohte. Flammen loderten vor ihm auf und trieben ihm Tränen in die Augen. Die Luft roch nach verbranntem Holz.

»Nein!« heulte er enttäuscht.

Er stand auf einem Felsvorsprung, der zum Wald hinausging. Um ihn herum schlugen Flammen in den Himmel. Er wirbelte herum, wollte zurück in den Tunnel, der ihn aus dem Berg gespuckt hatte. Doch es gab keinen Tunnel mehr, nur eine kahle Felswand.

Die Sterne über ihm schienen unendlich weit weg zu sein. Der Berg hatte ihn ausgestoßen.

Aber ich bin doch noch gar nicht am Ziel! Was ist mit meiner Mission? Was ist mit Halcyon?

Aus den Augenwinkeln bemerkte er einen dunklen Schatten, dessen Umrisse sich scharf gegen die weißen Flammen abhoben: ein Drache, der in einiger Entfernung am anderen Ende des Felsvorsprungs stand.

Ein Beben erschütterte den Fels über ihm. Fortune hob den Kopf und sah, daß sich ein riesiger, glühender Gesteinsbrocken voll glühender Baumreste aus dem Berg löste und auf ihn zustürzte. Er spürte, wie die Hitze ihm die Haut um Augen und Mund verbrannte, und kauerte sich in Erwartung seines Endes auf dem Sims zusammen.

In diesem Moment bewegte sich der andere Drache.

Cumber blieb nur wenig Zeit, um darüber nachzudenken, wie und warum er von Fortune getrennt worden war, denn schon bald spürte er, wie Magie von ihm Besitz ergriff.

Seinen Körper durchlief ein Zittern, als er in das *Reich* gezerrt wurde. Gefangene, heulende Tiergeister, schlugen mit ihren Krallen nach ihm und schleuderten ihren Zauber auf seine vorbeiwirbelnde, in ihrem Verständnis nicht wirkliche Gestalt. Diese eigenartige Reise dauerte kaum länger als einen Augenblick, war deswegen jedoch nicht weniger verwirrend.

Dann fand er sich plötzlich in einem großen, kugelförmig gewölbten Saal wieder, der aussah wie das dunkle Gegenstück zu Ordinals Höhle in Südkap. Vor ihm kauerte ein alter Drache, klein, schmächtig und schwarz.

Der Schwarze Drache!

Aber nein, bei näherem Hinsehen wurde rasch klar, daß es nicht Wraith sein konnte. Seine Schuppen glänzten nicht, sondern sahen eher wie verbrannte Rinde aus und hingen an seinem Körper, als ob einzig sie ihn noch zusammenhielten. Dieser Drache besaß nicht die furchterregende, ebenholzschwarze Schönheit des Meisters sondern die Düsternis unvorstellbar hohen Alters. Im Funkeln seiner Augen wetteiferten nicht Zorn und Ehrgeiz sondern Humor und Weisheit. Doch hinter diesem Blick erkannte Cumber unendliche Traurigkeit.

Die Haut des alten Drachen war dunkel und doch zugleich transparent, und Cumber lief ein Schauder über den Rükken, als er bemerkte, daß man durch sie hindurch die Adern, die Muskeln und Sehnen, sogar die Knochen sehen konnte.

Blaues Licht stieg von einer in den Boden eingelassenen magischen Scheibe in der Mitte der Höhle auf und warf tiefe Schatten auf das Gesicht des Alten, auf dem Cumber ein einladendes Lächeln zu erkennen glaubte. Als ob er seine Gedanken erraten hätte, nickte der Drache und begrüßte ihn. »Willkommen, Cumber.« Über den glänzenden Boden kam er auf ihn zu und bewegte sich mit einer Leichtigkeit, die Cumber an den graziösen, kraftvollen Gang Fortunes erinnerte. »Ich bin Mantle. Gut, womit soll ich anfangen?«

Das Schicksal – oder welche Macht des Zufalls in dieser Nacht auch immer am Werk sein mochte – veranlaßte Brace dazu, sich in genau dem Augenblick umzusehen, in dem das Flammenmeer über den Kamm schlug. Gossamer und

Velvet waren nichts weiter als winzige Punkte vor dem Hintergrund der in den Himmel ziehenden Rauchschwaden. Dann loderten plötzlich unmittelbar vor ihnen mit erschrekkender Brutalität riesige Flammenzungen auf und schnitten ihnen den Weg ab. Und im nächsten Augenblick war Gossamer verschwunden.

Unfähig, auch nur ein Wort zu sagen, nahm Brace den Kampf gegen die ihm entgegenschlagende Hitze auf und versuchte umzukehren, um seiner Schwester zu Hilfe zu eilen. Doch der brennend heiße Wind war stärker und stieß ihn wie einen Ball vor sich her. Verzweifelt und mit Tränen in den Augen trieb Brace ziellos durch die kochend heiße Luft.

Hoch über ihm tauchte ein Drache auf, der sich zu ihm gesellte und neben ihm herflog. Es war der Anführer der fremden Drachen, der sie zum Kampf gegen die Magier aufgefordert hatte.

»Meine Schwester!« schluchzte Brace.

»Es ist schrecklich, mit ansehen zu müssen, wie die eigene Familie verbrennt«, erwiderte der andere. Er sagte das mit fester, beinahe emotionsloser Stimme, doch gleichzeitig hatte Brace den Eindruck, als ob dieser Drache wußte, wovon er sprach.

»Doch du mußt nicht weiter tatenlos zusehen. Schließ dich uns an«, fuhr er fort, und Brace warf ihm einen forschenden Blick zu.

»Um Rache zu üben?« fragte er.

»Wenn es das ist, was du willst ...«

Bevor sie dem brennenden Wald den Rücken zukehrten und in hohem Bogen über das Feuer hinwegflogen, stellte der Fremde Brace noch eine letzte Frage. »Läßt du hier noch andere Freunde zurück?«

Einen Augenblick lang dachte Brace nach. »Nein«, antwortete er schließlich, »ich habe hier keine Freunde. Da war nur meine Schwester. Mein Name ist übrigens Brace.«

»In Ordnung. Wir müssen uns beeilen, denn wir haben noch einen weiten Weg vor uns. Ich heiße Wood.«

Kapitel 19

Die alten Drachen

»Aber was ist mit Fortune?« fragte Cumber unbeirrt, obwohl Mantle sich alle Mühe gab, ihn von diesem Thema abzubringen und seine Aufmerksamkeit auf das blaue Licht in der Mitte des Höhlenbodens zu lenken. So wie Ordinals Höhle war auch dies eine Grabkammer der Trolle. Von ihren Nischen in den Wänden herab schienen die alten Knochen sie geduldig zu beobachten.

»Also schön«, knurrte der alte Drache, kratzte sich ärgerlich mit einem seiner mageren Flügel die Flanke und runzelte die verhornte Stirn. »Dein Freund Fortune dürfte sich in Sicherheit befinden. Zumindest hat er den Berg unbeschadet verlassen. Darüber, was weiterhin mit ihm geschieht, habe ich allerdings keine Kontrolle.«

»Dann wurden wir also auf unserem Weg durch den Tunnel kontrolliert?« fragte Cumber, der entschlossen war, diesen Punkt weiter zu verfolgen. So sympathisch ihm dieser alte, weise Drache auch war, so wenig war er bereit, sich mit einfachen Antworten abspeisen zu lassen. Waren sie schließlich nicht um die halbe Welt gereist, um hierher zu kommen? Hatten sie nicht allein schon deshalb ein Recht auf ein paar Erklärungen? »Und was ist mit Halcyon? Welche Rolle spielst du in seinen Plänen? Wer bist du?«

Mantle stieß einen tiefen Seufzer aus.

»Du liebe Güte«, rief er aus. »Warst du wirklich der Beste, den Ordinal finden konnte?«

Cumber blinzelte verwirrt. Er öffnete den Mund, schloß ihn jedoch wieder, ohne ein Wort zu sagen, und beschränkte sich erneut aufs Blinzeln.

»Ich kann nur hoffen, daß du nicht so dumm bist, wie du im Moment aussiehst«, meinte Mantle spöttisch und rückte Cumber unangenehm nahe, während er sein Gesicht musterte.

Endlich fand Cumber die Sprache wieder. »Du hast Ordinal gekannt?« fragte er leise.

Mantle schüttelte den Kopf, scheinbar fassungslos über eine derart alberne Frage.

»Selbstverständlich kannte ich sie, junger Cumber«, erwiderte er übertrieben geduldig. »Sie war ein wundervoller Drache. Ich bin ihr zwar nie begegnet, aber wir hatten beide den gleichen Sinn für Humor.« Damit wandte er sich ab und schlurfte quer durch die Höhle.

Ordinal? Und dieser ... Mantle? Sinn für Humor?

Vorsichtig trat Cumber um die Scheibe aus blauem Licht herum und folgte seinem Gastgeber. Mantle machte sich an einer eigenartigen Vorrichtung in der Höhlenwand zu schaffen. Daneben, halb in den Fels eingebettet, lag ein großer Trollknochen, dessen graue Oberfläche mit der Zeit porös geworden war. In dem blauen Licht sah er merkwürdig lebendig aus, als ob er jeden Moment anfangen könne, sich zu bewegen.

»Du bist ihr nie begegnet?« fragte Cumber. »Du hast sie gekannt, aber bist ihr nie begegnet?«

So verrückt diese Vorstellung auch war, zweifelte Cumber doch nicht einen Augenblick daran, daß sie zutraf. Dafür sprach schon allein die Tatsache, daß dieser Mantle die gleiche Vorliebe für rätselhafte Andeutungen zu haben schien wie seine alte Lehrerin.

»Aber sicher«, antwortete der alte Drache und wandte sich zu Cumber um. »Wir waren zehn ... damals. Doch die Zeiten ändern sich.«

Cumber senkte den Kopf und versuchte, seinen wachsenden Unmut zu beherrschen. Als er den Blick wieder hob, hatte er den Eindruck, als ob sich über Mantles faltiges Gesicht ein Lächeln geschlichen hätte.

»Könntest du mir bitte einfach erklären, was hier vor sich geht?« fragte er mit mühsam unterdrückter Ungeduld.

»Mit dem größten Vergnügen«, sagte Mantle und strahlte ihn an. »Aber zunächst möchte ich dir etwas zeigen.«

Halcyon sandte seine Gedanken durch den Berg hinaus nach Covamere. Fast augenblicklich spürte er den ersten von fünf magischen Verteidigungsringen, die er zwischen sein Versteck im Zentrum des Berges und das Portal gelegt hatte. Wie erwartet war Wraith ohne große Mühen durch das Portal gedrungen, so daß ihn jetzt von Halcyon nur noch diese fünf inneren Schutzwälle trennten. Jeder einzelne von ihnen beherbergte ganz außergewöhnliche, überaus gefährliche Magie, und dennoch war keiner von ihnen unüberwindbar – vor allem nicht für einen Drachen wie Wraith. Daran, daß er die Schutzwälle zerstören und zu Halcyon – und damit zum Großen Labyrinth – vordringen würde, bestand nicht der geringste Zweifel. Fraglich war nur, wie lange er dafür brauchen würde.

Die Verteidigungsringe dienten einzig und allein dazu, Zeit zu gewinnen.

Es gab noch einen weiteren Faktor, der Wraiths Vordringen verzögern konnte. Wenn er davon ausging, daß ihn im Innern des Berges die Überlebenden von Halcyons Truppen erwarteten, mußte er langsam und besonders vorsichtig vorgehen. Es war ein riskantes Spiel, auf das Halcyon sich da einließ, aber zugleich seine letzte Chance.

Denn nur er und Mantle waren noch übrig.

Und nur er und Mantle wußten, wie schwach ihre Position in Wahrheit war. Selbstverständlich waren da noch die Drachen von ›Wraiths Bedrängnis‹, die der Schwarze Drache besiegt hatte und die auf rätselhafte Weise verschwunden waren …

Auch daran trägt das Große Labyrinth die Schuld. Verräterisch bis zum Schluß!

Doch Halcyons Blick reichte um einiges weiter als der Wraiths, und so konnte er Dinge sehen, die dem Schwarzen Drachen auf immer verborgen bleiben würden. Dinge, die man nicht wieder vergessen konnte, wenn man ihrer einmal ansichtig geworden war.

Und dann, dachte er abschließend, *ist da noch der Schläfer. Was er tun wird, sollte er jemals aufwachen, vermag ich nicht vorauszusehen, geschweige denn zu beeinflussen.*

So ließ der einsame, alte Halcyon seine Gedanken über den äußersten Verteidigungsring hinauswandern, der ihn bis jetzt vor der Armee des Schwarzen Drachen beschützt hatte, um sich das Werk der Zerstörungen anzusehen, das sein Gegner auf dem Schimmernden Berg vollbracht hatte.

Das hinterhältige Feuer, das von den Truppen des Schwarzen Drachen direkt aus dem *Reich* in die Wälder getragen worden war, hatte sich mit unglaublicher Geschwindigkeit verbreitet und dabei eine geradezu unnatürliche Hitze entwickelt. Der Waldgürtel, der den Berg umgeben hatte, war verbrannt. Als die ersten Sonnenstrahlen durch den wolkenverhangenen Himmel brachen, entdeckte Halcyon seinen Gegner und las in seinen Gedanken. Mit kalter Zufriedenheit ließ Wraith seinen Blick über die öde, schwarze Wüste aus Asche und qualmendem Holz schweifen. Hier gab es keinen Fluchtweg mehr für Halcyon, kein Versteck, keine Möglichkeit zum Rückzug. Nur an wenigen Stellen waren noch ein paar Bäume stehengeblieben, wo das Feuer auf Wraiths ausdrücklichen Befehl kleinere Waldbereiche verschont hatte. Doch der größte Teil des Waldes war vernichtet, mit brutaler Effektivität niedergemacht.

Halcyon spürte Wraiths Siegessicherheit, die durch den Zorn, der in dem Schwarzen Drachen brannte, noch verstärkt wurde. Wraith betrat wieder die Höhle des Portals und beriet sich mit dem Kommandanten jener Drachen, die dazu ausersehen waren, den ersten Ring der Magie zu erkunden. Sie stimmten darin überein, daß es mindestens vier, aber mit Sicherheit nicht mehr als sechs solcher Ringe gäbe.

»Pro Ring brauchen wir einen Tag – mindestens«, seufzte der Kommandant, der bereits jetzt erschöpft war. Das Aufspüren von Magie war eine anstrengende Arbeit, die noch dazu jederzeit tödlich enden konnte.

»Pro Ring einen Tag«, bestimmte Wraith und nahm den Drachen beim Wort. »Nicht mehr.«

Er war wütend, daß es so lange dauern würde, um Halcyons Verteidigungswälle zu durchbrechen. Doch tief in seinem Innern war er überzeugt davon, daß Halcyon ihm nicht mehr entkommen konnte. Wraith fühlte sich unbesiegbar. Und er war noch aus einem anderen Grund wütend, wie Halycon erfuhr, ohne sich der Tragweite dieser Tatsache bewußt zu sein: Insiss war verschwunden, so daß Wraith sich jetzt selbst mit den Befehlshabern niederen Ranges auseinandersetzen mußte.

Doch dann verwandelte sich sein Zorn in ein noch unheilvolleres Gefühl, und Halcyon spürte, daß Wraith Gefallen daran fand, direkt mit seinen Untergebenen zu sprechen, statt auf die Vermittlung dieser zwielichtigen Kreatur angewiesen zu sein. Seine Drachen arbeiteten hart für ihn, härter als je zuvor.

»Er bewegt sich!« rief Cumber, nachdem er den Knochen eine ganze Weile lang beobachtet hatte. Es war zwar nichts zu hören, aber die Bewegung war zu sehen; kaum wahrnehmbar, aber ganz eindeutig vorhanden.

»Er bewegt sich«, stimmte Mantle zu und betrachtete mit zusammengekniffenen Augen den Knochen. »Wie die anderen auch. Wie viele Dinge in diesen Tagen.«

»Aber was verursacht diese Bewegung?«

»Ah«, erwiderte Mantle. »Genau das ist die Frage. Willst du dich an einer Antwort versuchen?«

»Nun ja«, begann Cumber, der beweisen wollte, daß er kein dummer, junger Drache war, der nichts von der Welt verstand, »das ist der Knochen eines Trolls, soviel wissen wir. Er ist alt und schiebt sich scheinbar aus eigener Kraft in den Fels zurück. Hmm ...«

»Gut gemacht. Du hast beschrieben, was ohnehin offensichtlich ist. Ich dachte, du interessierst dich für das Warum.«

»Also gut, ich gebe auf. Warum bewegt er sich?«

»Ich weiß es nicht«, antwortete Mantle mit einer Fröhlichkeit, die Cumbers Geduld auf eine harte Probe stellte. Doch bevor Cumber etwas erwidern konnte, senkte der alte Drache in einer vertraulichen Geste den Kopf und zog seinen Besucher dicht an sich heran. »Höre mir jetzt gut zu, junger Cumber, denn ich habe nicht vor, mit dir meine Späße zu treiben. Es ist wahr, die genaue Ursache für dieses Phänomen kann ich dir nicht nennen, aber den größeren Zusammenhang kann ich dir erklären. Hat Ordinal dir je etwas davon erzählt, daß die Welt im Begriff steht, sich zu wandeln?«

»Ja, aber ...«

»Aber du hast nie verstanden, was sie damit gemeint hat? Also gut, dann werde ich es dir jetzt sagen – ich werde dir alles sagen, was ich weiß, denn es ist möglich, daß du auf Wahrheiten stoßen wirst, die selbst mir bislang verborgen geblieben sind.

Die Welt verändert sich, Cumber. Nimm zum Beispiel diese Knochen. Seit Jahrhunderten haben sie hier gelegen, tot und reglos, und jetzt beginnen sie, sich zu bewegen. Sie ziehen sich in den Fels zurück, graben sich selbst ein, bis sie eines Tages ganz verschwunden und unauffindbar sein werden. Doch das ist noch nicht alles, denn indem sie sich bewegen, altern sie auch. Auch ihre Vergangenheit gerät in Bewegung. Die Vergangenheit selbst verändert sich.«

»Das verstehe ich nicht.«

»Diese Knochen«, fuhr Mantle mit wachsender Erregung fort, »sind die Knochen von Trollen, nun aber werden sie zu etwas gänzlich anderem. Sie verwandeln sich in die Knochen von Lebewesen, die wir, die unsere Welt nie gekannt hat. Die neue Welt dagegen wird sie kennen. Die Trolle waren alt – Tausende von Jahren alt – doch diese neuen Lebewesen werden noch viel älter sein – sie werden Millionen von Jahren alt sein. Kannst du dir das vorstellen?«

Cumber schüttelte stumm den Kopf, während er versuchte, sich auszumalen, was das für Lebewesen sein mochten, die älter und fremder als Trolle sein sollten. Und gleichzeitig erleuchteten die ersten Strahlen dieser Offenbarung seinen Geist.

Die Welt verändert sich, dachte er fasziniert.

»Verstehst du«, fuhr Mantle mit seiner Erklärung fort, »die Trolle waren magische Wesen. In den alten Zeiten, als unsere Welt gerade erst entstanden war, waren alle Lebewesen magisch, und daran hat sich Jahrtausende lang nichts geändert. Vor ein paar Generationen tauchten dann die erdgeborenen Lebewesen auf, und die Magier, die die Zeichen zu deuten wußten, erkannten, daß die Welt sich zu verändern begann, daß sie sich von der Magie abwandte und eine neue Richtung einschlug.«

»Dann stirbt die Magie?« platzte es aus Cumber heraus. »Deshalb wird es also immer schwerer, den Zauber zu beherrschen, deshalb sind die Trolle ausgestorben, und deshalb verfallen die Magier dem Wahnsinn ...«

»Es ist schwer, das Warum der Dinge zu ergründen«, warnte Mantle, während er konzentriert in das blaue Licht auf dem Boden starrte. »Doch vieles verändert sich, wenn die Welt sich verändert. Und vieles stirbt.«

»Ich verstehe«, sagte Cumber. »Ich glaube, ich verstehe endlich, was vor sich geht!«

»Nichts verstehst du!« herrschte Mantle ihn plötzlich ärgerlich an. Cumber wich ein paar Schritte zurück, erschrocken über diesen überraschenden Stimmungswechsel des Alten. »Noch verstehst du gar nichts! Aber bald wirst du die Zusammenhänge begreifen, dafür werde ich sorgen!«

Cumber bemerkte, daß er unbeabsichtigt in die Nähe der Lichtscheibe geraten war. Er blieb stehen und warf einen nervösen Blick über die Schulter auf die blauweiße Glut und dann zurück zu Mantle. In dem kalten Licht sah das wütende Gesicht des Alten geradezu diabolisch aus.

Doch dann entspannte Mantle sich plötzlich wieder.

»Oh«, seufzte er, »vielleicht ist das alles ja auch ganz einfach. Verstehst du, von Zeit zu Zeit wandelt sich die Welt, sie kehrt sich um, so wie du und ich uns ab und zu im Schlaf auf die andere Seite drehen. Es wäre sogar denkbar, daß die Welt schläft, obwohl ich nicht die geringste Ahnung habe, was passieren würde, sollte sie einmal aufwachen.« Er kicherte, als ob ihn dieser Gedanke amüsierte, und fuhr fort: »Wenn sie sich wandelt, wandelt sich alles mit ihr. Die letzte Wandlung hatte die Geburt der magischen Lebewesen zur Folge, und die nächste Wandlung, die unmittelbar bevorsteht, wird ...«

»... ihren Tod zur Folge haben?« ergänzte Cumber mit zitternder Stimme.

»Möglich. Es muß nicht zwangsläufig dazu kommen,

doch ... möglich wäre es. Wenn nicht sogar wahrscheinlich. Aber wir müssen uns eine entscheidende Tatsache vor Augen halten: daß es nämlich immer und unter allen Umständen eine Möglichkeit gibt, das Unheil abzuwenden. Man muß sie nur erkennen.«

»Dann gibt es also eine Möglichkeit, die Magie zu retten?«

»Die Magie retten?« rief Mantle entrüstet aus, als ob dieser Gedanke lächerlich wäre. »Die Magie retten ... junger Cumber, wenn die Magie alles wäre, was wir retten müssen, könnten wir uns glücklich schätzen. Die Welt beginnt ihren Wandel ohne unser Zutun, aus einem kosmischen Reflex heraus, dessen Ursprung wir nicht kennen. Doch sie kann ihn nicht ohne fremde Hilfe vollenden. Nur durch positive Einflußnahme kann sie dazu gebracht werden, sich vollkommen umzukehren.

Und die Welt muß sich vollkommen umkehren, andernfalls zerstört sie sich selbst.«

Halcyons Gedanken verließen Mantles Höhle, in der sie Zeuge der Unterweisung Cumbers gewesen waren. Irgend etwas in Wraith hatte sich verändert, und diese Veränderung schien Halcyon beachtenswert.

Wraith war zu dem kleinen Waldstück am unteren Ende von Covamere geflogen, dessen Verschonung durch die Flammen er angeordnet hatte. Es war das Wäldchen, in dem einst die Zirafaen gelebt hatten. Als Wraith es erreichte, hatte er den Gedanken an Insiss bereits aus seinem Kopf verbannt. Das Wissen, daß die Maschinerie seiner Armee perfekt funktionierte, ließ ihn seinen Ärger vergessen. Sein Ziel war in Sicht, das Ende seiner Suche zum Greifen nahe. Der Sieg war ihm sicher. Er gehörte ihm. Allein ihm. Und in eben diesem Moment ging eine Veränderung mit Wraith vor, seine Stimmung änderte sich abrupt.

Der Schwarze Drache empfindet Angst!

Das war eine Neuigkeit, die Halcyon nicht eben ungelegen kam, auch wenn diese Schwäche seinen Gegner noch unberechenbarer machte. Wraiths Angst speiste sich aus den Geistern, deren Gegenwart in diesem Waldstück zu spüren war – beziehungsweise aus der Vergangenheit, die sie repräsentierten.

»Zuviel Geschichte«, sagte der Schwarze Drache laut zu sich selbst und schaute in die Morgendämmerung. »Zu viele Drachen.«

Er hatte Angst vor der Vergangenheit, das war ganz offensichtlich. Doch wie paßte das zu der Skrupellosigkeit und Brutalität, mit der er seinen Feldzug gegen Halcyon führte?

Verletzter Drache, dachte Halycon nicht ohne eine gewisse Verachtung. *Das Große Labyrinth hatte dich bei der Kehle gepackt, Wraith, und es bedurfte eines Erdgeborenen, um dich aus seinen Klauen zu befreien. Außer dir, mir selbst und dem alten Mantle lebt kein Drache mehr, der sich an diesen Tag erinnern könnte. Einzig wir kennen noch die Geschichte des in seiner Ehre verletzten Drachen.*

War es dieser Teil seiner eigenen Vergangenheit, der dem Schwarzen Drachen Angst einjagte?

So kurz vor dem Wandel war alles möglich.

Dann waren da noch Mantle und dieser Fremde, den Ordinal geschickt hatte. Der junge Drache begriff schnell, was Mantle ihm eröffnete. Das war gut so, er schien stark zu sein. Ordinal hatte eine ausgezeichnete Wahl getroffen.

Doch warum hat sie auch den Erdgeborenen geschickt? War es klug gewesen, ihn zurückzuweisen?

Einen Augenblick lang fragte Halcyon sich, ob er sich nicht vielleicht gründlicher mit der Rolle hätte auseinandersetzen müssen, die Mantle in all dem spielte. Ursprünglich war er mit der Aufteilung der Verantwortung einverstanden gewesen, denn schließlich war Halcyons Aufgabe weitaus schwieriger. Ihm oblag die Verteidigung des Berges gegen Wraith und seine Truppen. Aber jetzt kamen ihm Zweifel ... Hätte er sich nicht doch ausführlicher mit diesen beiden Fremden befassen müssen?

Nein. Auch das Leistungsvermögen eines Drachen war begrenzt, und selbst Halcyon war schließlich nur ein Drache. Es lag in Mantles Verantwortungsbereich, Cumber in das Innere des Berges zu lassen und seinen Kameraden, den

Erdgeborenen, wieder hinaus ins Feuer zu schicken. Dies waren harte Zeiten, die harte Entscheidungen erforderten, und Halcyon vertraute darauf, daß Mantles Entscheidungen weise waren.

Die Zukunft würde zeigen, ob sein Vertrauen gerechtfertigt war.

»Bevor ich dir sage, was du zu tun hast«, begann Mantle in ernstem Tonfall, »möchte ich dir das hier zeigen.«

»Ein beleuchteter Boden?« erwiderte Cumber und konnte sich kaum ein abfälliges Grinsen verkneifen. »Wie ... hübsch.«

»Mach dich nicht lustig über mich! Soll ich glauben, daß Ordinal es versäumt hat, dir Respekt vor einem Älteren beizubringen, junger Cumber?«

»Ist ja schon gut, ich entschuldige mich. Aber sag mir endlich, was du von mir willst. Ich muß Fortune finden, mich davon überzeugen, daß er in Ordnung ist.«

»Wen? Ach richtig, deinen erdgeborenen Freund. Ich bin sicher, dafür bleibt auch später noch genug Zeit. Zunächst jedoch ...«

Schon während Mantle an ihm vorüber zur gegenüberliegenden Wand der Höhle ging, spürte Cumber, daß das *Reich* im Hintergrund seines Schädels lauerte wie ein wildes Tier, das ihn angesprungen hatte und nun keuchend, mit weit aufgerissenem Rachen auf seine Beute wartete. Cumber verschloß seinen Geist vor diesem Bild, während ihm gleichzeitig bewußt wurde, daß beständig winzige Rinnsale von Magie aus seinem eigenen Zauberpotential abflossen. Das *Reich* kochte und rauchte in seiner unstillbaren Gier.

Mantle war inzwischen bei der mysteriösen Vorrichtung in der Wand neben dem Trollknochen angekommen, an der er sich schon vorher zu schaffen gemacht hatte, und drückte seine rechte Flügelspitze dagegen. Es war ein viereckiger Felsvorsprung, unscheinbar und grau und doch ganz offensichtlich so voller magischer Kraft, daß über seine Oberfläche unzählige winzige Blitze zuckten. An den Stellen, an denen sie Mantles Haut berührten, ließen sie seine grauen Schuppen in hellem Rot aufleuchten.

Als Cumber sich nach dem blauen Licht umsah, bemerkte er, daß die leuchtende Scheibe sich allmählich öffnete.

Wie ein Auge schob sie sich auf, das Feuer wich immer weiter zurück und gab den Blick auf einen dunkel flackernden Spalt von unvorstellbarer Tiefe frei. Dann kroch das Licht über den Rand des Spaltes und sandte blaue Flammen in die Leere hinunter. Cumber rang nach Luft und krallte sich an der Schwelle zu diesem Abgrund im Boden fest. Schwindel packte ihn und drohte, ihn in die Dunkelheit zu ziehen.

In seinem Kopf stöhnte das *Reich* und versuchte, ihn in den Spalt zu stoßen.

Cumber wollte sich abwenden, konnte es aber nicht. Der Spalt mit den senkrecht in die Tiefe führenden blauen Lichtstrahlen, die sich in der Dunkelheit verloren, hypnotisierte ihn, rief nach ihm, zerrte an ihm, während das *Reich* ihn gleichzeitig voranstieß. Er begann zu fallen, fiel immer weiter …

»Ganz ruhig, Cumber!« lachte Mantle, packte den jungen Drachen bei den Beinen und zog ihn von dem Spalt weg. »Wir sollten lieber ein bißchen Abstand halten, nicht wahr?«

Cumber hörte, wie das Licht donnernd in den Spalt hinabfuhr, und er spürte den Schmerz in seinem Kopf, als das *Reich* versuchte, sich einen Weg durch ihn hindurch zu bahnen, um in den Abgrund vorzudringen.

Und du weißt, was auf dem Grunde dieses Spaltes wartet, nicht wahr, Cumber? dachte er verzweifelt.

»Ist das …?« Die Worte brannten wie Feuer in seinem Rachen.

»… das, was du glaubst?« vollendete Mantle den Satz. »Ja. Was du hier siehst, ist der einzige Zugang zur größten Herausforderung, der sich ein Drache stellen kann. Es ist der Eingang zum Großen Labyrinth von Covamere.«

Nur mit Mühe und unter Qualen gelang es Cumber endlich, den Blick von dem blauen Licht abzuwenden und Mantle anzusehen.

»Dann bist du ...« flüsterte er.

»Ich bin Mantle, der Hüter des Labyrinths.«

Er wandte sich wieder der Vorrichtung in der Wand zu, streckte einen Flügel aus, und bevor Cumber sich versah, hatte sich das Loch im Boden wieder geschlossen. Es herrschte vollkommene Stille, doch Cumbers Ohren dröhnten, während die Kräfte des Labyrinths und die des *Reichs* sich wieder zurückzogen.

Zitternd fiel Cumber zu Boden.

»Hab keine Angst«, flüsterte Mantle und legte tröstend einen Flügel um ihn. »Du brauchst das Labyrinth nicht zu betreten. Aber etwas anderes kannst du für mich tun. Jetzt ist der richtige Zeitpunkt gekommen, um dir deine eigentliche Aufgabe zuzuweisen. Doch ich muß mich beeilen, denn es wird Zeit, daß du dich auf den Weg machst.«

Aus Cumbers Verhalten beim Anblick des Großen Labyrinths konnte Halcyon noch nicht allzuviel schließen. Die meisten Drachen reagierten so beim ersten Mal. Erst die wiederholte Konfrontation zeigte, ob einer von ihnen die notwendigen Fähigkeiten besaß, sich dem Labyrinth zu stellen.

Andererseits hatte Mantle in diesem Punkt natürlich recht gehabt. Keiner würde je wieder das Labyrinth betreten müssen. Keiner – bis auf einen einzigen.

Jetzt, da Mantle auf ein Ende der Unterredung mit Cumber drängte, zog Halcyon sich endgültig aus seiner Höhle zurück. Bald würde Cumber mit der Hilfe der Alten Erdgeister den Berg verlassen, um seine Aufgabe zu erfüllen. Was er zu tun hatte, war relativ einfach, aber dennoch von fundamentaler Bedeutung: ein weiteres Steinchen in dem großen Mosaik.

Aber würde einer von ihnen je in der Lage sein, das Gesamtbild zu erkennen? Halcyon bezweifelte es.

Einzig der Schläfer kann vielleicht so weit in die Zukunft voraussehen, sollte er jemals erwachen. Aber wenn er es tut, ist unter Umständen alles in Gefahr, was Ordinal, Mantle und ich so sorgfältig geplant haben.

Halcyon senkte den Kopf. Er fühlte sich unendlich müde. Bald, so hoffte er, würde das alles ein Ende haben. Sehr bald.

Er sah zur Decke seiner dunklen Höhle auf und trat in den Tunnel, den die Bergbewohner als Fluchtweg für ihn vorbereitet hatten und den Wraith nie finden würde.

Zu verborgen ist dieser Weg für seinen zornigen Blick, dachte er befriedigt, während er durch den Felsen glitt und sich vor ihm Räume öffneten, die eine sanfte, lebendige Magie geschaffen hatte.

Nicht Zauber des Feuers, sondern Zauber der Erde. Nun, ich kann nicht leugnen, daß mir das gefällt!

Immer höher drang Halcyon – nicht um zu fliehen, denn noch bevor der Morgen graute, würde er in sein Gefängnis zurückkehren, ohne jede Hoffnung auf Flucht. Immer höher stieg er im Innern des Berges auf. Bald würde Mantle zu ihm stoßen, und gemeinsam mit den Erdgeistern würden sie versuchen, die Antworten zu finden, nach denen sie bisher vergeblich gesucht hatten.

Es blieb nur noch wenig Zeit, doch vielleicht würden die Steine ihnen die Erkenntnisse liefern, die sie so dringend benötigten.

Kapitel 20

Am Gipfel

Die Magie der Erde unterscheidet sich in vielerlei Hinsicht von der des Feuers. Sie ist ohne jeden Zweifel schwächer, aber zugleich ist sie auch gütiger. Während die Magie des Feuers Gegensätze schafft, ist das Ziel der Erdmagie die Ergänzung; wo erstere entfacht, wirkt letztere begütigend. Die Magie des Feuers bringt nur allzuleicht den Tod, dagegen steht im Zentrum der Magie der Erde immer das Leben.

Dies alles wußten Halcyon und Mantle, und sie setzten ihre Hoffnungen darauf, mit Hilfe der Magie der Erde die

Wandlung derart beeinflussen zu können, daß die Richtung, in die die Welt in Zukunft steuern würde, nicht die des Todes, sondern die des Lebens war.

Doch das Risiko war groß, und von der Aussicht auf Erfolg waren sie beide nicht wirklich überzeugt.

Eine schwache Magie: die Magie der Erde. Sie ist so zerbrechlich, daß selbst der Lauf der Zeit ihre Wirkung beeinflussen kann. Die längsten Tage des Jahres dehnen ihren Einfluß aus, die kürzesten dagegen beschneiden ihn. Die Zeiten, in denen sie am mächtigsten ist, sind die magischen Stunden zwischen Tag und Nacht, wenn sich Licht und Dunkelheit noch unentschieden gegenüberstehen und so zwischen ihnen ein Raum entsteht, in dem der reinste, sanfteste Zauber Platz hat.

Schwache Magie, zerbrechlicher Zauber.

Aber *schön*.

Das Versprechen der Morgendämmerung umschmeichelte den Schimmernden Berg.

Der Gipfel des Berges, dessen zerklüfteter, jedoch regelmäßig geformter Kegel eine imposante, alles überragende Höhe erreichte, bildete nicht einen Krater, sondern ein Plateau.

Die Aussicht von hier oben war einmalig. Im Norden gingen die Ausläufer des Gebirges in die farblose Wüste und das weit in der Ferne liegende Grün des Kernlandes über. Nach Süden hin erstreckte sich die schwarze Ödnis der Verletzten Berge in all ihrer tristen Schönheit bis an den Horizont. Im Osten lagen die großen Seen und die zerklüfteten Kämme der Eisspitzen, während im Westen, hinter gewaltigen Klippen, das Meer leuchtete.

All das hätte ein Beobachter auf dem Gipfel des Berges sehen, schmecken und riechen können; und all das hätte sich vor ihm in seiner einmaligen Schönheit ausgebreitet wie Edelsteine auf dem Samtkissen der Landschaft.

Doch jetzt, da sich diese lange Nacht ihrem Ende näherte, bot die Aussicht vom Gipfel des Berges ein anderes Bild.

Noch immer lagen in der Ferne die so gegensätzlichen Landschaften, aus denen sich die Welt zusammensetzte, doch im Zwielicht der drohenden Dämmerung sahen sie kalt und tot aus. Der Wald hatte sich in Asche verwandelt, hier und da loderten noch immer einzelne Flammen in dem hoffnungslosen Versuch auf, das Feuer noch einmal zu entfachen. Rauchfahnen verloren sich in der Weite des Himmels. Es herrschte eine Stille wie am Abgrund des Todes. Und der Berg sah noch kälter und abweisender aus als sonst.

Der Gipfel war kahl und weiß, ewiges Eis verbarg den schwarzen Fels. Die Luft war dünn und kalt.

Wolken zogen am düsteren Nachthimmel auf, schoben sich vor die Sterne und gewannen den Wettlauf gegen die ersten Strahlen der Sonne. Und doch war da ein Licht. Es war nicht das Licht der Morgendämmerung – noch nicht –, sondern ein magisches Leuchten, das sich wie ein Ring um den Gipfel legte: eine Folge von kleinen Blitzen, die kurz unter dem Eis aufflackerten, um gleich darauf wieder zu erlöschen. Der Kreis jedoch, den sie beschrieben hatten, war weiterhin zu erkennen, denn überall dort, wo die Lichtpunkte aufgeflackert waren, schoben sich kleine Steine aus dem Berg. Sie waren nicht größer als Kiesel, die in den verschiedensten Farben leuchteten, doch zusammen bildeten sie ein Mosaik, dessen Rot-, Braun- und Blautöne sich auf dem Eis wie ein zerbrochener Regenbogen ausnahmen.

Geräuschlos schob sich der Steinzirkel aus dem Eis, während in seiner Mitte die Drachen dem Berg entstiegen.

Es war eine Reise, die Mantle nur selten unternahm, die ihn gleichwohl jedesmal mit Demut erfüllte. Denn jene Wesen, die sie ihm ermöglichten, setzen weniger Stärke als vielmehr ihre erstaunlichen Fähigkeiten ein. Die Magie der Erde, die die Erdgeister hervorbrachten, war schwach, wurde aber von ihnen derart umsichtig und genau gehandhabt, daß ihre Schwäche nicht ins Gewicht fiel. Im Vergleich dazu waren

Mantles eigene magische Fertigkeiten, gleich ob es sich um Feuer- oder Erdzauber handelte, geradezu primitiv. Fast schämte er sich seiner eigenen Brutalität.

Doch er war nicht wirklich brutal, es erschien ihm nur so, weil die Erdgeister so außerordentlich sanft waren.

Während er in die kalte, dünne Luft des Gipfels heraustrat, dachte Mantle über die Begegnung mit Cumber nach. Er hatte dem Jüngling deutlich gemacht, was er von ihm erwartete, und er war überzeugt davon, daß der junge Magier seine Aufgabe weisungsgemäß ausführen würde. Der Anblick des Großen Labyrinthes hatte Cumber Angst gemacht, aber so etwas war schließlich zu erwarten gewesen.

Wo liegt also das Problem?

So sehr er sich auch bemühte, er wurde das ungute Gefühl nicht los, das sich seiner bemächtigt hatte, seit er sich von Cumber verabschiedet hatte. Er bereute es, sich den Erdgeborenen nicht näher angesehen zu haben, bevor er ihn aus dem Berg geführt hatte. Andererseits war es nie Teil des Planes gewesen, zwei Drachen auszusenden. Was Ordinal sich dabei gedacht haben mochte, Cumber einen Erdgeborenen an die Seite zu stellen, konnte er sich beim besten Willen nicht vorstellen. Und abgesehen davon waren die vor ihnen liegenden Aufgaben ohnehin nur von Magiern zu bewältigen, das hieß von ihm selbst, Halcyon und, in Vertretung Ordinals, von Cumber.

Und Wraith selbstverständlich. Wir dürfen nicht vergessen, welche Rolle er bei all dem spielt.

Wie Halcyon konnte auch Mantle sich noch an Wraith und seine schmachvolle Niederlage erinnern. Der Tag, an dem zwei Drachen aus dem Großen Labyrinth getreten waren, war für ihn in der Tat ein denkwürdiger Tag gewesen. Denn schließlich war er erst kurz zuvor von Halcyon zum Hüter des Labyrinths ernannt worden und folglich noch so etwas wie ein Neuling. Die Art und Weise, wie er mit der Situation umgegangen war, indem er den Erdgeborenen zunächst festgehalten und Wraith auf der Stelle fortgeschickt hatte, trug ihm Respekt und Anerkennung ein und hatte ihm schließlich zu seinem Sitz im Geheimen Rat verholfen.

Zehn Drachen hatten zu jenem Rat gehört, die sich durch nichts anderes auszeichneten als ihr hohes Alter. Nicht alle besaßen das gleiche Maß an Weisheit, doch das machte ihre Zusammentreffen um so interessanter, und die Entscheidungen, die sie gemeinsam fällten, waren im allgemeinen wohl durchdacht und richtig. Schon damals war Halcyon ihr Anführer gewesen, und Mantle hatte die Gespräche genossen, die er mit ihm, Ordinal, Foreth, Reciter, Archan und all den anderen Mitgliedern des Rates durch die bloße Verschmelzung ihrer Gedanken geführt hatte.

Doch über die Jahre hinweg waren sie fast alle gestorben. Zumindest nahm Mantle an, daß sie tot waren, als es ihm nicht mehr gelang, mentale Kontakte zu ihnen herzustellen. Von Zeit zu Zeit hatten andere Drachen an den Treffen teilgenommen, doch jetzt waren auch sie verschwunden. Selbst Ordinal lebte nun nicht mehr. Nur er und Halcyon waren noch übriggeblieben.

Wäre er weniger bescheiden gewesen, hätte Mantle sich vielleicht eingestanden, daß er derjenige war, der Halcyon in den letzten Jahren aufrechterhalten hatte, daß er ihm die Kraft gegeben hatte, die nötig war, um die Last zu tragen, die zu bewältigen Halcyon nie für sein Schicksal gehalten hatte.

Und jetzt hatte er Halcyon hierher gebracht. Unbemerkt von Wraith hatte er ihn mit der Hilfe der Erdgeister durch den Berg zum Gipfel hinaufgeführt. Wie verzaubertes Wasser flossen ihre Körper durch den Felsen, um schließlich aus dem Gipfel hervorzutreten, in der Mitte dieses normalerweise unsichtbaren Steinzirkels, der nur sichtbar wurde, wenn eine ungewöhnliche Situation den magischen Kraftaufwand lohnte.

Wenn der Rat zusammengerufen werden mußte.

Oder wenn Welten vor dem Wandel standen.

Zwei magische Drachen wurden durch das Eis gehoben und behutsam auf seiner spiegelnden Oberfläche niedergesetzt. Dort standen sie und erwarteten die Ankunft ihrer Gastgeber, der Alten Erdgeister, der Schöpfer des Ringes, die die Freundlichen genannt wurden.

Die beiden Drachen schwiegen, während sie warteten. Dicht aneinandergeschmiegt standen sie da, sicherlich auch, um sich vor der beißenden Kälte zu schützen, die hier oben auf dem Berg herrschte. Doch jeder Drache, der sie aus der Ferne beobachtete, hätte erkannt, daß darüber hinaus eine tiefere Verbindung zwischen diesen beiden Magiern bestand. Denn es war offensichtlich, daß der eine dem anderen Halt gab.

Es war Mantle, der aufrecht stehend der Kälte trotzte und Halcyons Körper stützte, so wie er seinen Geist in den langen, verzweifelten Jahren des Niedergangs gestützt hatte. Alt, zu alt waren sie beide geworden, doch Mantle war es gelungen, sich etwas von seiner ursprünglichen Kraft und seinem Feuer zu bewahren. Halcyon war noch immer mächtig – erschreckend mächtig sogar, dachte Mantle –, doch er war müde. Noch immer verfügte er über außerordentliche magische Fähigkeiten.

Selbst jetzt noch arbeitet er an der Vervollkommnung der Verteidigungsringe, führt er Wraith in die Irre und schützt das Große Labyrinth, rief Mantle sich in Erinnerung.

Doch wie lange konnte er das noch durchhalten?

Das Eis unter ihren Füßen erzitterte, und Mantle spürte, wie Halcyon sein Gewicht verlagerte und den Flügel, mit dem er sich auf seine Schulter gestützt hatte, wegzog. Als Mantle sich zu ihm umsah, bemerkte er ein Leuchten in den wäßrigen Augen des alten Führers.

Am Himmel über ihnen zogen Wolken auf, doch auf dem Gipfel regte sich nichts. Nichts störte die Stille, bis ... bis das Eis erneut erzitterte und ein kaum wahrnehmbarer, blasser Lichtstrahl aus der Mitte des Kreises zu einem der Steine am Rande schoß.

Der Stein saugte das Licht auf und begann, langsam aber stetig größer zu werden, als wüchse er aus dem Boden. Dann waren weitere Lichtstrahlen zu erkennen, die sich auf die anderen Steine ausrichteten. Auch sie wurden immer größer und streckten sich dem wolkenverhangenen Himmel entgegen, bis sie die Köpfe der Drachen überragten. Wie

Wächter umstanden sie die Magier in ihrer Mitte und beobachteten sie.

Das Eis im Zentrum des Kreises teilte sich, und ihm entstiegen die Feen. Mantle hielt den Atem an.

Wie gefrierender Schnee kristallisierten sich ihre Gestalten vor seinen Augen scheinbar aus dem Nichts. Die Feen waren ätherische Wesen, Geister, die normalerweise so unsichtbar waren wie Luft. Nur sehr selten, wenn sie zu ihren alle hundert Jahre stattfindenden Ratssitzungen zusammentrafen oder in Zeiten, in denen außerordentliche Umstände sie dazu drängten, nahmen sie körperliche Gestalt an und umgaben ihr rein spirituelles Selbst mit einer sichtbaren, körperlichen Hülle.

Und in der Tat war eine Zeit angebrochen, in der außerordentliche Umstände das Geschehen bestimmten.

Viele Jahre waren vergangen, seit Mantle die Feen das letzte Mal gesehen hatte, und er hatte vergessen, wie schön sie waren. Keuchend sog er die kalte Luft ein, erschrocken über den Anblick der Alten Erdgeister.

Es waren dreizehn, beinahe konnte man sie nicht voneinander unterscheiden, so ähnlich sahen sie sich. Groß und schlank waren sie, mit ausgeprägten Gesichtszügen und langen und ausdrucksvollen Gliedern. Die Magie der Erde, mit deren Hilfe sie diese Körper geformt hatten, glühte in ihnen und band sie an das Eis, auch wenn sie nicht auf ihm standen, sondern über ihm schwebten. Aus den schmalen, spitzen Gesichtern blickten große, traurige Augen, und aus ihren Rücken wuchsen flügelähnliche Gebilde, leicht und durchsichtig wie vom Tau benetzte Spinnweben: der Hort ihrer Magie.

Während sie auf die Drachen zuschwebten, stiegen winzige Eiskristalle zu ihren tanzenden Gestalten auf, als habe die Erde die Feen nur widerwillig freigegeben und fordere sie zur Rückkehr auf, so sehr liebte sie diese Wesen.

Mantle wußte, welche Anstrengung es die Feen gekostet hatte, nicht nur ihn und Halcyon durch den Berg auf den Gipfel zu bringen, sondern auch sich selbst, und er empfand Demut in ihrer Gegenwart.

Doch werden sie helfen können?

Er mußte sich eingestehen, daß er nicht daran glaubte. Aber er wollte es zumindest versuchen.

»Seid gegrüßt.« Er sprach leise, aus Furcht, daß diese zerbrechlichen Wesen bereits beim Klang seiner Stimme zerspringen könnten wie Eiskristalle.

»Wir heißen dich herzlich willkommen, Mantle«, erwiderte die Anführerin der Feen, und auch ihre Stimme war kaum mehr als ein Flüstern. Sie faltete die schlanken Hände vor der Brust und neigte den Kopf zur Seite. Ein betörendes Lächeln erhellte ihr trauriges Gesicht. »Und auch dich, Halcyon.«

»Er ist schwach«, sagte Mantle und wies mit einem Kopfnicken auf seinen Begleiter. »Ich werde versuchen, für uns beide zu sprechen, wenn ihr erlaubt.«

»Wir verstehen«, erwiderte die Fee. »Halcyon gibt viel von seiner Kraft, während wir miteinander reden, ich fühle es. Der Schwarze ist mächtig, und selbst das Feuer Halcyons kann ihn nur in die Irre leiten. Aufhalten kann ihn dagegen nichts, so scheint es.«

»So scheint es«, stimmte Mantle zu.

Zufrieden, daß Mantle und die Erdgeister miteinander sprachen, schloß Halcyon die Augen. Denn selbst hier oben spürte er noch Wraiths Versuche, die Schutzschichten des Berges zu durchdringen, die Magie zu enträtseln, die Halcyon mit dem Fels verwoben und in den Gängen ausgelegt hatte. Je weiter Wraith vordrang, desto größer wurden Halcyons Anstrengungen, den Schutz aufrechtzuerhalten. Beständig verstärkte er die magischen Verteidigungsringe und änderte seine Strategien, um den Gegner in die Irre zu führen. Wie lange er allerdings noch in der Lage war, das Labyrinth zu schützen, wußte er nicht. Im Grunde genommen wußte er nicht einmal genau, warum er es tat. Er wußte nur, daß er es tun mußte.

»Der Schwarze Drache muß so lange wie möglich aufgehalten werden«, flüsterte er, bevor er in einen leichten Schlaf fiel. »Das Labyrinth muß beschützt werden, bis der Mond wieder voll ist. Was dann passiert … vermag niemand zu sagen.«

Die Fee neigte den Kopf, während ihre Begleiterinnen sich in einem Halbkreis hinter ihr aufstellten. Mantle fiel auf, daß deren Körper noch durchsichtiger wirkten als der ihrer Anführerin. Sie hielten die Augen fest geschlossen. Er wußte, daß sie sich an dem Gespräch nicht beteiligen würden, sie waren einzig zur Unterstützung ihrer Anführerin hier. Die Magie aller würde sich zusammenschließen, um der einen die Kraft zu geben, die sie brauchte, um mit ihm in dieser körperlichen Form zu sprechen. Und Mantle zweifelte nicht daran, daß sie zugleich in gedanklicher Verbindung mit ihr standen und so an der Unterredung teilnahmen.

»Uns bleibt nur noch wenig Zeit bis zur Morgendämmerung«, begann die Fee. »Außerdem läßt sich ohnehin nicht viel sagen.«

»Vielleicht«, gab Mantle zu. »Könnt ihr uns helfen?«

Die Fee seufzte. Ihr Atem kondensierte zu einer kleinen Wolke, die in der Nacht verschwand. Mit unverhohlenem Gefallen sah die Fee ihr nach.

»Welche Schönheit liegt in der Welt der Körper!« rief sie aus, und ihre Stimme klang wie das Licht der Sonne in der Dunkelheit. Dann bemerkte sie, daß Mantle sie ansah, und hob eine Hand vor das Gesicht. »Ich weiß, es ist ungewöhnlich, daß ein Erdgeist so etwas sagt«, fügte sie verschämt hinzu, als wäre Mantle Zeuge von etwas geworden, das kein Drache je erfahren durfte.

»Veränderungen?« fragte Mantle behutsam.

»Veränderungen«, bestätigte die Fee. »Nicht nur in die Welt der Drachen dringt das Natürliche ein.«

Auf ihrem Gesicht lagen Stolz und unendliche Trauer, während sie das Kinn hob und die Arme weit ausbreitete, um ihre Gestalt Mantles Blicken preiszugeben. Ihr eigener Schmerz spiegelte sich in den Augen des Drachen wider, als dieser erkannte, daß ihr Körper unter der durchscheinenden Haut begonnen hatte, Gestalt anzunehmen. Spitzes Gebein preßte gegen das blasse Fleisch, Schädelknochen drohten die fließenden Konturen ihres Kopfes zu verzerren. Unter der flüchtigen Hülle wuchs ein natürliches, erdgeborenes Lebewesen.

»Jedesmal, wenn wir uns selbst sichtbar machen, wird es ein wenig stärker«, klagte sie und wies mit der Hand auf ihre Gestalt. »Diese neuen Körper lasten schwer auf unserem Geist, lange werden wir unsere Magie nicht mehr erhalten können. Neue Feen sind in die Welt getreten, Mantle, erdgeborene Feen, und sie sind nicht als Freunde gekommen.«

»Ich hoffe nur, daß ihr nicht gegen sie kämpfen werdet, wie wir gegen unsere Vettern kämpfen«, erwiderte Mantle, den diese Neuigkeiten zwar betrübten, aber nicht überraschten. Doch die Fee schüttelte den Kopf.

»Ich vertraue darauf, daß sie uns fürchten werden«, sagte sie leise. »Und beneiden. Doch wir? Wir werden mit der Zeit vergehen, uns allmählich auflösen. Alle Dinge vergehen mit der Zeit.«

»Werdet ihr selbst euch auch in Erdgeborene verwandeln?« fragte Mantle so behutsam wie möglich. Das Skelett war nicht nur unter der zarten Haut der Anführerin deutlich sichtbar, sondern auch bei den anderen Feen. Und dennoch schien sie sich nicht damit abfinden zu wollen. Sie schüttelte den Kopf.

»Nie wieder werde ich sichtbare Gestalt annehmen«, sagte sie. »Noch werden diese meine Schwestern es tun. Mantle, du bist Zeuge des letzten Treffens unserer Geschlechter. Fortan werden wir unsichtbar bleiben, denn nehmen wir auch nur noch ein einziges Mal noch Gestalt an, so bleiben wir in diesen Körpern gefangen und verlieren nicht nur unsere Magie, sondern auch unsere Hoffnung auf Unsterblichkeit. Wenn wir auch vielleicht eines Tages als Geister vergehen, so sind wir doch frei. Und uns bleibt die Magie – zumindest eine gewisse Zeit lang.«

»Eine gewisse Zeit lang«, bestätigte Mantle. Er holte tief Luft, ehe er fortfuhr. »Doch unser Treffen heute nacht hat einen bestimmten Grund, und da du die Magie erwähnst, erlaube ich mir, ebenfalls davon zu sprechen. Durch mich bittet das Feuer die Erde, das Grobe das Feine, der Bringer des Todes den Bringer des Lebens. Die Welt wandelt sich. Als Hüter des Feuers ist es die Aufgabe der Drachen, den Wandel zu vollenden, gleich welche Folgen er haben wird. Denn wenn wir es nicht tun, wird das Schlimmste eintreten. Könnt ihr uns bei dieser Aufgabe helfen? Erkennt ihr etwas, das wir übersehen haben?«

Ein schmaler Streifen blassen Lichtes durchbrach die Wolkendecke und verwandelte das Schwarz der Nacht zunächst in ein dunkles Braun und dann in Gold. Das Licht der Morgendämmerung wurde von dem Eis auf dem Gipfel zurückgeworfen und spiegelte sich in den Augen der Fee.

»Bitte«, drängte Mantle.

Die Fee schloß ihre leuchtenden Augen und dachte lange über Mantles Worte nach. Dann öffnete sie die Lider und sah ihn an. »Verstreut in der ganzen Welt, haben unsere Freunde vieles getan, was dir nutzlos vorkommen mag. Doch selbst unbedeutende Kleinigkeiten vermögen etwas zu bewirken, wenn – wie in der heutigen Nacht – der Verlauf der Geschichte auf Messers Schneide steht. Unsere Freunde haben Zirkel geschaffen, und diese Zirkel werden von Nutzen sein, wenn sich der Wandel vollzieht. Unterschätze nicht die Macht der Erde, Mantle, noch die der Steine. Du hast bereits einen anderen ausgesandt, den Steinen des Berges die gebührende Aufmerksamkeit zu schenken. Das ist gut. Aber übersieh nicht leichtfertig die Macht, die vom Natürlichen und von allen Erdgeborenen ausgeht, denn ein jeder wird seine Rolle zu spielen haben, bevor der Mond wieder voll ist. Jeder.

Doch was die Hilfe angeht, um die du mich bittest, so weißt du bereits, daß wir sie dir nicht gewähren können. Das Kommende liegt allein in der Verantwortung der Drachen, Mantle, denn unsere Zeit ist schon lange vorüber, wie auch die eure eines Tages vorüber sein wird. Erfüllt eure Aufgabe sorgsam, vollendet den Wandel. Einzig dadurch werdet ihr euch in das Gedächtnis kommender Generationen einschreiben, falls es in der Zukunft noch jemanden geben wird, der des Erinnerns fähig ist.«

Schon erhellten die ersten Strahlen der Sonne den Himmel. In diesem Licht sahen die Feen noch zerbrechlicher und dünner aus. Es war, als lösten sie sich bereits auf.

»Wir müssen zurückkehren«, flüsterte ihre Anführerin. »Kommt mit uns, oder der Schwarze Drache wird eure Abwesenheit bemerken.«

Gehorsam trat Mantle zurück in die Mitte des Zirkels, während er gleichzeitig den schläfrigen Halcyon vor sich her schob. Die Magie der Feen hatte es ihnen ermöglicht, ihr Gefängnis im Innern des Berges zu verlassen, und nur diese Magie konnte sie dorthin zurückbringen, ohne daß Wraith etwas davon merkte.

Er spürte, wie der sanfte Zauber sie fortzog, sie wegbrachte von dem immer heller werdenden Himmel und der eisig kalten Luft. Er warf einen letzten Blick nach oben und sah, daß die Wolken sich teilten. Es begann zu schneien. Silberne Schneeflocken, so schneidend scharf wie der Winter, dessen Vorboten sie waren, bedeckten den Gipfel und begruben die Steine des Zirkels unter sich. Die Feen und die Drachen zogen sich in das Innere des Berges zurück, während der Schnee ihre Spuren unter seiner weißen Decke verschwinden ließ.

Weiter unten, an den Hängen des Berges, verglühten die letzten Feuer und verwandelten sich in weiße Asche, während alle Lebewesen erschrocken zum Himmel aufsahen. Denn obgleich der Lauf der Monde ihnen sagte, daß der Sommer kaum vorüber war, erzählte der Himmel eine ganz andere Geschichte. Eine Geschichte, die in einem fernen, kalten Land begonnen hatte, das sich Vergangenheit nannte und deren Ausgang niemand kannte.

Zu früh war der Winter über die Welt gekommen, und kein Wesen, ob erdgeboren oder von magischer Herkunft, konnte mit Sicherheit sagen, ob es je wieder Frühling werden würde.

TEIL 4

WINTER

Kapitel 21

Erwachen

Einst hatte er einen Namen gehabt.

Einst hatte er vieles gehabt: die Gesellschaft seiner unsterblichen Brüder, die Zitadelle, die sie aus dem Fels gehauen und dann verlassen hatten ... All das war vor langer Zeit gewesen. Jetzt schlief er nur noch.

Alte Erinnerungen – die frühesten und ältesten – überschwemmten seine Träume. Früher wie heute gebar das Urlicht Welten, und er hatte ihrer Entstehung immer fasziniert beigewohnt.

Die Ewigkeit ist lang, viele Welten entstehen und vergehen in dieser unermeßlichen Zeitspanne. Die Faszination weicht der Langeweile und endlich der Verzweiflung. Der Verzweiflung der Unsterblichen, daß sie alles gesehen haben müssen, bevor sie selbst sterben dürfen. Falls sie je sterben.

Der Schläfer, einer der Unsterblichen, hatte schon eine Ewigkeit gelebt und würde bis in alle Ewigkeit weiterleben. Als das Wissen darum schließlich seine Sinne betäubt und seine Gedanken gelähmt hatte, schlug er den einzigen Weg ein, der ihm noch offenstand, den Weg, den auch seine fünf Brüder lange vor ihm gewählt hatten, sobald ihnen klargeworden war, daß die Ewigkeit alles zerfrißt und zersetzt. Und daß die einzige Rettung darin besteht, sich von allem abzuwenden.

Und dennoch, selbst während er schlief, entrann er nicht dem Fluch, der auf seiner Unsterblichkeit lag, denn die Ewigkeit drang selbst noch in seine Träume ein. Welten entstanden und vergingen, Welten erstarrten und zerfielen. Welten verwandelten sich, sie kehrten sich um.

In seinen Träumen spürte er, wie sein Geist seinen Körper immer wieder mit Leben erfüllte. In vielen Gestalten hatte er schon gelebt, und jedesmal, wenn er den Tod nahen fühlte, hatte schon ein neuer, junger Körper bereit gestanden, um seine müde, schmerzende Seele aufzunehmen. Sollte es ein

Wesen geben, das für diesen Fluch, diese ewige Wiederauferstehung verantwortlich war? Der Schläfer wußte es nicht, obwohl er jahrtausendelang die Erde bereist hatte auf der Suche nach einem solchen Gott. Er wußte, was er tun würde, sollte er diesem Gott im Laufe seines nicht enden wollenden Lebens jemals begegnen. Eines schnellen Todes würde er ihn ganz gewiß nicht sterben lassen.

Doch in all den Leben, die er in den verschiedensten Körpern geführt hatte, Körper, die sich sämtlich darin glichen, daß sie geschlechtslos, stark und voll der Magie waren, in all den Jahren, in denen er durch viele Welten gereist war, hatte er keinen Gott gefunden, an dem er sich für sein Schicksal hätte rächen können.

Jetzt träumte er nur noch von diesen Reisen, und im Traum durchlebte er noch einmal die Enttäuschung über die Erfolglosigkeit seiner Suche, die am Ende jeder dieser Reisen gestanden hatte ... während er in seiner magischen Höhle tief unter dem Berg schlief. Der Schläfer hatte sich schließlich unter dem Alptraum seiner Existenz begraben und sich vor der Welt verschlossen. Äonen waren vergangen, und die Wände der Höhle waren immer stärker geworden, während die Magie von der Welt Besitz ergriffen und ihren Lauf bestimmt hatte.

Die Macht der Magie war größer geworden und mit ihr, in ihrem Kern, auch das Große Labyrinth. Unbeeinflußt davon hatte der Schläfer weitergeträumt. Doch seit einiger Zeit war die Magie nicht mehr nur gewachsen – sie hatte auch begonnen, sich zu bewegen.

Langsam zunächst, doch dann immer schneller, bis sie mit atemberaubender Geschwindigkeit durch die Welt jagte, während die Drachen sie für ihre Zwecke mißbrauchten. Das Große Labyrinth war der Anker, der die Magie an sich band, und dennoch hatten die Drachen sie aus den Tiefen des Berges hervorgeholt und nun sogar mit ihrer Hilfe Barrikaden und Schutzwälle aufgebaut, die den Fels durchschnitten ...

Der Zauber, der den Schläfer in seiner Höhle umgab, war nicht länger ein ruhiges Leuchten, sondern das Zucken von

Blitzen; Blitzen, die eine Handschrift trugen, die Handschrift eines Drachen: Halcyon.

Halcyon tauchte von Zeit zu Zeit in seinen Träumen auf, denn er war einer der wenigen Drachen, die so lange gelebt hatten, daß der Schläfer sie seiner, wenn auch flüchtigen, Aufmerksamkeit für würdig erachtete. Doch seine Magie allein reichte noch nicht aus, um den Schläfer aufzuwecken, selbst wenn sie inzwischen an seinem reglosen Körper vorbeijagte wie ein Wasserfall, gefangen in einem schmalen Felsspalt.

Um ihn aufzuwecken, bedurfte es eines noch weitaus größeren Ereignisses.

Eines gefährlichen Ereignisses.

Halcyon hatte gewagt, was vor ihm noch kein Drache gewagt hatte. Nicht nur, daß er seine Magie in die Höhle des Schläfers gelenkt hatte, er besaß sogar den Mut, oder sollte man besser sagen, die Dummheit, noch einen Schritt weiterzugehen.

Er hatte den Zauber auf den Schläfer selbst konzentriert.

Wie eine Linse verstärkte der Unsterbliche Halcyons Magie, der er unwillkürlich auch seine eigene hinzufügte, und warf sie in wilden, ungeheuerlichen Konfigurationen zurück in den Berg. Den derart intensivierten, um des Schläfers alte Magie bereicherten Zauber bannte Halcyon dann wieder, um ihn für seine Verteidigungsanlagen zu nutzen. Denn Wraith konnte den Zauber zwar spüren, seinen Ursprung aber nicht exakt bestimmen.

Schließlich war er dieser Form von Magie noch nie zuvor begegnet. Wie sollte er also wissen, woher sie rührte?

Die Risiken, die Halycon mit diesem Experiment einging, konnte er nicht vollständig überblicken. Doch ihm war klar, daß sie beträchtlich waren. Er konnte nur hoffen, daß der Schläfer niemals aufwachte.

Was aber passieren würde, wenn er es dennoch tat, ging über alle Vorstellungskraft hinaus.

Mit unverminderter Kraft floß Halcyons Zauber durch den Berg und wurde doch Stück für Stück von Wraith und seinen Drachen entschärft.

Versteckt im Strom dieser Magie träumte der Schläfer.

Bis …

Tief im Innern des Schimmernden Berges, weit unten im Fels, hoben sich die Lider über einem Paar silberner, ausdrucksloser Augen, die seit Äonen geschlossen gewesen waren. Umgeben von Magie, gebannt durch den Zauber eines Drachen, der den kläglichen Versuch unternommen hatte, den Berg zu schützen, schlug er die Augen auf.

Tief im Innern des Berges, an der Schwelle zum Großen Labyrinth, erwachte der Basilisk.

Fortune spürte ein dumpfes Brennen in seiner linken Seite. Er hatte die Augen geschlossen, trotzdem fühlte er intuitiv, daß sich neben ihm etwas bewegte und ein Schatten auf ihn fiel. Er hatte die Lider geschlossen. Noch immer fuhren grelle Lichtblitze durch seine Augen und bereiteten ihm höllische Schmerzen.

Er öffnete die Augen.

Ein Drache beugte sich über ihn. Riesig … eine schwarze Silhouette vor dem blendend weißen Himmel … ein Erdgeborener. Die Feststellung erleichterte ihn.

»Geht es dir besser?« fragte der Drache mit tiefer Stimme und breitete seine Flügel aus. »Bewege dich nicht, ich hole etwas Wasser.«

Er entschwand Fortunes Blicken. Schon bald jedoch kehrte er mit einem großen Blatt zurück, das er wie eine Schale zwischen den Klauen hielt.

»Langsam«, murmelte er, während er Fortune behutsam das Wasser einflößte. »Ist das einzige Blatt, das weit und breit zu finden war. Trink langsam.«

Das Wasser brannte so eisig kalt in Fortunes Kehle wie das Licht in seine Augen stach. Der Fremde hockte sich neben ihn auf den Felsvorsprung. Er war ein sehr großer Drache mit hellen, leuchtenden Augen unter dem dunklen, knochigen Brauenbogen. Sein Panzer war fast schwarz, doch je länger Fortune ihn ansah, desto heller wurde er. Schließlich, als sich seine Augen an das gleißende Licht gewöhnt hatten, erkannte Fortune, daß auf dem Panzer des Fremden Schnee lag. Es schneite!

»Mein Name ist Tallow«, sagte der Drache bedächtig, als ob jedes Wort dieses Satzes wohlüberlegt sein müßte. »Ich freue mich, daß es dir wieder besser geht. Du wirst dich schon bald ganz erholt haben.«

Er sagte das mit erstaunlicher Sicherheit, als ob jeder Gedanke, erst einmal geäußert, wahr wurde, und Fortune empfand auf der Stelle Zuneigung für ihn.

»Wo bin ich?« fragte er aufgeregt. »Wie lange habe ich ...?«

Doch Tallow brachte ihn zum Schweigen, indem er ihm noch einen Schluck Wasser gab.

»Ich werde auf all deine Fragen antworten. Erst mußt du dich aber beruhigen. Wie heißt du?«

»Cumber!« schrie Fortune, dem plötzlich der Freund einfiel.

Tallow runzelte die Stirn und dachte einen Moment lang schweigend nach.

»Das ist ein merkwürdiger Name für einen Erdgeborenen«, bemerkte er schließlich, während er einen mißtrauischen Blick auf die Felswand hinter ihnen warf.

»Was? Nein, tut mir leid, ich heiße Fortune. Cumber ist der Name meines Freundes. Hast du ihn gesehen?«

»Ich habe nur dich gesehen«, erwiderte Tallow und drehte sich wieder argwöhnisch zu der Felswand um.

»Oh!«

In der darauffolgenden Stille musterte Fortune Tallow eingehender. Er war in der Tat ein riesiger Drache, mehr als doppelt so groß wie Fortune, trotzdem wohlgestaltet und schlank. In dem breiten Gesicht leuchteten intelligente Augen, und seine Flügel, die von der gleichen mattbraunen Farbe waren wie der übrige Körper, sahen stark und geübt aus. Fortune besah sich den Fremden so genau er konnte, denn schon bald würde er unter der Schneedecke verschwunden sein, die sich auf seinen Körper legte.

Furchteinflößend und trotzdem nicht feindselig, dachte Fortune und war froh über seine Gesellschaft.

Er versuchte, den Kopf zu heben, doch der Schmerz, der dabei seine Flanke durchfuhr, ließ ihn aufheulen. Eine Schicht Schnee rutschte von seinem Rücken und fiel neben ihm zu Boden.

»Du solltest lieber noch eine Weile ruhig liegenbleiben«, ermahnte Tallow ihn fürsorglich. »Nach einem Tag Ruhe wirst du wieder kräftig genug sein, um zu fliegen.«

Vorsichtig bewegte Fortune die Muskeln im Brustkorb und den Flügeln und spürte, daß seine Schultern verspannt waren.

»Mach dir keine Sorgen, du bist bald wieder hergestellt«, versicherte Tallow. »An deiner linken Flanke wird eine Narbe zurückbleiben, und die Membranen des linken Flügels sind auch verletzt. Du bist vielleicht nicht mehr ganz so hübsch wie vorher, aber du wirst wieder gesund.« Ein Lächeln glitt über sein Gesicht, und Fortune konnte sich vorstellen, daß dieses ernste, ehrliche Gesicht nicht allzuoft eine derartige Freundlichkeit ausstrahlte. Um so mehr fühlte er sich durch dieses seltene Geschenk geehrt.

Zugleich kam die Erschöpfung, und mit ihr überfiel ihn ein Gefühl unendlich tiefer Trauer.

»Ich habe gesehen, wie du aus dem Berg gekommen bist«, entfuhr es Tallow unvermittelt. Betreten blickte er zu Boden. »Mir persönlich macht das nichts aus«, fuhr er eilig fort. »Es ist nur ... wenn ich du wäre, würde ich das für mich behalten. Andere könnten es mißverstehen.«

»Du meinst, Erdgeborene könnten es mißverstehen?« fragte Fortune lächelnd.

»Ja, so ähnlich«, murmelte Tallow und wandte sich verlegen ab.»Selbstverständlich ist das deine Entscheidung, aber die meisten Erdgeborenen haben nicht besonders viel für die Magier übrig. Und wenn du ihnen erzählst, daß du im Berg der Magier warst, schaffst du dir damit keine Freunde.« Diese Sätze hatte Tallow sehr schnell gesprochen, dann zuckte er die Achseln und fuhr wieder langsamer fort. »Mir macht das nichts aus. Ich hege keinen Zorn, weder gegen die einen noch die anderen.«

Fortune seufzte. Während er immer größeren Respekt für

diesen Fels von einem Drachen empfand, kroch zugleich das Gefühl tiefster Erschöpfung durch jede Pore seines schmerzenden Körpers. Es war kalt, sehr kalt.

»Sie sind auch nur Drachen, Tallow«, sagte er.

»Mich mußt du nicht überzeugen, Fortune«, erwiderte Tallow.

»Wer sagt, daß ich überhaupt jemanden überzeugen muß?«

»Nun, du wirst wissen, was du tust.«

»Ich wußte nicht einmal, daß es schon Winter ist«, flüsterte Fortune elend, nachdem er einen Augenblick geschwiegen hatte. »Könnte ich vielleicht noch etwas Wasser bekommen?«

Der große Drache breitete seine Schwingen aus und schüttelte mit einem einzigen Flügelschlag den Schnee von ihnen. Dann trat er an die Kante des Felssimses und erhob sich in das dichte Schneegestöber. Seiner Größe zum Trotz bewegte er sich mit graziöser Leichtigkeit und ließ den Flug zu dem kleinen Teich, den er weit unten im Tal entdeckt hatte, mühelos erscheinen.

Erschöpft sank Fortune wieder zurück auf den Boden. Nicht weit von ihm türmten sich die Steine, Bäume und Büsche, die in einer gewaltigen Lawine genau in dem Moment hinuntergestürzt waren, als er aus dem Berg getreten war – durch einen Tunnel, der jetzt verschwunden war. Von den Bäumen war nichts übriggeblieben als ein Haufen verkohlter Holzreste und Asche, halb verborgen unter einer dünnen Schneedecke. Fortune fröstelte bei dem Gedanken, was aus ihm geworden wäre, hätte Tallow ihn nicht gerettet.

Hat er mich mit seinem eigenen Körper geschützt oder unter den Trümmern hervorgezogen?

Aber diese Frage war nicht wichtig. Tallow hatte ihm das Leben gerettet, und im Moment war er genau der Drache, den Fortune jetzt an seiner Seite brauchte: stark, geschickt und klug.

Denn ich habe keine Energien mehr. Ich habe meine Stärke verloren!

Heiße Tränen schossen ihm in die Augen, als er sich der Erkenntnis stellte, daß er alles verloren hatte, alles, wofür er gekämpft hatte. Sie rannen ihm über die Wangen und ließen die winzigen Schneekristalle schmelzen, die auf seinem Gesicht lagen.

Er war allein, seine Mission war fehlgeschlagen, und er mußte befürchten, daß seine Freunde tot waren.

Der verwüstete Wald erinnerte ihn an das Feuer, das Südkap vernichtet hatte, nur daß die Zerstörung hier noch verheerender war. Er mochte sich nicht vorstellen, wie viele Erdgeborene in den Flammen umgekommen waren, noch konnte er begreifen, welche teuflischen Pläne des Schwarzen Drachen dieses Fegefeuer rechtfertigten.

Aber in Aethers Zitadelle war er doch nicht aufs Töten aus gewesen. Warum also wollte er hier alles Leben vernichten?

Anders als Tallow, dessen tolerante Haltung gegenüber den Magiern sicherlich untypisch war, würden die Erdgeborenen, die dem Feuer entkommen waren, auf Rache sinnen und nach dem Blut des Gegners schreien. Und wer konnte es ihnen verdenken?

Auch hier würde also der Krieg toben.

»Aber das macht ihn nicht gerechter«, murmelte Fortune leise. »Das Kämpfen muß ein Ende haben.«

Überrascht stellte er fest, daß seine Tränen bereits getrocknet waren. Denn trotz des furchtbaren Schmerzes, den er im Innern fühlte, trotz der Trauer über den Verlust der Freunde und das Fehlschlagen seiner Mission, fragte er sich bereits, ob nicht neue Aufgaben vor ihm lagen, neue Missionen auf ihn warteten. Das Wichtigste war allerdings zunächst, das Schicksal seiner Freunde aufzuklären. Und dafür benötigte er Unterstützung.

»Du glaubst, daß ich heute abend wieder fliegen kann?« fragte Fortune, als der große Drache mit frischem Wasser zurückkehrte.

Tallow nickte langsam, während er sich auf dem Sims niederließ und den jungen Drachen neugierig ansah. »Wo könnten sich die Erdgeborenen verstecken, die das Feuer überlebt haben?« wollte Fortune wissen.

Skeptisch runzelte Tallow die Stirn. Fortune hatte den Eindruck, als läge die Ursache seines Schweigens weniger darin, daß er auf diese Frage keine Antwort wußte. Tallow schien vielmehr zu zögern, einem Fremden sein Wissen anzuvertrauen.

»Also gut«, sagte er schließlich mit eigenartig gepreßter Stimme. »Ich werde dich zu dem Ort bringen, an den sie geflohen sind. Doch erst einmal müssen wir von diesem Sims wegkommen«, verkündete er. »Der Schnee wird uns umbringen, wenn wir noch länger hierbleiben. In der Nähe der Stelle, an der ich das Wasser gefunden habe, gibt es eine Höhle. Dort werden wir bis zum Abend in Sicherheit sein. Es ist nicht weit, der Flug dürfte dir keine allzugroßen Schwierigkeiten bereiten.«

»Worauf warten wir dann noch?« Vorsichtig begann Fortune seine Flügel zu strecken und verzog gequält das Gesicht, als er spürte, wie steif sie waren. »Flieg voran, Tallow.«

»Mit dem größten Vergnügen«, erwiderte der große Drache und grinste über das ganze Gesicht.

Den ganzen Tag über schneite es. Die Höhle bot ihnen einen recht guten Schutz vor den Patrouillen der Magier. Trotzdem wagte Tallow sich von Zeit zu Zeit hinaus, um den Flug von Wraiths Drachen zu beobachten. Schneewehen türmten sich vor dem Eingang der Höhle, doch noch drohten sie nicht, diesen vollständig zu versperren. Bevor dies der Fall war, würden die beiden die Höhle schon wieder verlassen haben. Selbst hier, wo der Wind sie nicht erreichte, war es eisig kalt, und Fortune, der sich eigentlich hätte ausruhen sollen, mußte immer wieder in der Höhle auf und ab gehen, um sich aufzuwärmen.

»Der Himmel ist voll von ihnen«, verkündete Tallow, als er von einer seiner Erkundungstouren zurückkam. »Es wird nicht leicht werden, an den Patrouillen vorbeizukommen. Die Nacht ist unsere einzige Chance. Und wenn wir Glück haben, wird es dann immer noch schneien.«

»Wenn wir Glück haben?« fragte Fortune verwundert.

»Ja«, erwiderte Tallow, ohne die Miene zu verziehen. »Bei deinem Namen sollte uns das nicht allzu schwerfallen.«

Die Stunden vergingen nur langsam. Fortune erzählte Tallow ein wenig von seiner Mission. Doch obwohl er dem großen Drachen vertraute, enthüllte er ihm vorsichtshalber nicht alle Einzelheiten seiner Geschichte. In der Höhle fühlte er sich zwar einigermaßen sicher, aber zugleich spürte er, daß in seinem Rücken eine Gefahr lauerte, als ob etwas hinter ihm saß, ihn am Schwanz zupfte und wieder verschwand, bevor er sich umdrehen konnte. Etwas, das aus dem Berg kam.

Es war ein unangenehmes Gefühl, daß der Berg auf diese eigenartige, verstörende Art und Weise gegenwärtig war. Zugleich hatte es zur Folge, daß er in seiner Unterhaltung mit Tallow zurückhaltend blieb, als fürchtete er, dieses unsichtbare Etwas könne ihn belauschen und das, was er sagte, zu seinen Ungunsten verwenden.

Glücklicherweise bemerkte Tallow von all dem nichts, und selbst wenn er es tat, schien es ihm gleichgültig zu sein. Obwohl er sehr langsam sprach, erwies er sich als ein talentierter Geschichtenerzähler, als Fortune ihn zu seiner Vergangenheit und zu dem Leben befragte, das die Erdgeborenen hier, in den Wäldern des Schimmernden Berges führten, beziehungsweise geführt hatten.

»Es war ein Abenteuer«, resümierte Tallow. »Unser Leben war eine einzige große Reise ohne Anfang und Ende – wenn man mal von den offensichtlichen Gegebenheiten wie Geburt und Tod absieht.«

»Heißt das, daß ihr um den Berg herumgewandert seid? Immer im Kreis?« fragte Fortune verwundert.

Tallow nickte. Fortune konnte nicht wissen, daß der große Drache für gewöhnlich nicht so gesprächig und erst recht nicht so eloquent war. Doch wie so viele andere hatte auch er in der letzten Nacht einen entscheidenden Wendepunkt in seinem Leben erreicht. Alles, was ihm noch verblieben war, waren Erinnerungen. Er mußte Worte für diese Erinnerungen finden, bevor sie verblaßten, doch das war nicht einfach.

»Mit jedem Wechsel der Jahreszeiten lösten wir unser Lager auf und zogen weiter. Weil wir immer im Wald blieben, kamen wir regelmäßig wieder an alte Lagerstellen zurück. In der Zwischenzeit hatte sich der Boden erholt und bot wieder genug Nahrung. Der Wald hier ist groß ...«, er zögerte einen Moment, »... ich meine, er war groß. War ein gutes Leben. Als wir noch zu viert waren ...« Diesmal dauerte sein Schweigen länger, und in seinen Augen lag tiefer Schmerz. »Nur zwei von uns sind übriggeblieben. Volley und ich.«

»Was ist passiert?« fragte Fortune leise.

Seit Jahren, so lange er denken konnte, waren er und Volley mit zwei anderen jungen Drachen unterwegs gewesen. Alle vier hatten sie die Freiheit genossen, die ihnen ihr Nomadendasein bot. Ihr Leben war ein einziges, langes Abenteuer gewesen. Es gab einen unter ihnen, zu dem die anderen aufsahen. Weft. Weft war derjenige, der immer wieder neue Ideen hatte, der ihnen vorschlug, was sie als nächstes unternehmen sollten. Ihre Abenteuer waren in Wahrheit *Wefts* Abenteuer. Er war nicht im eigentlichen Sinne ihr Anführer, es war nur einfach so, daß ohne ihn kaum etwas zu passieren schien.

»Er war ein feiner Drache«, seufzte Tallow und lächelte traurig. »Ich vermisse ihn.«

Wefts Begeisterungsfähigkeit hatte keine Grenzen gekannt. Er liebte die Gefahr und das Risiko, und er war in der Lage, nur um des Nervenkitzels willen durch den schwersten Sturm zu fliegen. Gemeinsam mit dem jüngsten Mitglied der Gruppe, Piper, hatten sie weite Teile des Waldes erkundet, doch Weft war immer darauf aus, noch mehr zu entdecken, bis ihn schließlich ein besonders verwegener Gedanke vollkommen gefangengenommen hatte. Er wollte in einen der verbotenen Waldstreifen vordringen.

»Verbotene Waldstreifen?« warf Fortune ein, der gefesselt Tallows Geschichte lauschte, auch wenn er bereits ahnte, welchen Ausgang sie nehmen würde. Hatte nicht auch er der Versuchung nachgegeben, in verbotene Bereiche einzudringen, damals in Südkap? Hatte nicht seine eigene Neugier ihn in die unterirdischen Höhlen der Magier und schließlich hierher geführt? Kannte nicht auch er die Lust an dem großen Abenteuer? Schon jetzt spürte er, daß dieser Weft ihm nicht fremd war und er ihn mochte.

»Das sind Bereiche des Waldes, die die Magier abgeteilt haben«, erklärte Tallow. »Es weiß zwar niemand, warum, aber jedem Erdgeborenen ist klar, daß er sie nicht betreten darf. Es gibt eine Menge Gerüchte darüber. Du weißt schon, diese Art von Geschichten, die man nachts den Kindern erzählt, um ihnen Angst zu machen.«

»Ich weiß genau, was du meinst«, erwiderte Fortune lächelnd. »Solche Geschichten habe ich früher oft zu hören bekommen.«

»Hmm«, überlegte Tallow und unterbrach seinen Gedankengang, um sein Gegenüber zu betrachten. »Ich glaube, daß du inzwischen selbst ein paar solcher Geschichten zum besten geben könntest, Fortune.«

Dann fuhr er in seiner Erzählung fort.

Um die Grenzen zu den verbotenen Waldstreifen zu markieren, hatten die Magier rote Klauenabdrücke in die Rinde der Bäume geritzt.

Tallow war dagegen gewesen, daß sie einen solchen Waldstreifen betraten, doch Weft hatte nur gegrinst und ihn zu beruhigen versucht. »Mach dir keine Gedanken, Tallow, mein Freund. Wir sind schneller wieder draußen, als du dich umschauen kannst. Also, wer will mitkommen?«

Volley hatte sich auf Tallows Seite geschlagen, der zu seinem Entschluß stand, an diesem Abenteuer nicht teilzunehmen. Doch der junge Piper – dieser Grünschnabel! – war Weft an den roten Markierungen vorbei in den verbotenen Waldstreifen gefolgt. Ängstlich hatte er sich immer wieder zu den anderen umgesehen.

Zunächst schien alles nach Plan zu verlaufen. Piper hatte begonnen, sich sicherer zu fühlen, und Tallow und Volley lächelnd zugewinkt, die ihre Freunde immer wieder gedrängt hatten, zu ihnen zurückzukehren, solange das noch möglich war.

Dann hatte Weft sich schließlich zur Umkehr entschlossen. »Laß uns zurückgehen, Piper«, hatte er gesagt.

Obwohl seine Stimme kaum mehr als ein Flüstern war, hatten Tallow und Volley jedes seiner Worte verstanden. Es waren seine letzten Worte.

»Es ging alles so schnell«, murmelte Tallow, dessen tiefe Stimme bei der Erinnerung daran zitterte. »Sie waren dabei, den Waldstreifen zu verlassen, sie kamen auf uns zu, als ... als sich vor ihnen der Boden auftat, sich wie ein Schlund öffnete. Und dann war da dieses ... Licht. Es schoß aus der Erde wie ein Geysir – ich habe einmal einen gesehen, auf der anderen Seite des Berges – und riß ihnen das Fleisch von den Knochen. Ihre Skelette fielen in die Erdspalte, die sich daraufhin so plötzlich wieder schloß, wie sie sich aufgetan hatte. Einfach so ...«

Tallow stieß einen tiefen, traurigen Seufzer aus. Dann versuchte er sich an einem zaghaften Lächeln.

»Das alles ist jetzt zehn Jahre her. Aber so etwas vergißt man wohl nie.«

Für Tallow und Volley war danach das Leben weitergegangen, doch mit den Abenteuern war es vorbei. Die Jahre vergingen, aber die Erinnerung an den Tod ihrer Freunde hatte mit der Zeit immer schwerer auf ihren Seelen gelastet und sie apathisch und mutlos gemacht.

Bis zu dem Tag, als der Wald zu brennen begann.

Schon seit einiger Zeit hatte sich rings um den Berg einiges verändert. Drachen, die bisher mit ihrem Leben in den Wäldern zufrieden gewesen waren, begannen vom Weggehen zu reden. Andere sprachen davon, daß sie den Magiern entgegentreten wollten. Denn war dies schließlich nicht auch ihr Land? Und wiederum andere sprachen offen von Krieg.

Diesem Gerede hatten Tallow und Volley keine Beachtung geschenkt, da sie nicht an einen Krieg glauben mochten. Etwas anderes war es dagegen mit der Idee, auszuwandern, sich von dem Berg zu befreien, der sie alle schon seit Jahren gefangenhielt, ohne daß sie sich dessen bewußt gewesen waren ... all das eröffnete die Aussicht auf ein Abenteuer, das selbst Weft sich nie hätte träumen lassen.

Ihre Heimat zu verlassen und in die Welt hinauszuziehen!

Doch wie sollten sie das ohne Weft anstellen? Beide verspürten sie den Drang, andere Länder zu bereisen, und beide waren sie zugleich Drachen, die nicht selbst die Initiative ergriffen, sondern am liebsten anderen folgten. Keiner von ihnen war ein Anführer, und die Jahre des Zweifels, die dem Tod Wefts und Pipers gefolgt waren, hatten ihr Selbstvertrauen untergraben. Und so kam es, daß sie wie all die anderen Drachen zwar Fluchtpläne schmiedeten, aber nichts zu deren Umsetzung unternahmen ...

Doch dann, nur fünf Tage bevor Wraiths Truppen den Wald in Schutt und Asche legten, hatten einige Erdgeborene tatsächlich angefangen, die Gegend zu verlassen. Tallow und Volley brachten schließlich in Erfahrung, wohin sie gingen. Ihr Ziel war eine alte, verlassene Trollfestung im Norden des Berges, außerhalb des Waldes, doch nicht allzuweit von Covamere entfernt. Dort versammelten sich die Drachen, so hieß es: Erdgeborene nicht nur aus den Wäldern des Schimmernden Berges, sondern aus allen Gegenden der Welt.

Tallow und Volley waren davon überzeugt, daß das nur eins bedeuten konnte: Ein Krieg stand bevor. Die Erdgeborenen bereiteten sich auf den Kampf gegen die Magier vor. Nach reiflicher Überlegung beschlossen sie endlich, den anderen zur Festung zu folgen, in der Hoffnung, daß dies der erste Schritt zu der großen Reise war, die sie eines Tages unternehmen wollten, einer Reise, die sie um die ganze Welt führen sollte. Die alte Trollfestung wäre ein geeigneter Ausgangspunkt, von dem aus sie schon bald aufbrechen würden.

Bald. Nicht morgen, doch vielleicht übermorgen ...

Unterdessen war beiden Drachen klargeworden, daß Tallow derjenige war, der die Entscheidung zum Aufbruch fällen mußte, doch er zögerte diese Entscheidung immer wieder hinaus. Entweder war das Wetter nicht günstig – eine eigenartige Begründung aus dem Munde Tallows, der für gewöhnlich selbst unter den widrigsten Umständen meisterhaft zu fliegen verstand –, oder es gab andere, wichtige Dinge zu erledigen.

Zweimal waren sie kurz davor gewesen, endlich loszufliegen. Das dritte Mal rüsteten sie sich in der Nacht des Neumondes zum Aufbruch, in der Nacht also, in der Wraith das Portal aufbrach und den Wald in Flammen setzte …

»Vielleicht ist uns damit die Entscheidung abgenommen worden«, hatte Volley gesagt, während er gegen die Tränen kämpfte.

Tallow war merkwürdig ruhig geblieben, als ob er einer inneren Stimme lauschte. In Wahrheit hatte er nichts gehört, sondern vielmehr etwas gespürt. Der Berg schien ihn zu sich zu rufen.

Volley blieb keine Zeit für eine Reaktion. Tallow erhob sich in die Lüfte und brach in Richtung der Flammen auf … »Ich bin geradewegs hierhergeflogen«, sagte Tallow in einem Ton, als fürchtete er, Fortune könne ihm nicht glauben. »Ich weiß nicht warum, ich kenne diese Gegend hier nicht einmal besonders gut. Doch als ich ankam, sah ich …«

»Mich?« fragte Fortune.

»Dich.« Der große Drache seufzte, und sein Atem zog wie Nebelschwaden durch die kalte Höhle. »Du kamst aus dem Berg heraus. Es blieb keine Zeit zum Nachdenken, ich habe dich einfach gepackt und aus dem Weg gezerrt, bevor die Bäume auf dich stürzen konnten. Und dann ist der Tunnel, aus dem du gekommen bist … verschwunden.«

»Du hast mir das Leben gerettet«, sagte Fortune mit ernster Stimme, während er leicht einen Flügel des Kameraden berührte. »Aber du sagtest, etwas habe dich hierher … gezogen?« fuhr er neugierig fort, da ihm das Gefühl, das Tallow beschrieben hatte, merkwürdig vertraut vorkam. »Wie fühlst du dich jetzt?«

Tallow beantwortete die Frage mit einem Lächeln, das strahlend wie die Sonne war.

»Als ob ich viel zu lange geschlafen hätte«, erwiderte er. »Und gerade erst aufgewacht wäre.«

Draußen, vor dem Eingang der Höhle, verwandelte die Abenddämmerung die Schneeflocken in Bestandteile eines dunkelblauen Mosaiks. Obwohl am Himmel nichts zu erkennen war, wußten die beiden Drachen, daß Wraiths

Patrouillen noch immer dort draußen waren und mit ihren durch Magie geschärften Sinnen das Gelände absuchten, das sie in eine Aschewüste verwandelt hatten. Für die Augen Erdgeborener waren die Sichtbedingungen katastrophal. Weiter als zwei bis drei Baumlängen konnten sie nicht sehen. Und es wurde immer dunkler, das Schneetreiben immer dichter.

»Es wird Zeit, daß wir uns auf den Weg machen«, verkündete Tallow plötzlich und erhob sich. »Das heißt, falls du dich kräftig genug fühlst.«

»Ich werde schon klarkommen«, erwiderte Fortune. »Aber sieh dir das Wetter an! Unter diesen Bedingungen werden wir nicht weit kommen. Und die Magier ...«

»Der Schnee gibt uns genau die Deckung, die wir brauchen«, sagte Tallow mit einem leisen Lächeln. »Und was die Patrouillen angeht, kann ich dich auch beruhigen. Sie folgen einem Muster. Es ist zwar kompliziert, aber nicht undurchschaubar.«

»Woher willst du das wissen ...?« begann Fortune aufgeregt. Doch Tallow legte einfach einen seiner riesigen Flügel um seine Schultern und schob ihn unnachgiebig aus der Höhle hinaus in den Schnee. Zögerlich breitete Fortune seine Schwingen aus. Die Kälte, die ihm von den baumhohen Schneewehen entgegenschlug, ließ ihn frösteln. Entmutigt sah er in die heraufziehende Dunkelheit.

»Na schön«, seufzte er. »Du bist sicher, du weißt, in welche Richtung wir fliegen müssen?«

»Fortune«, gab Tallow zurück, indem er seine riesigen Flügel ausstreckte. »Es gibt nicht vieles, was ich wirklich gut kann. Aber es gibt eine Sache, in der bin ich ein Meister.«

»Und was ist das?« fragte Fortune lachend. Eine Woge des Vertrauens ging plötzlich durch seinen Körper und gab ihm die Wärme, die er brauchte, um seine Muskeln bewegen zu können.

»Fliegen!«

Der Basilisk verfügte über viele Ebenen der Wahrnehmung, die sich wie die Häute einer Zwiebel um sein Innerstes legten. Und so waren es auch nur die äußersten Bewußtseinsschichten, die von Halcyons Strom der Magie Notiz nahmen. Sein Inneres dagegen blieb von derartigen Trivialitäten unberührt und überließ es den oberflächlicheren Sinnen, darauf zu reagieren.

Die Komplexität dieser Sinne würde kein erdgeborenes Wesen je begreifen. Sie verfügten über eine eigene Intelligenz und lebten wie die Parasiten auf der Haut dieses gigantischen Wesens. Wenn es auflebte, dann lebten auch seine Sinne auf; wenn es starb, dann starben sie mit ihm. Diese Sinne waren der Basilisk selbst, und sie waren es auch wieder nicht. Und doch waren sie so eng mit ihm verbunden, daß sie seine Sehnsucht nach Vergessen, seinen Todeswunsch teilten.

Nun waren die Sinne erwacht und geradezu gierig auf Informationen und Eindrücke. Sie sogen die Magie, die an ihnen vorbeirauschte, förmlich auf und machten sich daraus ein Bild von der Welt, die sie seit Jahrtausenden nicht mehr gesehen hatten *... Magie ... Magie der Drachen ... Nicht der Trolle ... Wenig Feuer ... und die Welt steht vor dem Wandel.*

Der Basilisk war an einem entscheidenden Moment im Leben dieser Welt aufgestört worden. Doch er hatte schon viele Weltenwandel gesehen. Was sollte also an diesem hier Besonderes sein? Nichts ...

In der Zeit, die ein erdgeborenes Wesen für einen Lidschlag benötigte, hatten die Sinne des Basilisken Informationen aus allen Gegenden der Welt gesammelt. Gerade wollten sie wieder die Augen schließen, um den Basilisken zurück in den tiefen, vollkommenen Schlaf zu entlassen, in den er vor Jahrhunderten gesunken war, als ein Gedanke sie innehalten ließ.

Diese Drachen ...

Zu der Zeit, als der Basilisk sich für immer in seine Höhle zurückgezogen hatte, waren die Drachen noch nicht lange auf der Welt gewesen, und er hatte ihnen kaum Aufmerksamkeit geschenkt. Es war möglich, daß er und sie, wenn auch nur im weitesten Sinne, so etwas wie Brüder waren, da sie ebenfalls über die Macht der Magie des Feuers verfügten. Und es war auch möglich, daß sie, hätte die Geschichte einen anderen Verlauf genommen, einen Weg gefunden hätten, diese Macht zu teilen. Doch der Lauf der Welt hatte es aus Gründen, die zu beurteilen selbst dem Schläfer nicht anstand, vorgezogen, ihr Schicksal nicht in dieser Weise zu verknüpfen. Und so trieb der Basilisk nun dem Erwachen entgegen, um festzustellen, daß die Drachen sich zu den Herren der Welt aufgeschwungen hatten.

Zu Wesen von großem Einfluß.

Ein Tornado fegte durch das Bewußtsein des schlafenden Basilisken, ein Sturm, der die Stimmen, Gerüche, Gedanken und Gefühle von Drachen mit sich brachte. Für den Bruchteil einer Sekunde sog der Schläfer das Wesen der Drachen in sich auf, und in diesem kurzen Augenblick begriff er, warum er schon bald aufwachen und seine im Laufe der Jahrhunderte steif gewordenen Glieder strecken würde, um noch einmal in die Welt zurückzukehren.

Er begriff, daß der bevorstehende Wandel anders verlaufen würde als alle großen Veränderungen der vergangenen Jahrtausende. Diesmal wurde er von den Drachen kontrolliert. Und dieses Mal bestand die Möglichkeit, daß er nicht vollendet wurde.

Das bedeutete den Untergang der Welt.

Und wenn die Welt unterging und alles Leben auf ihr starb, dann starb vielleicht auch der Basilisk.

Sein Interesse war geweckt. Im Halbschlaf richtete der Basilisk seine Sinne tiefer in den Berg, in den sein Körper eingeschlossen war.

Kapitel 22

Steinzirkel

In jener Nacht unter freiem Himmel zu schlafen, war mit Sicherheit Wahnsinn, doch genau dazu sahen sich Gossamer und Velvet schließlich gezwungen. Als sie zum Berg zurückflogen, erkannten sie, daß das Feuer, das sich mit furchtbarer, magischer Geschwindigkeit ausgebreitet hatte, an einigen Stellen bereits erloschen war. Erschöpft und unsicher, welches Schicksal ihre Freunde ereilt haben mochte, nachdem der Feuerball sie getrennt hatte, kreisten sie nach und nach immer tiefer und flogen über die in dieser Gegend nur noch spärlich auflodernden Flammen hinweg, bis sie am Ende ihrer Kräfte angelangt waren. Sie landeten auf einem Feld aus Asche. In der Ferne war noch das Flammenmeer zu sehen, das sich immer tiefer in die Nacht hineinfraß. Falls Wraiths Drachen sie entdeckt hatten, zeigten sie zumindest im Moment keinerlei Interesse an ihnen. Zwei weibliche Erdgeborene waren vielleicht zu unwichtig, um als Gefahr für die Sache des Schwarzen Drachen zu gelten. Und wenn die Patrouillen sie aufgegriffen hätten, wären die beiden sowieso nicht in der Lage gewesen, sich zur Wehr zu setzen. Sie waren nicht nur zu schwach, sondern auch viel zu müde. Auf der Stelle sanken sie auf den Boden, rollten sich zusammen und fielen in bleiernen Schlaf.

Der neue Tag brachte einen Hauch von Morgenröte mit sich, der jedoch schon bald von den eisigen, grauen Wolken verschlungen wurde, die den Berg einhüllten und den Winter über das Land brachten. Schließlich war es die Kälte, die die beiden jungen Drachenweibchen weckte, und nicht der magere, blasse Lichtschimmer, der sich durch die Wolken zu kämpfen versuchte. Beinahe gleichzeitig schreckten sie hoch und schüttelten die dünne Schneeschicht ab, die ihre Körper bereits in eigenartige abstrakte Formen verwandelt und mit der Landschaft verschmolzen hatte. Hätten sie noch länger geschlafen, wären sie unter Umständen vom Schnee eingeschlossen worden. Die eisige Kälte hätte sie immer tiefer in den Schlaf gelullt, und ihre Leichen hätte man erst zur Zeit der Schneeschmelze entdeckt – falls der Frühling überhaupt jemals wieder Einkehr hielt.

Jede las in den Augen der anderen, daß sie den gleichen schrecklichen Gedanken gehabt hatten, und sie rückten noch enger zusammen, um sich gegenseitig zu wärmen und vor dem Sturm zu schützen. Unablässig fiel der Schnee und hüllte alles ein. Auch die beiden Drachen waren schnell wieder von einer dünnen Schicht bedeckt. Wie sich noch herausstellen sollte, hörte es den ganzen Tag nicht mehr auf zu schneien.

»Hier können wir nicht bleiben«, verkündete Gossamer, während sie Schutz suchend den Kopf zwischen die Schultern zog und die Augen zusammenkniff. Schneeflocken wirbelten um ihr Gesicht und legten sich auf Lippen und Zunge, während sie sprach.

»Ich weiß nicht, wo wir uns jetzt noch in Sicherheit bringen können«, erwiderte Velvet betrübt. »Ich weiß nicht einmal, wohin diese anderen Drachen uns bringen wollten.«

»Kannst du denn sagen, wo wir sind?«

Velvet sah sich um und spuckte den Schnee aus, den der Sturm ihr zwischen die Lippen preßte.

»Ich bin nicht sicher«, sie zuckte mit den Schultern. »Ich glaube, nicht allzuweit von unserem letzten Lager entfernt. Dort drüben im Süden liegt Covamere. Aber es wird nicht leicht sein, einen geschützten Platz zu finden, jetzt, da der Wald nicht mehr ...«

Sie konnte nicht weitersprechen, als ihr die volle Bedeutung ihrer Worte zu Bewußtsein kam. Noch einmal wandte sie den Kopf, um sich umzusehen, doch diesmal versuchte sie sich nicht gegen den Schnee zu wehren, sondern starrte nur mit offenem Mund auf die Verheerung.

»Was haben sie getan?« wimmerte sie. »Der Wald ist alles, was ich je gekannt habe. Wohin soll ich jetzt gehen? Was soll ich tun?«

Gossamer hatte keine Antworten auf diese Fragen, und so

konnte sie nichts weiter tun, als Velvet in den Arm zu nehmen und sie weinen zu lassen, während der Schmerz über die Verwüstung ihrer Heimat ihr Herz wie eine stählerne Klaue umklammerte. Alles, was dieses junge Drachenweibchen je gekannt hatte, war in einer einzigen Nacht zerstört worden, und Gossamer kämpfte vergebens um ein paar tröstende Worte.

»Velvet«, sagte sie schließlich, »willkommen im Clan.«

»I... im Clan?« brachte Velvet verwirrt hervor und vergaß für einen Augenblick ihre Tränen.

»Wir haben alle so viel verloren, daß nun nichts mehr auf uns wartet«, fuhr Gossamer fort, indem sie sich selbst vom Trost ihrer Worte zu überzeugen versuchte. »Und weißt du, was wir daher tun werden?«

»Nein«, stieß Velvet unter Schluchzen hervor.

»Wir werden nicht mehr zurückblicken, sondern nur noch nach vorn, in die Zukunft!«

Die triumphierende Sicherheit, mit der sie dies sagte, klang in ihren eigenen Ohren falsch und wenig überzeugend. Und trotzdem hellten sich Velvets Gesichtszüge bei ihren Worten auf, und schließlich glückte ihr sogar ein Lächeln.

»Ich glaube, du hast recht, Gossamer. Wir sind jung, und wir leben. Bäume wachsen auch wieder, und wir haben das Feuer überlebt! Laß uns gemeinsam in die Zukunft blicken, Gossamer. Du und ich zusammen!«

In Velvets heller Stimme schwang ein Optimismus mit, der Gossamer beinahe angesteckt hätte.

»Komm«, sagte sie und versetzte Velvet einen freundschaftlichen Klaps. »Laß uns losgehen und einen geschützten Platz suchen, bevor wir hier völlig einschneien.«

Doch als sie aufbrechen wollte, hielt Velvet sie zurück und sah sie mit glänzenden Augen an.

»Warte mal!« rief sie. »Sieh doch nur, wo wir sind! Sieh, wo wir gelandet sind.«

Gossamer blieb stehen und blickte sich um. Doch so weit das Auge reichte, war alles weiß. Der Wind war stärker geworden und peitschte den Schnee in irrsinnigen Wirbeln vor sich her.

»Ich kann nichts …« begann sie.

»Schau nach unten, auf den Boden!«

Gossamer sah nach unten, und dann wurde ihr endlich klar, was Velvet meinte.

»Steine!« rief Velvet, die vor Aufregung von einem Bein auf das andere sprang.

Gossamer bückte sich, um die kleinen schneebedeckten Erhebungen genauer zu betrachten, die um sie herum einen großen Kreis bildeten. Als sie die feine Schneedecke auf einer dieser Erhebungen beiseite pustete, entdeckte sie darunter tatsächlich einen Stein.

»Das ist der Steinzirkel, in dem wir standen, als Loom und Tillery uns entdeckten«, sagte sie langsam. »Ich bin mir ganz sicher, selbst ohne die Bäume. Die Neigung des Bodens ist die gleiche. Ich erkenne die Stelle genau wieder.«

»Glaubst du, das hat etwas zu bedeuten, Gossamer?« fragte Velvet, die mit jedem Atemzug aufgeregter wurde. Unfähig, auch nur einen Moment lang still zu stehen, tänzelte sie hin und her, genauso unruhig wie der Schnee.

»Ich weiß nicht …«

Gossamer lief von einer Erhebung zur anderen und fegte den Schnee beiseite. Schließlich hatte sie etwas mehr als zwanzig Steine freigelegt. Obwohl es noch stärker schneite als zuvor, kam es ihr so vor, als ob der Schnee die Steine nur zögernd wieder zudeckte. In unmittelbarer Nähe des Steinzirkels und in seiner Mitte fiel er ganz offensichtlich weniger dicht.

Das war merkwürdig, doch aus Gründen, die sie selbst nicht verstand, war sie darüber nicht einmal sonderlich überrascht.

Sie ging in die Hocke und preßte die Schnauze auf den Boden, um herauszufinden, was diesen Ort so eigenartig erscheinen ließ. Im Boden war ganz eindeutig Magie, die Ähnlichkeit mit dem Zauber der Wassergeister hatte, die sie in Aethers Zitadelle so gerne beobachtet hatte. *Daheim*, dachte sie wehmütig, und ein stechender Schmerz fuhr ihr durch die Brust.

Als Gossamer sich schließlich wieder aufrichtete, spürte

sie plötzlich, daß sich der Boden in der Mitte des Kreises senkte, als ob ein Riese seinen Fuß auf die Erde gesetzt hätte. Der Schnee knirschte wie unter unsichtbaren Schritten und sank vor den Augen der verwunderten Drachen in sich zusammen.

Und dann entstieg dem Zentrum des Kreises ein Wesen.

Die Schneedecke riß auf, und aus der Erde wurde eine Gestalt an die Oberfläche geschoben. Goldene Blitze durchzuckten das Schneetreiben, während sich die Gestalt allmählich aus dem magischen Kokon befreite, der sie auf seiner Reise aus den Tiefen des Berges wie ein schützender Mantel umhüllt hatte.

Die Gestalt, die, getragen von der sanften Magie der Feen, unter den verwirrten Blicken Gossamers und Velvets in der Mitte des Steinzirkels aus dem Berge stieg und sich dem Schneesturm aussetzte, war Cumber.

Er fuhr zusammen, als er die eisig kalte Luft in den Lungen spürte, und begann, in absurd anmutender Raserei seine kleinen Flügel auf und ab zu schlagen, als ob er damit den Schnee verscheuchen wollte. Blinzelnd, niesend und hustend stolperte er aus dem Kreis heraus, bis er plötzlich Velvet sah und abrupt stehenblieb.

»Wer bist du?« rief er erschrocken.

Als hätte es ihr die Sprache verschlagen, starrte die junge Erdgeborene dieses stolpernde, goldglänzende Wesen an, das ganz offensichtlich ein magischer Drache war, aber gleichzeitig so … so plump und ungeschickt wirkte.

»Cumber!« rief Gossamer, die der Zauberdrache bis jetzt noch nicht bemerkt hatte, da er ihr den Rücken zuwandte.

Er drehte sich erstaunt um. Und fast schon im gleichen Augenblick stürzte er zu Boden, weil Gossamer von der anderen Seite des Kreises her auf ihn zugerannt kam und ihm um den Hals fiel. Gemeinsam rollten sie durch den Schnee, bis sie direkt vor Velvet liegenblieben, die freudestrahlend zu ihnen heruntersah.

»Ich bin Velvet«, verkündete sie, während Gossamer und Cumber wieder auf die Füße kamen. »Und du bist der erste Magier, dem ich begegne. Du siehst zwar ein bißchen komisch aus, aber wenn du ein Freund von Gossamer bist, dann bist du auch mein Freund!«

»Nun, danke, äh …« stotterte Cumber, der zu verwirrt von Velvets Keckheit war, um beleidigt zu sein.

»Velvet!« wiederholte sie und verdrehte die Augen. »Also wirklich, Gossamer, sind alle deine Freunde so schwer von Begriff?«

»Beachte sie gar nicht«, warf Gossamer lachend ein, doch hinter ihrer Fröhlichkeit spürte Cumber die Anspannung. Sie sah ihn an, und das Lächeln verschwand aus ihrem Gesicht. »Wo ist Fortune?«

»Wir wurden getrennt«, antwortete Cumber und warf einen Blick in den Steinzirkel. »Ich habe ihn nicht mehr gesehen, seit wir den Berg betreten haben.«

»Den Berg betreten?« hauchte Velvet entsetzt.

»Aber das sollte doch nur ein Erkundungsgang sein!« schrie Gossamer aufgebracht. »Ihr hattet es versprochen! Ihr hattet es beide versprochen!«

Cumber runzelte die Stirn.

»Hat Scoff dir nicht erklärt, was passiert ist?« fragte er.

»Ich habe Scoff nicht mehr gesehen, seit ihr zusammen weggegangen seid.«

Cumber schwieg betreten, und selbst Velvet war feinfühlig genug, ausnahmsweise den Mund zu halten.

»Wir hatten keine andere Wahl«, murmelte Cumber schließlich. »Wir mußten in den Berg gehen, Wraiths Drachen waren uns auf den Fersen.«

Gossamer lief ein Schauder über den Rücken, und sie versuchte, tief durchzuatmen.

»Ist in Ordnung, Cumber«, sagte sie. »Ich verstehe, ich glaube, ich habe schon verstanden, als ihr losgegangen seid. Es ist nur … ich wollte es einfach nicht glauben.«

»Und du hast Scoff wirklich nicht mehr gesehen?« beharrte Cumber.

»Nein.«

Wieder herrschte Schweigen zwischen ihnen. Lautlos begann Gossamer zu weinen.

»Fortune ist in Sicherheit, Gossamer«, sagte Cumber

plötzlich, während er sie sanft mit dem Flügel in die Seite stieß.

»Woher willst du das wissen?« fragte sie unter Tränen. Unterdessen hatte sich Velvet an ihre andere Seite gedrängt, um sie durch ihre Nähe und Wärme zu trösten.

»Mantle hat es mir gesagt«, erklärte Cumber stolz.

Gossamer fixierte ihn mit einem Blick, der ihn selbst durch den Schleier ihrer Tränen hindurch zu durchbohren drohte.

»Wer ist Mantle?« wollte sie wissen. Dann seufzte sie. »Also schön, Cumber, erzähl mir jetzt genau, was passiert ist. Von Anfang an.«

»Können wir uns nicht erst einen Unterstand suchen?« jammerte Velvet, denn das Schneegestöber war noch dichter geworden.

»Nein«, fuhr Gossamer sie an und fügte dann versöhnlicher hinzu: »Erst Cumbers Geschichte, dann suchen wir einen Unterstand, Kleines. Cumber, fang an.«

Mühelos hatte die Höhle sie verschluckt. Schon aus der Entfernung war Brace ihr Schlund groß vorgekommen, doch als sie hindurchflogen, erwies er sich als riesig. Von einer Sekunde zur anderen waren sie aus dem tosenden Schneesturm in den ruhigen Schatten der Höhle eingetaucht. Doch mehr noch als der gigantische Höhleneingang prägte sich ein anderes Bild unauslöschlich in Braces Erinnerung an ihre Ankunft in der Festung ein. Denn noch einmal drehte er sich um und warf einen letzten Blick nach draußen.

Der Schlund der Höhle begrenzte seine Sicht nach allen Seiten hin, so daß sich ihm die Außenwelt wie ein in Stein eingerahmtes Bild darbot: das unruhige Weiß des Schneesturms, in dem nichts zu erkennen war als die senkrechte Linie einer schlanken Säule, auf deren Spitze ein Felsen balancierte. Er sah aus wie ein großes, weißes, starrendes Auge mit einer unheimlichen Pupille aus Stein. Rasch wandte Brace sich ab, doch noch lange danach spürte er den Blick dieses Auges, der ihn zu durchbohren schien.

Im Innern der Festung wurden sie von anderen Drachen erwartet.

Wood hatte sie in genau dem Moment auf die Festung aufmerksam gemacht, als das erste Licht der Morgendämmerung am Nachthimmel aufgezogen war. Gejagt von den schneebeladenen Wolken, breitete es sich erstaunlich schnell aus. Nachdem sie die Hitze des Feuers hinter sich gelassen hatten, waren die Drachen durch Luft geflogen, die so kalt und scharf war wie zersplittertes Eis.

Zu beiden Seiten waren die Ausläufer der Berge zu sehen, die sich in einer endlosen Prozession immer weiter zurückzuziehen schienen. Vor ihnen dagegen erhob sich die Festung mit kompromißloser Entschlossenheit. Sie stieg, groß wie ein Berg, aus den umliegenden Hügeln auf wie eine Welle, die im Moment ihres Brechens zu Stein erstarrt war, mit einer langen, niedrigen Höhle in ihrem Zentrum. Und auf diese Höhle flogen die Drachen zu.

Schon zu diesem Zeitpunkt hatte Braces ganze Aufmerksamkeit der Säule aus hellgrauem Fels gegolten, die vor der versteinerten Welle in die Höhe ragte und in faszinierendem Kontrast zu dem schwarzen Gestein der sie umgebenden flachen Hügel stand. Selbst den alles gleich machenden Schneemassen gelang es nicht, die Fremdartigkeit dieser Säule zu verbergen.

Sie war genauso hoch wie die Felsenfestung, jedoch schlank und leicht gebogen wie die Kralle eines Drachen. Doch das eigentlich Faszinierende war das, was sie auf der abgeflachten Spitze trug.

Ganz oben auf der Kralle balancierte, allen Winden und der Schwerkraft zum Trotz, ein riesiger Felsbrocken, dessen schillernde Farben durch die dünne Schneedecke leuchteten. Eindeutig zu groß für die schlanke Säule, die ihn trug, schien dieser Findling frei in der Luft zu schweben, und es sah so aus, als drohte er, jeden Moment herunterzufallen. Seine rauhe Oberfläche war von tiefgrünen, dunkelblauen und feurigroten Streifen durchzogen, so daß der Eindruck entstand, er sei aus Steinen der verschiedensten Regionen der Welt zusammengesetzt worden – von wem und zu welchem Zweck auch immer.

Brace zog unwillkürlich den Kopf ein, als ihr Trupp unter der drohenden Silhouette der Todesfalle entlangflog. In ihrem Schatten waren sie, wenn auch nur für einen Augenblick, vor dem Sturm geschützt, doch als Brace sich den Stein der Säule näher ansah, verspürte er den dringenden Wunsch, sich so schnell wie möglich wieder zu entfernen. In dem grauen Licht sah der Turm wie ein blankpolierter Knochen aus, während über ihren Köpfen der riesige Findling den ganzen Himmel auszufüllen schien.

Brace kam zu dem Schluß, daß Wood sie mit Bedacht auf diesem Weg zur Festung führte. Denn kein Drache, der bei klarem Verstand war, würde sich freiwillig diesem Monster nähern. Ob es seine Absicht war, sie zu beeindrucken, oder ob er wollte, daß sie sich fürchteten, vermochte Brace nicht zu sagen. Er jedenfalls empfand sowohl Respekt als auch Angst.

Kaum waren sie an der Säule vorübergeflogen, hatte der Schneesturm sie wieder fest in seinem Griff. Eine besonders starke Böe trieb sie von ihrem Kurs ab und drohte, sie in die Richtung des Findlings zu schleudern. Doch unbeirrbar flog Wood weiter und führte sie mit kräftigen Flügelschlägen auf die rettende Höhle zu. Mit wachsender Begeisterung folgte Brace ihm, denn nun, da sie den Turm und seine schreckliche Fracht hinter sich gelassen hatten, erwachte in ihm die Neugier darauf, was ihn in dieser geheimnisvollen Festung erwarten mochte, die weit mehr als nur eine Höhle war. Es war eher eine ganze Landschaft, die mit einem steinernen Dach versehen war.

Zum ersten Mal, seit die Magier in Aethers Zitadelle eingefallen waren, war er sich dessen, was er tat, vollkommen sicher. Und obwohl der Verlust seiner Schwester in ihm wie ein Feuer brannte, erfüllten ihn Hoffnung und Kraft, als er jetzt mit seinen neuen Freunden in den Schatten des Daches der Festung flog, das sich aus der winterlichen Umgebung erhob wie ein riesiges, versteinertes Meer.

Einsam und unverrückbar stand die Säule, während sich die Augen der Drachen allmählich an die Dunkelheit im Innern der Festung anpaßten und die Wunder aufsogen, die sie hier erwarteten.

Wood, für den Brace bereits so etwas wie Freundschaft empfand, verschwand, sobald sie in der Höhle waren, und überließ sie der Führung eines stämmigen Drachen, dessen Namen Brace nie erfuhr. Nach einem langen, ermüdenden Flug quer durch die riesige Höhle, wurden sie in einen breiten Gang geführt, an dessen Ende sie eine Gruppe von Drachen erwartete. Einzeln nahm man sie beiseite und unterzog sie einer umständlichen Befragung nach ihrer Herkunft und ihrer Motivation, sich den Drachen der Festung anzuschließen. Zweifelsohne wollte man dadurch prüfen, wie treu und zuverlässig ein jeder von ihnen war. Brace log geschickt, als die Sprache auf seine Begleiter kam, indem er Fortune und vor allem Cumber und Scoff mit keinem Wort erwähnte. Dagegen machte er kein Hehl aus seinem Haß auf die Magier. Im Gegenteil, er übertrieb in diesem Punkt und schmückte seine Schilderung der Verwüstung von Aethers Zitadelle sogar mit einer Reihe erfundener Geschichten aus. Er war entschlossen, hier, in diesem Bollwerk der Erdgeborenen, auf sich aufmerksam zu machen, und so sprach er mit lauter Stimme, in der Hoffnung, daß ihn alle Drachen hörten; in der Hoffnung, daß man sich an ihn erinnern würde.

Ob er Erfolg hatte, vermochte er nicht zu sagen, denn schließlich wurde ihm, wie allen anderen Neuankömmlingen auch, bedeutet, weiter den Gang entlangzugehen. Einen Augenblick lang hegte er Zweifel an dieser Prozedur und fragte sich, ob diese Drachen nicht jeden aufnahmen, der ihnen unter die Klauen kam, aber dann verdrängte er diesen Verdacht rasch wieder. Lieber wollte er glauben, daß er eine Prüfung bestanden hatte, in der es darum ging, mutige Entschlossenheit und Initiative zu zeigen.

Das Licht, das durch den Schneesturm von draußen in die Höhle drang, war kalt und gedämpft und ließ den hellen Fels im Innern der Festung noch blasser erscheinen. Während alle anderen Berge in dieser Gegend schwarz waren, war die Festung grau und stellte dadurch einen Fremdkörper dar wie die Todesfallen-Säule, die ihren Eingang bewachte.

Als Brace aus dem Gang trat, in dem sich die Rekrutierungsstelle befand, lag vor ihm eine weitere, noch viel größere Höhle. In deren hinterem Teil stieg der Boden zu beiden Seiten in einer Reihe von Terrassen an, die geschwungen waren wie die Rippen eines Skeletts. An der rückwärtigen Wand liefen sie in einem Punkt zusammen, über dem sich die Decke der Höhle zu einem riesigen Gewölbe weitete. Mit Ehrfurcht gebietender Schlichtheit tat sich vor Brace der zentrale Saal der Festung auf, der die Drachen umgab wie die Schale eines gigantischen Eis. Daß dieser Raum Sicherheit bot, war beruhigend; daß er uneinnehmbar war, offensichtlich. Und welchem Zweck er diente, ließ sich unschwer erkennen, wenn man die Armee Erdgeborener beobachtete, die ihn füllte.

Die neuen Rekruten erhielten Befehl, sich in ein Trainingslager zu begeben, das sich am anderen Ende des gigantischen Saales befand. Während Brace an der Seite seiner Kameraden dorthin flog, sah er sich fasziniert um. Was für eine Armee!

Der Lärm, der hier herrschte, war ohrenbetäubend. Wo Brace auch hinsah, überall auf den Terrassen drängten sich Drachen. Nie zuvor hatte er so viele seiner Art in einem einzigen Raum versammelt gesehen. Es mußten Tausende sein! Im Laufe der nächsten Tage würde Brace noch viele Geschichten hören, in denen die Drachen erzählten, warum sie hergekommen waren. Viele von ihnen waren Flüchtlinge aus dem zerstörten Wald, doch mindestens genauso viele stammten aus anderen Gegenden, aus allen Regionen der Welt. Doch alle waren sie in die Festung gekommen, weil sie entweder Zuflucht vor dem sich überall ausbreitenden Feuer suchten oder Gerüchte über eine Armee der Erdgeborenen gehört hatten, der sie sich anschließen wollten.

Es gab einen Namen, den sie alle kannten und der in aller Munde war. Es war ein Name, den auch Wood schon einmal erwähnt hatte. Brace sollte ihn noch etliche Male an diesem Tag hören, und fast immer wurde er nur ehrfurchtsvoll geflüstert. Der Drache, der auf diesen Namen hörte, war aus dem hohen Norden gekommen, um die Erdgeborenen zum Sieg und in die Freiheit zu führen. Schon einmal war es ihm gelungen, die Magier zu schlagen, und es würde ihm wieder gelingen. Dieser Drache und all die, die ihm folgten, waren die Erben der neuen Welt, einer Welt ohne Magier. Dieser Drache würde den Feind besiegen, und er würde der Macht der Magie ein Ende bereiten. Der Name dieses Drachen war Shatter.

Gespannt lauschte Brace den Legenden, die sich um diesen Drachen rankten. Die Heldentaten, die Shatter den Erzählungen zufolge vollbracht hatte, faszinierten ihn, und Brace sehnte sich danach, es ihm gleichzutun. Auch er wollte in den Kampf gegen die Magier ziehen. Endlich hatte er einen Drachen gefunden, den er verehren und bewundern konnte!

Doch dann brachte ihn die Bemerkung eines seiner Kameraden plötzlich auf einen ganz anderen Gedanken. Als er nämlich fragte, woher genau Shatter und seine Anhänger eigentlich kämen, antwortete ihm ein besonders gut informierter Drache ohne Zögern: »Von einer kleinen Insel namens Torr. Südkap, so heißt der Ort, wo er die Magier geschlagen hat. Dieses Ereignis wird in die Geschichte eingehen, glaub mir.«

Südkap!

Schlagartig wurde Brace bewußt, wie klug es gewesen war, Fortune und Cumber mit keinem Wort zu erwähnen. Wenn sie aus der gleichen Gegend wie dieser Shatter und seine Kameraden stammten, dann … dann was? Aus irgendeinem Grund bereitete Brace der Gedanke Unbehagen, daß seine ehemaligen Begleiter und Shatter sich kannten. Vielleicht hatte es ja nichts zu bedeuten, aber andererseits …

Ein solches Wissen könnte einen Drachen für Shatter interessant machen, es könnte mich *interessant machen.*

Dieser Gedanke ließ Brace für den Rest des Tages nicht

mehr los, während er und seine Kameraden von den Kommandeuren der Festung gedrillt und in die Kriegskunst eingewiesen wurden. Selbst als er abends vollkommen erschöpft auf sein Lager fiel, zermürbt vom Fliegen und Marschieren, dachte er noch darüber nach, wie er sein Wissen nutzen sollte.

Fortune und Cumber, überlegte er, während der Schlaf sein Bewußtsein umspülte wie die steigende Flut. *Ich frage mich, ob sie je mit diesem Shatter zusammengetroffen sind. Und was würden sie wohl tun, wenn sie ihm jetzt begegneten? Aber möglicherweise werde ich es nie erfahren.*

Draußen war das weiße Licht des Tages einer düsteren, blauen Dämmerung gewichen. Und noch immer fiel der Schnee.

»Hört mal!« schrie Velvet gereizt und starr vor Kälte. So sehr sie Cumbers Geschichte auch faszinierte, allmählich verlor sie die Geduld. »Verschwinden wir jetzt endlich von hier? Ich weiß ja nicht, wie es euch geht, aber ich fühle mich, als ob mir die Flügel am Körper festgefroren wären, und wenn wir uns nicht bald aufmachen, werden wir uns in Zukunft vermutlich überhaupt nicht mehr bewegen können.«

»Na schön«, erwiderte Cumber stirnrunzelnd, »ich war sowieso fast am Ende meiner Geschichte. Nachdem Mantle sagte, es sei Zeit, daß ich mich auf den Weg machte, schloß er einfach die Augen, der Boden unter meinen Füßen schwankte, die Magie der Feen brachte mich hierher und ... und ... na ja, da bin ich.«

»Ausgezeichnet«, verkündete Velvet. »Also dann können wir ja gehen. Ich weiß einen Ort, an dem wir sicher sind, bis der Sturm sich gelegt hat.«

Heftig mit den Flügeln schlagend, um Schnee und Eis abzuschütteln, stapfte sie los und schniefte dabei vernehmlich.

Doch Gossamer zögerte und starrte in den Steinzirkel, der nun unter der dicken Schneedecke kaum noch zu erahnen war.

»Gossamer?« fragte Cumber. »Was ist los?«

»Deine Geschichte ist noch nicht zu Ende«, antwortete sie, und ihre Stimme klang wie von weit her, als ob sie sich nur mühsam aus einem Traum riß. »Etwas hast du vergessen.«

»Was meinst du?« fragte Cumber. In einiger Entfernung, durch das dichte Schneetreiben kaum noch zu erkennen, stand Velvet und schlug ungeduldig mit den Flügeln.

»Worauf wartet ihr denn noch?« schrie sie.

»Was hat Mantle dir noch gesagt?« drängte Gossamer.

»Was?« Cumber war vollkommen verwirrt. Ihm war kalt, und er war müde. Die Magie der Erde hatte ihn entkräftet, ganz zu schweigen von all den anderen Anstrengungen. Erst der Marsch in den Berg, dann hatte er Fortune aus den Augen verloren, und schließlich sein Treffen mit Mantle ... »Entschuldige, Gossamer«, knurrte er. »Aber ich bin ziemlich erschöpft, verstehst du, und ich weiß wirklich nicht, was du ...«

»Nun komm schon, Cumber«, stöhnte Gossamer.

»Ja«, ertönte Velvets Echo. »Nun kommt schon. Wir müssen hier entlang!«

»Was?« fragte Cumber noch einmal. Inzwischen hätte er am liebsten einen Teufel auf den Schnee gegeben und wäre auf der Stelle eingeschlafen.

Gossamer schloß die Augen und bemühte sich, so geduldig wie möglich zu bleiben. »Du willst mir doch nicht erzählen, daß Mantle dich den ganzen Weg hierher hat kommen lassen, nur um dir zu sagen, daß die Welt sich wandelt, was immer das auch heißen soll.«

»Aber ich habe euch doch erklärt, was das heißt.«

»Cumber, was wollte er von dir? Was sollst du für ihn tun?«

Cumber schüttelte unsicher den Kopf. »Ich verstehe nicht ...«, begann er wieder, doch dann strahlte er auf einmal über das ganze Gesicht. »Aber sicher!« schrie er triumphierend. »Ich wußte doch, daß ich noch etwas vergessen hatte!«

Ausgelassen vollführte er einen Freudentanz im Schnee.

Velvet, die noch immer ungeduldig wartete, begann zu kichern, doch Gossamer bedachte Cumber nur mit einem ironischen Lächeln.

»Cumber?« mahnte sie.

»Ja?«

»Was sollst du für ihn tun?«

Daraufhin sprang Cumber in die Mitte des Steinzirkels, drehte sich einmal um sich selbst und fegte dabei mit seinem kurzen Schwanz über den Boden, so daß der Schnee hochwirbelte und durch die Luft davongetragen wurde. Gleichzeitig öffnete er den Rachen, doch es war kein Feuer, das er ausstieß, sondern heiße Luft, die den Schnee auf den Steinen des Zirkels zum Schmelzen brachte. Mit vor Erstaunen weit aufgerissenem Maul sah Velvet zu, während Gossamer glaubte, allmählich zu begreifen, worum es ging.

»Wir können etwas tun, nicht wahr?« rief sie begeistert.

»O ja«, antwortete Cumber lächelnd.

»Etwas, um Fortune zu helfen?«

Für einen Augenblick erlosch das Lächeln auf Cumbers Gesicht, doch dann hatte er sich wieder völlig in der Gewalt.

»Das ist nicht das eigentliche Ziel der Aufgabe, aber ... na ja, ich glaube, vielleicht ... ja, ich glaube, wir helfen ihm damit. Frag mich nicht wie, aber es wäre schon möglich.«

»Mehr brauche ich nicht zu wissen. Also gut, sag mir, was ich zu tun habe.«

Auf seinen kurzen Beinen richtete Cumber sich zu seiner vollen Größe auf und reckte stolz die Brust. Mit der Miene eines Herrschers betrachtete er erst den Steinzirkel und dann seine erdgeborenen Begleiterinnen, bevor er verkündete: »Wir werden die Steinzirkel zerstören, Drachen. Das ist unsere Aufgabe!«

Und mit diesen Worten verwandelte er seinen heißen Atem in eine Lanze aus Feuer, mit der er in einer einzigen theatralischen Geste die Steine des Zirkels sprengte und ihre Überreste in den Schneesturm schleuderte.

Von dem Steinzirkel blieb nichts übrig als ein häßlicher Kreis aus dampfendem Matsch.

Cumber spürte es, und auch Gossamer ahnte, was vor

sich ging. Mit dem Steinzirkel verschwand auch seine Magie, als ob die Feen, die ihn erschaffen hatten, nie existiert hätten.

»Alle?« flüsterte Gossamer.

»Alle Zirkel in dieser Gegend müssen zerstört werden«, bestätigte Cumber.

»Aber … wie viele gibt es davon? Und wie sollen wir sie finden?«

Darauf wußte Cumber keine Antwort.

»Äh, na ja, verstehst du …«, stotterte er, während ihn seine eben noch so forsche Zuversicht verließ und er in sich zusammensackte.

»Ich weiß es«, verkündete Velvet, während sie zu ihnen zurückkam. »Aber jetzt sollten wir uns auf den Weg machen, bevor wir uns in Schnee verwandeln.«

»Du weißt, wo all die Steinzirkel sind?« fragte Cumber.

»Sicher. Das hier ist meine Heimat, falls du's vergessen haben solltest. Also los jetzt, kommt endlich!«

Und diesmal folgten sie ihr.

In dem zerstörten Zirkel, dort, wo einst die Steine ihre Macht ausgeübt hatten, fielen die Flocken noch dichter und löschten auch die letzte Erinnerung an diesen Ort der Magie aus. Sollte der Schnee jemals wieder schmelzen, würde niemand auch nur ahnen, welche Macht hier einst im verborgenen gewirkt hatte.

Während die Drachen dicht über dem Boden durch die Kälte und den Sturm flogen, hielt Gossamer ein Bild von Fortune sicher und warm in ihrem Herzen. Sie hoffte inständig, daß die Zerstörung, die zu vollbringen sie beauftragt waren, ihr Fortune zurückbringen würde.

Wie das vonstatten gehen sollte, sah sie jedoch nicht. Denn obwohl der Berg ihre Intuition für alles Magische geschärft hatte, fand sie keine Antwort auf die eine entscheidenden Frage, die in ihrem Herzen brannte:

Wie kann ich Fortune vor dem Feuer retten?

Kapitel 23

Der erste Ring

In dieser Nacht – der ersten nach der gewaltsamen Öffnung des Portals, der Nacht, in der Fortune und Tallow im Schutze des Schneesturms die erste Etappe ihres Fluges zur Festung zurücklegten, in der Brace nach einem Tag anstrengenden militärischen Drills erschöpft in tiefen Schlaf gefallen war, in der Cumber, Gossamer und Velvet im Schatten zweier Felsen schliefen, die gemeinhin als die Zwillingsfelsen bekannt waren – in dieser Nacht, in der die Drachen, gleich ob Magier oder Erdgeborene, Zuflucht in sich selbst suchten und sich vor dem Schnee und dem unwillkommenen Hauch des Winters in ihre Träume zurückzogen – in dieser Nacht überwanden Wraiths Drachen den ersten von Halcyons magischen Verteidigungsringen.

Doch dieses Ereignis präsentierte sich nicht als Triumph, nichts Spektakuläres haftete ihm an. Kein Feuer erhellte den stürmischen Nachthimmel, keine magischen Blitze zerteilten die Luft, kein Donnern störte die Stille des Schnees.

Und dennoch starben Drachen.

Wraith erkannte seinen Erfolg im gleichen Moment, in dem seine Soldaten ihn errangen. Denn die lautlose und unsichtbare Erschütterung, die durch die Zerstörung des ersten Verteidigungsringes ausgelöst wurde, ließ das *Reich* erzittern, und Wraiths Führer spürten dieses Beben. Die Knochenenden der skelettartigen Glieder, die stets Kontakt mit dem *Reich* hatten, fühlten die Wellen der vorüberfließenden Magie, die einem unbekannten Ziel entgegenstrebten. Knochen, die berührten, fühlten, rochen und lernten.

Wraith zog diese neuen Informationen aus dem *Reich* und dachte darüber nach.

Seine Empfindungen waren die gleichen wie in der vorangegangenen Nacht, als es ihm endlich gelungen war, die Magie des Portals zu durchbrechen und sich damit Zutritt zum Berg zu verschaffen.

Nur ein einziger Schritt weiter auf dem Weg zum Großen Labyrinth, dachte er verbittert.

Die Magie, die er spürte, war zwar alt, aber es war keine Trollmagie. Doch so sehr er auch versuchte, ihrem Geruch nachzugehen, so sehr er sich bemühte, die vielen Schichten zu durchdringen, um an ihren Kern zu gelangen, er konnte die Quelle der Magie nicht identifizieren, die das Zentrum von Halcyons Verteidigungsringen bildete.

Noch würde es ihm je gelingen, denn Wraith kannte den Geruch des Basilisken nicht.

Die Stimme eines Drachen störte ihn aus seinen Gedanken auf. Um ihn herum fiel der Schnee durch die Bäume des Waldstückes, das auf seinen Befehl hin nicht zerstört worden war. Fast glaubte er, die Zirafaen sehen zu können, wie sie an den vereisten Nadeln der Bäume knabberten, fast glaubte er, ihr leises Heulen zu hören ...

»Mylord«, begann der Drache. Es war nicht Insiss, sondern einer von Wraiths niederen Kommandeuren. Insiss war seit seinem Verschwinden am vorangegangenen Tag nicht mehr gesehen worden. Doch dieser Umstand beunruhigte Wraith nicht im geringsten.

Ich habe mich in letzter Zeit zu sehr auf andere verlassen. Vor allem auf Insiss. Was nutzt mir meine Macht, wenn ich sie nicht selbst ausübe?

»Ihr habt den ersten Ring durchbrochen«, sagte er mit seiner tiefen, gebieterischen Stimme. Dieser Satz war eine Feststellung, keine Frage, und er verfehlte nicht seine Wirkung auf den Kommandeur, der demütig den Kopf senkte.

»Mylord sieht vieles«, sagte er.

»Deinen Bericht.«

Der Drache hustete nervös und warf einen Blick zurück in Richtung des Berges. Es war so dunkel, daß bis auf die am nächsten stehenden Bäume nichts zu erkennen war, und Wraith gewann den Eindruck, daß dieser Drache vor irgend etwas Angst hatte.

»Mylord«, stammelte er. »Wir haben in der Tat den ersten der fünf Verteidigungsringe beseitigt, doch der Preis dafür war hoch. Zunächst schien nichts weiter zu geschehen, doch dann … Mylord, viele Drachen sind ums Leben gekommen, sehr viele!«

»Sprich langsam, Drache«, befahl Wraith. »Erzähl mir genauer, was du gesehen hast.«

»Ja, Mylord.« Der Kommandeur holte tief Luft. »Wir waren mit unserer Arbeit gut vorangekommen. Als die Drachen in der vordersten Reihe sich darauf verständigten, daß es an der Zeit sei, die letzten, entscheidenden Verbindungen herzustellen, traten sie ein paar Schritte zurück. Ich selbst befand mich in der dritten, also letzten Reihe. Zehn Drachen wurden ausgesucht, je einer für jeden der zehn Mechanismen, die wir freigelegt hatten, um sie in der von uns errechneten Reihenfolge zu betätigen.«

»Und?«

»Alles lief wie geplant, Mylord. Der Ring fiel in sich zusammen und offenbarte, genau wie wir vermutet hatten, die darunterliegende nächste Schicht aus Magie.«

»Aber?«

Wieder warf der Drache einen nervösen Blick über die Schulter, als fürchtete er, ein wildes Tier, ein Ungeheuer, sei ihm auf den Fersen. »Irgend etwas stimmt mit dieser Magie nicht, Mylord. Es ist, als ob sie von jemandem gebündelt und gelenkt würde. Die Magie des zerstörten Ringes verteilte sich nicht, geschweige denn, daß sie explodierte. Sie verschwand einfach, wurde in ein für uns unauffindbares Vakuum gesogen und dann wieder ausgespuckt … aber mit einer Boshaftigkeit, die für uns alle unfaßbar war. Wir sahen nichts, wir hörten nichts, selbst unsere magischen Sinne spürten kaum etwas. Doch bereits im nächsten Augenblick war die Hälfte unserer Kameraden niedergemacht worden.«

»Niedergemacht?«

»Tod, Mylord. Zerstückelt.«

Wraith blieb regungslos stehen, während um ihn herum noch immer der Schnee fiel. Bei den Worten seines Kommandeurs kehrte der eigenartige Geruch der Magie zurück, der ihm zuerst im *Reich* begegnet war. Gab es neben Halcyon einen weiteren Gegner, der sich dem Schwarzen Drachen in den Weg stellte? Doch wer war er?

»Nun gut«, knurrte Wraith. »Sorge dafür, daß die toten Drachen ersetzt werden. Der zweite Ring muß bis morgen nacht durchbrochen worden sein. Was vorgefallen ist, ändert nichts an meinem Befehl. Hast du mich verstanden, Drache?«

»Aber, Mylord ...«

»Höre mir gut zu!« Wraiths Stimme donnerte durch die Nacht. »Ich werde Halcyon schlagen, ich werde siegen. Wagst du es etwa, daran zu zweifeln?«

»N... nein, Mylord.«

»Glaube daran, Drache! Und während du daran glaubst, bedenke dies: Bist du bereit, dem Schwarzen Drachen deine Treue zu beweisen? Oder ziehst du die Strafe vor, die er über dich verhängen wird, sobald er den ihm gebührenden Platz im Zentrum des Großen Labyrinthes von Covamere eingenommen hat? Die Grausamkeit dieser Strafe wird alles übersteigen, was du dir je vorgestellt hast. Laß es nicht darauf ankommen.«

»Mylord, wir haben uns bereits an die Arbeit gemacht«, stotterte der Drache eingeschüchtert, während er sich unter zahlreichen Verbeugungen zurückzog, zurück zu den zerstörerischen Mächten des Berges und seinen unbekannten Ungeheuern.

Doch konnte es ein grausameres Ungeheuer geben als diesen Drachen, der dort zwischen den Bäumen stand?

Wraith sah seinem Kommandeur nicht nach. Er war sicher, daß seine Befehle zu seiner Zufriedenheit ausgeführt wurden. Trotz der Kälte rann das Blut heiß durch seine Adern, in denen Feuer und Magie pulsierten. Das Gefühl des Triumphes erfüllte den Schwarzen Drachen, denn das Verschwinden von Insiss hatte ihn daran erinnert, welche Macht er eigentlich besaß.

Und während der Schnee seine imposante Gestalt einhüllte, gab Wraith sich einem Luxus hin, den er sich nur selten leistete: Er erging sich in Zukunftsphantasien. Wraith, für den nur die Tat zählte, hatte für gewöhnlich ein durchweg pragmatisches Verhältnis zur Zukunft. Doch jetzt genoß er das Spekulieren und Phantasieren. Es hatte den

Anschein, als ob Halcyon sich ein paar ganz besondere Fallstricke für ihn ausgedacht hatte. Diese Entdeckung machte dem Schwarzen Drachen jedoch keine Angst, im Gegenteil, sie begeisterte ihn. Denn hieß das nicht, daß Halcyon ihn fürchtete? Der alte Drache fürchtete den Drachen, der gekommen war, um ihn zu entthronen.

Über Jahre hinweg hatte Wraith sich diese letzte Konfrontation mit Halcyon vorgestellt, und über Jahre hinweg schien alles so einfach zu sein: Sie würden aufeinandertreffen, und Halcyon würde sich entweder ergeben oder sterben.

Doch nun sah es so aus, als hätte der alte Drache noch Kampfgeist in sich.

Und vielleicht hatte er auch einen Helfer, dachte Wraith und erinnerte sich an den merkwürdigen Geschmack der fremden Magie.

Vielleicht lieferte der Alte ja doch noch einen guten Kampf!

Eingehüllt in Schnee und Dunkelheit, kam Wraith zu dem Schluß, daß dies ein Gedanke war, der ihm ausgesprochen gut gefiel.

Kapitel 24

Flugstunde

Auf einem Keil aus kalter Luft zwischen den dunkler werdenden Wolken und der blauen Dämmerung, die sich über das Land legte, balancierte ein Drache. Noch immer schneite es, doch die Flocken fielen jetzt leichter und spärlicher. Ein Windhauch fuhr in die Flügel des Drachen, und er nahm sofort die Strömung wahr. Er ließ sich auf der Böe nach oben tragen und flog, während er die phantastische Verbindung zwischen Körper und Himmel genoß. Trotzdem war er ein Lehrling in der Kunst des Fliegens.

Den ganzen Tag hatte Fortune in der Luft verbracht, und was war das für ein Tag gewesen!

Einzig Tallows überwältigende Zuversicht hatte Fortune den Mut gegeben, in der vergangenen Nacht den Schimmernden Berg zu verlassen und sich in den Schneesturm hinauszuwagen. Schon bald waren seine Flügel schwer geworden unter der Last des Schnees, und er war in Panik geraten.

»Tallow! Meine Flügel, der Schnee! Wir müssen eine Pause machen!«

Doch Tallow hatte nicht nachgegeben.

»Viel Unwahres wird über die Kälte behauptet!« hatte er geantwortet. »Schüttele in regelmäßigen Abständen deine Flügel, und der Schnee wird mit jedem Mal länger brauchen, um sie zu beschweren. Das Fliegen wärmt sie, sie werden dir nicht erfrieren.«

Und Tallow hatte recht behalten. Er flog vor Fortune her und bewegte seine Schwingen mit einer solchen Regelmäßigkeit auf und ab, daß sein gleichförmiger Flügelschlag Fortune geradezu hypnotisierte und ihn vorantrieb, selbst wenn er glaubte, nicht mehr weiterzukönnen. In dieser Schneewolke, die bis in alle Ewigkeit zu reichen schien, war sein Dasein zu einem geschlossenen Kreislauf aus sich endlos wiederholenden Flügelschlägen geworden. Einen Augenblick lang war Fortune davon überzeugt, sie wären in einem Wirbelwind gefangen und flögen seit Stunden nur noch im Kreis, immer über die gleiche Stelle hinweg, ohne auch nur eine Baumlänge vorwärtszukommen ...

Doch wie durch ein Wunder hatten sie schließlich den Schneesturm hinter sich gelassen. Es schneite zwar immer noch, wenn auch weniger heftig, aber der Himmel wurde heller, und der Sturm ließ nach, bis es fast vollkommen windstill war. Jetzt konnten sie wieder den Boden erkennen: ein blasser, konturloser Fleck irgendwo weit unter ihnen. Und auch der Horizont wurde sichtbar, der wie ein Zeichen für die verloren geglaubte Welt stand, in die sie nach einer Ewigkeit zurückgekehrt waren. Als das strahlende Grau des Himmels schließlich die Morgendämmerung ankündigte und der Schnee nur noch in sanften Kaskaden fiel, waren die beiden Drachen an einem Berghang gelandet und hatten in einer langen Felsspalte Schutz gesucht. Hier wollten sie sich verstecken, um im hellen Tageslicht nicht von Wraiths Patrouillen entdeckt zu werden.

Doch statt dessen hatten sie, von zwei nur kurzen Unterbrechungen abgesehen, in denen sie sich auf Tallows Rat hin in die Felsspalte zurückgezogen hatten, den ganzen Tag in der Luft verbracht. Und was für ein wundervoller Tag war das gewesen!

Als sie an jenem Morgen bei der Felsspalte ankamen, hatte Tallow verkündet: »Das ging doch alles sehr gut. Wenigstens sind wir da, wo wir hinwollten.«

Fortune hätte sich bei diesen Worten beinahe verschluckt.

»Was?« rief er fassungslos. »Wir sind da, wo wir hinwollten? Nach einer solchen Nacht könnten wir überall gelandet sein. Ich weiß nicht einmal, auf welcher Seite des Berges wir uns befinden, geschweige denn, in welche Richtung wir fliegen müssen.«

»Du bist ja auch nicht von hier, Fortune«, erwiderte Tallow grinsend.

»Nun, verzeih mir«, sagte Fortune und verbeugte sich tief. »Welche Schneewehe ist also unser nächstes Ziel, o hiesiger Drache? Die da – oder vielleicht jene dort drüben?«

Fortunes Sarkasmus war nicht böse gemeint. Obwohl er besorgt war, sie könnten sich verirrt haben, hegte er keinen Groll gegen Tallow. Dafür war der riesige Drache einfach zu ... ehrlich. Fortune glaubte zwar nicht daran, daß es auf der ganzen Welt einen Drachen gab, der in einer Sturmnacht wie der vergangenen sicher seinen Weg fand, doch er vertraute darauf, daß Tallow die Gegend gut genug kannte, um sich zu orientieren und sie am Ende zu ihrem Ziel zu bringen.

»Wir werden dort entlang fliegen«, entschied Tallow ohne zu zögern und wies mit dem Flügel in eine Richtung. Fortune kam die Angabe recht vage vor. Er deutete sie so, daß die Route, die Tallow vorschlug, vom Schimmernden Berg wegführte und damit der groben Richtung entsprach, die sie bereits die ganze Nacht über verfolgt hatten.

»Sollten wir uns tatsächlich nicht verirrt haben?« fragte Fortune ungläubig. »Das kann ich einfach nicht glauben. Oder es war reiner Zufall.«

»Kein Zufall«, antwortete Tallow feierlich. »Sondern Können.«

»Also schön«, lachte Fortune. »Nun sag schon, wo müssen wir wirklich hin?«

»Ich hab' dir gezeigt, in welche Richtung wir fliegen werden«, erwiderte Tallow mit ernster Stimme. »Über solche Dinge mache ich keine Witze. Sie machen mich schließlich zu dem Drachen, der ich bin.«

Einen Augenblick lang hielt Fortune seinem Blick stand, doch dann konnte er sich nicht mehr beherrschen, und er begann haltlos zu lachen. Das Lachen brach aus ihm heraus wie ein Tier, das viel zu lange eingesperrt gewesen war. Zugleich hatte Fortune das Gefühl, als ob sein ganzer Körper gereinigt würde. Er spürte, wie ihn endlich der Berg aus seinem Griff entließ und sich eine Ruhe in ihm ausbreitete, die selbst den Verlust von Gossamer und seinen Freunden für einen Augenblick in die Vergessenheit drängte. Und er spürte, wie sich die Vergangenheit sowie die Erinnerung an den toten Vater und die Mutter, die wiederzufinden er noch immer hoffte, tröstenden Flügeln gleich um ihn legten. Er fühlte sich wieder ... *ganz*.

Seine Mission war gescheitert, doch es gab noch andere Aufgaben, die auf ihn warteten.

Er sah Tallow an, bemerkte dessen irritiertes Stirnrunzeln und brach erneut in Gelächter aus.

»Tut mir leid, Tallow. Es ist nicht deinetwegen, mein Freund, ich lache nicht über dich. Na ja, vielleicht ja doch. Du siehst so schrecklich ernst aus. Hier stehen wir, im Nirgendwo, und du behauptest mit einer solchen Sicherheit zu wissen, wo wir sind.«

Tallow schenkte ihm ein breites Lächeln, doch das Stirnrunzeln verschwand nicht ganz von seiner Stirn.

»Du glaubst mir nicht, Fortune«, sagte er langsam und neigte den Kopf zur Seite.

»Nein, nein, das ist es nicht ...« begann Fortune, doch sein Begleiter schnitt ihm das Wort ab.

»Laß nur, du hast ein Recht, an meinen Fähigkeiten zu zweifeln. Es ist lange her, daß ich sie unter Beweis stellen mußte. Aber für dich tue ich es gerne, Fortune. Für dich ganz besonders, denn mehr als alle anderen Drachen brauchst du diesen Beweis.«

»Inwiefern?«

»Flieg zu der Hügelkette dort drüben«, fuhr Tallow mit einem listigen Grinsen fort und wies auf eine schneebedeckte Erhebung in einiger Entfernung. Fortune wollte gerade den Mund zu einer Erwiderung aufmachen, als Tallow ihn erneut unterbrach. »Frag nicht warum, tu es einfach. Und zähle die Flügelschläge, die du dafür benötigst.«

Fortune fügte sich und flog zu den Hügeln, landete und kehrte dann zurück. Als er sich wieder neben Tallow niederließ, verkündete er sein Ergebnis.

»Achtundsechzig Schläge hin und neunundsiebzig zurück.«

»In Ordnung. Jetzt sieh mir zu.« Mit grandioser Geste breitete Tallow seine Flügel aus. Einmal mehr bewunderte Fortune den Wuchs dieses Drachen. Er war groß wie ein Berg. »Zähl meine Flügelschläge.«

Ohne ein weiteres Wort hob er sich mit drei kraftvollen Schlägen in die Luft und machte sich auf den Weg in Richtung der Hügelkette. Fortune sah ihm aufmerksam zu, während er die rhythmischen Schläge seiner Flügel zählte. Noch bevor Tallow das Ziel erreicht hatte, hatte Fortune bereits bemerkt, mit welcher Regelmäßigkeit er seine Schwingen auf und ab bewegte und mit welcher Präzision sie immer im gleichen Winkel zu den Wolken standen. Ein paar Atemzüge später landete Tallow auf dem Hügel, jetzt nur noch ein kleiner Punkt in der öden, weißen Landschaft. Durch die Stille schrie er zu Fortune herüber.

»Wieviel?«

»Siebenundvierzig Schläge!« brüllte Fortune zurück.

»In Ordnung! Zähl weiter!«

Und damit hob Tallow sich wieder in die Lüfte und kam zurück. Mit ungeheurer Leichtigkeit landete er schließlich neben Fortune.

»Wieviel?« fragt er erneut.

»Genausoviel«, gab Fortune beeindruckt zurück. »Siebenundvierzig. Der Rhythmus, die Kraft jedes Flügelschlages ist absolut identisch.«

»Das ist die Grundvoraussetzung für gute Navigation«, sagte Tallow, »und das erste, was man lernen muß, wenn man die Kunst des Fliegens beherrschen will. Ein Drache, der einen guten Rhythmus hat, weiß bei jedem Flügelschlag genau, wie weit er geflogen ist. Das Zählen der Schläge gibt einem Auskunft über die zurückgelegte Entfernung, Fortune. So weiß man immer, wo man ist.«

»Aber was ist mit der Richtung? Und mit dem Wind?« Fortune war perplex. Bisher war für ihn das Fliegen nichts weiter als ein mehr oder weniger zufälliges Anspannen der Muskeln gewesen, eine Reflexbewegung ohne Anmut oder Form. Er hatte es überstürzt lernen müssen in jener Nacht, als Südkap in Flammen aufging, und seitdem war es für ihn nie etwas anderes gewesen, als eine nützliche Methode, um sich fortzubewegen.

Doch Tallow hatte seine Flugtechnik in einem Maße verfeinert, die sie zur Kunst machte! Noch einmal betrachtete Fortune die Muskeln des großen Drachen. Sie waren nicht nur kräftig, sondern auch wohlgeformt und ausgebildet durch ausdauerndes und überlegtes Training. Seine Flügel waren groß – selbstverständlich –, aber zugleich auch unglaublich effizient. Er sah aus wie zum Fliegen geschaffen!

Noch bevor Tallow zur Antwort auf seine Fragen ansetzte, schossen Fortune schon tausend weitere durch den Kopf.

»Das mit der Richtung ist schwieriger«, sagte der große Drache. »Der Wind spielt natürlich eine Rolle, doch es gibt vieles, woran ein Drache sich orientieren kann. Die Sterne, geologische Gegebenheiten, landschaftliche Besonderheiten zum Beispiel.«

»Aber was tut man, wenn man nichts sehen kann, so wie letzte Nacht?«

»Dann muß man sich einzig und allein auf den eigenen Körper verlassen. Das ist möglich, Fortune. Ich habe es schon oft unter Beweis gestellt und werde es auch in Zukunft tun.«

Fortune zweifelte nicht länger an Tallows Worten.

»Was ist, wenn du so hoch fliegst, daß die Luft dünn wird? Was, wenn du müde wirst? Verlieren dann deine Flügelschläge nicht ihren Rhythmus? Wie veränderst du die Höhe? Und was ist …«

»Fortune!« rief Tallow aus. »Ich wollte dir etwas beweisen und dir nicht in drei Sekunden beibringen, wofür ich ein Leben gebraucht habe.«

Fortune schwieg. Obwohl er nicht länger das Gefühl hatte, daß der Berg ihn zu sich zog, spürte er doch seine drohende Gegenwart. Und obwohl er nicht wußte, wo die Festung lag, fühlte er, daß sie irgendwo dort draußen auf ihn wartete. Den Berg hatte er einstweilen hinter sich gelassen, und die Festung würden sie schon erreichen.

Es bleibt mir also nur der heutige Tag, dachte er entschlossen.

»Unterrichte mich, Tallow!« platzte es aus ihm heraus. »Bring mir alles bei, was du weißt!«

Der große Drache kniff die Augen zusammen und dachte so lange über seine Antwort nach, daß Fortune glaubte, er müsse vor Spannung zerbersten.

»Hab' mein ganzes Leben dafür gebraucht«, wiederholte er schließlich. »Und selbst jetzt lerne ich noch jeden Tag etwas dazu.«

»Wenigstens die Grundlagen!«

»Heute nacht sollten wir zur Festung fliegen«, wandte Tallow ein. »Hier draußen ist jetzt kein Drache mehr sicher. Außerdem wird heute nacht etwas geschehen, das du bestimmt gerne sehen möchtest.«

Fortune sah zum Himmel auf, an dem die graue Dämmerung nun endgültig durch das Tageslicht vertrieben wurde.

»Dann laß uns gleich anfangen«, erwiderte er lachend.

Und so hatten sie den ganzen Tag in der Luft verbracht. Unter ihnen lag die Winterlandschaft, alles war weiß und wirkte wie neu. Der Himmel war verlockend, unendlich: eine riesige Leere, in der ein Drache Vergangenheit und Zukunft vergessen konnte, um nur in der Gegenwart zu leben, losgelöst von allem … im Flug.

Allein am leeren Himmel, dachte Fortune. *Das ist genau das, was wir Drachen sind. Wir sind die einzigen Lebewesen, die fliegen können.*

Seine Gedanken verloren sich im Nichts, als Tallow so dicht an ihm vorüberflog, daß der unerwartete Luftzug Fortune aus dem Rhythmus brachte. Ein breites Grinsen stahl sich auf das Gesicht des großen Drachen, während er ein paarmal um Fortune herumflog und mit kritischem Blick beobachtete, wie sein Schüler versuchte, die Balance wiederzugewinnen.

»Sei immer auf unerwartete Luftströme gefaßt!« dozierte er. Dann atmete er tief ein und stieß die Luft wieder aus. »Von hier oben ist der Winter doch einfach herrlich.«

Und Fortune mußte ihm zustimmen. Unter ihnen war die Welt rein, wie verzaubert durch den Schnee. Das blaugraue Licht, das durch die Wolkendecke drang, legte eine blasse Aura über die Landschaft, so daß es schien, als ob sie von innen her leuchtete.

Hinter ihnen lag der Schimmernde Berg. Doch weit vor ihnen, kaum sichtbar, zeichnete sich am Horizont ein dunkler Fleck ab. Tallow bestand darauf, daß es die Festung war, auch wenn Fortune nicht wußte, wie er das aus dieser Entfernung mit solcher Bestimmtheit erkennen konnte.

»Wir sollten uns allmählich auf den Weg dorthin machen«, drängte Tallow, dessen Augen dem Blick des Freundes gefolgt waren.

»Gleich«, versprach Fortune. »Ich könnte bis in alle Ewigkeit so fliegen.«

Während des ganzen Tages, der für Fortune eine einzige ausgedehnte Flugstunde war, waren sie lediglich zweimal kurz gelandet, und das auch nur, weil sie in der Felsspalte Schutz vor den Blicken von Wraiths Patrouillen gesucht hatten. Während dieser unfreiwilligen Flugpausen hatten sie sich ein wenig ausgeruht und erfrischt. Im Schatten der Felsspalte wuchsen Beeren, die sie sich schmecken ließen, und ausreichend Wasser gab es dort auch. Danach waren sie so schnell wie möglich wieder in die Luft gestiegen, um das blasse Licht dieses kurzen Wintertages auszunutzen. Stundenlang waren sie geflogen und hatten den Wind miteinander geteilt.

Fortune erwies sich als eifriger und gelehriger Schüler, der bereit war, eigene Fehler einzusehen, und hart daran arbeitete, um sie zu korrigieren. Zwar würde es noch Jahre dauern, bis er Tallows Perfektion erreichen würde, doch es gelang ihm relativ rasch, zumindest die Grundlagen der Flügelkontrolle und des Flugrhythmus zu lernen.

Aber was ihm am meisten Spaß machte – und ihm nebenbei auch am wichtigsten erschien –, waren Schnelligkeit und Wendigkeit. Eben das reine Fliegen.

Tallow begann seinen Unterricht damit, daß er Fortune etwas über seinen Körper, über dessen Anatomie und aerodynamische Eigenschaften erzählte. Er erklärte ihm, daß fast alle Knochen eines Drachen hohl sind und man durch gezieltes Training der Knorpel an den Flügelspitzen eine bessere Kontrolle der Fluggeschwindigkeit erreichen konnte. Dadurch versetzte man sich in die Lage, auch langsame und komplizierte Flugbewegungen zu vollführen, deren Beherrschung vor allem dann von Bedeutung war, wenn man eine gefährliche Landung, zum Beispiel auf einem schmalen Felssims, vor sich hatte. Und schließlich erläuterte er ihm, daß sein Brustbein der zentrale Punkt sei, an dem die kräftigsten Flugmuskeln verankert wären.

»Woher weißt du das alles?« wunderte sich Fortune, denn obgleich ihm das, was Tallow sagte, merkwürdig vertraut vorkam wie ein Duft aus der Kindheit, verstand der große Drache es, sein Wissen derart genau und leicht verständlich weiterzugeben, daß Fortune ihm wie gebannt lauschte.

»Fliegen ist Symmetrie«, erklärte Tallow. »Es hat mich Jahre der Erfahrung gekostet, um das herauszufinden. Du dagegen hast mehr Glück – du hast mich!«

Also flog Fortune, und im Flug fühlte er sich lebendig wie nie zuvor.

»Ich nehme an, das Fliegen war meine Antwort auf das Leben im Wald.« Fortune fiel auf, daß Tallow hier oben in der Luft viel lebhafter war als unten auf der Erde. Er sprach zwar immer noch langsam und nachdenklich, doch mit einer Leidenschaft, die Fortune zuvor nicht an ihm bemerkt hatte. »Die meisten Drachen des Waldes fühlen sich fest mit der Erde verwurzelt, sie sind in sich gekehrt. Ihre Flügel sind im Laufe der Generationen kurz geworden. Wenn sie fliegen, torkeln sie durch die Luft. Aber mein Element ist schon immer der Himmel gewesen. Kannst du dir das vorstellen, Fortune – ein Leben, ohne zu fliegen? Der Himmel wurde nicht geschaffen, um leer zu bleiben.«

Dann sprach er wieder von seinen Freunden, von Volley und natürlich von dem armen Piper. Und von Weft.

»Wenn Volley jetzt hier wäre, würde er singen!« sagte er lachend. »Und wenn Weft hier wäre …«

»Aber er ist nicht hier«, wandte Fortune behutsam ein.

»Nein«, stimmte Tallow zu. »Aber du bist es, Fortune. Du bist bei mir.«

Stunde um Stunde verging, bis sie sich am Abend widerstrebend in das Unabänderliche fügten und zur Landung ansetzten.

»Du bist ein guter Lehrer gewesen, Tallow. Ich danke dir«, sagte Fortune, während er dicht neben dem Freund her flog.

»Es war nicht schwer, dich zu unterrichten. Du wolltest lernen«, gab Tallow zurück.

»Ja.«

Aber das ist noch nicht alles. Es gibt da etwas, das sich nicht einfach in Worte fassen läßt, dachte Tallow.

»Man könnte sogar sagen«, fuhr er laut fort, »du *mußtest* es lernen.«

»Damit könntest du recht haben, Tallow.«

Er erzählte dem Freund jedoch nichts über das eigenartige Gefühl, das immer stärker geworden war, seit sie den Berg hinter sich gelassen hatten.

Es war ein Gefühl, als ob sich eine Klaue in Fortunes Herz gegraben hätte und an ihm zerrte. Diese Empfindung war zwar nicht mehr so stark wie zu Beginn, doch sie war noch immer da, zog an ihm, um ihn zur Rückkehr zu bewegen. Zur Rückkehr in den Berg.

Zur Rückkehr zu …

Das Gefühl war weder angenehm noch wirklich schmerzhaft, aber es war … beharrlich vorhanden. Im Moment fühlte sich Fortune in der Lage, ihm zu widerstehen, doch wie lange noch? Fortune war überzeugt davon, daß er schon bald – nicht heute, vielleicht auch noch nicht morgen, aber doch bald – dem Druck nachgeben und an den Ursprung dieses unnachgiebigen Drängens zurückkehren würde.

Und dann?

Was dann passieren würde, vermochte Fortune nicht zu sagen. Aber etwas in seinem Innern sehnte sich danach, daß es möglichst bald geschah. Etwas, das ahnte, welchen Teil seines Herzens diese eigenartige Kralle durchbohrt hatte.

Vor ihm lag die Festung, und der Gedanke daran zerrte an Fortunes Verstand. Hinter ihm lag der Berg, und er zerrte an Fortunes Herzen.

Für den Augenblick gebot er seinem Herzen zu schweigen und flog weiter.

Sie redeten viel miteinander auf ihrem Weg zu der Festung. Erstaunt stellte Fortune fest, daß er kaum erschöpft war, obwohl er den ganzen Tag in der Luft gewesen war.

»Das liegt daran, daß du richtig geflogen bist«, erklärte Tallow. »Man verbraucht weniger Energie, wenn man richtig fliegt.«

»Du hast mir noch nicht viel über die Festung erzählt. Wie viele Drachen halten sich dort auf?«

Während Tallow noch über diese Frage nachdachte, wurde Fortune bewußt, daß ihn dieses Bollwerk der Erdgeborenen zu interessieren begann. Inzwischen hatten sie sich ihm so weit genähert, daß man einen großen Felsbuckel erkennen konnte, durch dessen Mitte eine senkrechte, nach oben hin breiter werdende Linie verlief.

Es sieht aus wie ein Auge, dachte er, und die Erinnerung an einen Traum, an den er schon lange nicht mehr gedacht hatte, jagte ihm einen kalten Schauder über den Rücken.

»Ich nehme an«, begann Tallow in seiner bedächtigen Art, »daß mindestens zweitausend Drachen in der Festung sind. Aber wohl kaum mehr als dreitausend.«

»Dreitausend!« rief Fortune erstaunt. »Dreitausend Drachen? Ich wußte nicht einmal, daß es so viele gibt!«

»Sie haben sich zu einem recht eindrucksvollen Heer zusammengefunden«, entgegnete Tallow. »Und sie werden die Magier zum Kampf fordern, soviel steht fest.«

»Dreitausend«, wiederholte Fortune. »Erzähl mir mehr über sie. Wer sind sie?«

»Viele stammen aus dem Wald, und ich nehme an, nach dem Feuer sind es sogar noch mehr geworden. Aber genauso viele sind auch aus anderen Gegenden, vor allem aus dem Norden gekommen.«

Der Norden!

»Die Festung wird schon seit vielen Jahren von Drachen bewohnt«, fuhr Tallow fort, »aber erst vor kurzem haben sie sich zusammengeschlossen. Du mußt wissen, daß die Festung sehr groß ist und dort viele völlig unterschiedliche Drachengemeinschaften leben. Etliche Erdgeborene fürchten diesen Ort noch immer, denn er wurde einst von den Riesen erschaffen. Aber die Festung bietet Sicherheit, sie ist ein Bollwerk. Und vor allem ist sie ein Ort, den die Magier meiden.«

»Warum?«

Tallow zuckte mit den Schultern, und diese Geste ließ seine Flügel in kleinen Wellen erzittern. Fortune bemerkte, wie der große Drache unwillkürlich seinen Rhythmus dieser winzigen Bewegung anpaßte.

»Das vermag ich nicht zu sagen. Du kennst die Magier besser als ich.«

»Und was hat die Erdgeborenen dazu veranlaßt, sich zusammenzuschließen? Warum gerade jetzt?«

Wieder zuckte Tallow die Schultern.

»In jüngster Zeit haben sich in Covamere merkwürdige Dinge zugetragen«, seufzte der große Drache. »Eigenartige Lichter, Geräusche. Die Drachen sagten, die Magier seien unruhig geworden; manche behaupteten sogar, sie seien dabei, eine Armee gegen die Erdgeborenen aufzustellen. Diese wiederum fühlten sich in den Wäldern, in der unmittelbaren Nähe von Covamere, nicht mehr sicher. Doch sie waren auch verärgert, denn der Wald gehört ihnen genauso wie den Magiern. Seit einigen Monden haben sich daher viele Drachen des Waldes in die Festung zurückgezogen.

Und dann kamen die Drachen aus dem Norden.«

»Wer sind sie?«

Plötzlich wurde es spürbar kälter. Es war jetzt fast dunkel, der Himmel über ihnen war ein Baldachin aus purpurnen Wolken. Und Fortune hatte auf einmal das merkwürdige Gefühl, daß sich die Zeit verdoppelte: als ob er Tallows Antwort auf seine Frage bereits kannte, bevor dieser noch zu sprechen begann.

»Ihr Anführer nennt sich Shatter«, sagte Tallow.

Aus dem Mund des großen Drachen klang der Name beiläufig, doch in Fortunes Ohren dröhnte er wie das Donnern eines Erdbebens.

Shatter!

Der Drache aus dem Norden!

Kapitel 25

Der Aufmarsch

Weiß lag das Land unter der Decke des früh eingezogenen Winters. Selbst die tiefen Risse und kantigen Grate des Schimmernden Berges lagen versteckt unter dem allgegenwärtigen Schnee, und nur der Gipfel ragte stolz und schwarz aus dem Eis. Graue Wolken umhüllten ihn und warfen ihre Schatten auf die vielen kleinen Berge, die sich in der Ferne verloren.

Weiß war das Land, weiß, so weit das Auge reichte.

Magier zogen über den trüben Himmel, und ihre Flugbahnen beschrieben ein komplexes Muster. Sie hatten nur ein Ziel: die letzten, versprengten Anhänger Halcyons aufzuspüren, um ihre Flucht zu verhindern. Da sie den Wald bis auf ein paar kleine Ausnahmen vollkommen niedergebrannt hatten, wäre dies normalerweise eine einfach zu lösende

Aufgabe gewesen. Doch das überraschend aufkommende Winterwetter hatte den Magiern einen Strich durch die Rechnung gemacht. Der Schnee verschleierte alles, so daß die Patrouillen nicht mehr deutlich sehen konnten. Der Schnee täuschte das Auge und dämpfte selbst die hochempfindlichen Sinne der Magier. Einem Drachen, der sich besonders vorsichtig und klug verhielt, konnte es also durchaus gelingen, durch die Maschen des Netzes der Patrouillen zu schlüpfen und aus der Umgebung des Berges zu entkommen.

Cumber ließ seinen Blick über das Schneefeld schweifen und nahm sich die Zeit, den Anblick der aufgehenden Sonne zu genießen. Zu seiner Überraschung fand er immer größeren Gefallen an derartigen Naturschauspielen, seit er am Schimmernden Berg angekommen war.

Er seufzte, als ihn die Erinnerung an seine Freunde und Lehrer überfiel und er über die Aufgabe nachdachte, die vor ihm lag: die Zerstörung aller Steinzirkel, die die Feen mit großer Sorgfalt hatten entstehen lassen. Das Licht der noch tief stehenden Sonne rollte über die Schneewehen hinweg wie Wellen über den Strand und hinterließ ein feines Muster aus gelb glänzenden Erhebungen und blau schimmernden Vertiefungen. Noch hatte es den Felsspalt, in dem sich die drei Drachen versteckt hielten, nicht erreicht. Velvet hatte sie am Abend zuvor zu dieser winzigen Höhle geführt, die zwar nicht besonders bequem war, ihnen aber Schutz vor der Kälte und den Patrouillen Wraiths bot.

Ein Tag und eine Nacht waren vergangen, seit Cumber den Berg durch den magischen Ring aus Steinen verlassen hatte. Am ersten Tag waren sie mit ihrer Arbeit erstaunlich gut vorangekommen. Trotz des alles verdeckenden Schnees hatte Velvet unermüdlich einen Ring nach dem anderen aufgespürt. Hatte man sie erst einmal gefunden, war es ein leichtes, ihre Magie außer Kraft zu setzen. Es bedurfte nur der Beseitigung eines einzigen Steines, um die Zauberkraft des Zirkels zu zerstören.

Warum Mantle ihm diesen eigenartigen Auftrag erteilt hatte, war ihm und seinen beiden Begleiterinnen noch immer ein Rätsel. Doch insgeheim hatten sie sich alle inzwischen ihre eigenen Gedanken darüber gemacht.

Ein dunkler Pfeil am Himmel.

»Ein Drache!« flüsterte Cumber.

Er lief zu Gossamer und Velvet in die Höhle zurück. Voller Furcht beobachteten sie gemeinsam, wie der Magier tief über die Ebene flog, die sie am Abend zuvor durchquert hatten. Mit weit ausgestrecktem Hals suchte er den Boden nach verdächtigen Spuren ab. Was den Zauberdrachen argwöhnisch gemacht hatte, wußten die drei nicht, denn die Höhle war aus der Luft mit Sicherheit nicht zu sehen.

»Er kommt zurück«, flüsterte Velvet und drängte sich Schutz suchend dicht an Cumber, während der Magier kehrtmachte und noch einmal über die Ebene flog. Verzweifelt versuchten die drei im Licht des frühen Morgens zu erkennen, ob sie im Schnee sichtbare Spuren hinterlassen hatten, die sie verraten könnten.

Dann landete der Drache.

Es war ein weiblicher Drache, der nun schwerfällig durch den hohen Schnee auf den Felsen zustapfte, hinter dem die Höhle verborgen lag. Die Schuppen waren weiß, die Flügel lang und schmal, und hätte ihr Gesicht nicht diesen finsteren, unnahbaren Ausdruck gehabt, hätte Cumber sie sogar als schön bezeichnet.

»Zu dritt könnten wir sie vielleicht überwältigen«, schlug Velvet plötzlich vor. Cumber zuckte zusammen, denn sie hatte es ihm direkt ins Ohr gesagt. Er spürte ihren Körper, der sich an den seinen preßte, und stellte verwundert fest, daß ihm dieses Gefühl angenehm war. Velvet ihrerseits war froh, daß er nicht zurückwich. Cumber faszinierte sie, er stand für all die alten Geschichten, die man ihr über die Monstrosität der Magier erzählt hatte: über das Böse, das sie in die Welt und über ihre Vettern, die Erdgeborenen, gebracht hatten. Aber Cumber war weder ein Monstrum noch war er böse. Er war gut, und er war irgendwie ... komisch.

»Sei nicht dumm«, flüsterte er. »Man würde sie bald vermissen. Und abgesehen davon ist sie stärker als sie aussieht.«

In der Tat, je näher sie kam, desto bedrohlicher wirkte sie auf die drei. Ihre schlanken Flügel waren gewappnet mit gleißenden Fäden aus Magie: lebendigen Netzen, die die beinahe durchsichtigen Membranen vor angestauter Energie leuchten ließen. Ihre Augen glitzerten wie kalte Edelsteine.

Cumber ließ seinen Blick durch die Höhle schweifen, doch er sah nur, was er bereits wußte – es gab keinen Ausweg.

Mir bleibt immer noch die Flucht durch das Reich, dachte er erschaudernd. *Aber die Freunde müßte ich zurücklassen.*

Die Magierin war jetzt so nahe, daß man sie beinahe riechen konnte.

»Solice!«

Wie ein Donner fuhr die Stimme aus dem Himmel herab. Die drei Drachen sahen aus ihrem Versteck hinauf zu den Wolken, die die aufgehende Sonne verdeckten. Ein zweiter Magier zog mit kräftigen Flügelschlägen über den winterlichen Himmel.

»Solice!« wiederholte er. »Was trödelst du noch hier herum? Mit diesem Abschnitt sind wir doch schon lange fertig.«

Die Magierin, Solice, starrte entschlossen in Richtung der Höhle, der Blick aus schmalen Augenschlitzen war vollkommen ausdruckslos.

»Ich dachte, ich hätte etwas gesehen«, murmelte sie mit sanfter Stimme, die in der winterlichen Landschaft dennoch so weit trug, daß nicht nur die Drachen in der Höhle, sondern auch ihr Gefährte am Himmel sie hören konnten.

»Ach, du siehst ständig irgend etwas«, knurrte der Magier ungeduldig. »Komm schon, ich brauche eine Pause. Wir haben die ganze Nacht nichts gegessen!«

Solice blieb noch einen Moment regungslos stehen, dann schüttelte sie den Kopf.

»Also gut«, seufzte sie. Lautlos entrang sich den drei Drachen in der Höhle ein Stoßseufzer. Noch wagten sie ihr Glück kaum zu fassen.

Mit großer Geste breitete Solice ihre Schwingen aus. Lichtblitze zuckten über die Membranen, und ohne einen einzigen Flügelschlag erhob sich die Magierin majestätisch in die Luft. Mit vor Erstaunen weit aufgerissenen Mündern verfolgten Gossamer und Velvet den für sie unerklärlichen Vorgang.

»Sie will nur angeben«, flüsterte Cumber. »Was für eine Verschwendung von Magie!«

»Kannst du das auch?« fragte Velvet gespannt, als die beiden Magier endlich davongeflogen waren.

»Selbstverständlich – das heißt, wenn ich wollte«, antwortete Cumber. »Aber wenn du mich fragst, gibt es nützlichere Dinge, für die ein Magier seine Zauberkraft einsetzen sollte, wesentlich nützlichere Dinge.«

»Was zum Beispiel?« beharrte Velvet.

»Nun ja«, begann Cumber und sah nachdenklich auf die Spuren, die Solices Klauen im Schnee hinterlassen hatten. »Wie wär's für den Anfang damit? Kommt mit.«

Er führte sie vor die Höhle. Der Schneefall hatte inzwischen deutlich nachgelassen, und trotz der Gefahr, in der sie sich noch vor wenigen Augenblicken befunden hatten, wirkte der Berg auf Cumber ein wenig freundlicher, einladender als noch am Tag zuvor. Velvet folgte ihm auf dem Fuß, während Gossamer als letzte die Höhle verließ und unwillkürlich über das Verhalten ihrer neuen Freundin lächeln mußte, deren Interesse an Cumber nicht zu übersehen war.

»Stellt euch dort hin«, wies Cumber sie an, indem er auf eine Stelle im Schnee zeigte, die er offensichtlich willkürlich ausgewählt hatte. »Ich hätte das schon früher machen sollen, aber ich hab' nicht daran gedacht. Abgesehen davon ist mir erst heute bewußt geworden, wieviel Energie es in dieser Gegend gibt. Der Schnee verdeckt sie, aber sie ist da, im Boden, selbst in der Luft – sie ist da.«

»Entschuldige bitte«, unterbrach Velvet ein wenig verschämt. »Was ist da?«

»Zauber«, erwiderte Cumber.

»Magie«, ergänzte Gossamer.

»Ach so«, sagte Velvet.

»Der ganze Berg ist voll davon, versteht ihr«, fuhr Cumber mit wachsender Begeisterung fort. »Und das bedeutet, daß die Magie, die sich in letzter Zeit im Kernland nur noch unter großen Schwierigkeiten hat ausüben lassen und weiter oben im Norden fast ganz unmöglich geworden ist, hier eine ungeheuer große Wirkung hat. Hier könnte ich Zauberwerke vollbringen, von denen ich zu Hause in Südkap nicht einmal zu träumen gewagt habe. Natürlich fange ich erst an, die Möglichkeiten zu sehen, die sich mir hier bieten, denn um so etwas zu ...«

»Cumber«, unterbrach Gossamer ihn in ihrer geduldigen Art. »Was wolltest du uns zeigen?«

»Ach ja, ich hab' mir schon gedacht, daß du das nicht vergessen würdest. Also, wenn ihr nichts dagegen habt, wollte ich folgendes tun.«

Und damit schloß Cumber die Augen und krümmte den Rücken. Der Schnee unter seinen Füßen begann zu knirschen und zu schmelzen, unter seinen Schuppen blitzten kleine Flammen auf, die wie Tausende kleiner Zungen durch den goldenen Panzer schossen. Doch als sie wieder erloschen, war der Panzer weiß.

Cumber hatte eine andere Farbe angenommen.

»Donnerwetter!« rief Velvet nach einem Moment sprachlosen Staunens. »Das ist ja unglaublich!«

»Nun, Cumber«, sagte Gossamer lächelnd, während sie ihn von allen Seiten betrachtete, »wer kommt als nächster dran, Velvet oder ich?«

»Was?« schrie Velvet erschrocken.

»Oh, ich hoffe, du denkst jetzt nicht, ich wollte ...«, stotterte Cumber verlegen, »ich meine, ich hätte dich natürlich zuerst gefragt, ob du einverstanden bist ... verstehst du, es wäre nur zu deinem Besten ... so etwas wie eine Maskierung ... obwohl ich natürlich verstehen kann, wenn du nicht willst ...«

»Cumber!« lachte Gossamer.

»Ja?«

»Nun mach schon, fang einfach an.«

»Oh, also gut. Einverstanden, Velvet?«

Ausnahmsweise war Velvet sprachlos, deshalb begnügte sie sich mit einem Kopfnicken. Als Gossamer sah, daß sie ein wenig zitterte, ging sie zu ihr und legte ihr mütterlich einen Flügel um die Schultern.

»Mach dir keine Sorgen, Liebes«, sagte sie. »Wenn dir nicht gefällt, wie du aussiehst, wird Cumber dir sicherlich gerne wieder deine ursprüngliche Farbe zurückgeben. Aber wer weiß«, fügte sie leise hinzu. »Vielleicht gefällst du ihm mit deiner neuen Farbe noch besser als vorher.«

Noch bevor Velvet darauf antworten konnte, spürte sie bereits, wie ein warmer Schauer ihren Körper von der Schnauze bis in die Schwanzspitze durchlief. Instinktiv schloß sie die Augen.

»Sag mir Bescheid, wenn es vorbei ist, Cumber!«

»Ist schon vorbei«, erwiderte Cumber auf der Stelle. »Die Weißen Drachen – das sind wir jetzt. Vielleicht gelingt es uns ja, die Pläne des Schwarzen Drachen ein bißchen durcheinanderzubringen, was meinst du, Gossamer?«

Gossamer betrachtete ihre neuen, weißen Schuppen. In dem blassen Licht des jungen Tages leuchteten sie rein und schön. Auch Velvets Panzer erstrahlte in einem Glanz, der heller war als das hellste Weiß. Gossamer zitterte, während sich eine Wolke der Furcht über ihr Herz legte. Doch zugleich ergriff ein Glücksgefühl über diese unerwartete Verwandlung von ihr Besitz.

Wenn ein Drache in der Lage ist, seine Farbe zu verändern, dann müssen doch noch ganz andere Veränderungen möglich sein, dachte sie plötzlich. *Sollte es uns dann nicht auch gelingen, den kalten Schnee in eine Zukunft voller Wärme zu verwandeln?*

Velvet holte sie jählings in die Realität zurück. »Mir gefällt mein neues Aussehen, Cumber. Danke! Von mir aus kann es immer so bleiben! Und jetzt, kommt, wir haben noch eine Menge Arbeit vor uns.«

Leichten Herzens folgten Cumber und Gossamer ihrer Freundin, die sich bereits in die Luft erhoben hatte, und gemeinsam machten sich die drei weißen Drachen auf den Weg zum nächsten Steinzirkel.

Unter bedrohlichen Vorzeichen hatte dieser Tag begonnen, nun aber eine neue, optimistische Wende genommen. Während sie sich rings um den Berg von einem Steinzirkel zum nächsten vorarbeiteten, verlor die Farbe ihrer Schuppen zwar den anfänglichen Glanz, doch zurück blieb ein leicht stumpfes Weiß, das vor dem Hintergrund des Schnees eine noch bessere Tarnung abgab.

»Das kommt daher, weil die überflüssige Magie allmählich verblaßt«, erklärte Cumber. »Die Farbe bleibt für immer, wenn man sie nicht mittels eines Zaubers wieder korrigiert. Aber die Energie, die die Änderung bewirkt und für den Glanz gesorgt hat, klingt nach und nach ab.«

In der folgenden Nacht schliefen sie tief und ungestört in einer niedrigen Höhle, die Velvet hoch oben in den östlichen Ausläufern des Berges entdeckt hatte.

»Bleib dicht bei mir«, warnte Tallow, als er und Fortune nebeneinander in den Rachen der Festung flogen. »Und überlaß auch das Reden mir.«

»Hab' schon verstanden, Tallow«, erwiderte Fortune. »Aber ich würde dein Leben genausowenig aufs Spiel setzen wie das meiner besten Freunde.«

Der große Drache mußte unwillkürlich lächeln.

»Vergiß nicht«, sagte er, um Fortune noch einmal deutlich zu machen, worum es ging, »die Drachen in dieser Gegend wissen nicht viel über die Magier. Die meisten hassen und verachten sie sogar. Sie kennen weder den Namen des Schwarzen Drachen noch eines der Geheimnisse, in die du eingeweiht zu sein scheinst. Paß also auf, was du sagst, wenn du uns nicht in Gefahr bringen willst.«

Aus dem dichten Schneegestöber flogen sie nun in die riesige Höhle, die sich im Innern des Felsens, dieser versteinerten Woge, auftat. Tallow hatte recht gehabt. Die Zahl der Drachen, die sich hier aufhielten, ging in die Tausende.

Sie drängten sich auf den Terrassen und dem leicht ansteigenden Boden der Festung: eine riesige, kaum überschaubare Menge. Fast alle hatten sie den Blick auf einen Felsvorsprung am anderen Ende der gewaltigen Höhle gerichtet.

Hitze stieg von ihren Körpern auf und vermischte sich mit der kalten Nachtluft. Durch seine Flugübungen sensibilisiert, paßte Fortune seine Flügelschläge instinktiv der warmen, feuchten Luft an. Mit der Wärme schlug ihm auch das Stimmengewirr der versammelten Drachen entgegen – das Murmeln der Menge, die Stimme dieser Armee.

»So viele Drachen«, flüsterte er ehrfürchtig. »Ist es möglich, daß sie alle die Magier verachten?«

»Das wirst du noch früh genug herausfinden«, murmelte Tallow. »Doch erst müssen wir Volley finden.«

Fortune zweifelte nicht einen Augenblick daran, daß es dem großen Drachen gelingen würde, in dieser Menge seinen Freund ausfindig zu machen. Wenn jemand dazu in der Lage war, dann Tallow.

In immer enger werdenden Kreisen flogen sie über die versammelten Drachen hinweg. Und während Tallow nach Volley Ausschau hielt, betrachtete Fortune interessiert den Felsvorsprung, auf den sich die gespannten Blicke der Wartenden richteten.

»Er ist nicht da, wo er sich sonst immer aufhält«, knurrte Tallow. Noch während er sprach, bemerkte Fortune aus den Augenwinkeln, daß sich zu ihrer Linken zwei stämmige Wachen in die Luft erhoben. Sie kamen direkt auf die beiden Freunde zu und befahlen ihnen, nicht weiterzufliegen. Alle vier verharrten in der Luft, während sich die Wachen zu beiden Seiten von Fortune und Tallow postierten, um sie an einer möglichen Flucht zu hindern.

»Was für ein Spielchen treibt ihr denn hier oben?« fragte der eine von ihnen in gedehntem Tonfall. Er war groß und knochig, machte aber einen gelassenen Eindruck und wirkte eher freundlich als bedrohlich. Sein Begleiter dagegen sah mit seinem giftgrünen Panzer aggressiv und äußerst gefährlich aus.

»Ganz recht«, schaltete er sich jetzt ein. »Ihr solltet unten am Boden sein. Es ist eine Beleidigung Shatters, die Aufmerksamkeit in dieser Weise auf sich zu ziehen. Ich hätte nicht übel Lust, euch zu melden.«

»Laß gut sein, Mulch«, versuchte der andere ihn zu beschwichtigen. »Das reicht. Bist du nicht Tallow?«

»Der bin ich«, knurrte Tallow.

»Hmm! Aber deinen Freund kenne ich nicht. Ist er neu hier?«

»Ich bin gestern angekommen, Sir«, flötete Fortune mit übertriebener Begeisterung. »Tallow hat mir nur ein bißchen die Gegend gezeigt, und ich fürchte, meinetwegen sind wir zu spät zurückgekommen. Wir haben gerade nach einem Platz zum Landen gesucht. Es tut mir schrecklich leid, es ist alles meine Schuld. Aber ich bin so gespannt auf die Rede, daß ich wohl ein bißchen durcheinander bin.«

Fortune hätte sich am liebsten geohrfeigt. Seine aufgesetzte Naivität kam ihm selbst so übertrieben vor, daß er sicher war, die Wächter müßten ihn sofort durchschauen. Außerdem hatte er Tallow versprochen, das Reden ihm zu überlassen. Aber erstaunlicherweise schien niemandem etwas aufzufallen. Mulch war offenbar zufrieden, einen derart treuen Anhänger Shatters vor sich zu haben, und sein Kamerad schien Tallow gut genug zu kennen, um jedem Drachen in seiner Begleitung zu vertrauen.

»Habt ihr draußen noch andere Drachen gesehen?« bohrte Mulch nach. Dann stieß er plötzlich Fortune den Flügel in die Brust. »Vielleicht steckt ja mehr dahinter, daß ihr in dieser Kälte durch die Gegend fliegt. Was meinst du, Tallow? Vielleicht reicht eure Treue nicht so weit, wie ihr uns glauben machen wollt?«

Die Verwirrung auf Fortunes Gesicht, als er Tallow einen raschen Blick zuwarf, war echt. Doch für Mulch war sie ein gefundenes Fressen.

»Und tu nicht so, als ob du nicht wüßtest, wovon ich rede, du Zwerg!« schnauzte er. Offenkundig war er sehr leicht erregbar und schien entschlossen zu sein, Tallow und Fortune seine Macht zu demonstrieren.

»Nun komm schon, Mulch«, gähnte sein Kamerad. »Warum läßt du sie nicht in Ruhe? Sie sind harmlos.«

»Und woher willst du wissen, daß sie keine Verräter sind?« zischte ihm Mulch ärgerlich zu.

»Tallow ist kein Dummkopf«, antwortete der andere gelangweilt. »Und daß dieser Grünschnabel hier nicht zur ›Schar der Freien‹ gehört, sieht doch jeder. Laß sie jetzt landen, und komm zurück auf unseren Posten. Oder willst du dich hier oben erwischen lassen, wenn Shatter mit seiner Rede beginnt?«

Widerstrebend folgte Mulch der Aufforderung seines Kameraden, allerdings nicht, ohne Tallow und Fortune einen giftigen Blick zuzuwerfen.

»Macht, daß ihr wegkommt«, fauchte er. »Und laßt euch nicht wieder von uns erwischen. Shatter mag gegenüber Drachen, wie ihr es seid, Milde walten lassen. Aber das heißt nicht, daß wir ebenso verfahren.«

»Was sollte das ganze Theater?« fragte Fortune flüsternd, als die beiden endlich verschwunden waren.

Doch seine Worte gingen in dem allgemeinen Aufschrei unter, der in diesem Moment durch die Menge ging und sich von dem Felsvorsprung bis in die hintersten Reihen ausbreitete wie eine Welle, die die versammelten Drachen erwartungsvoll erstarren ließ.

»Wir haben jetzt keine Zeit, darüber zu reden«, rief Tallow Fortune über den allgemeinen Aufruhr hinweg zu. »Laß uns landen, und ich erklär's dir später. Ah, da ist ja auch Volley!«

Keiner der Erdgeborenen, die sich in jener Nacht in der Festung versammelt hatten, war sich dessen bewußt, aber in genau dem Moment, in dem Fortune und Tallow sich unter die Wartenden mischten, um der Rede Shatters zu lauschen, war es Wraiths Eliteeinheit gelungen, den zweiten Verteidigungsring Halcyons zu durchbrechen.

Dieses Ereignis ging mehr oder weniger genauso vonstatten wie die Zerstörung des ersten Ringes in der vorangegangenen Nacht: lautlos und in vollkommener Dunkelheit. Nur daß es diesmal – zur großen Erleichterung der Magier, die die entscheidenden, letzten Barrieren zu beseitigen hatten – keine Toten gab. Als es soweit war, schmolz die Wand – ein hoher, Magie reflektierender Spiegel, der sich durch den

Fels wand wie eine Schlange – einfach zusammen wie Eis zur Zeit der Schneeschmelze.

Während Wraith sichtbar zufrieden war über diesen Sieg, zeigten sich seine Ergebenen vor allem erleichtert, daß nicht noch mehr von ihnen ums Leben gekommen waren. Mit neuem Enthusiasmus machte sich daher die Eliteeinheit – allesamt Drachen, die über besonders ausgeprägte Fähigkeiten verfügten, Magie zu erspüren – an die Aufgabe, auch den nächsten Ring zu durchbrechen.

Der dritte Ring war ebenso unsichtbar wie der erste, und es gab kaum Hinweise darauf, wo sich die Auslöser für den magischen Schirm befanden. Die Soldaten sahen sich einer Felswand gegenüber, deren Oberfläche bis auf ein paar haarfeine Risse vollkommen glatt war.

Seufzend und sich düstere Blicke zuwerfend, machten sie sich entschlossen wieder an ihre Arbeit.

Wiederum blieb ihnen nur ein einziger Tag, um das Rätsel dieses Schirms zu lösen, hinter dem sie dann noch zwei weitere Verteidigungsringe erwarteten. Insgeheim hoffte ein jeder von ihnen, daß er oder sie am Ende der vor ihnen liegenden drei Tage noch am Leben sein würde.

Tallow bahnte sich seinen Weg durch die wogende Menge zu einem großen, braunen Drachen, der ihn offensichtlich freudig erwartete. Fortune erriet sofort, daß dies Volley sein mußte, denn obgleich nicht ganz so groß wie sein Freund, war sein Panzer genauso dunkel und seine Haltung genauso aufrecht und stolz. Wenn man die beiden zusammen sah, wußte man, daß dies zwei Drachen waren, die fast ihr ganzes Leben Seite an Seite verbracht hatten und die sich ohne die Gesellschaft des jeweils anderen verlassen fühlten.

»Tallow!« begrüßte Volley den Freund und versetzte ihm einen herzlichen Schlag auf die Flanke. »Warum bist du einfach davongeflogen? Ich habe angefangen, mir Sorgen um dich zu machen, alter Freund.«

Volley besaß einen wunderbaren, vollen Bariton, und Fortune erinnerte sich an Tallows Bemerkung, daß Volley den

Gesang liebte. Er konnte nur hoffen, daß er einmal in den Genuß kam, ihn singen zu hören.

»Schon gut«, erwiderte Tallow, dessen Stimme um einiges tiefer war, in der ihm eigenen, langsamen Art. »Ich konnte mich doch nicht von so ein bißchen Eis und Feuer abhalten lassen, oder?«

Volley grinste breit, und Fortune erkannte, daß dieser Drache leichter als Tallow einen Grund zum Lachen fand, daß er ein Drache war, der die Freuden des Lebens genoß und sich nicht lange mit Dingen aufhielt, die langes Nachdenken erforderten.

»Und wer ist dieser junge Drache?« fragte Volley, indem er sich zu Fortune hinunterbeugte. Obwohl Fortune beinahe ausgewachsen war, kam er sich in der Gegenwart dieser beiden Drachen klein wie ein Zwerg vor. Zugleich fühlte er sich aber auch sicher und geborgen, und schon war ihm Volley beinahe genauso sympathisch wie Tallow.

»Das ist Fortune«, antwortete Tallow ungewöhnlich schnell. »Ich glaube, seinetwegen sollten wir noch ein bißchen länger hierbleiben als geplant.«

Volley hob eine Augenbraue und sah seinen Freund vielsagend an, während Fortune darüber nachdachte, was Tallow gemeint haben könnte. Er wollte gerade nachfragen, als die Menge wieder von Unruhe erfaßt wurde. Doch schon im nächsten Moment herrschte atemlose Stille.

Ein Drache war auf den Felsvorsprung getreten. In der Festung herrschte nur trübes Dämmerlicht, und es war schwer, ihn deutlich zu sehen. Erst, als vollkommene Stille herrschte, begann er zu reden.

»Willkommen«, sagte der Drache. »Ich bin Shatter, und ich heiße alle Freunde in meiner Festung willkommen.«

Shatters Ansprache beeindruckte Wood nur wenig, aber das war nichts Neues.

Ich habe das alles schon mal gehört, dachte er gelangweilt, während Shatter mit donnernder Stimme über Triumph und Rache, Sieg und Gerechtigkeit sprach. Wood fühlte sich nervös und ruhelos auf seinem Platz im Schatten des Felsvorsprungs, abseits der Menge. Und zugleich stellte er verwundert fest, daß ihn die Aussicht, endlich gegen die Magier ins Feld zu ziehen, vollkommen gleichgültig ließ.

War es denn nicht genau das, was er wollte? War dies nicht der Moment, auf den er unausweichlich zugesteuert hatte, seit er seinerzeit seine Entscheidung getroffen hatte. Damals auf dem verbotenen Sims im Großen Saal der Höhlen von Südkap, als er sich in das Kampfgewühl und auf Ordinal gestürzt hatte, um sich an die Seite seines Vaters zu stellen? Sein Verstand sagte ihm ja, doch sein Herz ...?

Sein Herz hing vor allem an seinem Vater. Armer, verwundeter Barker, der inzwischen fast blind war und nur noch unter schrecklichen Schmerzen fliegen konnte, der dennoch die halbe Welt durchreist hatte, nur um Shatter nicht zu verlassen, und der seinen Platz unter den wenigen Beratern, die Shatter an seiner Seite duldete, behauptet hatte. Barker bewunderte seinen Führer. Er war treu bis in den Tod. Und Wood bewunderte seinen Vater, das hatte er sich endlich eingestanden. Und darin lag auch der eigentliche Grund, warum er hier war.

Nachdem sie auf dem ersten Teil ihrer Reise keinen nennenswerten Schwierigkeiten begegnet waren und die Niedrigen Berge sowie Aethers Schlucht mühelos durchquert hatten, hatte sich der Flug bis zur Festung als außerordentlich anstrengend erwiesen. Shatter hatte ein unbarmherziges Tempo diktiert und ihre Gruppe zu immer größerer Eile angetrieben. Tag und Nacht waren sie geflogen und hatten kaum Pausen gemacht. Wäre da nicht Barkers Dickköpfigkeit gewesen, seine Entschlossenheit, seinem Führer bis ans Ende der Welt zu folgen, hätte Wood die Gruppe bereits nach dem ersten Tag verlassen. Doch er blieb, wenn auch nur um seines Vaters willen.

Genau einen Tag nachdem Mantles Erdbeben Aethers Schlucht für immer geschlossen und damit Fortune und seine Freunde zu ihrem Flug nach Süden gezwungen hatte, waren Shatter und seine Drachen in den Ausläufern der Verletzten Berge angelangt. Shatter, dessen rote Augen nie müde zu werden schienen, war über das Kernland hinweggeflogen, als ob es ihm gehörte, bis schließlich vor ihnen am Horizont die Festung aufgetaucht war.

Shatters Reaktion auf die Festung war eigenartig gewesen. Während alle anderen angesichts ihrer Größe von Ehrfurcht ergriffen waren, vor allem aber beim Anblick des eigenartigen, der Schwerkraft trotzenden Gebildes vor ihrem Eingang, zeigte Shatter sich so wenig beeindruckt, als hätte er nichts anderes erwartet.

Barker hatte es gewagt und Shatter nach dem Grund für sein merkwürdiges Verhalten gefragt. Doch Shatter hatte nur kurz und bündig erklärt: »Das alles hat schon lange in meinem Innern existiert, Drache. Mich schreckt es nicht! Der Fels vor dem Eingang ist die ›Todesfalle‹.«

Sie hatten festgestellt, daß bereits eine ganze Reihe von Drachen in der Festung lebten, und tagtäglich kamen mehr dazu. Es war nur eine Frage der Zeit, bis Shatter wieder das tat, was er bereits in Südkap getan hatte, und sich zum Anführer der Revolution, zum Bezwinger der Magier erklärte. Zu ihrer aller Führer.

In den folgenden Tagen hatte er unzählige Reden gehalten, und die Erdgeborenen hatten ihm aufmerksam zugehört. Endlich hatten sie einen Drachen gefunden, der es tatsächlich gewagt hatte, den Kampf gegen die Magier aufzunehmen, der bereits eine Schlacht gegen sie geschlagen hatte und der sie alle zum Sieg führen würde. Immer wieder hatte Shatter die Drachen aufmarschieren lassen und kleinere Erkundungstrupps in den Wald geschickt, denen Wood sich einige Male angeschlossen hatte. Er war mit ihnen geflogen, um die schreckliche Vorstellung zu verdrängen, daß er gezwungen sein könnte, den Rest seines Lebens unter dem Kommando Shatters zuzubringen. In ihm hatten sich sogar Zweifel geregt, ob es wirklich unabdingbar war, die Magier zu bekämpfen.

Doch dann, während seiner letzten Expedition, bei der es ihm gelungen war, fast den gesamten Clan von Loom und Tillery für ihre Sache zu gewinnen, hatte er mit ansehen müssen, wie die Magier den Wald niederbrannten.

Und in den Flammen sah er erneut seine eigene Heimat untergehen. In der Asche sah er den geschundenen Leib seines Vaters.

Die Magier mußten bestraft werden!

Das Gefühl der unbändigen Wut, das ihn beim Anblick des brennenden Waldes überfallen hatte, ergriff auch jetzt wieder von ihm Besitz, während Shatter die Menge aufpeitschte. Doch sein Zorn war weniger eine Reaktion auf die Worte des Demagogen als auf seine eigenen Gedanken. Und wann immer ihm Zweifel kamen, brauchte er sich nur den zerschundenen Körper seines Vaters vor Augen zu führen und sich daran zu erinnern, zu welchen Grausamkeiten die Magier in der Lage waren. Welche Leiden Ordinal Barker zugefügt hatte.

Aber er hat sie angegriffen!

Doch Gedanken dieser Art verdrängte er, noch bevor sie ihm richtig zu Bewußtsein gekommen waren. Es war einfacher, daran zu glauben, daß sein Vater gerächt werden mußte, daß es richtig war, Shatter zu unterstützen, daß Ordinal diejenige war, die seinen Vater angegriffen hatte, daß Fortune im Unrecht war ...

Fortune, ich wünschte, du wärst jetzt hier. Dann könnte ich dir beweisen, welch schrecklichen Fehler du begangen hast. Daß du im Irrtum bist. Shatter wird siegen, die Magier werden untergehen, und du stehst auf der falschen Seite.

Daß er selbst auf der richtigen Seite stand, daran zweifelte Wood nicht einen Augenblick. Denn für ihn gab es nicht den geringsten Zweifel, daß Shatter als Sieger aus diesem Krieg hervorgehen würde, und dann würde es keine Rolle mehr spielen, ob dieser Krieg nun gerecht war oder nicht. Selbst die Magier von Covamere waren nicht in der Lage, ein Heer von dreitausend Drachen in die Flucht zu schlagen. Mochten sie über noch so viele Listen und Zaubertricks verfügen, sie standen vor ihrem Untergang. Die letzte große Schlacht der Drachen würden ausschließlich die Erdgeborenen überleben.

Wood ließ seinen Blick über die riesige Armee von Erdgeborenen schweifen. Von seinem Standpunkt im Schatten des Felsvorsprungs konnte er die Menge beobachten, ohne selbst gesehen zu werden. Er fühlte sich sicher hier, geborgen in der Anonymität unter Tausenden von Artgenossen. Die Gemeinschaft der Drachen war ihm Ersatz für die Familie, die er nicht besaß. Hier gab es Flügel, die groß genug waren, daß er unter ihnen Schutz suchen konnte. Hier gab es tröstende Flanken, in die er sein Gesicht vergrub, um das Grauen zu vergessen, das er hatte mit ansehen müssen.

Hier hatte er, wenigstens vorübergehend, einen Ort der Zuflucht gefunden.

Wood betrachtete die Gesichter der Drachen, die an ihm vorbei zu dem Felsvorsprung aufsahen, auf dem Shatter unruhig hin- und herlief und seine Worte wie Blitze in die Menge schleuderte. Und er sah die Ehrfurcht in ihrem Blick, den Respekt und die Liebe. Er kannte diesen Blick. Es war der Blick, mit dem auch sein eigener Vater Shatter ansah.

Wenn er doch einmal mich so ansehen würde, dachte er, und ein Zittern lief durch seinen Körper. *Wenn er doch einmal stolz auf mich sein könnte.*

»Immer das gleiche«, kommentierte Volley trocken, während Shatter Stunde um Stunde weiterredete. »Obwohl er jetzt endlich auf die Taktik zu sprechen kommt. Es wird nicht mehr lange dauern, bis er zum Angriff bläst, nehme ich an. Trotzdem, die Reden der ›Schar der Freien‹ sind amüsanter, wenn ihr mich fragt.«

Fortune stieß Tallow gegen die Schulter.

»Komm schon«, flüsterte er, »du kannst dem Thema nicht ewig ausweichen. Was hat es mit diesen ›Freien‹ auf sich, von denen alle ständig reden?«

Tallow warf Volley einen Blick zu, und einen Moment lang sahen sie sich vielsagend an. Dann runzelte Volley die Stirn, und sie blickten beide auf Fortune herab.

»Also schön«, begann Tallow mit ernster Stimme, »wir werden's dir erzählen.«

»Es ist eine ganz einfache Geschichte«, warf Volley ein. »Also faß dich kurz.«

»Das werde ich«, erwiderte Tallow geduldig. »Aber mich würde Fortunes Meinung in der Angelegenheit interessieren.«

»Ich bitte dich, Tallow«, protestierte Volley lachend. »Findest du nicht, daß du die ganze Sache ein bißchen zu sehr aufbauschst und …«

Doch Tallow schnitt ihm das Wort ab.

»Weft hätte Fortunes Meinung interessiert«, sagte er bedächtig.

Volley schloß den Mund und runzelte erneut nachdenklich die Stirn.

»Also gut«, murmelte er und betrachtete Fortune, als ob er ihn jetzt in einem völlig anderen Licht sähe.

Wieder hatte Fortune das beunruhigende Gefühl, daß sich die Freunde über seinen Kopf hinweg über etwas verständigt hatten, das er nicht verstand.

Aber ich fange an, zu begreifen, worum es gehen könnte, dachte er.

»Nicht alle Erdgeborenen sind mit Shatters Plänen einverstanden, vor allem nicht mit dem Gedanken, den Kampf gegen die Magier aufzunehmen. Im Grunde genommen sind sie sogar gegen jede kriegerische Auseinandersetzung. Das Problem ist nur, daß sie noch nicht wissen, was sie gegen Shatter unternehmen sollen. Bis jetzt sind sie noch zu keiner Entscheidung gekommen … außer daß sie sich einen Namen gegeben haben. ›Schar der Freien‹.«

»Rebellen!« rief Fortune begeistert aus. »Und was ist mit euch, gehört ihr auch zur ›Schar‹?«

»Wir?« lachte Volley. »Du machst wohl Witze! Wir werden bei Tagesanbruch von hier verschwinden. Hat er dir das nicht gesagt?«

»Wer, Tallow?«

»So sah unser Plan ursprünglich aus », erklärte Tallow. »Mich würde interessieren, was du davon hältst, Fortune. Und was meinst du zur ›Schar der Freien‹?«

Erneut verständigten sich die beiden großen Drachen über seinen Kopf hinweg durch einen vielsagenden Blick. Doch diesmal hatte Fortune den Eindruck, als gäbe Tallow dem Freund zu verstehen, daß er nichts mehr sagen sollte. Plötzlich kam Fortune sich vor, als unterzögen die beiden ihn einem Test.

»Ich glaube«, begann er vorsichtig, »daß es angebracht wäre, sich mit den Drachen der ›Schar‹ einmal persönlich zu unterhalten.«

Der Blick, den Tallow jetzt dem Freund zuwarf, war voll des Triumphs. Volley zuckte nur scheinbar unbewegt die Achseln, doch Fortune erkannte, daß auch ihm seine Antwort gefallen hatte.

»Machen wir uns gleich auf den Weg?« fragte Fortune, aber Tallow schüttelte den Kopf.

»Wir können nicht gehen, solange Shatter noch redet. Das würde zu sehr auffallen. Wenn wir uns den ›Freien‹ anschließen wollen, sollten wir dieses Risiko nicht eingehen.«

»Wer hat denn etwas von anschließen gesagt?« warf Volley ein.

»Morgen nacht gehen wir«, schlug Tallow vor und bedeutete seinem Freund zu schweigen. »Und vielleicht legst du ja auch Wert darauf, dir Shatters Rede zu Ende anzuhören.«

»Ich glaube, ich habe genug gehört«, murmelte Fortune, während Shatter immer lauter weitersprach. Selbst von hier aus, inmitten der Menge, konnte Fortune seine rotglänzenden Augen sehen.

In dieser Nacht zählte nicht, was Shatter sagte, und auch nicht seine Stimme. Es war einfach seine Gegenwart, die die Drachen ergriff. Sie waren zum Kampf bereit.

Als die Versammlung sich auflöste, luden Tallow und Volley Fortune ein, den bescheidenen Luxus ihres Lagers an der Ostwand der Festung mit ihnen zu teilen, und Fortune nahm den Vorschlag dankbar an. Gemächlich schlenderten sie dorthin, denn selbst Tallow hatte für diesen Tag vom Fliegen genug. Doch so schnell sollte Fortune nicht zur Ruhe kommen. Die Nacht hielt noch eine letzte Überraschung für ihn bereit.

Ein Drache stand ein paar Schritte vor Fortune auf einem

Felsbrocken und starrte zu dem Sims hinüber, von dem aus Shatter seine Rede gehalten hatte. In dem spärlichen Licht unterschied er sich kaum von all den anderen, und Fortune hätte ihm keine weitere Beachtung geschenkt, wenn ihm nicht plötzlich etwas an ihm aufgefallen wäre, das ihm vertraut vorkam. Er blieb stehen, packte den Drachen am Flügel und zerrte ihn von dem Felsbrocken.

»He ...!« schrie der andere empört und wollte sich gerade auf Fortune stürzen, als sich ihre Blicke begegneten und sie einander erkannten.

Kapitel 26
Drachen im Schnee

Immer höher arbeiteten sie sich den Berg hinauf.

Je höher Cumber und seine Gefährtinnen kamen, desto vorsichtiger mußten sie sein, denn allem Anschein nach hatten die Magier ihre Patrouillen verstärkt. Mehr als einmal waren sie gezwungen, sich auf offenem Gelände flach in den Schnee zu werfen. Sie konnten nur darauf vertrauen, daß ihre Tarnung sie schützte und die Magier sie nicht entdeckten. Dadurch wurde ihre Arbeit beträchtlich erschwert, denn obwohl sie keine großen Schwierigkeiten hatten, die Steinzirkel zu finden und zu zerstören, mußten sie doch immer ein wachsames Auge auf den Himmel haben. Als sich der Tag dem Ende zuneigte, krochen sie erschöpft und atemlos durch die dünne Luft dieser hoch gelegenen Gebirgsgegend zu einer Felsspalte, die frei von Schnee und Eis war. Mit Genugtuung sahen sie auf die tiefer gelegenen Hänge hinunter, die ihnen nun gereinigt vorkamen, nachdem sie dort ihre mysteriöse Aufgabe erfüllt hatten.

Doch obwohl sie an diesem Tag erfolgreich gewesen waren, war ihre Stimmung gedrückt. Ohne ein Wort zu sagen, drückten sie sich aneinander, um sich gegenseitig zu wärmen, bis Gossamer schließlich das Schweigen brach.

»Ich werde ein Stück den Abhang hinaufgehen, aber ich bin bald zurück. Ich will nur mal ein bißchen allein sein.«

Und noch bevor die beiden anderen etwas einwenden konnten, war sie schon verschwunden. Cumber wollte ihr nachgehen, doch Velvet hielt ihn zurück.

»Laß sie eine Weile in Ruhe«, sagte sie.

»Aber sie sollte nicht allein ...«

»Mach dir keine Sorgen, ihr wird nichts passieren. Sie vermißt ihren Fortune, das macht ihr Kummer. Das sieht doch jeder.«

Cumber seufzte.

»Ich hab's nicht gesehen«, gab er zu.

»Mach dir nichts daraus«, tröstete Velvet ihn. Sie rückte noch ein bißchen näher an ihn heran und schmiegte ihren zierlichen Körper an seine knochige Flanke.

»Es muß wunderbar sein, wenn man so verliebt ist«, überlegte Cumber. »Ich habe mir darüber noch nie viel Gedanken gemacht, bis ich hierher kam – zum Berg, meine ich. Aber verstehst du, dieser Berg ist der Ort, von dem ich schon immer geträumt habe und zu dem ich schon immer kommen wollte, seit ich klein war. Jetzt tatsächlich hier zu sein, das ist wie ein Traum. Nur daß dieser Traum Wirklichkeit ist.«

»Dann glaubst du also daran, daß Träume wahr werden können?«

»Na ja, mein Traum ist wahr geworden, aber gleichzeitig ist die Wirklichkeit um so vieles anders als das, was ich mir vorgestellt hatte, daß sie mir gar nicht mehr wie mein Traum vorkommt. Es ist eher so, als wäre ich unversehens in den Traum eines anderen Drachen geraten – falls du verstehst, was ich meine.«

»Nicht wirklich«, murmelte Velvet und schmiegte ihre Schnauze zärtlich an seinen Hals.

»Begreifst du«, fuhr Cumber fort, der sich allmählich immer mehr in das Thema verbiß. »Es gibt hier so viel zu sehen und zu erleben für einen jungen Magier wie mich. Zum einen ist da natürlich die Magie selbst, genug, um sich ein Leben lang damit zu beschäftigen. Aber dann ist da auch noch die Geschichte dieses Ortes und meine Mission, die so vollkommen anders verläuft, als ich es mir gedacht hatte. Und nicht zu vergessen unsere Aufgabe, die Steinzirkel zu zerstören. Du wirst zugeben, daß das alles recht verwirrend ist!«

»Hmm.« Velvet hatte sich so dicht an Cumber geschmiegt wie nur irgend möglich. Sein Schuppenpanzer war warm und nachgiebig. Hatte er sie schon als goldfarbener Drache beeindruckt, so war sie jetzt, da er weiß war, von ihm vollkommen hingerissen. Während er weitersprach, hörte sie ihm fasziniert zu. Sie verstand zwar nur die Hälfte von dem, was er sagte, aber die Tatsache, daß dieser Magier mit ihr, der kleinen Velvet aus dem Wald, sprach, erfüllte sie mit Stolz.

Aber er ist nicht nur einfach irgendein Magier, dachte sie glücklich und stolz. *Er ist Cumber. Und vielleicht liebe ich ihn!*

Der Gedanke war erschreckend, denn er widersprach allem, was man ihr beigebracht hatte. Eine Erdgeborene und ein Magier? Unmöglich! Selbst wenn die Magier keine Ungeheuer waren, so war eine Verbindung mit einem von ihnen undenkbar. So etwas durfte einfach nicht sein. Ein Drachenweibchen hatte bei ihresgleichen zu bleiben und sollte sich nicht auf Dinge einlassen, von denen sie absolut nichts verstand.

Doch Velvet, obschon manchmal ein wenig schüchtern, war durchaus überzeugt davon, daß sie selbst wußte, was gut für sie war. Und ihre Nähe zu Cumber in diesem Augenblick fühlte sich gut und warm an und war etwas Besonderes. Sie fühlte sich wohl an seiner Seite, so sicher und geborgen, daß sie die Augen schloß und sich von seiner Stimme und seinem Herzschlag in den Schlaf wiegen ließ. So wohl fühlte sie sich, daß sie von der Möglichkeit der Liebe träumte. Einer Liebe zwischen einer Erdgeborenen und einem Magier.

Cumbers Stimme riß sie aus ihren Träumen.

»Sag doch, Velvet, was glaubst du, wie viele es noch sind?« Dem Ton seiner Stimme nach zu urteilen, versuchte er schon seit einiger Zeit eine Antwort auf diese Frage zu bekommen.

»Oh, tut mir leid«, entschuldigte sich Velvet und gähnte.

Nur ungern tauchte sie aus ihrer Traumwelt wieder auf, aber zugleich lag ihr viel daran, sich gerade diesem Drachen gegenüber aufmerksam zu zeigen. »Wie viele was?«

»Zirkel natürlich, Liebes. Steinzirkel. Wie viele mag es noch geben?«

Liebes! Er hat mich Liebes genannt!

»Na ja, laß mich nachdenken. Es gibt so etwas wie einen Merkvers, wenn mir nur einfiele, wie er geht ...«

Angestrengt nachdenkend, runzelte sie die Stirn und klopfte mit der Klaue auf den Boden, als ob sie zählte. Lang verschüttete Bilder und Klänge aus ihrer Kindheit kehrten allmählich in ihr Gedächtnis zurück, bis sie sich schließlich erinnerte. In einem tiefen Singsang, so wie sie es vor vielen Jahren gelernt hatte, rezitierte sie die alten Verse:

Sieben bei den Bäumen
im größten der Ringe.
Fünf auf den Türmen
der Drachenhöflinge.
Drei sind ganz nah,
wo das Hohe Wasser singt.
Unvollendet der letzte,
der das Feuer ausbringt,
wenn der große Berg
zu brennen beginnt.

Cumber betrachtete Velvet, als sähe er sie in diesem Augenblick zum ersten Mal, und in gewisser Weise war es auch so. Er spürte die Nähe ihres Körpers, der sich an den seinen schmiegte, und er erkannte ihre Schönheit, ihre weich geschwungene Gestalt, die sich vor dem Hintergrund des Schnees abhob. Sie war ihm so nahe, daß sie aufgehört hatte, *irgendein* Drache zu sein – sie war einfach Velvet.

»Aber das ist ja phantastisch!« rief er aufgeregt. Schon schoß ihm wieder der Merkvers durch den Kopf, den sie gerade aufgesagt hatte, und verscheuchte die vage Ahnung, wie angenehm es sein könnte, einfach neben diesem jungen Drachenweibchen zu liegen und ihre irritierende Nähe zu spüren. »Aber ich frage mich, was das alles bedeutet. ›Der größte der Ringe‹! Was soll das bedeuten?«

Velvet mußte insgeheim lächeln, denn obwohl Cumbers Unfähigkeit, länger als fünf Sekunden stillzusitzen und sich zu entspannen, sie zunehmend ärgerte, war es doch gerade diese Lebhaftigkeit, die sie an ihm mochte. Während seine Ungeduld wuchs, lehnte sie sich seelenruhig zurück und erklärte: »›Der größte der Ringe‹, das ist selbstverständlich der Wald.«

»Der Wald!« wiederholte Cumber, ohne zu verstehen. Doch dann begriff er, was sie meinte. »Ach so! Ja, sicher, das ist einleuchtend. Die haben wir schon alle gefunden – sieben Ringe verborgen in dem größeren Ring des Waldes, nur daß es den Wald nicht mehr gibt. Na ja, ein Gutes hatte das Feuer also, die Ringe waren leichter zu finden. Schön, sehen wir mal weiter ...«

Entnervt stöhnte Velvet auf, als Cumber aufsprang und in ihrem Unterschlupf auf und ab zu gehen begann.

»Fünf ... wie ging es gleich weiter, Velvet?«

»›Fünf auf den Türmen der Drachenhöflinge‹«, soufflierte Velvet und fügte sich in ihr Schicksal, zusammen mit Cumber den Merkvers zu enträtseln. »Die haben wir heute gefunden. ›Die Türme der Drachenhöflinge‹ ist nur ein alter Name für diese komischen Steine, die ganz in der Nähe standen.«

Cumber nickte, und sein Enthusiasmus wuchs. In der Tat hatten sie an diesem Tag fünf Steinzirkel gefunden und zerstört, die sich alle nur wenige Flugminuten voneinander entfernt befunden hatten. Und auch die Türme waren da gewesen: hohe, aus dem Schnee ragende Felssäulen, die ausgesehen hatten wie die Krallen eines riesigen Monsters, erstarrt in dem Augenblick, in dem sie sich aus dem Berg erhoben.

Wer weiß, dachte Cumber, während ihm ein Schauer über den Rücken lief, *vielleicht hat es tatsächlich einmal Trolle gegeben, die so groß waren.*

»Bleiben also noch die drei beim ›Hohen Wasser‹ und der ... wo soll der letzte sein?«

»Darüber sagt der Merkvers nichts«, gab Velvet zu. »Aber du hast recht, wir haben bereits zwölf Ringe zerstört, nur vier haben wir noch nicht gefunden. Und ich habe auch schon eine Idee, wo das ›Hohe Wasser‹ sein könnte, von dem der Vers spricht.«

»Wirklich? Wo? Du mußt es mir sagen!« Cumber warf einen Blick nach draußen in die sich herabsenkende Dämmerung. »Ist es weit?«

»Auf jeden Fall zu weit, um heute abend noch hinzufliegen«, lachte sie. »O Cumber! Warum setzt du dich nicht einfach wieder zu mir?«

»Was? Ach so, ja, gleich. Erst muß ich nachdenken. Dein Merkvers hat mich an irgend etwas erinnert, aber ich weiß nicht mehr, was es war. Bleib hier, ich bleibe nicht lange weg.«

Und schon lief er hinaus und ließ die enttäuschte Velvet allein in der Felsspalte zurück. Doch schon wenig später kehrte Gossamer zurück und setzte sich zu ihrer Freundin.

»Hast du's ihm gesagt?« fragte sie.

Velvet sah zu Gossamer auf und bemerkte die Spuren von Tränen auf den weißen Wangen ihrer Freundin.

»Was gesagt?« fragte sie zurück, während sie ihren Kopf auf Gossamers Schulter legte.

»Daß du ihn liebst.«

Velvet antwortete nicht, doch als sie sich eng aneinanderschmiegten und gemeinsam in den Abendhimmel starrten, an dem die Farbe der Wolken von Blau, zu Rosa und schließlich zu Tiefrot wechselte, fragte sie sich, ob sie denn selbst ihre Gefühle verstand. Und warum sollte sie Cumber von ihren Empfindungen erzählen, wenn für Gossamer alles so offensichtlich war?

Vielleicht würde Cumber wie ihre Freundin von selbst darauf kommen, daß sie in ihn verliebt war, dann mußte sie ihm nichts erklären.

Die Sonne verschwand endgültig hinter dem Horizont, und sie schliefen ein.

»Fortune!«

»Brace!«

Fortune sah auf Braces Flügel hinunter, den er noch immer umklammert hielt. Einen Augenblick lang war er wie hypnotisiert, bis er wieder zu sich kam, Brace losließ und ein paar Schritte zurücktrat.

Brace starrte ihn düster an, doch in diesem Augenblick war Fortune so froh über ihre unverhoffte Begegnung, daß er den Trotz in den Augen von Gossamers Bruder übersah.

Später allerdings, als er sich an diese Episode zurückerinnerte, wurde ihm deutlich, daß Brace von Anfang an voller Wut und Haß auf ihn gewesen war.

»Brace!« sagte Fortune noch einmal. »Dem Himmel sei Dank ... du lebst! Ich hatte schon geglaubt, ich würde euch nie mehr wiedersehen.« Dann sah er sich erwartungsvoll nach Gossamer und Scoff um. »Was ist mit den anderen, geht es ihnen gut? Wo ist Gossamer? Und Scoff, hat er ...?«

»Ich bin allein, Fortune! Kapierst du das nicht? Ich bin allein!«

Brace war Fortune geradezu schroff über den Mund gefahren, und hätte Fortune genauer hingehört, wäre ihm vielleicht aufgefallen, daß Braces Unverschämtheit eigentlich ein Hilfeschrei aus tiefstem Herzen war. Aber Fortune war zu erregt, Argwohn und Mißtrauen vernebelten bereits sein Urteilsvermögen, und in seine Stimme stahl sich der kalte Unterton des Hasses.

»Was soll das heißen?« fuhr er Brace an. »Wo ist Gossamer? Ich habe dich gebeten, auf sie aufzupassen, Brace. War das zuviel verlangt?«

Er wußte, daß seine Worte grausam waren, und er schämte sich dafür, aber er konnte nicht anders. Die Wut darüber, daß er Brace hier allein antraf – ohne seine Schwester, ohne die Freunde –, kochte in ihm, und es war leichter, Brace diese Wut an den Kopf zu schleudern, als der Wahrheit ins Gesicht zu sehen.

»Wir wurden voneinander getrennt, als das Feuer ausbrach«, erwiderte Brace kalt, offensichtlich wenig beeindruckt von Fortunes Zorn. »Ich habe getan, was ich konnte. Und wo warst du, Fortune?«

Die Worte trafen Fortune wie Pfeile, und einen Moment lang tat ihm leid, was er gesagt hatte. Doch dann dachte er wieder an seine geliebte, süße Gossamer, und sein Herz füllte sich mit Furcht und Zorn. In Braces Gesicht sah er das Spiegelbild von Gossamers Antlitz, in Braces Blick den

Widerschein des Leuchtens ihrer Augen. Sein Anblick war wie ein Versprechen auf Gossamer. Ein Versprechen, das Brace nicht hielt.

»Du weiß nicht, was es bedeutet, jemanden zu lieben!« fauchte er, und dann ergoß sich seine Wut in einer Flut von Worten, an die er sich später, als er beschämt an die Szene zurückdachte, nicht einmal mehr erinnern konnte. Noch während er Brace seine Beschimpfungen an den Kopf schleuderte, sagte ihm sein Herz, daß er ungerecht gegen ihn war und daß alles besser ungesagt bliebe. Doch es war, als wäre in seinem Innern eine schreckliche Maschinerie in Gang gesetzt worden, die die Worte herausspie. Eine Maschinerie, die nicht mehr angehalten werden konnte. »Du trägst die Verantwortung, sollte ihr etwas zugestoßen sein, Brace!« schrie er. »Deine Versprechen sind nichts wert. Du bist nichts wert, Brace. Verstehst du? Nichts!«

Er hielt inne. Seine Augen waren vor Zorn gerötet und verschleiert, und keuchend rang er nach Luft. Tallow und Volley, die sich die ganze Zeit über diskret im Hintergrund gehalten hatten, sahen ihn verwundert an und flüsterten sich etwas zu.

Sie werden sich fragen, mit welchem Idioten sie sich eingelassen haben. Der Gedanke fuhr Fortune wie ein frischer, ernüchternder Wind durch den Kopf. Einen Moment lang sah er Brace so, wie er wirklich war – ein junger, stolzer, verängstigter Drache, vermutlich der letzte seiner Sippe, verloren in einem fremden Land, auf der verzweifelten Suche nach einer Möglichkeit, den Krieg zu überleben. Fortune schloß die Augen und senkte den Kopf. Er war unfähig, länger dem Blick dieses Drachen zu begegnen, der einst sein Kamerad gewesen war.

Doch noch während er nach ein paar vermittelnden Worten suchte, kam ihm ein anderer, schrecklicher Gedanke. Er sah auf, aber anstatt den Versuch zu unternehmen, die verfahrene Situation zu retten, unterzog er Brace einem weiteren Verhör.

»Du bist allein hier? Was ist mit Cumber? Und wo ist Scoff? Scoff wollte doch sofort zu euch zurückkehren. Was ist ihm zugestoßen?«

»Bei uns ist er jedenfalls nie angekommen«, fauchte Brace, der ganz offensichtlich genug von Fortunes Angriffen hatte. »Von mir aus können deine beiden Magier-Freunde tot sein, Fortune. Und das gilt auch für dich! Ihr seid mir egal, verstehst du. Und jetzt laß mich endlich in Ruhe!«

Scoff!

Wo Cumber sein mochte, wagte Fortune sich nicht einmal vorzustellen. Und daß Scoff verschwunden war, war noch ein Grund mehr zur Sorge.

Wo bist du, mein Freund mit den Regenbogenflügeln?

Doch auch auf diese Frage gab es keine Antwort. Brace schob ihn beiseite, um im Dämmerlicht der Höhle zu verschwinden. Er ließ Fortune einfach stehen: allein mit dem Schmerz über den Verlust seiner Freunde – und seiner Liebe, Gossamer.

Er konnte nicht glauben, daß sie tot waren. Nicht Cumber, nicht Scoff. Und nicht Gossamer, bitte nicht Gossamer! Es durfte nicht sein! Seine Freunde waren einfach nur ... nicht da, mehr nicht.

Als er sich wieder zu Tallow und Volley umwandte, versuchte er verlegen, sich für sein Benehmen zu entschuldigen. Aber die beiden bedeuteten ihm zu schweigen und versicherten ihm, daß er ihnen keine Erklärungen schuldig sei. Fortune war dankbar für ihr taktvolles Verständnis, doch das Gefühl der Scham verließ ihn nicht.

Zusätzlich spürte er jetzt die Anstrengung, die ihn ein ganzer Tag in der Luft gekostet hatte. Er war lange und sehr weit geflogen, um sich schließlich, noch dazu stehend, die halbe Nacht die rhetorischen Finten Shatters anzuhören. In der Festung wurde es allmählich kälter, und er hatte das Gefühl, als ob das Gewicht der ganzen Welt auf seinen Schultern lastete.

Als er Tallow und Volley zu ihrer Schlafstelle folgte, fühlte er sich verloren und einsam, gestrandet an einem Kreuzweg der Zweifel und Vorwürfe. Er wollte nur noch schlafen. Doch als sie das Lager erreichten und die beiden Freunde sich auf dem Boden zusammenrollten, um schon bald in ein leises und rhythmisches Schnarchen zu fallen, konnte Fortune nicht einschlafen, er lag wach und grübelte noch lange nach.

Noch immer spürte er dieses Gewicht, das mit schrecklicher Macht auf ihm lastete, und als ihm endlich die Augen zufielen und seine Gedanken in unruhige Träume hinüberglitten, sah er auf einmal, daß es gar nicht das Gewicht der Welt war, das auf seinen Schultern lag, sondern ein riesiger Findling auf der Spitze einer grauen Steinsäule. Drachen flogen kreisend um ihn herum, und alle erwarteten eine Antwort von Fortune.

Doch er hatte keine Antworten, nur seinen unerklärlichen, richtungslosen Zorn, der in seinen Adern floß wie eine Quelle der Macht, die nur darauf wartete, angezapft zu werden.

Aus einem ganz einfachen Grund hatte Gossamer das Bedürfnis gespürt, sich eine Weile von den Freunden zu entfernen und den Berg noch ein Stück weiter hinaufzusteigen. Sie suchte nach einem guten Aussichtspunkt.

Etwas, das mir hilft, an Fortune zu denken!

Vorsichtig kletterte sie den steilen Hang hinauf. Direkt über ihr schob sich ein Felsüberhang so weit vor, daß er ihr den Blick nach oben verwehrte. Hinter ihr wurde der Horizont rasch dunkler, während die Abenddämmerung der Nacht wich. Hoch oben am Himmel flackerte plötzlich zwischen den Sternen ein helles Licht auf, ein Nachtdrache auf einer unvorstellbaren Reise ganz eigener Art.

Für einen Augenblick vergaß Gossamer alle Vorsicht, breitete ihre Schwingen aus, flog mutig über den Felsüberhang hinweg und ließ sich auf ihm nieder. Um nicht abzurutschen, mußte sie ihre Klauen in das Eis graben, das den Felsen bedeckte.

Sie ließ ihren Blick über das Land schweifen. War dies die Aussicht, nach der sie gesucht hatte?

Sie blickte nach Osten, aber auch von hier oben bot sich ihr keine andere Aussicht als von ihrem Versteck in der Felsspalte. Hinter ihr verstellte der Berg den Blick, also wandte sie sich nach rechts.

Alles, was sie dort sah, war eine einzige weite Schneelandschaft, aus der hier und da ein paar Felsen herausragten. Die Nacht war inzwischen so weit über den Berg gekrochen, daß die Linie des Horizonts kaum noch zu erkennen war. Doch ansonsten gab es nichts Außergewöhnliches zu entdecken.

Also wandte sie sich schließlich nach links, nach Norden.

Aber auch hier bot sich das gleiche Bild. Der Berg, seine Ausläufer und die daran angrenzende Ebene – alles lag unter einer dicken Schneedecke.

Nur daß …

Nur daß Gossamer plötzlich glaubte, etwas gesehen zu haben. Nein, sehen war nicht das richtige Wort: Sie *spürte* es vielmehr.

Mit vorgerecktem Kopf und zusammengekniffenen Augen starrte sie angestrengt in den Schnee, um auszumachen, was ihre Aufmerksamkeit erregt haben könnte.

Es sah aus wie ein Netz aus feinen Linien, das sich über die Landschaft gelegt hatte. Oder verliefen die Linien dicht unter der Erdoberfläche? Ihr fiel auf, daß sie die Linien nur aus dem Augenwinkel erkennen konnte. Sobald sie aber den Kopf wandte, um das Netz genauer zu fixieren, war es verschwunden. Wie wirklich diese Linien waren, konnte sie nicht beurteilen, aber irgend etwas war da, daran bestand kein Zweifel …

Je länger sie das Netz betrachtete, desto deutlicher erkannte sie, daß die Linien ein Muster bildeten. Der Berg schien ihr Ausgangspunkt zu sein, von dem aus sie sich in konzentrischen Kreisen ausbreiteten. In weiten Bögen verloren sie sich irgendwo in der Ferne, wo Gossamer sie nicht mehr sehen – oder besser – spüren konnte. Es mußte sich um einen Zauber handeln, denn Gossamer hatte ähnliche Linien bereits früher entdeckt, bei den Wassergeistern, die sie zu Hause in Aethers Zitadelle so gerne beobachtet hatte. Auch ihre Körper waren manchmal von solchen Kreisen wie von einer Aura umgeben gewesen. Die filigranen, magischen Linien hatten in blassen Farben geschimmert und die durch das Wasser huschenden Geister in ein eigenartiges Leuchten gehüllt. Und dennoch, obwohl die Linien, die Gossamer nun spürte, denen der Wassergeister ähnlich waren, waren sie doch auch ganz anders.

Sie sind stärker, dachte sie und mußte angesichts dieser Untertreibung unwillkürlich lachen. Das Lachen brach den Bann, unter dem sie gestanden hatte, und als sie ihre Augen wieder weit öffnete, begannen die Linien zu verblassen. Doch bevor sie ganz verschwanden, entdeckte sie noch eine Eigenheit in dem Muster, die sie bislang übersehen hatte. An einer Stelle wurde die Regelmäßigkeit der Kreise durchbrochen, Schatten fielen auf sie, die aussahen wie Dellen in der Haut einer faulen Frucht. Zehn dieser Schatten zählte Gossamer, bevor die Linien sich ihrem Auge entzogen, zehn dunkle Punkte, die einen Ring bildeten und nicht mehr als ein bis zwei Tagesflüge weit entfernt lagen.

Etwas – irgend etwas – liegt dort draußen und ist genauso angeordnet wie die Steine in den Ringen, an deren Zerstörung wir so hart arbeiten.

Doch das Rätsel war zu komplex, um von Gossamer gelöst zu werden. Bald würde die Nacht hereinbrechen. Außerdem begann ihr Kopf zu schmerzen, so daß sie sich auf den Rückweg zu ihren Freunden machte.

Jetzt habe ich nicht einmal an Fortune gedacht, und deswegen bin ich doch eigentlich hier hergekommen.

Die Erinnerung an den Geliebten erfüllte sie nicht mit Schmerz, wie sie erwartet hatte. Statt dessen überkam sie ein Gefühl der plötzlichen und alles umfassenden Ruhe, denn sie spürte, daß er in diesem Augenblick bei ihr war. Unwillkürlich sah sie wieder nach Norden, ohne zu ahnen, daß dort die Festung der Trolle lag. Und auf einmal wußte sie mit unerschütterlicher Gewißheit, daß Fortune lebte.

Die Erkenntnis durchfuhr sie wie ein feuriger Windstoß, und sie begann zu weinen. Heiße Tränen liefen ihre Wangen hinunter, und wo sie zu Boden fielen, schmolz der Schnee. Noch immer sah sie nach Norden, ohne zu wissen, warum sie es tat. Und doch ahnte Gossamer, daß dort über das Schicksal all dessen entschieden wurde, was ihr am Herzen lag – Magie ... und Fortune.

Fortune wartete, das Land wartete – und Gossamer

konnte bloß nach Norden sehen und weinen. Sie wußte, daß die Erfüllung der letzten, großen Aufgabe all ihre Stärke und wahrscheinlich noch mehr erfordern würde. Nicht nur Fortunes Leben und das ihre, das Leben vieler würde davon abhängen, daß sie den Sinn einer Mission verstand, die nicht einmal Cumber erklären konnte.

Würde der große Wandel stattfinden, oder würde es für immer Winter werden?

»Warum werden mir diese Dinge offenbart?« flüsterte sie, als sie um den letzten Felsen trat, der sie noch von ihrem Unterschlupf trennte. »Es ist doch Cumber, der diese Mission zu erfüllen hat. Es ist doch die Magie, derentwegen der Wandel stattfindet.«

Doch selbst während sie dies sagte, blickte sie wieder in jene geheimnisvolle Landschaft: nach Norden.

Heute abend bin ich auserwählt worden, dachte sie verwundert. *Aber wofür?*

Sie wußte es nicht zu sagen, doch zugleich ahnte sie, aus welcher Richtung sie eine Antwort auf diese Frage erhalten würde.

»Aus dem Norden«, murmelte sie. »Bald.«

Auch Cumber lenkte seinen Blick nach Norden, doch anders als Gossamer war ihm nicht die Freude der Erkenntnis vergönnt. Er sah ... nichts.

»Ich bin am falschen Ort«, sagte er verbittert, während er in die Dämmerung starrte. »Ich weiß nicht, wo ich eigentlich sein sollte, aber hier bin ich falsch.«

Vier Ringe waren noch übrig, und Cumber war recht zuversichtlich, daß es ihnen gelingen würde, sie am nächsten Tag zu zerstören. Aber was kam dann? Und bedurfte es wirklich ihrer aller, um diese Aufgabe zu erfüllen?

»Aber Mantle hat mir den Auftrag erteilt«, zweifelte Cumber lauthals, besorgt über die Richtung, in die seine Gedanken wanderten. »Ich muß ihn zu Ende führen, sonst ...«

Sonst was?

Er stieß einen tiefen Seufzer aus und dachte an Velvet. Ein

eigenartiges, junges Drachenweibchen war sie, ja, aber irgendwie auch ... betörend. Wenn er doch mehr Zeit hätte, sie näher kennenzulernen.

Das erste Mal seit Tagen riß der Himmel auf, und Cumber sah zu den Sternen auf, die sich zwischen den Wolken hervorstahlen. Plötzlich hatte er den Eindruck, als fiele ihr Licht überallhin, nur nicht dorthin, wo er stand. Als erleuchteten die Sterne die ganze Welt und überließen nur dieses eine Fleckchen auf diesem einen Berg der Dunkelheit.

Ich bin am falschen Ort!

»Also gut«, faßte er zusammen. »Was glaubst du denn, wo du sein solltest, Cumber? Na los, sag's schon!«

Ich weiß es nicht. Einfach ... nicht hier.

Hoch oben zog ein Nachtdrache über den Himmel, und er verfolgte seinen Weg mit der Geradlinigkeit dessen, der sein Ziel und seine Aufgabe kennt.

Unsicher und ruhelos kehrte Cumber zu den schlafenden Gefährtinnen zurück. Ihre Wärme suchend, legte er sich neben sie, bis auch er endlich in einen unruhigen Schlaf fiel, in dem ihn die Traumbilder von verirrten Drachen und ziellosen Reisen verfolgten.

Draußen, vor ihrem Unterschlupf, hatte es aufgehört zu schneien.

Noch lange dachte Brace über die unerfreuliche Begegnung mit Fortune nach, bis er zu dem Schluß kam, daß Fortune unter all den Beleidigungen einen Satz gesagt hatte, für den Brace ihm sogar dankbar sein mußte.

»Du bist nichts wert«, hatte Fortune gesagt. Worte, die das Gefühl der Ohnmacht noch verstärkten, das Brace empfand, seit er in die Festung gekommen war.

Selbstverständlich hatte Shatters Rede ihn beeindruckt, und es gab wohl keinen Drachen, der seinen Worten aufmerksamer gelauscht hätte als Brace. Aber dennoch hinterließen sie in ihm ein Gefühl der Nutzlosigkeit. Er kam sich unbedeutend vor, und bis es ihm nicht gelang, das Gegenteil zu beweisen, würde ihn kein Drache als das anerkennen, was er wirklich war.

Und dann war Fortune aufgetaucht und hatte ihm vorgeworfen, er sei nichts wert!

Als er diese verletzenden Worte hörte, hatte Brace endgültig einen Entschluß gefaßt. Er würde es ihnen zeigen! Er würde es ihnen allen zeigen!

Und so schmiedete Brace in jener Nacht einen Plan, anstatt zu schlafen. Er würde eine Herausforderung für sich finden und allen beweisen, daß er in der Lage war, sie zu meistern. Und dann, wenn er von seiner Heldentat zurückkehrte, würden Drachen wie Fortune und Shatter ihn nicht mehr übersehen. Im Gegenteil, sie würden ihn anerkennen und bewundernd über ihn sagen: »Dort geht Brace, ein würdiger Drache.«

Und vielleicht würde auch Gossamer, wo auch immer sie sein mochte, ihn sehen und allen stolz verkünden: »Dort geht Brace. Er ist mein Bruder!«

Von Liebe und Zuneigung träumend schlich Brace sich an den schlafenden Kameraden vorbei ins Freie, stieg in den winterlichen Nachthimmel auf und machte sich auf den Weg zur ›Schar der Freien‹.

Kapitel 27

Die Zeit zwischen den Zeiten

Keine Zeit in diesem unerwartet angebrochenen Winter war eigenartiger als die folgenden zwei Tage. In jener Nacht, in der Cumber, Velvet und Gossamer in dem Felsspalt des Berges schliefen, nicht ahnend, daß sie sich schon bald trennen würden, in jener Nacht glitten viele der Drachen unmerklich in einen fremden Bereich hinüber, in eine Wirklichkeit, in der sie sich nur auf krummen Pfaden zu bewegen schienen, in eine Welt, die irgendwie neben der Wahrheit zu liegen schien. Rückblickend konnte kein Drache erklären, was genau es war, das diese Tage so unwirklich und falsch hatte erscheinen lassen. Doch alle waren sich darüber einig, daß irgend etwas an dieser Zeit nicht stimmte.

In jener Nacht begab sich Brace auf das bisher gefährlichste Abenteuer seines noch jungen Lebens, während Wood seinen Vater beweinte, der im Schlaf vor Schmerz schrie, und Fortune den unruhigen Schlaf dessen schlief, der weiß, daß sich um ihn herum ein gewaltiger Sturm zusammenbraut, ein Sturm, dessen furchtbare Auswirkungen ohnegleichen sein würden. In jener Nacht durchbrach Wraith den vorletzten Verteidigungsring und gelangte damit noch einen Schritt näher an das Zentrum des Schimmernden Berges – und an das Große Labyrinth. In jener Nacht, einer Nacht großer und kleiner Ereignisse, hörte der Schnee endlich auf zu fallen, als ahnte er, daß die Welt in ihrem endlosen Wandel einen Augenblick des Stillstandes erreicht hatte. Auch an den beiden folgenden Tagen blieb der Himmel klar und wolkenlos. Und dann kam der Nebel, in dem nicht einmal mehr die Zeit eine Rolle spielte.

Weder auf dem Berg noch irgendwo sonst auf der ganzen Welt.

Es war der Augenblick des Wandels: des Wandels, der auch der Zeit eine grundlegend neue Bedeutung gab.

Der erste dieser beiden Tage, die eher einem Traum als der Wirklichkeit anzugehören schienen, verging rasch für die drei weißen Drachen, weil sie vollauf mit der Erfüllung ihrer Aufgabe beschäftigt waren. Ermuntert durch den Anblick des wolkenlosen Himmels, sprangen sie geradezu die steilen Abhänge hinauf und folgten Velvet, die sie zu der Stelle führte, an der sie das ›Hohe Wasser‹ vermutete, von denen der Reim sprach: ein großer Bergsee hoch oben auf der Südseite des Gipfels. Es war Mittag, als sie ihn erreichten, und im hellen Licht der im Zenit stehenden Sonne entdeckten sie den ersten der Steinzirkel. Es war ein kleiner Ring, der bloß aus zwanzig Flußsteinen bestand und sich auf einer kleinen Insel inmitten des Sees befand. Es war ein leichtes, ihn zu zerstören, und als sich die Zeit des Sonnenunterganges näherte, hatten sie auch die beiden anderen Ringe gefunden und aufgelöst.

Blieb also nur noch einer.

In dem Bergsee gab es Fische, die Cumber mit Hilfe eines Zaubers fing, der so raffiniert war, daß er nicht einmal versuchte, ihn seinen Begleiterinnen zu erklären. Voller Bewunderung sah Velvet ihm zu, wie er die Fische über dem offenen Feuer briet, und sog begeistert den köstlichen Duft ein, der von ihnen aufstieg.

»Dafür würde ich mich sogar von den Magiern erwischen lassen!« rief sie, als sie sich genußvoll über den dritten Fisch hermachte. »O Cumber, du bist so klug!«

»Sie haben ihre Patrouillen abgezogen«, erwiderte Cumber distanziert. »Wraith bereitet sich auf den letzten großen Angriff vor. Wir haben also Ruhe vor ihnen.«

Gossamer sah ihn mißtrauisch an.

»Was ist los mit dir, Cumber?« fragte sie. »Ich dachte, du wärst neugierig auf den letzten Ring. Ich nehme an, daß uns nur noch wenig Zeit bleibt.«

»Vollkommen richtig. Sehr wenig Zeit.«

Doch Cumber ließ sich nicht weiter auf das Thema ein, und erst später, als die Sonne bereits untergegangen war, gelang es Gossamer, ihn zu einem ausführlicheren Gespräch zu bewegen. Wenige Schritte von ihnen entfernt schlief Velvet friedlich, während die beiden sich an das allmählich verglimmende Feuer setzten. Im Licht der ersterbenden Flammen leuchteten ihre Panzer golden, und Cumber warf einen sehnsüchtigen Blick auf die Schuppen an seiner Flanke.

»Es beginnt dich zu langweilen, weiß zu sein«, kicherte Gossamer und sah doch zugleich die tiefe Trauer in Cumbers Blick. Und sie glaubte auch zu wissen, woher diese rührte.

»Ich kann nicht bleiben, bis wir den letzten Ring gefunden haben«, stieß er plötzlich hervor und starrte düster in die Glut des Feuers. »Ich weiß, daß ich damit Mantle im Stich lasse, aber ... ich kann es einfach nicht, Gossamer. Ich sollte nicht mehr hier sein, ich sollte ...«

»Ja?«

Cumber holte tief Luft.

»Ich weiß nicht, wo ich sein sollte. Aber auf jeden Fall nicht hier.«

»Aber wo dann?« drängte Gossamer sanft. »Bei Fortune? Bei Mantle? Oder bei Wraith?«

»Mach dich nicht lustig über mich, ich meine es ernst.«

»Ich auch.« Gossamer rückte näher an den Freund heran. »Hör zu, Cumber, wenn ich dich recht verstehe, willst du gehen und uns die Erfüllung des Auftrages überlassen, den Mantle ursprünglich dir gegeben hat. Dann handle, wie du es für richtig hältst, Cumber. Geh. Wir werden auch den letzten Ring finden und zerstören. Niemand kennt den Berg besser als Velvet, und ich ...«

Sie sprach nicht weiter, und ausnahmsweise hatte Cumber ihr so genau zugehört, daß ihm ihr Zögern auffiel.

»Sprich weiter, Gossamer. Und du?«

Sie lächelte ihn an, und in diesem Augenblick wußte er, daß er die beiden verlassen würde und sich deswegen keine Sorgen machen mußte. Er verstand nicht, warum er sich dessen auf einmal so sicher war, und er fühlte sich noch immer Mantle gegenüber schuldig. Doch irgendwie spürte er, daß seine Entscheidung richtig war.

»Du hast gesagt, du solltest nicht hier sein. Nun, siehst du, ich habe umgekehrt das Gefühl, daß gerade ich hierbleiben muß.« Sie wandte den Blick nach Norden, eine Bewegung, die ihr fast schon so in Fleisch und Blut übergegangen war wie das Atmen. »Ich warte auf etwas, Cumber. Und ich muß hier sein, wenn es kommt.«

»Ich warte auch«, sagte Cumber. »Nur daß ich eben ... woanders sein müßte.«

Damit schien eigentlich alles gesagt, doch keiner der beiden wollte zugeben, daß er müde war. So saßen sie noch eine ganze Weile einfach da und starrten in die Glut und den Sternenhimmel.

In diesem Augenblick begann das Donnern tief im Innern des Berges.

Der Boden bebte unter ihren Füßen, Schnee wurde aufgewirbelt, und die Luft hallte wider vom Echo des unterirdischen Gewitters. Mit einem Schrei erwachte Velvet, kroch zu den Freunden und klammerte sich in ihrer Angst fest an sie.

»Was ist das?« rief sie und sah sich entsetzt nach allen Seiten um.

Noch während sie sprach, verlor sich das Donnern wieder.

Gossamer und Cumber sahen sich an.

»Wraith«, antworteten sie wie aus einem Mund.

Am nächsten Morgen trennten sie sich. Zu Cumbers Erstaunen fiel Velvet ihm noch einmal um den Hals, nachdem sie sich bereits wortreich voneinander verabschiedet hatten. Sie schlang ihre Flügel um ihn und fing an zu weinen. »Bitte versprich mir, daß du auf dich aufpaßt, Cumber! Ich würde es nicht überleben, wenn dir irgend etwas zustieße. Ich habe gestern schon den ganzen Tag über gespürt, daß dich etwas beschäftigt, aber ich habe nicht gewagt, dich danach zu fragen oder auch nur darüber nachzudenken. Bitte, komm bald zu mir zurück, versprich es!«

Verlegen und nur unter Schwierigkeiten gelang es Cumber, sich aus ihrer Umarmung zu befreien. Er trat einen Schritt zurück, während er seine kurzen Flügel auf ihre Schultern legte.

»Sicher, Liebes, selbstverständlich passe ich auf mich auf. Aber du mußt auch vorsichtig sein, ich meine ... na ja, achtet aufeinander, und was auch immer geschehen mag, findet den letzten Ring und zerstört ihn wie die anderen. Wenn ihr mir das versprecht, verspreche ich ebenfalls, vorsichtig zu sein.«

»Wir versprechen es!« stieß Velvet unter Tränen hervor.

»Ich hoffe, wir drei sehen uns bald wieder!« rief Cumber ihnen noch einmal über die Schulter zu, während er unsicher durch den Schnee davonstapfte.

»Auf Wiedersehen, Cumber«, flüsterte Gossamer, die sich bereits von ihm verabschiedet hatte und jetzt nichts weiter tun konnte, als zuzusehen, wie wieder einer ihrer Freunde in der Ferne verschwand.

Gemeinsam blickten Gossamer und Velvet Cumber nach, bis sie ihn nicht mehr sehen konnten.

»Und, hast du einen Vorschlag?« fragte Gossamer mit einem gequälten Lächeln.

Velvet runzelte die Stirn und wischte sich die Tränen vom Gesicht. Dann fiel sie der Freundin um den Hals. »Ich weiß einfach, daß wir ihn wiedersehen werden. Und deinen Fortune natürlich auch! Du willst von mir wissen, wohin wir jetzt gehen sollen? Ich bin mir nicht ganz sicher, aber meiner Meinung nach gibt es nur eine einzige Richtung, die wir einschlagen können.«

»Und welche ist das?« fragte Gossamer lachend. Velvets plötzlicher Stimmungswechsel hatte sie angesteckt, und es wurde ihr wieder leichter ums Herz. Selbst Cumbers überstürzter Aufbruch schien ihr auf einmal Teil eines größeren Plans zu sein, dessen Sinn sich ihnen schon bald enthüllen würde.

»Nach oben!«

Für Fortune waren die Tage, die dem Nebel vorangingen, Tage des Wartens und der steigenden Spannung. Um ihn herum fanden die Kampfübungen und Manöver von Shatters Truppen statt, die sich auf die Entscheidungsschlacht vorbereiteten, und ihre Unruhe griff auch auf Fortune über. Was die Ursache für dieses Gefühl der Rastlosigkeit war, wußte er nicht zu sagen, nur daß es da war, sich in ihm zusammenbraute wie ein Sturm, wie ein Tier, das zum Sprung bereit war. Zu einem Teil rührte es sicherlich von der Drohung des unmittelbar bevorstehenden Kampfes her. Aber darüber hinaus wurde Fortunes Nervosität auch durch die Hoffnung genährt, und sei sie auch noch so vage, daß er unter den vielen Drachen, die sich in der Festung versammelt hatten, außer Shatter auch noch andere bekannte Gesichter finden könnte. Gesichter von Drachen, die er liebte. Doch seine Angst, sie nicht zu finden, war so groß, daß er nicht wirklich nach ihnen suchte.

Vielleicht, dachte er, *werden sie mich finden. Aber es bleibt nicht mehr viel Zeit!*

Und dann lernte er die Drachen von der ›Schar der Freien‹ kennen.

Den Tag nach dem Aufmarsch der Drachen und Shatters Rede verbrachte Fortune damit, zusammen mit Tallow und Volley die Festung näher zu inspizieren.

»Das ist kaum zu glauben!« rief er beeindruckt, als er ein Bataillon von fünfhundert Erdgeborenen sah, das in perfekter Formation über eine der Terrassen in der Mitte der Festung flog. Die Flügelschläge der Drachen verursachten einen regelrechten Sturm.

»Shatter ist genau zum richtigen Zeitpunkt aufgetaucht«, erwiderte Volley. »Diese Drachen sind geradezu gierig auf einen Kampf – schon seit Jahren. Glaubt mir, diese Zeiten werden noch in so manchem Lied verewigt werden.«

»In Liedern, die du singen wirst, nehme ich an!« lachte Fortune.

Doch Tallows Gesicht blieb ernst. Die Zurschaustellung der militärischen Macht der Erdgeborenen war beeindrukkend, das gestand er ohne zu zögern ein, aber deswegen mußte sie ihm nicht gefallen. Er beobachtete Fortune, der mit Volley herumscherzte, und bemerkte schon bald, daß sein Lachen aufgesetzt war. Dahinter versteckt lagen tiefster Ernst und schwere Sorgen. Tallow rief sich den Haß ins Gedächtnis zurück, mit dem Fortune am Abend zuvor Brace überschüttet hatte, und für einen Moment überkamen ihn Zweifel, ob seine Entscheidung, diesem Drachen zu folgen, der so unerwartet aus dem Berg und in sein Leben gestolpert war, richtig gewesen war.

Doch dann bemerkte Fortune, daß Tallow ihn beobachtete, und sah ihn ernst an.

Mein Lachen mag falsch sein, schienen seine Augen zu sagen, *doch ich bin es nicht. Halte zu mir, Tallow!*

Seine Zweifel beiseite schiebend, begleitete Tallow die Freunde auch im weiteren Verlauf des Tages. Alle waren so beschäftigt, und Tallow und Volley standen aufgrund ihrer Tapferkeit und Stärke allgemein so hoch in Respekt, daß sie von niemandem aufgehalten wurden. Sie besichtigten die Festung, um sich einen Überblick über die Stärken und

Schwächen der Armee zu verschaffen und mußten dabei feststellen, daß erstere die letzteren bei weitem überwogen. Durch geschicktes Fragen gelang es ihnen, mehr über die Strategie zu erfahren, mit der Covamere eingenommen werden sollte, und etwas über das taktische Vorgehen der Erdgeborenen zu lernen.

Und wozu wird uns dieses Wissen nutzen? fragte sich Tallow.

Als es Abend wurde, ließ Fortunes Nervosität ein wenig nach, denn nun war er nicht länger gezwungen, die Zeit in der Festung totzuschlagen, sondern konnte in die Dunkelheit hinausfliegen, um jene Drachen kennenzulernen, für die er weit mehr Sympathie empfand als für die paradierenden Truppen Shatters. Während er Tallow und Volley durch die kalte Winterluft hinaus in die nächtliche Landschaft folgte, in der es seit Tagen zum ersten Mal nicht mehr schneite, durchlief ihn ein Schauer des Glücks. In seinen Flügeln spürte er eine unbändige Kraft und Stärke, und da sein Selbstbewußtsein nach der Flugstunde mit Tallow erheblich gewachsen war, hatte er nun das Gefühl, es mit den Drachen Shatters, ja, selbst mit den Magiern Wraiths aufnehmen zu können.

Fast jeder in der Festung wußte, wo sich die Drachen der ›Schar‹ trafen. Manchmal schickte Shatter Spione los, um sicherzugehen, daß sie ihm nicht gefährlich wurden. Aber in dieser Nacht konzentrierten sich alle Drachen im Innern der Festung auf die Kampfvorbereitungen, so daß die drei Freunde so gut wie allein am Himmel waren.

»Normalerweise treffen sie sich dort unten«, rief Volley den anderen zu, als sie dicht über das Dach der Festung hinwegflogen. Wie eine Welle rollte das riesige Felsmassiv unter ihren Flügeln dahin, grau und schroff im Licht der Sterne. Dann sah Fortune in einiger Entfernung ein paar dunkle Schatten, die in der Luft schwebten. Das mußten die Drachen der ›Schar der Freien‹ sein.

Plötzlich fiel grelles Licht auf den Felsen unter ihnen und ließ das Labyrinth von Rissen und Spalten erkennen, die seine Oberfläche durchzogen. Erschreckt wandten sich die Freunde dem Licht zu, um seine Quelle zu ergründen.

Bereits im nächsten Augenblick war es erloschen, doch alle drei hatten genau gesehen, woher es gekommen war. Von einem Punkt auf den tiefer gelegenen Hängen an der Westseite des Schimmernden Berges.

Covamere! dachten Volley und Tallow.

Wraith! schoß es Fortune durch den Kopf.

Dann folgte das Donnern, ein Beben, das die Luft um sie herum erzittern ließ und den Felsen unter ihnen erschütterte, ein Dröhnen, das noch einige Atemzüge lang anhielt und nur langsam in der kühlen Stille der Nacht verhallte.

Irgend etwas in diesem Donnern lockte Fortune gewaltsam an, selbst als er es nicht mehr hören konnte. Es war wie ein Echo der Macht, die ihn davon abzuhalten versucht hatte, hierher zu kommen, und der er sich widersetzt hatte. Es war die Anziehungskraft des Berges, eine Umkehrung des Drucks, der den ganzen Tag über auf ihm gelastet hatte, ein Vakuum, das ihn mit sich zu reißen drohte.

Hätte ich mich widersetzen sollen? fragte er sich. *Und hätte ich nicht herkommen sollen?*

Er sah zu der Gruppe von Drachen hinüber, die ihre Ankunft bereits erwarteten, und fegte seine Zweifel beiseite, um sein Herz und seinen Verstand der Gegenwart, dem Hier und Jetzt zu öffnen. Zu gespannt war er auf die Begegnung mit diesen Drachen, die es wagten, sich dem wahnsinnigen Shatter offen entgegenzustellen.

»Seid gegrüßt!« rief ihnen eine weibliche Stimme aus der Gruppe entgegen. »Wir haben bereits auf euch gewartet.«

Wie Fortune erfuhr, bestand die ›Schar‹ aus etwa vierzig Drachen, von denen mehr als die Hälfte Weibchen waren. Sie versammelten sich beinahe jede Nacht an ihrem Treffpunkt, um miteinander zu reden und sich gegenseitig Mut zu machen. Denn viele von ihnen waren zu den härtesten Truppenteilen von Shatters Armee abkommandiert worden, und am Ende eines jeden Tages dürsteten sie danach, ihrem Ärger über die Vorkommnisse in der Festung Luft zu machen.

»Warum fliegt ihr nicht einfach weg?« schlug Volley vor und stellte damit einmal mehr unter Beweis, daß er in erster Linie praktisch dachte. »Wenn ihr das alles so sehr haßt, warum verschwindet ihr nicht einfach? So wie wir es auch vorhatten.« Und dabei warf er Tallow einen vielsagenden Blick zu.

»Ach«, seufzte die, die sie vorhin begrüßt hatte, ein Drachenweibchen mittleren Alters namens Werth. Obgleich sie nicht die Anführerin der Gruppe war, schien sie mit dem, was sie jetzt sagte, für alle Anwesenden zu sprechen. Die ›Schar‹ hatte weder einen Anführer, noch herrschte unter den Mitgliedern eine wie auch immer geartete Hierarchie. »Wir treffen uns hier jeden Abend, weil wir uns verantwortlich fühlen. Und weil wir uns verantwortlich fühlen, können wir nicht weggehen. Wenn wir bleiben, können wir vielleicht noch etwas ändern; wenn wir gehen, erreichen wir nichts.«

»Das ist nobel gedacht«, gab Volley zu. »Aber auch verdammt dumm, wenn ihr mich fragt.«

»Wir fragen dich aber nicht«, antwortete Werth lächelnd. »Was sagen deine Freunde dazu?«

»Bewundernswert«, meinte Tallow. »Aber ihr erreicht nichts damit.«

»Wir teilen wenigstens unsere Unzufriedenheit«, wandte jemand aus der Gruppe ein.

»Unsere Ideen sprechen sich herum«, fügte ein anderer hinzu. »Immer mehr Drachen schließen sich uns an.«

»Aber das alles geht zu langsam«, sagte Tallow mit düsterer Miene. »Es wird nur noch wenige Tage dauern, bis Shatter zum Angriff bläst. Und wenn das geschieht, werden viele Drachen den Tod finden.«

In diesem letzten Punkt herrschte natürlich allgemeine Übereinstimmung. Dann meldete sich wieder Werth zu Wort, und dieses Mal wandte sie sich an Fortune.

»Du hast noch nicht viel gesagt, junger Drache. Was hältst du von all dem?«

Fortune überlegte einen Moment, bevor er antwortete. »Du hast gesagt, ihr hättet schon auf uns gewartet. Wie hast du das gemeint?«

Ein Raunen ging durch die Menge, dann antwortete Werth.

»Nun ja«, begann sie zögernd. »Das kam so. Als wir heute nacht hier zusammengekommen sind, wollte anfangs kaum jemand etwas sagen. Aber als wir anfingen, miteinander zu reden, kamen wir schnell überein, daß heute ein merkwürdiger Tag war.«

»Das stimmt«, schaltete sich ein anderer Drache ein. »Ein sehr merkwürdiger Tag.«

»Danke, Kale«, murmelte Werth. »Wenn ich dann fortfahren könnte? Also, als wir wie üblich zum Appell antraten, stellte sich heraus, daß drei von uns fehlten ...«

»Sleet, Whittle und Dredge!« warf Kale ein. »Und wir können froh sein, daß wir sie los sind!«

»Genau«, sagte Werth. »Wie dem auch sei, sie sind auf jeden Fall verschwunden. Doch da unsere Zahl stetig gewachsen ist, seit wir uns regelmäßig treffen, waren wir alle sicher, daß früher oder später andere Drachen zu uns stoßen würden, um den Verlust wieder wettzumachen. Und dann kamt ihr!«

Werth strahlte die Neuankömmlinge an, während die anderen Drachen der ›Schar‹, die sich mit gleichmäßigen Flügelschlägen in der kalten Nachtluft hielten, sie wohlwollend, aber auch mit einer gewissen Skepsis musterten.

Sie sind uns mehrheitlich freundlich gesonnen, dachte Fortune überrascht. »Woher wißt ihr, daß ihr uns trauen könnt?« fragte er. »Wir könnten doch Spione Shatters sein. Solltet ihr nicht ein wenig vorsichtiger sein?«

»Ach, Unsinn!« rief Werth aus. »Über Tallow und Volley haben wir genug gehört. Sie sind nicht gerade Freunde von Shatter, da bin ich sicher.«

Tallow und Volley sagten dazu zwar nichts, aber es war ihnen anzusehen, daß der Ruf, der ihnen vorauseilte, ihnen sehr gefiel. Werth lächelte den beiden kurz zu, dann wandte sie sich wieder Fortune zu, den sie eingehend betrachtete.

»Aber was ist mir dir«, fuhr sie fort. »Hmm, irgendwie bist du anders.«

»Und dann war da noch dieses Licht!« meldete sich eine Stimme aus dem Hintergrund. »Vergiß das Licht nicht!«

»Ich wäre schon noch darauf zu sprechen gekommen«, schimpfte Werth. »Verstehst du«, erklärte sie und flog noch etwas näher an Fortune heran. »Da war dieses Licht, als ihr über den Bergkamm geflogen seid. Und das Donnern. Genau in dem Moment, in dem du aufgetaucht bist ...«

Zum ersten Mal schienen Werth die Worte zu fehlen, und sie sah sich hilfesuchend nach ihren Kameraden um. Doch noch bevor einer der Drachen etwas sagen konnte, schaltete sich Fortune ein. »Das war Zauber. Magie. Vom Schimmernden Berg.«

Die Drachen der ›Schar‹ schwiegen erschrocken, und Tallow und Volley hielten die Luft an, während sie gespannt darauf warteten, was nun passierte.

»Wraith versucht, in das Innere des Berges einzudringen«, erklärte Fortune. Plötzlich schien der Druck, der sich die ganze Zeit über angestaut hatte, aus ihm herauszuströmen, und auf seiner Flutwelle ritten die Worte, die Fortune jetzt sprach: »Der Welt stehen große Veränderungen bevor, Veränderungen, zu denen wir möglicherweise alle beitragen. Selbst Shatter und seine Drachen sind ein Teil davon. Ebenso ich – und vermutlich auch ihr.«

Eine Zeit lang herrschte Schweigen. Nur das von den Flügelschlägen der Drachen verursachte Rauschen war zu hören. Schließlich stieß Werth einen tiefen Seufzer aus.

»Also schön!« verkündete sie. »Es sieht ganz so aus, als ob du derjenige bist, auf den wir gewartet haben. Sage mir, junger Drache, wie ist dein Name.«

»Fortune.«

»Nun gut, Glücksdrache, wenn dein Name ein Omen ist, will ich zufrieden sein.«

Sie redeten noch viel in jener Nacht. Fortune erzählte den Drachen seine ganze Geschichte, und alle hörten ihm aufmerksam und gespannt zu, auch Tallow und Volley.

»Ihr seht also«, schloß Fortune, »unsere einzige Hoffnung bestand darin, daß wir beide – Cumber und ich, ein Magier und ein Erdgeborener – uns auf den Weg zu Halcyon machten. Nur er schien verfhindern zu können, daß der Konflikt sich über die ganze Welt ausbreitet wie das Feuer, das über den Wald hinweggefegt ist.«

»Nur hat sich eure Hoffnung nicht erfüllt!« meldete sich Kale zu Wort.

»Das ist leider nur zu wahr«, erwiderte Fortune. »Sie hat sich nicht erfüllt. Irgend etwas hat mich aus dem Berg geführt, bevor ich in der Lage war, mit Halcyon zu reden. Ich habe meine Freunde verloren und meine Mission nicht erfüllt. Ich weiß nicht, was ich jetzt noch tun kann, aber ... aber ...«

»Aber was, Fortune?« fragte Tallow mit sanftem Nachdruck. Seine freundliche Stimme vermittelte dem jungen Erdgeborenen die nötige Sicherheit. Er drohte ausgerechnet in einer Situation Schiffbruch zu erleiden, die er mit aller Kraft unter Kontrolle halten mußte.

Kontrolle über die Situation! dachte er. *Genau das ist es, was mir bislang gefehlt hat.*

»Aber«, fuhr er fort, holte tief Luft und ließ seinen Blick über seine Zuhörer schweifen. »Laßt mich euch soviel sagen: Die Magier sind nicht von Grund auf schlecht. Und ich weiß, daß ihr im tiefsten Herzen auch davon überzeugt seid. Furcht und Vorurteile sind die Ursache für diesen Zwist, und die finden sich auf beiden Seiten. Sowohl unter den Magiern als auch unter uns Erdgeborenen gibt es gute und schlechte Drachen. Denn ist zum Beispiel Shatter kein Ungeheuer?«

Und was ist mein lieber Freund Cumber, wenn nicht der beste aller Drachen?

»Hört mir zu, ihr Drachen, hört mir gut zu. Gemeinsam haben Shatter und Wraith die Welt der Drachen an den Rand der Katastrophe geführt, an einen Wendepunkt in unserer Geschichte, wenn ihr so wollt. Dort drüben kämpft Wraith für die Zerstörung all dessen, was die Magier je errichtet haben. Er wird den Berg dem Erdboden gleichmachen, wie er bereits den Wald dem Erdboden gleichgemacht hat. Was er danach tun wird, vermag ich mir nicht vorzustellen. Doch wer sollte dann noch seiner Zerstörungswut Einhalt gebieten?

Und Shatter? Er kämpft, um Wraith zu vernichten und alles, wofür er und die Magier stehen. Ich habe gesehen, wie dieser Wahnsinn ganze Drachensiedlungen in Schutt und

Asche gelegt hat; ihr selbst wurdet Zeugen der Macht der Magier, als sie den Wald rings um den Schimmernden Berg vernichtet haben. Und wir alle wissen doch nur zu genau, wie stark Shatters Armee ist.

Also frage ich euch, wird das Ende all dessen nicht zwangsläufig der Tod der Drachen und ihrer Welt sein? Angesichts der verheerenden Wirkungen des Feuerzaubers und der furchtbaren Machtgier solcher Drachen wie Wraith und Shatter, lautet da die Konsequenz nicht, daß die ganze Welt zerstört wird?«

»Du sprichst kenntnisreich über die Magie«, meldete sich eine skeptische Stimme zu Wort. »Und du scheinst vieles zu wissen. Bevor du kamst, kannte kein einziger Erdgeborener den Namen des Schwarzen Drachen. Wenn man dich reden hört, muß man glauben, daß du ihm schon begegnet bist.«

»Ich bin ihm nie begegnet«, erwiderte Fortune augenblicklich. »Noch möchte ich ihm je begegnen. Aber du hast recht, ich weiß ein wenig mehr als ihr über Magie. Und wenn jeder Erdgeborene, der heute abend hier ist, so viel darüber wüßte wie ich, dann wären wir schon ein gutes Stück weiter. Dann könnten wir etwas verändern in dieser Welt.«

Dieser letzten Bemerkung stimmten alle derart einhellig zu, daß Fortune vollkommen überwältigt war. Ohne es zu merken, hatte er die halbe Nacht gesprochen und gewissermaßen seine eigene Versammlung in der kalten Nachtluft über der Festung abgehalten. Er bemerkte, daß Tallow und Volley, die anfangs noch neben ihm gewesen waren, sich unter die Menge gemischt hatten, von wo aus sie ihm wie alle anderen zuhörten. Aus einer leicht erhöhten Position stand er seinem Publikum allein gegenüber.

Was geht mit mir vor? fragte er sich. *Bin ich dazu bestimmt, der Anführer dieser Drachen zu sein?*

»Was sollen wir also tun, Fortune?« fragte Werth lächelnd aus der ersten Reihe der Zuhörer. »Sag es uns, und wir werden dir zuhören. Die Worte, die du sprichst, sind gute Worte. Doch nun brauchen wir Taten, die sie begleiten.«

Taten?

Fortune mußte erst nachdenken, bevor er darauf antwortete. Das, was er bisher gesagt hatte, schien nicht nur wie von selbst aus ihm hervorgesprudelt zu sein. Es war ganz offensichtlich auch von einer ihm unbekannten Macht inspiriert, die ihn nun allerdings verlassen hatte. Die anfängliche Begeisterung darüber, daß es ihm gelang, so viele Drachen allein durch Worte in seinen Bann zu schlagen, verlor sich rasch, und plötzlich fühlte er sich nur noch sehr jung, sehr klein und sehr verlegen.

Panik stieg in ihm auf. *Was kann ich schon für sie tun? Ausgerechnet hier und angesichts derart überwältigender Gegner, wie Shatter und Wraith sie darstellen?*

Zu seiner Erleichterung schien Tallow Fortunes wachsende Verzweiflung bemerkt zu haben, denn er flog zu ihm und wandte sich an die Drachen.

»Darf ich einen Vorschlag machen?« fragte er.

»Sicher ... selbstverständlich«, antwortete Fortune dankbar.

»Heute nacht haben wir viel und lange geredet«, begann Tallow in der ihm eigenen langsamen und wohlüberlegten Sprechweise. »Und ich habe den Eindruck, daß es noch zu früh ist, um derart wichtige Entscheidungen zu treffen.«

Danke, Tallow!

»Ja«, stimmte Fortune zu und ergriff den Strohhalm, den der Freund ihm hingehalten hatte. »Ich schlage vor, daß wir alle den morgigen Tag dazu nutzen, weitere Beobachtungen zu sammeln, und versuchen, so viele Drachen wie nur irgend möglich für unsere Sache zu gewinnen. Morgen abend werden wir uns wieder hier treffen und über unser weiteres Vorgehen beraten. Aber ...« und hier hielt er einen Moment inne und runzelte die Stirn, » ... aber morgen müssen wir uns entscheiden. Uns bleibt keine Zeit, den Entschluß noch länger hinauszuzögern. Morgen abend ... geht es los.«

Unter aufgeregtem und zustimmendem Gemurmel löste sich die Gruppe auf, und die Drachen flogen über das Dach der Festung hinweg zu ihren Schlafstätten. Als Werth sich verabschiedete, wandte sie sich an Tallow. »Paß gut auf diesen Jüngling auf. In ihm steckt mehr, als man auf dem ersten Blick vermutet.«

»Das werde ich«, erwiderte Tallow. »Dessen sei versichert.«

Fortune sah zu, wie die Drachen in alle Richtungen davonflogen, bis schließlich nur noch er und seine beiden neuen Freunde übrig waren. Im Osten kündete die Morgendämmerung bereits den neuen Tag an, und der junge Drache gähnte. Er fühlte sich erschöpft und ausgelaugt. Und – noch schlimmer – er war unzufrieden. Die Ereignisse der vergangenen Nacht und die Aussicht auf neue Verbündete und Aufgaben erfüllten ihn mit Freude und Spannung, doch zugleich überkam ihn ein Gefühl der Leere.

Es gibt zu viele Löcher in meinem Herzen, dachte er traurig. *Einst war es nur mein Vater, den ich vermißte. Doch jetzt fehlen mir so viele Drachen. Wird mein Herz je wieder ganz sein?*

Als ob er seine Gedanken erraten hätte, stieß Tallow ihn freundschaftlich in die Seite und murmelte ihm Trost zu. »Dies ist eine große Nacht in deinem Leben, Fortune, auch wenn du das jetzt noch nicht wahrhaben willst. Reite auf dem Sturm, der uns bevorsteht, anstatt gegen ihn zu kämpfen. Und vielleicht wird er dich schon bald zu dem Ort bringen, nach dem du dich tief in deinem Innern sehnst.«

Als sie zur Festung zurückflogen, fiel Fortune der lange Schatten auf, den die Todesfalle im Licht der tiefstehenden Morgensonne warf. Wie ein umgestürzter Riese lag er auf der Schneelandschaft, wie eine magische Klaue, die nach Westen wies …

Der Ort, nach dem ich mich sehne. Wo ist er?

Als sie unter dem Schatten des Turmes hindurchflogen, wurde es Tag.

In der ewigen Nacht im Innern des Berges bewegte sich der Basilisk im Schlaf, einem Schlaf, der von ihm wich, wie sich das Meer bei Ebbe vom Strand zurückzieht. Lichter und Geräusche drangen in seine Sinne, als winzige Drachen sich an dem Netz zu schaffen machten, in das auch seine eigene, ungebändigte Magie verwoben war. Farbe drang in seine Träume – Rot und Gold und Schwarz –, und mit den Farben kamen die Gestalten.

Die Gestalten von Drachen, klein und zerbrechlich, die durch die Zeit eilten in ihrem verzweifelten, tödlichen Wettlauf.

Dann sah er den Berg.

Eine Klaue und einen Findling und einen zerstörten Steinzirkel vor dem weißen Hintergrund des Schnees.

Er sah viele Dinge, und einige weckten sein Interesse.

An der Schwelle zum Erwachen begann der Basilisk zu grollen.

Kapitel 28

Das Licht

Fortune dachte einen Augenblick daran, daß er sein Leben aufs Spiel setzte, wenn er hier bliebe, doch der Gedanke schreckte ihn nicht. Denn gerade hier hatte er endlich das Gefühl, am richtigen Ort zu sein.

Ich nehme Einfluß auf den Lauf der Welt, schoß es ihm durch den Kopf. Dann mußte er lauthals lachen.

»Du bist ein Dummkopf, Fortune«, kicherte er.

Über sich am Himmel entdeckte er einen Nachtdrachen. Er war aber nur der Anführer von vielen anderen, die ihm folgten. Zusammen hinterließen sie eine feurige Bahn, die sich vom Norden bis tief in den Süden, weit hinter den Schimmernden Berg erstreckte, der sich schroff und steil in der Mitte ihres Weges erhob.

Das feurige Leuchten der Nachtdrachen verblaßte vor den Sternen, die die einzige Lichtquelle darstellten und den Berg in einem spärlichen, fahlen Licht erglühen ließen. Der Mond war nicht zu sehen. Diese letzte Beobachtung jagte Fortune einen eisigen Schauder über den Rücken, denn in einer klaren, wolkenlosen Nacht wie dieser hätte er sichtbar sein müssen, wenn auch nur als feine Sichel. Es würde noch viele Tage dauern, bis er wieder voll war – aber dennoch: Er hätte auch heute am Himmel stehen müssen.

Die Zeit drängt nicht nur – sie ist auch verdreht!

Von hier oben konnte Fortune sehen, daß die Festung nur eine von zahlreichen Erhebungen in der Ebene war. Sie glich selbst einer zu Stein gewordenen Woge. Folgte man der Linie der Hügelkette, hätte man glauben können, ein Riese habe sie in einem großen Kreis rings um den Berg verteilt.

Ein Ring aus Steinen ...

Und dann war da noch die Todesfalle.

Er wußte nicht, was ihn dazu gebracht hatte, heute abend hierher zu kommen. Er hatte das Bedürfnis verspürt, allein zu sein. Aber warum ausgerechnet hier?

Hier, auf dem riesigen Findling, der auf der Spitze der Säule balancierte. Wenn Shatters Drachen ihn hier entdeckten, auf dem Stein, den Shatter als heilig bezeichnete, würden sie ihn töten.

Und dennoch empfand er keine Furcht.

Unter seinen Klauen spürte er den Felsen, der gegen jede Wahrscheinlichkeit auf der schlanken, grauen Felsnadel ruhte, die sich vor dem Eingang der Festung aus dem Schnee erhob. Der leiseste Windhauch hätte genügen müssen, um den Felsen zu Fall zu bringen, und doch zeugte das Moos auf der Verbindungsstelle zwischen Säule und Findling davon, daß er sich schon seit vielen, vielen Jahren nicht mehr bewegt hatte.

Allen Naturgesetzen zum Trotz blieb er liegen.

Obgleich Fortune einerseits der Berg lockte und andererseits seine neuen Pflichten nach ihm riefen, rührte sich auch der junge Drache nicht von der Stelle. Über seinem Kopf zogen die Nachtdrachen spielerisch ihre Bahnen.

Am Morgen dieses Tages war Werth zu ihm gekommen. Sie hatte sich mißtrauisch nach allen Seiten umgesehen und ihm zugeflüstert, daß sie nicht lange bleiben könne und sie auf keinen Fall zusammen gesehen werden dürften.

»Ich muß dir etwas mitteilen«, verkündete sie mit gedämpfter Stimme. »Etwas, das ich dir gestern abend vor all den anderen nicht sagen wollte.«

Der neue Tag war kalt und klar, und die Festung war noch nicht erwacht. Auch über ihren Köpfen regte sich noch nichts. Als Fortune zur Decke der Höhle hinaufsah, entdeckte er dort die wunderlich geformten Eiszapfen, die sich in den letzten Tagen dort gebildet hatten – der gefrorene Atem von mehr als dreitausend Drachen.

»Was gibt es denn, Werth?« fragte er gähnend und entfernte sich ein paar Schritte von der Stelle, an der Tallow und Volley noch friedlich schliefen.

Nervös schlug Werth ihre Flügelspitzen gegeneinander, und Fortune bemerkte, daß ihre Augen ihn freundlich, fast mütterlich ansahen. Schließlich stieß sie einen tiefen Seufzer aus.

»Nun, möglicherweise tue ich dir unrecht, wenn ich es dir erzähle, aber vielleicht hast du schon längst davon erfahren«, begann sie zögernd.

»Erzähl es mir einfach«, ermunterte Fortune sie lächelnd.

»Also gut. Es sind noch andere Drachen aus Südkap hier, nicht nur Shatter.«

Hatte Fortune bisher noch Mühe gehabt, den Schlaf aus seinen Augen zu vertreiben, so war er nun mit einem Schlag hellwach. Er begann, schneller zu atmen. Die kalte Luft schnitt ihm beißend in die Lungen, doch er achtete nicht darauf.

»Erzähl weiter« murmelte er.

»Du hast gestern gesagt, daß du Shatter nicht persönlich kennst, und ich glaube dir. Aber da sind noch ein paar andere. Einer von ihnen ist ein Berater Shatters, obwohl du dir keinen traurigeren Vertreter unser Art vorstellen kannst als ihn. Er hat furchtbare Brandverletzungen, die ihm, so erzählt man sich zumindest, von einem Magier zugefügt wurden.«

»Barker!« stieß Fortune unwillkürlich hervor.

»Dann kennst du ihn also?«

»Er ist an sich kein schlechter Drache«, sagte Fortune niedergeschlagen. »Aber anscheinend ist es Shatter gelungen, ihn von seiner Sache zu überzeugen. Ja, ich kenne ihn, ich war dabei, als er verbrannte. Sein Sohn war früher einmal mein Freund.«

Werth holte tief Luft.

»Du trägst weitaus mehr Geheimnisse mit dir herum, als ich vermutet habe, Fortune. Du warst also dabei, als er verbrannte? Dann wird dich das nächste wohl noch mehr interessieren. Dieser Barker wird von einem jungen, kräftigen Drachen versorgt. Es heißt, daß er sein Sohn ist.«

»Wood?« fragte Fortune kaum hörbar.

»Ja. Was wirst du jetzt tun? Beide scheinen Shatter treu ergeben zu sein, und beide würden mit Sicherheit die ›Schar‹ verraten, ohne auch nur den geringsten Skrupel zu haben. Du verstehst, daß ich es dir sagen mußte, Fortune. Ich muß tun, was ich für richtig halte, aber ich muß auch die Drachen schützen, die mir am Herzen liegen.«

Mit Mühe riß sich Fortune von den Gedanken los, die ihn zu fesseln drohten.

»Selbstverständlich verstehe ich das, Werth«, seufzte er. »Und glaube mir, ich würde nie etwas unternehmen, das sich zum Nachteil der ›Schar‹ auswirken könnte. Ich danke dir, daß du mir alles gesagt hast. Aber was ich jetzt tun werde ... ich weiß es noch nicht.«

Als er sich zum Gehen wandte, legte ihm Werth in einer mütterlichen Geste den Flügel auf die Schulter.

»Die anderen Drachen aus Südkap, die hier sind, sind nichts weiter als ein Haufen gewöhnlicher Halunken. Ich bin sicher, daß sie nicht deine Freunde sind und du auch nicht mit ihnen sympathisierst.«

»Nein, bestimmt nicht.«

»Dann sehen wir uns heute abend.«

»Auf Wiedersehen, Werth. Und danke.«

Werth entfernte sich, während die Drachen der Festung allmählich erwachten, und ließ Fortune allein mit seinen Fragen und Zweifeln. Er hatte Wood wiedergefunden ... und seine Mutter wohl für immer verloren. Doch sollte er sich Wood zu erkennen geben? Es dürfte nicht allzu schwer sein, einen Drachen ausfindig zu machen, der sich in Shatters Nähe aufhielt. Selbst in einer Menge von dreitausend Erdgeborenen würde es nicht lange dauern, bis er den Freund gefunden hatte.

Aber will ich ihn überhaupt finden?

Die Frage hatte Fortune den ganzen Tag über beschäftigt, während er sich mit Tallow und Volley unter die Drachen von Shatters Armee mischte. Wo sie auch hinkamen, sahen sie Drachen, die Flugübungen machten, sich im Zweikampf übten oder miteinander über Taktiken und Strategien debattierten, während sie Karten in den staubigen Boden der Höhle zeichneten. Nie zuvor hatte Fortune Drachen gesehen, die sich derart motiviert auf eine gemeinsame Sache vorbereiteten.

Aber noch war er nicht soweit, Wood gegenüberzutreten. Nicht hier und nicht jetzt.

Was würden wir uns auch zu sagen haben? dachte er niedergeschlagen. *Wenn wir uns nicht schon in jener Nacht in Südkap voneinander entfremdet haben, dann stehen jetzt mit Sicherheit eine Menge Barrieren zwischen uns.*

Und dann war da noch die ›Schar‹. Ein kurzer Blick würde Wood genügen, um zu wissen, auf wessen Seite Fortune stand. Und das allein konnte ausreichen, um Shatters Zorn über die unschuldigen Drachen der ›Schar‹ zu bringen. Obwohl Fortune nicht glaubte, daß Wood ihn verriet, konnte er nicht riskieren, daß Barker – oder vielleicht sogar Shatter selbst – etwas von ihrem Treffen erfuhr und den Freund zum Reden zwang. Nein, es war zu gefährlich.

Sein Entschluß quälte ihn, und er kam sich wie ein Feigling vor. Obwohl ihm klar war, daß er richtig handelte, wenn er nicht nur sein eigenes, sondern auch das Leben seiner neuen Freunde schützte.

Wenn wir uns doch irgendwo anders wiederbegegnet wären, weit weg von dieser Welt. Irgendwo, wo nur wir beide zählen.

Doch diese Vorstellung war natürlich vollkommen absurd.

Es war bereits Mittag, als Fortune sich endlich zu einer endgültigen Entscheidung durchgerungen hatte. Kurz darauf trennte er sich von Tallow und Volley unter dem Vorwand, daß er einige Teile der Festung erkunden wollte, die er noch nicht gesehen hatte, und daß er sich freier und unauffälliger bewegen könnte, wenn er allein wäre. Seine Freunde erkannten, daß er allein sein wollte, und ließen ihn ziehen.

»In ihm steckt mehr, als man beim ersten Blick vermutet«, sagte Volley und wiederholte damit Werths Worte vom Vorabend.

»Und willst du noch immer weg, Volley? Willst du noch immer die Welt sehen? Wenn du möchtest, fliegen wir sofort los.«

Volley überlegte einen Augenblick, dann schüttelte er den Kopf. »Tallow, mein alter Freund, ich habe den Eindruck, als ob sich ein Großteil dessen, was die Welt ausmacht, zur Zeit hier abspielt. Vielleicht sollten wir lieber noch ein bißchen bleiben, was meinst du?«

»Ich meine, genau das hätte auch Weft getan.«

Im Verlauf des Tages war Fortune mehrfach versucht, seinen Entschluß, Wood aus dem Weg zu gehen, wieder umzustoßen.

Und nun saß er hier seit Stunden auf der Spitze des verbotenen Heiligtums, auf dem Felsen der Todesfalle. Die Dunkelheit war hereingebrochen, über ihm flogen die Nachtdrachen, und bald würden die Freunde der ›Schar‹ die Festung verlassen, um sich mit ihm zu treffen.

Bald.

Doch noch war es nicht soweit.

Den Ängsten und Hoffnungen zum Trotz, die sein Herz in Aufruhr versetzten, fühlte er sich wie gebannt von etwas, das mit ihm gewacht hatte, seitdem er hier saß. Etwas, das mit ihm die Stille der Nacht und die unbeugsame Schönheit der Schneelandschaft geteilt hatte.

Etwas, das wartete.

Der Schimmernde Berg.

Er zog an Fortune. Wie eine furchtbare Kraft, die an den Wurzeln seiner Seele zerrte und versuchte, sie der Welt zu entreißen, an die sie sich mit aller Macht klammerten. Zugleich raunte ihm der Berg mit der Sanftheit einer warmen Herbstbrise, unverständliche Worte zu. Drohend und dunkel zeichnete sich sein Umriß am Horizont ab. Der Schimmernde Berg war *hier,* hier bei ihm und ihm so nahe wie sein eigener Körper.

Der Felsbrocken unter Fortunes Klauen erzitterte.

»Fortune!« Die Stimme, die die kalte Luft zu ihm trug, war kaum mehr als ein heiseres Flüstern. Dann tauchte Tallow auf und verharrte neben Fortune in der Luft. »Was tust du hier?« zischte er eindringlich. »Um des Himmels willen, verschwinde von hier! Wenn man dich findet ...«

»Nein«, erwiderte Fortune, ohne sich zu rühren. »Aber du solltest wieder verschwinden. Ruf die Drachen der ›Schar‹ zusammen, begebt euch in sichere Entfernung und ... seht zu. Seht einfach zu.«

»Was redest du ...?«

In diesem Moment wandte Fortune sich zu seinem Freund um. Es war nicht weiter verwunderlich, daß Tallow seinen Satz nicht vollendete. Dann plötzlich fiel ein Licht auf ihn, ein starkes, beängstigendes Licht, dessen Quelle Tallow nicht ausmachen konnte. Es schien von überall her zu kommen, vom Berg, aus dem Findling, aus dem Schnee auf dem Boden ... aus Fortunes Augen.

»Es ist in Ordnung, Tallow«, sagte Fortune, dessen Stimme angesichts des feurigen Leuchtens, das seinen Körper umgab, erstaunlich ruhig klang. »Ich bin noch da. Ich weiß selbst nicht, was mit mir geschieht, aber du mußt dir keine Sorgen machen.«

Stumm vor Staunen und Schreck zog Tallow sich zurück und rief die Drachen der ›Schar‹ zu sich, die in der Nähe des Höhleneingangs gewartet hatten.

»Zu mir herüber!« brüllte er. »Fliegt nicht näher an die Todesfalle heran!«

Das Licht kam aus dem schwarzen Kegel des Berges und durchschnitt seinen Fuß in einer horizontalen Linie. Vor den Augen der fassungslosen Drachen begann das Licht nun zu pulsieren. Durch den Boden zuckten Energiewellen, die so stark waren, daß der Schnee aufwirbelte und die Luft erzitterte. Dann wurde der Lichtstreifen schmaler und bündelte sich zu einem einzigen Strahl. Das Ziel, auf das dieser Lichtstrahl sich ausrichtete, war fraglos die Todesfalle.

Hoch oben auf dem Findling breitete Fortune seine Flügel aus und erhob sich in die Luft.

In einer letzten Welle löste sich das Licht explosionsartig aus dem Berg und traf mitten ins Zentrum des Findlings. Schreckliche Energien schienen von Fortunes Körper Besitz zu ergreifen, so daß zwischen seinen Schuppen Feuer hervortrat und er von einem Licht umhüllt wurde, das vor dem Hintergrund des Nachthimmels mit dem Leuchten der Sterne und dem Tanz der Nachtdrachen wetteiferte.

Wie ein Feuerball zog Fortune über den Himmel.

Flammen fielen von ihm ab und trafen auf den Findling. Während der Lichtstrahl aus dem Berg bereits erloschen war, gruben sie sich wie feurige Würmer in das Eis, bis der Fels von innen her strahlend leuchtete. Dann brach ein Licht aus dem Stein hervor, so grell, daß die Sterne verblaßten. Unter der Hitze schmolz das Eis und löste sich in wütend zischenden Dampf auf, der sich wie eine Glocke über den Felsen legte, nur um in der kalten Nachtluft zu winzigen Kristallen zu kondensieren, die sich als Nebel über die Landschaft legten.

Und durch diesen Nebel flog Fortune.

Dunst löste sich in kleinen Spiralen von seinen Flügelspitzen, als er dicht über die Oberfläche des Felsens glitt, um kurz darauf steil in die Höhe zu steigen, bis er den Felsen, die Drachen der ›Schar‹, die Festung und – so kam es ihm vor – die ganze Welt weit unter sich gelassen hatte. Angetrieben durch eine ihm unbekannte Macht bewegte er die Flügel, während die winterliche Landschaft unter ihm immer kleiner wurde.

Die Kälte brannte in seinen Lungen, und ihm wurde schwindlig, während die Luft immer dünner wurde. Als er sich auf einer Höhe mit dem Gipfel des Schimmernden Berges befand, hielt er einen Moment inne und ließ sich von der Luft tragen, die hier oben zart und durchsichtig war wie ein Spinnennetz. Unter ihm drehte sich die Welt wie verzaubert vom Licht der Sterne.

Helle Punkte tanzten vor seinen Augen, während ihn Erschöpfung überfiel. Die Kälte ergriff Besitz von seinem Körper wie der Winter, der so plötzlich über das Land gekommen war. Und mit jedem Schlag wurden seine Flügel schwerer unter der Last des Eises, das seine Schuppen überzog.

Sein Bewußtsein weitete sich.

Weit, weit unter ihm glühte der Felsen der Todesfalle in einem Licht, das er nicht zu bestimmen vermochte. War es wirklich oder unwirklich, natürlichen oder magischen Ursprungs? Daß es das Leuchten des Großen Labyrinthes war, konnte Fortune nicht wissen.

Weit, weit vor ihm, am Hang des Schimmernden Berges, wo Covamere lag, wurde ein zweites Leuchten sichtbar, das blutrot glühte wie ein verzweigtes Labyrinth durchsichtiger Adern. Ein beißender Wind stieg heulend von der Todesfalle auf, fuhr durch Fortunes Körper hindurch und bewegte sich auf den Berg zu. Unweit Covameres prallte er auf den Fels des Schimmernden Berges und kehrte nun mit zweifacher Stärke zurück, um Fortune erneut zu packen.

Der junge Drache taumelte im Sog der gewaltigen Strömungen.

Hoch oben, nahe dem Gipfel des Berges, wurde ein weiteres Licht sichtbar, das Fortunes geschärften Sinnen nicht entging. Von ihm ging ein Lichtstrahl aus, der in den Nachthimmel ragte wie ein herrlicher, goldener Grashalm. Und auch dieses Licht entsandte einen Windstoß, der über den Schnee und das Land hinwegfuhr, bis er Teil des Mahlstroms wurde, der sich rings um Fortune zusammenbraute.

Fortune gelang es, den Sturm zu bezwingen und auf ihm zu reiten, so wie Tallow es ihn gelehrt hatte. Doch schon bald wurde ihm klar, daß er mit seinen bescheidenen Flugkünsten allein diese Aufgabe nie gemeistert hätte, und er spürte, daß ihm eine Kraft, deren Ursprung er sich nicht einmal vorzustellen wagte, ungeahnte Fähigkeiten verlieh.

Das vierte Licht entstand direkt vor ihm.

Er sah, wie es sich in einer Kaskade aus Eiskristallen spiegelte, die sich von einem seiner Hörner löste: eine helle, blaue Flamme tief aus dem Innern des Berges. Auch dieses Licht entfesselte einen Sturm, der Fortune zu bezwingen suchte, ein heißer Wind, der den Geruch des Todes mit sich führte. Und auch diesen Sturm bezwang Fortune, endlich hatte er alle vier Winde unterworfen und sie zu Sklaven seiner neu gewonnenen Herrschaft über den Himmel gemacht.

Sie leben, dachte er, indem er seinen Blick über die Lichter schweifen ließ.

»Sie leben alle noch!« schrie er trunken vor Glück in die Nachtluft hinaus.

Er hatte das Gefühl, als träfen sich die Winde von den äußersten Enden der Welt unter seinen Schwingen und er wüßte sie alle zu meistern. Es stand in seiner Macht, sie zu lenken – und mit ihnen auch die Richtung, die diese Welt nehmen sollte.

Er sog den Wind in seine Lungen und spürte dessen Herzschlag, der seinem Körper neue Kraft verlieh. Wie an dem Tag, an dem Tallow ihn in die Kunst des Fliegens eingeweiht hatte, fühlte er sich lebendig und ganz bei sich selbst. Doch jetzt kam noch etwas anderes hinzu: Dieses Mal fühlte er zugleich die Gegenwart der Welt, und sie war genauso lebendig wie er.

»Sie leben!« rief er noch einmal, und sein Gesang geriet zu einer Symphonie der Freude.

Die Winde vereinten sich unter ihm zu einer letzten, gewaltigen Böe, und er streckte seine Flügel, bis er glaubte, meinte, es müsse ihm den Brustkorb zerreißen. Die Schuppen seines Panzers schoben sich ineinander, als er den Rükken krümmte, um dem immensen Druck standzuhalten. Und dann bündelte er mit all seiner neu gewonnenen Zuversicht die Energien der Winde, die aus allen Teilen der Erde zu ihm strömten, die Energien des Lichts und die der Luft. Er faßte sie zusammen, und dann schleuderte er sie ... nach unten.

Der Feuerball traf die Todesfalle und löste sich in einer gigantischen Explosion auf. Tausende winziger Flammen jagten über die schneebedeckte Landschaft, bevor sie erloschen. Die Drachen der »Schar«, im Widerschein der riesigen Explosion kaum mehr als ein paar winzige, dunkle Flecken, flohen vor den Flammen und brachten sich unter dem vorspringenden Dach der Festung in Sicherheit. Aus der Höhe sah Fortune, daß die Landschaft begann, sich zu verändern und die Felsen allmählich eine andere Gestalt annahmen …

Die Todesfalle erbebte, während sich der Boden unter ihr bewegte.

Berstendes Eis und die Einzelteile zersplitterter Gesteinsbrocken wirbelten durcheinander, als die Säule der Todesfalle erbebte und unter dem Gewicht des Findlings zusammenzubrechen drohte.

In diesem Moment legte sich der Sturm, und das magische Leuchten, das unwirkliche Glühen, das Fortunes Körper eingehüllt hatte, wie auch die Lichter auf dem Berg erloschen. Kein Nachtdrache zog mehr seine Bahn über den Himmel, einzig das blasse Licht der Sterne erhellte jetzt noch die Nacht.

Staunend beobachtete Fortune, der sich in der Luft, die nun wieder ruhig und klar war, treiben ließ, wie sich die Landschaft unter ihm veränderte und eine neue Gestalt annahm.

Die hohe Steinsäule der Todesfalle wurde an ihrer Basis erschüttert, so daß der auf ihr ruhende Felsen gefährlich hin und her schaukelte. Schließlich schoben sich vier neue Säulen aus dem Boden durch den Schnee und wuchsen an der Seite der ersten empor, bis sie sich so weit zueinander neigten, daß sie den schaukelnden Findling stützten.

Zusammengenommen waren die fünf Steinsäulen gut doppelt so groß wie Shatters Festung.

Dann begann der Boden erneut zu beben und die Schicht aus Schnee und Eis aufzuwirbeln, die ihn bedeckt hatte. Die Säulen krümmten sich zusammen, neigten sich, und mit der harmonischen Bewegung eines Raubtieres, das zum Sprung ansetzt, stießen sie den riesigen Findling von der Säule, auf der er Jahrhunderte geruht hatte, in das enge Tal hinunter, das sich unterhalb der Todesfalle erstreckte.

Ein Schauder lief durch den Berg.

Der Schnee wirbelte nach allen Seiten auseinander, als der Findling auf dem Boden aufschlug und durch das Tal rollte. Weiße Wolken stiegen in die kalte Luft auf, nur um sich im nächsten Moment wieder auf die Landschaft zu senken.

Immer weiter und immer schneller rollte der Stein und schnitt eine riesige Schneise in den Schnee, bis er schließlich das Ende des Tals erreichte hatte, wo ihm eine Hügelkette den Weg versperrte. Er schob sich noch ein Stück den Abhang hinauf, kam für einen Augenblick zum Stillstand, um kurz darauf wieder bergab zu rollen. Schließlich blieb er in der Talsohle liegen, eingehüllt in eine glitzernde Wolke aus Schnee und zu Staub zermahlenem Stein, die sich nur ganz allmählich legte.

Wie ein nie enden wollender Donner hallte der Lärm, den der Lauf des riesigen Felsens verursacht hatte, vom Berg wider. Selbst als der Findling schon lange zum Stillstand gekommen war, füllte das Echo dieses Donners noch den Himmel.

Die darauf folgende Stille war vollkommen.

Seit Fortunes Aufbruch aus der Festung hatten die Sterne auf ihrer Bahn bereits ein beträchtliches Stück des Himmels durchmessen. Nun flog der junge Erdgeborene noch ein wenig höher, um bestätigt zu sehen, was sich ihm im Widerschein ihres blassen Lichtes bereits andeutete.

Aus dieser Höhe boten die Konturen der Landschaft unter ihm ein ganz erstaunliches Bild.

Neben dem Schimmernden Berg lag ein Troll. Seine Gestalt war deutlich zu erkennen. Allerdings war er so riesig, daß man seine Umrisse nur aus dieser Höhe ausmachen konnte. Von hier oben sah Fortune, daß die Hügel, die er für Ausläufer des Berges gehalten hatte, in Wirklichkeit keine Hügel, sondern der abgezehrte Körper eines uralten Riesen waren.

Wie der Erdriese, dachte er, *Troll und Landschaft in einem.*

Der Kopf des Giganten entzog sich Fortunes Blicken, doch die Form seines Rückens war in den Hügeln gut sichtbar. Ihre Kämme und Täler waren seine Rippen, und die Steinsäulen, die den Felsbrocken der Todesfalle zu Fall gebracht hatten, waren eindeutig die Finger einer ausgestreckten Hand. Fortune hatte keine Vorstellung, wie der Riese einmal ausgesehen haben mochte, als er noch im vollen Besitz seiner Kräfte gewesen war. Doch selbst das, was jetzt noch von ihm übrig war, beeindruckte den jungen Drachen so sehr, daß er sich im Angesicht einer derart überwältigenden, alten Macht klein und unbedeutend vorkam.

Der Riese starb, vielleicht war er auch bereits tot. Doch vorher hatte er noch mit letzter Kraft den Findling, den er so lange in die Höhe gehalten hatte, zu Boden und damit zu den anderen Steinen geworfen.

Dies war die zweite Form, die Fortune in der Landschaft erkannte: ein Ring aus riesigen Steinen, der nun, nachdem die letzte Lücke durch den Felsen der Todesfalle geschlossen war, den Berg umgab.

Wie der Erdriese, von dessen rätselhafter Tätigkeit sie zu Beginn ihrer Reise, in jener scheinbar Ewigkeiten zurückliegenden Nacht, Zeuge geworden waren, hatte auch dieses Fabelwesen einst damit begonnen, einen Ring aus Steinen zu errichten. Doch er mußte seiner Arbeit überdrüssig geworden sein, so daß der Ring bis zu dieser Nacht unvollendet geblieben war.

Bis Fortune sich eingemischt hatte – oder eine unbekannte Macht ihn zu ihrem Werkzeug machte.

Allmählich verschwammen die Ereignisse der Nacht in seiner Erinnerung. Die Finger des Trolls ragten deutlich sichtbar in den Himmel. Auch wenn sie sich nun nicht mehr bewegten, waren sie wie die Narbe, die der rollende Felsen im Schnee hinterlassen hatte, ein unverrückbarer Beweis für das Geschehene. Doch der Gedanke kam Fortune auf einmal absurd vor. Ein Erdgeborener sollte einen sterbenden Riesen dazu bewegt haben, seine unerforschliche Aufgabe zu vollenden. Das war Unsinn! Er war nur zufällig Zeuge all dessen geworden.

Und doch ...

Allmählich hatten sich die Wolken aus Staub und Schnee gesenkt, und Fortune wollte gerade zurück zu seinen Freunden auf die Erde fliegen, als er inne hielt. Im Licht der Sterne sah er einen Drachen.

Mit Mühe kämpfte der andere sich durch die dünne Luft.

Er war jetzt nah genug, daß Fortune seinen heiseren, keuchenden Atem hören und seine stämmige Gestalt ausmachen konnte. Es war ein Erdgeborener.

»Wood?« murmelte Fortune fragend, während er versuchte, das Gesicht des anderen zu sehen. Dann erkannte er ihn. »Brace!«

Als er ihn rief, sah Brace zu ihm auf, Schmerz und Angst verzerrten sein Gesicht. Dann schien er einfach aufgeben zu wollen. Er zog seine Flügel an den Körper und stürzte taumelnd der Erde entgegen.

Fortune folgte ihm im Sturzflug, bis er sich unterhalb von Braces wie leblos trudelndem Körper befand. Brace fiel auf ihn, und der Zusammenprall raubte beiden Drachen für einen Augenblick die Luft. Doch Brace gewann das Bewußtsein zurück und öffnete wieder seine Flügel. Gemeinsam glitten sie dem Boden entgegen und landeten auf dem Schneefeld zwischen den fünf Steinsäulen, die einst die Finger eines Riesen gewesen waren.

Fortune zog Brace an sich und schlang seine Flügel um den zitternden Körper des Jungen.

»Es tut mir leid«, schluchzte Brace. »Es tut mir so leid. Hilf mir, Fortune. Vergib mir.«

Fortune versuchte, ihn zu beruhigen.

»Es ist gut, Brace«, sagte er. »Es ist alles gut. Auch ich muß mich entschuldigen. Ich hätte nicht so mit dir reden dürfen, und was ich gesagt habe, war falsch. Entschuldige bitte.«

Um sie herum standen die Steinsäulen wie Wächter, während die beiden jungen Drachen sich aneinander wärmten und das Wunder ihres zweiten überraschenden Zusammentreffens den Winter aus ihren Herzen verbannte. Schon bald hörte Brace auf zu zittern und sah Fortune an.

»Ich werde alles für dich tun, Fortune, was du auch willst. Ich will mich der ›Schar der Freien‹ anschließen, ich will mit dir zusammen sein. Nie wieder werde ich dich enttäuschen.«

Fortune spürte die Aufrichtigkeit, die aus Braces Worten sprach, und für einen Moment sah er das Licht von Gossamers Liebe in den Augen ihres Bruders. Nun rannen auch ihm Tränen über die Wangen und gefroren in der Kälte.

»Es wird alles gut, Brace«, wiederholte er. »Denen, die wir lieben, geht es gut. Und jetzt erzähl mir, was passiert ist.«

Kapitel 29

Der Abend vor der Schlacht

Plötzlich erwachte Shatter, und in seinen Augen war Feuer.

Ein kaltes, grelles Licht hatte seine Festung für einen Augenblick taghell erleuchtet. Das Licht flackerte und zuckte wie die Blitze eines Gewitter, und ein furchtbares Krachen erschütterte die Knochen in Shatters zum Zerreißen gespannten Körper.

In der Luft lag der eigenartige Geruch von Magie.

Shatter stieß die beiden Wachen zur Seite, die am Eingang zu seinem Quartier standen und ihn mit ihren idiotischen Gesichtern erstaunt ansahen. Er trat auf den Felsvorsprung hinaus, von dem aus er seine Ansprachen zu halten pflegte.

Sein Quartier war in vielerlei Hinsicht eine Nachbildung der einsamen Höhlen, in denen er aufgewachsen war: ein System düsterer Kammern und Tunnel, die er aus dem weichen Felsgestein hatte heraushauen lassen. Daß er sich damit in den Körper eines toten Trolls gegraben hatte, wußte Shatter zu seinem Unglück nicht. Von der Plattform aus, die vor seiner Höhlenwohnung aus dem Fels ragte, konnte er die gesamte Festung überblicken und durch die riesige Öffnung der Höhle sogar das angrenzende Tal und den Berg im Auge behalten.

Obwohl er inzwischen eine Armee von mehr als dreitausend Drachen kommandierte, war Shatter ein Feigling geblieben. Für den Fall, daß seine Gegner die Festung belagerten, war der Fluchttunnel angelegt worden, der quer durch den Körper des Trolls zu den Hügeln hinter der Festung führte. Shatter hatte persönlich die Arbeiten beaufsichtigt, und damit die Existenz dieses Tunnels für immer sein Geheimnis blieb, hatte er die vier Drachen, die ihn gegraben hatten, nach Abschluß ihrer Arbeit eigenhändig getötet.

Zu morden war ihm ein leichtes, er mußte nicht in die Schlacht ziehen, um sich und anderen zu beweisen, daß er töten konnte. Und wenn die vier ihm freiwillig geholfen hatten, ihr eigenes Grab zu schaufeln, indem sie seinen Befehl befolgten und einen zweiten Tunnel gruben, dann waren sie Dummköpfe und Idioten. Wie seine Eltern. Solche Drachen benutzte man, um sich ihrer zu entledigen, wenn man sie nicht mehr benötigte.

Doch in seiner Erinnerung verblaßte bereits die Vergangenheit. Die Reise von Südkap zum Schimmernden Berg existierte in Shatters Gedächtnis nur noch als ein verschwommenes Bild von endlosen Flügelschlägen und Atemzügen. Und daß er die Macht über Tausende von Drachen gewonnen hatte, war für ihn so selbstverständlich, daß dieser Vorgang nicht wert war, in seinem Gedächtnis zu überdauern. Shatter lebte nur noch in seiner eigenen finsteren Welt des Jetzt und der nahen Zukunft. Einer Welt, in der einzig die Todesfalle von Bedeutung war.

Der mächtige Findling war seine Waffe, er würde ihn zu Fall bringen und jeden Drachen unter ihm begraben, der es wagte, sich ihm zu widersetzen. Denn seine wahnwitzige Strategie war, daß seine Armee die Magier aus dem Berg zur Festung locken sollte, wo Shatter sie erwartete, bereit, die Todesfalle über ihren ahnungslosen Seelen zuschnappen zu lassen.

Er trat gerade noch rechtzeitig auf die Plattform, um Zeuge des unglaublichen, schrecklichen Ereignisses zu werden, das sich draußen im Tal vor der Festung abspielte. Von einer Shatter unbekannten Macht in Bewegung gesetzt, begann der Findling der Todesfalle zu kippen, bis er schließlich zu Tal stürzte. Donnernd rollte er durch den Schnee, umgeben von einer blauen Aura – einer magischen Aura. Unter seinem Gewicht bebte die Erde, und die Luft geriet in Aufruhr.

Die Magie war also bis zu seiner Festung vorgedrungen und hatte seine Todesfalle zerstört. Er war verraten worden, der gestürzte Findling war das sichere Zeichen, und der Schuldige würde Shatters Rache erfahren, noch bevor die Nacht sich ihrem Ende zuneigte.

Shatter schaute zu, wie der Findling allmählich langsamer wurde ... und schließlich liegenblieb. Kalte Wut erfüllte sein leeres Herz.

Er war verraten worden!

Die beiden Wachen wichen ängstlich zurück, als Shatter begann, mit sich selbst zu reden. Weniger kluge Drachen nannten ihn verrückt, doch die Wachen waren klug und hielten sich schweigend im Hintergrund, während sie die Befehle ihres Anführers erwarteten.

»Verraten«, grollte Shatter heiser. »Kein einziger Drache verdient mein Vertrauen. Die Magie ist auf dem Vormarsch. Verraten! Verkauft! Doch ich werde nicht wanken, ich bin nicht wie der Felsen. Dies ist mein Krieg, mein Land. Ich werde nicht weichen.«

Die Wachen zuckten zusammen, als er sich zu ihnen umdrehte.

»Holt meine Offiziere«, bellte er, während seine roten Augen ins Leere stierten. »Der Krieg hat begonnen. Das war das Zeichen!«

Kaum registrierte er, wie seine Wachen verschwanden, um seinen Befehl auszuführen. Nur er blieb auf dem Felsvorsprung zurück.

Allein! Wie immer, solange er denken konnte.

Für Shatter war die Welt, die ihn umgab, nie mehr als eine Erweiterung seiner inneren, eingebildeten Welt gewesen. Es gab nur ein Wesen, das wirklich war, und das war er. Er war der einzige wahre Drache. Außer ihm existierte nichts und niemand.

Dann, als er allmählich immer mehr Macht erlangt hatte, war er in der Lage gewesen, sich auch die äußere Welt nach seinen eigenen Vorstellungen zu formen. Er hatte sich die Festung genommen und eine eigene Armee aufgestellt. Diese Welt war so, wie er sie wollte, sie gehörte ihm, auch wenn sie noch so irreal war.

Doch je mehr Zeit verging, desto unaufhaltsamer war die Wirklichkeit in seine Welt eingedrungen. Shatter war entschlossen, den Kampf gegen diesen Invasoren zu gewinnen, und die ultimative Waffe, auf die er dabei gesetzt hatte, war die Todesfalle gewesen.

Ein Felsen, den er auf alle stürzen lassen würde, die sich gegen seinen Willen in seine Welt drängten. Gleich, ob Magier oder Erdgeborene, am Ende würden sie alle unter dem Findling zermalmt werden. Das war nur gerecht, denn der einzige, der zählte, der einzige, der wirklich und wahrhaftig war, war er selbst: Shatter.

Doch nun mußte er entdecken, daß er sich hatte verführen lassen.

Die Todesfalle selbst hatte ihn betrogen. Die stärkste Waffe gegen seine Feinde war Teil ihrer eigenen Magie gewesen. Sie hatte ihn verraten, sie hatte seine Welt erschüttert, sie hatte ihn zum Narren gehalten und war, seinen Willen mißachtend, als Waffe unbrauchbar geworden. Sie hatte sich selbst zerstört.

Die Welt, die er sich erschaffen hatte, gehorchte ihm nicht mehr, sie war zu einem Ärgernis geworden, zu einem wunden Punkt, zu einem Gegner.

Es war an der Zeit, daß er zurückschlug.

Shatter versenkte sich in seine innere Welt, in seine Wirklichkeit und dachte nach.

Magie hatte die Todesfalle zerstört, und deshalb mußten die Magier sterben.

Die Magier konnten von der Existenz der Todesfalle nur erfahren haben, weil ein Erdgeborener ihnen davon erzählt hatte.

Also mußten auch die Erdgeborenen sterben.

Das Land, Shatters neue Welt, hatte sich unter dem Fall des Findlings verändert.

Er würde das Land zerstören.

Einzig Shatter, der eine, wahre Drache, würde überdauern.

Nachdem er sich sein Leben lang am Rande des Wahnsinns befunden hatte, tat Shatter nun endgültig den Schritt in den Abgrund.

Nicht ahnend, daß sie beobachtet wurden, entlockte Fortune Brace seine Geschichte.

»Ich dachte, ich wäre besonders schlau«, begann der junge Drache mit zitternder Stimme. »Ich bin ihnen ganz zufällig begegnet. Eigentlich wollte ich mich zum Schein der ›Schar‹ anschließen und sie dann an Shatter verraten. Aber dann folgte ich diesen drei Dachen. Das war gleich nach unserem Streit. Ich wollte beweisen, daß auch ich zu etwas nütze bin.«

»Oh, Brace«, seufzte Fortune reumütig. »Wem bist du begegnet? Erzähl mir alles von Anfang an.«

»Drei Abtrünnige der ›Schar‹. Sleet, Whittle und ... den Namen des dritten habe ich vergessen. Sie waren vor dem Eingang der Festung und sprachen darüber, daß sie Shatter an die Magier verraten wollten. Zuerst dachte ich, es wäre das beste, sie sofort zu melden, doch als ich dann sah, daß sie sich auf den Weg zum Schimmernden Berg machten, beschloß ich, ihnen zu folgen. Ich hatte die vage Vorstellung, ich könnte ihnen den Verrat ausreden oder sie vielleicht sogar mit Gewalt daran hindern. Wie auch immer«, fügte Brace kleinlaut hinzu. »Ich dachte, dies ist meine Chance, mich endlich als Held zu erweisen.«

Sein Atem ging schwer und stockend, und auf seinem Gesicht lag ein verängstigter Ausdruck.

»Dieser Sleet ist ein *schlechter* Drache, Fortune. Oder besser gesagt, er war ein schlechter Drache. Zuerst dachte ich, er ist einer von diesen typischen ›Freien‹, du verstehst schon, die alles daransetzen, Shatter in Schwierigkeiten zu bringen. Aber schon bald wurde mir klar, daß es ihm nicht um Shatter ging, sondern nur darum, Drachen gegeneinander aufzuhetzen. Er hat keinen besonderen Feind – alle Drachen sind seine Gegner. Er ist einfach abgrundtief ... schlecht. Das heißt, er *war* es.

Es dauerte natürlich nicht lange, bis wir entdeckt wurden. Der Berg wimmelte nur so von Magiern, und ich glaube, auch wenn wir Shatter nicht an sie verraten hätten, wäre ihnen die Festung nicht mehr lange verborgen geblieben. Wie auch immer, zwei von ihnen stürzten sich auf uns, als wir noch nicht einmal die Hälfte des Weges nach Covamere zurückgelegt hatten. Sie töteten Whittle und den anderen. Einfach so! Nur Sleet und ich konnten entkommen …«

Inzwischen zitterte Brace am ganzen Körper, aber Fortune drängte ihn, seine Geschichte zu Ende zu erzählen.

»Ich weiß nicht, wie es uns gelungen ist, zu fliehen«, fuhr er fort, während er mit weit aufgerissenen Augen ins Leere starrte. »Schließlich fanden wir uns in der Nähe eines Lagers der Magier wieder, das trotz des Brandes noch von Bäumen umstanden war.«

Er hielt inne, als kostete es ihn große Überwindung, mit seinem Bericht fortzufahren. Schauder liefen durch seinen Körper.

»Was war mit diesem Lager?« drängte Fortune, der nur mit Mühe sein Herz vor der offensichtlichen Verzweiflung Braces verschließen konnte.

»Es wird hart für dich, was ich dir zu erzählen habe, Fortune«, sagte Brace fast beschwörend.

Fortune glaubte, ihm müsse das Blut gefrieren, als er Braces Schilderung über das Gefangenenlager der Magier hörte.

»Das Lager befand sich auf einer Lichtung in einem Teil des Waldes, den sie offenbar verschont haben, um dort ihre Gefangenen zu verstecken. Sie hielten sie in Käfigen aus Feuer: Kugeln, die in der Luft schwebten und über deren Oberfläche blaue Flammen zuckten. Und in jeder dieser Kugeln saß ein Drache. Die Gefangenen waren Magier, Fortune! Ihre eigenen Artgenossen!

Viele von ihnen waren verstümmelt worden. Sleet ertrug es nicht, sie anzusehen, aber ich tat es. Einige hatten keine Beine mehr, andere hatten gräßliche Narben am ganzen Körper, und wieder anderen hatte man die Augen ausgestochen. Und dann entdeckte ich etwas, das mir bekannt vorkam. Es lag auf dem Boden, achtlos hingeworfen, einfach vergessen.«

Braces Atem wurde schneller, und Eiskristalle bildeten sich vor seinem Gesicht.

»Was war es, das du gesehen hast, Brace? Sag es mir!«

»Flügel«, stieß Brace gepreßt hervor. »Ein Paar Drachenflügel.«

Nun begann auch Fortune zu erbeben. Seine Flügel zu verlieren, das war für einen Drachen wie ... die Vorstellung war so schrecklich, daß Fortune kaum Worte dafür fand. Ein Drache ohne Flügel war ein Krüppel, ein Ausgestoßener, und weniger wert als ein Toter. Eher würde er seine Augen hergeben, seinen Schwanz ... alles, nur nicht die Flügel.

»Ein Magier kann sich vielleicht wieder neue Flügel wachsen lassen«, schlug Fortune schließlich zaghaft vor.

»Vielleicht«, erwiderte Brace wenig überzeugt.

»Wessen Flügel waren es, Brace?« fragte Fortune tonlos, überzeugt, daß er die Antwort bereits kannte.

»Sie waren rot und blau und golden, jede Farbe, die du dir vorstellen kannst. Wie ein Regenbogen. Es waren die Flügel von Scoff, Fortune. Es waren die Flügel von Scoff!«

Brace hatte immer schneller gesprochen, während sein Brustkorb sich hob und senkte und sein Gesicht von Schreck gezeichnet war, als sähe er die ganze Szene noch einmal vor sich. Doch Fortune fühlte sich wie betäubt. Das eigenartige Hochgefühl, das er noch vor wenigen Minuten im Zentrum der Winde empfunden hatte, zog sich von ihm zurück wie das Meer bei Ebbe. Und zurück blieb ... Leere.

Scoff!

Guter, mutiger Scoff, der Brutace getötet und ihnen allen das Leben gerettet hatte. Der sein Leben aufs Spiel gesetzt hatte, um sie nach Covamere zu begleiten. Zum Krüppel gemacht von seinen eigenen Artgenossen.

»War er ...?«

»Er war noch am Leben«, sagte Brace. »In einem Käfig. Wie die anderen. Aber ich konnte nicht in seine Nähe. Es waren Hunderte von Käfigen, Fortune. Hunderte! Und in dem Augenblick wurde mir etwas klar.«

»Was?«

»Daß sie genauso sind wie wir.«

Nun endlich verstand Fortune Braces erstaunlichen Wandel vom trotzigen Kind zu einem vernünftig denkenden Erdgeborenen.

»Ich begann zu weinen«, gab Brace zu. »Ich konnte nicht anders. Was ich in dem Lager sah, brach so plötzlich über mich herein, ich habe es einfach nicht verkraftet. Und ich erkannte, wie unerträglich ich gewesen bin, wie grausam ... wie schlecht.«

»Nein, Brace«, erwiderte Fortune, »nicht schlecht, einfach nur verunsichert.«

»Jedenfalls habe ich mich geschämt und geweint. Es tut mir leid, Fortune, ich war im Unrecht. Gossamer ist fort, und ich habe sie nicht beschützt und ...«

Fortune ließ Brace weinen. Er nahm ihn in den Arm und wiegte ihn sanft wie ein kleines Kind.

Und noch immer stand unbemerkt hinter den Steinsäulen ein Drache, der sie aufmerksam beobachtete – und wartete.

»Erzähl mir, wie es weiterging«, sagte Fortune schließlich. »Was ist mit Sleet geschehen? Und wie ist dir die Flucht gelungen?«

»Na ja«, begann Brace, indem er sich die Tränen vom Gesicht wischte. »Ich weiß nicht, wie lange ich dort gehockt und mir selbst leid getan habe. Aber als ich wieder aufsah, war Sleet bereits im Lager, umringt von vier Magiern. Sie sahen aus wie Brutace, weißt du noch: groß und bösartig.«

Fortune nickte. An Brutace erinnerte er sich nur allzu gut.

»Sleet sprach gerade laut genug, daß ich ihn von meinem Versteck aus hören konnte, und er erzählte den Magiern von Shatter und der Festung. Dann, als er fertig war, sah er sie an, als ob er tatsächlich erwartete, daß sie sich bei ihm bedankten.«

»Und was taten sie?«

»Sie teilten ihn in zwei Teile.«

Obwohl Fortune kaum Trauer für Sleet empfand, lief ihm bei der Vorstellung seines Todes ein kalter Schauder den Rücken hinunter.

»Ich bin dann geflohen«, schloß Brace seine Erzählung. »Auf dem Weg hierher war ich die ganze Zeit überzeugt, daß sie mir folgten. Mit jedem Atemzug erwartete ich, von Flammen getroffen zu Boden zu stürzen. Aber ich hab's geschafft, ich hab's geschafft ...«

Er war jetzt um einiges ruhiger. Die Schrecken dessen, was er gesehen hatte, schienen durch seine Erzählung gebannt. Fortune glaubte sogar, in Braces Augen Zuversicht zu entdecken, als sei er sich zum ersten Mal bewußt geworden, daß auch er eine wichtige Rolle in dieser großen Geschichte spielte, in die sie alle verstrickt waren.

Ein Gedanke schoß Fortune durch den Kopf und ließ ihn nicht wieder los. Das Leuchten, das den Findling der Todesfalle hatte wanken und stürzen lassen.

Auch das war Teil der größeren Geschichte.

Das Bild des Lichtes erstand vor seinem inneren Auge, und noch einmal hörte er den Troll erwachen, noch einmal erlebte er sein Sterben und das Donnern des rollenden Findlings, noch einmal sah er die Drachen der ›Schar‹, wie sie in alle Richtungen flohen.

Die ›Schar‹! Tallow!

Ein kalter Windhauch ließ den sanften Fluß seiner Gedanken jäh erstarren, und er sah sich besorgt nach den Freunden um. Doch anstatt in ihre Augen, blickte er in die Augen eines Drachen, der sie offenbar die ganze Zeit über beobachtet und belauscht hatte.

Aus dem Schatten der äußersten Steinsäule löste sich eine stämmige, muskulöse Gestalt und trat vor. Jeder Schritt war eine stumme Drohung.

»Wood?« flüsterte Fortune. Obgleich ihm der Anblick des Freundes wohlvertraut war, sah er doch nicht in dessen Seele. Sie blieb ihm fremd.

»Gib den Verräter heraus«, sagte Wood mit gespannter, dennoch ruhiger Stimme.

Als Fortune die Leere in Woods Augen sah, spannte er instinktiv die Muskeln an, um auf den Angriff vorbereitet zu sein, der zwangsläufig folgen mußte. Im selben Moment schien ihm jedoch sein Herz zu zerspringen. Was war das für eine Welt, in der er gezwungen war, gegen seinen Freund zu kämpfen?

»Ich will nicht mit dir kämpfen, Wood. Und ich bitte dich, fordere mich nicht dazu heraus. Weder jetzt noch in der Zukunft.«

»Ich will nicht dich«, erwiderte Wood und kam näher. »Ich will den Verräter.«

Zitternd stand Brace neben Fortune und wollte gerade etwas sagen, doch sein Begleiter bedeutete ihm zu schweigen.

»Geh hinter den Felsen dort«, befahl Fortune knapp. Und als Brace zu protestieren begann, fügte er hinzu: »Du bist jetzt ein Drache der ›Schar‹, Brace. Und als solcher wirst du meine Befehle befolgen! Geh!«

Der überraschende Befehlston ließ Wood einen Augenblick zögern. Widerwillig zog Brace sich zurück und sah mit weit aufgerissenen Augen und vor Aufregung heftig schlagendem Herzen, wie Fortune und Wood sich im Zentrum der versteinerten Handfläche des Trolls gegenüberstanden.

»Wenn du Streit mit Brace hast«, fuhr Fortune im gleichen unbeugsamen Ton fort, » hast du auch Streit mit mir.« Dann jedoch schlug er einen versöhnlichen Ton an. »Wood, sieh mich an, ich bin es! Kannst du gegen mich einen solchen Zorn hegen?«

Wood lächelte, doch sein Lächeln war kalt.

»Sind dies die Worte des lieben, sanftmütigen Fortune, den ich einst gekannt habe ...?« Doch als ihm bewußt wurde, wie sehr Fortune sich verändert hatte, schwieg er.

Beinahe wäre Wood schwach geworden.

Dieser Drache, der da vor ihm stand, war unverkennbar Fortune, aber er war zugleich auch mehr. Die Schuppen, die früher braun gewesen waren, glänzten nun in einem satten Kupferton. Starke, ausgebildete Muskeln zeichneten sich unter der Haut seiner Flanken ab. Die feinen, klar geschnittenen Gesichtszüge waren fast hübsch zu nennen.

Und seine Augen füllte ein inneres Leuchten mit einem unwiderstehlichen, feurigen Glanz.

Unwillkürlich erinnerte sich Wood an ein Bild von dem Freund – wie lange war das alles schon her! Damals waren die Strahlen der untergehenden Sonne auf einen jungen Drachen im Alten Viertel von Südkap gefallen, sein Gesicht hatte gestrahlt, und in seinem Lächeln hatte die Ahnung der Zukunft gelegen.

»Du hättest nicht über Shatters Quartier kreisen sollen«, knurrte er. »Ich habe dich erkannt, und ich kann dir sagen, daß es ein Schock für mich war. Ich dachte, du wärst tot. Ertrunken.«

»Dann warst du es also wirklich, den ich in Ordinals Höhle gesehen habe!« rief Fortune und machte einen Schritt auf den einstigen Freund zu.

»Überlaß mir einfach den Verräter«, seufzte Wood, dessen Ärger fast verflogen schien. »Er muß vor Shatter gebracht werden und sich dafür verantworten, daß er uns alle hintergangen hat.«

»Brace bleibt bei mir«, widersprach Fortune.

Erneut fühlte Wood seine Schwäche, als Fortune ihm entschlossen und selbstbewußt in die Augen sah.

»Er kommt mit mir«, beharrte Wood, während die Erinnerung an ihre Freundschaft ihm das Herz zu brechen drohte. Doch er tat, was er mit Gefühlen schon immer getan hatte: er unterdrückte sie, verschloß sie in seinem Innersten.

Er breitete seine Flügel aus und trat ein paar Schritte zur Seite. Die unmißverständliche Aufforderung zum Kampf.

Entsetzt verfolgte Brace, wie die beiden Drachen sich umkreisten: geduckte, dunkle Gestalten auf einem von Sternen erhellten Schneefeld, umgeben von ein paar hochaufragenden Steinsäulen, deren blaue Schatten den Berg im Hintergrund zu durchtrennen schienen. Eine Windböe fuhr in eine Schneewehe und streute eine Schicht weißen Puders in die Arena.

Wood sprang.

Fortune hatte den Angriff erwartet. Trotzdem schrie er vor Verzweiflung laut auf: Nun blieb ihm nichts anderes übrig, als gegen seinen ältesten Freund zu kämpfen. Zugleich aber wich er seinem Gegner mit einem Sprung geschickt aus und schleuderte ihm dabei Schnee ins Gesicht. Auf dem gefrorenen Boden hatte Wood Mühe, das Gleichgewicht zu halten.

Doch schon im nächsten Moment stand er wieder sicher auf den Beinen. Als er sich jetzt an Fortune wandte, hatte sein Gesicht einen geradezu mörderischen Ausdruck angenommen.

»Du bist an allem schuld«, knurrte er. »Wenn du uns nicht in die Höhlen geführt hättest, wäre all dies nicht geschehen!«

Fortune schüttelte den Kopf, während er verzweifelt nach den richtigen Worten suchte, um Wood vom Kampf abzuhalten und ihn davon zu überzeugen, daß er ihn noch immer als Freund betrachtete. Doch Wood griff erneut an, und dieses Mal reagierte Fortune zu spät. Sein Gegner warf sich mit seinem ganzen Gewicht auf ihn, so daß einer von Fortunes ausgestreckten Flügel gegen eine Steinsäule schlug und das Splittern von Knochen zu hören war. Im nächsten Moment stürzten sie beide zu Boden.

»Du und deine verfluchten Magierfreunde!« keuchte Wood. »Begreifst du denn nicht?«

Wood kämpfte wie ein Besessener, und schon bald wurde Fortune klar, daß es wahrhaftig um Leben und Tod ging. Mit seinem Schwanz schnürte Wood ihm die Kehle zu, und jeder Atemzug brannte wie Feuer in seinen Lungen.

Schon verschwamm ihm alles vor Augen, als er plötzlich Woods Gesicht mit gebleckten Zähnen vor sich sah.

Mit letzter Kraft schlug er seine eigenen Zähne in Woods Nacken. Dessen harte Schuppen knirschten unter Fortunes Biß, und Wood stöhnte vor Schmerz auf. Fortune grub seine Klauen in Woods Bauch, bis es ihm endlich gelang, sich aus dem Würgegriff des Schwanzes zu befreien.

Mit ausgebreiteten Flügeln schwang er sich senkrecht in die Luft, während er zugleich mit den Beinen nach seinem Gegner trat. Er traf Wood am Kinn, an der Stelle, wo die harten Schuppen des Gesichtes in die weichere Haut des Halses übergehen, und fügte ihm eine tiefe, blutende Schnittwunde bei. Gegen den eisigen Wind kämpfend, verharrte Fortune in der Luft, während Wood seine Flügel ausbreitete, um zum nächsten Sprung anzusetzen. Doch dazu kam es nicht mehr.

Verwirrt beobachtete Fortune Woods wechselndes Mienenspiel. Er hatte den Blick nach oben gewandt, um seinem Gegner ins Auge zu sehen. Doch jetzt spiegelten sich zuerst Schrecken, dann Wut und schließlich Furcht auf seinem Gesicht wider.

Fortune spürte eine Bewegung zu seiner Rechten, und dann war plötzlich Tallow neben ihm.

Volley näherte sich von links, und im nächsten Moment schien die Luft zu kochen, als die Drachen der ›Schar‹, es waren fünfzig oder mehr, den Himmel über dem Kampfplatz verdunkelten.

Ihr Anblick ließ Woods Mut augenblicklich schwinden, und er begann sich zurückzuziehen. Je größer seine Furcht wurde und je mehr sein trotziger Zorn wuchs, desto schneller lief er.

Und nun sagte Fortune etwas, das als Angebot zur Versöhnung gemeint war. Für Wood stellte es jedoch die letzte in einer Reihe von Beleidigungen dar: »Schließ dich uns an, Wood. Bitte. Wir werden dich akzeptieren, wenn du uns akzeptierst.«

Doch Wood stieß wüste Verwünschungen aus, bevor er in der Dunkelheit verschwand. Er verließ den Ort seiner Niederlage und empfand Scham und maßlose Wut, während ein Sturm widersprüchlichster Gefühle in ihm losbrach.

Hin und her gerissen war er zwischen alter Zuneigung für den Freund und Verantwortung gegenüber dem Vater und Shatters Sache. Doch sein Zorn gewann die Oberhand und trübte sein Urteilsvermögen. Einzig ein Gedanke beherrschte ihn:

Ich werde Shatter informieren. Ich werde ihm alles berichten.

»Hat er unser Gespräch gehört?« fragte Brace, dessen Stimme in dem allmählich stärker werdenden Wind brüchig und dünn klang. Eine Böe fuhr in eine Schneewehe, und wie ein Gespenst erhob sich ein weißer Schleier, der den Körper des jungen Drachen einhüllte.

»Jedes Wort«, rief Fortune zurück, bevor er sich an alle wandte. »Shatter ist verraten worden. Doch schlimmer noch, Wood wird Shatter von dem Verrat berichten und dem Anteil, den wir daran durch Sleet haben. Die Zeit ist gekommen, meine Freunde, die große Auseinandersetzung steht kurz bevor.

Unsere Absicht war es, heute über unser Vorgehen zu entscheiden. Doch dafür bleibt nun keine Zeit mehr, und möglicherweise ist es sogar besser so. Jeder von euch muß handeln, wie er es für richtig hält, denn nur wir können das Unglück noch aufhalten. Geht jetzt und verbreitet die Wahrheit der ›Freien‹. Und vielleicht werden ein paar von uns überleben.

Verlangt nicht von mir, daß ich euch sage, was ihr zu tun habt. Wir haben nie über Taktik und Strategien gesprochen und werden es auch jetzt nicht tun. Tut, was euer Herz euch befiehlt. Redet mit den Drachen, überzeugt sie von unserer Sache. Und laßt euch nicht auf einen Kampf ein.

Verkündet die Wahrheit!«

Die wenigen Worte Fortunes ermutigten die kleine ›Schar der Freien‹, doch zugleich erschreckten sie sie auch. Als sie nach Fortunes kurzer Rede aufbrachen, um sich in alle Winde zu zerstreuen, trugen sie sowohl Hoffnung als auch Furcht in ihren Herzen. Sie waren die Saat, die Saat des Zweifels, die Fortune unter Shatters Soldaten säen wollte. Die Saat der Wahrheit.

Er schickte sie in die Dunkelheit und konnte nur hoffen, daß die Saat aufgehen würde.

Tallow und Volley blieben bei ihm zurück. Das anfängliche Mißtrauen, das sie gegenüber Brace empfanden, legte sich schnell, als Fortune ihnen die Geschichte des jungen Drachen erzählte.

»Wenn du ihm vertraust, dann tun wir es auch«, war Tallows ernste Antwort, und einmal mehr war Fortune erschüttert von der Treue, die der große Drache ihm bewies.

Tallow ist ein wahrhaft guter Drache. Ich hoffe und bete, daß er die Schlacht überleben wird.

»Laßt uns noch einen Augenblick warten, bis Brace sich ausgeruht hat«, bat Fortune. »Wir müssen hier verschwinden, bevor Shatter kommt.«

»Wir könnten Wood verfolgen und zum Schweigen bringen«, schlug Tallow vor. »Dann würde Shatter nichts von alledem erfahren.«

»Nein!« widersprach Fortune überraschend scharf. Dann

deutete er auf die Spur der Zerstörung, die der Findling auf seinem Weg durch das Tal hinterlassen hatte. »Shatter weiß bereits, daß er verraten wurde. Er denkt nicht wie wir, glaubt mir. Und er ist bereits informiert. Uns bleibt nicht mehr viel Zeit.«

»Gut, wohin fliegen wir?« fragte Brace entschlossen.

Fortune fixierte einen Punkt in der Ferne, doch er beantwortete die Frage nicht.

Noch während Wood durch die Festung eilte, um zu Shatters Quartier zu gelangen, wurde ihm deutlich, daß er und Shatter einander mehr ähnelten, als er bisher geglaubt hatte. Beide haßten sie die Magier, und es war dieser Gedanke, der ihn in seiner blinden Wut vorantrieb. Der Gedanke, daß er Shatter dazu bringen konnte, die Verräter zu richten – die ›Schar‹, Brace, Fortune und all jene Drachen, die mit den Magiern sympathisierten. Sahen sie denn nicht, wie sehr sie im Unrecht waren? Hatten sie denn kein Ehrgefühl?

Bin vielleicht ich im Unrecht?

Der Gedanke versetzte seiner Wut einen schmerzhaften Stich. Er hatte gesehen, daß Fortune auf den Felsen der Todesfalle geflogen war, und er hatte ihn nicht verraten. Doch die unglaubliche Frechheit, das Selbstbewußtsein, mit dem der Freund das Sakrileg beging, hatte ihn mit Zorn erfüllt.

Und von da an war dieser Zorn ins Unermeßliche gewachsen. Wood hatte mitangesehen, wie Fortune zum Zentrum der Ereignisse wurde – der herunterstürzende Findling, die eigenartige Geschichte, die Brace erlebt hatte ... *Warum ausgerechnet Fortune? Ich bin doch derjenige, der auf der richtigen Seite steht, nicht er!*

Als er sich bis auf wenige Schritte dem Quartier Shatters genähert hatte, wurde er von einem aggressiven jungen Wachposten angehalten, der ihm mit ausgestreckten Klauen den Weg versperrte.

»Du kannst da jetzt nicht rauf«, schnauzte der kräftige Drache ihn an. »Große Besprechung. Der Führer will nicht gestört werden.«

Einen Augenblick lang dachte Wood daran, sich mit Gewalt Zutritt zu Shatters Quartier zu verschaffen, doch die scharfen Klauen und der kräftige Wuchs der Wache ließen ihn davon Abstand nehmen. Statt dessen versuchte er ihn zu überreden. »Aber ich muß zu ihm! Ich habe wichtige Neuigkeiten!«

Doch der Wachposten blieb stur.

»Der Führer will nicht gestört werden. Und ich kann keine Ausnahmen machen.«

Enttäuscht reckte Wood den Hals, um wenigstens in den Gang zu sehen, der zu Shatters Quartier auf der Plattform hinaufführte und durch den leise Stimmen zu ihnen herunterdrangen. Angestrengt versuchte Wood zu verstehen, was dort oben gesprochen wurde.

»Mit allem Respekt«, sagte jemand. »Ich sehe keinen Beweis dafür, daß der Feind unsere Stellung kennt.«

»Glaube mir«, donnerte eine Stimme, die unzweifelhaft Shatter gehörte. »Man hat mich verraten!«

Wood fluchte.

»Ich muß zu ihm«, schrie er. »Shatter muß erfahren, was ich ihm zu sagen habe!«

»Keine Ausnahmen«, wiederholte der Wachposten knurrend und nahm eine drohende Haltung ein.

Shatter wurde immer ungeduldiger, je länger die Diskussion auf der Plattform andauerte. Schließlich setzte er der Debatte ein Ende. »Wir greifen an!« brüllte er. »Das ist ein Befehl!«

»Du bist im Unrecht, Shatter«, sagte jemand, der sich bisher noch nicht zu Wort gemeldet hatte.

Doch Wood erkannte die neue Stimme sofort. Es war sein Vater. Barker!

Atemlos lauschte er, jede Faser seines Körpers war gespannt.

»Wenn wir angreifen, werden wir alle sterben«, fuhr Barker ruhig fort. »Die Festung bietet uns die besten Möglichkeiten zur Verteidigung, deswegen hast du uns hierher gebracht, Shatter. Du hast uns das alles gegeben. Warum willst du es uns nun wieder nehmen?«

Die anderen schienen den Atem anzuhalten. Jeder wußte, daß Barker – der arme, verletzte Barker – der treueste Gefolgsmann Shatters war. Sollte er seinem Führer wirklich widersprechen wollen?

»Wir greifen an!« wiederholte Shatter, als hätte er Barkers Einwand gar nicht gehört.

»Vergib mir, aber ich kann dem nicht zustimmen!« widersprach Woods Vater mit wachsendem Zorn in der Stimme. »Shatter, ich bin dir über den halben Erdball gefolgt, weil ich an deinen Kreuzzug glaube. Wir müssen die Magier auslöschen für das, was sie uns angetan haben. Ich selbst habe meine geliebte Eleken in einem Sturm verloren, den sie mit ihrer verräterischen Magie ...«

Ein eigenartiges, kratzendes Geräusch übertönte Barkers Worte, doch Wood nahm kaum Notiz davon. *Er glaubt, die Magier haben meine Mutter getötet,* dachte er verzweifelt. *Das ist nicht wahr. Es war ein Sturm, einfach nur ein Sturm.*

Und in diesem Augenblick kamen ihm zum ersten Mal Zweifel an seinem Haß auf die Magier. Fortune trat vor sein geistiges Auge, doch Wood verjagte das Bild sofort wieder.

Und dennoch, sein Vater hatte unrecht.

»... jetzt anzugreifen, wäre eine Dummheit«, sagte Barker, der sich derart in seine Sache hineingesteigert hatte, daß sich seine Stimme zu überschlagen drohte. »Wir werden alle sterben, Magier wie Erdgeborene. Die Schlacht wäre der Tod aller Drachen ...«

Barker sprach nicht weiter. Statt dessen hörte Wood ein fürchterliches Geräusch: ein scharfes, schneidendes Zischen. Und einen Augenblick darauf ein dumpfes Poltern.

Dann herrschte vollkommene Stille.

Der Wachposten neben ihm sah nervös zu der Plattform hinauf.

Wood nutzte die Gelegenheit, lief an ihm vorbei und rannte den Tunnel hinauf. Eine furchtbare Ahnung hatte sich seiner bemächtigt und kroch ihm unter die Schuppen.

Weißes Eis bedeckte den Boden vor ihm. Doch als er sich der Plattform näherte, nahm es eine andere Farbe an. Zuerst war es noch rosa, dann wurde es schnell tiefrot.

Zwanzig Drachen standen im Halbkreis, Furcht überschattete ihre Gesichter.

Zu ihren Füßen lag, in einer Lache gefrierenden Blutes, Barker, Woods Vater.

Shatter Klaue steckte noch in seinem Hals. Doch Barkers Augen waren schon tot und seelenlos.

Roter Tod. Das Ende aller Hoffnungen.

»Vater!« heulte Wood und stürzte sich mit dem Mut der Verzweiflung auf Shatter. Es gab nun niemanden mehr, auf den er Rücksicht nehmen mußte.

Einer der Umstehenden versuchte, Woods Angriff zu stoppen, doch Wood der junge Drache schlug mit dem Schwanz nach ihm. Er traf ihn am Kopf, und das Geräusch splitternder Knochen war zu hören. Bewußtlos sank der Drache zu Boden, während sich eines seiner Augen mit Blut füllte. Vorsichtig geworden, hielten sich die anderen daraufhin im Hintergrund.

Woods Blut kochte noch von dem Kampf mit Fortune, so daß er sich nun mit doppelter Wut seinem Gegner zuwandte. Dem Mörder seines Vaters.

Shatter holte mit seiner blutverschmierten Klaue aus und streckte Wood mit einem Schlag zu Boden. Nach Luft ringend, fand sich Wood neben seinem toten Vater wieder.

Der Tod hatte Barkers Augen bereits verschleiert, geronnenes Blut klebte in seinem Mundwinkel. Wood fühlte nichts.

Er sprang auf und ging wieder auf Shatter los.

Eine Reihe von furchtbaren Schlägen zwang ihn bis an den Rand des Felsvorsprungs zurück. Die anderen Drachen, die es nicht wagten, sich einzumischen, waren zurückgewichen, um den Kämpfenden Platz zu machen. Einen Moment lang hielt Shatter inne und beäugte seinen Gegner.

»Verräter!« schrie er plötzlich.

»Nein«, stammelte Wood. Sein Kiefer schmerzte stark, durch die Schläge hatte sich ein Teil seiner Zähne gelockert. Er fühlte sich benommen. *Macht es mir überhaupt etwas aus, zu sterben?* Er war sich nicht sicher. Aber irgendwo tief in seinem Innern sprach eine Stimme, die für das Leben plädierte. »Ich habe dich nicht hintergangen – sondern die ›Schar‹. Du hattest recht, du bist verraten worden, aber nicht von mir, nicht von meinem ...«

»Du!« heulte Shatter, während er mit den Flügeln schlug. »Du bist ein Verräter! Wie dein Vater. Treulos seid ihr beide!«

»Nein!« Wood sah die anderen Drachen an, doch von ihnen hatte er keine Unterstützung zu erwarten. Sie sahen zu Boden, und Erleichterung zeichnete sich auf ihren Gesichtern ab, als sie merkten, daß Shatter einen Sündenbock gefunden hatte.

Um Wood herum herrschte eisige Kälte.

Verzweifelt wandte er sich wieder Shatter zu, blickte in seine kalten, roten Augen ... und erkannte, daß Shatter gar nicht mehr hier war.

Sein Körper war noch da und bis zu einem gewissen Grad auch sein Bewußtsein. Doch sein Verstand hatte sich für immer in jenes Reich der Dunkelheit zurückgezogen, das seine eigene Wirklichkeit war.

Wood erkannte, daß Shatter nun gefährlicher denn je war. Und doch erfüllte ihn eine eigenartige Ruhe.

»Mein Vater hatte recht«, sagte er, während er sich an die anderen Drachen wandte. Gleichzeitig wich er Schritt für Schritt zurück, bis er den Rand der Plattform unter seinen Klauen spürte. »Er wird euch alle umbringen. All das, was er euch versprochen hat, ist unwichtig geworden. Er wird nicht ruhen, bis ihr alle tot seid.«

Shatter begann zu lachen.

Wood breitete seine Flügel aus.

»Du hast meinen Vater ermordet, Shatter. Dafür wirst du bezahlen. Und was euch angeht ...«, wandte er sich noch einmal an die anderen. »Vielleicht habt ihr noch eine letzte Chance zu entkommen, wenn ihr sie nur schnell genug ergreift.«

Sprachlos und verwirrt sahen Shatters Offiziere zu, wie Wood sich umwandte und in die Luft erhob.

Er flog hoch, dicht unter dem steinernen Baldachin der Höhle entlang, um im Schatten seiner Falten und Risse Dekkung zu finden.

Das Gelächter des irren Drachen verfolgte ihn noch, als er bereits die Festung verlassen hatte und ihn die kühle Nachtluft umfing. Es erfüllte die Gänge und Tunnel der Höhle und hallte in ihren Kammern und Nischen wider, es drang in jede Ecke und jeden Winkel. Und es warf einen Schatten des Wahnsinns und der Furcht in die Herzen von dreitausend Drachen, für die Shatter bis zu diesem Moment der einzige Hoffnungsschimmer in einer dunklen und kalten Welt gewesen war.

Und so versammelten sich die meisten von ihnen wieder gläubig vor der Plattform, begierig darauf, ihrem Führer zu lauschen, ihm zu vertrauen und von ihm Bestätigung zu erfahren. Und fast allen war klar, daß dies der letzte Abend vor der großen Schlacht war.

Mitten in das Gelächter und den Aufruhr flogen die Drachen der ›Schar‹. Und mit sich trugen sie die Hoffnung, den Krieg doch noch abwenden zu können.

Kapitel 30

Erleuchtung

Woher das Licht gekommen war, das schließlich den Findling der Todesfalle ins Wanken gebracht hatte, konnten weder die Drachen mit Sicherheit sagen noch würde dieses Wissen je einem sterblichen Wesen enthüllt werden.

Einer jedoch wußte um den Ursprung des Lichtes, einer, dessen Unsterblichkeit selbst Teil der Vergangenheit war, die das magische Leuchten hervorgebracht hatte.

Dieses uralte Wesen, der Basilisk, bewegte sich jetzt, während Erinnerungen seinen allmählich erwachenden Körper durchströmten. Die Geburt der Trolle, das Wachsen der Landschaft, das Entstehen der Meere aus dem Nebel. Der Untergang dieser Welt und das Werden einer neuen. Zyklen. Dann waren die Riesen erschienen und die Berge entstanden, und beide waren wieder untergegangen, zermahlen zu Staub. Zuletzt waren die Drachen gekommen.

Der Zerfall der Magie.

Allein in dem Mahlstrom von Halcyons Zauber fühlte er, wie sich die Mächte der Zeit um den Berg sammelten. Er ahnte, wie sich die Ereignisse zu einem Ganzen fügten. Er wußte um die Nutzlosigkeit der Bemühungen dieser erbärmlichen Drachen, den Kurs der sich wandelnden Welt zu beeinflussen, denn er war Zeuge eines jeden Wandels gewesen seit dem Anbeginn dieser Welt – einem Anbeginn, den es eigentich auch nie gegeben hatte: der Alptraum der Ewigkeit.

Und doch ... er ahnte, daß er dieses Mal, bei diesem Wandel, aufwachen würde, denn seltsame, ihm unbekannte Dinge ereigneten sich. Der Basilisk wußte um die Existenz von Halcyons Verteidigungsringen und auch um die Bemühungen des Schwarzen Drachen, sie zu überwinden. Andere Drachen hätten ihre Macht darauf konzentriert, einen einzigen unüberwindbaren Schutzwall zu errichten beziehungsweise ihre Feinde gnadenlos zu vernichten. Nicht so diese Drachen. Halcyon hatte um sich herum eine Reihe von Verteidigungsringen errichtet, die schrecklich, jedoch nicht unangreifbar waren. Und der Schwarze Drache hatte sich auf Halcyons Spiel eingelassen und überwand einen Ring nach dem anderen, anstatt sich auf einen einzigen Angriff zu konzentrieren.

Und während der Basilisk das Treiben dieser Drachen gegen das Spiel der größeren Mächte abwog, kam ihm der Gedanke, daß ihm ihr lächerlicher Kampf nützlich sein könnte. Denn er hatte einen Plan. Ein seltsamer Plan war es, und vermutlich blieb er folgenlos. Aber es konnte interessant werden.

Für den Basilisken, dieses namenlose Relikt, das keine Liebe für die Zukunft empfand und nur Haß auf die Vergangenheit, gab es nur eins, das ihn aus seinem ewigen Schlaf reißen konnte, nur eins, das er so sehr liebte, daß er erwachte: die Aussicht auf den Tod.

Wenn selbst das Labyrinth von Covamere endlich erwachte, um seine Rolle in diesem endgültigen und letzten Untergang zu spielen, dann gab es vielleicht noch eine Möglichkeit, gemeinsam einen Fehler in dem Konstrukt der Ewigkeit zu finden. Und das Labyrinth erwachte! Er hatte gespürt, wie seine Mächte in dieser Nacht entfesselt wurden, wie es ein heißes blaues Licht nach Norden entsandte, ausgerechnet zu einer Festung der Erdgeborenen. Ja, dieses Licht hatte er beobachtet, und auch die Zerstörung der Todesfalle und die darauf folgende Vollendung des letzten und größten aller Steinzirkel.

All dies war das Werk des Labyrinthes von Covamere. Und sein Werkzeug war ein Drache!

Der Drang, vollkommen aufzuwachen, überwältigte den Basilisken, und endlich begann er seinen Körper zu bewegen. Schwach trotz seiner Stärke, steif trotz seiner Beweglichkeit, ließ er die Magie bis in sein Innerstes fließen, um den Schlaf von Äonen hinfortzuspülen. Sorgsam darauf bedacht, den Fluß von Halcyons Magie nicht zu stören, reckte er sich und schnüffelte und ... er empfand Neugierde.

Zum ersten Mal seit unvorstellbaren Zeiten empfand er Neugierde!

Dieses Gefühl erweckte mehr Leben in ihm, als je ein Zauber es vermocht hätte. Er ließ sich wieder nieder. Wachsam und zugleich geduldig, wartete er auf den Tag der Konfrontation, wartete er darauf, daß der Berg endlich aufbrach. Er würde sich dem Labyrinth und den Drachen entgegenstellen ... und herausfinden, welche Rolle ihnen in dem ältesten aller Spiele zugedacht war.

Ohne es zu wissen, hatte Fortune das Licht des Labyrinths von Covamere gesehen. Es war das blaue Leuchten gewesen, das er zuletzt wahrgenommen hatte. Doch noch zwei weitere Feuer hatten an dem eigenartigen Dialog teilgenommen. Feuer, die für die Drachen weit wichtiger waren als für ein Wesen, das in der Tiefe des Berges, in der Ewigkeit schlummerte. Zwei Drachen hatten auf den Ruf des Lichtes geantwortet und hatten Erleuchtung gefunden.

Der erste dieser Drachen war Wraith. Denn in genau dem Augenblick, in dem er sein furchterregendes, doch nobles Haupt nach Norden wandte und die Explosion des magischen Lichts am Horizont sah, war seinen erschöpften Kriegern die Zerstörung des vorletzten von Halcyons Verteidigungsringen gelungen.

Sie arbeiteten jetzt tief im Fels, weit unterhalb des Portals, in einer Finsternis, die selbst der gleißendste Sonnenstrahl nicht mehr erhellte und noch viel weniger das blasse Licht der Sterne. Sie waren müde, enttäuscht, geplagt von Zweifeln an ihrem Meister und niedergedrückt ob ihres Schicksals. Obwohl sie wußten, daß ein Ende ihrer Arbeit in Sicht war, hatten sie noch Angst. Denn ihnen allen war klar, daß sie trotz der erlittenen Verluste leichter und schneller vorangekommen waren, als sie je zu hoffen gewagt hatten. Welche Schrecken hielt Halcyon für sie im letzten Verteidigungsring bereit?

So kam es, daß die Drachen, die in der ersten Reihe arbeiteten, nicht Triumph, sondern Erleichterung verspürten, als sie die letzten Fragmente des vierten Ringes beseitigten und dahinter keine weiteren Fallen, keine todbringende Magie entdeckten. Nicht ein einziger Drache starb in dieser Nacht, so daß sie insgeheim jubelten. Doch hinter ihrer Freude verbarg sich Furcht. Angst vor dem, was sie am nächsten Tag erwartete.

Nur ein Ereignis kündete davon, daß der vierte Verteidigungsring durchbrochen war, ein Ereignis, das kein Drache, nicht einmal Wraith, bis ins Detail verstand, das aber dennoch jeder auf seine Weise deutete. Als sich die letzten Fragmente des Zaubers auflösten und den Blick auf eine rissige, schwarze Wand freigaben, stieg von dort eine Wolke roten Dampfes auf. Während sie sich immer mehr verdichtete, wichen die Drachen ängstlich zurück. Sie fürchteten eine unbekannte Gefahr.

Doch die Wolke verhüllte bloß ein Licht: ein helles, rotes Licht, das sich über sie ergoß und dann aus dem Berg heraus an die Oberfläche floh. Jene Drachen, die dabei waren, sagten später, das Licht habe ausgesehen wie Blut, in das man sie tauchte. Immer weiter drang es nach oben, bis es schließlich das Portal erreichte, wo viele Drachen Zeugen dessen wurden, was dann geschah.

Das Licht traf Wraith von vorne. Sofort öffnete er seine Schwingen und versuchte, die unbekannte Energie zu absorbieren. Viele von denen, die ganz in seiner Nähe standen und die Szene genauer beobachteten, behaupteten später, das Licht habe ihn vollkommen unvorbereitet getroffen. Obgleich seine harten Gesichtszüge unbewegt blieben, hätte etwas in seiner Körperhaltung von dem Schock gekündet, in den diese plötzliche Erscheinung ihn versetzte.

Ruckartig, als werde sein Körper von einer unbekannten Macht kontrolliert, wandte er den Kopf nach Norden. Dann öffnete er sein riesiges Maul, so daß die furchtbaren Fangzähne sichtbar wurden, und er spuckte das Licht wieder aus. Hell leuchtend jagte es in einem langen Strahl durch die Nacht und den Schnee, um sich schließlich am Horizont mit einem weißen Licht zu vereinen.

Dieses zweite Licht schien vom Gipfel des Berges zu kommen. Dann leuchtete ein dritter Lichtstrahl auf, diesmal blau, und auch er zielte auf den Punkt im Norden, an dem die beiden anderen Lichter sich trafen. Doch woher er kam, vermochte kein Drache zu sagen, nur, daß er aus der Tiefe stammen mußte.

Dort, wo die Lichter sich trafen, schwollen sie zu einem hellen Leuchten an. Dann war auf einmal ein greller Blitz zu sehen … und das Leuchten war erloschen. Es herrschte wieder Dunkelheit.

Wie erstarrt stand Wraith noch immer mit weit geöffnetem Maul da, entrückt in eine ferne Dimension. Nur langsam kehrten seine Gedanken in die Gegenwart zurück, doch als er sich unter seinen Soldaten umsah, stellte er befriedigt fest, daß sie ihn voller Schrecken und Ehrfurcht anstarrten. Nichts war mehr zu spüren von ihrer Unzufriedenheit und ihren Zweifeln. Respektvoll sahen sie ihm nach, als er majestätisch den schmalen Pfad entlangging, der in das Innere des Berges führte. Obgleich niemand das Ereignis erklären konnte, dessen Zeuge sie geworden waren, waren sich doch alle einig, daß Wraith in seinem Mittelpunkt gestanden hatte.

So wurde die Machtposition des Schwarzen Drachen für die nächsten Tage noch einmal gefestigt. Was danach geschehen sollte, wagte niemand zu prophezeien. Die einzige Kraft, die dann noch von Bedeutung war, würde vermutlich das Große Labyrinth von Covamere sein.

Den ganzen Tag über waren Gossamer und Velvet aufgestiegen. Die Luft wurde zunehmend kälter und rauher, so daß das Atmen zum Kampf mit den Elementen wurde. Manchmal hatten sie den Eindruck, als ob sie nicht höher stiegen, sondern vielmehr der Berg unter ihnen schrumpfte. Immer weiter kämpften sie sich hinauf, ohne einem Drachen oder einem anderen Lebewesen zu begegnen oder etwas zu finden, das einem Steinzirkel auch nur ähnelte.

»Wie hieß es in dem Vers?« fragte Gossamer keuchend, als sie einen Moment stehenbleiben mußten, um wieder zu Kräften zu kommen. »›Unvollendet der letzte‹? Wenn es so weitergeht, wird unsere Arbeit auch unvollendet bleiben.«

Erschöpft sanken sie zu Boden und lehnten sich gegen einen eisüberkrusteten Felsen. In dieser Höhe regierten das ganze Jahr über Schnee und Eis, was das Vorankommen der beiden Drachen noch erschwerte. Ab und zu waren sie ein Stück geflogen, aber in der dünnen Luft war auch dies extrem anstrengend, so daß sie gezwungen waren, abwechselnd zu Fuß zu gehen und kurze Strecken zu fliegen. Trotz all der Widrigkeiten hatten sie bereits eine große Wegstrecke zurückgelegt, und doch schienen sie ihrem Ziel noch immer nicht näher gekommen zu sein.

»Ich kann heute nicht mehr weiter«, jammerte Velvet und schmiegte sich an Gossamer. »Ich wünschte, ich wäre dir eine größere Hilfe, Gossamer, glaub mir.«

»Mach dir keine Gedanken, es ist nicht dein Fehler. Wir werden hier übernachten, und vielleicht finden wir morgen die Antwort.«

Mehr Zuspruch schien Velvet nicht zu brauchen, denn sie

drückte sich noch ein wenig enger an Gossamer, und innerhalb von wenigen Augenblicken war sie bereits eingeschlafen.

Einige Zeit später, als die Sonne bereits untergegangen war, befreite sich Gossamer behutsam aus der Umarmung der Freundin und ging ein paar Schritte, bis sie auf einem Felsvorsprung stand, von dem aus sie allerdings kaum mehr als die unter ihr liegenden Hänge des Berges sehen konnte. Sie machte sich Sorgen um Velvet, denn obwohl sie sich immer betont lebhaft und unbekümmert gab, war sie doch um einiges schwächer als Gossamer. Noch dazu verzehrte sie sich nach Cumber.

Morgen müssen wir den Ring finden, flehte sie. *Doch allein werden wir es nicht schaffen, und wer kann uns hier oben noch helfen?*

Sie sah auf den Schnee und die Felsen hinunter und fragte sich, wo in dieser Wildnis Cumber sein mochte. Dann wandte sie den Blick nach Westen, dort wo Covamere, versteckt hinter einem Felsgrat, liegen mußte und auf sie wartete.

Bist du dorthin gegangen, Cumber? Zu jenem Ort, den du schon immer für das Ziel deiner Mission gehalten hast?

Und schließlich schaute sie gen Norden und dachte an Fortune, wie sie es vor zwei Nächten getan hatte, bevor Cumber sie verlassen hatte.

»Fortune, wo ist unser Zufluchtsort jetzt?«

Später dann, nachdem sie, dicht an Velvets warmen Körper geschmiegt, eine Weile geschlafen hatte, wachte sie von den Lichtern auf, die am Himmel zu sehen waren. Lange sah sie den Nachtdrachen zu, die ihre Bahnen zogen, und wieder dachte sie an ...

»Fortune!«

Diesmal klang sein Name wie eine Aufforderung, ein Versprechen in finsterer Nacht. Sie sprang auf und lief zu der Stelle zurück, an der sie vorhin gestanden und über das Land gesehen hatte. Angestrengt versuchte sie, im matten Licht der Sterne etwas zu erkennen. Unter ihren Klauen fühlte sich der Berg wie ein lebendes Wesen an, wie ein

Raubtier, das zum Sprung ansetzt. Die Luft roch nach Magie.

Dann kam das Licht.

Sie empfing es in einem Zustand der Ekstase. Es durchdrang sie, und sie öffnete ihre Flügel weit, um es willkommen zu heißen. Es kam über sie wie eine Woge, es benebelte ihre Sinne, floß durch ihre Adern und ergoß sich schließlich in die zahllosen Risse des Felsens unter ihren Klauen, aufgesogen vom Berg.

Nur für einen Augenblick herrschte wieder Dunkelheit, dann kehrte das Licht zurück, explodierte unter ihr, strömte erneut durch ihren Körper und erfüllte sie mit seinem Leuchten, mit all seiner strahlenden Helligkeit, mit Fortune!

Doch schon im nächsten Moment verließ es sie wieder und schoß nach Norden, brennend und ekstatisch, vereinigte sich mit zwei weiteren Lichtern, rot das eine, blau das andere, und traf schließlich auf ein weißes Feuer am Horizont.

Dort war Fortune.

Gossamer fühlte sich erschöpft, und zugleich weinte sie Tränen der Freude, die wie von einem inneren Feuer leuchteten. Sie lief zu Velvet zurück, die sich die Augen rieb, sprachlos darüber, was sie gerade gesehen hatte.

»Was war das?« fragte sie verwirrt.

»Fortune!« rief Gossamer, und ihre Stimme klang wie das Licht und Fortunes Name wie das Feuer am Himmel.

»Fortune?« frage Velvet. »Dein Fortune?«

»Genau der! Und soll ich dir noch etwas sagen? Ich weiß jetzt, wohin wir gehen müssen!«

Velvet schüttelte den Kopf, sie zitterte. All das war zuviel für sie: aus dem Schlaf gerissen zu werden, die bittere Kälte und nun auch noch eine Freundin, die offenbar dem Wahnsinn verfiel.

»So, du weißt es also?« fragte sie mit unüberhörbarer Skepsis.

»Du hast es selbst schon gesagt.«

»Habe ich das?«

»Ja! Wir müssen nach oben. Aber nicht so wie bisher, Schritt für Schritt, nur der groben Richtung folgend. Wir müssen *ganz* nach oben! Auf den Gipfel!«

Velvet seufzte und versuchte zu lächeln.

»Kann ich vorher wenigstens noch ein bißchen schlafen?«

TEIL 5

DAS LABYRINTH VON COVAMERE

Kapitel 31

Das Gefängnis

Es hatte zwar aufgehört zu schneien, aber das Wetter hielt eine weitere unangenehme Überraschung für die vielen Drachen bereit, die ihm ausgesetzt waren. Vom Meer waren Nebelschwaden zum Schimmernden Berg gezogen und hatten sich um seinen Fuß gelegt, wo sie dampfend und regungslos verharrten. Der Nebel war so dicht, daß ein Drache nicht einmal mehr die Spitze seiner eigenen Schnauze erkennen konnte, und auch die Geräusche ließen sich nur noch wie durch einen Schleier gedämpft, wahrnehmen.

Immer weiter zog der Nebel und legte sich mit unendlicher Langsamkeit über das Land, bis unter seiner Decke alles zum Stillstand gekommen zu sein schien, selbst die Zeit. Der Winter hatte die Welt im Griff, denn die Luft war nicht nur feucht, sondern auch eisig kalt und tödlich.

Mochten weit über dem Nebel auch Sonne, Mond und Sterne wie immer über das Firmament ziehen, den in der Finsternis umherirrenden Drachen mußte es so scheinen, als ob diese treuen Begleiter sie für immer verlassen hätten.

Der Schimmernde Berg war zu einem Ort außerhalb der Zeit geworden.

Vier Drachen näherten sich trotz des dichten Nebels dem Berg. Falls die Morgendämmerung schon heraufgezogen war, so wußten sie davon nichts. Sie kannten nur noch das verschwommene Grau, das sie einhüllte. Brace stöhnte, als der Nebel noch dichter wurde.

»Angst, mein Kleiner?« lachte Volley gutmütig. »Mach dir keine Sorgen. Du hättest keine bessere Gesellschaft als uns finden können, um dich zu verfliegen.«

Tallows kräftige und ausgeglichene Flügelschläge führten sie sicher durch den immer dichter werdenden Nebel. Ihre Schatten verwischten sich, bis ihnen schließlich nur noch ihre Stimmen als Orientierungshilfe dienen konnten.

»Ich würde ja für euch singen, aber es brächte uns vermutlich ganz auseinander!« scherzte Volley, obgleich ein leises Zittern in seiner Stimme die Anspannung verriet, unter der stand.

»Ganz im Gegenteil«, warf Fortune ein. Er klang erleichtert, als hielte er Volleys Vorschlag für eine gute Idee. »Tallows Flügel mögen uns zwar den Weg weisen, aber wir werden einander verlieren, wenn wir nicht irgend etwas unternehmen. Sing bitte, Volley! Man hat mir schon so oft von deiner Stimme vorgeschwärmt, daß ich sie jetzt endlich einmal hören möchte!«

Nach kurzem, halbherzigen Protest begann Volley eine alte, traurige Weise aus den Bergen zu singen. Die Melodie verwob ihre düstere Geschichte von Verrat und verwirkter Liebe mit dem Nebel und verlor sich in der kalten Luft wie eine Rauchspur. Sie flogen weiter, einer dem anderen unsichtbar, aber nun folgten sie Volleys Lied, und jedesmal wenn ihr Pfadfinder Tallow hörte, daß Volleys Gesang leiser wurde, rief er nach ihm, um ihn zurück auf den richtigen Kurs zu bringen.

So näherten sich die vier Freunde langsam – quälend langsam – dem Berg. Fortune war davon überzeugt, daß Covamere sein Ziel war. Aber gleichzeitig war da ein Zweifel, der an ihm nagte, eine innere Stimme, die sagte, daß es noch eine Aufgabe gab, die vorher unbedingt zu erfüllen war …

»Brace!« rief er plötzlich. »Wo genau hast du Scoff gesehen?«

Die vier Freunde hielten wie auf ein nicht ausgesprochenes Kommando hin in ihrem Flug inne. Sie versammelten sich um Brace, der sich die größte Mühe gab, die Lage des Gefangenenlagers der Magier zu beschreiben. Tallow und Volley unterstützten ihn, indem sie ihm gezielte Fragen stellten, die auf ihrer genauen Kenntnis des Waldes beruhten. Aber Brace konnte keine ausreichenden Angaben über den Ort machen, so daß Fortune schließlich widerstrebend eingestehen mußte, daß sie das Lager wohl niemals finden würden.

»Warum willst du unbedingt zu diesem Lager, Fortune?« fragte Tallow vorsichtig.

»Scoff muß befreit werden«, erwiderte Fortune kurz und bündig.

»Fortune«, begann Tallow mit seiner tiefen Stimme. Der Ernst und die Vernunft, mit der er sprach, schien den Nebel in fast sichtbare Wellen zu teilen. »Wir haben nicht die geringste Chance, den Ort wieder lebend zu verlassen. Die Magierungeheuer sind …«

»Drachen!« beendete Fortune den Satz. »Du kennst die Magie nicht, Tallow. Sie ist nicht so verwerflich, wie du glaubst.«

»Ich habe gesehen, wie sie Weft und Piper geschlachtet hat!« antwortete Tallow. »Wenn das nicht verwerflich war, dann weiß ich nicht …« Aber sein Ärger schien so plötzlich verraucht zu sein, wie er aufgetaucht war, und mit wesentlich ruhigerer Stimme sprach er weiter. »Es tut mir leid, Fortune. Wir sind die ›Schar der Freien‹. Ich hätte es besser wissen sollen.«

»Nein, Tallow. Ich muß mich bei dir entschuldigen«, entgegnete Fortune. »Bei dir, Tallow, und bei den anderen. In der Magie gibt es genausoviel Böses wie in der Natur. Und du tust gut daran, dieses Böse zu fürchten. Wir sollten uns alle davor in acht nehmen.« Und nach einer kurzen Pause fuhr er mit einem Seufzer fort. »Brance und ich verdanken Scoff sehr viel.«

»Du bist uns keine Erklärung schuldig«, unterbrach ihn Volley. »Wir vertrauen dir.«

»Und genau deswegen werde ich es euch erklären«, erwiderte Fortune. »Scoff hat unser beider Leben gerettet, das von Brace und auch meins. Ohne sein Eingreifen hätte Brutace Cumber getötet, und danach Gossamer … uns alle. Unsere Mission wäre zu Ende gewesen, noch bevor sie richtig begonnen hatte.

Aber darüber hinaus gibt es noch einen Punkt. Denkt an das Gefangenenlager, und dann bedenkt, daß wir die ›Schar‹ sind, der Riß in Shatters Schuppenpanzer. Und Scoff und seine Kameraden sind der Riß in Wraiths Panzer! So wie ich Scoff kenne, hätte er genauso wie wir für die Einheit gesprochen. Er ist vielleicht sogar der Führer von ›Wraiths Bedrängnis‹.

Wir müssen versuchen, sie zu befreien. Sie werden in den Wirren der bevorstehenden Schlacht sterben, wenn wir sie nicht vorher befreien, hilflos wie sie sind. Auch sie sind die ›Schar‹. Sie sind zwar Magier, aber sie sind auch unsere Freunde und Verbündeten. Und sie sind von unserer Art. Sie sind Drachen.«

Eine Windböe vertrieb den Nebel, als Fortune seine kurze Ansprache beendet hatte, und er konnte einen Augenblick lang seine Gefährten sehen. Sie schwebten in der grauen Brühe direkt vor ihm. Er sah einen nach dem anderen an, und plötzlich überkam ihn die schreckliche Gewißheit, daß einer von ihnen bald sterben würde.

Es liegt nur an mir, dachte er verzweifelt. *Es liegt an mir, das zu verhindern.*

Dann wurde der Nebel wieder dichter, und unvermittelt ertönte die Stimme von Brace. Sie klang bestimmt und sicher.

»Wir näherten uns dem Lager von Westen«, sagte er, und man merkte, daß er äußerst konzentriert war. »Mir fällt jetzt alles wieder ein. Auf der rechten Seite war ein großer Felsen. Er sah aus wie ein Tannenzapfen, so zerklüftet war er. Dann flogen wir über einen Fluß hinweg, nein, es waren zwei, die beide von West nach Ost verliefen. Das Lager lag in einer Senke direkt hinter dem zweiten Fluß.«

Tallow und Volley fragten ihn nach weiteren Details, während Fortune aufmerksam zuhörte. Dann berieten sich die beiden eine Weile.

»Am unteren Ende vom Stillen Tal«, ließ Volley schließlich überzeugt verlauten.

»Gar kein Zweifel«, pflichtete Tallow bei.

»Wie weit ist es entfernt?« wollte Fortune wissen.

»Ungefähr zweihundert Flügelspannen«, erwiderte Tallow grimmig. Er holte tief Luft. »Und zwar nach unten.«

»Du meinst, wir sind genau über dem Lager?« platzte es aus Brace heraus.

»Merkwürdiger Zufall, nicht wahr?« fragte Tallow.

Während der Nebel sie dichter denn je umgab, flogen sie dicht nebeneinander weiter, teilten ihre gemeinsame Furcht. Welche Macht hatte sie hierher geleitet, obwohl doch Covamere ihr eigentliches Ziel gewesen war?

Scoffs Welt bestand aus einem Netz blauen Feuers.

Funken sprühten, als er seine unbequeme Position in dem runden Käfig aus reiner Energie zu verändern suchte. Er befand sich Seite an Seite mit vielen anderen Drachen, die des Verrats an Wraith beschuldigt wurden.

Warum tötet er uns nicht? dachte er. Die Frage ging ihm immer und immer wieder durch den Kopf.

Schon damals, als er von den erdgeborenen Gefangenen von Aethers Zitadelle erfahren hatte, hatte er sich diese Frage gestellt. Warum hatte Wraith sich damals die Mühe gemacht, ein Gefängnis für die Erdgeborenen zu erschaffen? Warum hatte er sie nicht einfach getötet? War sein Ziel denn nicht die Eroberung der ganzen Welt?

Fragen, nichts als Fragen. Und keine Hoffnung, je Antworten darauf zu erhalten.

Die Stümpfe seiner einst so prächtigen Flügel juckten furchtbar. Die schlimmsten Schmerzen hatte er schon hinter sich, da es ihm gelungen war, sie mit einem Betäubungszauber zu bannen. Aber den Augenblick, als sie ihm die Flügel ausgerissen hatten, würde er nie vergessen.

Die Wächter hatten ihn festgehalten und zu Boden geworfen. Dann hatten sie Feuer aus dem *Reich* gezogen, ihm die Flügel abgetrennt und sie achtlos auf die Erde geworfen und liegen gelassen. Von seinem Käfig aus konnte er sie noch immer sehen. Stumpf und brüchig lagen sie wie abgefallene Blätter im Schnee.

Seine Gefangennahme war kurz nach seiner Trennung von Fortune und Cumber auf dem Hochplateau erfolgt. Er war nicht einmal mehr bis zu Gossamer und ihren Freunden gekommen. Eine Schwadron Kriegsdrachen hatte ihn erwischt und nach Covamere gebracht, wo er von niemand anderem als Insiss persönlich verhört wurde. Und bei dieser Unterredung hatte er endlich eine Entscheidung fällen müssen.

»Du bist ein Fremder hier«, hatte Insiss in seiner hinterhältigen Art begonnen. »Und du wurdest aufgegriffen, als du gerade den Schauplatz eines ... nun ja, merkwürdigen Vorfalls verlassen wolltest.«

Wraiths schmieriger Handlanger bezog sich ganz offenkundig auf den Erdrutsch, der die zwei Wachen vor dem Nebenportal getötet hatte. Scoffs Anwesenheit an diesem Ort war anscheinend Grund genug gewesen, ihn festzunehmen. Doch während des kurzen Verhörs wurde Scoff bald deutlich, daß er seine Freiheit zurückerlangen würde, wenn er nur bereit war, Wraith die Treue zu schwören und sich anschließend unter die Drachen dieser gigantischen Armee zu mischen, die hier zusammengezogen worden war.

Es dürfte nicht allzu schwierig sein, diesen Drachen zu überzeugen. Denn obwohl er Insiss für sehr intelligent, ja sogar gerissen hielt, ging Scoff davon aus, daß es einen Weg gab, Wraiths Stellvertreter in die Irre zu führen.

Schmeichle ihm, dachte er. *Stell dich selbst als Dummkopf dar, und er wird dich gehen lassen.*

Vielleicht wäre es gutgegangen, und zu seiner Schande mußte Scoff sich später eingestehen, daß er – wenn auch nur für einen Moment – ernsthaft in Erwägung gezogen hatte, sich durch Unterwerfung und Verrat aus seiner mißlichen Lage zu befreien. Aber dann hatte er an seine Gefährten denken müssen und daran, wie sehr sie ihm vertrauten, daß Fortune ihm sogar die Sorge um Gossamers Sicherheit anvertraut hatte. Er erinnerte sich an die lange Reise durch das Kernland, während der er erlebt hatte, wie Cumber sich mit den Folgen seiner ersten Begegnung mit dem *Reich* gequält hatte und schließlich geläutert und weise aus dieser Prüfung hervorgegangen war. Er sah sie vor sich, seine Gefährten ... Nein, es waren nicht nur Gefährten, sondern Freunde.

Und er dachte an Halcyon.

Viele Jahre lang hatte Scoff hier in Covamere gelebt, seinerzeit, als er noch ein junger und naiver Drache gewesen war. Damals war er in die Reihen von Halcyons Gesandten eingetreten und auf seinen ersten – und letzten – Posten eingehend vorbereitet worden, auf seine Mission in Aethers Schlucht.

Und jetzt war er wieder hier in Covamere, zurück in Halcyons Stadt, die nun allerdings unter der Herrschaft des Schwarzen Drachen stand!

»Drache!« stieß er hervor, während er sich erhob und seine prächtigen Schwingen halb entfaltete. »Drache! Du redest mit einem ausgewählten Vertreter Halcyons, des Führers der Drachen und Herrschers von Covamere. Ich bin der Gesandte Scoff, und ausschließlich von Halcyon persönlich nehme ich Anweisungen entgegen, nicht von irgendeinem Usurpator. Ich akzeptiere weder deine Autorität, noch hast du hier Befehlsgewalt. Meine Treue gehört Halcyon, und Halcyon allein ist mein Herrscher. Ihr könnt mit mir machen, was ihr wollt, aber ich warne euch: Es gibt nur einen wirklichen Herrscher.«

»So?« entgegnete Insiss eiskalt, während sich ein dünnes Lächeln auf seine Lippen stahl. »Es gibt in der Tat, wie du ganz richtig festgestellt hast, nur einen einzigen Herrscher. Und das ist natürlich Lord Wraith, der Schwarze Drache, Herrscher von Covamere und in Bälde Bezwinger des Großen Labyrinths. Deine Loyalität gegenüber dem verehrungswürdigen Halcyon ist zur Kenntnis genommen worden, und du wirst dementsprechend behandelt werden. Wachen!«

Und ohne irgendwelche weiteren Umstände hatte Insiss vier kräftige Wächter herangewinkt, die Scoff wegführten. Insiss hatte keine besonderen Anweisungen erteilt, offensichtlich war klar, was mit dem Gefangenen geschehen sollte, und Scoff leistete keinen Widerstand. Doch als er an Insiss vorübergeführt wurde, sagte er: »Denk darüber nach, Drache, auf welcher Seite du stehst. Der Schwarze Drache wird untergehen. Und du mit ihm.«

Fünf Tage war das jetzt her. Als er im Lager angekommen war, hatte er die Zahl seiner Mitgefangenen auf etwa dreihundert geschätzt. Vielleicht waren es auch ein paar mehr. Und von Tag zu Tag kamen neue hinzu.

Warum tötet er uns nicht?

Unbemerkt von den Wärtern wurden unter den Gefangenen flüsternd Gespräche geführt, die den Zusammenhalt zwischen ihnen gefestigt hatten. Scoff hatte auch bald den Namen erfahren, den sie sich gegeben hatten: »Wraiths Bedrängnis«. Als weitgereister Drache war er schnell ein gefragter Erzähler geworden. Vor allem die Geschichte des Kampfes in Aethers Schlucht mußte er immer wieder zum besten geben. In seinen Erzählungen sprach er stets mit besonderer Hochachtung von seinen Freunden, den Magiern *und* den Erdgeborenen. Seine Mitgefangenen lauschten ihm in stiller Bewunderung, hatte er doch einen Traum gelebt, den sie alle hatten: den Traum von einer gemeinsamen Zukunft von Magiern und Erdgeborenen, die Seite an Seite durch eine Welt ohne Konflikte flogen. Ein unerreichbarer Traum.

Nur kurz zeigte sich die Morgendämmerung, bevor der dichteste Nebel aufzog, den Scoff jemals im Leben gesehen hatte. Die Luft war feucht und trug noch immer den Nachgeschmack verbrannten Holzes mit sich. Er wehte aus dem zerstörten Wald herüber, der diese einsame Insel aus Bäumen umgab.

Der Nebel kam näher. Er kroch zwischen den Bäumen entlang und füllte den Raum zwischen Himmel und Erde vollständig aus. Doch dann hob er sich und stieg über die Drachen in ihren Käfigen, als umschlösse eine Luftblase die Lichtung, die sie vor dem Dunst schützte. Von Zeit zu Zeit drifteten einzelne feine Schwaden wie Spinnenweben in das Lager hinunter, doch davon abgesehen blieb die Luft vollkommen klar.

Isoliert durch die nach allen Seiten abschirmenden weißen Wände und ein undurchdringliches Wolkendach, glänzten die Käfige der Gefangenen wie Gemmen in einem Band aus Kristallen. Eine einsame Insel, abgeschnitten vom Rest der Welt, in der plötzlich alles möglich zu sein schien.

Als er sich umsah, bemerkte Scoff, daß seine Mitgefangenen genauso beunruhigt zu sein schienen wie er. Und auch die Wachen schritten nervös die Grenzen des Lagers ab.

Die Spannung stieg, während Scoff sich auf den Zauber konzentrierte, der den Nebel auf diese Weise manipulierte und vom Lager fernhielt. Er war sich sicher, daß es sich nicht um eine natürliche Erscheinung handeln konnte.

Es mußte uralte Magie sein, genauso alt wie die Käfige, in denen sie gefangen waren.

Eine vorsichtige Untersuchung der blauen Energiestränge, aus denen sein Käfig bestand, hatte Scoff zu der Überzeugung gelangen lassen, daß es sich um keine Magieform handelte, die von Drachen hervorgebracht worden war. Sie schmeckte alt; viel zu alt, um von Scoff einer möglichen Herkunft zugeordnet zu werden. Und noch eins war sicher: Die Käfige gab es schon sehr lange, wenn nicht hier, dann vielleicht unter der Erdoberfläche. Möglicherweise stammten sie aus einer Zeit, in der es noch keine Drachen auf dieser Welt gegeben hatte.

Er ging davon aus, daß es ihm immer ein Rätsel bleiben würde, wozu sie ursprünglich gedacht waren. Aber als Gefängniszellen eigneten sie sich ganz hervorragend. Jeder Käfig verfügte über eine äußere Membrane, die für lebende Wesen durchlässig war – allerdings nur in einer Richtung. Hatte man erst einmal die Hülle passiert, war es unmöglich, den Käfig wieder zu verlassen. Leblose Materie, wie Nahrung oder Abfall, entließ die Membrane problemlos. Aber ein gefangener Drache, der aus der Zelle zu fliehen versuchte, würde auf einen grellen Lichtblitz, der furchtbare Schmerzen verursachte, und eine Wand treffen, die so solide wie massiver Fels war.

Einmal innerhalb der Membrane, war ein Drache für immer gefangen.

In dieser Hinsicht war das Gefangenenlager einzigartig, da es normalerweise sehr schwierig war, Wesen gefangenzuhalten, die über magische Kräfte verfügten. Scoffs erste Idee war gewesen, sich eine Fluchtroute durch das *Reich* in einen anderen Teil des Waldes zu suchen.

Aber es gab hier keinen Zugang zum *Reich*!

Innerhalb der Zellen war jegliche Magie machtlos. Die hier inhaftierten Magier waren ihrer magischen Kräfte, ihres Stolzes und ihrer Freiheit beraubt.

Das Stille Tal war in der Tat ein perfektes Gefängnis.

Scoff hatte ausreichend Gelegenheit gehabt, über diesen eigenartigen Ort nachzudenken. Warum hatte Wraith verfügt, daß das Stille Tal als Gefängnis für seine Widersacher dienen sollte? Obwohl Scoff sich nicht vorstellen konnte, zu welchem Zweck die Zellen ursprünglich erschaffen worden waren, hatte er zumindest eine Idee, durch *was* sie erschaffen worden waren. Er erinnerte sich an die Geschichten über das Labyrinth und die »Experimente«, die es hier im Wald angestellt hatte!

Vielleicht hatte in diesem Tal vor Äonen eine Schlacht stattgefunden, vielleicht war hier das Labyrinth in früheren Zeiten einmal durch die Erdoberfläche gebrochen. Es war aber auch möglich, daß nicht nur die Kugeln, sondern das ganze Lager Teil des Labyrinths waren.

Dieser Gedanke lag vermutlich dicht an der Wahrheit, und als Scoff sah, wie der Nebel so überaus unnatürlich von den Käfigen abgestoßen wurde, nahm er es als Beweis für die Richtigkeit seiner Vermutung.

Die Wächter, acht Kriegsdrachen, lagerten in der Nähe des Eingangs zum Tal. Ihre Schuppen schimmerten im Schein des merkwürdigen blauen Lichts, das von den Hunderten von Zellen ausging, von denen jedesmal, wenn ein Gefangener aus Versehen die Membrane berührte, grelle Funken aufstiegen. Wie Blitze fuhren diese Funken in den Nebel, so daß er aussah wie ein zartblaues Leichentuch, das sich über die Lichtung gelegt hatte. Und dann kam die Rettung!

Scoff war der erste, der die vier Drachen entdeckte. Mit der kalten Präzision routinierter Flieger stießen sie durch die Nebeldecke. Er sah die Überraschung auf ihren Gesichtern und glaubte zunächst, sie rühre daher, daß sie nicht erwartet hatten, auf ein Stück völlig intakten Waldes zu stoßen. Aber dann erkannte Scoff, daß sie so verblüfft waren, weil sie unerwartet aus dem dicksten Nebel in klare Luft vorgestoßen waren.

Es waren alles Erdgeborene, die auf ihren massiven, muskulösen Flügel durch die Luft glitten, und Scoff war kaum überrascht, daß Fortune sie anführte. Brace erkannte er ebenfalls, obwohl der Jüngling zäher und kräftiger wirkte, als er ihn in Erinnerung hatte. Die anderen beiden kannte er nicht, war aber auf Anhieb von ihrer Stärke und Anmut beeindruckt. Besonders der größere der beiden fiel ihm auf, der dicht neben Fortune flog und die Luft zerteilte, als gehöre ihm der Himmel.

Rettung? Vier Erdgeborene, die uns … helfen wollen?

Die Wächter hatten sie noch nicht bemerkt, doch auch die meisten anderen Gefangenen begannen nun, erwartungsvoll in ihre Richtung zu blicken. Nur wenige Magier knurrten enttäuscht. Was konnten vier Erdgeborene schon gegen die Macht der Feuermagie bewirken? Die Wächter, plötzlich aufmerksam geworden, sahen sich um. Sofort stiegen zwei von ihnen in die Luft, um die Erdgeborenen zur Landung zu zwingen.

Klopfenden Herzens sah Scoff zu, wie Fortune den anderen drei Drachen ein Kommando zurief, die daraufhin augenblicklich wieder im Nebel verschwanden. Zur gleichen Zeit wurde die Luft oberhalb der Käfige mit Magie aufgeladen, so daß sie schwer und undurchdringlich wurde. Welcher der Wächter dafür verantwortlich war, konnte Scoff nicht feststellen.

Fortune verharrte auf seiner Position, während die zwei Krieger immer näher kamen. Der junge Drache sah ihnen hochmütig entgegen, um sie zu provozieren. Kurz bevor sie ihn erreicht hatten, schoß der größte der Erdgeborenen blitzartig aus den Wolken hervor und ließ sich mit voller Wucht auf die Köpfe der Wächter fallen. Erstaunt beobachtete Scoff, daß der Erdgeborene seine Augen dabei fest geschlossen hielt. Die Wächter erhielten beide einen heftigen Schlag auf den Nacken und taumelten durch die Luft. Als Knäuel aus Beinen und Flügeln gingen sie zu Boden und schlugen in einem Gebüsch auf. Einer der beiden wälzte sich unter Schmerzen auf den Rücken, und man konnte erkennen, daß sein Bauch gespickt war mit Vulkangestein und Holzsplittern. Um die beiden Wächter hatte sich eine große Lache aus Blut gebildet, das im blauen, kalten Licht schwarz aussah.

Die anderen sechs Wächter wirkten wie erstarrt, dann richteten sie ihre Blicke wieder auf Fortune und seinen Freund. Von den beiden anderen Erdgeborenen war nichts zu sehen.

Kapitel 32

Uralte Magie

»Du bist einfach phantastisch, Tallow«, sagte Fortune voller Überzeugung.

Erst in diesem Moment öffnete der große Drache wieder die Augen.

»Hier ist noch etwas anderes am Werk«, murmelte er. »So gut bin ich nicht. Und ich hatte auch nicht die Absicht, die beiden zu töten.«

»Ich weiß«, erwiderte Fortune. »Doch was auch immer uns beisteht, wir können uns nicht darauf verlassen. Es verfolgt mit seinem Eingreifen offenbar eigene Ziele.« Fortune warf einen Blick auf die Wärter, die etwa vier Baumlängen unter ihnen standen. »Ich glaube, du wirst gleich deine erste Kostprobe von Feuerzauber erhalten, Tallow.«

Im Moment schienen die Wärter noch von Panik erfüllt und unentschlossen über ihren nächsten Schritt. Doch es würde mit Sicherheit nicht mehr lange dauern, bis sie wieder angriffen. Und was dann? Was konnten vier Erdgeborene gegen sechs Magier ausrichten, jetzt, da sie die Überraschung nicht mehr auf ihrer Seite hatten?

Aber dort unten warteten doch Hunderte von gefangenen Magiern, und alle waren sie potentielle Verbündete! Fortune und seine Freunde waren also geradezu verpflichtet, sie zu befreien.

»Brace! Volley!« brüllte Fortune. »Sucht Scoff!«

Jeder Drache im Lager hatte ihn gehört, doch Fortune verließ sich darauf, daß die Wärter die Namen der einzelnen Gefangenen nicht kannten. Und tatsächlich reagierten sie nicht, vielleicht, weil sie glaubten, »Scoff« wäre der Name eines Ortes, zu dem er seine Freunde schickte.

Doch immerhin hatte Fortunes Schrei sie aus ihrer Erstarrung gerissen. Mit dem Rücken zu den Käfigen, in denen die Gefangenen saßen, ihre Aufmerksamkeit vollkommen auf Tallow und Fortune konzentriert, bewegten sie sich langsam vorwärts, während sich auf ihren Körpern winzige Lichtblitze angestauter Magie zeigten.

Hinter ihnen schwebten Volley und Brace geräuschlos aus dem Nebel zu Boden und landeten bei den Käfigen. Gewandt liefen sie zwischen den Energiekugeln hindurch und fragten die Gefangenen flüsternd nach Scoff.

Gerade wollte Fortune Tallow vorschlagen, sich wieder in den Nebel zurückzuziehen, um Zeit zu gewinnen, als einer der Wärter seinen Kopf weit in den Nacken legte und eine riesige Flamme in den Himmel spuckte. Die beiden Erdgeborenen hatten keine Schwierigkeiten, ihr auszuweichen, doch noch bevor Tallow eine Bemerkung darüber machen konnte, daß der Magier kein guter Schütze zu sein schien, mußten sie erkennen, daß es sich keineswegs um einen direkten Angriff handelte. Die Strategie ihres Gegners war viel subtiler.

Die Flamme schoß an ihnen vorbei, doch als sie auf die Nebelbank traf, verteilte sie sich an ihrer Unterseite wie ein Wasserstrahl, der auf einen Stein trifft. Die Flammenstrahlen verwandelten sich in ein weißglühendes, heißes Netz, das sich immer weiter ausdehnte, bis es vollständig den Nebel bedeckte, der das Lager überspannte. Heiß, pulsierend und lebendig versengte es den Drachen Haut und Schuppen, wenn sie es wagten, ihm zu nahe zu kommen. Jetzt waren auch sie Gefangene.

Fortune bemerkte allerdings, daß ihnen jetzt nur noch

fünf Drachen entgegentraten. Der sechste – offensichtlich der, der das Flammennetz kontrollierte – war stehengeblieben und hatte sich auf dem Boden zusammengekauert, so daß sein Panzer und der Stachelkamm auf seinem Rücken ihn vor jedem Angreifer schützten.

Gut, nur noch fünf gegen vier, dachte Fortune grimmig.

Doch dann begann das Netz sich zuzusiehen.

Fortune warf einen Blick über die Schulter nach oben und sah, daß das Feuer immer näher kam. Tallow beobachtete dieses Phänomen eher mit Neugier als mit Furcht, während das Netz sich immer weiter herabsenkte und die beiden Drachen zwang, immer tiefer zu fliegen, immer dichter über den Köpfen der sie bereits erwartenden Wachen.

Obwohl Fortune Tallow neben sich wußte und dessen Ruhe und Stärke spürte, überfiel ihn ein Gefühl vollkommener Verzweiflung.

Wir dürfen jetzt nicht sterben, nicht hier, nicht so!

Doch sie wurden immer weiter nach unten gedrängt, und obgleich sie das gesamte Netz abflogen, fanden sie nicht das kleinste Loch, nicht den geringsten Spalt, durch den sie hätten entweichen können.

»Dort entlang! Da drüben!« drängte einer der Gefangenen und wies Brace und Volley einen Weg zwischen den Käfigen, an dessen Ende ... »Scoff!« schrie Brace und lief zu dem letzten der Käfige in dieser Reihe.

Als er vor der Feuerkugel stehenblieb, standen ihm Tränen in den Augen. Der Magier wirkte abgemagert und unendlich müde, und ohne seine phantastisch schönen Regenbogenflügel sah er wie der traurigste und verlassenste Drache aus, den Brace sich vorstellen konnte. Und doch, als Scoff die beiden Erdgeborenen sah, schenkte er ihnen ein derart strahlendes Lächeln, daß Brace seine Tränen vergaß.

Die fünf Krieger sahen zu Tallow und Fortune hinauf, doch ihre Gesichter spiegelten nicht mehr grimmigen Kampfeswillen wider, sondern einzig Häme und Schadenfreude. Das

Netz hatte aufgehört, sich weiter nach unten zu senken, als es nur noch etwa eine Baumlänge vom Boden entfernt war. Seine seitliche Ausdehnung war vollkommen identisch mit den Grenzen des Gefangenenlagers. Es herrschte Stille, die nur ab und zu durch das Knistern sich entladender Magie unterbrochen wurde.

Auf Tallows Gesicht lag Entschlossenheit, seine Muskeln waren gespannt. Er war bereit zu kämpfen. Fortune dagegen spürte eine eigenartige Ruhe, die über ihn gekommen war, nachdem der kurze Anfall von Panik sich gelegt hatte. Er hatte den Eindruck, als ob er Dinge sehen und spüren könnte, von denen er eigentlich nichts wissen durfte.

Die wartenden Wachen zum Beispiel. Sie kamen ihm irgendwie körperlos vor, eine Ansammlung von Knochen, die Nebel statt Fleisch umschloß.

Und der Boden erschien ihm blaß und wässerig, so daß Fortune durch ihn hindurchsehen und in der Tiefe ein eigenartiges Muster erkennen konnte.

Ein Muster aus sich kreuzenden Linien, die sich teilten und wieder zusammenliefen, ein Muster, komplizierter als tausend Spinnennetze, pulsierend vor Leben und zum Greifen nahe. Ein Muster, das wirklicher erschien als irgend etwas sonst in der Welt. Es roch nach Natur und Erde. Es roch nach Magie. Es roch nach Veränderung.

Dieses Muster war das Labyrinth.

Fortune sah es – beziehungsweise dessen Schatten –, auch wenn er nicht wußte, was es war. Und dennoch erschien es ihm auf eine unheimliche Weise vertraut, als hätte er es schon einmal gesehen. Das Labyrinth gewährte Fortune einen Blick auf einen seiner Teile, der so geheimnisvoll wie verwirrend war, und Fortune ahnte, daß hier das Zentrum der Kraft lag, die ihn als Werkzeug benutzt hatte, um den Findling der Todesfalle zu Fall zu bringen. Hier war die wirkliche Macht.

Noch bevor Fortune einen Entschluß fassen konnte, wie weiter vorzugehen sei, schoß Brace unvermittelt zwischen den Käfigen hervor und stieg in den Himmel. So schnell flog er über die Köpfe der Wärter hinweg zu Tallow und Fortune hinauf, daß die Magier viel zu überrascht waren, um auf seinen Ausbruch zu reagieren.

Einen Augenblick lang verharrten die drei Freunde schweigend nebeneinander in der Luft. Dann ergriff wieder Brace die Initiative.

»Für Gossamer«, rief er. »Die Magie ist euer.«

Und damit wandte er sich um und tauchte im Sturzflug auf die Wärter zu, während er ihnen mit fester, sicherer Stimme zurief:

»Die Magie ist *unser*!«

Vier der Krieger liefen erschreckt auseinander. Doch der fünfte, beherrschter als die anderen, erhob sich in die Luft und nahm den Kampf mit Brace auf. Sie stürzten beide zu Boden, der Magier schlang seinen Schwanz um Braces Hals und öffnete das Maul, um ihm den tödlichen Feuerstoß zu versetzen. Doch offensichtlich hatte er beschlossen, aus seinem Sieg ein Spektakel zu machen, um den in seinen Augen vermessenen Erdgeborenen zu demonstrieren, wer mächtiger war. Er hielt einen Moment inne, hob seine Schnauze und spuckte brüllend eine gelbe Flamme senkrecht in den Himmel. Ober- und Unterkiefer wuchsen zu doppelter Größe heran, und spitze Knochen bohrten sich durch seine Wangen, so daß sie wie gefährliche, tödliche Dolche seitlich von seinem Kopf abstanden.

Die Zunge verwandelte sich in eine Flamme: eine weiße Lanze im gelben Feuerschlund seines Mauls. Auch seine Zähne wuchsen, wurden immer dicker, länger und schärfer, während die Lippen fast vollkommen verschwanden.

Vom Kopf des Drachen war schließlich nichts mehr übriggeblieben als eine einzige riesige tödliche Waffe, die er jetzt auf sein Opfer richtete, um es durch Feuer zu vernichten.

Doch der Magier hatte nicht mit Tallow gerechnet. Zugleich erschreckt und abgestoßen von der prahlerischen Zurschaustellung magischer Kraft, stürzte sich Tallow auf den Wärter und grub seine Zähne in dessen Bauch. Der Magier war so von seiner eigenen Vorstellung eingenommen, daß er seinen Angreifer nicht einmal hatte kommen sehen. Tallow zerfetzte seine Brust und seinen Bauch, und der Kriegsdrachen starb auf der Stelle.

Doch nicht so sein Zauber. Feuer aus dem *Reich* explodierte in alle Richtungen und schleuderte Tallow zu Boden, wo er bewußtlos liegenblieb. Auch Brace wurde von den Flammen getroffen. Benommen taumelte er ein paar Schritte zurück, um sich in Sicherheit zu bringen.

Gelbe Flammen stiegen an der Stelle auf, an der der Wärter gestorben war, und züngelten in die Luft empor, wo sie merkwürdige Muster an den Himmel zeichneten. Neugierig beobachtete Fortune, wie die Flammen sich wanden und zuckten, als ob ihnen unzählige deformierte Wesen innewohnten, die verzweifelt auszubrechen versuchten. Die Farbe des Feuers veränderte sich, wurde erst rot, dann grün und schließlich leuchtend blau, so daß das ganze Lager in ein unwirkliches Licht getaucht wurde. Und gerade als die furchtbaren Geister des *Reiches* sich mit ihren Klauen einen Weg in diese Welt zu bahnen begannen, sprang einer der Kameraden des toten Wärters auf und feuerte einen Stoß reinen weißen Feuers mitten unter sie.

Donnernd schloß sich der Riß zwischen dieser Welt und dem *Reich*, doch Fortune hatte das Muster erkannt, das die beiden miteinander verband.

Ein Augenblick der Zeitlosigkeit.

Über sich sah Fortune die Sterne, leuchtend hell trotz des Nebels.

Unter sich sah er das Labyrinth, klar und deutlich trotz der dicken Erdschicht, die darüber lag. Er streckte eine Klaue aus und öffnete sich einen Zugang zum *Reich*.

Etwas schien hinter ihm zu stehen, das ihm die Kraft der Magie verlieh, über die sein erdgeborener Körper nicht verfügte.

Das *Reich* wich vor ihm zurück, als fürchtete es seine Gegenwart. Unbeschreibliche Wesen glitten durch sein Bewußtsein, während er durch ihre Welt schwebte. Isoliert von der realen Welt, nahm das *Reich* diesen Eindringling auf, diesen Fremden ohne Magie. Aber es hieß ihn nicht willkommen.

Das *Reich* war dunkel, doch Fortune erfüllte es mit Licht. Es wich vor seiner Berührung, ja, selbst vor seinen Blicken zurück, während er sich in ihm treiben ließ auf der Suche nach der Quelle des Lichtes, das zu suchen ihm aufgegeben war. Dann hatte er sie entdeckt. Er verließ das *Reich* und fand sich an einem Ort wieder, der eher ein Zustand zu sein schien: ein Zustand der Leere und völligen Unbestimmtheit.

In der Ferne leuchtete ein blendendes Licht, und ohne es erklären zu können, wußte Fortune, daß dieses gleißende Leuchten die Lücke zwischen dem *Reich* und der realen Welt füllte. Beide Welten, beide Reiche wurden durch dieses Licht miteinander verbunden: es hing zwischen ihnen wie ein Tautropfen zwischen den Fäden eines Spinnennetzes.

Es war das Labyrinth.

Es breitete sich in alle Richtungen aus, reichte in wirkliche und unwirkliche Bereiche. Das Licht, die Welt, das *Reich* – sie alle waren Tautropfen im Netz des Labyrinthes, dem Netz, auf dem alles ruhte. Es öffnete sich für Fortune, lockte ihn, lud ihn ein, gleichermaßen Leben und Tod verheißend.

Seine labyrinthische Form überschritt Raum und Zeit. Es atmete wie ein lebendiges Wesen, obgleich es viel mehr war als das und älter als jede Vorstellung von der Zeit.

Fortune trieb durch die Leere und wußte zugleich, daß er nicht wirklich hier war. Er verlor sich selbst in dem Gefühl der eigenen Bedeutungslosigkeit, während ihm bewußt wurde, welch großartige Schöpfung ihn umgab, welche Anziehungskraft das gleißende Licht ausübte und wie nichtig sein eigener, erdgeborener Geist in diesem Meer aus Magie war.

Als er sich in eine Richtung wandte, von der er nicht sagen konnte, warum er sie gewählt hatte, war das Licht auf einmal verschwunden.

Fortune war wieder in der realen Welt, im Gefangenenlager. Doch jetzt erleuchtete ein helles weißes Licht das gesamte Tal. Vergeblich suchte er nach dessen Quelle, bis er merkte, daß er selbst die Lichtstrahlen aussandte.

Unter sich sah er die Magier in ihren Käfigen, den blauen Feuerkugeln, die in dem weißen Licht gespenstisch und dunkel schillerten. Er tat einen einzigen Flügelschlag, und die Käfige wurden weiß und durchsichtig, sanken in sich zusammen und waren im nächsten Moment im Erdboden verschwunden. Der Boden zischte und verwarf sich, als die Magie sich in ihn zurückzog. Vierhundert Magier waren befreit und sahen verwirrt und überrascht zu ihrem Retter auf, einem Erdgeborenen.

Dort, wo die Käfige gewesen waren, durchzogen nun unzählige Narben das Land, als wäre es vor langer Zeit verwundet worden.

Unvorstellbare Müdigkeit überfiel Fortune und drang in seinen Körper, so wie er in das *Reich* eingedrungen war. *War ich wirklich dort?* fragte er sich verwundert, während er stolpernd in eine Schneewehe sank.

Drachen drängten sich um ihn, Magier allesamt, und sahen besorgt auf diesen eigenartigen Jüngling, der ein Erdgeborener zu sein schien und sich doch die Magie zunutze gemacht hatte, um den alten Zauber zu bannen, den niemand verstand. Ihre Gesichter wurden immer größer, kamen immer näher, und sie drückten Wohlwollen und Überraschung aus. Es waren die Gesichter von Fremden, für die er um die halbe Welt gereist war und angesichts derer er nun keine Worte fand. Sein Kopf rauschte, und Dunkelheit lauerte hinter jedem Lidschlag.

»Fortune!« rief eine vertraute Stimme. Die Menge wich zur Seite, als sich ein Drache nach vorne schob. »Fortune!«

Das magische Netz am Himmel verschwand, als der Wärter, der es erschaffen hatte, zusammen mit seinen Kameraden überwältigt wurde. Der Nebel, der so lange von Mächten zurückgehalten worden war, die so alt wie der Berg waren, senkte sich endlich über das Tal. Bevor Fortune ohnmächtig wurde und die Dunkelheit ihn tröstend umfing, erkannte er das Gesicht, das zu der Stimme gehörte, die seinen Namen gerufen hatte. Ein Gesicht, auf dem sich Freude und Sorge widerspiegelten.

»Scoff!« murmelte Fortune schwach.

Fortune hatte einen Traum. Doch dieses Mal stand er nicht unter dem Einfluß irgendeines Zaubers, sondern er träumte den Traum der Wirklichkeit. Den Traum eines Erdgeborenen.

Drachen fliegen über das Meer. Die Luft ist frisch und salzig, der Wind erfrischend. Wellen greifen nach den Flügelspitzen der allzu Wagemutigen. Wolken jagen um die Wette auf die Sonne zu. Helligkeit, Klarheit.

Eine Inselkette in der Form eines Kreises, in der Mitte ein Riff. Üppige, sattgrüne Bäume und weißer Sand. Das Meer hat die Farbe von Türkisen.

Stimmen in der klaren Luft; Stimmen, die er kennt; die seiner Mutter und Gossamers, sogar die von Wood. Ihre Worte eilen an ihm vorbei, flüchtig. »Die Welt steht vor dem Wandel«, flüstern sie gemeinsam. »Alles beginnt hier«, rufen sie in beschwörendem Singsang. »Alles endet hier.« Unzählige Stimmen von Drachen, die er noch nicht kennt, die aber jetzt an seiner Seite fliegen. Die Stimmen der »Freien« und der Drachen von »Wraiths Bedrängnis«. Der Rhythmus ihres Singsangs wird von einem leisen, regelmäßigen Pochen begleitet, das, wie Fortune weiß, von dem Flügelschlag des Schwarzen Drachen herrührt.

Die Worte verschwimmen und verlieren sich in dem tiefen Blau des Himmels. Fortune ist allein. Er stellt fest, daß er auf dem Rücken fliegt. Das Licht, das er sieht, stammt nicht von der Sonne. Er dreht sich im Fluge, und Schrecken erfüllt seine verstehenden Augen. Er sieht ein Labyrinth, zugleich fremd und vertraut, dessen Windungen und Wege sich in dichtem Nebel verlieren. Mit wahnwitziger Kraftanstrengung gelingt es ihm, eine Klaue auszustrecken und die Wand des Ganges zu berühren, in dem er sich befindet. Er ist verloren und allein, umgeben von dunklen Irrwegen und Schatten, die nach ihm greifen. Er wendet den Kopf und sieht in ein Paar Augen, von deren Blick er sich nicht lösen kann. Sie sind schwarz wie seine eigenen, und er weiß, daß in diesem endlosen Augenblick sein Vater Welkin neben ihm steht. Er hat das Gefühl, als ob die Welt sich häutet. Durch den Nebel hindurch erkennt er, daß sich in der Ferne etwas mit der unendlichen Kraft der Sterne bewegt.

Er sieht die Sterne über sich und empfindet unsagbare Freude. Doch dann dringt durch die Stille wieder das Geräusch der Flügelschläge an sein Ohr ...

Als Fortune erwachte, stellte er fest, daß er nur wenige Augenblicke lang bewußtlos gewesen war. Scoff stand neben ihm, und war noch immer über ihn gebeugt. Nur waren jetzt auch Fortunes erdgeborene Freunde – Tallow, Volley und Brace – bei ihm. Sie alle machten einen besorgten Eindruck, und Fortune konnte nicht anders: er mußte unwillkürlich lachen, weil die Situation einfach komisch war. Einen Moment lang sahen die Freunde ihn an, als ob er den Verstand verloren hätte, doch dann begannen auch sie zu lachen, bis schließlich sogar die verwunderten Magier einstimmten. Lachen erfüllte das Tal, drang durch den Schnee und den Nebel, heilte Wunden und war Balsam für die verletzten Seelen. Es dauerte eine ganze Weile, bis das Gelächter sich wieder legte. Zu diesem Zeitpunkt hatte Fortune bereits beschlossen, daß er seinen Traum vorerst für sich behalten wollte. Was heute hier geschehen war, überschritt schon zur Genüge die Grenzen der Realität.

Er lächelte Tallow an. »Du bist ein großartiger Drache, Tallow, und noch dazu einer mit guten Zähnen!«

Der große Drache grinste übers ganze Gesicht. »Aber vergiß nicht, Fortune, ich allein hätte das nie vermocht.«

»Nein«, pflichtete ihm Fortune bei. »Auch du hast dich tapfer gehalten, Volley. Und du, Brace ...«

Als er seinen Name hörte, trat der junge Drache vor und umarmte Fortune, als müßte er sich versichern, daß sie beide noch lebten.

»Du bist ein Held«, schloß Fortune. »Deine Tapferkeit hat uns allen das Leben gerettet.«

»Ihr beide habt uns gerettet!« rief Scoff, unfähig, sich länger zurückzuhalten. »Damit sind wir also quitt!«

Fortune wurde warm ums Herz, als Scoff sich zu ihm hinunterbeugte und ihm wie ein Vater den Kopf tätschelte. Wie sehr hatte er diesen Drachen vermißt! Dann fiel sein Blick auf die Wunden auf Scoffs Rücken, die gerade erst zu verheilen begannen, und blanker Schrecken erstickte die Freude.

»Ach, das!« sagte Scoff düster, als er Fortunes Blick bemerkte. »Nun ja, man kann auch ohne Flügel fliegen. Eine Zeitlang wenigstens. Sie werden wieder wachsen.«

Er gab sich alle Mühe, seine furchtbare Verletzung gleichgültig abzutun. Vor allem aber klang er nicht verbittert, und Fortune hatte auf einmal das Gefühl, als ob er gerade einen Eindruck davon bekommen hätte, wie Scoff früher einmal gewesen sein mußte.

»Es ist gut, dich wiederzusehen, Scoff«, brachte er gerührt hervor.

»Geht mir ebenso.« Scoff half ihm, sich aufzurichten, und unter einigen Schwierigkeiten gelang es Fortune aufzustehen, auch wenn er noch taumelte und ihm schwarz vor Augen wurde. »Hat dich geschafft, die Magie, was?« fragte Scoff, dessen Augen glänzten, als wäre er den Tränen nahe. »Ist auch nichts für deinesgleichen. Womit hast du da eigentlich herumgespielt?«

Fortune brachte ein Lächeln zustande.

»Diplomatisch wie immer, Scoff«, erwiderte er. »Um die Wahrheit zu sagen, ich weiß nicht genau, was passiert ist. Ich kann mich nur daran erinnern, daß ich ein Licht gesehen habe. Und dann war da so etwas wie ein Netz, wie ein Labyrinth von Linien, versteckt im Innern des Berges.«

Seine Freunde schwiegen atemlos, während Fortune versuchte, das Geschehene zu rekonstruieren. Die Magier lauschten seinen Worten mit atemloser Spannung.

»Labyrinth?« fragte Scoff.

»Ja ... Aber ich weiß es nicht genau, Scoff. Was auch immer es war, es hielt mich offenbar für geeignet, als Werkzeug für seinen Zauber zu dienen. Eigenartig. Aber das wichtigste ist, daß ihr alle frei seid. Nur das allein zählt im Moment.«

Durch die Menge der Drachen von »Wraiths Bedrängnis« ging ein Raunen, als Fortune seinen Kontakt mit dem *Reich* mit einem Achselzucken abtat.

»Er glaubt, das Labyrinth hat ihn als Werkzeug benutzt!«

rief Scoff erregt. »Ich habe dich schon immer für einen ziemlich merkwürdigen Erdgeborenen gehalten, Fortune. Und ich glaube, damit hatte ich vollkommen recht.«

»Dann gibt es das wirklich, was ich gesehen habe?« fragte Fortune aufgewühlt.

»Allerdings«, verkündete Scoff feierlich. »Es ist das Labyrinth von Covamere.«

Fortune holte tief Luft.

»Geht es dir gut, Fortune?« schaltete Tallow sich besorgt ein. Denn obgleich er nicht wirklich verstand, was hier vor sich ging, war ihm doch bewußt, daß sein Freund einiges durchgemacht hatte. Fortune war ganz offensichtlich vollkommen erschöpft, trotzdem schenkte er Tallow ein entwaffnendes Lächeln.

»Mir geht es gut. Ich könnte zwar auf der Stelle einschlafen, aber ... in meinem Innersten bin ich bereit. Wir stehen kurz vor der Vollendung unserer eigentlichen Mission, ich fühle es. Der Schlüssel zu allem ist zum Greifen nah.«

»Also gut«, verkündete Scoff. »Wie sehen deine Pläne aus?«

»Pläne?« erwiderte Fortune. »Wozu brauchen wir einen Plan?«

Sie redeten. Einige der Magier entzündeten mit dem Holz der umstehenden Bäume ein paar Feuer im Schnee, deren Flammen willkommene Wärme spendeten und den Nebel zumindest teilweise vertrieben. Schon bald erfuhr Fortune den Namen, den sich die Gruppe von Magiern gegeben hatte.

»›Wraiths Bedrängnis‹«, lächelte er. »Das gefällt mir! Und ihr alle seid Halcyon treu ergeben?«

»Wir sind seine Drachen«, antwortete Scoff, den man offensichtlich zum Sprecher der Magier gemacht hatte. »Botschafter, wie ich. Krieger, wie Spar dort drüben. Oder Diener und Offiziere. Aber jeder ein Getreuer Halcyons.«

»Um mit Halcyon zu sprechen, bin ich ursprünglich hierhergekommen«, überlegte Fortune. »Ich frage mich, ob es je dazu kommen wird. Vielleicht ist der wahre Grund unseres Hierseins ein vollkommen anderer. Dieses Labyrinth, Scoff, erzähle mir, was es damit auf sich hat.«

»Da gibt es nicht viel zu erzählen«, begann Scoff. »Die Magier fürchten es. Das Labyrinth ... es bedeutet so unendlich viel.«

»So viel, daß jetzt die Zeit nicht ausreicht, um es zu erklären?« schlug Fortune vor. Scoff nickte, während sein schmerzverzerrtes Gesicht offenbarte, daß ihn seine Wunden quälten.

»Also gut«, stimmte Fortune zu. »Lassen wir es vorerst dabei. Aber eins muß ich noch wissen. Fürchtet auch Wraith das Labyrinth?«

»Die meisten Drachen tun es.«

»Hmm!« Fortune hatte nicht die Absicht, Scoff weiter in einer Angelegenheit zu bedrängen, die sowohl ihn als auch seine Kameraden zu bekümmern schien. Er verstand ihre Zurückhaltung zwar nicht, aber er selbst hatte ja schon einen Vorgeschmack darauf bekommen, was es mit diesem merkwürdigen Labyrinth auf sich hatte. Alles andere würde er noch früh genug erfahren, dessen war er sicher. Jetzt gab es andere, wichtigere Fragen zu klären. Er mußte unbedingt mehr Informationen über die »Bedrängnis« und über Wraiths Armee bekommen. Spar, ein drahtiger, von Narben gezeichneter Krieger, berichtete ihm ausführlich über beide Kriegsparteien und ihre Truppenstärke.

»Dann stehen die fünfzehnhundert Drachen, die sich in Covamere aufhalten, schon lange in Wraiths Diensten?« fragte Fortune schließlich.

Spar nickte. »Aber glaube nicht, daß sie das zu treuen Kriegern macht. Viele von ihnen sind genauso enttäuscht von dem Schwarzen Drachen und seinen Methoden wie wir. Der Unterschied ist nur, daß sie ihn besser kennen und daher auch mehr fürchten.«

Tallow räusperte sich. Sofort verstummten alle und sahen ihn an. Denn selbst in der Gegenwart dieser tapferen und kampferprobten Magier stach er durch seine Größe und seine stolze Haltung hervor. Ungeduldig bewegte er jetzt seine Flügel.

»Was ist mit Shatter?« fragte er in seiner ruhigen, bedächtigen Art. »Die Armee des Schwarzen Drachen zählt nur etwa ein Drittel der Soldaten, über die die Armee der Erdgeborenen verfügt, die sich in eben diesem Moment in der Festung formiert. Und ständig kommen mehr hinzu.«

»Es gibt nicht mehr viele Magier auf der Welt«, kommentierte Scoff ungewöhnlich traurig.

»In Covamere allerdings genug«, wandte Fortune sich mit einem grimmigen Lächeln an Tallow. »Laß dich nicht von Zahlen täuschen, Tallow. Die Magier von Südkap waren den Erdgeborenen zahlenmäßig zehnfach unterlegen, und bedenke bitte, wie die Folgen waren.«

»Aber in Südkap gab es nichts, was sich mit ›Wraiths Bedrängnis‹ vergleichen läßt«, wandte Scoff ein.

Tallow räusperte sich noch einmal, und Fortune mußte lächeln, als er das Leuchten in den Augen des Freundes sah. Endlich schien er seine Begeisterung für Abenteuer wiederentdeckt zu haben. Er tat etwas, worauf Weft sicher sehr stolz gewesen wäre.

»Shatter kann jeden Moment angreifen«, sagte Tallow. »Die ›Schar‹ läßt zwar nichts unversucht, seine Autorität zu untergraben. Aber um die Schlacht zu verhindern, ist es bereits zu spät. Wir können nur darauf hoffen, daß es uns gelingt, den Schaden so weit wie möglich einzudämmen.«

»Man kann einen Fluß nicht aufhalten, aber man kann ihn umleiten«, murmelte Fortune so leise, daß nur Brace, der direkt neben ihm stand, ihn verstehen konnte. Besorgt sah er Fortune an und flüsterte: »Ich verstehe nicht, was wir hier noch ausrichten können, aber eine Tatsache weiß ich ganz sicher: Auf diesem Berg gibt es einen Drachen, der mir wichtiger ist als alle Armeen der Welt.«

Doch noch bevor Fortune darauf antworten konnte, wurde er von Scoff unterbrochen.

»Pläne! Wir brauchen Pläne!« rief er ungeduldig. »Die Zeit verrinnt schnell, auch wenn sie unter diesem eigenartigen Nebel stillzustehen scheint.«

»Nein, Scoff, keine Pläne.«

Fortunes ruhige, klare Stimme drang durch die wabernden Nebelschwaden und erreichte das Ohr eines jeden Drachen. Er spürte, daß der Punkt erreicht war, an dem Entscheidungen gefällt werden mußten. Noch weiter zu debattieren, hatte keinen Sinn. Hier vor ihm standen die Drachen von ›Wraiths Bedrängnis‹, und doch dachte er die ganze Zeit an die ›Schar‹, deren Anführer zu sein er abgelehnt hatte. Er sah Hoffnung, Entschlossenheit und Vertrauen in den Gesichtern, und er wußte, daß er sie alle enttäuschen mußte.

»Keine Pläne«, wiederholte er mit ernster Stimme. »Und keine Anführer. Jeder muß für sich entscheiden, oder es entscheidet keiner. Tallow hat recht, die Schlacht steht unmittelbar bevor. Ihr habt euren Plan gefaßt, lange bevor ich zum Berg kam. Ihr wollt Wraith unterwerfen. Dann folgt eurem Plan, geht los und tut es. Ich habe alles für euch getan, was in meiner Macht steht. Jetzt muß ich meine eigene Mission vollenden.« Er schwieg einen Moment, dann fügte er hinzu: »Der Winter ist in die Welt gekommen. Macht es euch zur Aufgabe, ihn zu beenden. Doch wie ihr dabei am besten vorgeht, kann ich euch nicht sagen. Ihr müßt es selbst herausfinden.«

Kaum hatte Fortune seine kurze Rede beendet, als sich ein allgemeines Stimmengewirr erhob. Die Drachen diskutierten miteinander, und schon bald teilten sie sich in kleinere Gruppen auf. Es dauerte nicht lange, und diese Gruppen hatten sich wiederum in einzelne Schwadronen unterteilt, die voneinander Abschied nahmen und sich in den Nebel erhoben, um einem unbekannten Schicksal entgegenzufliegen. Und obwohl es keinen gemeinsamen Plan, keine allgemeine Strategie gab, war doch klar, daß ihrer aller Ziel Covamere hieß.

»Es sind gute Drachen«, sagte Scoff, der neben Fortune stand. Die Feuer, die sie entzündet hatten, waren erloschen, und der Nebel senkte sich wieder über das Lager. Alles war feucht und leblos: eine trostlose, abgestorbene Welt.

›Wraiths Bedrängnis‹«, sagte Fortune und lächelte. »Ein guter Name. Diese Drachen brauchen weder mich noch einen anderen als Anführer. Sie wissen selbst, was sie zu tun haben.«

Er dachte an die eigenartige Klarheit, mit der er alles gesehen hatte, als er die Käfige auf der Lichtung zerstört hatte – und jetzt schien alles nur noch verschwommen. Welch ein merkwürdiger Kontrast, ein Unterschied wie zwischen Leben und Tod, zwischen der Welt und dem *Reich*.

Der Natur und der Magie.

Aus dem Nebel traten Tallow, Volley und Brace. Zusammen mit Scoff und Fortune waren sie also fünf. Die letzten, die noch auf der verlassenen Lichtung standen. Die Drachen der ›Bedrängnis‹ hatten allesamt das Lager verlassen, und die überlebenden Wärter waren schon lange geflohen.

»Wird Shatters Armee in der Lage sein, bei diesem Wetter Covamere zu finden?« wandte Fortune sich an Tallow, als der große Drache zu ihm trat.

»Shatter wird sie hinführen«, antwortete Tallow. »Nichts kann ihn jetzt noch aufhalten.«

Brace tänzelte ungeduldig von einem Bein aufs andere.

»Was werden wir jetzt tun?« fragte er immer wieder, während er erregt mit den Flügeln schlug. »Fliegen wir auch nach Covamere?«

»Nicht ganz«, erwiderte Fortune geheimnisvoll. »Zumindest vorerst nicht.«

»Hast du etwa einen Plan, Fortune?« neckte Scoff grinsend. »Das paßt aber gar nicht zu dir.«

»Nein, Scoff, das ist kein Plan. Es ist unser Schicksal.«

Kurz darauf lag die Lichtung gänzlich verlassen da. Auch die letzten fünf Drachen hatten sich auf den Weg durch den Nebel gemacht. Wie ein Leichentuch hatte sich der Dunst über das Stille Tal gelegt, dunkel und eisig. Es herrschte Winter im Tal – wie überall auf dem Berg und vielleicht auf der ganzen Welt.

Kapitel 33

Der Angriff

Unter all den unerklärlichen Ereignissen, die sich während der schicksalhaften Zeit des Wandels zutrugen, zählte die Tatsache, daß es Shatter gelang, seine Armee durch die überwältigende Dunkelheit des Nebels zu führen, sicherlich zu den merkwürdigsten.

Während der Nebel für die Magier lediglich unbequem war, ein Schleier, den ihre magischen Sinne ohne größere Schwierigkeiten durchdringen konnten, war das Aufkommen des Dunstes für die Erdgeborenen ein vernichtender Schlag. Die Drachen, die zum Angriff bereit waren, die danach dürsteten, ihr Leben für Shatter zu opfern und die Magie vom Angesicht der Erde zu fegen, verzweifelten, als der Nebel sich über das Land senkte. Sie standen am Eingang der Festung, sahen in das graue Nichts hinaus und schrien vor Wut und Enttäuschung. Einige weinten sogar. Mit Sicherheit würde Shatter den Angriff jetzt verschieben, und sie mußten sich weiter in Geduld fassen.

Und dabei fühlten sie sich bereit zum Kampf wie nie zuvor! Shatters Behauptung, er sei verraten worden und die Magier wüßten von der Festung und den Angriffsplänen, hatte ihren Kampfeswillen nur verstärkt. Außerdem hatte er ihnen deutlich gemacht, daß durch die Zerstörung der Todesfalle ihre Verteidigungsmöglichkeiten beträchtlich geschrumpft waren und ihnen daher einzig der direkte Angriff blieb.

Auch wenn die Drachen dieses letzte Argument nicht recht verstanden, da für die meisten die Todesfalle nichts weiter als ein Kuriosum der Landschaft war, wußten sie doch alle, welch große, mystische Bedeutung ihr Führer dem Felsen beigemessen hatte. Es war allen klar, daß sie nichts mehr hier hielt, nachdem der Findling zu Boden gestürzt und zerschellt war. Alles war bereit. Die Zeit war reif für den Angriff. Nur der Nebel hielt sie noch auf!

Die ersten Stunden des Tages waren bereits vergangen,

und noch immer hüllte sich Shatter in Schweigen. Seine Krieger fühlten sich entmutigt und niedergeschlagen. In dieser Situation witterten die Drachen der ›Schar‹ ihre Chance. Getrennt mischten sie sich unter die Soldaten von Shatters Armee und erzählten ihnen von dem kursierenden Gerücht, ihr Führer sei wahnsinnig geworden, was die meisten ohnehin schon vermutet hatten. Und sie sprachen auch von den Gegnern, die sie in Covamere erwarteten.

Auch die Magier seien Drachen, raunten sie. Auch sie folgten einem Führer, der größenwahnsinnig geworden sei und den Verstand verloren habe. Und dann nannten sie den Namen dieses Führers der Magier, den Namen des Schwarzen Drachen: Wraith!

Die ›Freien‹ erreichten mit ihren Bedenken immer mehr Drachen. Auch wenn zwanzig der Angesprochenen sie zurückwiesen, so hörte ihnen mindestens einer zu, wurde nachdenklich und wollte mehr wissen über die Magier, die alle so sehr haßten und die ihnen zugleich doch so fremd waren.

So begannen die Drachen der ›Schar‹ mit der Erfüllung ihres selbstgestellten Auftrages in den Reihen der Krieger von Shatters Armee. Und alle hofften sie, daß der Nebel ihnen die erforderliche Zeit verschaffte, um ihre Arbeit zu vollenden und die kampfeslüsternen Drachen von einer friedfertigen Lösung zu überzeugen. Ihr Idealismus mochte naiv sein, doch sie waren sich einig, daß der Samen des Zweifels gesät werden mußte, wollten sie eine Veränderung der Welt zum Besseren bewirken. Auch aus den kleinsten Anfängen können große Ereignisse hervorgehen.

Selbst der winzigste Kieselstein kann einen Erdrutsch auslösen. Dies war ein Gedanke, dem Shatter mit Sicherheit zugestimmt hätte. Doch am Ende war es der wahnsinnige Führer der Erdgeborenen selbst, der den Stein ins Rollen brachte und damit die Ereignisse in Gang setzte. Noch bevor es Mittag wurde, rief er seine Offiziere zusammen und hielt mit ihnen Kriegsrat. Die Besprechung war kurz, der Befehl, den er erteilte, bestand aus einem einzigen Satz:

»Folgt mir«, kommandierte er mit glühend roten Augen,

die in unheimlichem Kontrast zu dem Grau des Nebels standen. »Wir greifen an.«

Einwände gegen diesen Befehl waren undenkbar. Seine Offiziere, denen die Erinnerung an Barkers Tod noch frisch im Gedächtnis haftete und die außerdem um die Moral ihrer immer ungeduldiger werdenden Einheiten fürchteten, stimmten wortlos zu und zogen sich zurück. Die Anweisungen waren klar und deutlich. Das Heer hatte sich am Eingang der Festung zu sammeln. Shatters Strategie war denkbar einfach. Sie würden durch den Nebel nach Covamere fliegen und die Magier angreifen. Und Shatter würde sie anführen.

Die Nachricht verbreitete sich unter den Soldaten wie ein Lauffeuer, und die Offiziere hatten Mühe, einen Ansturm auf den Eingang der Höhle zu verhindern. Innerhalb kürzester Zeit war die größte Armee Erdgeborener aufmarschiert, die die Welt jemals gesehen hatte. Ein Heer von gut dreitausend hungrigen, zornigen Drachen, die sich entlang der Felskante aufgestellt hatten. Vor ihnen lag der Abgrund, in den sie fliegen würden, angeführt von dem Drachen, der ihnen Stärke verliehen und ein Ziel gegeben hatte.

Shatter flog an die Spitze seines Heeres, und jeder, der ihn sah, starrte ihm fassungslos nach. Seine roten Augen schienen wie Fackeln durch den Nebel zu leuchten. Und so erhoben sie sich in die Luft und folgten ihm. Schwadron um Schwadron stürzte sich in den trüben Nebel, während die Offiziere ihnen durch den Dunst Befehle zubrüllten, um die Formationen zu erhalten. Ihre Flügelschläge klangen wie das Hämmern von tausend Herzen, ihr Atem verdichtete den Nebel, und ihre jubelnden Stimmen erfüllten den Himmel. Doch kaum hatten sie die Festung verlassen, folgten sie dem Befehl, sich still zu verhalten, um sich nicht zu verraten. Sie wandten sich nach Süden, und ihnen voran flog der Drache, der sich noch nie zuvor in die erste Reihe gewagt hatte. Der feige Drache, der sich immer im Hintergrund gehalten hatte, um sich rechtzeitig abzusetzen, wenn Gefahr drohte.

Obwohl Shatters Verstand immer verwirrter wurde und sein Geist in den Gefilden des Wahnsinns wilderte, hatte der alte Drache sich die Fähigkeit zum Herrschen und Befehle erteilen erhalten. Doch hinter dieser Fassade lauerte der schwarze Abgrund des Irrsinns. Eines Irrsinns, dessen Tiefe kein Drache je würde ergründen können. Vielleicht hatte sich ihm in diesem Abgrund eine Ahnung der Magie aufgetan, vielleicht hatte er dort einen sechsten Sinn entdeckt, der es seinen roten Augen ermöglichte, durch den alles einhüllenden Nebel hindurchzusehen. Vielleicht war es aber auch nur Glück, daß er den Weg nach Covamere fand.

Wenn er erst einmal dort war, würde er die Welt in den Abgrund stoßen, in dem er sich selbst schon befand. Dann war er frei. Dann gab es nur noch ihn: Shatter.

Cumber flog schnell und dicht über den Boden hinweg, an den schneebedeckten Ruinen der verbrannten Bäume vorbei, die sich wie ein Ring um den gesamten Berg legten und ihn so unweigerlich nach Covamere führen mußten. Er sandte magische Blitze aus, um sich an ihren Reflexen inmitten des alles verschleiernden Nebels orientieren zu können. Er versuchte zu überschlagen, wieviel Zeit vergangen sein mochte, seitdem er losgeflogen war. Aber ihm gelang keine zuverlässige Schätzung.

Als er zu seiner Linken etwas Wärme verspürte, wußte er, daß er einen vorgeschobenen Wachposten passiert hatte. Er näherte sich also Covamere. Ein hoher Felskamm schützte ihn vor den magischen Sinnen der Wachen, so daß er unbemerkt an ihren Posten vorbeifliegen konnte: ein Windhauch vor dem Grau des zerstörten Waldes.

Nachdem er sich von Gossamer und Velvet getrennt hatte, war er ein gutes Stück den Berg hinaufgestiegen. Er hatte große Vorsicht darauf verwendet, Wraiths Patrouillen zu entgehen, hatte aber schon bald bemerkt, daß sie kaum noch flogen. Dann, in der Nacht, hatte er das Leuchten im Norden gesehen und die drei Lichter, die vom Berg aus zu antworten schienen: ein rotes aus Covamere, ein goldenes von der Nähe des Gipfels und ein blaues ... aus dem Innern des Berges. Direkt aus dem Labyrinth, dessen war er sich sicher, schließlich hatte er dieses Licht dort gesehen. In diesem Augenblick war ihm klar geworden, was er zu tun hatte.

»Wir sind die Führer!« hatte er laut in die Nacht gerufen. »Gossamer braucht Velvet, und Fortune braucht mich!«

Die Lösung war so einfach, daß er kaum fassen konnte, warum er nicht schon früher darauf gekommen war. Die Mission war noch nicht beendet! Er und Fortune mußten noch immer den Berg betreten, selbst wenn Cumber nicht wußte, warum. Aber er hatte eine Ahnung, daß ihr Ziel nicht bei Halcyon zu suchen war, sondern anderswo lag.

Mantle wird es mir sagen können, dachte er zuversichtlich. *Ich bin in der Lage, seine Höhle wiederzufinden. Und dorthin werde ich Fortune führen. Jetzt, da die Zeit gekommen ist.*

Es war allerdings wesentlich leichter, diesen Entschluß zu fassen, als ihn in die Tat umzusetzen. Denn Cumber mußte nicht nur davon ausgehen, daß alle Zugänge zum Berg inzwischen strengstens bewacht wurden, obendrein hatte er nicht die geringste Ahnung, wo Fortune sich aufhielt. Wenn er ehrlich war, konnte er nicht einmal mit Bestimmtheit sagen, ob sein Freund überhaupt noch am Leben war. Auch wenn Gossamer dies entschieden behauptet hatte.

»Wie dem auch sei«, murmelte er, als der neue Tag anbrach. »Ich muß es versuchen.«

Und so fiel es ihm am Ende doch nicht schwer, über sein weiteres Vorgehen zu entscheiden. Wenn er Fortune führen sollte, dann mußte er dies auf einem Weg tun, den er selbst bereits gegangen war.

»Zurück zum Tunnel«, sagte er, überrascht, daß die Lösung so einfach war. »Durch ihn sind wir schon einmal in das Innere des Berges vorgedrungen, also werden wir es dort auch ein zweites Mal versuchen.«

Wenn es ihm gelang, das kleinere Portal zu erreichen, durch das er und Fortune Zugang zu den unterirdischen Gängen des Berges erlangt hatten, würde sich vielleicht alles weitere wie von selbst ergeben.

Doch kaum hatte er sich an den Abstieg gemacht, war der Nebel aufgekommen. Er kam nur langsam vorwärts, und der beständige Einsatz seiner magischen Sinne ermüdete ihn mehr, als er erwartet hatte. Er kniff die Augen zusammen und starrte angestrengt in den Nebel, als der Zauber, den er benutzte, auf einmal nachließ. Von der Angst erfüllt, daß er schon im nächsten Augenblick überhaupt nichts mehr sehen könnte, ließ er sich auf einem schneebedeckten Felsvorsprung nieder.

Er hatte sich Covamere in einem weiten Bogen genähert, so daß er sich nun am Rande der riesigen Siedlung befand. Vor ihm, nur einen kurzen Flug entfernt, mußten sich hinter den dichten Nebelwänden die Türme der Stadt erheben. Trotz seiner Erschöpfung gelang es Cumber noch einmal, seine Gedanken zu konzentrieren und einen Zauber auf den Nebel zu richten, um durch ihn hindurchzusehen.

Der Waldgürtel war nur noch ein Ring aus verkohltem Holz und Asche, während die Türme und Bögen Covameres unter einer dichten Schneedecke lagen. In den engen Gassen drängten sich Hunderte von Drachen. Lärm drang in gedämpften Wellen bis zu Cumber hinauf.

Die kurze Rast gab Cumber so viel Kraft, daß es ihm gelang, seine Angst zu unterdrücken. »Zuerst muß ich den Tunnel finden«, murmelte er. »Dann kümmere ich mich um Fortune.«

Noch während er die Bilder betrachtete, die ihm sein Zauber von der Siedlung übermittelte, begann es unter ihm, tief im Innern des Berges, zu donnern. Eine Welle von Magie ging über ihn hinweg … und verschwand. *Das Labyrinth bewegt sich!*

Cumber überlegte gründlich, wie er am besten vorgehen sollte. Um das Plateau zu erreichen, von dem aus man in den Tunnel gelangte, mußte er Covamere durchqueren oder zumindest dicht an seiner äußeren Mauer entlang weiter hinabsteigen. Natürlich konnte er auch einen Umweg machen und die Siedlung in großem Bogen umgehen, doch ihm blieb so wenig Zeit, daß der Gedanke an jede unnötige Verzögerung ihn mit Panik erfüllte. In den Gassen von Covamere schien ein großes Durcheinander zu herrschen, so daß es ihm vielleicht gelang, die Stadt unbemerkt zu durchqueren. Er hatte keine andere Wahl.

Betont lässig flog er zu einer Gruppe von drei kleineren Türmen hinab, Holzbauwerken, die mit einer dicken Eisschicht überzogen waren und eines der Tore im östlichen Schutzwall der Siedlung markierten. Riesige Feuer drängten den Nebel zurück und ermöglichten den Wachen freie Sicht auf das außerhalb des Tores liegende Gelände. Die Wächter schienen sich nicht sonderlich für Cumber zu interessieren und ließen ihn wortlos passieren. Er hatte Glück gehabt, denn kaum war er durch das Tor auf den dahinterliegenden Platz getreten, marschierte eine Einheit von zehn Kriegern an ihm vorbei und bezog Posten am Tor.

»Erdgeborene!« hörte er einen von ihnen knurren.

Insgeheim seufzte er erleichtert auf. Die Wachen hatten offensichtlich andere Dinge im Kopf, als jeden Magier zu überprüfen, der in die Siedlung kam.

Überall in den Gassen herrschte ein reges Treiben, und Cumber gab sich Mühe, genauso geschäftig auszusehen wie die anderen. An jeder Ecke brannten große Feuer, so daß die Luft einigermaßen klar war. Die Magier, die Cumber sah, hatten offensichtlich irgendwelche Aufgaben zu erfüllen. Und mit wachsender Sorge bemerkte er, daß die meisten von ihnen schwer bewaffnet waren. Beinahe jeder Drache, dem er begegnete, war ein Krieger mit langen und gefährlich scharfen Stacheln und Klauen, denen man ansah, daß sie erst kürzlich durch einen Zauber gewachsen waren. Covamere war zu einem riesigen Heerlager geworden, das sich auf den Krieg vorbereitete.

Vorsichtig näherte er sich einer großen Arena. Da die Straßen sternförmig darauf zuliefen, erhielt er ab und zu einen Blick auf den weiten, auf einer Anhöhe gelegenen Platz, auf dem sich die Magier von Covamere zu versammeln schienen. Von überall her strömten Drachen in die Arena, so daß Cumber schon bald Mühe hatte, nicht von der Menge mitgerissen zu werden. Der Boden unter seinen Klauen war schwarz und glatt: erstarrtes Lavagestein, das im Laufe der Jahrhunderte von unzähligen Drachenfüßen abgewetzt worden war. Die hoch aufragenden rauhen, kantigen Mauern und Außenwände der Tunnel standen in einem seltsamen

Kontrast dazu. Einige waren offensichtlich natürlichen Ursprungs, andere die Bauwerke vergangener Generationen, doch alle vermittelten eine eigenartige, primitive Eleganz.

Dieser Ort ist wirklich alt, dachte Cumber. Schon im nächsten Moment wurde er aus seinen Gedanken gerissen, als eine Gruppe von Drachen ihn mit sich riß und seitlich in eine auf die Arena führende Straßen zog. Gerade als er glaubte, dem Druck der Menge nicht länger standhalten zu können und unweigerlich in die Arena gedrängt zu werden, versiegte der Strom der Drachen. Nur ein paar Nachzügler liefen noch eilig an ihm vorbei, dann war er allein.

Cumber war klar, daß er die Gelegenheit nutzen und so schnell wie möglich Covamere durchqueren mußte, um zu dem Plateau unterhalb der Siedlung zu gelangen. Doch er zögerte, zu groß war seine Neugier auf das, was sich in der Arena abspielte. Bevor er eine Entscheidung gefällt hatte, hörte er jedoch, wie das Stimmengewirr auf dem Platz verstummte und vollkommene Stille eintrat. Die Drachen hoben ihre Köpfe und sahen nach oben.

Cumber folgte ihrem Blick und sah zum ersten Mal Wraith.

Ein wahres Ungeheuer füllte den Himmel. Schwarz hob Wraith sich vor dem Hintergrund der dunklen Nebelschwaden ab und bewegte mit seinen gewaltigen Flügeln die Luft. Majestätisch flog er auf die Arena zu. Er wandte den langen und scharf geschnittenen Kopf und musterte die versammelten Drachen mit einem Blick, der so brennend war wie das Feuer des *Reiches*. Skelettartige Glieder, die in unsichtbarem Nichts zu enden schienen, wanden sich, zuckten und leuchteten vor Magie. Unwillkürlich wich Cumber in den Schatten einer Mauer zurück, aus Angst, der Schwarze Drache könne ihn sehen.

Mit unvergleichlicher Anmut faltete Wraith seine Flügel und senkte sich wie eine riesige Spinne auf die Arena hinab, bevor er Cumbers Blicken durch die hohe, zinnenbewehrte Mauer entzogen wurde, die den Platz umschloß. Aufgeregtes, erwartungsvolles Murmeln stieg von der Menge auf. Gebannt blieb Cumber stehen und wartete.

Dann wurde die Luft von Donnern erfüllt.

Zunächst glaubte Cumber, der unheimliche Lärm sei auf einen Zauber Wraiths zurückzuführen, doch dann spürte er, daß es Magie war, die aus der Erde kam, von irgendwo tief im Innern des Berges. Verwirrt wich er zurück, denn diese Magie fühlte sich alt und überaus mächtig an. Und doch schien sie zugleich durch irgend etwas oder jemanden zurückgehalten zu werden. Dann wurde ihm bewußt, daß er dieses Donnern kannte. Es glich dem, das er kurz zuvor schon einmal außerhalb der Siedlung gehört hatte. Magie bewegte sich unterhalb Covameres, uralte Magie. Doch sie war noch nicht bereit, sich zu offenbaren. Sie wartete und warnte.

Das Labyrinth!

Die Drachen in der Arena schienen genauso verwirrt zu sein wie Cumber, denn aus der Menge drang ein Durcheinander von Stimmen zu ihm. Allmählich legte sich das Donnern ... doch an seine Stelle trat nun ein anderes Geräusch. Etwas Unverständliches schien vor sich zu gehen. Etwas, das nicht zu Wraiths Plan gehörte. Cumber begann zu laufen, während eine Ahnung unmittelbar bevorstehender Gefahr seine Schritte beflügelte. Das magische Donnern des Labyrinthes war verstummt. Was jetzt die Luft erfüllte, war ein Donnern natürlichen Ursprungs. Es war das Geräusch der Flügelschläge von Tausenden von Drachen!

Cumber lief eine Gasse hinunter, die ihn von der Arena wegführte, und breitete die Flügel aus, um durch die Luft zu fliehen. Doch über ihm gab es keine Luft mehr.

Der Himmel war zu einer einzigen Masse Erdgeborener geworden, die über Covamere hinwegflogen. Selbst der Nebel war zwischen den Flügel an Flügel drängenden Drachen kaum mehr zu sehen. Die Gasse, in der sich Cumber jetzt wie in einer Falle vorkam, hallte wider von ihrem Kriegsgeheul, und der zornige Schlag ihrer Flügel wirbelte den Schnee auf.

Die Erdgeborenen griffen Covamere an!

In einer Seitenstraße entdeckte Cumber den Eingang zu einem in den Felsen gehauenen Tunnelsystem, in dem er Zuflucht zu finden hoffte. Wollte er nicht hilflos den Erdgeborenen ausgeliefert sein, konnte er nicht hier bleiben. Also begann er, die eiskalten Gänge hinunterzulaufen, während er sich von seinen magischen Sinnen in die Richtung des Plateaus führen ließ. Draußen loderte währenddessen Feuerzauber auf, als die Magier den Angriff ihrer Gegner erwiderten.

Cumber hatte nicht die geringste Ahnung, woher diese Armee von Erdgeborenen gekommen war, da er nichts von Shatter und der Festung wußte. Doch der Angriff an sich überraschte ihn nicht, erfüllte sich damit doch nur Ordinals Prophezeiung, daß die Drachen sich gegenseitig bekämpfen würden, bis sie vom Angesicht der Erde verschwunden waren. Drachen vernichteten Drachen, und zurück blieb eine Welt ohne Magie! Der Gedanke nagte an ihm, und als er an den Ausgang des Tunnels kam, war er zornig. Und sein Zorn rettete ihm das Leben.

Acht oder neun Erdgeborene stellten sich ihm in den Weg, als er aus dem Tunnel auftauchte und in den Nebel trat. Sobald sie ihn sahen, stürzten sie sich auf ihn.

Er war wütend auf die Welt, wütend auf alle Drachen, die sich bekämpften, wütend auf sich selbst, weil auch er zu kämpfen gezwungen war. Er wollte überleben und mußte sich nun verteidigen – gegen seine eigenen Artgenossen. Inzwischen machte Cumber keinen Unterschied mehr zwischen Erdgeborenen und Magiern. Er sprang mitten zwischen sie und riß ein großes Loch in die Membrane des *Reichs*.

Was er daraus hervorzog, waren weder Feuer noch Ungeheuer.

Wind aus dem *Reich* fuhr durch die vor dem Tunneleingang liegende breite Straße, hob den Schnee auf und legte ihn um Cumber. Im nächsten Augenblick umgab ihn eine Hülle aus Eis wie eine zweite Haut. Sie war so dick wie die Rinde einer Eiche, so hart wie ein Stein und doch so elastisch wie der Schwanz eines Drachen.

Eingehüllt in diese merkwürdige Rüstung, bahnte er sich seinen Weg durch die verwirrt dreinschauenden Drachen, ohne daß er sie oder sie ihn verletzten. Sie schlugen nach diesem eigenartigen gläsernen Wesen, das an ihnen vorbeilief, doch ihre Schläge brachen nur winzige Eiskristalle aus seiner Rüstung, und ihre Klauen fanden auf der glatten Oberfläche keinen Halt.

Geschützt durch diesen beweglichen Kokon, verwandelte Cumber seinen Zorn in die Energie, die er benötigte, um den Zauber aufrechtzuerhalten. Dann entdeckte er einen weiteren Tunneleingang und verschwand darin. Zurück blieben die Erdgeborenen, die ihm verwundert, aber unverletzt nachsahen. Sobald er außer Sichtweite war, löste Cumber das Energienetz auf, das das Eis an seinen Körper gebunden hatte, und schickte es ins *Reich* zurück.

Erhitzt und vor Anstrengung zitternd, lief Cumber weiter durch das Tunnelsystem unterhalb Covameres in Richtung der unteren Verteidigungswälle. Er mußte die Schlacht so schnell wie möglich hinter sich lassen.

Kapitel 34

Zeit

Wie ein Felsen im Strom, wie der wartende Basilisk in seinem Fluß aus Magie, stand der Schimmernde Berg reglos und still, während die Zeit ihn umspülte in nie endender Rastlosigkeit.

Der Fluß der Zeit wälzte sich seit Ewigkeiten über die Welt hinweg. Viele Hindernisse hatten sich seinem mäandernden Lauf entgegengestellt, doch alle waren sie früher oder später hinweggespült, zu Staub zermahlen, zu Nichts geworden. Mit dem Berg war es anders. Eingehüllt in den Zauber des Wandels, hielt er stand. Die Wogen der Zeit umspülten ihn, brachen sich an ihm und wichen wieder zurück, unfähig, diesem gewaltigen Hindernis etwas anhaben zu können.

Der Lauf der Zeit wurde unterbrochen und an seine Stelle trat der Nebel. An die Stelle des Normalen trat das Vergessen.

Für die Drachen auf dem Schimmernden Berg bewegte sich die Zeit entweder falsch oder gar nicht. Und die Außenwelt, die Welt jenseits der Grenzen des Nebels, besaß keine Bedeutung mehr, falls es diese Welt überhaupt noch gab.

Der Wandel stand kurz bevor.

Halcyon fühlte sich schwach; schwächer, als er sich eingestehen wollte. Er stand auf der Schwelle seiner geheimen Kammer und starrte auf die gegenüberliegende Wand. Schwarzes Lavagestein umgab ihn, das sich, durch Magie geformt und geglättet, in einer schwindelerregenden Spirale in die Höhe erhob, deren Spitze sich in einem Lichtkreis aus unzähligen Lichtzaubern verlor. Diese Höhle war ein altes Meisterwerk magischer Baukunst. Doch Halcyon hatte jetzt keine Augen für seine Schönheit, zu sehr war er in Gedanken mit den Drachen beschäftigt, von denen ihn nur noch die Wand der Kammer trennte. Obgleich diese Wand dünn war, war sie durch den Zauber, den er in einem breiten Strom durch sie hindurchgeleitet hatte, beinahe unüberwindbar. Aber eben nur beinahe.

Auf der anderen Seite dieser Wand arbeiteten die Drachen, und Halcyon spürte, wie sie den Fluß der Magie veränderten. Nicht mehr lange, und sie würden die Wand durchbrochen haben. Er stieß einen Seufzer aus, der zur Spiraldecke der Höhle aufstieg und sich in dem Lichternebel verlor. *Es bleibt nicht mehr viel Zeit*, dachte er mutlos. *Und dabei ist Zeit jetzt alles, was noch zählt.*

Er wußte, daß oben auf dem Berg die Schlacht bereits tobte und die Zeit ihre Macht auf den Berg konzentrierte, dieses große Hindernis auf ihrem unerbittlichen Pfad. Die Welt stand kurz vor dem Wandel, dessen Vollendung sie geradezu verzweifelt herbeisehnte ... Und doch mußte erst der richtige Zeitpunkt gekommen sein.

Halcyon dachte an Mantle und an Wraith und die unzähligen kleinen, bedeutungslosen Drachen, die in diesem Moment ihren Teil zum Wandel beitrugen. Doch vor allem dachte er an die Zeit. *Wraith muß den letzten Verteidigungsring im richtigen Moment durchbrechen. Er darf das Labyrinth nicht zu früh betreten*. Zeit und Zeitpunkt. Das war alles, was Halcyon jetzt noch blieb, denn er wußte bereits, was die Zukunft für ihn bereithielt, und zu seiner Überraschung empfand er keine Furcht. Im Gegenteil, er verspürte Erleichterung, daß bald alles vorbei sein würde. Wie auch immer es ausgehen mochte.

Nach einem anstrengenden Aufstieg, der nur von kurzen Flügen durch die dünne kalte Luft unterbrochen worden war, erreichten Gossamer und Velvet endlich den Gipfel. Es war ein unwirtlicher Fleck Erde, weiß und wild, ein abgeflachter Eiskegel, aus dem hier und da schroffe schwarze Felsen hervorragten. Eine annähernd kreisförmige Ebene, von der aus man über eine niedrige Steinmauer hinweg den Blick in jede Himmelsrichtung bis an den Horizont schweifen lassen konnte. Eine Arena auf dem Dach der Welt.

Erschöpft machten sie im Schatten eines Lavafelsens Rast und betrachteten den Steinzirkel, der das Zentrum der Ebene bestimmte. Klein waren diese Steine, in mancher Hinsicht unscheinbar, doch zugleich erfüllt von einer großen Macht. Gossamer spürte es ganz deutlich: es war Erdzauber, die Magie der Geister und des Berges, der Riesen und Feen. In der Gegenwart dieser Magie fühlte sie sich klein und bedeutungslos, denn sie verkörperte eine Stärke und Schönheit, die es nicht mehr lange auf dieser Welt geben würde.

Was wird aus der Erde, wenn aller Zauber verschwunden ist? fragte sie sich, erfüllt von düsteren Vorahnungen. *Was könnte je seinen Platz einnehmen?*

Wie würde die Zukunft einer Welt aussehen, in der es keine Magie mehr gab?

Mit Demut und Bedauern trat sie daher vor einen Stein des Zirkels, und von Trauer erfüllt senkte sie die Schnauze und schob ihn aus dem Kreis. Eine winzige Bewegung nur, und doch von schrecklicher Bedeutung und unglaublicher Tragweite. Denn in dem Moment, in dem sie den kleinen Stein verschob, spürte Gossamer, wie der Zauber den Kreis verließ und sich in der winterlichen Luft auflöste.

Auf immer verschwunden!

Velvet war so klug, sich etwas abseits zu halten, als sie merkte, wie betrübt ihre Freundin war. Lächelnd sah sie Gossamer nach, die mit schweren Schritten an ihr vorbei zum höchsten Punkt des Gipfels am Rande des Eisplateaus ging. Doch lange konnte sich Velvet nicht zurückhalten, und schon bald lief sie zu Gossamer.

»Und?« fragte sie atemlos.

»Es ist vollbracht«, erwiderte Gossamer seufzend.

»Gehen wir dann wieder? Haben wir unsere Aufgabe erfüllt?«

»Ich weiß nicht, Velvet. Laß uns noch ein bißchen bleiben, nur um abzuwarten, was passiert.«

Und so blieben sie auf dem Gipfel, bis der Nebel kam und mit ihm die Nacht und sie das Gefühl hatten, vollkommen verlassen und verloren zu sein. Wo sollten sie jetzt noch hingehen? Über ihnen waren nur die Sterne, zu weit weg, als daß ein Drache sie je erreichen könnte. Und unter ihnen war nichts – nichts außer dem Nebel.

»Ich sehe den Mond nicht«, flüsterte Gossamer.

Die beiden Drachen sahen auf den Nebel hinab. Über dem ganzen Land lag die Nacht, nur vor den Hängen des Berges schien sie haltgemacht zu haben, als hätte sie Angst vor einer unsichtbaren Barriere, vor …

Grau und trübe im Licht der Sterne bewegte sich der Nebel träge in langsamen Wellen. Nur von Zeit zu Zeit ging ein Kräuseln über seine endlose Oberfläche und ließ einzelne Dunstschwaden aufsteigen, die aussahen wie lange, gierige Krallen, die sich immer wieder um sich selbst drehten, bis sie sich schließlich wieder auf den Rücken des finsteren Ungeheuers senkten, das sie hervorgebracht hatte. Wie eine undurchdringliche Decke hatte sich der Nebel über das Land und um den Schimmernden Berg gelegt, so daß nur noch die Spitze des Berges aus ihm herausragte wie eine einsame Insel aus einem ruhigen, grauen Meer.

Und während weiter unten an den Hängen des Berges die Schlacht tobte, war davon hier oben weder etwas zu sehen noch zu hören.

»Es sieht so friedlich aus«, flüsterte Gossamer und sah auf die Wolkendecke hinab.

»Also für mich sieht es kalt und feucht aus«, kommentierte Velvet zitternd. »Du willst doch nicht etwa da hinunter, oder?«

Gossamer schüttelte den Kopf.

»Wir werden noch eine Weile hierbleiben«, erwiderte »Wenigstens bis sich der Nebel aufgelöst hat. Vielleicht haben wir dann eine kleine Chance, die anderen wiederzufinden.«

»O ja!« rief Velvet entzückt aus. »Du kannst dir nicht vorstellen, wie sehr ich mich auf dieses Wiedersehen freue! Glaubst du, daß es Cumber gutgeht? Oh ...«, fügte sie schnell hinzu, » ... und natürlich auch Fortune.«

Jetzt lief auch durch Gossamers Körper ein Zittern, und sie hob die Schultern. Eine ganze Weile lang antwortete sie nicht, denn obgleich sie wie Velvet nur allzu gerne diese kalten Hänge verlassen hätte und sich wie sie nach einem Wiedersehen mit den Freunden, mit dem Geliebten sehnte, ja, einfach nach der Wärme der Gesellschaft anderer Drachen, spürte sie auch, daß ihre Arbeit zu einfach gewesen war, daß sie ihre Aufgabe noch nicht abgeschlossen hatten ...

Alle Zirkel sind zerstört, dachte sie ruhelos. *Warum muß das so sein? Ich weiß es nicht, aber es ist vollbracht. Selbst der Ring auf dem Gipfel existiert nicht mehr. Warum also bin ich nicht zufrieden?*

Kein Lichtstrahl aus der Außenwelt drang in Halcyons Kammer, und doch wußte er, wann sich der Himmel zu verändern begann. Die Lichtzauber unter der spiralförmigen Gewölbekuppel erzitterten und schwankten, als der Himmel sich bewegte.

Witternd prüfte Halcyon den Fluß der Magie und stellte fest, daß die Drachen auf der anderen Seite der Wand verschwunden waren, bevor sie ihre Aufgabe ganz vollendet hatten. Ohne Zweifel waren sie zum Kampf abkommandiert worden.

Jetzt wird er selbst kommen, dachte Halcyon grimmig und zugleich erleichtert. Während draußen, weit über ihm, die Sterne wanderten.

»Sieh nur!« rief Velvet, während sie aufgeregt mit den Flügeln in der Luft wedelte. »Sieh nur, Gossamer! Der Himmel, er bewegt sich!«

Mit offenem Mund starrten sie, weit und breit die einzigen Zeugen dieses Ereignisses, zu den fernen Sternen hinauf. Tatsächlich, der Himmel bewegte sich. Das Auge, der alleinstehende helle Stern, um den herum sich alle anderen drehten, blieb so unbeweglich wie seit Ewigkeiten. Doch seine unzähligen Nachbarn erlebten eine eigenartige Verwandlung. Eine Welle schien über das Dunkel des Firmaments hinwegzugehen, die das Licht der Sterne dämpfte und sie selbst mit sich zog. Von Norden nach Süden führte der Weg dieser unaufhaltsamen Woge, die die Sterne erfaßte und die vertrauten Konstellationen zerstörte, die seit Ewigkeiten bestanden. Mit der Kraft der Sterne fuhr die Welle über den Himmel hinweg, und die Sterne selbst zwang sie mit sich.

Als die Welle verebbt war, blieb ein veränderter, gänzlich neuer Himmel zurück. Ein Himmel, der den beiden Drachen, die in seine geheimnisvollen Höhen aufsahen, völlig fremd war. Angst ließ sie erzittern. Und dann teilte sich die Dunkelheit.

Der Mond, unsichtbar seit so vielen Tagen, kehrte aus dem zeitlosen Nichts zurück, das ihn gefangengenommen hatte. In einer Explosion aus Licht brach er in die Welt und sandte strahlende Funken auf die Erde: kleine Blitze, die in das Eis auf dem Gipfel des Berges fuhren. Welche Macht den Mond aus den Fesseln der Zeit befreit hatte, würde kein Drache je erfahren, noch von wo er zurückgekehrt war. Doch Gossamer und Velvet hatten die Tage gezählt, die sie auf dem Berg verbracht hatten, und sie wußten, daß der Mond bloß eine Sichel hätte sein dürfen – zunehmend zwar, aber dennoch nur ein Splitter im Vergleich zu der Schönheit dieses Vollmondes.

Der Mond, wie er nun am Himmel stand, war ein hell leuchtender, blauweißer Ball, umgeben von einem Ring aus weißen Kristallen, die durch die Luft tanzten und ihn so mit einem schimmernden Hof umgaben. Er schien größer geworden zu sein, ein mächtiger Beobachter, dem Einfluß der Welt entzogen, unbewegt von dem Treiben der winzigen Kreaturen, die sie bevölkerten. Kühl und leidenschaftslos sah er auf die beiden Drachen hinab und warf sein kaltes Licht auf den Gipfel, und auf die Steine ...

Und beinahe zärtlich glitten die Strahlen des Mondes über das Eis. Aus den Tiefen des Berges war ein dumpfes Grollen zu hören. Gossamer und Velvet beobachteten, wie das Licht des Mondes sich über den Gipfel ergoß. Es fiel auf den Ring aus Steinen.

Wieder war etwas aus dem Berg zu hören, ein fernes Knistern. Das Eis erbebte.

Der Mond tauchte den Zirkel in sein weißes Licht.

Dann begannen die Steine sich aus dem Eis zu erheben, wie sie es schon vor den Augen Mantles und Halcyons getan hatten. Doch diesmal hörten sie nicht auf zu wachsen. Immer höher wurden sie, alten Riesen gleich, Eis fiel in großen Splittern von ihnen, während sie sich hin und her schwankend dem wiedergeborenen Mond entgegenstreckten, dessen helles Licht sie anzuziehen schien. Nur allmählich verlangsamte sich ihr Wachstum, bis sie schließlich mit einem Geräusch, das wie ein bedauerndes Stöhnen klang, erstarrten. Nur ihre schwarzen, zerrissenen Formen reckten und wanden sich noch, als versuche ein Geist in ihrem Innern noch immer, nach den Sternen zu greifen.

Stumm vor Staunen ließen Gossamer und Velvet ihre Blicke vom Mond zu den Steinen und wieder zurück zum Mond wandern. Und obwohl sie nicht wußten, welche unvorstellbare Macht dieses wundersame Ereignis bewirkt hatte, so erkannten sie doch, daß ihre Aufgabe hier oben auf dem Gipfel des Schimmernden Berges noch nicht vollendet war. Im Gegenteil, eigentlich hatte sie gerade erst begonnen.

Die Wand war dünn, dünn wie eine Drachenschuppe, soviel konnte Wraith spüren. Doch die Magie, die sie verstärkte, war von einer derart unermeßlich großen Kraft, daß selbst Wraith erschrocken ihr zurückwich. Vorsichtig stieß er gegen die Wand, doch sie gab nicht nach. Fest wie die Ewigkeit und zugleich flüchtig wie die Zeit floß diese Magie durch die zerbrechliche Wand aus Steinen, die nun das einzige Hindernis war, das Wraith von Halcyon und den Höhlen im Innersten des Schimmernden Berges trennte. Und vom Großen Labyrinth.

Kurz zuvor hatten ihn Berichte erreicht, die vor dem bevorstehenden Angriff der Erdgeborenen warnten.

Und an diesem Punkt beging der Schwarze Drache seinen ersten Fehler.

Obgleich er nicht daran zweifelte, daß es tatsächlich eine Armee von dreitausend Erdgeborenen gab, die sich die Zerstörung Covameres zum Ziel gesetzt hatte, glaubte er nicht, daß es Drachen ohne magische Fähigkeiten gelingen könnte, durch den Nebel hierher zu finden. Nein, sie würden mit ihrem Angriff warten, bis der Nebel sich gelichtet hatte, so daß ihm noch genug Zeit blieb, seine Verteidigung aufzubauen und seine Krieger auf die Schlacht vorzubereiten. Gelassen war er daher in die Arena hinabgeglitten. Und gelassen hatte er den Moment genossen, in dem Hunderte von Magiern zu ihm aufsahen, viele voller Bewunderung, aber alle voller Furcht. Die Drachen – seine Drachen – warteten auf seinen Befehl. Einen Befehl, den er nicht mehr gab.

Denn kaum war er gelandet, hatten die Erdgeborenen angegriffen! Welle um Welle dieser grobschlächtigen, muskulösen Drachen war in die Arena geflutet. In einem endlosen Strom von Körpern, Flügeln und Klauen waren sie aus dem Nebel hervorgebrochen. Hunderte von Magiern starben während dieses ersten Angriffs, da die Erdgeborenen nicht nur die Überraschung, sondern auch eine enorme zahlenmäßige Überlegenheit auf ihrer Seite hatten. Der Vergeltungsschlag der Magier erfolgte zwar schnell, doch für Wraith nicht schnell genug, denn schon lagen viele Magier tot in den Straßen. Der Druck der Menge in der Arena verschlimmerte die verheerende Situation noch, in die er seine Armee gebracht hatte. Während die Erdgeborenen sich von oben auf sie stürzten, saßen sie in einer Falle, in der ihnen nicht einmal genug Platz blieb, um sich gegen diesen ersten, vernichtenden Angriff zu verteidigen.

Doch schließlich gelang es ihnen, sich zu formieren und den Gegenangriff einzuleiten. Als er sah, wie sich seine Drachen in die graue Luft erhoben, war Wraiths Vertrauen wiederhergestellt. Lichtstrahlen zerteilten den Nebel und schnitten in die Leiber der Gegner. Jetzt waren es die Erdgeborenen, die in der Falle saßen, erdrückt von dem Gewicht ihrer nachrückenden Truppen, die ihnen nicht genug Platz ließen, um den Feuerlanzen auszuweichen, die die Magier in ihre Mitte schleuderten. Blut und Knochen regneten vom Himmel und fielen auf die Leiber der Toten und Verwundeten, die schon jetzt den Boden der Arena bedeckten. Der Himmel stand in Flammen.

Nach dem ersten gelungenen Überraschungsangriff waren die Erdgeborenen Wraiths Truppen deutlich unterlegen. Der Schwarze Drache wartete nicht, um sich das Ende anzusehen.

»Kämpft, meine Drachen!« brüllte er, so daß seine Stimme wie ein nie zuvor gehörter Donner durch den Himmel und die Erde, die Welt und das *Reich* hallte und jeder Drache sie vernahm. »Kämpft und ihr werdet bestehen!«

In diesem Moment riß der Nebel für einen kurzen Augenblick und gab wie durch einen Tunnel den Blick auf den Himmel frei. Dunkel war er, zuerst, dann flammte er kurz blau auf, und die Nebeldecke schloß sich wieder, doch Wraith nutzte das Zeichen.

»Der Mond ist zurückgekehrt, und er ist voll!« donnerte er. »Die Zeit, von der die Prophezeiungen gesprochen haben, ist gekommen! Kämpft um euer Leben, kämpft für euren Meister, denn wenn ich zurückkehre, ist das Labyrinth von Covamere mein. Die Magie wird siegen, Drachen!«

Mit diesen Worten bahnte er sich mit einem einzigen brutalen Schlag einen Weg in das *Reich* und verschwand vor den Augen der kämpfenden Drachen. Magie erfüllte den Nebel mit Blitzen, und Feuer pulsierte im Dunkel wie der Schlag eines verborgenen Herzens.

Drachen kämpften gegen Drachen, während die Welt sich wandelte. Doch Wraith eilte seinem eigenen Schicksal entgegen. Nachdem er das Schlachtfeld hinter sich gelassen hatte, lief er die unterirdischen Pfade entlang, die seine Kundschafter für ihn freigelegt hatten. Als er sah, daß sie unentschlossen vor dem letzten Hindernis standen, entließ er sie und schickte sie in die Schlacht.

Und nun stand er hier in der Dunkelheit und wartete, während er die Kraft der Magie spürte, die Halcyon ihm entgegenstellte. Er roch die Herausforderung, er schmeckte den Sieg, der ihm gewiß war.

Vor ihm erhob sich die hohe, schwarze Wand aus festem Lavagestein, poliert und geglättet durch den Strom der Magie, der über ihre Oberfläche floß. Der Gang, den die Wand versperrte, war schmal, doch sehr hoch: mehr ein Spalt denn ein Tunnel. Wraith sah in die Dunkelheit hinauf, in der sich die Decke verbarg, und richtete seine Sinne in das *Reich*.

Winzige Monster wanden sich in dieser andere Welt unter seinem Blick, doch er war ihr Meister. Ausgestattet mit zahllosen Beinen und Gehirnen, kämpften sie gegen seine Umarmung, bis sie sich schließlich seinem Einfluß unterwarfen. Blutlos und kalt lagen sie schlaff in seinen unheimlichen, dürren Klauen, während er sie in reale Welt zog.

Er zerquetschte sie, bis ein weißlicher Saft aus ihren diamantenen Körpern floß. Dann spritzte er diesen Saft auf die Wand und beobachtete aufmerksam die winzigen Tröpfchen, die sich auf dem Stein verteilten. Unter dem Einfluß der Magie verdampften sie sofort, doch in dem dadurch entstandenen Dunst konnte Wraith Dinge erkennen, die vorher nicht zu sehen gewesen waren: Formen, Zusammenhänge ... Schwachstellen!

Er wandet die Augen nicht von der Wand und flog etwa zwei Baumlängen in die Höhe, wo er einen Lichtpunkt entdeckt hatte. Hier verharrte er und versprühte noch ein wenig mehr von dem weißen Saft. Befriedigt stellte er fest, daß die Tropfen erzitterten, bevor sie sich in Dampf auflösten. Er schloß seine gelben Augen, griff mit seinen skelettartigen Armen tief in das *Reich* und schleuderte große Mengen von Magie durch die Mauer. Dann zog er den Zauber wieder zu sich, so daß die Wand auch von der anderen Seite durchbrochen wurde. Die magischen Energien, die an die Wand gebunden gewesen waren, wurden freigesetzt und strömten in dic Kammer auf der anderen Seite.

Halcyons Reaktion auf diesen Schachzug ließ nicht lange auf sich warten. Er entschärfte die gefährlichen Energien, indem er sie in das *Reich* zurückleitete. Der Strom der Magie ächzte entsetzlich und sandte feuerrote Blitze aus, fügte sich aber schließlich und floß in jene andere Welt. Nun trennte den Schwarzen Drachen nur noch eine Wand aus Stein von seinem Opfer.

Mit gesenktem Kopf stieß Wraith leicht gegen die Wand und brach ein Stück Fels heraus. Dann riß er das Maul auf und biß in den Stein, riß ihn auseinander und spuckte die Felsbrocken in die leuchtende Kammer, die ihn auf der anderen Seite der Wand erwartete. Als das Loch groß genug war, schob er sich hindurch und ließ sich auf dem Rand nieder.

Dort, auf dem Boden unter ihm kauernd, starrte Halcyon ihn aus alten, müden Augen an. Braun und schwach war er und mit Sicherheit kein Gegner für den großen Eroberer, der endlich aus Generationen von Drachen hervorgegangen war, um ihn herauszufordern. Wraiths Augen funkelten, und sein Maul öffnete sich in gieriger Erwartung.

Doch dann stutzte er. Denn fast im gleichen Augenblick geschahen zwei Dinge, die er nicht erwartet hatte.

Zuerst gab es eine unerwartete Bewegung in seinem Rükken, dann eine zweite direkt unter ihm. Als er zu Boden sah, war er einen Moment lang wie geblendet von einem weißen Blitz, während ein Drache durch den unteren Teil der Wand brach. Wraith bemerkte den überraschten Ausdruck auf Halcyons Gesicht, als dieser Neuankömmling direkt vor ihm in der Luft verharrte, nur etwa eine Schuppenbreite über dem Boden. Dann wandte er seinen knochigen Hals, und ein dünnes, bleiches Gesicht schaute zu Wraith auf. Es war Insiss.

Wraith fauchte vor Zorn. Doch dann geschah noch etwas Unerwartetes. Denn als er Luft holte, spürte Wraith einen merkwürdigen Geschmack im Mund. Überreste der Magie, mit der Halcyon die Mauer verstärkt hatte, flammten noch immer rings um das Loch herum auf, durch das Wraith in die Kammer eingedrungen war. Und es war diese Magie, die er nun spürte. Doch ihr Geschmack war eigenartig. Es war der gleiche Geschmack, der an den Grenzen seiner Sinne gelauert hatte, seitdem er mit der Invasion des Berges begonnen hatte. Alt. Mächtig. Wach. Nicht von einem Drachen.

Er ließ seinen Blick an Halcyon und Insiss vorübergleiten, die noch immer zu ihm heraufstarrten. Die Ausläufer der Höhle verloren sich im Dunkel, wo sie, wie Wraith sehr wohl wußte, in die Tunnel übergingen, die zum Zentrum des Berges und zum Eingang des Labyrinthes führten. In jenen Tiefen spürte er gewaltige Mächte am Werk, doch im Augenblick wurde seine Aufmerksamkeit von etwas gefesselt, das viel näher war.

Direkt gegenüber der Stelle, an der er hockte, dicht beim Sockel des hell erleuchteten spiralförmigen Turmes, war ein Riß in der Wand, um den herum Lichter unruhig hin und her zuckten. Und dann verschob sich der Fels. Vor Wraiths Augen weitete sich der Riß zu einem Loch, und das Licht wurde intensiver. Etwas bewegte sich in diesem Loch, etwas, das leere silberne Augen besaß und einen langen, schlanken Schwanz. Etwas, das sehr alt war, reptilartig, dessen Atem wie ein Schatten war und dessen Blick töten konnte. Etwas, das seit Ewigkeiten geschlafen hatte und nun erwacht war.

Langsam schob es sich in das Licht, das es sich selbst erschaffen hatte, und es bezwang den Blick des Schwarzen Drachen, dieses Eindringlings in seine zeitlose Welt.

Langsam und seine Umgebung ignorierend, betrat der Basilisk die Höhle.

Kapitel 35

Die Konfrontation

Wenn der Schimmernde Berg ein Ort war, an dem die Zeit inmitten des großen Wandels stillstand, dann war Halcyons Kammer das Zentrum dieser Zeitlosigkeit. Hier, unter dem hohen, spiralförmigen Dach, war alles wie erstarrt. Zum einen zur Bewegungslosigkeit verdammt durch den Winter, der draußen herrschte, zum anderen durch die magische Kraft des Labyrinthes im Innern des Berges. Nicht einmal ein Lufthauch regte sich. Es war, als ob ein Ungeheuer den Atem anhielte.

Unter all jenen, die sich in dieser Nacht – falls es überhaupt Nacht und nicht einfach nur Dunkelheit war – in der Kammer aufhielten, war Insiss derjenige, der am wenigsten wußte, wie er sich verhalten sollte. Bis zu einem gewissen Grad waren alle unsicher: Halcyon, Wraith, selbst der namenlose Basilisk, denn nun war nichts mehr eindeutig oder vorhersagbar. Aber für Insiss war die Lage besonders schwierig, denn plötzlich fand er sich in einer Situation wieder, die er nicht kontrollieren konnte. Dieser Drache, der es liebte, andere zu manipulieren, dem es im Laufe der Jahre sogar gelungen war, den Schwarzen Drachen zu Entscheidungen zu bewegen, die er ohne seinen Einfluß mit Sicherheit nicht getroffen hätte, dieser Drache wußte nun nicht mehr, was er tun sollte. Und aus eben dieser Unsicherheit heraus ergriff Insiss schließlich das Wort und eröffnete damit die erste der großen Konfrontationen, die den endgültigen Wandel herbeiführen sollten.

»Mylord!« begann er und wählte seine Worte so geschickt, daß nicht deutlich wurde, an wen er sich damit wandte: an Halcyon oder Wraith. »Ich bin hier, um Euch zu dienen, was auch immer Ihr von mir verlangt. Ich stehe Euch mit meinem Rat zur Verfügung. Befehlt und ich werde folgen.«

Seine Worte verloren sich ohne Widerhall in dem gewundenen Gewölbe der Decke, als habe der Stein sie voller Verachtung und in dem Wissen geschluckt, daß sie hohl und wertlos waren in dieser erhabenen Umgebung. Insiss holte tief Luft und ließ seinen Blick zuerst zu Wraith, dann zu Halcyon und schließlich zu der Gestalt des Basilisken gleiten, der reglos auf seinem Platz in der Wand verharrte. Wraith und Halcyon schenkten Insiss keinerlei Beachtung, sondern starrten sich gegenseitig an. Insiss trat ein paar Schritte zurück, überwältigt von der Intensität ihrer Blicke. Er wartete und beobachtete, neugierig und zugleich voller Furcht, denn er spürte, daß dies der Moment war, der über die Zukunft entschied. *Und ich werde an dieser Entscheidung teilhaben!* dachte er.

Die träge Luft schien in Bewegung zu geraten, als Halcyon seinen knochigen Kopf hob und ein wenig zur Seite neigte, so daß er seinem Gegner von schräg unten in die Augen sah. Diese unbedeutende Geste schien Wraith aus der Fassung zu bringen, denn er hob nervös seine Flügel und starrte mit einem Ausdruck der Abscheu auf den alten, braunen Drachen nieder, der es wagte, sich ihm entgegenzustellen.

»Für wen hältst du dich, Drache?« brüllte er mit einer Stimme wie Feuer. »Glaubst du, du kannst mich besiegen? Dann laß dir gesagt sein, die Zeit des Schwarzen Drachen ist gekommen. Nur er wird diesen Ort als Herrscher verlassen!«

Halcyon sagte nichts, sondern lächelte.

»Fürchtest du dich, mir zu antworten?« donnerte Wraith zornig. »Oder willst du mich zum Narren halten?« Es gelang ihm, seine Wut zu beherrschen und seinerseits ein dünnes Lächeln aufzusetzen. »Vielleicht willst du mich auch herausfordern, wie ich dich herausfordere«, fuhr er fort. »Ist es das, Drache? Glaubst du wirklich, daß eine jämmerliche

Kreatur wie du der Macht des Schwarzen Drachen trotzen kann?«

Wraith holte tief Luft und streckte seine skelettartigen Arme in die Höhe, bis sie fast die Decke berührten. Flammen schossen zwischen ihnen hin und her, liefen an den Knochen entlang bis in seinen sehnigen Nacken und traten als furchtbarer, grellroter Feuerstrahl aus seinem Mund wieder aus.

»Ich werde deine Herausforderung annehmen, Drache!« schrie er feuerspeiend. »Doch wähle den Zeitpunkt gut, denn es wird das letzte sein, was du tust!«

Das Feuer in seinem Schlund erstarb, und auch Wraiths Worte wurden wie zuvor die kurze Rede von Insiss vom Felsen aufgesogen. Ungerührt sah der Basilisk von seinem Felsvorsprung in der gegenüberliegenden Wand zu. Seine silbernen Augen waren leer, ihr Ausdruck nicht zu deuten, sein Körper blaß und verschwommen, sein Atem eine tödliche Wolke, die sein altes Gesicht einhüllte.

Halcyon lächelte noch immer.

Insiss warf ihm einen Blick zu, richtete dann aber sofort die Aufmerksamkeit wieder auf seinen Meister. Wraith würde als Herrscher aus diesem Kampf hervorgehen, wie er es immer prophezeit hatte, daran hatte Insiss nun keinerlei Zweifel mehr. Wollte er selbst überleben, mußte er den Schaden beheben, den er ihrer ohnehin schwierigen Beziehung zugefügt hatte.

Nach ihrer letzten Auseinandersetzung hatte Insiss sich durch die tiefsten Tunnel von Covamere davongeschlichen, soviel herumspioniert, wie er nur konnte, und seinen nächsten Schachzug geplant. Schon lange hatte er gewußt, daß die in diesem Augenblick stattfindende Konfrontation entscheidend für Wraiths Zukunft sein würde und deshalb hatte er früh den Entschluß gefaßt, um jeden Preis dabeizusein. Doch immer wieder hatte er sich gefragt, auf wessen Seite er sich schlagen sollte. Welcher der beiden Kontrahenten würde überleben? Wraith oder Halcyon? Denn einer von beiden mußte sterben.

Und nun war da noch dieses Wesen, das offensichtlich ein

Reptil war. Es jagte ihm Angst ein. Eine unbekannte Größe in dem Spiel. Würde es einen Unterschied zwischen Sieger und Besiegtem machen, oder würde es sie alle ausnahmslos vernichten? Nahm dieses Wesen überhaupt wahr, was hier vor sich ging?

»Verletzter Drache – verlorener Drache.«

Wie Rauch schwebten die Worte in der kalten Luft und trieben zu Wraith hinauf. Als er sie hörte, begann er vor Wut zu kochen, seine gelben Augen weiteten sich im Zorn, während Halcyon ihn gelassen beobachtete.

»Verlorener Drache«, wiederholte er. »Ja«, fuhr er fort, »ich kenne dich, Drache. Ich kannte dich bereits, als deine Farbe noch nicht schwarz war und dein Körper noch nicht das Gewicht dessen trug, was du Magie nennst, was in Wahrheit aber nichts als Scham ist. Ich kannte dich, als du das erste Mal diese Kammer betreten hast und durch jene Gänge dort in das Herz des Berges geschritten bist. Und ich sah dich, als du zurückkamst, als das Labyrinth dich wieder ausspuckte. Als du verletzt und verloren warst und ein anderer Drache dich rettete. Ja, ich kenne dich, Schwarzer Drache. Ich kenne deine Vergangenheit und vielleicht auch deine Zukunft. Doch was weißt du von mir?«

Er hatte leise gesprochen, doch mit fester Stimme. Als Wraith ihm antwortete, klang aus seinen Worten nichts als tödliche Verachtung.

»Ich weiß, daß du alt bist, Halcyon«, sagte er und sprach damit das erste Mal den Namen seines Gegners aus. »Ich weiß, daß deine Zeit vorbei und meine gekommen ist. Ich sehe deine Zukunft vor mir, Halcyon, denn sie ist nur allzu begrenzt. Sie beginnt und endet hier, in diesem Augenblick. Das einzige, worüber du noch zu entscheiden hast, ist die Art und Weise, wie du untergehen wirst.«

Halcyon neigte seinen Kopf noch ein wenig weiter zur Seite und rieb sich mit der Klaue über die Schultern. »Warum kommst du nicht zu mir herunter, verlorener Drache?« schlug er mit gepreßter Stimme vor. »Es ließe sich leichter miteinander reden.«

Wraith lachte. »Du bist müde? Hast Schmerzen? Nein, ich

ziehe es vor, noch eine Weile hier oben zu bleiben, denn du bist es, der verloren ist. Im Gegensatz zur dir weiß ich, wo mein Platz ist.«

»Schmerzen?« rief Halcyon unerwartet laut und kraftvoll aus, so daß der Klang seiner Stimme das Eis an den Wänden der Höhle zersplittern ließ und Insiss erschreckt zusammenzuckte. »Was weißt du von Schmerzen, verlorener Drache? Glaubst du, das Herrschen ist etwas anderes als Schmerz? Wenn ein Drache stirbt, sterbe auch ich. Wenn ein Drache Schmerz empfindet, fühle auch ich ihn. Alle Drachen kommen zu mir, und ich bin alle Drachen. Und auch in diesem Augenblick spüre ich den Krieg, den du über mein Land gebracht hast, fühle ich den Schmerz, den die Kämpfenden erleiden. Ist es das, was du willst, verlorener Drache, diesen Schmerz?«

Mit diesen Worten schlug Halcyon seine Flügel zurück und richtete sich auf den Hinterbeinen auf, so daß er Wraith seinen Brustkorb darbot. Der Schwarze Drache hatte den Eindruck, als ob ihm die Schlacht in allen Einzelheiten vor Augen geführt würde. Denn er sah nun überall Blut, hörte die Schreie der Sterbenden und roch den Gestank des Todes. Flügel wurden zerschmettert, Schuppen zerbarsten, Klauen gruben sich in Drachenleiber. Und all das geschah zwischen Halcyons ausgebreiteten Schwingen. Die Höhle war in tödliches rotes Licht getaucht, ein Licht, das von Halcyons Brust ausging, von seinem Herzen, wie es schien, und Wraith erkannte, daß Halcyon die Wahrheit gesagt hatte. Führer der Drachen zu sein, das bedeutete, die Schmerzen eines jeden Untertanen hundertfach zu spüren. Es schauderte ihn. Diese grauenvolle Vorstellung erfüllte ihn mit Angst und einer wilden, irrationalen Freude zugleich. *Denn ist das Gegenstück zum Schmerz nicht der Triumph?* dachte er. *Werde ich als ihr Anführer nicht auch ihre Freude, ihre Ekstase empfinden?*

Auch er breitete nun seine Flügel aus, entfaltete seine großen, schwarzen Segel, bis sie den Raum unter der Höhlendecke auszufüllen schienen. Das rote Licht traf auf sie und wurde von ihnen aufgesogen. Im gleichen Maß, wie es Halcyons Körper entströmte, wurde es von Wraith aufgenommen, während Funken von Magie auf den Boden, auf die Wände und sogar auf das Gesicht von Insiss fielen, der seinen Meister angewidert anstarrte. Wraith nahm den Schmerz in sich auf, mit dem Halcyon ihn einzuschüchtern gedacht hatte.

Insiss rückte mit ein paar vorsichtigen Schritten näher an Halcyon heran. Ihm war bewußt, daß er sich damit dem Zorn Wraiths aussetzte, doch seine Entscheidung war gefallen. Ganz wider seine Natur, schlug er sich auf eine Seite, noch bevor er wußte, ob es die des Siegers war. Er wußte, daß er damti Wraiths Zorn auf sich ziehen würde. Doch er nahm das Risiko auf sich, denn war nicht das ganze Leben ein einziges tödliches Spiel, in dem nur der, der alles gewagt hatte, auch gewinnen konnte?

Durch das rote Leuchten hindurch nahm Wraith die Bewegung wahr, die Insiss an Halcyons Seite brachte, und er wußte, daß er verraten worden war. Die Erkenntnis erfüllte ihn mit kalter Freude, denn nun hatte er einen Grund, um endlich auch mit Insiss abzurechnen. Als Halcyon allmählich sein verblüffendes Schauspiel des Schmerzes beendete, die Flügel zusammenfaltete und erschöpft in sich zusammensank, sog Wraith auch noch die letzten der von dem alten Drachen ausgesandten Gefühle in sich auf. Doch er schloß seine Schwingen nicht.

»Insiss!« rief er, und in seiner Stimme lag ein drohender Unterton. »Ich sehe, du hast deine Wahl getroffen. Sehr gut, ich akzeptiere deine Entscheidung.« Er machte eine kleine Pause. »Akzeptiere du nun die meine.«

Es geschah mit schrecklicher Schnelligkeit.

Insiss duckte sich gegen Halcyons ergraute Flanke, während der Schwarze Drache einen Klumpen Lava aus der Wand löste und auf seinen früheren Handlanger hinabschleuderte. Es gelang Insiss zwar, dem Stein auszuweichen, doch als dieser neben ihm auf dem Boden aufschlug, zerbarst er in tausend Splitter, die dem Drachen ins Gesicht sprangen. Teilnahmslos sah Halcyon zu, wie sich die winzigen Steinchen mit erstaunlicher Geschwindigkeit um den

Kopf ihres Opfers legten und sich in ihn eingruben. Insiss zuckte, und sein Kopf fiel zu Boden. Stein schlug auf Stein. Leblos sackte sein enthaupteter Körper in sich zusammen.

»Genug!« befahl Wraith, bevor sich der tödliche Splitterschwarm auch über den Rumpf hermachen konnte, um ihn zu versteinern, und mit einer theatralischen Geste verbannte er den Zauber zurück ins *Reich*. Insiss' Kopf rollte ein Stück über den Boden und blieb dann endlich liegen.

So hatte Insiss seine Wahl getroffen und sein Ende gefunden.

»Was nun?« fragte Halcyon.

»Wähle, Drache«, antwortete Wraith sofort. »Willst du Schmerz oder etwas Fürchterlicheres?«

Lautlos glitt der Schwarze Drache durch die Luft und ließ sich vor Halcyon nieder, nah genug, um ihn zu berühren. Doch noch hielt er sich zurück. Kaum merklich rührte sich der Basilisk. In seinen ausdruckslosen Augen spiegelten sich die Gestalten von Wraith und Halcyon wider, die sich in dieser vor Ewigkeiten erbauten Kammer gegenüberstanden, während unweit von ihnen das Labyrinth seine eigenen Pläne verfolgte.

Während sich die beiden Kontrahenten lauernd in die Augen starrten und jeder auf die erste Bewegung des anderen wartete, wurde ihnen bewußt, daß es in der Höhle plötzlich wärmer geworden war. Der Winter, dessen verfrühte Ankunft sich der Zeit trotzig entgegengestellt hatte, wurde nun selbst von einer anderen Macht herausgefordert.

Zu allem anderen kam nun auch noch dieser Drache!

Kaum hatten die Steine ihre eigenartige Verwandlung beendet, war er aufgetaucht. Mit schmerzverzerrtem Gesicht hatte er sich mühsam über den Wall auf der anderen Seite des großen Gipfelplateaus gezogen und an den äußeren Rand des Steinzirkels geschleppt. Verunsichert hatten Gossamer und Velvet zugesehen, wie er bis in den Schatten eines der größten Steine kroch und dort zusammenbrach. Es war ein schwer verletzter Erdgeborener. Jetzt lag er vollkommen reglos da, möglicherweise war er sogar tot, und noch immer sahen die beiden Gefährtinnen zu ihm hinüber, unschlüssig, was sie tun sollten.

»Wer ist das?« flüsterte Velvet ängstlich.

»Ich weiß es nicht«, antwortete Gossamer. »Aber wir werden es herausfinden.«

Obwohl der Mond hoch am Himmel stand, lag das Plateau düster vor ihnen. Die gigantischen Steine warfen ihre schwarzen Schatten auf den Schnee und das Eis des Gipfels. Alles schien tot, erstorben, und dennoch war Gossamer auf einmal sicher, daß diesem Ort noch immer eine verborgene Magie anhaftete, die sie verloren geglaubt hatte.

Magie, schoß es ihr plötzlich durch den Kopf. *Was auch immer meine Aufgabe hier sein mag, ich kann sie nicht vollenden ohne die Hilfe der Magie.*

Blaue Schatten zitterten um den Fremden, als er sich bewegte. Also lebte er noch! Er stöhnte gequält auf, dann herrschte wieder Stille. Eine dunkle Silhouette breitete sich aus und bewegte sich über den Schnee, während alles andere reglos blieb. Ein schwarzer See, der sich wie Wasser von der Stelle aus ergoß, an der der verwundete Drache lag. Wie Wasser oder ...

»Blut!« zischte Gossamer und lief ungestüm los. Wer auch immer dieser Drache war, er war verletzt, und er brauchte ihre Hilfe.

Wenn Fortune so da läge, würde ich ihm helfen!

»Aber wenn er nun ein ...« begann Velvet, die hinter ihr hergelaufen war und sie aufzuhalten versuchte.

»Wir müssen ihm helfen!« erwiderte Gossamer und befreite sich mit einer Heftigkeit aus Velvets Griff, die sie sofort bereute. »Bleib du hier«, fügte sie deshalb besänftigend hinzu. »Ich werde mich vorsehen.«

Sie breitete ihre roten Schwingen aus und flog durch die kalte Luft auf die andere Seite des Steinzirkels. Doch bevor sie eine Flügelspanne vor der zusammengekauerten Gestalt des Fremden landete, sah sie im Zentrum des Kreises eine leichte Erhöhung, die ihr zuvor nicht aufgefallen war. An dieser Stelle schien der Boden zu summen, als wolle er bestätigen, daß er ihre Gegenwart spürte. Und sie spürte Wärme.

Magie! Doch nicht für mich, noch nicht.

Der Fremde war tatsächlich ein Erdgeborener, ein kräftiger, junger Drache mit mattem, braunem Rückenpanzer und einem etwas helleren Bauch. Seine dunklen Augen glänzten fiebrig im Schatten des Steines, gegen den er sich lehnte. Stöhnend versuchte er erneut, sich zu bewegen, und in diesem Augenblick sah Gossamer seine Verletzung. Sein linker Flügel war fast vollkommen zerfetzt. In einem unnatürlichen Winkel stand er von der Flanke ab, die empfindlichen Membranen waren blutverkrustet. Der Hauptknochen war in der Mitte gebrochen, Knochensplitter waren aus der Haut hervorgetreten und glänzten erschreckend weiß im Mondlicht.

Unter offensichtlich furchtbaren Schmerzen streckte der Drache seinen gesunden Flügel nach Gossamer aus und begann zu reden.

»Geh«, flüsterte er. »Er wird dich töten. Geh, solange noch Zeit ist.«

»Du bist verletzt«, erwiderte Gossamer und beugte sich zu ihm vor. Doch er wich zurück, während die Bewegung ihm so große Schmerzen bereitete, daß er laut aufschrie.

»Geh!« rief er. »Nichts hält ihn auf. Er wird dich verfolgen und töten!«

»Wer?« fragte sie ungeduldig. »Wer hat dir das angetan?«

»Es ist zu spät«, antwortete der Fremde plötzlich mit tonloser, müder Stimme. »Geh.«

Dann weiteten sich plötzlich seine Augen vor Schreck.

Ein Luftzug streifte Gossamers Nacken. Hinter ihr knirschte der Schnee.

Sie fuhr entsetzt herum, aber es war nur Velvet, die eben hinter ihr gelandet war. Gossamers Herz raste vor Erleichterung.

»Ich hatte auf einmal das Gefühl, daß mich jemand beobachtet«, plapperte Velvet. »Was geht hier vor? Wer ist er? Gossamer, ich habe Angst!«

»So hört doch«, sagte der Fremde, indem er Velvet das

Wort abschnitt. »Er ist ganz in der Nähe. Ich bin hierher gekommen, um ... nachzudenken, zu fliehen, aber er ist mir gefolgt. Er hat mich gefunden und mir das angetan.« Mit schmerzverzerrtem Gesicht versuchte er seinen verletzten Flügel zu heben. »Versucht zu entkommen. Er ist wahnsinnig. Er wird euch nicht verschonen.«

»Wer?« schrie Gossamer verzweifelt.

Der Fremde sah sie verwundert an.

»Shatter, natürlich«, antwortete er. »Er ist hier!«

Wenn er eine Reaktion erwartet hatte, dann wurde er enttäuscht. Die beiden Drachenweibchen starrten ihn nur verwundert an. Ganz offensichtlich sagte ihnen der Name nichts. Er begann zu lachen.

»Ich wünschte, Fortune wäre hier«, kicherte er. »Er fände das bestimmt komisch. Und dieser Freund von ihm ...«

»Fortune?« stieß Gossamer hervor, vollkommen verwirrt von der Fähigkeit dieses Fremden, in Rätseln zu sprechen.

Und dann sah sie ihn genauer an, denn obgleich sie wußte, daß sie ihm noch nie begegnet war, kam er ihr doch irgendwie vertraut vor. Etwas in seiner Stimme, in seinem Akzent, in der Art, wie er sie ansah, erinnerte sie an die Geschichten, die Fortune ihr von seiner Heimat erzählt hatte. War er ihm nicht sogar ähnlich?

Und dann endlich hatte sie den richtigen Gedanken.

»Du bist Wood«, sagte sie leise.

Jetzt war es an ihm, überrascht zu sein. Der Mund klaffte ihm auf, und er vergaß seine Schmerzen für einen Augenblick und wich zurück.

»Wer ... wer bist du?« fragte er mißtrauisch.

»Du bist Wood, nicht wahr?« hakte Gossamer nach und streckte einen Flügel aus, um sein Gesicht zu berühren.

Wood nickte stumm und sah sie aufmerksam an. Dann gelang ihm ein mattes Lächeln.

»So, so«, begann er lachend. Ein Hustenanfall schüttelte ihn, und er spuckte etwas Blut. »Du liebst ihn also.«

Gossamer wandte verschämt den Blick ab. Sie war sowohl erschrocken über Woods Zustand als auch glücklich darüber, wie gut sie sich auf Anhieb verstanden. Wenn sie sich doch nur schon früher kennengelernt hätten! Als sie Wood wieder ansah, merkte sie, daß er ihr Gesicht betrachtete.

»Hast du einen Bruder?« fragte er plötzlich.

Sie nickte. »Sein Name ist Brace«, erwiderte sie verwundert.

»Er lebt. Zumindest war er noch am Leben, als ich ihn das letze Mal gesehen habe. Das ist allerdings schon ein paar Tage her.«

Tränen der Erleichterung füllten Gossamers Augen, und einen Augenblick lang mußte sie sich auf Velvet stützen, um nicht das Gleichgewicht zuv erlieren.

»Und auch Fortune lebt«, fügte Wood hinzu, dem nun selbst die Tränen in die Augen stiegen, so daß er nicht weitersprechen konnte.

»Ach, du Ärmster«, sagte Gossamer schließlich mit einem Blick auf Woods verwundeten Flügel. »Deine Verletzungen sind furchtbar. Wir müssen dir helfen.«

»Dazu ist es zu spät«, murmelte Wood düster.

Um sie herum hatte sich eine Blutlache gebildet, die das Eis rot färbte. Doch das Blut gefror nicht. Im Gegenteil, das Eis schien zu schmelzen. Kleine Wasserbäche rannen über den Boden und sammelten sich in den Vertiefungen des Felsens. Wärme stieg aus dem Innern des Berges auf, eine Wärme, die sogar den Gipfel erreichte.

»Für mich ist es zu spät«, flüsterte Wood.

Überrascht stellte der Basilisk fest, daß er sich für die Auseinandersetzung zwischen diesen beiden Drachen zu interessieren begann. Obgleich die Hitze großer Magie in den Tunneln jenseits der Kammer beständig stieg und das Labyrinth im Inneren des Berges sein Interesse an der Zeit zu verlieren begann, war der Basilisk gefesselt von der Szene, die sich vor ihm abspielte. Zumindest vorerst würde er sich nicht von der Stelle bewegen.

Vor allem faszinierte ihn Wraith. Dieser Drache schien wirklicher zu sein als jeder andere, dem er in seinem langen Leben begegnet war. Dieser große, schwarze Drache war stärker, als ein Drache das Recht hatte zu sein. Er dominierte die Szene und ließ Halcyon wie einen Zwerg erscheinen. Schon seine bloße Gegenwart beeindruckte den Basilisken. Sie weckte Erinnerungen in ihm, die über Äonen hinweg verschüttet gewesen waren. Erinnerungen, die nun wieder in sein Bewußtsein gespült wurden und an ihm vorbeirauschten, zu schnell, um sie in allen Einzelheiten zu erkennen.

Doch obwohl er sich nicht deutlich erinnern konnte, stellte der Basilisk verwundert fest, daß da auf einmal ein Gefühl war – ein neues Gefühl.

Er war in der Lage, Furcht zu empfinden.

Ihre Augen – die von Wraith hart und gelb, Halcyons braun und wässerig – versenkten sich ineinander, während ihre Gedanken dem Gegner verschlossen blieben. Es hatte den Anschein, als ob eine Ewigkeit verginge, obwohl die beiden Kontrahenten sich doch nur ein paar Augenblicke lang reglos, fast wie tot gegenüberstanden, jeder darauf wartend, daß der andere die Initiative ergriff.

Während der Basilisk sie beobachtete und sich bemühte, seine breite, zeitlose Wahrnehmung auf diese einzige, eng begrenzte Szene zu konzentrieren, bemerkte er schließlich doch eine Regung. Mit quälender Langsamkeit bewegten sich die beiden Drachen über den Boden der Höhle. Wraith drang immer weiter vor, während Halcyon kaum wahrnehmbar, aber stetig zurückwich. Es schien Ewigkeiten zu dauern. Zuerst berührte Halcyons die Wand in seinem Rükken mit dem Schwanz, dann mit seinen Hinterbeinen, bis er schließlich dicht gegen den schwarzen Stein gepreßt stehenblieb. Erst jetzt hielt auch Wraith inne. Mit stolz erhobenem Haupt sah er auf seinen Gegner hinab.

»Gib auf!« zischte er.

Halcyon entgegnete nichts, sondern sah nur auf den kopflosen Leichnam von Insiss herab. Dann schüttelte er den Kopf und blickte zu Boden.

»Gib auf!« wiederholte Wraith noch etwas lauter. »Oder stirb.«

Wieder schüttelte Halcyon den Kopf.

»Wenn du dich mir widersetzt, wirst du sterben!« schrie Wraith mit sich überschlagender Stimme. Obgleich er nach außen hin ruhig zu erscheinen versuchte, verriet seine Stimme Erregung. Halcyon sah ihn an.

»Ich widersetze mich nicht«, sagte er ruhig. »Also hör auf, mir vorzumachen, ich hätte die Wahl.«

Verwirrt und mit jedem Atemzug wütender, richtete sich Wraith auf die Hinterbeine auf und hob seine zitternden Skelettarme hoch über Halcyons Kopf, den ihm der Gegner wie zum Opfer darbot.

»Gib auf!« brüllte er, und zwischen seinen Klauen zuckten Blitze auf.

Ein letztes Mal schüttelte Halcyon den Kopf. »Laß dir noch eines gesagt sein, verlorener Drache. Du mußt alles aufgeben, wenn du herrschen willst. Darum wird sich am Ende alles drehen. Vergiß das nie, oder du wirst nicht mehr würdig sein, ein Drache genannt zu werden!«

Zornig und zugleich verärgert über das, was er für das senile Geschwätz eines alten Drachen hielt, verlor Wraith letztendlich die Geduld und ließ seine magischen Klauen auf Halcyon herabfallen. Doch anstatt den Gegner zu zerreißen, umarmten sie ihn, hoben ihn hoch und drückten ihn an Wraiths Brust. Triumphierend sah sich der Schwarze Drache zu dem Basilisken um, und dann war er mit seinem Opfer verschwunden.

Für einen kurzen Augenblick herrschte vollkommene Stille in der Höhle. Interessiert verfolgte der Basilisk den Weg der beiden Drachen durch das *Reich*, bevor er seine silbernen Augen nach rechts wandte, um ihren Wiedereintritt in die reale Welt zu beobachten.

Mit einem lauten Donnern tauchten sie darin auf. Noch immer preßte der Schwarze Drache Halcyon gegen seine Brust, doch nun war sein Opfer nur noch eine leere Hülle, aus der nicht nur das Leben, sondern auch alle Substanz entwichen war.

Wraith holte tief Luft und stieß einen Schrei aus, den selbst die kämpfenden Drachen über dem Schlachtenlärm hören mußten. Einen mächtigeren Schrei hatte die Welt noch nicht gehört. Es war ein Schrei des Triumphes und des Schreckens, der Macht und der Magie. Es war der Schrei eines verlorenen Drachen, der glaubte, sich selbst wiedergefunden zu haben. Als er endlich verklungen war, öffnete Wraith seine Klauen und ließ Halcyons leere Hülle zu Boden fallen. Schuppen sprangen in alle Richtungen und bedeckten das schwarze Lavagestein wie trockenes Herbstlaub.

Halcyon war tot. Und nun regte sich der Basilisk.

Das Schauspiel war vorbei, und wie schon so oft zuvor, war es am Ende enttäuschend gewesen. Ein Drache hatte einen anderen getötet, und der Sieger gab sich der Illusion hin, er habe dadurch an Macht gewonnen. In eben diesem Augenblick wandte der Schwarze Drache den Kopf und sah zum Eingang des Tunnels hinüber, der ihn zum Labyrinth und damit zu dem führen würde, was er zweifellos als seinen endgültigen Triumph ansah.

Doch was er auch tun mochte, der Basilisk würde ihm zuvorkommen.

Als der Basilisk sich an Wraith vorbeischlängelte, hörte er noch einmal die Stimme des Drachen. Eine lange verdrängte Erinnerung stieg in ihm auf und zwang ihn, stehenzubleiben und sich umzudrehen. Eine Erinnerung und ... Angst?

»Wer bist du?«

Der Basilisk hatte nicht die Absicht zu antworten, falls er sich überhaupt noch daran erinnerte, wie man sprach. So lange war es her, daß man ihn aufgefordert hatte, sich dieses absurden Mittels der Kommunikation zu bedienen. Er stieß einen Hauch seines tödlichen Atems aus, sah den Drachen aus seinen todbringenden Augen an und wunderte sich, daß der andere keine Furcht zeigte.

Wraith empfand angesichts dieses eigenartigen Wesens vor allem Faszination. Mit nie gekannter Macht strömte das Blut durch sein mächtiges Herz. Er hatte das Gefühl, als müsse ihm nun alles gelingen, als könne nichts und niemand ihn noch aufhalten. Und nun ... dies.

Das Wesen war klein, nicht größer als ein Bärenjunges, und ganz eindeutig ein Reptil. Milchig gelbe Schuppen bedeckten seinen schlanken, beweglichen Körper, an dem nur zwei Gliedmaßen sichtbar waren: lange, ausgebildete Vorderbeine mit vielgliedrigen Fingern. Der hintere Teil seines Körpers lief in einen muskulösen Schwanz aus, mit dessen Hilfe es sich vorwärtsbewegte. Der Kopf war breit und knochig, während das Maul hinter einer Dunstwolke verborgen blieb, die beständig aus seinem Rachen zu treten schien. Seine Augen ...

Wraith konnte sie nicht ansehen. In ihnen lauerte der Tod.

Und doch fürchtet es mich! triumphierte er, benommen von der Macht, die er nun besaß, da Halcyon tot war. *Ich kann es beherrschen, wenn ich will. Und ich werde es beherrschen!*

Selbstverständlich täuschte sich Wraith in diesem Punkt, denn der Basilisk fürchtete nicht ihn, sondern das Böse, das Wraith über sie zu bringen imstande war.

Als Wraith sich dem Wesen näherte, wußte er endlich, was es war, und er nannte es bei seinem Namen:

»Basilisk!« flüsterte er. »Wo sind die anderen deiner Art, Basilisk? Oder bist du der letzte der sechs? Ja, du bist der einzige, der noch lebt, ich spüre es. Spricht die Legende nicht von der Vereinigung von Basilisk und Drache? Vielleicht war Halcyon zu feige, um es zu wagen. Ich aber habe den Mut dazu!«

Riesenhaft stand er mit ausgebreiteten Flügeln und brennend gelben Augen über dem kleinen Wesen. Der Basilisk schien wie hypnotisiert von seinen Worten, doch in Wahrheit war ihm bewußt, daß er in der Falle saß. Wraith hatte ihn an etwas erinnert, das ihm entfallen war. Die Tatsache, daß Drache und Basilisk sich zu einer Einheit verbinden konnten, zu einem symbiotischen Ungeheuer mit einer unvorstellbaren, nie dagewesen Macht. Was diese Macht bewirken konnte, wußten weder der Basilisk noch Wraith, denn eine solche Verbindung hatte noch nie stattgefunden. Doch waren wie in diesem Augenblick die Voraussetzungen zu einer Vereinigung gegeben, mußte sie unumgänglich stattfinden. Sie saßen also beide in einer Falle, aus der es kein Entrinnen gab.

Die Vorstellung ihrer Vereinigung schien den Basilisken zu beunruhigen. Wraith beobachtete, wie er in dem fruchtlosen Versuch, dem Unausweichlichen zu entkommen, wild mit dem Schwanz schlug. Eine Macht, die stärker war als sie, erfaßte die beiden Wesen und ließ sie aufeinander zu treiben. Im Strom dieser Energien taumelten sie wie in einem Strudel. Immer näher kamen sie sich, bis sich schließlich ihre Körper berührten, jeden Widerstand aufgaben und miteinander verschmolzen ...

In dem Augenblick, in dem die Schuppen des Drachen auf das Fleisch des Basilisken trafen, schien die Luft zu brodeln. Kurze Zeit lag lebendes, pulsierendes Muskelgewebe bloß. Dann schloß sich eine neue Haut darüber, und die beiden Körper begannen sich miteinander zu verbinden.

Als ihnen die Ungeheuerlichkeit dessen, was vor sich ging, bewußt wurde, versuchten beide noch ein letzte Mal, verzweifelt zu entkommen. Doch es war bereits zu spät. Wie auch immer der uralte Fluch aussehen mochte, der diese unheilvolle Verbindung vorausgesagt hatte, er war stärker als selbst diese beiden mächtigen Wesen. Es blieb ihnen nichts anderes übrig, als sich ihm zu fügen.

Wraith heulte vor Schmerzen laut auf, als sich der Körper des Basilisken in den seinen schob. Sei es, weil der Drache größer war, sei es, weil so ihre Bestimmung aussah: es war die Gestalt Wraiths, die äußerlich unbeschadet aus der Vereinigung hervorging, während die des Basilisken verschwand. Nur ein einziges Merkmal zeugte noch von seiner Existenz – sein Schwanz, der von nun an wie eine wütende Schlange aus Wraiths Flanke hervorwuchs.

Es gab keinen einzigen Zeugen für diese unheimliche Vereinigung der Körper, denn Halcyon und Insiss waren tot. Vielleicht wußte das Labyrinth davon, vielleicht aber auch nicht, denn nun stand der Wandel so unmittelbar bevor, daß nichts mehr sicher war in dieser Welt, in der die Zeit nur ihren eigenen Gesetzen gehorchte und die Magie unterging.

Es hatte noch nie ein Wesen gegeben, das eine solche

Macht und derartige magische Kräfte besaß. Sollte es jemals seine wahren Fähigkeiten unter Beweis stellen, müßte im Vergleich dazu selbst ein Ereignis wie der Wandel der Welt vollkommen unbedeutend erscheinen. Denn war dieses Wesen nicht sogar in der Lage, die Zeit zurückzudrehen und seine eigene Magie zu schaffen, ohne die Hilfe des *Reiches* oder der Welt in Anspruch zu nehmen? Würde es nicht für immer herrschen? Wäre es nicht auch fähig, der Welt den Wandel zu diktieren?

Falls das Labyrinth tatsächlich die Vereinigung von Drache und Basilisk beobachtet hatte, dann verriet es seine Gedanken genausowenig wie der Drachen-Basilisk seine Beweggründe.

Denn um Beweggründe ging es nun ausschließlich:

Wenn es Wraiths Verlangen war, das dieses Doppelwesen vorantrieb, dann würde es zweifellos zum Labyrinth vordringen, um den endgültigen Sieg zu erringen. War es dagegen dem Basilisken gelungen, die Kontrolle zu übernehmen, würde sich die neugeborene Kreatur selbst zu zerstören versuchen, um so den potentiellen Alptraum seiner Existenz mit einem Schlag zu beenden. Oder war es ein potentieller Triumph.

Mit langsamen, schweren Schritten schob sich die Kreatur vorwärts, die aussah wie ein Drache und doch so viel mehr war. Sie verschwand in der Dunkelheit der Gänge, die tief in das Innere des Schimmernden Berges führten. Irgendwo vor ihr wartete das Labyrinth: wachsam und hungrig.

Und noch immer stieg die Hitze weiter an.

Kapitel 36

Kurz vor dem Ziel

In einiger Entfernung hinter Shatters von Rache beseelter Armee folgte eine kleine Gruppe von Drachen, die sich aus Erdgeborenen und Magiern zusammensetzte. Sicher flogen sie durch den dichten Nebel, als sei er bloß ein Wolkenschleier. Und das war kein Wunder, denn angeführt wurden sie von Tallow, dem unübertroffenen Flugmeister.

Wieder sorgte Volleys Gesang dafür, daß sie sich in der Dunkelheit nicht verloren, deren Ursprung nicht die Nacht war. Doch diesmal war das Lied des Drachen keine traurige Weise über das Leben auf dem Berg, sondern handelte von Entschlossenheit und Mut. Seine Melodie geleitete sie und erfüllte sie mit Hoffnung.

»Wir nähern uns unserem Ziel«, rief Tallow. »Du solltest jetzt besser aufhören zu singen, Volley.«

»Nein«, schrie Fortune sofort zurück. »Laß ihn singen. Die Zeit, da wir uns versteckt haben, ist vorbei. Jetzt fliegen wir, freie Drachen der ›Schar‹ und der ›Bedrängnis‹, und jeder soll wissen, daß wir kommen!«

Und so zogen sie also weiter, begleitet von Volleys Gesang. Unter ihnen zog die Landschaft vorüber, unsichtbar im dichten Nebel, während die Drachen der Dunkelheit zum Trotz ihr erbarmungsloses Tempo beibehielten.

»Wir haben das Plateau fast erreicht!« rief Tallow ihnen über den Lärm ihrer Flügelschläge hinweg zu. Schnee wirbelte unter ihren Schwingen auf, als sie tief über einen Grat hinwegflogen und wieder etwas höher stiegen.

Der Nebel begann sich zu lichten, und schon bald sahen sie warum. Vor ihnen, im Westen, lag Covamere. Die Siedlung stand in Flammen. Hohe Flammen schlugen in den Himmel, deren Hitze den Nebel vertrieb. Und noch während sie das traurige Schauspiel beobachteten, fuhr ein Blitz aus dem Boden und bohrte sich in den schmutzig gelben Himmel.

Allmählich ließ sich auch die Landschaft unter ihnen verschwommen wahrnehmen, und die Dunstschwaden lösten sich so weit auf, daß Fortune und Scoff die Gegend wiedererkannten. Selbstverständlich wußte auch Tallow, wo sie waren, da es wohl kein Fleckchen Erde am und um den Berg gab, das ihm nicht vertraut war. Aber für Fortune und Scoff hatte dieser Ort eine besondere Bedeutung. Hier waren sie voneinander getrennt worden, und hier hatte Fortune Cumber aus den Augen verloren.

Auf dem Plateau schien sich nichts verändert zu haben. Der zerklüftete, graue Felsen überragte noch immer die Ebene, und auch der riesige, senkrechte Spalt existierte noch, der ihn in zwei Hälften teilte und einen der Eingänge zum Berg bildete. Im Zentrum des Plateaus erhob sich der Geröllhaufen, das Ergebnis des Einsturzes des oberen Teils der Felswand. Ihn bedeckte jetzt eine dichte Schneedecke.

Vermutlich hält er noch immer die zerschmetterten Leiber jener armen Drachen unter sich gefangen, dachte Fortune, und ein Schauder lief ihm über den Rücken. Er hatte nicht damit gerechnet, daß dieser Ort ihn mit einer solchen Furcht erfüllen würde. Ein kalter Wind kam auf, der aus der Ferne den Lärm der Schlacht zu ihnen herübertrug und den Nebel zerteilte, so daß die Felswand jetzt ganz deutlich zu erkennen war. Dunkel und bedrohlich hing sie über ihnen.

Dann wurde auf einmal ein kleiner Streifen Nachthimmel zwischen den Wolken sichtbar. Winzige Lichtpunkte drangen durch den Dunstschleier, und ein dunkles, blaues Leuchten ergoß sich auf die Erde.

»Der Mond!« rief Brace.

Und tatsächlich, der Vollmond stand hoch über ihren Köpfen am Himmel, und obgleich die vorbeiziehenden Wolken ihnen nur einen kurzen Blick auf das Himmelsgestirn gewährten, raubte sein Anblick ihnen den Atem. Nach so vielen Tagen der vollkommenen Dunkelheit war der Mond zurückgekehrt: unerwartet, groß und voll, gleißend hell und unwirklich. Umgeben von einem Hof aus weißen Kristallen, starrte er aus der unerreichbaren Ferne des Alls auf die Erde hinab. Unheimlich sah er aus und so beeindrukkend, daß die fünf Drachen in ihrem Flug haltmachten und fasziniert zu ihm aufblickten, als könnten sie kaum glauben, was sie sahen. Und sie hatten den Eindruck, daß er ein Omen war, ein Vorbote der kommenden Ereignisse, die sie sich kaum auszumalen wagten.

Für Tallow und Volley, unkompliziert denkende Drachen des Waldes, war der Anblick des Mondes einfach nur erfreulich, denn in ihren Augen kündete er von einem Wiedererstehen der natürlichen Ordnung. Für Brace und Scoff dagegen, die beide im Laufe der letzten Tage Zeugen der schrecklichsten Ereignisse geworden waren, hatte die Gegenwart des Mondes einen beängstigenden und geheimnisvollen Beigeschmack. Und Fortune dachte wiederum an etwas ganz anderes. Für ihn war der Mond ein unbeteiligtes, unparteiisches Auge, das genauso auf sie hinuntersah wie auf Wraith, auf Shatter, auf Gossamer ... Ein Auge, das nicht unterschied zwischen Gut und Böse, Richtig und oder Falsch, Natur und Magie, sondern einfach nur beobachtete.

Es liegt einzig an uns, etwas zu verändern, dachte er düster.

Der Gedanke erfüllte ihn mit Angst, so daß er am liebsten vor allem davongelaufen wäre. Einer plötzlich Ahnung folgend, ließ er sich aus den Wolken auf die Erde gleiten und landete auf dem schneebedeckten Plateau. Dann wirbelte er herum, um auf den Felsspalt, den Eingang zum Berg zu starren. Dort, in der Dunkelheit des Tunnels, war Wraith!

Wie ein Spinne kroch das große Drachenungeheur auf ihn zu, unter seinen Schritten erbebte die Erde, seine Schwingen durchschnitten die Luft, er fletschte die Zähne, und in seinen gelben Augen stand der Wahnsinn. Im nächsten Moment war die Erscheinung verschwunden. Fortune zuckte zusammen, als der Schnee um ihn herum aufgewirbelt wurde. Sorge spiegelte sich in den Gesichtern seiner neben ihm landenden Freunde, als er sie panikerfüllt anstarrte.

»Ich kann nicht ...«, stotterte er zurückweichend.

»Du kannst!«

Die Stimme kam von der Spitze des Geröllhaufens. Erschrocken wandten sich die Drachen um. Und auch Fortune sah zu der Gestalt auf, die dort oben stand, eine dunkle Silhouette vor dem flackernden Licht des Mondes. Es war ein Drache. Ein Magier. »Cumber!«

Fortune stürmte den Hügel hinauf. Plötzlich war er von neuer Energie erfüllt. Beinahe hätte er Tallow umgerannt, der verwundert den Fremden anstarrte.

Cumbers weiße Schuppen glänzten, als er die Flügel ausbreitete, um seinen Freund zu umarmen. Schließlich gingen sie zu den Kameraden zurück, die Cumber nicht weniger herzlich begrüßten. Brace, der in dem jungen Magier endlich seinen Freund erkannte, umarmte ihn. Als Cumber jedoch die verstümmelten Flügel Scoffs sah, weinte er Tränen des Mitleids.

Die Düsternis, die auf Fortunes Herz gelastet hatte, wurde von der Freude über das Wiedersehen mit dem Freund verdrängt. Zurück blieb das Gefühl der Erschöpfung, aber auch einer neuen Hoffnung, denn nun würden sie ihre Mission so beenden, wie sie sie begonnen hatten – gemeinsam.

»Und Gossamer?« hatte er gleich im Taumel der ersten Aufregung gefragt.

»Ihr geht es gut«, hatte Cumber geantwortet. »Schon bald wirst du sie wiedersehen.«

Licht und Hoffnung. Und das Ende dieses Winters. *Vielleicht*, warnte Fortune eine Stimme, die weder seiner Mutter noch Gossamer gehörte.

»Was ist mit deinen Flügeln?« fragte er jetzt, da sie bei den Freunden standen. »Und mit den Schuppen?«

»Gefällt es dir? Zunächst hatte ich natürlich Zweifel, ob diese Tarnung wirklich funktionieren würde, aber ich sage immer: Erst wenn man etwas ausprobiert, weiß man auch, ob es erfolgreich ist, obgleich man selbstverständlich einwenden könnte …«

»Deine Tarnung wäre perfekt, wenn du nicht so viel reden würdest!« scherzte Brace, und alle stimmten in das Gelächter ein.

Doch ihre Heiterkeit wurde jäh unterbrochen, als plötzlich eine Explosion den Boden erschütterte und über Covamere ein Feuerball in den Himmel schoß.

»Drachen sterben«, murmelte Tallow. »Wir haben keine Zeit mehr zu verlieren, laßt uns an die Arbeit gehen.«

»Tallow hat recht«, stimmte Scoff zu. »Trennen wir uns wieder, Fortune?«

Fortune blickte in die Runde der Freunde, die ihn alle ansahen, und einmal mehr stellte er fest, daß er das Zentrum ihrer kleinen Gruppe zu sein schien. Er nickte.

»Ich fürchte, ja. Cumber? Wir sind diesen Weg schon einmal gegangen. Wollen wir es ein zweites Mal versuchen?«

»Mit Vergnügen, Fortune! Den Drachen, der mich davon abhalten könnte, möchte ich sehen!«

Es dauerte nicht lange, bis sie geklärt hatten, wer mit wem gehen sollte. Fortune und Cumber wollten sich noch einmal auf den Weg in den Berg machen, um Halcyon zu suchen, während Tallow, Volley und Scoff nach Covamere weiterfliegen würden. Sie wollten versuchen, sich zu den Drachen der ›Schar‹ und der ›Bedrängnis‹ durchzuschlagen und dem Schlachten auf irgendeine Weise ein Ende zu bereiten.

»Und was ist mit dir, Brace?« fragte Fortune den jungen Drachen, der sich bis jetzt abseits gehalten hatte. »Wem willst du dich anschließen? Du hast die Wahl. Jeder von uns wäre stolz, dich an seiner Seite zu haben.«

Verlegen senkte Brace den Kopf.

»Nun«, begann er schließlich, »ich habe lange gebraucht, um mich in diesem Konflikt auf die richtige Seite zu schlagen. Doch meine Entscheidung fiel, als ich den armen Scoff in jenem grauenvollen Gefangenenlager sah. Der Krieg muß beendet werden, und es gibt nur einen Ort, an dem wir das bewirken können: im Herzen des Krieges selbst. Ich werde mit Scoff nach Covamere fliegen.«

»Gut gesprochen, junger Drache«, murmelte Scoff anerkennend.

»Dann wünsche ich euch alles Gute«, sagte Fortune und sah Brace in die Augen. Mit Freude stellte er fest, daß Gossamers Bruder seinem Blick nicht auswich.

»Auch euch alles Gute, Fortune.«

Und mit diesen Worten trennten sie sich. Fortune und Cumber sahen den Freunden nach, die sich in die Luft erhoben und in Richtung Covamere davonflogen. Als ihre Silhouetten schließlich am Horizont verschwunden waren, wandten sich Cumber und Fortune dem Portal zu.

»Gehen wir«, sagte Fortune.

Auf dem Gipfel des Berges lauerte ein Drache in seinem Versteck aus zwei dicht beeinanderstehenden Steinsäulen. Sein Atem ging schwer, seine Augen waren rot und stechend. Es war Shatter. Noch.

Sein Erinnerungsvermögen funktionierte nur noch äußerst lückenhaft. Es kostete ihn unendliche Anstrengung, sich Ereignisse ins Gedächtnis zu rufen, selbst solche, die erst kurz zurücklagen. Er hatte seine Armee durch den Nebel nach Covamere geführt. Wie war ihm das gelungen? Irgend etwas hatte ihn geleitet. Seine Genialität, nahm er an. Dann der Angriff. Sobald der Kampf begann, war er geflohen. Er hatte sich über seine Soldaten erhoben, war immer höher geflogen, immer höher, bis er den Nebel unter sich gelassen hatte und die Luft dünn geworden war. Und schließlich hatte er den Gipfel des Schimmernden Berges gesehen.

Der Gipfel! Dies war ein Rückzugspunkt, an dem ihn niemand vermuten würde. Hier gab es zwar keinen Findling, mit dem er seine Feinde vernichten konnte, dafür aber Sicherheit. Hier war er allein, ungestört von dieser chaotischen Welt, die auf seine gequälten Sinne einstürmte.

Doch dann hatte ihn ein anderer Drache aufgespürt. Es war der Sohn Barkers, und er war gefährlich. Hatte er ihn nicht bereits getötet? Oder war das ein anderer Drache gewesen? Sein Wahnsinn war zu einem Mahlstrom geworden, zu einem Strudel des Zweifels, in dem es nur noch eine Sicherheit gab.

Ich! Ich existiere! Ich werde bleiben! Nichts und niemand sonst!

Und trotzdem war er dem Krieg ausgewichen, den er doch selbst über die Drachen gebracht hatte. Obgleich er davon überzeugt war, daß die Welt um ihn herum nichts als ein Produkt seiner eigenen Vorstellung war, fühlte er sich von ihr bedroht. Das war der Widerspruch, der ihn am meisten quälte. Obwohl er allein war, fühlte er sich verletzbar.

So hatte er sich sowohl innerlich als auch äußerlich auf dem Rückzug befunden, als er kurz unterhalb des Gipfels auf Wood gestoßen war. Ohne auch nur einen Moment zu zögern, hatte er angegriffen. Es war ihm ein leichtes gewesen, den Flügel des jungen Drachen zu zerschmettern, und Shatter hätte ihn getötet, wenn nicht ausgerechnet in diesem Moment die Stimmen von zwei weiblichen Drachen an sein Ohr gedrungen wären. Seine schleichende Unsicherheit und die Wunden, die Wood in seinen Schuppenpanzer geschlagen hatte, hatten Shatter einen Atemzug zu lang zögern lassen, so daß Wood genug Zeit blieb, sich zu den Drachen auf dem Gipfel zu flüchten.

Und so kam es, daß er jetzt aus seinem Versteck heraus beobachtete, wie die beiden Drachenweibchen die Wunden des verletzten Wood versorgten. Und auf einmal schien wieder alles ganz einfach. Er hatte damit begonnen, daß er den Magiern den Kampf ansagte. Später dann, in der Festung, hatte er erkannt, daß die ganze Schöpfung vernichtet werden mußte. Magie, Natur, Drachen, selbst das Land. Alles.

Doch nun, nachdem er das Chaos der Welt hinter sich gelassen hatte, erkannte er seine Bestimmung deutlicher als je zuvor. Die Welt, dieses Zerrbild des Lebens, hatte sich immer weiter von ihm zurückgezogen, bis nur noch dieser Gipfel von ihr übrigblieb, dieser Ring aus Steinen, diese drei Drachen. Alles außer ihnen war nichtig, sie waren so wirklich wie er selbst, und nur indem er sie vernichtete, würde er die wahre Erlösung finden, den endgültigen Sieg. Der Tod dieser drei war sein Ziel, darin lag die Erfüllung seines Lebens!

In der Welt, die er sich in seinem wahnsinnigen Hirn erschaffen hatte, hielt Shatter sich noch immer für den absoluten Herrscher. Und es war dieser unerschütterliche Glaube, der ihn gefährlich machte. Vielleicht sogar unbesiegbar.

»Welchen nehmen wir?« fragte Cumber.

Sie standen in einer niedrigen, breiten Höhle, von der aus drei verschiedene Gänge weiterführten. Keiner von beiden konnte sich daran erinnern, schon einmal hier gewesen zu sein. Überhaupt schien sich seit ihrem ersten Besuch im Innern des Berges alles verändert zu haben. Das hatten sie schon bald feststellen müssen, nachdem sie die ersten Meter des Hauptganges hinter sich gebracht hatten.

»Es könnte sein, daß das Labyrinth die Wege verändert«, bemerkte Cumber betrübt.

»Schon wieder dieses ›Labyrinth‹«, stöhnte Fortune. »Ob ich wohl jemals herausfinden werde, was es damit auf sich hat?«

»Möglicherweise früher als du denkst.«

Doch zunächst mußten sie entscheiden, welchen Tunnel sie nehmen sollten. Und die Entscheidung war nicht leicht, wenn nicht gar unmöglich.

»Vielleicht spielt es ja gar keine Rolle, welche Richtung wir wählen« rief Cumber plötzlich aus. »Wenn das Labyrinth uns führt, kommen wir in jedem Fall ans Ziel, verstehst du? Wenn es wirklich unsere Bestimmug ist, hier zu sein, dann ist es gleich, welchen Weg wir wählen.«

»Was ist das für ein merkwürdiges Labyrinth, in dem alle Wege zum Ziel führen?« murmelte Fortune, als sie sich auf den Weg durch den mittleren der Tunnels machten.

Immer weiter drangen sie in das Innere des Berges vor. Die Tunnels, durch die sie gingen, waren breit und nur grob aus dem schwarzen Lavagestein herausgehauen. Je tiefer sie kamen, desto heißer wurde es.

Die Hitze benebelte Fortunes Sinne, und er stolperte. Als Cumber ihm wieder aufhalf, hörte er ein rasselndes Geräusch, und er brauchte eine Weile, bis ihm klar wurde, daß er selbst es war, der so schwer atmete. Er schluckte und schleppte sich weiter, während ihm vor den Augen alles zu verschwimmen drohte.

»Sprich mit mir, Cumber«, krächzte er. »Führe mich.«

Und so erzählte Cumber ihm von Velvet. Davon, daß sie ihm im Gespräch eine würdige Partnerin war, von ihrem unerschöpflichen Enthusiasmus und ihrer unbedingten Treue. Und während er sprach, wurde seine Stimme weicher, so daß Fortune auf einmal neue Kräfte in sich spürte.

»Weißt du, Cumber? Wenn man dich so reden hört, könnte man fast glauben, du magst diese Velvet.«

»Oh, na ja ... hmm ...«, stammelte Cumber verlegen.

»Also, wie ich sagte, du hältst besser den Mund und sparst deine Kräfte, Fortune. Sei versichert, wir haben noch einen langen Weg vor uns.«

Während sie immer tiefer in den Schimmernden Berg drangen, tönten von Zeit zu Zeit Schlachtgeräusche bis zu ihnen herunter, doch sie klangen weit entfernt und gedämpft. Hier, in den Tunneln fühlten sich die beiden Drachen sicher.

»Wäre die Welt ein Hurrikan,« flüsterte Fortune, »dann wäre dieser Ort das Auge des Sturms.«

»Die Welt ist ein Hurrikan, Fortune. Und genau darum geht es bei ihrem Wandel.«

»Erzähl mir mehr von Mantle«, murmelte Fortune, während die Müdigkeit ihn wieder wie eine Welle überspülte. Er klammerte sich an Cumbers Stimme wie ein Ertrinkender an ein Stück Treibholz, obgleich er kaum etwas von dem mitbekam, was der Freund sagte. Die fernen Geräusche der Schlacht und das Dröhnen in seinem Kopf vermischten sich, und trotz der unerträglichen Hitze, die jetzt in den Gängen herrschte, begann er zu zittern.

»Etwas zieht mich zu sich«, flüsterte er. »Aber ich bin nicht sicher, ob ich ihm folgen will.«

Cumber sah ihn unsicher an, doch noch bevor er etwas sagen konnte, hatten sie eine Stelle erreicht, an der der Tunnel eine scharfe Kehre machte. Unvermittelt wurde der Schlachtenlärm lauter und erreichte seinen Höhepunkt, als sie die Kehre hinter sich ließen und in einen überraschend engen Tunnelabschnitt kamen. Heftige Erdstöße ließen die Wände erzittern, und von der Decke ging ein Hagelschauer kleinerer Steine auf die beiden Drachen nieder. Einen Augenblick lang schien es, als ob ein machtvoller Zauber versuchte, den Fels zu durchbrechen.

Doch das Beben ließ wieder nach. Sie gingen weiter, der Lärm der Schlacht verebbte, und an seine Stelle trat eine Stille, die seltsam beruhigend wirkte. Und auch das Dröhnen in Fortunes Kopf wurde leiser, so daß er sich wieder auf das konzentrieren konnte, was Cumber sagte.

» ... er ist Ordinal sehr ähnlich«, erzählte er gerade. »Und auf seine Weise sehr beeindruckend. Es war Mantle, der uns angetrieben hat, als wir Gefahr liefen, zu lange in Aethers Zitadelle zu bleiben, verstehst du. Das hat er mir jedenfalls erzählt. Um ehrlich zu sein, eigentlich hoffe ich, daß es Mantle ist, den wir finden werden, denn ich glaube, daß Halcyon bereits über das Stadium hinaus ist, in dem er die Hilfe anderer Drachen noch benötigt – falls er überhaupt noch lebt.

Mantle weiß mindestens ebensogut wie Halcyon, was zur Zeit vor sich geht, Fortune, nämlich daß sich die Knochen der Trolle bewegen, daß sich die Magie aus der Welt und aus dem *Reich* zurückzieht und daß das alles mit dem Labyrinth zu tun hat, dessen Eingang ich in Mantles Höhle gesehen habe. Wenn wir hier unten also überhaupt etwas erreichen können, dann müssen wir eine Möglichkeit finden, die Magie zu retten, bevor sie für immer zerstört wird, obwohl ich glaube, daß nicht einmal Mantle eine Lösung für dieses Problem kennt, wenngleich ...«

Und so sprach er immer weiter und berichtete seinem Freund alles, was er ihm bisher noch nicht hatte erzählen können. Er sprach über den Wandel, über das Verschwinden der Magie und über die Steinzirkel, die er gemeinsam mit Gossamer und Velvet systematisch zu zerstören versucht hatte ... und darüber, wie wenig er den größeren Zusammenhang all dessen begriff.

»Wenn die Magie stirbt«, sagte er, »wird der Zyklus enden und die Erde aufhören, sich zu drehen. Und wenn das geschieht, dann wird es die Welt nicht mehr geben, das hat Mantle gesagt. Im Grunde genommen läßt sich das alles in einem einzigen Satz zusammenfassen: Die Welt muß gerettet werden.«

»Ja, aber wie?« warf Fortune ein, der aufmerksam zugehört hatte, obwohl er zugleich angestrengt in die vor ihnen liegende Dunkelheit starrte. War dort ein Licht?

Cumber seufzte. »Ich glaube, Mantle und Halcyon haben einen Plan, aber ihnen scheint das Vertrauen in sein Gelingen zu fehlen. Ich war Teil dieses Plans. Deswegen haben sie mich ausgesandt, um die Steinzirkel zu zerstören. Aber ...« Er sprach nicht weiter.

»Aber?« drängte Fortune. Cumber wandte sich zu ihm um und grinste ihn an.

»Aber sie haben nicht mit dir gerechnet, Fortune.«

Wieder lag ein enger Tunnelabschnitt vor ihnen, doch an seinem Ende traten sie in einen weiten, hellen Raum. Hier war die Quelle des Lichtes, das Fortune kurz zuvor zu sehen geglaubt hatte. Sie standen in Mantles Höhle, doch seit Cumber das erste Mal hier gewesen war, hatte sie sich sehr verändert.

Ein unheimliches Leuchten erfüllte die gesamte Höhle. In der Mitte des Raumes erhob sich senkrecht ein breiter Lichtstrahl und ließ den schwarzen Fels der Wände milchig weiß erscheinen. Der Boden der Höhle war fast vollkommen eingebrochen, so daß nur noch ein schmaler Sims übriggeblieben war, der um den Lichtstrahl herum an den Wänden entlanglief. Die Knochen der Trolle in den Wänden waren verschwunden.

Und auf diesem schmalen Sims, nur wenige Meter entfernt, lag ein dunkles Etwas, das die beiden Drachen im ersten Moment für einen Haufen schwarzer Schuppen hielten. Doch dann sah Cumber, daß es ein Drache war. Ein schwarzer Drache.

»Wraith?« flüsterte Fortune.

»Mantle!« schrie Cumber gequält auf.

Ohne ein weiteres Wort zu sagen, lief er über den gefährlich schmalen Sims zu der Stelle, wo der alte Drache wie leblos lag.

Kapitel 37

Heilung

Aufmerksam lauschten Gossamer und Velvet Woods Bericht über Shatter und dessen Aufstieg zum Führer der Erdgeborenen. Doch schmerzhafter für sie alle war Woods Eingeständnis, daß er sich mit Fortune zerstritten hatte.

Gossamer spürte den Schmerz, der Wood angesichts dieses Teils seiner Geschichte erfüllte, doch sie drängte ihn nicht weiterzureden. Dazu war jetzt keine Zeit.

Gleichzeitig wuchs in ihr der Zorn über das unvorstellbare Maß an Unglück und Zerstörung, daß diese beiden Drachen, Shatter und Wraith, über die Welt gebracht hatten. Wie viele Drachen hatten sie ihrer Heimat beraubt, wie viele hatten sie kaltblütig ermordet! Und als sie in Woods traurige Augen sah, fragte sie sich, wie viele alte Freundschaften sie zerstört haben mochten.

Schließlich war Wood mit seinem Bericht zu Ende, und Gossamer sah ihn mit brennenden Augen an. »Also, was werden wir jetzt tun?« fragte sie, während Wut und Trauer den Ton ihrer Stimme diktierten.

Wood erwiderte ihren Blick verständnislos. »Du scheinst mich nicht verstanden zu haben«, sagte er. »Shatter treibt sich noch irgendwo hier oben herum. Ihr müßt so schnell wie möglich verschwinden.«

»Er hat deinen Vater ermordet«, erwiderte Gossamer. Dann wies sie auf Woods verletzten Flügel. »Und er hat dir das angetan.«

Doch Wood schüttelte nur unendlich müde den Kopf.

»Mein Zorn ist verbraucht.«

»Aber meiner nicht!« fuhr Gossamer ihn an. »Hör mir zu, Wood. Wir werden nicht gehen. Wenn wir jetzt gehen, wird Fortune sterben, verstehst du?«

Die Worte, die sie ausgesprochen hatte, ohne recht zu wissen, woher sie kamen, erschütterten sie bis ins Mark.

Doch es ist wahr, nur deswegen sind wir hier.

»Du kannst nicht wissen, ob ...«, begann Wood.

»Doch, ich weiß es! Und jetzt laß mich deinen Flügel ansehen!«

Inzwischen war Gossamer fast außer sich vor Wut, vor allem darüber, daß ein Drache einen anderen auf eine derart schreckliche Weise verstümmeln konnte. Widerstrebend richtete sich Wood auf und stieß einen unterdrückten Schrei aus, als sein zerfetzter Flügel den Stein streifte, gegen den er sich gelehnt hatte. Gemeinsam stützten Gossamer und Velvet ihn und schleppten ihn aus dem schützenden Schatten der Steine hinaus auf die freie Fläche.

»Wir sind ohne Deckung«, stöhnte Wood. »Er wird uns sehen.«

»Soll er doch!« erwiderte Gossamer trotzig, während Wut und Entschlossenheit in ihr wuchsen. Doch als sie begannen, sich auf das Zentrum des Kreises zuzubewegen, hatte sie auf einmal den eigenartigen Eindruck, als ob sie nicht alleine wären ...

»Irgend etwas ist anders«, flüsterte Velvet, die bis jetzt ungewöhnlich still gewesen war. Und sie hatte recht.

Der Kreis hatte sich erweitert, so daß Gossamer das Gefühl hatte, vor ihnen läge eine weite, ausgedehnte Ebene. Gleichzeitig waren die Steine am Rande des Zirkels noch größer geworden und hatten riesenhafte Proportionen angenommen. Kaum merklich schwankten sie hin und her und veränderten dabei beständig ihre Gestalt, bis es schließlich den Anschein hatte, als ob Knochen von innen gegen die steinerne Haut drückten, um sie in eine neue Form zu zwingen. Sie schienen lebendig und doch zugleich tot zu sein, wachsam und doch bewußtlos. Beobachter, die sich nicht einmischten.

Richter vielleicht?

Mühsam schleppten sich Gossamer und Velvet mit dem verletzten Wood in ihrer Mitte über die Ebene. Ihr Ziel? Das Zentrum des Zirkels.

Und was würden sie tun, wenn sie es erreicht hatten? Gossamer hatte keine Ahnung, doch sie wußte, daß sie Wood brauchten, um ihre Aufgabe zu erfüllen. Und sie wußte, daß Shatter dabei ebenfalls eine Rolle spielen würde, auch wenn dieser Gedanke sie abstieß und erschreckte.

Vor ihnen wurde das Zentrum des Steinzirkels sichtbar, ein kleiner Hügel, der sich nur wenig aus der Ebene erhob. Der Schnee, der auch hier den Boden bedeckt hatte, begann unter der aus der Erde aufsteigenden Hitze zu schmelzen und zu verdampfen.

Eine Blutspur markierte den Weg, den sie hinter sich gebracht hatten, und Wood drohte ohnmächtig zu werden.

»Rede mit ihm, halte ihn bei Bewußtsein!« befahl Gossamer ihrer Gefährtin.

Doch bereits im nächsten Moment schoß eine große Dampfwolke wie ein Geysir direkt vor den Drachen aus dem Boden. Als sie sich allmählich wieder auflöste, bemerkte Gossamer einen Drachen, der aus dem Schatten einer Steinsäule auf der gegenüberliegenden Seite des Zirkels hervortrat. Er kam auf sie zu, und selbst aus dieser Entfernung sah sie seine roten Augen, die sie zu durchbohren schienen.

Sie verzog das Gesicht, während sie spürte, wie der Raum sich um sie weitete. »Er ist in der Nähe!« schrie sie. »Er ist hier!«

Verwundert über ihren Schrei, blieb Shatter stehen, und im nächsten Augenblick schien sich auf einmal alles zu bewegen. Die Ebene zwischen den Steinen schrumpfte, die Welt zog sich wieder zusammen, und alles außer den Steinsäulen nahm seine ursprüngliche Größe an.

Neugierig sah Shatter zu Gossamer hinüber, die jetzt nur noch eine Baumlänge von ihm entfernt war. Sie sah zu Boden und stellte fest, daß sie sich auf dem Hügel befanden. Ohne es zu bemerken, hatten sie das Zentrum des Kreises bereits erreicht. Obgleich die Arena im Innern des Zirkels wieder auf ihre ursprüngliche Größe zusammengeschrumpft war, hatten die sie umfassenden Steine sich nicht verändert. Sie standen noch immer hoch und bedrohlich über ihnen. Gossamer sah sie zornig an. »Würdet ihr mich verraten? Würdet ihr uns hintergehen?«

Die Steine gaben keine Antwort, während Gossamers Zorn weiter wuchs.

Überall um sie herum dampfte jetzt der Boden. Nebelschwaden stiegen auf und wanden sich in einem absurd anmutenden Tanz. Eine Wolke hüllte Shatter ein, bevor sie in den Himmel stieg und ihren Blicken entschwand. Noch immer stand der Drache da, dunkel und bedrohlich, und starrte Gossamer an.

»Wer will als erster sterben?« fragte er verächtlich und lüstern zugleich. Und trotzdem glaubte Gossamer zu sehen, daß hinter seinem haßerfüllten Blick blanke Verzweiflung lauerte.

»Du«, erwiderte sie schlicht und wandte ihm den Rücken zu.

Sie ging zu der Stelle, an der Wood halb bewußtlos lag. Als sie neben ihm stand, schloß sie die Augen und begann einen Zauberspruch zu singen, den sie vollkommen vergessen zu haben glaubte. Es war ein Gesang der Wassergeister, alt und schwach, aber dennoch ein Zauber. Magie.

Ein ungeheuerliches Stöhnen aus dem Innern des Berges ließ die Erde unter ihren Füßen erbeben, als hätte irgendein unterirdisches Wesen sich im Schlaf umgedreht. Die Schneedecke war jetzt fast vollkommen verschwunden, und der Boden war so schwarz wie der Nachthimmel über ihnen. Magische Energie strömte durch Gossamers Flügel, als sie sie sanft über Woods gebrochene Schwinge breitete. Verwirrt und voller Angst sah Velvet ihr zu.

Gossamer beugte sich zu Wood hinunter, während nicht nur ihr Körper, sondern auch ihre Seele den verletzten Drachen umfing. Sie spürte, wie Magie, Erdmagie, sich in ihr regte und durch sie hindurchzufließen begann. Woher diese Magie kam, kümmerte sie nicht. Im Moment war nur wichtig, daß sie da war und wirkte, daß sie durch ihren Körper floß und Heilung brachte.

Und dann griff Shatter an. Er rannte den Hügel hinauf, stieß Velvet zur Seite und wollte sich auf Gossamer stürzen. Reglos lag sie über Wood, seinen ganzen Körper mit ihren Flügeln umarmend. Ihr Herz schlug langsam und schwer, während es ihnen beiden Leben gab.

Verunsichert hielt Shatter inne. Er spürte das Leben, das durch diese beiden Körper strömte!

Dieses Drachenweib ist stark, dachte er. *Sie ist so ...* wirklich!

In diesem Moment wandte sie sich zu ihm um. Sie sah ruhig, fast freundlich aus. Ein trauriges Lächeln glitt über ihr Gesicht, als sie sich erhob und Wood vor Shatter auf dem Boden liegenließ. Der junge Drache lag halb auf der Seite, den verletzten Flügel unter sich.

Nun war es Shatter, der lächelte. Der Moment der Unsicherheit, der Andeutung eines Gefühls war vorbei. Vor sich sah er nur noch das Opfer, dem er endlich den Todesstoß versetzen würde. Er kam näher, seine Gesichtszüge waren haßverzerrt, aus seinem Maul tropfte Speichel und in seinen Augen tanzte ein rotes Feuer, das die Welt in die Farbe des Blutes tauchte. Mit gefletschten Zähnen beugte er sich über sein Opfer, das ihm dieses erbärmliche Drachenweibchen bereitwillig darbot.

»Mantle!« rief Cumber, ohne auf die Gefahr zu achten, die der schmale Sims für ihn selbst darstellte. Der alte Drache war allem Anschein nach tot, aber Cumber mußte sich vergewissern. Dicht hinter ihm folgte Fortune, im gleichen Maße besorgt um die Sicherheit seines Freundes wie um einen Drachen, dem er noch nie im Leben begegnet war. Neben ihnen, aus dem Abgrund heraus, flackerte das Licht: heiß und feucht wie der Atem eines erwachenden Ungeheuers.

»Mantle!«

Cumber warf sich vor dem Haufen schwarzer Schuppen auf die Knie. Fast wäre er in Tränen ausgebrochen, doch dann bemerkte er, daß der Totgeglaubte sich umwandte und seine kleinen, glänzenden Augen auf ihn richtete. Bei jeder Bewegung Mantles tropfte Blut auf den Boden. Doch er war am Leben. Mantle lebte!

»Wraith«, flüsterte er. »Er war hier, aber er ist … mehr.«

»Sprich jetzt nicht«, bat Cumber. »Wir müssen dich hier herausbringen.«

Doch gegen diesen Vorschlag protestierte Mantle so heftig, wie sein trauriger Zustand es nur zuließ.

»Ich muß reden«, begann er. Dann sah er Fortune und warf Cumber einen fragenden Blick zu. »Ein Erdgeborener? Hier?«

»Dies ist Fortune«, verteidigte sich Cumber, denn er hatte den Eindruck, als ob Mantle mit der Gegenwart seines Freundes nicht einverstanden war. Fortune selbst sagte nichts, sondern hielt sich im Hintergrund, während die beiden Magier miteinander redeten. Etwas, das sich hinter

Mantles verhaltenem Mißtrauen verbarg, ließ Fortunes Herz schneller schlagen.

»Hmm!« Mantle schloß für einen Moment die Augen. »Weiß dieser Fortune über den Wandel Bescheid?«

»Ja«, antwortete Cumber, während er dem Freund einen nervösen Blick zuwarf.

»Dann soll er mir sagen, was er weiß.«

Cumber begann vor Nervosität zu zittern. Schließlich trat Fortune näher, sorgfältig darauf bedacht, auf dem schmalen Sims nicht den Halt zu verlieren. »Es gibt einen Zyklus«, begann er zögernd. »Er ähnelt dem Zyklus der Jahreszeiten. Nehmen wir zum Beispiel die Magie: Sie hat ihren Sommer erlebt, doch nun ist Winter. Der nächste Sommer wird der Sommer der Natur und allen Erdgeborenens sein, bevor auch dessen Winter kommt. Und so geht es immer weiter. Magie, Natur, Magie, Natur. Es ist ein Wechsel zwischen ihnen, ein endloser Wandel.

Aber das ist noch nicht alles«, fuhr er mit wachsender Begeisterung fort. »Diesen Wandel kann die Welt nicht aus sich heraus bewirken. Mit jedem Winter kommt auch die Drohung des Todes für Magie und Natur, ja, für den gesamten Zyklus, die ganze Welt. Jedesmal, wenn es Winter wird, muß dieser endgültige Tod abgewendet werden.

Jetzt ist der Winter für diesen letzten Zyklus der Magie gekommen – wie schon vorher für unzählige andere Zyklen. Und so wie früher muß auch diesmal ein Weg gefunden werden, um zu verhindern, daß sich die Welt in ihrem Wandel zu weit dreht, denn sonst wird dieser Winter nie mehr enden! Dann wäre alles verloren. Natur, Magie, das *Reich*, die Welt, vielleicht sogar das, was alles zusammenhält. Vor uns läge ein ewiger Winter – den wir nicht einmal mehr erleben würden, weil es uns dann nicht mehr gibt!«

Atemlos hielt Fortune inne, während Mantle ihn mit kalten, harten Augen musterte.

»Und das Labyrinth?« fragte er.

»Ich glaube«, antwortete Fortune zögernd. »Ich glaube, das Labyrinth ist das Herz der Magie, vielleicht sogar das Herz der ganzen Welt. Wenn die Welt diesmal den Wandel vollzieht, wird sie sich um das Labyrinth herum drehen. Und einzig das Labyrinth hat die Macht, den ewigen Winter abzuwenden.«

»Beeindruckend«, bemerkte Mantle und warf Cumber, der Fortunes Ausführungen mit offenem Mund zugehört hatte, einen vieldeutigen Blick zu. Der junge Zauberdrache hatte offenbar keine Ahnung davon gehabt, daß sein Freund einen derart tiefen Einblick in das Geschehen hatte. Es war, als spräche ein anderer aus ihm! Dann ergriff Mantle wieder das Wort. »Aber?« drängte er Fortune zum Weiterreden.

»Aber«, wiederholte Fortune und runzelte angestrengt die Stirn. »Aber es gibt ein Problem. Wenn das Labyrinth das Herz der Magie ist, wenn es im eigentlichen Sinne die Magie selbst ist, dann muß es sich aufgeben, sich opfern, um der Natur zur Vorherrschaft zu verhelfen und damit den Wandel der Welt zu ermöglichen. Um eines Tages wieder zum Leben erweckt werden zu können, muß es jetzt sterben.

Dies ist dem Labyrinth durchaus bewußt, und das macht es auch so unberechenbar. Und gefährlich.«

»Ausgezeichnet«, murmelte Mantle.

»Fortune!« rief Cumber aus. »Ich hatte keine Ahnung, daß du das alles weißt! Du kennst dich viel besser aus als ich! Woher hast du dieses Wissen? Und wie kannst du sicher sein, daß es wahr ist, was du sagst?«

»Ich bin mir nicht sicher«, antwortete Fortune mit einem Lächeln. »Aber es schmeckt nach Wahrheit, oder nicht?«

Und Cumber mußte zugeben, daß dem so war.

»Was uns zu Wraith bringt«, meldete sich Mantle wieder zu Wort. Obwohl er noch immer geschwächt auf dem Boden kauerte, klang seine Stimme jetzt doch ungleich kräftiger und bestimmter als zuvor. »Wie ihr euch zweifellos bereits gedacht habt, war er hier und hat mich angegriffen, um sich den Zugang zum Labyrinth mit Gewalt zu erzwingen. Und es ist ihm gelungen. Während wir hier kostbare Zeit vergeuden, wandert er durch das Allerheiligste der Magie.« Mit einem Kopfnicken wies er auf den erleuchteten Abgrund. »Halcyon und ich hatten schon vor langer Zeit einen Plan entworfen, aber jetzt ... jetzt frage ich mich, ob wir uns nicht geirrt haben.«

Dann sah er Fortune an.

»Es gibt nichts, das nicht schon einmal dagewesen ist«, fuhr er fort. »Alles, was geschieht, ist so – oder zumindest so ähnlich – schon einmal geschehen. Der Wandel, der Niedergang der Magie und selbst die Anwesenheit eines Erdgeborenen in der Kammer des Wächters des Großen Labyrinthes von Covamere.«

Cumbers Augen wurden immer größer. Denn obwohl er die alte Geschichte von dem Erdgeborenen, der es gewagt hatte, das Labyrinth herauszufordern, schon gehört hatte, kannte er sie nur in groben Zügen. Und nie wäre er auf den Gedanken gekommen, sie mit den gegenwärtigen Ereignissen in Verbindung zu bringen.

Fortune hatte bei Mantles Worten das Gefühl, als ob ihm das Herz stehenbleiben müßte, und einmal mehr wurde er sich des Risses bewußt, der mitten durch sein Herz lief. Dieses Loch, das ihm so vertraut war, das er aber gleichzeitig auch wie eine Wunde empfand, die niemals verheilte. Dann erinnerte er sich an die Vision, die er im Gefangenenlager gehabt hatte, als er das Bewußtsein verlor.

»Vor langer Zeit betrat ein Erdgeborener das Labyrinth«, erklärte Mantle und drehte sich zu Fortune um. Doch auch Cumber hörte aufmerksam zu. »Und obgleich er die ihm gestellte Aufgabe nicht erfüllen konnte, verließ er es unbeschadet. Dabei rettete er einem verletzten Magier das Leben, der sich in der Leere der ungezählten Gänge des Labyrinthes verloren hatte. Die beiden Drachen verließen damals Covamere, und um diese Ereignisse bildete sich eine Legende, die heute allerdings fast in Vergessenheit geraten ist. Und nun ist einer der Drachen zurückgekehrt.«

»Wraith?« warf Cumber aufgeregt ein.

Mantle nickte. »Er war der verletzte, der verlorene Drache«, bestätigte er.

»Und der andere? Der Erdgeborene?«

»Dessen Namen wird dir wohl Fortune nennen können«, antwortete Mantle leise.

Fortune hatte Tränen in den Augen. »Welkin«, flüsterte er. »Er war mein Vater.«

Die Zeit in der Höhle tief im Innern des Schimmernden Berges schien stillzustehen. Die drei Drachen klammerten sich an das Sims, während das Licht des Labyrinths von Covamere sie in gespenstische Farben tauchte.

»In der Tat«, murmelte Mantle. »Das ändert alles.«

»Hast du Welkin gekannt?« fragte Fortune mit zitternder Stimme.

»Er war ein großartiger Drache. Ja, ich bin stolz, ihn gekannt zu haben.«

Fortune wischte sich die Tränen aus den Augen und sah in den Abgrund hinunter.

»Dann ist es also in gewisser Weise die Schuld meines Vaters, daß Wraith jetzt hier ist.«

»Und doch war der Schwarze Drache unsere letzte Hoffnung«, erwiderte Mantle. »Halcyon und ich haben auf ihn gesetzt. Das Labyrinth von Covamere hält eine Aufgabe bereit, und wir glaubten, daß es nur einen Drachen gibt, der die Stärke besitzt, sie zu erfüllen – wie verrucht er auch sein mag.«

Fortune lächelte. »Doch nun gibt es noch einen zweiten«, sagte er.

»Nun gibt es einen zweiten«, bestätigte Mantle.

Cumbers Blick wanderte vom einen zum anderen, und er zitterte vor Spannung. »Entschuldigt bitte!« platzte es aus ihm heraus. »Aber wollt ihr damit sagen, daß Fortune in das Labyrinth gehen soll? Denn wenn dem so sein sollte, dann dürft ihr sicher sein, daß ich ...«

»Daß du was?« unterbrach Fortune ihn und packte ihn bei den Flügeln. »Cumber, es ist meine Entscheidung, ob ich gehe oder nicht. Nicht deine und auch nicht die von Mantle. Daß mein Vater hier war, ist eine Sache. Daß Wraith jetzt im Labyrinth ist, eine andere. Aber wenn ich mich dazu entschließe, ihm zu folgen, ist das einzig und allein meine Sache.«

Ein paar Sekunden lang hielt er Cumbers Flügel noch umklammert, bevor seinen Freund fest umarmte. Doch schon im nächsten Moment schob er ihn wieder sanft von sich und wandte sich erneut Mantle zu.

»Du hast dich also entschieden?« fragte der alte Drache.

Die Antwort darauf war so eindeutig, daß Fortune glaubte, sie nicht aussprechen zu müssen.

»Geh mit Cumber!« wies er Mantle statt dessen an. »Er wird dich in Sicherheit bringen. Ich habe das Gefühl, als würden wir uns wiedersehen.«

Mit einem Lächeln schlug er Cumber freundschaftlich auf die Schulter und wandte sich dann dem lichterfüllten Abgrund zu. Einen Moment zögerte er noch, während er seinen Blick an dem schmalen Sims entlangwandern ließ, der rings um den Eingang zum Labyrinth lief. Der Stein begann zu zerbröckeln, an den Rändern löste er sich bereits in Staub auf, während das Labyrinth aus seiner Tiefe an ihm zerrte. Die ganze Höhle erzitterte.

»Hilf mir, wieder herauszufinden, Cumber!« rief er, als er dem grellen Licht entgegensprang. »Und bringt euch in Sicherheit ...« Seine Stimme verlor sich, und er wurde von dem Licht verschluckt.

Dann war ein fürchterliches Krachen zu hören, das Licht wurde schwächer, flackerte noch ein paarmal auf und verlosch schließlich ganz.

Der Boden der Höhle war wieder intakt, der Eingang zum Labyrinth verschlossen.

Und er würde sich auch nicht wieder öffnen, um Fortune zu entlassen.

Den Ausgang des Labyrinthes von Covamere würde der Erdgeborene an einem anderen Ort suchen müssen.

In Woods Bewußtsein hatte sich die Zeit auf wundersame Weise verlangsamt.

Er sah, wie mit seinem Blut auch sein Leben auf den Schnee tropfte, während er über den Gipfel geschleppt wurde. Und er sah, wie der Schnee verdampfte und sich in Luft auflöste, je heißer der Boden wurde.

Die Stimme eines jungen Drachenweibchens redete unerbittlich auf ihn ein und hinderte ihn daran, in die Bewußtlosigkeit und damit vielleicht auch den Tod hinüberzugleiten. Er fühlte sich unendlich müde.

Schlafen wollte er, nur noch schlafen. Er stellte sich vor, daß seine Mutter noch am Leben war und seinen Vater liebte. In seinen Visionen war Fortune noch sein Freund, und Welkin, der alte, große Welkin lag in seiner Mulde am Strand und beobachtete das Spiel der Nachtdrachen am Himmel.

In seinen Träumen herrschte Ruhe und Sicherheit auf der Welt. In seinen Träumen war er zufrieden. Er glaubte, endlich in den erlösenden Zustand des Schlafes hinübergeglitten zu sein, als plötzlich hinter seinen geschlossenen Lidern Bilder erstanden. Sie wirkten erstaunlich wirklich, zugleich rauh und dunkel, als sähe er sie durch einen Schleier aus Stein.

Wie konnte man durch Stein sehen? Fortune war in diesen Bildern. Er schien zu ertrinken – so wie damals in Ordinals Höhle, nur daß es diesmal nicht Wasser, sondern Fels war, in dem er versank. Lebendiger, flüssig gewordener Stein, der ihn hin und her schleuderte. Sein Maul war weiß, als ob es von innen leuchtete. Fortune schrie in Todesnot. In seinen Augen brannte ein Feuer, das die Richtung wies, in die er sah: nach oben!

Doch jedesmal, wenn er den Kopf hob, wurde er von einer neuen Welle aus flüssigem Stein zurückgeschleudert. Die Flucht war nur nach oben möglich, nur über ihm war Sicherheit. Doch irgend etwas versperrte ihm den Weg dorthin – eine Barriere, eine Wand, ein Netz …

Fortune heulte vor Schmerz auf, und der flüssige Fels schwappte bis zu Wood hinauf und traf seinen verletzten Flügel. Das Brennen , das er verursachte, war unerträglich.

Eine Woge der Kraft ging durch Woods Körper, ein Gefühl der Ekstase.

Wood öffnete die Augen und sah Shatter vor sich, den irren Drachen, den Mörder seines Vaters. Mit weit aufgerissenem Maul stand er vor ihm, bereit, zuzubeißen. Wood spürte die Stärke seines Körpers, die Erschöpfung war wie verflogen, und er öffnete seine Flügel. Seine Flügel!

Seine geheilten Schwingen fuhren durch die Luft und retteten ihn vor Shatters Angriff. In dem Moment, in dem der Wahnsinnige sich auf ihn stürzte, wich Wood zu Seite aus. Er fühlte sich stark, so stark wie nie zuvor. Im nächsten Augenblick schlug er seine Zähne durch den Schuppenpanzer in Shatters Nacken und hieb ihm mit den Klauen in die Flanke, in der sich eine klaffende Wunde auftat.

Wood hob sich in die Luft und flog in einem weiten Kreis über Shatter hinweg, der wie benommen auf der Erde lag. Dann kehrte der junge Drache zum Hügel zurück. Shatter hob den Kopf, um seinem Gegner entgegenzusehen, und Wood stieß ihm seine Hörner in die Kehle. Der Stoß war so heftig, daß er Shatter einige Meter über die Ebene schleuderte. Als er auf dem Boden aufschlug, spritze das Blut aus zahlreichen Wunden.

Doch noch ließ Wood nicht von ihm ab. Wieder griff er an und schleuderte Shatter noch ein Stück weiter auf den Rand des Zirkels, auf die Steinsäulen zu. Diesmal fiel Shatter wie bewußtlos zu Boden, unfähig, durch den Schleier aus Blut und Schmerz noch etwas zu erkennen. Scheinbar teilnahmslos sahen die Steine auf die beiden kämpfenden Drachen hinunter. Sie warteten.

Ein letzte Mal flog Wood in einem großen Bogen über die Ebene hinweg. Er umkreiste den Gipfel, als beherrschte er den Berg. Dabei hatte er nur ein Ziel vor Augen – Shatter.

Und in dem Augenblick, als er im Licht des Mondes auf seinen Feind zujagte, wurde Wood klar, daß er all den Haß, den er einst für die Magier empfunden hatte, nun auf einen erdgeborenen Drachen schleuderte. Es war eine Erkenntnis, die zwar nicht alle Ängste und Zweifel aus seinem Herzen verbannte, die aber seine Sehnsucht nach Fortune verstärkte. Nichts wünschte er sich in diesem Augenblick so sehr wie ein Wiedersehen mit Fortune, um noch einmal mit ihm zu reden, mit ihm zu laufen, mit ihm zu fliegen. Und vielleicht fände er dann auch die richtigen Worte, ihm zu erklären, warum alles so gekommen war.

Tief flog er zwischen zwei Steinsäulen hindurch. Dann kehrte er in den Zirkel zurück und überquerte die Arena, um zum letzten, zum tödlichen Schlag gegen Shatter anzusetzen.

Nur Gossamer sah das Leuchten, den kaum merklichen roten Schimmer, der wie ein Blitz in Shatters Augen aufflammte. »Wood!« schrie sie verzweifelt. »Nicht! Er ...!«

Doch der Wind trug ihre Worte davon, und die Entfernung zwischen Wood und Shatter wurde immer kleiner ...

Einen Augenblick lang glaubte Wood, er höre Fortunes Stimme, die ihm eine Warnung zurief, doch er war sich nicht sicher.

Im Bruchteil einer Sekunde, bevor er Shatter den entscheidenden Schlag versetzte, sah Wood, daß der wahnsinnige Drache sich mit letzter Kraft noch einmal aufgerichtet hatte und ihm seine todbringenden, blutüberströmten Klauen entgegenstreckte. Im gleichen Moment, in dem Wood die Zähne in den Brustkorb seines Gegners schlug und er ihm durch die zersplitterten Rippen das Herz herausriß, bohrten sich Shatters Krallen in seine Kehle und zerfetzten sie.

Entsetzt und fassungslos sah Gossamer, wie die beiden Drachen durch die Wucht des Aufpralls über die Ebene geschleudert wurden, um schließlich am Rande der Arena gegen den höchsten der Steine zu prallen.

Reglos blieben sie liegen.

Ein furchtbares Stöhnen entrang sich dem Stein, und er begann zu schwanken. An seiner Basis wurden wurzelähnliche Stränge sichtbar, die sich einer nach dem anderen aus dem Boden lösten, und schließlich fiel der Stein um. Unter Donnern kippte er aus dem Kreis heraus. Die Erde erbebte, als er außerhalb des Zirkels auf dem Felsen aufschlug.

Eine Weile war die Luft noch von unzähligen kleinen Steinen, Felssplittern und Staub erfüllt. Dann herrschte Stille.

Zögernd näherten sie die Freundinnen der Stelle, an der die beiden Drachen reglos lagen. Shatter war tot, die Wucht von Woods letzter Attacke hatte seinen Körper praktisch in zwei Hälften zerrissen.

Doch Wood lebte noch. Aus blutüberströmten Augen sah

er sie an, während jeder seiner Atemzüge ein grauenhaftes Gurgeln in seiner zerfetzten Kehle verursachte. »Ihr wißt jetzt, was ihr zu tun habt«, flüsterte er.

Durch einen Schleier aus Tränen sah Gossamer auf den umgestürzten Stein und nickte. Ja, sie wußte es jetzt.

»Ich glaube ... ich glaube, ich werde noch eine Weile liegenbleiben«, sagte Wood und versuchte zu lächeln. »Es wird Zeit, daß ihr euch an die Arbeit macht.«

»Aber wir müssen doch erst deine Wunden versorgen«, begann Gossamer.

In diesem Augenblick trat Velvet neben sie und flüsterte: »Er hat recht. Wir sollten uns an die Arbeit machen. Sofort!«

Wie zur Bekräftigung von Velvets Worten erzitterte der Boden unter ihnen, und als sie sich umsahen, entdeckten sie einen schmalen Riß, der quer über den Gipfel lief. Farbloses, aggressives Licht stieg aus dem Spalt auf und erfüllte die Luft mit unerträglicher Hitze.

»Sagt Fortune ... «, krächzte Wood mit heiserer Stimme. »Sagt Fortune, daß es mir leid tut.«

Scheinbar eine Ewigkeit lang sah Gossamer schweigend auf ihn herab, bevor sie sich zu einem Lächeln zwang.

»Sag es ihm selbst!«

Wood nickte schwach und schloß die Augen. Er war bewußtlos.

Widerstrebend, aber mit dem Wissen, daß sie nichts mehr für Wood tun konnten, wandten Gossamer und Velvet sich den Steinen des letzten aller Zirkel zu und machten sich an ihre Aufgabe: Sie mußten Fortune retten.

Kapitel 38

Der verletzte Berg

Tunnel aus Licht.

Glatte, glänzende Wände, die sich bis ins Unendliche erstrecken. Tunnel, die sich teilen und wieder teilen, sich winden und nochmals teilen, steil aufsteigen, wieder abfallen und sich ein ums andere Mal verzweigen, verzweigen …

Das Labyrinth von Covamere.

Fortune kroch durch unzählige Gänge; Gänge, die kein Ende nahmen. Wind kam aus allen Richtungen und zerrte an ihm. Unvorstellbare Dimensionen der Weite machten ihn zu einem Insekt, einem Staubkorn. Die Zeit lachte und floh in die Ewigkeit. Das Labyrinth war die einzige Realität … Das Labyrinth.

Mit unendlicher Mühe gelang es Fortune den Kopf zu heben, um sich in dem Gebilde umzusehen, durch das er sich langsam und mühsam fortbewegte. Er befand sich in einem Tunnel. Zumindest das war ihm vertraut. Nur bestand dieser Tunnel nicht aus Stein, sondern aus Licht. Eine glänzende Röhre, die sich wie ein lebendiges Wesen bog und wand. Die hell leuchtenden Wände pulsierten vor Energie, die Luft – wenn es denn Luft war – war heiß und trocken. Vor ihm und in seinem Rücken teilte sich der Tunnel in unzählige weitere Gänge. Alle waren sie identisch, so daß Fortune mit jedem Schritt, den er ging, entscheiden mußte, welchen Gang er nehmen sollte. Diesen oder jenen? Hier entlang oder dort? Die Entscheidung war unmöglich. Die Aussicht, diesem überwältigenden System aus Tunneln und Kanälen je wieder zu entkommen, war geringer als die Chance, sein Zentrum zu erreichen.

Ist das mein Ziel? Das Zentrum? Und wie soll ich es finden, wenn es doch so viele Wege gibt?

Verloren und allein, gefangen in einem Labyrinth, in dem jeder eingeschlagene Weg falsch sein mußte, schrie Fortune um Hilfe. Doch es gab niemanden, der ihm helfen konnte, und so blieb ihm nichts anderes übrig, als mit gesenktem Kopf und niedergeschlagenem Herzen weiterzukriechen, fast aller Hoffung beraubt.

Die Schlacht von Covamere tobte auf ihrem Höhepunkt, als der Sturm sich erhob und über den Schimmernden Berg herfiel.

Die Drachen erschraken, dann aber kämpften sie in seinem Schatten weiter. Doch dieser Sturm brachte nicht nur Wolken, Blitz und Donner. Der Himmel kochte, als die Hänge des Berges aufrissen und sich überall Spalten und Schluchten öffneten, aus denen der grausame Zauber der kämpfenden Magier aufstieg und zehnfach verstärkt wieder auf die Erde zurückfiel. Magische Blitze fuhren nieder und spalteten den Boden mit titanischen Schlägen. Die Erde bebte unter diesem Ansturm, und langsam, aber unaufhaltsam begann der Berg zu zerfallen.

Der Kampf war brutal und erbarmungslos. Und währenddessen fegte der unnatürliche Sturm über alles hinweg und preßte die Drachen zu Boden, so daß niemand es wagte, sich in die Luft zu erheben. Dort, wo vorher Nebel gewesen war, kochte jetzt heißer Regen und Asche. Der Himmel war nicht länger mehr ein Ort, an dem sich ein Drache – oder überhaupt ein Lebewesen – aufhalten konnte.

Magier starben unter dem Ansturm der zahllosen erdgeborenen Angreifer, und Erdgeborene kamen zu Dutzenden unter dem Feuerstoß eines einzigen Magiers ums Leben. Zauber verbrannte die Dunkelheit, und das *Reich* brodelte am Rande des Blickfeldes und goß seine alptraumhaften Kräfte über die Welt. Unter dem Licht eines zuckenden Blitzes waren einen Moment lang die am Boden liegenden Körperteile von Erdgeborenen zu sehen, die von einer magischen Kralle gevierteilt worden waren. An einer anderen Stelle machten sich in ihrem Blutrausch wahnsinnig gewordene Erdgeborene über einen Leichenberg her, um das Fleisch der toten Magier zu essen. Und der Berg erzitterte, während furchtbare Kräfte begannen, ihn von innen her zu zerreißen.

Und dennoch zogen Drachen durch diese Kriegshölle, die ein größeres Ziel verfolgten. Mutig und entschlossen bahnten sich die Anhänger der ›Schar‹ und der ›Bedrängnis‹ ihren Weg durch das Chaos. Auch von ihnen starben viele, doch sie hörten nicht auf, ein Ende des Kampfes zu fordern. Denn sie allein ahnten, daß sich hier auf dem Schimmernden Berg die letzten der Welt versammelt hatten. Wenn dem Morden nicht bald Einhalt geboten wurde, würden sich die Drachen gegenseitig vernichten, bis ihre gesamte Art vom Antlitz der Erde verschwunden wäre.

Doch immer heftiger drückte der Sturm auf die Erde und umklammerte die Drachen in seiner tödlichen Umarmung, während der Boden unter ihren Füßen bebte und Feuer spie. Über dem Schlachtenlärm blieb die Botschaft des Friedens ungehört. Das Kämpfen ging weiter, verbitterter denn je.

Wie Blätter im Winterwind wurden Cumber und Mantle aus dem einstürzenden Tunnel auf das Plateau gewirbelt. Bis zu dem Steinhaufen vor dem Nebenportal wurden sie geschleudert, und selbst in dieser Entfernung waren sie noch nicht sicher vor dem niedergehenden Steinhagel. Unter ihren Füßen öffnete sich die Erde, die Luft brannte, und Donner dröhnte in ihren Ohren. Nicht weit entfernt loderte das Feuer der Schlacht.

Kaum hatte Fortune das Labyrinth betreten, war Mantles Höhle eingestürzt. Ihre verzweifelte Flucht durch den Tunnel war ein Alptraum gewesen aus herabstürzenden Felsen, plötzlich aufreißenden Spalten und allgegenwärtigem Ruß, der ihnen den Atem nahm und in der Lunge brannte. Doch sie waren dem Berg entkommen. Mantles Verletzungen waren weniger schwer, als Cumber im ersten Moment befürchtet hatte, und wie durch ein Wunder hatte er die gefährliche Passage durch den Tunnel ohne weiteren Schaden überstanden.

Jetzt kämpften sie sich über den bebenden Boden des Plateaus, während heiße Asche auf ihre Köpfe niederregnete. Sie hatten nur noch den Wunsch, dieser Hölle zu entfliehen.

Doch wohin sollten sie gehen?

Hilf mir, wieder herauszufinden,, hatte Fortune Cumber gebeten, doch was mochte er damit gemeint haben.

»Nach oben!« schrie Mantle über den Lärm hinweg.

»Was? Da hindurch?«

Cumber sah zum brodelnden Himmel auf, über den der Sturm düstere Wolken und grelle Blitze peitschte. Mantle konnte doch nicht allen Ernstes glauben, daß ...?

»Wo deine Freunde sind!« rief Mantle. »Dort ist noch eine Aufgabe zu erfüllen!«

»Nach oben?« Cumbers Stimme zitterte.

Hoch oben auf dem Gipfel, unberührt von dem unter ihnen tobenden Sturm, arbeiteten Gossamer und Velvet, wie sie noch nie zuvor im Leben gearbeitet hatten. Von Zeit zu Zeit sah Gossamer zu Wood hinüber. Noch lebte der junge Drache, doch sein Atem ging so röchelnd und gequält, daß sie kaum Hoffnung für ihn hatte.

Lichtbögen aus Blitzen und magischer Energie wanden sich aus der brodelnden Wolkendecke, in die sich der Nebel verwandelt hatte. Sie kamen ihnen immer näher und ließen das Eis auf den Hängen unterhalb des Gipfels schmelzen. Manchmal fuhren sie sogar bis in die Steinsäulen. Während Velvet dieses Schauspiel ungehinderter Macht mit Angst erfüllte, empfand Gossamer eine Mischung aus Ehrfurcht und Mißtrauen.

»Ich bin müde, Gossamer«, keuchte Velvet und ließ sich gegen einen der Steine sinken. »Können wir nicht eine Pause einlegen?«

»Nein, Liebes«, lautete Gossamers Antwort. »Dazu haben wir keine Zeit. Schließ die Augen und mach weiter. Wir werden es schaffen.«

Gemeinsam hatten sie bereits die Hälfte der Steine des Zirkels zu Fall gebracht, so daß deren Spitzen vom Zentrum nach außen wiesen. Beide Drachen waren erschöpft.

»Ich verstehe nicht, warum wir das ...«

»Um Fortune zu retten«, schnitt Gossamer Velvet das Wort ab. »Frag mich nicht, warum es so ist. Ich weiß einfach, daß die Steine fallen müssen.«

Stöhnend stand Velvet wieder auf und stemmte sich mit ihrem ganzen Gewicht gegen die rauhe Oberfläche des Steines, an dessen Fuß sie gesessen hatte. Gossamer flog auf seine Spitze, krallte sich dort fest und zog an dem Stein, so fest sie nur konnte. Eis und Steinsplitter brachen an seiner Basis los, und unter Ächzen löste er sich aus dem Boden und fiel um.

Außer Atem betrachteten die beiden Drachen ihr Werk.

»Es ist nicht allzu schwer, sie umzustoßen«, sagte Velvet nach Luft schnappend. »Aber es sind so viele!«

»Laß uns weitermachen«, keuchte Gossamer. »Mit jedem, den wir umstoßen, kommen wir unserem Ziel näher.«

Und damit gingen sie zum nächsten Stein und machten sich erneut an die Arbeit.

Fortune ahnte nichts von dem Sturm, der seine Krallen in den Berg grub. Für ihn gab es nur die endlosen Windungen und Verzweigungen der Gänge des Labyrinths. Er zwang sich zum Weitergehen. Seine Kehle war rauh und trocken. Um ihn herum herrschte jetzt vollkommene Stille, selbst der allgegenwärtige Wind hatte sich gelegt, so daß er nur noch seinen eigenen Herzschlag hörte.

Bilder von Drachen tauchten vor ihm auf. Zwischen all den Gesichtern von Freunden war es Gossamers Antlitz, das ihm am lebhaftesten vor Augen stand. Dann sah er ...

»Wood!« Es war tatsächlich Wood, aber sein Körper war geschunden und verletzt. Alle Drachen, die er in seinem Leben geliebt hatte, schwebten vor Fortune. Auch sein Vater war dabei, dessen altes, freundliches Gesicht er jetzt mit einer solchen Klarheit und Schärfe vor sich sah wie nie zuvor. All diese Drachen ... Doch wer von ihnen konnte ihm helfen?

Es war das Bild Gossamers, das alle anderen dominierte,

doch er wußte, daß sie ihm nicht helfen konnte, nicht hier und nicht jetzt. Widerstrebend schob er den Gedanken an sie in den Hintergrund und spürte dabei, wie ein Riß durch sein Herz ging. Wer konnte ihm helfen?

Ein Drache mit leuchtend weißen Schuppen. Cumber!

Sein vertrautes Gesicht tanzte vor Fortunes tränenden Augen. Cumber bewegte den Mund.

»Was? Was hast du gesagt, Cumber?«

Die Worte des Freundes klangen leise, wie vom Winde verweht.

» ... welchen Weg du wählst ...«

»Was, Cumber?«

Fortune lauschte so angestrengt wie nie zuvor im Leben. Alles hing von diesen Worten ab.

» ... ist nicht wichtig ...«

Dann herrschte plötzlich wieder Stille; eine Stille, in der Fortune nicht einmal mehr das Hämmern seines Herzens hörte.

Ein triumphierendes Lächeln glitt über sein Gesicht. Und im gleichen Moment fielen die Wände des Tunnels – ein, alle Wände aller Tunnel. Sie explodierten, während sich um ihn herum das Labyrinth auflöste. Lichtspiralen tanzten nach allen Seiten und verschwanden in jener Finsternis, die das Labyrinth in ihrer kalten Umarmung hielt. Raum und Leere und Klarheit, endlich.

»Es ist nicht wichtig, welchen Weg du wählst!« rief Fortune wie in einem Freudentaumel. »Alle Wege führen zum Ziel!«

Hier an diesem Ort zumindest traf das zu.

Frei im Raum schwebend, sah er an seinen Flügeln vorbei nach unten auf das glühende Netz der Tunnel, in dem er noch eben gefangen gewesen war. Ein Spinnennetz, groß genug, daß sich ein Drache darin verfangen konnte. *Und ich bin ihm entkommen!*

Er rief sich in Erinnerung, daß er damit nur dem ersten Teil des Labyrinthes entronnen war. Das eigentliche Zentrum lag noch vor ihm. Doch zumindest im Augenblick ließ er sich seine Freude nicht nehmen, denn welcher Drache hätte ungerührt bleiben können bei dem Anblick, der sich ihm jetzt bot?

Er flog über die Welt hinweg. Das pulsierende Labyrinth wurde immer kleiner, bis es allmählich mit der Landschaft verschmolz, die sich unter ihm erstreckte. Die ganze Welt lag ausgebreitet da wie die Schale einer Frucht, riesig und wunderbar. Während er über sie hinwegflog, hatte Fortune das beunruhigende Gefühl, als ob er nicht nur nach unten, sondern gleichzeitig auch nach oben sehen könnte, wo sich Ozeane in Gebirge verwandelten und Berge in Krater. Quer über die ganze Welt flog er, über Kontinente hinweg, von denen er noch nie gehört hatte, und er empfand Ehrfurcht vor der Größe der Schöpfung und tiefe Rührung angesichts ihrer Schönheit.

Da war ein riesiges Meer, dort eine Wüste, da ... da ein Berg, *der Berg*! Fortune flog auf den Schimmernden Berg zu, und erst jetzt wurde im bewußt, was er wirklich sah. Lichtpunkte flammten an den Hängen des Berges auf, und er wußte instinktiv, daß jedes Licht ein Drache war.

Nirgendwo sonst hatte er auf seinem Flug über die Welt ein Licht gesehen. Alle Drachen der Erde waren hier, auf dem Berg. Und die Lichter erloschen, eins nach dem anderen. Wo auch immer er hinsah, starb ein weiterer Drache. Die Schlacht!

Doch schon im nächsten Augenblick hatte er den Schauplatz des Kampfes hinter sich gelassen, war über das Lichtermeer hinweggerast, das vor seinen Augen verschwamm. Dann glaubte er etwas in dem Ozean jenseits des Gebirges zu sehen, doch Fortune flog zu schnell, um erkennen zu könne, was genau es war. Und in diesem Moment wurde Fortune klar, daß er nicht länger Herr über seine Bewegungen war. Nicht er kontrollierte seinen Flug. Verzweifelt schlug er mit den Flügeln, um umzukehren und den zahllosen Drachen zu helfen, die so völlig sinnlos am Schimmernden Berg starben. Doch er wurde erbarmungslos weitergezogen, gezwungen, der Macht nachzugeben, die ihn auf sein Ziel zuführte. Er wandte den Blick nach oben und sah das *Reich*.

Es kauerte über der Welt. Doch während die Erde groß und hell war, war das *Reich* bloß ein kleiner, dunkler Stein. Es bewegte sich, pulsierte wie eine entzündete Wunde und streckte seine schattenhaften Fangarme nach der Welt aus. Doch kaum hatten sie diese berührt, zuckten sie wieder zurück, als hätten sie sich verbrannt. Feuer quoll aus den Rissen, die die Oberfläche des *Reichs* überzogen, und offenbarte Fortune Wesen, die zu sehen seine Sinne sich weigerten. Wesen, die sich in unendlicher Qual durch die Flammen bewegten.

Unter ihm die Welt, über ihm das *Reich*. Er wandte sich von beiden ab und sah in die Finsternis der Leere.

»Das Zentrum des Kampfes hat sich verlagert«, sagte Tallow, dessen feine Ohren jede Veränderung in dem allgemeinen Lärm wahrnahmen. »Es liegt jetzt oberhalb von Covamere. Ich nehme an, wir sollten folgen, aber …«

Sie blieben stehen, plötzlich unentschlossen, wie sie weiter vorgehen sollten.

Es war nur ein kurzer Flug von dem Nebenportal, wo sie sich von Fortune und Cumber verabschiedet hatten, bis hierher gewesen. Dieses Mal hatten sie sich nicht auf Tallows Fähigkeiten verlassen müssen, um sich zu orientieren. Das Feuer der Schlacht und das Geschrei der Kämpfenden wiesen ihnen den Weg.

Doch obgleich sie auf ihrem Weg nach Covamere und in der Siedlung selbst zahlreiche zerstörte Gebäude, verbrannte Leichen und verstümmelte Körper fanden, begegneten sie keinem einzigen lebenden Drachen. Der Kampf, so schien es, war hier schon vorbei.

Sie landeten in den Ruinen jener Arena, in der Wraith zu seinen Truppen gestoßen war, an eben jenem Ort, an dem die Schlacht begonnen hatte.

»Was für eine furchtbare Verschwendung«, flüsterte Brace entsetzt, als er seinen Blick über das Schlachtfeld schweifen ließ. Unzählige Tote, sowohl Magier als auch Erdgeborene, bedeckten den Platz, während ihr Blut den Schnee rot färbte. Nebelschwaden krochen wie Leichenfledderer um sie herum.

»Keine Spur von ›Wraiths Bedrängnis‹«, kommentierte Scoff verbittert.

»Auch nicht von der ›Schar‹«, fügte Volley deprimiert hinzu.

Der Boden unter ihren Füßen hob und senkte sich, heiße Luft strömte aus zahlreichen Erdspalten, die sich überall auftaten. Plötzlich nahm Tallow eine Bewegung zu ihrer Linken in einer der sternförmig auf die Arena zulaufenden Gassen wahr. Vorsichtig näherten sie sich der Stelle, wo die Gasse auf den Platz mündete, und Tallow starrte in die Dunkelheit, um mehr zu erkennen, während der Regen die Sicht noch verschlechterte. Plötzlich flammte am Himmel ein Blitz auf, dessen grelles Licht in die enge Gasse fiel. Nur eine Flügelspanne weit entfernt standen drei Drachen – zwei Erdgeborene und ein Magier – und sahen ihnen mißtrauisch entgegen.

Schatten tanzten über den Boden und die Mauern, während der Blitz mit doppelter Kraft zurückkehrte, um einen Teppich aus Licht über diese Begegnung zu breiten.

»Wir gehören zur ›Schar‹ und zur ›Bedrängnis‹«, verkündeten die drei Drachen wie aus einem Mund, obgleich eine Spur von Niedergeschlagenheit in ihrem Ton lag. »Es gibt keinen anderen Ausweg mehr aus der Katastrophe. Ihr müßt euch uns anschließen. Bitte.«

»Wie viele seid ihr?« rief Scoff.

»Wie ihr seht, drei«, lautete die vorsichtige Antwort.

»Jetzt seid ihr sieben!« schrie Brace aufgeregt.

»Gemeinsam können wir vielleicht noch etwas erreichen«, fügte Tallow hinzu und trat einen Schritt vor.

»Tallow!« rief einer der Erdgeborenen erfreut, und es war Volley, der die Sprecherin erkannte.

»Werth!«

Und tatsächlich. Es war Werth, die die ›Schar‹ angeführt hatte, bevor Fortune gekommen war, und die nun mit einem zerkratzten und mit Rissen übersäten Schuppenpanzer und einem zerschmetterten Horn in den Ruinen Covameres stand. Sie war verletzt und erschöpft, und trotzdem erhellte ein strahlendes Lächeln ihr Gesicht.

»Dies ist Lunny«, sagte sie stolz. »Und dies Duce. Ich habe sie für unsere Sache geworben! Doch so viele andere sind tot.«

»Du mußt uns alles berichten ...«, begann Tallow, doch Werth unterbrach ihn.

»Dafür ist jetzt keine Zeit. Wir müssen die Botschaft der Versöhnung unter die Kämpfenden tragen. Es ist Fortunes Botschaft, und es ist eine gute Botschaft. Wir können diesen Krieg beenden. Wenn wir nur daran glauben, wird es uns gelingen.«

Während sie sprach, schien der Regen etwas nachzulassen, und die Wolken schoben sich einen Spalt weit auseinander, als ahnte der Sturm etwas von ihrer Verschwörung.

»Der Kampf hat sich weiter den Abhang hinauf verlagert«, sagte Duce, der Magier der Dreiergruppe, und bestätigte damit Tallows Vermutung. Mit seinem zerfetzten, gelben Flügel wies er in eine schmale Gasse. »Dieser Weg wird uns aus Covamere hinaus und zum Kampfschauplatz führen.«

»Worauf warten wir dann noch!« rief Brace und führte ihre Gruppe mutig und entschlossen an.

Wieder erfüllte ein Donnerschlag die Luft und schlug riesige Risse und Spalten in den Boden. Gleißendes Licht strömte aus der Erde, sandte Blitze in den Himmel und brachte den Stein, der es gebar, zum Schmelzen.

Dort, wo die sieben Drachen standen, begann der Boden zu schwanken, bis er schließlich ganz nachgab und eine Woge flüssigen Feuers aus den Tiefen aufstieg und hoch in den Himmel brandete. Das unterirdische Feuer, das einst die Verletzten Berge hatte entstehen lassen, brach durch die Erdkruste, erschütterte den Schimmernden Berg in seinen Grundfesten und spie Flammen, die seine Hänge hinaufjagten – hinauf, dem Gipfel entgegen. Auf ihrem Weg verschlangen sie die Gassen, die Arena und schließlich ganz Covamere.

Gossamer spürte, wie sich der Sturm legte. Drei Steine standen noch aufrecht, alle anderen hatten sie zu Boden gestürzt.

Wood lag gegen einen dieser Steine gelehnt. Stöhnend bewegte er sich.

»Was ist geschehen?« fragte Velvet mit zitternder Stimme.

»Ich weiß es nicht«, erwiderte Gossamer. »Auf keinen Fall etwas, das uns weiterhilft.«

Donner erschütterte den Berg tief in seinem Innern, und plötzlich leuchtete hinter den Wolken ein gigantischer roter Feuerball auf. Sein Licht wurde immer heller, drang durch die Wolkendecke und raste auf sie zu wie eine immer größer werdende Sonne. Dann verschwand es für einen Augenblick, doch nur, um im nächsten Moment erneut aus der Erde aufzusteigen, das kreisrunde Plateau des Berggipfels in zwei Hälften zu teilen und den Spalt, den es entstehen ließ, mit kochender Lava anzufüllen.

Die Erschütterung riß Gossamer von Velvets Seite. Mit einem verzweifelten Schrei sah sie, wie die Freundin auf der anderen Seite des Spaltes zu Boden geschleudert wurde. Und auch Wood lag jenseits des Grabens, dessen Feuerfluten sie voneinander trennten.

Zwei der noch aufrecht stehenden Steine stürzten, doch das Geräusch ihres Falls ging in dem donnernden Brodeln der kochenden Lava unter. Der letzte Stein schwankte und neigte sich zur Seite, aber er fiel nicht. Trotzig blieb er aufrecht neben dem reglosen Körper Velvets stehen.

Gossamer schütze die Augen vor dem gleißenden Licht und versuchte den Funken auszuweichen, die das Feuermeer versprühte. Mit jeder Sekunde, die sie zögerte, wurde der Spalt größer und die andere Seite unerreichbarer.

Die Welt und das *Reich* waren jetzt nur noch winzig kleine Punkte in der Leere. Doch während Fortune zusah, wie sie sich immer weiter entfernten, fiel ihm eine Bewegung auf, die ihm ein neues Bild, ein neues Muster in der Dunkelheit offenbarte. Die Erde und das *Reich* drehten sich im Einklang miteinander, verbunden durch einen Ring, der ein schwaches Licht in die Leere aussandte, in der Fortune sich bewegte. Die Dunkelheit, die ihn umgab, war nicht konturenlos, sondern von einem Muster durchzogen, das so fein war, daß seine strahlenförmigen Linien aus einem bloßen Flüstern gesponnen zu sein schienen. Dieses Muster formte ein Netz, eine gigantische, unfaßbare Struktur, die wie beiläufig die Erde und das *Reich* – und möglicherweise viele weitere Welten und *Reiche* – an ihrem Platz verankerte.

Dieses Netz war riesig. Es war die Struktur, die allem Wirklichen und Unwirklichen zugrunde lag. Es war das Labyrinth.

Fortune nahm dieses erschreckende Bild in sich auf, während ihm gleichzeitig bewußt wurde, daß das Labyrinth nicht wirklich so aussah. Vielmehr war die Vorstellung des Netzes seine eigene Interpretation einer Struktur, die er nie würde verstehen können.

Es ist um so vieles größer, als ich dachte.

Während er durch die Leere taumelte, erkannte er auf einmal, daß die Fäden des Netzes sich an einer Stelle verdichteten. Von Angst und Erregung zugleich erfüllt, wurde ihm klar, daß es genau dieser Punkt war, auf den er zustürzte. Immer schneller wurde sein Fall, und er sah, daß sich im Zentrum der zusammenlaufenden Fäden ein Lichtkern befand, eine leuchtende Kugel, die immer größer wurde, bis sie seinen ganzen Horizont ausfüllte.

Er fürchtete, das Licht würde ihn wie ein wildes Tier verschlingen, und schloß die Augen, doch selbst hinter geschlossenen Lidern sah er das Gleißen. Das Herz des Labyrinths!

Er hatte sich auf einen Zusammenprall gefaßt gemacht, als die Lichtkugel sich plötzlich öffnete. Wie eine Blüte entfaltete sie riesige und zugleich unendlich zarte Blätter, unvorstellbar groß, von Lichtadern durchzogen und doch stark genug, um einen Stern zum Erlöschen zu bringen. Die Blüte nahm Fortune auf und schloß ihre Blätter um ihn. Und er wußte, daß er nun vom Herzen des Labyrinths umfangen war wie das Labyrinth von der Welt.

Das Licht drehte sich, und Fortune drehte sich mit ihm, bis ihn endlich Dunkelheit umfing.

Kapitel 39

Der Same der Magie

Einen Augenblick später erwachte Fortune.

Seine Klauen berührten festen Boden – oder zumindest etwas, das sich so anfühlte. Es leuchtete, blasse Adern preßten gegen eine gespannte Haut. Fortune sah auf. Der Boden wölbte sich nach oben, ging in die Wände und die Decke über. Er war im Innern einer Kugel. Sie war weiß und leuchtete äußerst hell: ein Gewebe aus Lichtfäden, ein Gewebe aus den Fäden des Labyrinths. Ein Gefängnis? Oder ein sicherer Zufluchtsort?

Das Herz des Labyrinths.

Es war kalt in seinem Innern, doch mehr noch, es roch ... krank. Die Haut der Blase zuckte, als würde sie von Fieber geschüttelt. Ab und zu war das Zittern so heftig, das Fortune fürchtete, wieder in die Leere hinausgeschleudert zu werden. Er krallte sich an der Haut fest und widerstand der Bewegung. Und dann wurde ihm auf einmal klar, daß es die gleiche Krankheit war, durch die die Magier in den Wahnsinn getrieben wurden.

Als er nach oben blickte, glaubte Fortune etwas zu sehen, das in der Mitte der Blase, im Zentrum des Herzens schwebte. Doch bevor er genau erkennen konnte, was es war, tauchte dahinter etwas anderes auf. Etwas Schwarzes, Großes, das jetzt – Gewitterwolken gleich – seine Schwingen entfaltete. Es bewegte sich auf Fortune zu, und als es näher kam, erkannte er, daß es ein schwarzer Drache war: Wraith.

Zu einem großen Teil war dieses Wesen noch immer Wraith, denn in dem eigenartigen Mischwesen, zu dem er und der Basilisk sich vereinigt hatten, waren die unterschiedlichen Persönlichkeiten seiner Schöpfer erhalten geblieben. Das Blut des Basilisken floß zwar durch das Herz des Drachen, und das Fleisch des Drachen schloß sich um die Knochen des Basilisken, aber im Innern ihres zwitterhaften Körpers blieben sie getrennt … zumindest noch.

Die Gedanken des Basilisken bohrten sich wie ein Stachel in Wraiths Bewußtsein. Ihnen nachzugeben war eine allzu verführerische Vorstellung, versprachen sie doch Unsterblichkeit und eine Flut von Erinnerungen, die so groß war wie die Ewigkeit selbst. Und doch verbarg sich in ihnen eine Trostlosigkeit, die Wraith angewidert von sich wies. Der Basilisk wünschte sich den Tod!

Dieser Todeswunsch stieß Wraith derart ab, daß er alles daransetzte, ihn nicht in sein Bewußtsein dringen zu lassen. Er ahnte, welche Macht er erringen konnte, wenn er dem Basilisken gestattete, ihre Gedanken zu verschmelzen. Doch er mißtraute diesem Wesen zu sehr, um so etwas zuzulassen. Vielmehr hoffte er, sich seiner Magie bedienen zu können, ohne sein Denken teilen zu müssen. Der Basilisk hatte sich in seinem Körper wie ein Parasit eingenistet. Er besaß die Macht, dem Schwarzen Drachen bei der Erfüllung seiner Wünsche dienlich zu sein, zugleich war er jedoch auch in der Lage, sie beide zu zerstören, wenn Wraith ihm die Gelegenheit dazu bot.

Ich werde mich nie geschlagen geben, dachte Wraith. *Wie auch immer das Ende aussehen mag, ich werde der Sieger sein.*

Und so schirmte er den Teil seines Gehirns ab, der seine Individualität und seinen Willen ausmachte, während sein Körper die magische Energie und die Intelligenz des Basilisken in sich aufsog. Und dieses eigenartige, uralte Wesen schien zufrieden zu sein, daß er sich alles nahm, während es selbst nichts empfing. Ruhig saß es in seinem Drachenkörper, drohte nicht, erbat nichts, sondern war nur einfach da und wartete …

Dem Labyrinth hatte Wraith sich schon früher einmal gestellt, so daß es ihm vergleichsweise leichtgefallen war, bis in dessen Herz vorzudringen. Doch als er es erreicht hatte, kamen Zweifel in ihm auf. Unsicher umkreiste er immer wieder den Gegenstand, der so lange Zeit sein Ziel gewesen war. Doch nun wußte er nicht, was er tun sollte.

Schon einmal war er hiergewesen und gescheitert. Was hatte er damals falsch gemacht?

Und dann, noch während er das Gedächtnis des Basilisken erforschte, um einen Schlüssel für sein weiteres Vorgehen zu finden, nahm er einen Geruch wahr.

Er schnüffelte, dann lächelte er. Dies war der Geruch, den er auf der ganzen Welt gesucht hatte und dem er doch nie wieder begegnet war – bis zu diesem Zeitpunkt. Es war der Geruch, den er vor langer Zeit hassen gelernt hatte und den er nun, da alles sich dem Ende zuneigte, für seinen eigenen Triumph nutzen würde.

»Merkst du es, Basilisk?« flüsterte er. »Der Erdgeborene ist gekommen.«

Und Wraith schloß die Augen.

Aufmerksam beobachtete Fortune, wie Wraith zu ihm herabglitt und sich auf der dünnen Membrane des Herzens niederließ.

Fortune war erschöpft, zugleich aber auch aufs höchste angespannt. Und noch immer hielt Wraith die Augen geschlossen.

»Erdgeborener«, flüsterte er heiser. »Wir sind also wieder zusammen.«

Wraiths Nasenflügel zitterten, während er die Luft einsog. Fortune runzelte die Stirn, sagte aber nichts. Etwas Eigenartiges war an diesem Drachen, etwas, das ihn noch fremder erscheinen ließ, als er es ohnehin schon war. War da etwas an seiner Flanke? Fortune konnte es nicht genau sehen, doch er hatte den Eindruck, als ob sich dort etwas bewegte, etwas Weißes ...

»Erdgeborener«, wiederholte Wraith, doch dieses Mal klang die Anrede wie ein Fluch. Dampf entstieg seinem Maul und verlor sich in der warmen Luft der Kugel. Feuer lauerte tief in seinem Schlund. Und dann lächelte er plötzlich. »Wie wirst du mir dieses Mal helfen?«

Als Fortune noch immer nicht antwortete, begann Wraith, seine Wut mühsam kontrollierend, auf und ab zu gehen.

Winzige Funken stoben überall dort auseinander, wo seine Klauen sich in die Membrane der Kugel bohrten.

Fortune wartete, und schließlich öffnete Wraith die Augen. »Welkin!« donnerte er. »Sieh mich an, es ist das letzte Mal, daß du ...!«

Er unterbrach sich und sah Fortune verwundert an. »Du bist nicht Welkin«, knurrte er, und in seiner Stimme lag ein gefährlich drohender Unterton. Doch schon im nächsten Moment hatte er sich wieder unter Kontrolle und sog erneut die kalte Luft des Labyrinths ein.

»Riecht wie Welkin«, überlegte er. »Aber sieht nicht aus wie Welkin. So, so.«

»Ich bin Welkins Sohn«, erwiderte Fortune und versuchte, seine Stimme so mutig wie möglich klingen zu lassen. »Und ich verfüge über seine Macht«, fügte er in der Hoffnung hinzu, dadurch seinen Worten mehr Bedeutung zu verleihen.

Doch Wraith lachte nur.

»Seine Macht?« rief er und sein Lachen klang zornig und kalt. »Er besaß keine Macht, kleiner Drache.«

Wraiths Hohn machte Fortune wütend. »Er hatte die Macht, dich zu retten, verlorener Drache!« fauchte er, und zum ersten Mal schien der Schwarze Drache betroffen.

»Was weißt du darüber, Erdgeborener?« schrie er, während seine Augen funkelten wie tote, gelbe Edelsteine.

»Ich kenne dich, Wraith«, antwortete Fortune ohne zu zögern. Ihm war bewußt, daß er in diesem riskanten Spiel auf Wraiths Unsicherheiten und Ängste spekulieren mußte. Fortune wußte zwar nicht, wie sich die Geschichte zwischen seinem Vater und dem Schwarzen Drache im Detail zugetragen hatte, aber das Wissen darum, *daß* sie sich zugetragen hatte, reichte vielleicht schon aus. »Ich weiß, daß du versagt hast, als du das erste Mal das Herz des Labyrinths betreten wolltest, wie du auch jetzt wieder versagen wirst. Du vermagst ja nicht einmal, mich von meinem Vater zu unterscheiden.«

Wraith versuchte, Fortunes Spott zu ignorieren, doch es gelang ihm kaum, seine Wut zu verbergen. Sein Brustkorb hob und senkte sich aufgebracht, während zwischen seinen Flügeln ein zweites Herz zu pulsieren schien. Doch Fortune konnte nicht genau erkennen, was es war. Steckte irgend etwas im Körper des Schwarzen Drachen?

»Ich höre«, fauchte Wraith mit gefährlich gesenktem Kopf. »Du redest genauso scharfzüngig wie dein Vater. Vielleicht bist du ja auch genauso dumm und vertrauensselig. Weißt du, warum du hier bist?«

»Um die Welt zu retten«, antwortete Fortune unwillkürlich, und noch während er es sagte, überkam ihn plötzlich das Bedürfnis, laut zu lachen. Um sich wieder auf den Ernst der Situation zu konzentrieren, zwang er sich, Wraith anzusehen, seine scharfen Klauen, seinen glänzenden Rückenschild, seine bösen Augen ... Ja, in ihnen lag das Böse, aber zugleich entdeckte Fortune in ihnen noch etwas anderes: eine Trauer, die ihn beinahe Mitleid mit diesem mächtigen Ungeheuer empfinden ließ.

Dann wandte sich Wraith ein wenig zur Seite, und Fortune sah endlich, was ihn die ganze Zeit über irritiert hatte. Ein weißer Schwanz ragte aus der Flanke des Schwarzen Drachen, und er bewegte sich mit einer Lüsternheit, die Fortune abstoßend fand. *Etwas ist in ihm!*

»Dumm!« schrie Wraith. »Wie ich mir gedacht habe. Die Welt kann nicht gerettet werden, kleiner Drache. Man muß sie auch nicht retten, man muß sie besitzen!« Er wies zu dem vagen Schatten hinauf, der im Zentrum des Labyrinths schwebte. »Dort ist die Macht, die Welt zu besitzen. Deswegen bist du hier: damit wir bestimmen, wer von uns beiden sich dieser Macht als würdig erweist.« Wraiths gelbe Augen schienen zu kochen. »Und wir beide wissen, daß es nur einen Drachen gibt, der würdig ist«, schloß er mit kaltem Triumph. »Und das bist nicht du, Sohn Welkins.«

»Fortune«, lautete die ruhige Antwort. »Mein Name ist Fortune.«

Der Schimmernde Berg erbebte unter dem letzten, fatalen Schlag, der tief aus seinem Innern kam. Das Eis, das ihn bedeckte, löste sich in Dampfwolken auf, als eine Fontäne kochender Lava emporschoß. Es dauerte nur Sekunden, bis das Winterkleid des Berges sich aufgelöst hatte.

Covamere wurde unter der Wucht der Explosion begraben, und aus dem brodelnden Lavakessel, der statt dessen entstand, ergossen sich unzählige Sturzbäche, die das Feuer die Hänge des Berges hinauftrugen. Sie vereinigten sich zu einem Lavastrom, der sich wie ein Keil in den Berg grub und ihn zu spalten drohte. Immer breiter wurde der Strom, immer tiefer drang der Keil, bis sich der Berg unter seinem Druck schließlich in zwei Hälften teilte.

Am Himmel tobte noch immer der Sturm, doch nun war es nicht mehr das Feuer der Magie, das vom Boden zu ihm aufstieg, sondern das Feuer des Vulkans.

Entsetzt wichen die Drachen zurück, als sich die Erde vor ihren Füßen auftat. Ihr Kampf verwandelte sich in ein heilloses Durcheinander und war schließlich ganz vergessen, als jeder nur noch versuchte, sich in Sicherheit zu bringen. Hatten sich Magier und Erdgeborene noch in der einen Sekunde als Todfeinde gegenübergestanden, so flohen sie jetzt Seite an Seite, um dem Flammenmeer zu entkommen. Innerhalb weniger Sekunden waren die Reden Wraiths und Shatters vergessen, verwandelte sich Zorn in Angst. Im Angesicht dessen, das aussah wie das Ende der Welt, vereinten sich die Drachen und flohen von dem sterbenden Berg.

Die zerstörerische Macht der Feuer spottete jeder Beschreibung. Zu Hunderten starben die Drachen in den Flammen.

Und doch gab es einen Drachen, der allen Elementen trotzend sicher durch den Sturm und das Flammenmeer flog: Tallow, gefolgt von den Drachen der ›Schar‹ und der ›Bedrängnis‹. Sie bahnten sich einen Weg durch das Chaos und flogen den Berg hinauf, stiegen immer höher. Sieben waren es gewesen, die sich in die Luft flüchteten, als Covamere unter den Flammen begraben wurde. Doch je höher sie flogen, desto größer wurde ihre Zahl, verdoppelte und verdreifachte sich. Und noch immer schlossen sich ihnen weitere Drachen an, Magier wie Erdgeborene.

Während sie flogen, sangen sie. Angeführt von Volley

klangen ihre Stimmen über den Sturm hinweg und wurden von den Drachen auf dem Berg gehört. Und jeder, der sie hörte, sah zu ihnen auf und erkannte in ihnen die Möglichkeit, nicht gegeneinander, sondern gemeinsam gegen die tödlichen Naturgewalten zu kämpfen. Eine Chance für alle Erdgeborenen und alle Magier. Für alle Drachen.

Einer nach dem anderen erhoben sich die Drachen auf dem Berg in die Luft und schlossen sich der ›Schar‹ und der ›Bedrängnis‹ an. Einer nach dem anderen vergaßen sie ihre Feindschaft und suchten die Einheit aller Drachen.

Ein Stoß brennend heißer Luft stieg auf und erfaßte Gossamer. Ihre Flügel schmerzten, ihre Haut war von Blasen übersät, und aus ihren Augen rannen die Tränen, fielen Regentropfen gleich zu Boden und verwandelten sich in zischenden Dampf, noch bevor sie die glühende Lava erreichten

Gossamer schwebte über dem Lavasee, der den Gipfel des Berges teilte. Noch immer brodelte das flüssige Gestein, aber zumindest schien der See sich nicht mehr weiter auszudehnen.

Auf der anderen Seite lag Velvet wie auf einer Insel. Sie war bewußtlos, wenn nicht gar tot. Die letzte der Steinsäulen neigte sich bedrohlich über ihren reglosen Körper, den der Widerschein des Feuers in rotes Licht tauchte.

Fast der ganze Gipfel war verschwunden, versunken im Flammenmeer.

Und auch Wood war nirgends zu sehen.

Die Luft war erfüllt von brennenden Funken, glühenden Holzstücken und Steinen, die die Lava emporschleuderte. Selbst hier oben mußte Gossamer ihnen noch ausweichen. Auf der Suche nach Sicherheit und Ruhe flog sie höher, immer höher, bis sie sich dreißig, dann vierzig und schließlich fünfzig Baumlängen über dem Gipfel befand.

In dieser Höhe war die Luft beängstigend dünn, so daß ihre Flügel sie kaum trugen. Unter ihr lag der Berg, eine dunkle Masse, die ein Feuerband zerschnitt, umgeben von dahinrasenden Sturmwolken. Er sah aus wie ein riesiges

Auge, das sich seit Äonen zum ersten Mal geöffnet hatte und nun seinen lichterfüllten Blick in die Welt hinaussandte. *Ob es einmal so große Trolle gegeben hat?*

Erschüttert von diesem Gedanken, nahm Gossamer all ihre Kraft zusammen und kämpfte sich durch die aufgewühlte Luft, bis sie endlich die andere Seite des Lavasees erreicht hatte und sich wieder absinken ließ.

Die Luft wurde wieder schwerer und heißer, und mit einem furchtbaren Donnern riß der Spalt, der den Gipfel teilte, noch ein Stück weiter auf. Brodelnde Lava schoß wie in einer Fontäne auf, doch Gossamer konnte ihr ausweichen und landete ganz in Velvets Nähe. In dem Moment, in dem ihre Klauen den Boden berührten, spürte sie, wie der Berg von einem neuen Beben erfaßt wurde. Die Steinsäule begann zu schwanken und gab schließlich nach. Endlich stürzte sie um.

Doch sie fiel falsch, mit der Spitze in den Kreis hinein. Und sie stürzte auf Velvet zu, die noch immer reglos dalag.

»Nein!« schrie Gossamer.

Ein Beben ging durch das Herz des Labyrinths, und die beiden Drachen strauchelten. Nur allmählich glättete sich die Membrane der Blase wieder, die noch einige Male von leichteren Erschütterungen getroffen wurde. Und dann wurde es plötzlich dunkler.

Das Licht flackerte, als würde seine Kraft abgezogen und an einen anderen Ort geleitet. Ein grauer Schleier legte sich über alles.

Fortune stand aufrecht und starrte auf das Zentrum des Herzens, auf die Stelle, auf die Wraith gewiesen hatte, bevor das Beben begann. Jetzt, da das Licht nicht mehr so gleißend hell war, konnte er erkennen, was dort schwebte.

Die Fäden der Macht – oder woraus auch immer das Netz bestand, das das Zentrum des Herzens formte – wanden sich alle um diesen einen Punkt, diese eine zentrale Anomalie in der Struktur des Labyrinthes. Dann spürte Fortune

Bewegung, als ob durch die zusammenlaufenden Fäden Energie dorthin transportiert würde.

Wie ein Blitz traf ihn die Erkenntnis, daß alle Macht und Energie des Labyrinthes in diesem einen, winzigen Punkt zusammenfloß.

Der Gegenstand, der den Platz im Zentrum einnahm, war jetzt deutlich zu erkennen. Doch Fortune hätte sich kaum etwas weniger Beeindruckendes und Unpassenderes vorstellen können als das Gebilde, das er vor sich sah. Es war eine graue Samenschote, kaum halb so groß wie sein eigener Kopf. Sie leuchtete nicht, und sie bewegte sich auch nicht, sondern sah einfach nur alt, leblos und vollkommen unbedeutend aus.

Und doch wußte Fortune, daß dieses Schote der Grund dafür war, daß er jetzt hier war. Sie allein war der Grund dafür, daß er Cumber kennengelernt hatte, daß Südkap zerstört worden war, daß er in Aethers Zitadelle gefangengenommen worden war und sich in Gossamer verliebt hatte und schließlich in das Innere des Berges vorgedrungen war. Sie war der Grund dafür, daß sich die Erde drehte und die Welt wandelte. Der Grund für alles. Und – auf irgendeine Weise – auch die Lösung.

Fortune starrte auf diesen unscheinbaren Gegenstand, der ihn wie magisch anzuziehen schien. Er war blaß und leblos und nahm ihn doch vollkommen gefangen. Gerade das Fehlen von Farbe schien ihn verführerisch zu machen, das Fehlen von Bewegung. Erschreckt stellte Fortune fest, daß diese graue Schote schön war. Und sie lockte ihn, näherzukommen.

Ihm wurde schwindlig, und er wandte den Blick ab, nur um festzustellen, daß Wraith ihn mit der gleichen Intensität anstarrte, mit der er, Fortune, die unheimliche, graue Schote betrachtet hatte.

»Du begehrst sie also auch«, sagte der Schwarze Drache.

In diesem Augenblick begriff Fortune, welch ungeheure Macht Wraith wirklich besaß, und der Gedanke erfüllte ihn mit Schrecken. Dieser Drache hatte die Welt verheert!

Angst und Müdigkeit, kehrten mit aller Macht zurück, so

daß Fortune zitternd zu Boden fiel. Mit ausdruckslosem Gesicht sah Wraith auf ihn hinunter.

»Kleiner Erdgeborener«, sagte er kalt. »Du bist erbärmlich.«

Fortune wünschte, er hätte dem Schwarzen Drachen nicht seine Schwäche offenbart, aber er brachte keinen Ton heraus, so erschöpft und von panischer Angst erfüllt war er. Er starrte auf den Boden und konzentrierte sich darauf, seine Atmung und seinen rasenden Herzschlag wieder unter Kontrolle zu bringen.

»Ich nehme an, dein Vater hat dir nicht erzählt, was es ist?« fragte Wraith beiläufig. »Nun, dann werde ich dich wohl darüber unterrichten müssen. Was du dort oben siehst, ist das Zentrum des Labyrinths. Es hat einen Namen: Der Same der Magie wird es genannt. Doch ich ziehe es vor, es als das zu bezeichnen, was es wirklich ist: Der Same der Macht. Der Drache, der diese Samenschote besitzt, wird die größte Frucht ernten: er wird der Führer aller Drachen sein. Und nicht nur über Drachen wird er herrschen, nein, über die ganze Welt.«

Wie ein Rauschen zogen Wraiths Worte an Fortune vorüber, und er hatte Mühe, sie zu verstehen. *Der Same der Magie!* dachte er. *Natürlich.*

Und er wußte, daß Wraith die Wahrheit sagte. Zugleich jedoch lag in seinen Worten auch ein Schatten der Lüge – oder besser gesagt des Selbstbetrugs. »Der Same der Macht« hatte er gesagt, und das schien Fortune falsch zu sein. So falsch wie der obszöne weiße Schwanz an Wraiths Flanke.

Nur allmählich und unter Qualen gelang es Fortune, seinen zitternden Körper wieder unter Kontrolle zu bringen. Müde sah er zu Wraith auf. Doch dann wanderte sein Blick weiter, bis zu dem Samenkorn, unwiderstehlich angezogen von der rauhen, grauen Schote. Sie bannte sowohl seinen Blick als auch seine Gedanken, und während Fortune sie ansah, spürte er plötzlich, wie die Müdigkeit von ihm abfiel. Der Anblick des Samenkorns gab ihm in einer Weise Kraft, wie er es noch nie zuvor erlebt hatte. Und wieder schien sie ihn lautlos zu sich zu rufen.

Wraith sah ihn herausfordernd an. Ohne ein Wort zu sagen, breitete Fortune seine Flügel aus und flog zu dem schwebenden Samenkorn hinauf, während Wraith ihn nicht aus den Augen ließ.

Fortune hatte erwartet, daß der Samen von einem Schutzschild umgeben sein würde, einer unsichtbaren Barriere, die er überwinden mußte, um an das graue Korn heranzukommen. Doch nichts stellte sich ihm in den Weg. Er näherte sich dem Samen, bis er nur noch eine Flügelspanne weit entfernt war, und hielt dann inne, um sich die Schote genauer anzusehen. Dabei empfand er Skepsis und zugleich auch eine unwiderstehliche Faszination. Als er seinen Kopf ein wenig weiter vorschob, merkte er, wie die Samenschote anfing, sanft zu leuchten, und die graue, undurchsichtige Schale allmählich transparenter wurde. Fortune erkannte Gesichter im Innern des Korns, Gesichter von Drachen, die er liebte. Und sie alle lockten ihn, riefen ihn zu sich. Cumber, Gossamer, Wood, Scoff, Tallow und so viele andere, sie alle begrüßten ihn. Sein Vater Welkin, seine Mutter Clarion. *Komm her, und du wirst deine Mutter finden*, flüsterte die Samenschote.

Fortune wußte, daß der Samen versuchte, ihn zu verführen, ihn zu betrügen, doch er konnte ihm nicht widerstehen. Er war schön, voller Liebe und Versprechungen, die er ganz sicher auch einhalten würde. Er spürte, wie die Energie des Samens auf ihn überging und ihn erfüllte, bis sie ihm aus den Augen quoll, den Ohren, den Spitzen seiner Krallen.

Er fühlte die Kraft des Samens, die seinen Körper erfüllte, durch ihn hindurchfloß wie das Herzblut eines Sternes, bis er glaubte, durchtränkt zu sein von seiner Wärme und Schönheit. Er fühlte, wie er selbst größer wurde und den Platz im unendlichen Raum einnahm, den das Korn innehatte. Er fühlte, wie dessen Vergangenheit seine eigenen Erinnerungen füllte. Und er sah, daß unter der toten, grauen Schale das Zentrum der Macht lag, das Zentrum der Herrschaft über die Welt, über alle Welten und über den Wandel.

Dies war der Mittelpunkt von allem. Fortune reckte den

Hals und nahm den Samen vorsichtig zwischen die Zähne. Lichtblitze fuhren über seine Schuppen, als Magie ihn einhüllte und die Bilder im Innern des Samens sich auflösten, während seine Schale wieder undurchsichtig wurde. Fortune löste das Korn aus seinem Netz, und ein kaum merklicher Schauder durchlief es, als es den Kontakt zu den Millionen Fäden des Labyrinths verlor. Doch sonst geschah nichts, das darauf hingewiesen hätte, welche Macht Fortune nun mit dem Samenkorn zwischen seinen Zähnen trug.

Im nächsten Augenblick begannen die Lichtfäden, die den Samen im Netz gehalten hatten, sich zurückzuziehen und zu schrumpfen. Sie rollten sich zusammen wie trockenes Gras in der Sonne, um wieder in der Haut der Blase, die sie hervorgebracht hatte, zu verschwinden.

Langsam glitt Fortune zu Boden. Wraith stand noch immer dort und wartete auf ihn. Fortunes ausgestreckte Klauen berührten die erbebende, weiche Haut der Blase, und er spürte, wie eine Welle der Stärke ihn durchlief.

»Du hast ihn dir also geholt, kleiner Drache«, sagte Wraith.

In Fortunes Kopf wirbelten die Gedanken durcheinander. *Ich habe ihn! Ich habe den Samen der Macht!*

Er ahnte, daß er in der Lage war, Wraith auf der Stelle zu töten, daß er die ganze Welt vernichten konnte, wenn er nur wollte. Und immer noch würde der Samen ihm mehr Macht geben, Macht, um Millionen anderer Wraiths, Millionen anderer Welten zu vernichten.

»Du magst ihn jetzt zwischen deinen Zähnen halten«, fuhr Wraith fort, »doch du besitzt ihn nicht, kleiner Drache. Dein Vater hat das schließlich begriffen, und deshalb hat er versagt.«

Fortune hörte kaum, was Wraith sagte, so gefangen fühlte er sich von der Klarheit der Macht, die der Same ihm gab. Es fühlte sich an wie Sonnenlicht, das durch seine Adern strömte, wie die reinste Luft, die er je geatmet, das süßeste Wasser, das er je gekostet hatte. Mit jedem Atemzug kam er der Zukunft näher, die das Samenkorn für ihn bereithielt, einer Zukunft, in der er allein die Macht besaß, in der er über alle Drachen und alle Welten herrschte ... doch dann fiel ihm ein Wort ein, das Wraith benutzt hatte, und es brachte ihn wieder zur Vernunft.

Den Samen besitzen. Hatte der Schwarze Drache nicht gesagt, daß kein Erdgeborener je den Samen besitzen würde? So nah kam er der Wahrheit, und doch irrte er.

Gierig, dachte Fortune und lächelte ein unsichtbares Lächeln, das dunkle Schatten auf die Versprechungen des Samens warf und den jungen Drachen zugleich mit Kummer und Hoffnung erfüllte.

Doch wie kann ich den Samen aufgeben? dachte er. Aber gleichzeitig erfaßte ihn die Erkenntnis: *Ich* muß *ihn aufgeben.*

Mit aller Mühe gelang es Fortune, sich auf den Schwarzen Drachen zu konzentrieren, um sich aus seiner Obsession für das Samenkorn zu befreien. Auch Wraith begehrte den Samen, vielleicht sogar noch mehr als er. Doch Wraith wollte nicht nur den Samen, er wollte ihn vor allem Fortune abringen. Er wollte Fortune erniedrigen, wie Welkin ihn erniedrigt hatte. Nur so konnte er mit seiner Schande leben.

Ich kann für immer dir gehören, flüsterte der Samen, der sich plötzlich in Fortunes Mund zu bewegen begann. Seine rauhe Oberfläche wurde weich und warm, er verströmte ein köstliches Aroma, und eine sanfte, liebevolle Stimme sang und flüsterte aus seinem Inneren. Es war ein erregendes, erotisches Gefühl, das Fortune durchströmte, und plötzlich wurde ihm bewußt, daß es Gossamers Geruch und Stimme waren, mit denen die graue, häßliche Samenkapsel ihn zu verführen suchte ...

In diesem Moment begann er daran zu glauben, daß er die Stärke finden würde, den Samen aufzugeben.

»Gib ihn mir, Erdgeborener!« donnerte Wraith.

Fortune zwang sich, daran zu denken, wie einfach es gewesen war, den Samen aus dem Netz im Zentrum des Herzens zu lösen. *Hineinzugehen ist einfach,* dachte er. *Wieder herauszukommen scheint das Problem zu sein.*

Er hob den Kopf, und das Samenkorn in seinem Mund schrie. Es griff an.

Ein Sturm aus brennender, peitschender Energie überfiel

Fortunes Körper und tobte in seinem Bewußtsein, gegen den er anzukämpfen hatte wie gegen einen Tornado. Feuer wurde gegen seine Schuppen geschleudert, seine Glieder zerfetzt und zerrissen. Und über all dem lag ein ohrenbetäubendes, peinigendes Heulen.

Fortune wußte nicht wie, aber es gelang ihm, diesem Ansturm standzuhalten und den Samen behutsam, fast zärtlich in Wraiths geöffnetes Maul zu legen.

In dem Augenblick, in dem Wraiths Lippen sich um den Samen schlossen, legte sich der Sturm, die Stille kehrte zurück, und Fortune sank auf den Boden. Er sah an sich herab und erwartete Wunden und Verstümmlungen zu sehen. Doch nicht einen Kratzer hatte er davongetragen. Und mehr noch, alle Müdigkeit war von ihm gewichen. Obgleich ihm noch immer mit erschreckender Deutlichkeit vor Augen stand, was der Same ihm alles offenbart hatte, waren seine Gedanken erstaunlich klar. Er fühlte sich so lebendig wie nie zuvor in seinem Leben.

Immer weiter zogen sich die über ihm hängenden losen Fäden des Netzes zurück. Noch hatten sie die Haut der Blase nicht erreicht. Was passieren würde, wenn sie es taten, wagte Fortune sich nicht vorzustellen. In dem flackernden Licht, das von ihnen ausging, erkannte er deutlich die Deformation in Wraiths Flanke. Sie sah aus wie eine Geschwulst, die unter seinen Schuppen saß, ein Tumor, der die Haut des Drachen mit blassen, geschwollenen Adern durchzog. Fortune empfand tiefen Ekel.

Bevor er dieses abstoßende Ding in der Seite des Schwarzen Drachen näher betrachten konnte, wich Wraith einen Schritt zurück und sah ihn aus brennenden Augen an.

»Es tut mir leid«, sagte Fortune, während Wraith ihn mit drohenden Blicken musterte.

»Es tut dir leid? Du wagst es, Mitleid für mich zu empfinden?«

Mit dem Samen der Magie zwischen den Zähnen, hob der Schwarze Drache den Kopf und sog gierig die Macht in sich auf. Nicht sein Mund, sondern nur sein Bewußtsein sprach. Seine Worte klangen klar und kalt.

»Endlich gehört er mir! So wie du, kleiner Drache! So wie du!«

Er kam auf Fortune zu, während Kaskaden magischer Energie seinem Körper entströmten. Seine Klauen schlugen Risse in die zitternde Haut der Blase, und in seinen Augen leuchtete der Haß.

Fortune wich zurück. Er hatte das Gefühl, als müsse ihm vor Kummer das Herz zerspringen, weil er den Samen diesem Ungeheuer überlassen hatte. Und doch war er sich sicher, den richtigen Weg gewählt zu haben. Zumindest hoffte er es.

In dem Augenblick, in dem der Stein zu Boden fiel, riß der Lavasee noch ein Stück weiter auf, und ein Felsbrocken wurde in die Höhe geschleudert, der den Fall der Säule für einen Augenblick bremste.

Doch nicht lange genug, um sie in eine andere Richtung stürzen zu lassen!

Aber Gossamer gewann genug Zeit, um Velvets leblosen Körper vor den herabstürzenden Steinmassen zu retten. Nur den Bruchteil einer Sekunde später donnerte die Säule zu Boden und sandte einen Hagel von Steinen und Felssplittern durch die Luft.

Die Säule zeigte in die falsche Richtung.

In dem Chaos niederprasselnder Steine und kochender Lava öffnete Velvet die Augen und sah Gossamer an, die sich besorgt über sie beugte.

»Wie viele Steine sind es noch?« fragte sie. »Sind wir noch nicht fertig?«

Gossamer nahm sie in den Arm, während sie sich fragte, wie es ihnen je gelingen sollte, den Stein zu bewegen, so daß seine Spitze wie die der anderen aus dem Kreis zeigte.

Das Feuer hat die meisten von ihnen bereits verschlungen, dachte sie verzweifelt. Und doch wußte sie, daß sie den Stein bewegen mußten. Fortunes Leben hing davon ab.

Immer weiter wich Fortune zurück.

»Du glaubst, ich werde dich töten, Erdgeborener«, lachte Wraith. »Aber dieses Vergnügen überlasse ich dem Labyrinth, nachdem ich dich verlassen habe. Ein passendes Ende, findest du nicht?«

»Du verläßt das Labyrinth?« fragte Fortune.

»Das ist keine leichte Aufgabe«, gab Wraith zu. »Aber ich habe dies!« Seine Augen traten aus ihren Höhlen hervor, als er auf den Samen der Magie starrte, den er zwischen den Zähnen hielt. »Für dich allerdings gibt es keinen Weg hinaus, Erdgeborener!«

Er wandte den Kopf zur Seite, und der Samen in seinem Mund veränderte seine Form. Eine lange, graue Nadel wuchs aus der grauen Kapsel und bewegte sich auf die Membrane der Blase zu. Immer länger wurde sie, und schließlich durchstieß sie die Haut. Dann schleuderte Wraith den Kopf zurück, so daß ein langer Schnitt in der Membrane klaffte, der groß genug war, um zehn Drachen durchzulassen.

Die Nadel verschwand wieder, als der Same sie geräuschlos in sich aufnahm. Durch den Spalt in der Membrane wehte ein heißer, trockener Wind in die Blase, während in der Ferne gleichzeitig ein Donnern anschwoll.

»Dies ist mein Triumph!« brüllte Wraith. »Von jetzt an wird man mich verehren und bewundern.«

Er ging zu dem Spalt, um das Herz des Labyrinths zu verlassen, wandte sich dann aber noch einmal zu Fortune um. Das grausame Lächeln auf seinem Gesicht ließ Fortune erstarren.

Es gab kein Entrinnen. Einen Moment lang erwog Fortune, Wraith anzugreifen, doch schon unter normalen Bedingungen wäre es ihm wohl kaum gelungen, diesen Drachen zu besiegen. Um wieviel geringer waren also seine Chancen jetzt, da sein Gegner im Besitz des Samens der Magie war. Also blieb Fortune stehen und wartete ab.

Plötzlich begann die graue, unscheinbare Samenkapsel in Wraiths Maul sich zu drehen. Fortune hatte keine Ahnung, welches Ende Wraith für ihn vorgesehen hatte, doch er wußte, daß er geschlagen war und ein grauenhafter Tod auf ihn wartete.

»Nimm Abschied von der Welt, Sohn Welkins«, verkündete Wraith, und in seiner Stimme lag eine kaum hörbare Spur Trauer.

Entweder hatte er den Widerschein in Fortunes Augen gesehen oder seine magischen Sinne verrieten ihm, daß sie nicht länger allein waren. Auf jeden Fall wirbelte Wraith plötzlich herum, als durch den Spalt, den er selbst in die Membrane geschnitten hatte, ein dritter Drache das Herz des Labyrinths betrat.

Es gab wohl kaum einen Drachen, den Fortune hier im Herzen des Labyrinths weniger erwartet hätte, als den, der nun auf sie zukam. Es war Wood.

Kapitel 40

Der Wandel

Es war Wood, doch nicht der verletzte Wood, der auf dem Gipfel des Berges das Bewußtsein verloren hatte. Er schien gesünder und kräftiger als je zuvor.

Fortune sah den Freund an, den er schon so viele Jahre kannte, mit dem er gestritten und gelitten hatte und der nun in das Herz des Labyrinths flog, um ihm in dieser letzten großen Konfrontation zur Seite zu stehen.

Wraith ließ seine mißtrauischen Blicke zwischen den beiden Erdgeborenen hin und her wandern, als traue er seinen Augen nicht.

»Was soll das?« knurrte er ärgerlich.

»Ich bin gekommen, um meinem Freund beizustehen«, sagte Wood seelenruhig. Fortune hätte beinahe laut gelacht, so selbstverständlich ließ Wood das alles erscheinen.

»Und wer wird *dir* beistehen, Erdgeborener?« donnerte Wraith.

»Du wirst uns beide töten müssen, wenn du das Labyrinth verlassen willst«, erwiderte Wood und flog in einem anmutigen Bogen um Wraith herum, um neben Fortune zu landen. »Grüß dich, Fortune«, sagte er nonchalant.

Fortune machte den Mund auf, brachte aber keinen Ton heraus. Er berührte Woods Flügel, um sicherzugehen, daß er wirklich da war, daß das alles nicht nur ein Trick Wraiths war.

Wood sah den Freund an. »Ich wünschte, Welkin wäre hier«, sagte er, und in seinen Augen standen Tränen. »Ich habe die Nachtdrachen auf meinem Weg hierher gesehen. Es gibt sie wirklich, Fortune, sie existieren!«

Für einen winzigen Augenblick versank alles um sie herum: Wraith, das Herz, selbst das Labyrinth. Das einzige, was in diesem Moment zählte, waren diese beiden Drachen, die die Freude darüber teilten, daß ein Traum aus ihrer Jugend wahr geworden war. Sie spürten das warme Gras von Südkap zwischen ihren Klauen, schmeckten das Salz in der Luft und fühlten den Wind in ihren Flügeln. Mit den Blicken tauschten sie wortlose Entschuldigungen aus. Endlich, an diesem Wendepunkt der Zeiten, an dem die Welt bereit war für den Wandel, an dem alles, was sie je gekannt hatten, vor dem Umbruch stand, endlich waren sie wieder vereint.

»Ich habe dich vermißt«, sagte Fortune mit tränenerstickter Stimme.

»Ich bin froh, daß ich bei dir bin«, antwortete Wood.

Woods Reise in das Herz des Labyrinths war kurz gewesen.

Eine ganze Zeitlang hatte er zwischen Wachen und Bewußtlosigkeit geschwebt, während Gossamer und Velvet ihre eigenartige Arbeit fortsetzten. Doch als der Berg begonnen hatte, unter den Eruptionen aus seinem Innern zu erzittern, hatte Wood gefühlt, daß das Leben aus seinem Körper wich. Das letzte, woran er sich erinnerte, waren die Felsen des Gipfels. An der Stelle, an der er und der zerschundene Leichnam Shatters lagen, hatte sich der Boden erst rot und dann weiß verfärbt. Gähnende Leere hatte Wood verschlungen.

Seine Erinnerungen an das, was darauf folgte, waren nur lückenhaft. Er war geflogen und hatte die Welt von oben und zugleich auch von unten gesehen, er hatte ein Netz aus Licht überquert und sich einem hellen Leuchten genähert, das von einem großen, offenen Riß entstellt wurde. Er wußte nicht, was ihn vorwärtstrieb und dazu brachte, durch diesen Spalt hindurchzufliegen. Aber damit war er in das Herz des Labyrinths eingedrungen. Und in dem Moment waren alle seine Wunden geheilt, war sein Körper wieder gesund, seine Seele heil und sein Geist so ruhig wie nie zuvor.

Zum ersten Mal in seinem Leben fühlte er sich ganz bei sich selbst, und dieses Gefühl erfüllte ihn mit Glück. Warum er hier war oder wie er Fortune im Kampf gegen dieses Ungeheuer helfen konnte, wußte er nicht. Aber er war hier, und hier würde er bleiben.

Er wußte jetzt, wer er war, und kein Drache konnte ihm dieses Wissen je wieder nehmen.

Wraith war nicht in der Lage, sich von der Stelle zu rühren. Obwohl er wußte, daß er die Macht besaß, diese beiden nichtswürdigen Erdgeborenen in die Leere hinauszuschleudern, hielt ihn etwas davon ab. Er fühlte sich gefesselt von den Augen dieser Drachen. In Fortunes Augen sah er Welkin. Das war selbstverständlich nicht ungewöhnlich, war er doch sein Sohn. Doch dieser andere Drache … was hatte es mit ihm auf sich? Auch in seinem Blick lag etwas von Welkin, eine Andeutung seines Witzes, eine Spur seiner Vorstellungskraft. *Ist Welkin in allen Erdgeborenen?*

Der Gedanke bereitete Wraith Angst. Besaß Welkin eine solche Macht, daß er in jedem Erdgeborenen fortlebte? *Aber er war doch schwach und machtlos!* Wraith versuchte die Furcht zu besiegen, doch er war nicht mehr Herr seines Denkens, in seinem Körper waren jetzt andere Kräfte am Werk. Durch seine Adern floß das Blut des unergründlichen Basilisken, und auch der Samen der Magie begann seine Säfte in ihm auszuschütten. Im Gegensatz zu Wood fühlte Wraith sich uneins. Nie zuvor war er sich seiner eigenen Identität so unsicher gewesen.

Du hättest sie alle töten sollen, als noch Zeit dazu war, murrte der Basilisk und nährte seine Furcht. *Warum hast du dich damit aufgehalten, Gefangene zu nehmen?*

»Aber über wen hätte ich dann herrschen sollen?« schrie Wraith zurück. Er bemerkte die verwunderten Gesichter Fortunes und Woods und wurde wütend. »Ich werde euch töten, Erdgeborene!« heulte er und trat auf sie zu. Doch als er sah, daß sie nicht vor ihm zurückwichen, zuckte er unwillkürlich zusammen.

Gefangene! höhnte der Basilisk. *Den Tod zu bringen ist eines wahren Herrschers würdig.*

»Doch dann bleibt nichts von der Welt übrig!« jammerte Wraith und warf den Kopf hin und her, während seine Zähne noch immer den Samen umklammerten. »Was ist das für ein Herrscher, der keine Untertanen hat? Du willst nur den Tod, ich aber will das Leben!«

Zu überdauern heißt nicht auch zu überleben, hast du das noch nicht begriffen?

Wraith fühlte, wie sein Geist von den Flammen des Feuers verschlungen wurde, das die Energien des Basilisken und des Samen gemeinsam entfacht hatten, und es gab nichts, was er dagegen tun konnte. Stück um Stück, Gedanke um Gedanke wurde er aufgefressen. Nichts hielt diesen Prozeß auf ... »Ich!« schrie er. »Ich werde euch Einhalt gebieten!«

Er sprang vor. Die knochigen Arme, die seinem Nacken entwuchsen, griffen nach Fortunes Kehle, ihre messerscharfen Krallen blitzten im flackernden Licht des dahinsiechenden Labyrinths auf. Blitze zuckten aus ihnen hervor, gebündelte Magie.

Wraith stürzte sich auf sein Opfer.

Fortune hätte dem Angriff nie rechtzeitig ausweichen können.

Wood warf sich zwischen Wraith und Fortune und fing

mit seinem Körper den Schlag ab. Wraiths Klauen trafen die Brust des Erdgeborenen und schleuderten ihn quer durch den Raum. Fäden des Netzes schlugen ihm entgegen, um seinen Körper zu zerfetzen.

Wraith stürzte sich erneut auf Fortune. Diesmal gelang es dem jungen Erdgeborenen, dem Angriff auszuweichen. Der Schwarze Drache sprang ins Leere, so daß er unkontrolliert ein paar Schritte weiterstolperte. Wraith riß den Kopf herum und sah, daß er am Rande der Öffnung stand, die er in die Membrane des Herzens geschlagen hatte. Der Schwanz des Basilisken peitschte auf seine Flanke und durchschnitt die schwarzen Schuppen. Blut floß aus den Wunden. Unfähig, sich in die Sicherheit der Blase zurück zu begeben, balancierte Wraith am Rande der Öffnung, als zöge ein Gewicht ihn nach draußen in die Leere. Das Gewicht war der Samen, der schwerer wog als jedes Leben.

Wraiths gelbe Augen traten aus ihren Höhlen, während seine Zähne sich in den Samen bohrten, bis Funken aus seiner Hülle aufstiegen. Eine Ewigkeit lang schien er dort am Rande des Abgrunds zu stehen und Fortune mit ungläubigem Ausdruck anzustarren, bis er schließlich langsam – wie in Zeitlupe – zu fallen begann. Seine Klauen lösten sich von der Membrane des Herzens, und er stürzte in die donnernde Leere, in die das Labyrinth sich verwandelt hatte.

Mit verzerrtem Gesicht, den Samen der Magie noch immer fest mit den Zähnen umklammernd, streckte er wortlos seine Arme nach Fortune aus. Doch welche Macht auch immer ihn erbarmungslos in die Tiefe zog, sie gab nicht nach. Seine Beine, sein Rumpf, seine Flügel und schließlich auch die beiden langen, furchtbaren Klauen, die seinem Nacken entwuchsen, glitten aus der Öffnung und entschwanden Fortunes Blicken. Einen Augenblick lang verstummte das Donnern, und es herrschte vollkommene Stille.

Fortune eilte zu der Öffnung und sah hinaus. Mit erschreckender Langsamkeit fiel Wraith durch die Leere, während sich um ihn herum die Fäden des Labyrinths mit unglaublicher Geschwindigkeit auflösten und den Blick auf das unheimliche, düstere Nichts freigaben. Das Labyrinth zerriß sich selbst.

Dann begann das Donnern wieder, doch nun wurde es von einem neuen Geräusch begleitet, einem Reißen, das immer lauter wurde und sich zu einem gellenden Schrei steigerte. Der Riß in der Membrane des Herzens wurde länger, bis er schließlich um die ganze Blase herumgelaufen war. Das Herz war in zwei Hälften geteilt.

Fortune klammerte sich an die Reste der Membrane, und wie durch ein Wunder stand Wood an seiner Seite.

»Wie ...?« stotterte Fortune.

Wood war vollkommen unverletzt geblieben, nicht ein Kratzer verunstaltete seinen Körper. »Ich weiß es nicht«, entgegnete er. »Aber ich weiß, daß sein Schlag dich getötet hätte.«

Das, was von dem Herz noch übrig war, löste sich unter ihren Klauen auf, und sie flogen in die Leere. Unter ihnen trieb Wraith schwerfällig durch das ersterbende, flackernde Licht und versuchte verzweifelt, die Fäden zu ergreifen, die das Labyrinth ihm scheinbar bereitwillig anbot. Doch anstatt ihm Halt zu geben, entzogen sie sich ihm immer wieder und peitschten auf seinen Körper ein.

»Höre mich, Wraith!« rief Fortune. »Was du an dich genommen hast, mag der Same der Magie sein, aber es ist nicht der Same der Macht! Es gibt nur einen Drachen, der ihn aus dem Labyrinth herausbringen kann, Wraith. Und dieser Drache bist nicht du!«

Der Schwarze Drache sah jetzt aus wie eine Spinne, eine Spinne, die sich in ihrem eigenen Netz verfangen hat. »Ich mußte sie am Leben lassen!« schrie er, und seine Stimme klang kläglich in dem Sturm, der ihn umgab. »Wie sonst hätte ich herrschen können? Ich wäre verloren gewesen ...«

Unbeschreibliche Energien schleuderten seinen Körper hin und her. Mit Flügeln und Klauen schlug er nach den Fäden, die sich um ihn spannten, doch vergeblich. Sie klebten an seinem Körper, fesselten ihn, wickelten ihn immer fester ein, bis für einen kurzen Augenblick alle zerstörerische Kraft des Labyrinthes in den Körper Wraiths, des

Schwarzen Drachen, des Meisters, strömte. Nun war *er* das Herz.

Es gab eine kurze, lautlose Erschütterung, und dann schoß eine riesige Flamme empor, die die Fäden des Netzes sprengte. Wo eben noch Wraith gewesen war, flogen jetzt Millionen winziger Partikel durch die Luft, die von dem gewaltigen Sturm auseinandergefegt wurden, der durch das zusammenbrechende Labyrinth tobte. Ein langgezogener, sehnsuchtsvoller Schrei folgte, der immer leiser wurde. Ein einsamer Schrei. Der Schrei des verlorenen Drachen.

Doch der Same blieb, grau und unscheinbar vor dem Hintergrund der funkelnden Überreste des sterbenden Labyrinths. Langsam trieb er auf Fortune und Wood zu, befreit von den Fesseln des Herzens, die ihn so lange gefangengehalten hatte. Er wartete auf seinen Erlöser.

Er wartete darauf, geführt zu werden.

Tallow und Werth führten die Drachen der ›Schar‹ und der ›Bedrängnis‹ in den tobenden Mahlstrom auf den Gipfel des Berges.

Dutzende von Drachen hatte der Flug die Hänge hinauf das Leben gekostet. Die meisten starben auf dem Weg durch die Sturmwolken, wo sich die Blitze mit grauenvoller Präzision ihre Opfer suchten. Kaum einhundert Überlebende erreichten den Gipfel, auf dem sie sich nun einem Vulkan gegenübersahen, der die Luft mit Feuer und Asche erfüllte.

Tallow blieb keine Zeit, die immensen Verluste in den eigenen Reihen abzuschätzen. Er sah den Steinzirkel, den Lavasee und den sinnlosen Kampf zweier junger Drachenweibchen, die einen Felsbrocken zu bewegen versuchten, der mit Sicherheit hundertmal schwerer war als sie selbst. Warum sie sich dieser Mühe unterzogen, blieb ihm ein Rätsel. Er lenkte die Drachen in ihre Richtung, als ein Schrei durch die Luft gellte.

»Velvet!« schrie jemand, und im nächsten Augenblick schwebte Cumber auf die beiden zu. An seiner Seite befand sich ein faltiger, schwarzer Drache, der älter aussah als die

Zeit selbst und doch mit einer Anmut und Leichtigkeit flog, die jedem jüngeren Drachen zur Ehre gereicht hätte. Sie trafen sich über der Stelle, an der sich die Drachenweibchen mit dem Felsbrocken mühten.

»Cumber!« rief Brace, der als erster bei dem jungen Magier ankam. Und zu Cumbers Erstaunen flog er direkt neben ihn und stieß ihn freundschaftlich in die Seite. »Bin ich froh, dich zu sehen!«

»Ach, wirklich?« fragte Cumber, überrascht von Braces Gefühlsausbruch.

»Wirklich«, bestätigte Brace entschieden. »Wo ist Fortune?«

Cumbers Blick, der auf den Lavasee gerichtet war, sprach Bände. »Dort unten«, sagte er traurig. Aber dann nahm sein Gesicht einen entschlossenen Ausdruck an. »Doch wir sind hier, um ihm zu helfen! Komm mit!«

Zu ihrer Rechten brodelte der Lavasee, zu ihrer Linken erstreckten sich die kläglichen Reste des Felsplateaus. Sechs umgestürzte Steine lagen dort, alle so angeordnet, daß sie eine perfekte Kreislinie bildeten ... alle bis auf einen.

Velvet und Gossamer bemühten sich vergebens, diesen letzten Stein herumzudrehen, so daß auch er mit der Spitze aus dem Kreis wies. Obgleich der Stein ganz offensichtlich viel zu schwer für sie war, setzten sie ihre letzte Kraft ein, um ihn zu bewegen. Der Anblick rührte Cumber, und ungeachtet der Gefahr, in der sie sich alle befanden, landete er neben dem Stein, während die anderen Drachen in der Luft verharrten und seine Anweisungen erwarteten. Denn einzig er schien zu wissen, was jetzt getan werden mußte.

»Velvet«, wiederholte er, und in seiner Stimme lag Zuneigung. »Ich habe mir solche Sorgen um dich gemacht.«

»Mir geht es gut«, antwortete sie fröhlich. »Aber wir schaffen es nicht, diesen Stein von der Stelle zu bewegen.«

Ihr Gesicht sah müde und schmutzig aus, aber ihre Augen glänzten, so daß Cumber unwillkürlich lächeln mußte. Die Wärme ihres Lächelns übertrug sich schließlich auch auf die erschöpfte Gossamer, und die drei umarmten sich, bevor

Cumber sich zu den über ihnen kreisenden Drachen wandte.

»Worauf wartet ihr noch?« schrie er. »Drehen wir den Stein um!«

Wood und Fortune trieben auf den Samen zu. Er wirkte jetzt noch unscheinbarer als zuvor – als habe ihn die Erfüllung einer großen Aufgabe erschöpft.

Doch Fortune ahnte, daß noch mehr, möglicherweise noch größere Aufgaben zu meistern waren, bevor alles vorbei war.

Er wandte sich an Wood. »Ich muß dich jetzt verlassen.«

Wood nickte. »Ich glaube nicht, daß ich mit dir kommen kann«, erwiderte er traurig.

Fortune sah den Samen der Magie an und streckte seinen Flügel aus, um ihn aufzunehmen.

»Der Samen könnte es dir ermöglichen, mit mir zu kommen«, bot er an, doch Wood schüttelte lächelnd den Kopf. »Ich bleibe lieber, wenn es dir nichts ausmacht.«

»Bist du wirklich hier, Wood? Bist du es wirklich, den ich vor mir sehe?«

Um sie herum zerbrach das Labyrinth, und Fortune spürte, wie auch ihm das Herz brach. Wood hatte ihm das Leben gerettet, und doch konnte er nichts mehr für ihn tun.

»Ich wünschte, Welkin wäre hier«, sagte Wood plötzlich. »Und auch Clarion. Ich wünschte, sie wären hier, um mit mir die Nachtdrachen zu sehen.«

Während er sprach, ging hinter ihnen ein Regen aus Tausenden von Lichtern nieder. Ob es Nachtdrachen waren oder Funken, die das Labyrinth versprühte, vermochte Fortune nicht zu sagen, aber was auch immer es war, es war schön.

»Vielleicht gibt es noch eine andere Möglichkeit, mich zu begleiten …«, begann Fortune.

Doch Wood hob einen Flügel, um ihn zu unterbrechen. »Ich glaube, auch für mich ist es an der Zeit, dich zu verlassen«, sagte er lächelnd. Dann kicherte er. »Nun ist es uns doch nicht gelungen, die Magier bei ihren Opfertänzen zu beobachten, wie wir es uns immer vorgenommen haben.«

»Ich wette, diese Tänze waren in Wirklichkeit nicht halb so aufregend, wie wir sie uns vorstellten«, entgegnete Fortune mit Tränen in den Augen. Er fühlte sich unendlich traurig, doch die Zeit, Abschied zu nehmen, war gekommen. Ihrer beider Lebenswege hatten sich noch ein letztes Mal gekreuzt, und nun mußten sie sich voneinander trennen. Das Labyrinth zerfiel, und das Geräusch seiner Auflösung hallte durch die Ewigkeit.

»Auf Wiedersehen«, sagte Wood und wandte sich in die Richtung, in der noch immer der Lichterschauer leuchtete. »Ich bin froh, daß es die Nachtdrachen wirklich gibt.«

»Auf Wiedersehen, Wood.«

Fortune sah dem Freund nach, als dieser die Flügel ausbreitete und langsam in die Leere davonflog. Obwohl das Labyrinth ihm Flammen und Magie entgegenschleuderte, schienen ihm diese Energien nichts anhaben zu können. Es war, als sei er unverwundbar. Immer kleiner wurde Woods Gestalt, bis sie den Augen Fortunes, die doch nur die Augen eines Drachen waren, gänzlich entschwand.

Es dauerte lange, bis Fortune den Samen der Magie endlich wieder in sein Maul aufnahm. Er lag ruhig zwischen seinen Zähnen, als respektiere er die Trauer, die der Erdgeborene im Herzen trug.

Es war so unsagbar leicht zu enträtseln, das Geheimnis des Großen Labyrinthes von Covamere. Das Labyrinth zu betreten und den Samen der Magie zu finden, war nur die eine Hälfte der Aufgabe. Die andere bestand darin, den Samen wieder freizugeben, um das Labyrinth lebend verlassen zu können.

Der Basilisk hatte das gewußt, aber nur wenige Drachen schienen dieses Geheimnis zu begreifen.

Einen dieser wenigen Drachen sah er jetzt vor sich. Ausgerechnet ein Erdgeborener mußte es sein, der es wagte, den Samen zwischen seinen Zähnen zu halten. Doch solche Kleinigkeiten interessierten dieses uralte Wesen nicht mehr, und er warf daher nur einen flüchtigen Blick auf Fortune, als er an ihm vorbeitrieb. Gleichgültig stellte er fest, daß der Drache ihn zuerst verwirrt, dann angsterfüllt ansah – und er ließ sich langsam weitertreiben.

Irgend etwas in seinem Innern hatte ihn gefragt, ob die Symbiose mit Wraith ihm nicht endlich die Sterblichkeit bringen könnte, doch diese vage Hoffnung hatte sich zerschlagen, als Wraith endgültig vernichtet worden war. Die Wiedergeburt des Basilisken war eine Tortur gewesen, und das nicht nur wegen der Schmerzen, die sie ihm bereitet. Vor allem deswegen, weil sie ihn daran erinnerte, daß die Unsterblichen immer wiedergeboren werden, auch wenn sie schon eine Ewigkeit gelebt und sich eine Ewigkeit nach dem Tod gesehnt haben. Während Wraiths Körper sich aufgelöst hatte, war sein eigener wiederhergestellt worden, so daß er nun durch die Ruinen des Labyrinths trieb, in diesem eigenartigen Zustand der Vergessenheit zwischen der Welt und dem *Reich*, zwischen allen Welten. Sein Körper war wiedergeboren, doch mit ihm auch der Wunsch nach dem Tod.

Er näherte sich dem, was vom Herzen des Labyrinthes übriggeblieben war. Auf seinem Weg dahin hielt er einen winzigen Moment inne, als er die gänzlich unbedeutende Gegenwart des anderen, erdgeborenen Drachen wahrnahm. Er suchte nach einem Wort und fand es.

Fortune sah, wie der Basilisk an ihm vorbeitrieb und sich dem zerstörten Herzen des Labyrinths näherte. Obgleich er nicht wußte, was dieses Wesen war, bereitete sein Anblick ihm Angst. Dann drehte sich die Kreatur zu ihm um.

GEH!

Das Wort traf sein Denken, und Fortune gehorchte, ohne auch nur einen Augenblick zu zögern.

Der Basilisk wandte sich erneut den Überresten des Herzens zu. Er öffnete sein Maul, das so weit wie der Kosmos war, starrte aus silbernen Augen, die so groß waren wie die

Leere, und fiel über das Herz des Labyrinths her wie ein Raubtier über die Schöpfung.

Das sterbende Labyrinth kappte alle Verbindungen zur Wirklichkeit, die es im Laufe seiner Existenz gesponnen hatte, und wob ein letztes Netz, das es um den Angreifer warf. Seine Verknüpfung mit der Welt und dem *Reich* war für immer gelöst.

Dies war der Augenblick, in dem die Magie die Welt verließ.

Fortune floh.

Er flog so schnell er konnte, um das rohe, blutende Knäuel aus Energie hinter sich zu lassen, in das das Labyrinth sich verwandelt hatte, und suchte vergebens nach einem Weg, der ihn zurück in die Welt führen würde. Der Samen fühlte sich leicht an in seinem Maul, als verfüge er über keinerlei Macht mehr. Von ihm hatte Fortune keinerlei Hilfe zu erwarten.

Die Überreste des Labyrinths und des Basilisken schrumpften zu einem winzigen Lichtpunkt zusammen und verschwanden schließlich. Allein in der unendlichen Leere trieb Fortune durch einen Irrgarten, aus dem er keinen Ausweg mehr sah.

Blitze zuckten durch den Sturm bis zum Gipfel hinauf und fuhren in den See aus Feuer. Glühendes Gestein wurde durch die Luft geschleudert und regnete auf das im Lavastrom versinkende Gipfelplateau herab.

Jeder Zauberdrache auf dem Berg spürte, wie das Labyrinth sich in einem letzten Aufbäumen von der Welt löste. Das *Reich* zog sich zurück, und in den Magiern begann die Macht des Zaubers zu sterben. Ihre Flügel, die ihnen nie zum Fliegen gedient hatten, sondern bloßer Zierat waren, versagten in der dünnen Höhenluft. Einer nach dem anderen stürzten die Zauberdrachen zu Boden.

Einzig Cumber ahnte, was vor sich ging, und er rief die angsterfüllten Drachen zu sich. »Das ist der Todeskampf des Labyrinths!« schrie er ihnen über das ohrenbetäubende Beben des Berges hinweg zu. »Der Todeskampf der Magie selbst. Verliert nicht den Mut, Drachen! Nutzt die Magie, so lange ihr könnt, oder wir werden diesen Berg niemals lebend verlassen.«

Er wandte den Blick zum Himmel, der im Vergleich mit dem aufgewühlten Felsen unendlich ruhig zu sein schien. Vor seinem inneren Auge sah er die Fäden der Magie, wie sie die Welt verließen: Millionen winziger Funken, die in der unerreichbaren Ferne zwischen den Welten verschwanden.

Es ist soweit. Die Magie stirbt! Dort, wo er sich eben noch einen Weg in das *Reich* hatte bahnen können, blieb nun nichts mehr, als nach einem der flüchtigen Fäden zu greifen. Der Zauber versuchte, sich ihm zu entwinden, doch schließlich gelang es Cumber, ihn festzuhalten und die Energie auf seinen Körper zu übertragen. Seine Flügel wuchsen, wurden groß und schlank wie die eines Erdgeborenen. Dann erstarb der Zauber.

»Nutzt die Magie, solange ihr könnt!« schrie Cumber noch einmal, während die anderen Magier versuchten, es ihm gleichzutun. »Viel Zeit bleibt euch nicht!«

Verzweifelt bemühten sich die Drachen der ›Bedrängnis‹, mit Hilfe des letzten, ersterbenden Zaubers den Erdgeborenen so ähnlich wie möglich zu werden. So, wie die Magie die Welt floh, floh sie auch die Drachen. Wollten sie überleben, mußten sie sich so gut wie möglich auf diese neue Welt, eine Welt ohne Magie vorbereiten.

Plötzlich schoß Cumber ein furchtbarer Gedanke durch den Kopf. »Scoff!« schrie er verzweifelt und suchte den Himmel vergebens nach dem Freund ab.

Er hat keine Flügel, nicht einmal mehr die eines Magiers!

Um ihn herum herrschte Chaos. Zauberdrachen taumelten durch die Luft, während sich ihre Magie verflüchtigte. Doch Scoff war nirgends zu sehen.

»Beeilt euch« rief Gossamer ungeduldig, auch wenn sie

sah, in welcher Not sich ihre Magierfreunde befanden. »Uns bleibt nicht mehr viel Zeit!«

Der Stein lag noch immer auf dem Boden, unbeweglicher denn je.

Auf der Suche nach einem Weg zurück in die Welt taumelte Fortune durch die Leere. Den Samen hielt er noch immer zwischen den Zähnen. Das Labyrinth war verschwunden, und auch das *Reich* gab es nicht mehr. Was ihm blieb, war undurchdringliche Finsternis.

Er unterdrückte seine Panik, schloß die Augen und konzentrierte sich auf den Samen. In seiner Vorstellung besaß er noch immer Macht. Verführerisch flüsterte ihm der Same Gedanken zu, die sich mit seinen eigenen verbanden.

Macht ...

Aber nicht für mich.

... Flucht ...

Ja!

... verstecken ...

... warten ...

... sich noch einmal wandeln ...

Sich wandeln.

Fortune setzte all sein Vertrauen in den Samen und öffnete sich ihm ganz. *Wenn du mich jetzt führst,* dachte er, *werde ich dich nicht verraten. Dann werde auch ich dich führen.*

Und als er sich nach innen wandte, spürte er endlich, daß er sich bewegte. Rasch glitt er durch die Leere, immer schneller bewegte er sich, während ihm der Wind der Jahrhunderte entgegenschlug und sich vor seinem inneren Auge ein Lichtpunkt abzeichnete. Der Punkt wuchs zu einem Kreis, dann zu einer Scheibe, um die sich ein Ring aus Schatten legte ... und plötzlich war er über und zugleich unter der Welt, so wie bei seinem Eintritt in das Labyrinth. Es war erhebend, anstrengend und beängstigend in einem.

Während er mit ungeheurer Geschwindigkeit immer weiter glitt, wuchs seine innere Spannung, denn er wußte, daß dort, wo ihn das Labyrinth aus der Welt geführt hatte, kein

Labyrinth mehr war, das ihn wieder entlassen könnte. Es gab einen Weg hinein, aber keinen heraus.

Der Schrei der Welt hallte gellend in seinen Ohren, als er auf sie hinunterfiel und zu ihr hinaufstieg. Es gab keinen Ausweg, keine Möglichkeit der Rettung.

»Schiebt!«

Cumber führte die Gruppe von Drachen auf der einen Seite des umgestürzten Steines an, während Tallow auf der anderen Seite die Anweisungen gab.

»Kannst du nicht einen Zauber über den Stein sprechen?« knurrte Brace, während er Schulter an Schulter mit Cumber gegen den Felsen drückte.

»Ich fürchte, uns bleibt nur noch rohe Gewalt«, erwiderte Cumber keuchend. Lavafontänen spritzten in die Luft, als es den Drachen endlich, wenn auch quälend langsam gelang, den Stein in die richtige Position zu schieben.

Über ihren Köpfen kreiste Gossamer. Denn nur sie wußte aufgrund einer ihr gegebenen Intuition, wie der Stein zu liegen hatte.

»Beeilt euch!« rief sie, und das grausame Licht des Flammenmeeres hob die Verzweiflung auf ihrem Gesicht hervor. »Bitte, beeilt euch!«

Wie in einem Traum glitten Landschaften an Fortune vorbei, und unter seinem Blick breiteten sich ganze Kontinente aus. Und doch war er im gleichen Moment auch im Innern der Erde, eilte durch unterirdische Räume, durch ganze Unterwelten.

Die Welt drehte sich über und unter ihm in all ihrer Schönheit, und während sie sich drehte, sah er, wie sie sich neu strukturierte, sich wiedererschuf in nie dagewesenen Formen, neuen Gesetzen gehorchend. Fortune wurde Zeuge des Wandels der Welt.

Vor ihm, falls es in dieser unwirklichen Dimension überhaupt so etwas wie Richtungen gab, vor ihm lag ein immer größer werdender Lichtfleck. Er war leuchtend rot und wuchs, bis er Fortunes Blickfeld ausfüllte. Ein riesiger, ovaler See aus Feuer, in dem Lichtfunken flackerten.

Er sah aus wie ein Auge. Dies war der Weg nach draußen. Und er war verschlossen.

Zu langsam bewegte sich der Stein.

Mit einem Geräusch, das sich anhörte wie das gigantische Stöhnen eines Trolls, verschob sich der Berg. Die gesamte Südhälfte brach in sich zusammen und schickte eine riesige Wolke aus Feuer und Asche in den Himmel. Die Eruption zerteilte die sturmgepeitschten Wolken, und mit einem letzten Aufbäumen jagten Blitze in die Nacht. Je weiter sich der Aschenregen ausbreitete, desto mehr dämpfte er den Sturm, bis schließlich der Donner erstarb, der Regen sich auf den Hängen des Berges in eine heiße, schlammige Masse verwandelte und die Blitze erloschen.

Das blaue Licht des Mondes und der rote Widerschein der glühenden Lava vereinten sich, um leuchtende Strahlen auf die Drachen zu werfen, die sich mühten, den Stein zu bewegen. Der Teil des Gipfels, auf dem sie standen, war jetzt nur noch ein kleines Stück Land, eine Insel inmitten glühenden Feuers. Gesteins. Und immer noch hatte sich der Stein nur halb gedreht.

Um sie herum schwoll der Lavasee wie ein entzündetes Auge an, in dem die Insel bei jeder Eruption erschüttert wurde, so daß die Drachen entweder gegen den Stein oder von ihm weg, in gefährliche Nähe des kochenden Abgrunds geschleudert wurden.

Immer mehr Drachen retteten sich in die Luft, als der Boden unter ihren Füßen Stück für Stück nachgab. Risse liefen durch das noch nicht von Lava bedeckte Gestein, bis ein Netz aus Feuer und heißen Dampf speienden Spalten entstanden war. Der Stein erbebte und drohte wegzurutschen.

»Nein!« schrien Gossamer und Cumber wie aus einem Mund.

Ohne daß er etwas dagegen tun konnte, raste Fortune auf das tödliche Auge zu.

Es spie Feuer aus und tauchte Fortunes Flügel in Flammen. Es war wie ein lebendes, atmendes Meer: das Blut eines Trolls. Fortune wand sich verzweifelt, suchte nach einem Ausweg, nach einer Rettung vor dem Schicksal, auf das er mit erbarmungsloser Geschwindigkeit zuraste. Das Auge wurde immer größer, bis es die ganze Welt ausfüllte.

Der Samen in seinem Maul war ruhig, er half ihm nicht länger. Dann traf ihn die Erkenntnis mit der Klarheit der Sterne. *Gossamer! Hilf mir!*

Fortune!

Gossamer fühlte, wie er auf sie zukam, sie spürte seine Nähe, die unglaubliche Geschwindigkeit, mit der er sich bewegte.

»Jetzt!« rief sie zum Mond hinauf.

Für einen winzigen Augenblick, für die Zeit eines Herzschlages, war alles still.

Jetzt.

Der Wandel der Welt vollzog sich.

Noch einmal wurde die Insel inmitten des Lavasees erschüttert.

Gossamer sah auf sie hinunter.

Ein Felsen wurde aus der Lava geschleudert und traf den letzten Stein des Ringes. Mit einem unwirklichen Stöhnen bewegte sich der Stein über den Boden, drehte sich, bis seine Spitze nach außen zeigte …

Gossamer landete neben dem Stein und preßte sich gegen ihn. Nur wenig konnten ihre Kraft und ihr Körpergewicht bewirken, doch es gelang ihr, den sich drehenden Stein genau in die Lage zu bringen, die richtig war. Richtig für die

Vollendung der Zerstörung des Steinzirkels. Richtig für die Rettung Fortunes.

Alle Drachen – Cumber, Brace, Tallow –, alle erkannten sie schließlich den Moment, als der Stein richtig lag. Und alle spürten sie die Ruhe, die plötzlich über die Welt kam. Die Ringe aus Stein, alle Ringe dieser Welt, waren jetzt eins.

Seit er erschaffen worden war, hatte der Steinzirkel auf dem Gipfel auf diesen Augenblick gewartet, und obgleich die Mehrzahl seiner Steine bereits von der Lava verschlungen worden war, war sein Zweck jetzt erfüllt. Ein Teil seiner Macht war mit den Steinen untergegangen, doch vielleicht würde das, was ihm noch blieb, ausreichen. Alle anderen Steinzirkel auf dem Berg waren für immer zerstört. Jetzt blieben nur noch der Ring auf dem Gipfel und sein gigantisches Gegenstück: der riesige Ring, der den ganzen Berg umgab. Gemeinsam konzentrierten sie ihre Kräfte, um die fliehende Magie in einem einzigen, wachsenden Lichtpunkt zusammenzufassen.

Ausnahmslos alle Drachen der ›Schar‹ und der ›Bedrängnis‹ erhoben sich hoch in den Himmel über den stetig anschwellenden Lavasee. Verwundert merkte Gossamer, daß sich die Lavamassen teilten und den Blick auf einen dunklen Kreis im Zentrum des Kraters freigaben. Er sah aus wie die Pupille eines Auges aus Feuer. Atemlos beobachtete sie, wie ein winziger Tautropfen aus Licht in der Mitte des Kreises auftauchte.

Feuerklauen griffen nach Fortune, als er durch einen Tunnel aus Flammen raste. Das Auge war um ihn, das Auge war alles, grellroter Tod, so weit sein Blick reichte. Es griff nach ihm, um ihn zu zerstören ...

Und dann öffnete es sich.

Ein Licht flackerte auf, ein winziges, zerbrechliches Licht.

Der Mond!

Und vor dem Mond die Silhouetten von Drachen!

Ein einziger Lidschlag, und Fortune war durch. Er war in die Welt zurückgekehrt und flog mit kräftigen Flügelschlägen in den Himmel hinauf, an dem unzählige Sterne glänzten und an dem der hell leuchtende Vollmond stand. Und über den Himmel zogen Drachen im blauschwarzen Licht des Mondes und dem grellroten Widerschein der Flammen.

Das Auge hatte sich wieder geschlossen.

Fortunes Angstschrei verwandelte sich in Jubel, als er in die Welt und den Himmel hinausflog, den Samen der Magie noch immer zwischen den Zähnen. Kaum hatten sich seine Flügel mit Wind gefüllt, um ihn emporzutragen, schloß sich die Lavaschicht hinter ihm.

Einen Lidschlag früher, einen Lidschlag später ..., dachte er wie im Taumel. *Die Welt wandelt sich in einem einzigen Augenblick.*

Als die Lavadecke sich wieder zuschob, explodierte sie und schleuderte glühende Steine in Fortunes Weg. Doch er flog weiter, unverletzt, in einem Freudentaumel den Freunden entgegen.

Er war dem Labyrinth entkommen und hatte dennoch den Samen behalten.

Triumph und Freude und am Ende des Tunnels die Hoffnung auf Frieden und Wärme und das Ende dieses langen, langen Winters.

Schatten vor dem Mond.

Und dann ein anderer Schatten, dünn und hart im blauen Licht des Mondes. Ein Drache, ein magischer Drache tauchte aus dem Nichts auf und stellte sich Fortune in den Weg, trennte ihn von den Freunden. Ein schwarzer Drache! Fortune spürte, wie ein stummer Schrei in seiner Brust anschwoll ... und dann erkannte er den alten, schwarzen Drachen: *Mantle,* dachte er und lenkte seine Gedanken in die Richtung dieses Drachen, der ihn auch ohne Worte hören konnte. *Ich hätte mir denken können, daß du hier bist.*

Kapitel 41

Führer der Nachtdrachen

Fortune dachte an seine Flucht aus dem sterbenden Labyrinth zurück und empfand die Erinnerung daran als unendlich belastnd und ermüdend. Der Same pulsierte in seinem Maul, ein totes Gewicht, das ihn nach unten zu ziehen schien, zurück in den Mahlstrom, in den der Berg sich verwandelt hatte.

Fortune war müde und wünschte sich das Ende herbei, das Ende seiner Reise, das Ende seiner Mission. Heiße Luft zerrte an seinen Flügeln. Sie schmeckte scharf und feindselig, und sein Blick wanderte auf der Suche nach Ruhe rastlos hin und her. Auf der Suche nach einem Weg, um zu entkommen.

»Du bist bereits entkommen, junger Fortune«, lachte Mantle gutmütig. »Du hast es geschafft, du bist hier.«

Fortune wollte antworten. Die Fähigkeit, durch seine Gedanken zu dem alten Magier zu sprechen, schien ihn verlassen zu haben, und ihm wurde bewußt, daß der Samen, den er zwischen den Zähnen hielt, ihn am Sprechen hinderte. Er fühlte sich lächerlich.

Aber dennoch war er nicht bereit, ihn aufzugeben. Noch nicht. *Nie ...?*

Mantle verengte seine Augen zu schmalen Schlitzen. »Noch eine Aufgabe liegt vor dir, Fortune, und es ist möglicherweise die schwierigste, die du je in deinem Leben zu bewältigen hattest. Doch vorher«, fügte er hinzu, als er sah, daß Fortune vergeblich zu antworten versuchte, »doch vorher höre mir gut zu.

Der Wandel der Welt hat stattgefunden, Fortune. Die Erde hat sich gedreht wie ein riesiger Findling. Jetzt ist es zu spät, sie von ihrem neuen Kurs abzubringen, denn jeder, der sich ihr in den Weg stellte, würde zerquetscht. Dies ist der Lauf der Dinge, Fortune, der natürlichen wie der magischen.

Und die Magie? Nun, deren Zeit ist fürs erste vorbei. Ihr Fall wird begleitet vom Aufstieg der Natur. Doch merke dir folgendes, Fortune, denn eines Tages wird dich dieses Wissen retten. Die Magie ist nicht ganz aus der Welt verschwunden, Teile erhalten sich im verborgenen, ein Splitter hier, ein Zauber dort. Du magst glauben, der Tod der Magie sei endgültig, doch ihr Geist wird die Welt nicht verlassen, bis sie wiederersteht. Stell dir einen Strand vor, auf dem es unzählige kleine Vertiefungen gibt, in denen sich das Wasser der Flut sammelt. Bei Ebbe werden viele dieser kleinen Tümpel austrocknen, doch genauso viele werden tief genug sein, um zu überleben, bis die Flut wiederkommt. Einige werden schlafen, anderen wird es genügen, sich zu erinnern, wiederum andere werden verbittert sein. Hüte dich vor dem Geist der Magie, Fortune. Denn er ist noch immer in der Lage, die Drachen zu vernichten.

Und nun gib mir den Samen.«

Fortune sah überrascht auf, und Mantles Stimme wurde streng und gebieterisch.

»Folge dem Versprechen seines Namens, Fortune – der Same ist die einzige Hoffnung für die Zukunft der Magie und damit für die Zukunft der ganzen Welt. Er muß gepflanzt werden, und das ist eine Aufgabe, die du nicht erfüllen kannst.«

Fortune wand sich innerlich vor Qual. Mantles Worte brannten, als hätten sie die Luft entzündet, und er wußte, daß er den Samen aufgeben mußte. Und doch, und doch …

Ein winziger Teil eines Ungeheuers hatte sich in sein Inneres gekrallt und stieß nun seine Warnungen aus. Dieses Ungeheuer versprach Schrecken und ewige Folter für den, der den Samen verriet. Es drohte Fortune, es versuchte ihn zu verführen, es bettelte und bat, er möge den Samen nicht freigeben.

Fortunes Wille wurde schwächer in der furchtbaren Gegenwart des Basilisken.

Noch immer lebte er, und noch immer sehnte er sich nach dem Vergessen, noch immer suchte er nach einem Weg, um der Welt und damit möglicherweise seinem eigenen, unerträglichen ewigen Leben ein Ende zu setzen.

Fortune biß fester zu, als sei er Sklave eines Impulses, der nicht aus ihm kam, und ein Riß zog sich durch die graue Hülle des Samens. Licht strömte aus, das vor Angst zitterte und vor Wut flackerte. Zum ersten Mal wurde Fortune bewußt, daß der Same zart und zerbrechlich war. Wenn er seine Zähne aufeinanderschlug, würde er zerbrechen wie ein Drachenei.

Mantle sah Fortunes inneren Konflikt. Er sah, wie Fortune immer weiter weggezogen wurde. Der junge Drache schloß die Augen, und als er sie wieder öffnete, waren sie silbern. Mantle starrte in das Gesicht des Basilisken.

Er erkannte es sofort, denn hatte er nicht er vor so vielen Jahren über ihm gestanden und Halcyon gebeten, das Ungeheuer nicht mit in die Verteidigungsanlagen des Berges einzubeziehen? Damals hatte es geschlafen, und Halcyon war der festen Überzeugung gewesen, daß er sich seiner Kräfte bedienen könnte, ohne daß es erwachte.

Mantle dagegen war sich nicht so sicher gewesen. Und jetzt wußte er, daß er recht behalten hatte. Der Atem des Basilisken wehte um Fortunes Kopf und verpestete die Luft. Mantle spürte, daß jetzt endlich der Wendepunkt gekommen war, auf den er selbst so lange gewartet hatte.

Das Warten hatte ihm nichts ausgemacht. Die Zeit zwischen Cumbers erstem Besuch in seiner Höhle und den Ereignissen der letzten Tage hatte er in stiller Meditation zugebracht, im Zwiegespräch mit seinen Erinnerungen und den wenigen Feen, die noch im Berg lebten. Wie Halcyon hatte er gewartet, doch anders als der einstige Führer der Zauberdrachen hatte er den Zorn des Schwarzen Drachen überlebt. *Halcyon, ich trauere um dich.*

Nun war der Zeitpunkt gekommen, an dem er die Geschicke der Welt in der Hand hielt. Sollte er scheitern, würde sie mit ihm untergehen.

Tief in Fortune tobte ein erbitterter Kampf, den der junge Drache zu verlieren drohte.

»Dein Ziel ist es, die Welt zu zerstören, Ungeheuer«, sagte Mantle. »Doch du würdest den Untergang überleben. Du weißt, daß das die Wahrheit ist. Das ist dein Schicksal. Du wirst überdauern. Laß die Welt leben – ihre Geschicke sind unwichtig für dich.«

Fortunes Augen traten aus ihren Höhlen, als entstände in seinem Innern ein neuer Vulkan. Sein Gesicht war verzerrt, er befand sich in einem Schwebezustand, gefangen zwischen seinen eigenen und fremden Wünschen.

Mantle schloß die Augen und weinte innerlich, denn er wußte nun, daß er – und mit ihm die Welt – diesen Kampf verlieren würde.

Gossamer beobachtete die stille Tragödie, die sich unter ihr abspielte.

Fortune und der fremde, schwarze Drache waren nur winzige Schatten vor dem hoch auflodernden Feuer des Vulkans. Der Gipfel des Berges hatte sich selbst verzehrt. Was noch von dem Steinzirkel übriggewesen war, hatten die Lavamassen unter sich begraben. Und nun stieg eine Wolke aus Asche auf, die sich wie ein Mantel über das Feuer legte, um alles zu verschlingen.

Sie wollte aufschreien, zu dem Geliebten fliegen und ihn in die Arme schließen, doch sie wußte, daß sie das nicht tun durfte. Und dennoch …

Irgend etwas war falsch, schrecklich falsch. Ihr Herz, das wild hämmerte in der Gegenwart dieses einen Drachen, für den sie lebte und von dem sie so lange getrennt gewesen war, schien stehenbleiben zu wollen. Sie sah an dem schwarzen Drachen vorbei in Fortunes Gesicht, in seine Augen, mochte die Entfernung zwischen ihnen auch noch so groß sein. Und was sie dort sah, war nicht Fortune. Es war nicht einmal ein Drache.

»Gib mir den Samen«, bat Mantle noch einmal, und in seiner Stimme lag Verzweiflung, während seine Hoffnung auf eine Zukunft der Welt schrumpfte.

Der Basilisk atmete aus, und Fortunes Zähne schlossen

sich fester um den Samen, dessen äußere Hülle noch ein Stück weiter aufriß.

»Wenn du mich hörst, Fortune«, wiederholte Mantle, »dann gib mir den Samen.«

Magie stand zwischen ihnen und fesselte sie mit dünnen Fäden aneinander. Ein Teil der Magie stammte von dem Basilisken, sie war schwach, zugleich aber auch erschreckend präzise. Doch ein Teil ging auch von Mantle aus, der sie in Vorbereitung auf die Reise, die er nun wohl nie mehr antreten würde, gesammelt und in sich aufbewahrt hatte. Magische Funken sprangen zwischen den beiden Drachen hin und her. Für einen kurzen Augenblick war der Zauber noch einmal zum Leben erwacht.

Mitten in das Knäuel aus magischen Fäden flog Gossamer. Erdzauber leitete sie, das Flüstern der Wassergeister wies ihr den Weg durch Ströme gefährlicher Magie. Zwischen Mantle und Fortune hielt sie inne, verharrte in der heißen Luft, während die Wolke aus Asche gierig nach ihnen griff.

Sie sagte nichts. Einen schrecklichen Augenblick lang hatte sie den Eindruck, als ob sie alle dem Vulkan entgegenstürzten. Doch dann war dieses Gefühl vorbei und sie reckte den Hals, um Fortunes Flanke zu liebkosen. Zärtlich schmiegte sie sich an ihn, bevor ihre Schnauze die seine berührte. Eine Intuition gab ihr Worte ein, die sie klar und deutlich aussprach: »Besiege es, Fortune. Es ist so schwach, so traurig. Alles andere ist dir gelungen. Das Ende ist so leicht.«

Sie reckte den Hals und legte den Kopf auf die Seite. Behutsam öffnete sie ihre Lippen und legte sie auf Fortunes Mund. Vorsichtig, zärtlich, fuhr ihre Zunge zwischen Fortunes Zähne und legte sich um den Samen.

Gemeinsam hielten sie den Samen, teilten sich seine Last. Und so, wie der Vulkan Fortune aus dem Feuersturm entlassen hatte, so entließ ihn nun auch der Basilisk aus seinen alten, trockenen Klauen. Kaum hatte er ihn losgelassen, fand Fortune wieder zu sich selbst zurück, und er kehrte in das Hier und Jetzt zurück. Zu Gossamer.

Er ließ den Samen los, Gossamer nahm ihn mit ihren Lippen aus seinem Mund und überreichte ihn Mantle.

Es war so leicht.

Die Wolke umgab sie wie ein dichtes Gewebe, dann zog sie sich zurück. Als sie fort war, war auch der Basilisk verschwunden.

»Vergangen, aber nicht vergessen«, sagte Mantle und sprach damit aus, was alle dachten. »Und auch das Ungeheuer wird niemals vergessen. Es ist nun ebenfalls vergangene Magie. Hüte dich vor ihm, Fortune.«

Obwohl die Blitze des Sturms mittlerweile durch die Aschenschicht erstickt worden waren, flammten neue statische Entladungen innerhalb der blauen, vom Mond beschienenen Wolken auf. Einer dieser Blitze schien Fortunes Geist zu erleuchten und aus seinem tranceähnlichen Zustand zu reißen, als ob er aus großer Entfernung zurück in seinen Körper geworfen worden wäre. Gossamer war an seiner Seite.

Er torkelte neben ihr durch die Luft und lächelte sie einfältig an. Sie warf ihm nur einen sanften fragenden Blick zu, dann lächelte sie ebenfalls. Aber noch bevor einer der beiden etwas sagen konnte, mischte sich Mantle ein.

»Genug Zeit verschwendet«, sagte er. »Fortune, richte Cumber bitte von mir aus, daß er seinen Teil zum Wandel beigetragen hat. Es ist wichtig für ihn.«

»Ich werde es tun«, entgegnete Fortune. Das Lächeln verschwand von seinem Gesicht, und er wurde wieder ernst.

»Und du?« fragte Gossamer.

»Jetzt ist es für mich an der Zeit, meinen Teil beizutragen«, erwiderte Mantle. Er lächelte die beiden an, und auch ihre Gesichter hellten sich wieder auf. »Jetzt bin ich der Führer!«

Fortune streckte seine Flügel, als wolle er Mantle aufhalten, aber Gossamer kam ihm zuvor.

»Auf Wiedersehen, Mantle«, sagte sie und warf ihrem Geliebten einen warnenden Blick zu.

»Du tust recht daran, mich ein wenig zur Eile anzutreiben«, scherzte Mantle. »Alte Drachen neigen dazu, zuviel zu reden, und ich habe schließlich eine lange Reise vor mir.«

»Wohin willst ...?« begann Fortune, aber Mantle brachte ihn mit einem Kopfschütteln zum Schweigen.

»Es ist besser, wenn ihr es nicht erfahrt«, sagte er. »Kein Drache sollte es je erfahren. Der Same wird mich führen.«

»Wirst du zurückkommen?«

»Auf Wiedersehen«, sagte Mantle bestimmt. »Und viel Glück.«

»Das wünschen wir dir auch«, erwiderten Fortune und Gossamer gemeinsam.

Der alte Drache drehte seine Schwingen und stieg schnell in den Nachthimmel auf. Immer höher und höher stieg er, bis er nur noch ein Fleck vor dem Mond war.

Dann wurde die Samenkapsel heiß und zu einem gleißenden, weißen Licht, das größer als der Mond war, ja, sogar größer als die Sonne. Ein glitzernder Stern war sie nun, der einen hellen Bogen über den Himmel zog, einen Bogen, der in dieser Welt begann und an einem Ort endete, von dem kein Drache jemals erfahren würde. Der Schweif, den der Stern zurückließ, glitzerte noch lange und deutlich erkennbar; er zog sich bis zwischen die Sterne und verschwand dann in den Weiten des Alls, als Mantle, der nun ein Nachtdrache war, den Samen der Magie zu seinem Ruheplatz führte; zu seinem Hort, an dem er warten würde, bis eine neue Zeit anbrach.

Fortune wandte sich zu Gossamer um. Über ihnen verharrten ihre Kameraden in der Luft. Aber die beiden hatten in diesem Augenblick nur Augen füreinander.

Sie schwebten eine Weile dicht zusammen in der heißen, dünnen Luft, legten ihre Köpfe aneinander und hielten die Augen geschlossen. All die Zeit, die sie getrennt gewesen waren, war nun Vergangenheit, und eine neue Zukunft tat sich vor ihnen auf, die mit glänzender Klarheit gefüllt war und den reinen Klang der Hoffnung in sich trug.

Fortune öffnete die Augen, als er plötzlich mehr vernahm als nur Hoffnung.

»Der Klang der See!« brach es aus ihm hervor.

Da war es tatsächlich, das rhythmischen Schlagen der Wellen gegen das Ufer, Licht und die Sehnsucht nach Heimat. Aber wo lag ihre Heimat? Fortune sah hinunter in die glimmende Asche und glaubte, ein Meer zu sehen. Inseln, die sich um ein graziles Atoll gruppierten. Und er hörte eine Stimme: die seiner Mutter. Sie flüsterte ein einziges Wort. »Freistatt.«

»Freistatt«, wiederholte Fortune. »Heimat.«

»Kannst du uns dorthin führen?« flüsterte Gossamer.

»Ich weiß nicht«, antwortete er verwundert. »Ich glaube ... ich glaube, ich kann es ... vielleicht!« Dann sah er sie zum ersten Mal genau an, und seine Augen weiteten sich. »Du bist weiß!« stieß er überrascht hervor.

»Das ist eine lange Geschichte!« lachte Gossamer.

Ungeschickt umarmten sie einander im Flug, und ihre Kameraden brachen in laute Jubelrufe aus, während das Geräusch der See lauter und lauter wurde, sich zu einem Schlagen und Rauschen steigerte, bis man es als das Geräusch von Flügelschlägen identifizieren konnte. Von unten, aus der glimmenden Asche, stieg ein Drache auf. Er hatte große, farbige Flügel, die die Luft mit Kraft und Stolz niederdrückten.

Es war Scoff.

»Mir scheint«, knurrte er, während er sich unter die ihn begrüßenden Freunde mischte, »ich habe mir genau den richtigen Augenblick für einen großartigen Auftritt ausgesucht.«

Alle lachten und jubelten und wollten von ihm wissen, wo er so starke Magie gefunden hatten, um sich in dem Chaos derart wunderschöne Flügel wachsen zu lassen. Und dabei stiegen sie immer höher, Kameraden und Freunde, ›Schar‹ und ›Bedrängnis‹, Drachen allesamt, bis die Luft so dünn wurde, daß sie kaum noch existierte. Doch Luft spielte keine Rolle, nur die Drachen waren jetzt wichtig, und ihnen gehörte der Himmel. Das Mondlicht spielte auf einem Teppich sich bewegender Drachenflügel. Fortune setzte sich an die Spitze der Gruppe und lenkte ihren Flug Richtung Westen. Er allein wußte, wohin sie flogen.

Er allein konnte sie in ihre neue Heimat führen.

Wind kam auf und drückte die Aschenwolke auf das Land, um sie nach Westen, in die Richtung des Meeres davonzutragen. Ihr Schatten fiel auf den Schimmernden Berg und verhüllte gnädig die Tragödie seines endgültigen Zusammenbruchs, als er in zwei Hälften brach. Und auch das Donnern der zerberstenden Felsen wurde durch den Schleier aus Asche gedämpft.

Zehn Tage lag die Asche über dem Berg, schwebte in einer undurchdringlichen Wolke über dem Ort, an dem einst die Trolle geboren worden waren. Dann schließlich löste sich die Wolke auf, verteilte sich über die ganze Erde und färbte noch auf Jahre hinaus die Sonne blutrot, wenn sie unterging. Dort, wo die Asche sich auf das Land legte, überzog sie die Erde mit einem grauen Schleier, und es dauerte viele Jahre, bis Schnee sie wieder weiß färbte.

Doch lange bevor die Aschenwolke über dem Berg sich auflöste, hatten die Drachen die Gegend bereits verlassen. In der Nacht, in der der Berg starb und das Große Labyrinth von Covamere seine Verbindung zur Welt verloren hatte, flogen sie davon, und wie der Winter sollten auch sie so schnell nicht wiederkehren.

Ein Wesen allerdings blieb. Es trieb blaß und unendlich traurig auf einem Splitter Magie durch die Zeiten einer Welt, die der Zauber verlassen hatte. Über Ewigkeiten hinweg war es gewachsen, doch nun schrumpfte es. Noch lebte dieses Wesen, doch ertrug es keine Jahreszeit außer dem endgültigen Winter, den abzuwenden diesen unbegreiflichen Drachen gelungen war.

Wraith hatte ihm neue Macht verliehen, eine Macht, die es nicht hatte einsetzen wollen. Und als dieser Drache gestorben war, hatte es das Herz des Labyrinths verschlungen, in der Hoffnung, damit die ganze Welt zu zerstören. Beinahe zu spät hatte es erkannt, daß im Zentrum des Wandels nicht das Labyrinth, sondern der Same der Magie gestanden hatte. Doch auch dieses Wissen war am Ende nicht genug. Der Drache Mantle hatte recht gehabt: Selbst wenn der Same und damit die Welt zerstört worden wären, hätte das Wesen doch nicht den Tod, nicht die Erlösung gefunden.

Das war sein Schicksal. Und so trieb es durch das Ödland seiner Existenz, während sich in ihm die letzten Reste des Labyrinths auflösten. Immer weiter entfernte sich das Wesen von dem Berg, von Kernland, von der Erde, und trieb am Mond vorbei, bis es endlich die Welt hinter sich gelassen hatte, in der es so lange zu Hause gewesen war. Vor ihm gähnten die Abgründe der Zeit, und der Basilisk suchte nach einem Platz, wo er schlafen konnte. Diesmal für immer.

Kapitel 42

Der leere Himmel

Die Luftströmung trug sie davon, füllte ihre Schwingen mit einem kräftigen Rückenwind und erleichterte es ihnen, ihre erschöpften Körper in der Luft zu halten. Einen ganzen Tag und eine ganze Nacht hatte unter ihnen die See blau und leuchtend geschimmert, war mit einer Gleichförmigkeit dahingerollt, die die Seelen der Drachen mit Ruhe und Frieden erfüllte. Manchmal sahen sie weißen Schaum und dunkle Schatten, wenn mächtige Kreaturen der Meere die Oberfläche durchbrachen, die ihrerseits ebenfalls auf der Reise waren. Am Himmel jedoch waren sie die einzigen Wanderer. Keiner von ihnen war diese Route schon einmal geflogen, doch sie vertrauten dem Drachen, der sie führte. Er hatte versprochen, sie sicher in eine neue Heimat zu führen.

Trotz ihrer hoffnungsvollen Erwartungen flogen sie schweigend dahin, alle hatten sie ihr Zuhause, ihre Nester verloren. Und obwohl ihre Körper vom Wind hoch durch den Himmel getragen wurden, waren ihre Herzen schwer. Einzig Fortunes sicheres Wissen, daß ihre Reise ein Ziel hatte, führte dazu, daß sie den Kopf nicht hängen ließen und ihre Flügel weiter schlugen. Im Grunde ihres Herzens hofften sie, daß es irgendwo einen Ort gab, an dem sie in Frieden leben konnten.

Am Horizont erschien ein grünes, von goldenen Tupfern durchbrochenes Inselband. Niemand von ihnen sagte etwas, aber als sie sich dem Land näherten, begannen einige Drachen von der ruhigen und warmen Luft zu schwärmen und von der angenehmen Brise, die ihnen das Fliegen erleichterte. Langsam wurden die Inseln größer. Fortune beobachtete, wie sie näher kamen, und hatte das Gefühl, daß er sie kannte. Hatte er sie schon einmal gesehen?

Vor nicht allzulanger Zeit war er hier entlanggeflogen. Dann hatte ihn das Labyrinth umfangen, und die Welt hatte wie eine auseinandergebrochene Frucht vor ihm gelegen. Die Inseln waren unter ihm vorbeigeflogen, ohne daß er sie genauer hätte betrachten können, so gefangen war er von den Vorgängen am Schimmernden Berg gewesen. Aber er hatte die Inseln deutlich gesehen, wie sie im tiefen Blau der See schwammen: eine vollkommene Kette in einem vollkommenen Meer.

Freistatt.

Riffe erhoben sich aus den Wellen; Korallenmosaike, die in tausend Farben funkelten und von Schaumkronen umspült wurden. Die Strände gingen über in grüne Wälder, um dann erneut in goldene Sandbänke auszulaufen. Insel um Insel um Insel: jede war einzigartig, jede schön, und jede ein kleines Glied des Freistatt-Archipels – und die erschöpften Drachen segelten ihnen entgegen.

In einer eher zufällig ausgewählten Bucht setzten sie zur Landung an und ließen sich auf dem feinen goldenen Sand nieder, um sich auszuruhen. Wellen kräuselten sich am Ufer, und zwischen Bäumen spielten die Sonnenstrahlen.

Freistatt.

Fortune und Gossamer beobachteten, wie ihre Freunde und Kameraden auf der ersten Insel niedergingen. Sie hingegen flogen noch eine Weile weiter, bis sie das Zentrum des ringförmigen Archipels erreicht hatten. Von dort leuchtete ihnen ein großes Korallenatoll entgegen.

Der Großteil des Riffs lag unterhalb der Wasseroberfläche, aber einige Bereiche erhoben sich deutlich über das Meer, und auf einem dieser Korallenhügel ließen sie sich nieder. Sie lagen nebeneinander und sprachen, und schon bald stellten sie fest, daß die Angst überwunden und ihre Liebe stärker war als jemals zuvor. Bis in die Nacht redeten und lachten sie und erfreuten sich daran, daß nun eine neue Zeit angebrochen war. Vielleicht verstanden sie in jener Nacht zum ersten Mal die volle Bedeutung des Wandels der Welt. Vielleicht gestanden sie sich in jener Nacht auch nur ihre Liebe. Was auch immer es war, in der kurzen, kostbaren Zeit, die sie allein auf dem Riff verbrachten, wo der Wellenschlag des Meeres und eine stetige Brise sie sanft wiegten, erlebten sie zum ersten Mal das Gefühl völliger Sicherheit. Und wenn sich auch im Laufe der Zeit dieses Gefühl einmal verlieren sollte, so konnten sie doch sicher sein, daß sie sich an diesen Moment immer erinnern würden.

»Die See ist mein Freund«, murmelte Fortune in der sternenklaren Nacht. »Ich hoffe, ich muß nie wieder von hier fort.«

Ein Nachtdrache zog über ihnen am Himmel vorbei, und Fortune mußte an Wood denken, der am Ende seines Lebens die Nachtdrachen gesehen und erkannt hatte, daß es sie wirklich gab – so wie Welkin es ihm erzählt hatte. Und dann dachte Fortune an seinen Vater.

Es war ihr Atoll, und sie verließen es am nächsten Morgen nur widerstrebend, um die anderen Drachen wiederzusehen, die sich auf der größten der Inseln des Archipels niedergelassen hatten.

Eine buntgewürfelte Gesellschaft hatte sich auf den grasbewachsenen Hügeln im Osten der Insel versammelt, um sie willkommen zu heißen. Der Morgen war zwar kühl, beinhaltete aber das Versprechen auf Sonnenschein. Der Winter war nicht allmählich vergangen, um einer anderen Jahreszeit zu weichen: er hatte die Welt geflohen.

Cumber war der erste, der sie begrüßte. Wie auch die anderen Zauberdrachen, die den Ausbruch des Schimmernden Berges überlebt hatten, sah er anders aus als früher. Er war schlanker und hatte größere Flügel; eine Veränderung, die durch den Rückzug der Magie von dieser Welt bedingt war. Man traf kaum noch auf Magie, und die meisten Magier hatten aufgehört, danach zu suchen. Eine Erinnerung an die alten Zeiten war Cumber allerdings geblieben. Er hatte seinen weißen Panzer behalten, und das einzige, was er wirklich vermißte, waren seine goldenen Schuppen.

»Keine Sorge«, lachte Fortune. »Jeder Drache wird dich und Gossamer und Velvet schon von weitem erkennen, ob dir das nun gefällt oder nicht!«

Die etwa hundert Drachen, die dem Gemetzel entgangen waren, das Shatter, Wraith und schließlich das Labyrinth angerichtet hatten, waren also nun ausnahmslos alle Erdgeborene.

Die Freundschaft, die Cumber mit Velvet verband, schien diese Tatsache zu bestätigen. Eine Erdgeborene, ein früherer Magier. Beide waren sie Drachen.

»Ihr paßt gut zusammen«, lächelte Fortune in einem der seltenen Momente, in denen sie einmal allein waren.

»O ja, natürlich«, erwiderte Cumber, so erstaunt wie immer, wenn ihm jemand unterstellte, er würde sich auf irgendwelche Gefühle einlassen. »Sie ist eine verdammt gute Freundin, und ich nehme an, daß wir ganz passabel miteinander auskommen werden. Außerdem glaube ich, daß wir, je mehr Zeit wir zusammen verbringen, herausfinden werden, was wir gemeinsam haben, abgesehen natürlich von unserem völlig verschiedenen Hintergrund, und da ...«

»Dann liebst du sie also?«

Aber auf die Frage antwortete Cumber nur mit einem

schüchternen Lächeln. Er grub seine Klauen ins Gras und überließ es Fortune, aus diesem Verhalten zu schließen, was er ohnehin längst schon wußte.

Der Tag hatte mit einer Wiedersehensfeier begonnen, dann hatten sie sich lange Geschichten erzählt, und als die Abenddämmerung einsetzte, aßen und feierten sie schließlich gemeinsam. Um die Festtafel aus Fisch und Obst flogen die Gesprächsfetzen einer angeregten Unterhaltung zwischen Drachen, die wortlos und erschöpft nach Freistatt gekommen und nun endlich wieder bereit waren, nach vorne, in die Zukunft zu blicken.

»... als Shatter das erste Mal zu uns sprach, da wußte ich, daß er Probleme über uns bringt. Hör auf meine Worte, dieser Drache war schlecht bis ins Mark ...«

»... dann tauchte Scoff wie aus dem Nichts auf. Trug sein Herz auf dem rechten Fleck ...«

»... so große Trauer, so viele Tote ...«

»... bitte? Für den Schwarzen Drachen? Glaub mir, für den war das schlimmste Schicksal noch zu gnädig ...«

Die Nacht schritt voran, und sie erzählten sich weiter ihre Abenteuer und Erlebnisse, und so war es nur allzu natürlich, daß die Geschichten immer länger und phantastischer wurden, daß der Schrecken sich in Triumph verwandelte und ihre Hilflosigkeit dazu herhalten mußte, die wahren Tragödien zu verbergen. Fortune erzählte und hörte zu, er lachte und weinte zusammen mit seinen Freunden, und je später es wurde, desto stärker war sein Eindruck, daß er all diese Geschichten schon tausendmal gehört und erzählt hatte.

Vor allem die Episode von Woods Eingreifen im Labyrinth von Covamere wurde von Fortune mehr als einmal zum besten gegeben.

»Wood war ein Held«, sagte Gossamer jedesmal. »Er hat mir und Velvet das Leben gerettet. Und als er Shatter tötete, hat er dein Leben gerettet, Fortune. Er ist ganz sicher auf dem Berg gestorben. Kein Drache hätte das überleben können.«

»Vielleicht nicht«, antwortete Fortune dann. »Aber er hat mich auch im Labyrinth geschützt. In dieser und in der anderen Welt hat er mir das Leben gerettet. Er hat seinen Teil zum Wandel beigetragen.«

»Wir alle haben etwas dazu beigetragen«, pflegte Cumber stolz zu sagen, und Tallow, Scoff oder einer der anderen Drachen würde in ihre Mitte platzen und sie dazu auffordern mitzukommen, um sich eine weitere Geschichte anzuhören, die mit jedem Erzählen abenteuerlicher wurde.

Die Nacht schritt voran, und die Feiernden teilten sich in immer kleinere Gruppen auf. Und nachdem die Mägen gefüllt waren und sich die Legenden erschöpft hatten, begann der Schlaf, den alle so lange hatten entbehren müssen, seinen Einzug auf der Insel zu halten.

Fortune und Gossamer hatten es sich in einer Mulde bequem gemacht und eine kurze, aber angenehme Nacht verbracht. In der Morgendämmerung kamen Brace, Scoff, Volley, Tallow und Werth zu ihnen. Tallow und Werth schienen in letzter Zeit immer unzertrennlicher geworden zu sein.

Noch bevor einer von ihnen ein Wort gesagt hatte, wußten Fortune und Gossamer, daß die Freunde gekommen waren, um sich von ihnen zu verabschieden, und sie umarmten sie einen nach dem anderen.

»Ich bin sicher, daß sie noch leben«, platzte es schließlich aus Brace heraus. Er wollte unbedingt das Thema wechseln, weil ihm die Abschiedsszene sichtlich peinlich war.

»Möglich«, fügte Scoff zurückhaltend hinzu.

»Die Drachen von Aethers Zitadelle.« Fortune nickte. »Könnten sie überlebt haben?«

Scoff schüttelte den Kopf.

»Weiß nicht, vielleicht«, erwiderte er. »Wraith hat sich große Mühe gegeben, sie am Leben zu erhalten. Vielleicht.«

»Wraith wollte doch nur Sklaven«, sagte Brace bitter.

Fortune überlegte erst, ehe er zu einer Antwort ansetzte. »Ich meine, daß Wraith Drachen brauchte, die ihm gehorchen. Was ist schon ein Herrscher ohne Untertanen?«

Brace war anzusehen, daß er keinerlei Verständnis für den Schwarzen Drachen aufbrachte, aber glücklicherweise schaltete sich Gossamer ein.

»Ich glaube, daß Mantle das Erdbeben sandte, das Aethers Zitadelle zerstört hat«, sagte sie mit Nachdruck. »Und er hätte es sicher nicht riskiert, daß all diese Drachen starben, selbst wenn viel auf dem Spiel stand.«

»Das denke ich auch«, fügte Fortune überzeugt hinzu. Gossamer hielt seinen Flügel. »Ganz sicher sind diese Drachen noch am Leben, und ich hoffe, daß eure Eltern sich darunter befinden. Die Frage ist nur, ob es noch genügend Magie auf der Welt gibt, um sie aus ihrem Gefängnis herauszuholen.«

»Das können wir nicht wissen«, entgegnete Brace traurig. »Aber wir müssen es zumindest versuchen.«

Dann sah er Gossamer an, und in seinem Lächeln lag Verehrung und brüderliche Zuneigung.

»Ich habe versprochen, dich zu beschützen«, sagte er. »Aber nun hat mir Fortune diese Aufgabe abgenommen. Ich habe noch etwas versprochen, Gossamer, daß ich nämlich auch die anderen Mitglieder meiner Familie schützen würde. Und dieses Versprechen kann mir kein anderer Drache abnehmen. Wünsch mir Glück.«

»Wir brauchen kein Glück«, unterbrach Werth, die dicht neben Tallow stand. »Wir haben immerhin den besten Lotsen der ganzen Welt!«

»Es erfordert keine Magie, den richtigen Kurs zu finden«, erwiderte Tallow. »Aber unsere Reise wird ein Abenteuer, soviel ist sicher.«

»Wir gehen anstelle von Weft«, wandte Volley sich an Fortune, der unwillkürlich lächeln mußte, als er die verständnislosen Blicke der anderen sah.

Dann nickte Fortune. »Ich verstehe«, sagte er freundlich.

»Ich versteh's nicht«, kommentierte Scoff. »Aber Tallow hat recht. Wir brauchen kein Glück.«

»Nein?« lachte Fortune.

»Nein. Was wir brauchen, das ist eine Armee!«

Lachend schieden sie voneinander, und Gossamer sah ihrem Bruder voller Hoffnung nach, als er sich an der Spitze seiner Kameraden in den blauen Himmel erhob und sie gemeinsam in die aufgehende Sonne flogen.

Cumber und Velvet traten zu den beiden, und während sie beobachteten, wie die Gruppe ihrer Freunde immer kleiner wurde, um schließlich ganz im schimmernden Dunst aufzugehen, richtete Velvet eine Frage an den leeren Himmel, die sie sich alle schon lange gestellt, aber niemals laut auszusprechen gewagt hatten:

»Hört der Wandel hier auf?«

Fortune starrte immer in den Himmel hinauf. Er mußte sich ins Gedächtnis rufen, daß alle Drachen jetzt wie er aussahen: wie Erdgeborene. Die Zauberdrachen waren zu Erdgeborenen geworden. Aber würde der Wandel weitergehen? Die Frage ängstigte ihn, weil er tief in seinem Innern davon überzeugt war, daß die Welt sich stets veränderte. Und dies warf eine weitere Frage auf.

Als ob sie seine Gedanken verstanden hätte, flüsterte Gossamer: »Was wird aus uns?« Von allen Drachen wußte sie am besten um die komplizierte Verbindung zwischen erdgeborenen und magischen Wesen.

Fortunes Antwort trug mehr Wahrheit in sich, als er zu diesem Zeitpunkt ahnte.

»Nein«, korrigierte er sie. »Die Frage muß lauten: Was werden wir aus uns machen?«

Suchend starrte er in den weiten leeren Himmel.

Epilog

Ein Korallenstrand unter dem Licht der fernen Sterne.

Auf den Korallen ein regloser Drache, der versucht, die Lücke zwischen Traum und Wirklichkeit zu schließen, zwischen den Welten.

Dort lag Fortune und schlummerte vor sich hin. Er wartete und erinnerte sich …

Ein paar Tage nach ihrer Ankunft in Freistatt hatten sie das verlassene Nest entdeckt, das hoch oben auf dem Zentralriff lag. Fortune und Gossamer hatten auf Anhieb eine seltsame Beziehung zu diesem Korallenriff gespürt. Sie fühlten sich hier den tieferen Orten der Welt nahe. Orte, die sich möglicherweise durch die unzähligen Poren des Riffs erreichen ließen. Das Riff selbst: vielleicht war es auch ein Labyrinth, dehnte sich bis tief in das Meer aus. Und sie konnten nicht einmal ahnen, wo seine Grenzen lagen.

Hier hatten sie das Nest gefunden, und bei seinem Anblick brach Fortune in Tränen aus.

Er hatte die Form schon einmal gesehen, kannte sie seit seiner Geburt. Es war ein Gruß von weit her, aus Torr, aus Südkap. Aus seiner Heimat. Einzig ein Drache konnte dieses Nest gebaut haben: der Drache, der Fortune in jenem weit zurückliegenden Traum zuerst von Freistatt erzählt hatte. Clarion.

Sie hatten vergebens nach ihr gesucht. Das Nest wies Spuren kürzlicher Benutzung auf, aber weder auf dem Riff noch auf den umliegenden Inseln fand sich ein Hinweis auf Fortunes Mutter. Fortune glaubte, daß sie fortgeflogen war und sicher bald zurückkommen würde.

Seitdem war einige Zeit vergangen. Der Mond hatte dreimal seinen Zyklus durchlaufen und stand nun wieder voll am Himmel. Kleine Wellen kräuselten den Schaum, obwohl keine Brise ging, und die Sterne glitzerten frostig. Die Nacht war warm, und irgendwo im Herzen des Riffs spürte Gossamer zum ersten Mal die Wärme neugeborenen Lebens an ihrer Flanke.

Fortune verbrachte eine sehr unruhige Nacht. Er erwachte, schlief wieder ein, und später konnte er weder sagen, ob er den überwiegenden Teil der Nacht im Traum oder in der Wirklichkeit verbracht hatte, noch in welchem Zustand er sich befunden hatte, als er die Augen öffnete und den Stern fallen sah.

Zuerst sah er wie ein ganz gewöhnlicher Nachtdrache aus, der einen schimmernden Bogen durch die Dunkelheit schnitt. Aber dann stand er direkt über Fortune. Er verharrte in der Luft und wurde allmählich größer, bis er schließlich langsam zu sinken begann. Bald schwebte er vor Fortune, und als dieser in das gleißende Licht starrte, sah er einen Drachen darin. Einen Fremden mit einem merkwürdig vertrauten Gesicht, das vor einer Aura makellosen Lichts schwebte.

»Vater«, flüsterte Fortune.

»Mein Sohn«, erwiderte Welkin.

Dann erschien ein zweiter Stern. Er schoß dicht über der Wasseroberfläche dahin und zog einen Schweif glitzernden Wassers mit sich, als er sich dem Riff näherte. Kurz vor Fortune kam er zum Stillstand. Er wies die gleiche makellose Lichtaura auf, die auch den alten, lächelnden Welkin umgab. In ihr war Fortunes Mutter.

»Geh zu Gossamer, Fortune«, sagte Clarion mit einer Stimme, die so klar wie der Frühling war. »Eure Zeit ist nun gekommen, wenigstens für eine Weile.«

»Bitte geht nicht«, bat er. Aber die beiden Drachen begannen schon wieder aufzusteigen, um schließlich einen einzigen, miteinander verschmelzenden Lichtpunkt zu bilden, der sich plötzlich explosionsartig ausdehnte und den ganzen Horizont ausfüllte. Dann verglühte er wieder zu einem kaum wahrnehmbaren Schimmern.

Noch einmal flammte der Lichtpunkt auf, und Fortune

sah, wie er auf einem Feuerschwanz über den Himmel ritt, um schließlich in die Dunkelheit jenseits der Sterne zu entschwinden, wohin vielleicht auch Mantle schon gegangen war, vielleicht auch noch weiter. Vielleicht würden sie niemals wieder anhalten.

Fortune blieb wach, möglicherweise schlief er auch ein. Jedenfalls rüttelte ihn ein freudiger Schrei in der Ferne auf und ließ jede Magie von ihm weichen, die ihn vielleicht gefangengehalten hatte. Er öffnete seine Schwingen, stieß sich vom Strand ab und umarmte die Luft, während er sich landeinwärts wandte, um dem Ruf seines neugeborenen Kindes zu folgen.

ENDE